7,–

HEYNE BÜCHER

D1868649

Fantasy

Herausgegeben von Wolfgang Jeschke

Von Greg Bear erscheinen in der Reihe
HEYNE SCIENCE FICTION & FANTASY:

Das Lied der Macht · 06/4382
Äon · 06/4433
Blutmusik · 06/4480
Corona · 06/4499

GREG BEAR

DAS LIED DER MACHT

Fantasy Roman

Deutsche Erstveröffentlichung

WILHELM HEYNE VERLAG
MÜNCHEN

HEYNE SCIENCE FICTION & FANTASY
Band 06/4382

Titel der amerikanischen Originalausgabe
THE INFINITY CONCERTO
Deutsche Übersetzung von Walter Brumm
Das Titelbild schuf Klaus Holitzka

2. Auflage

Redaktion: Friedel Wahren

Printed in Germany 1989
Umschlaggestaltung: Atelier Ingrid Schütz, München
Satz: Schaber, Wels
Druck und Bindung: Elsnerdruck, Berlin

ISBN 3-453-31384-4

Könnte ein Mensch im Traum das Paradies durchschreiten, und bekäme er eine Blume zum Unterpfand, daß seine Seele wirklich dort gewesen, und fände er beim Erwachen diese Blume in der Hand – Ach! – und was dann?

SAMUEL TAYLOR COLERIDGE

1

– Seid ihr bereit?

»Hah?« Michael Perrin zuckte im Schlaf. Eine ungewisse Zahl hoher weißer Gestalten umstand sein Bett, verschmolz mit den Wänden, dem Kleiderschrank, den Bücherregalen und der Staffelei.

– Er ist nicht sehr eindrucksvoll.

Michael wälzte sich herum und rieb sich die Nase. Sein kurzgeschnittenes aschblondes Haar stand ihm zerzaust um den Kopf, die dichten, etwas dunkleren Brauen waren irritiert zusammengezogen, aber die Augen blieben geschlossen.

– Blickt tiefer. Mehrere der Gestalten beugten sich über.

– Er ist nur ein Menschenkind.

– Dennoch hat er das Kennzeichen.

– Was ist das? Vergeudet seine Begabung in alle Richtungen, statt sie zu konzentrieren? Unfähig, sich darüber klar zu werden, was er werden will? Ein geisterhafter Arm machte eine ausholende Bewegung zu der Staffelei und den Bücherregalen, zu dem mit eselsohrigen Notizbüchern, abgekauten Bleistiften und Papierfetzen übersäten Schreibtisch.

– In der Tat, das ist das Kennzeichen, oder eines von ...

Mit einem schrecklichen Lärmen ging Michaels Wekker los. Er fuhr im Bett hoch und klappte die Hand über den Aus-Schalter, in Sorge, seine Eltern könnten es gehört haben. Schläfrig spähte er zu den grünen Leuchtziffern: halb eins. Er verglich mit seiner Armbanduhr. »Verdammt!« Der Wecker ging acht Minuten nach. Er hatte nur noch zweiundzwanzig Minuten.

Er wälzte sich aus dem Bett. Beim Aufstehen traf sein bloßer Fuß einen Band mit Gedichten von Yeats und stieß ihn über den Boden. Mit einer unterdrückten Verwünschung tastete er nach seiner Hose. Das einzige Licht, das er zu gebrauchen wagte, war die Arbeitslampe auf dem Schreibtisch. Er schob die Reiseschreibmaschine beiseite, um dem engumgrenzten Lichtschein weitere Ausbreitung zu geben, so daß er einen Stapel Taschenbücher am Boden erreichte. Er bückte sich, ihn aufzuheben, und als er sich wieder aufrichtete, stieß er mit dem Kopf gegen die Schreibtischkante.

Die Zähne zusammengebissen, nahm Michael die Hose von der Stuhllehne und zog sie an. Als er in einem Hosenbein steckte und mit dem Fuß halbwegs durch das andere gelangt war, verlor er das Gleichgewicht und konnte sich nur aufrecht halten, indem er sich gegen die Wand fallen ließ.

Sein Arm streifte einen gerahmten Druck, der ein wenig schief an der Biedermeiertapete hing: eine Abbildung des Saturn, von einem seiner näheren Monde aus gesehen. In Michaels Kopf pulsierte der Schmerz.

Eine hohe schlanke Gestalt schritt über die Kraterlandschaft des abgebildeten Mondes. Er zwinkerte. Die Gestalt wandte sich um und betrachtete ihn wie aus beträchtlicher Entfernung, winkte ihm dann, ihr zu folgen. Er drückte die Augen zu, und als er sie wieder öffnete, war die Gestalt verschwunden. »Mein Gott«, murmelte er, »ich bin noch nicht mal richtig wach!«

Er schloß die Gürtelschnalle und zog sein Lieblingshemd über, ein kurzärmeliges braunes Polohemd mit V-Ausschnitt. Socken, graue Turnschuhe und ein gelbbrauner Nylon-Anorak vervollständigten seine Ausrüstung. Aber er hatte noch etwas vergessen.

Er stand in der Mitte des Zimmers und versuchte sich zu besinnen, als sein Blick auf ein kleines, in glänzendes schwarzes Leder gebundenes Buch fiel. Er nahm es auf und steckte es in die Brusttasche, die er mit dem Reißverschluß sicherte. Er suchte in den Hosentaschen nach der Notiz, fand sie säuberlich zusammengefaltet neben dem Schlüsselanhänger und blickte wieder auf die Armbanduhr. Viertel vor eins.

Ihm blieben noch fünfzehn Minuten.

Auf leisen Sohlen stieg er die Treppe nahe der Wand hinab und konnte so das schlimmste Knarren vermeiden. Im Laufschritt erreichte er die Haustür. Das Wohnzimmer war schwarz bis auf die Digitalanzeige am Videorecorder. Zwölf Uhr siebenundvierzig.

Rasch öffnete und schloß er die Haustür und lief über die Wiese. Die benachbarten Straßenlaternen waren gegen Natriumdampflampen ausgewechselt worden, die einen verfremdenden orangegelben Schein über Gras, Gehsteig und Straße warfen. Michaels Schatten marschierte voraus, wurde riesenhaft, bevor er im grellen Licht der nächsten Lampe verschwand. Das Hellorange betonte das Mitternachtsblau des Himmels und überstrahlte die Sterne.

Vier Blocks weiter südlich hörten die orangegelben Lampen auf, und an ihre Stelle traten traditionelle Straßenlaternen auf Betonmasten. Sein Vater sagte, diese Laternen seien schon in den zwanziger Jahren aufgestellt worden und unbezahlbar. Sie waren aufgerichtet worden, als man in der Nachbarschaft die ersten Häuser gebaut hatte; damals hatten sie an einer stillen Landstraße gestanden, und Filmstars und Eisenbahnmagnaten hatten sich in dieser Gegend niedergelassen, um fern vom Getriebe der Großstadt zu leben.

Weißer Verputz und Stuck im spanischen Stil herrschten vor; einige Häuser hatten zwei Geschosse und Innenhöfe hinter den seitlichen Zufahrten. Andere waren rustikal, mit Dächern und Wandverkleidungen aus Holzschindeln und schmalen Sprossenfenstern, die dunkel aus Dach-Erkern starrten.

Alle Häuser waren dunkel. Es war leicht, sich die ganze Straße als Filmkulisse vorzustellen, hinter deren Wänden es nichts als hölzerne Stützpfosten und Gestrüpp gab, wo die Grillen zirpten.

Zwölf Uhr achtundfünfzig. Er überquerte die letzte Kreuzung und sah sich seinem Ziel gegenüber. Vier Häuser weiter und auf der gegenüberliegenden Seite der Straße stand David Clarkhams eingeschossiges weißgetünchtes Haus. Es stand seit mehr als vierzig Jahren leer, aber die Rasenflächen waren makellos gepflegt, die Hecken geschnitten, die Wände fleckenlos und die spanischen Holzbalken unverblichen. Die zugezogenen Vorhänge hinter den hohen Bogenfenstern verbargen nur Leere – dies anzunehmen, war jedenfalls realistisch. Realistisches Denken hatte ihn jedoch nicht hierher geführt.

Soviel er wußte, konnte das Haus mit allen möglichen Dingen vollgestopft sein – unglaublichen, unerfreulichen Dingen.

Er stand unter dem mondfarbenen Schein der Straßenlaterne, halb im Schatten eines großen Ahorns mit braun verfärbten Blättern, faltete und entfaltete mit schwitzender Hand das Papier in seiner Hosentasche.

Ein Uhr früh. Er war für Abenteuer nicht angezogen. Er hatte die Anweisungen, das Buch und den ledernen

Schlüsselanhänger mit seinem alten Messingschlüssel; was er nicht hatte, war die innere Überzeugung.

Es war ein alberner Entschluß. Die Welt war vernünftig, alles vollzog sich in geregelten Bahnen; solche Gelegenheiten ergaben sich nicht. Er zog das Papier hervor und las es zum hundertsten Mal:

Der Schlüssel dient Dir zum Aufsperren der Haustür. Halte Dich nicht auf. Geh durch das Haus, zur rückwärtigen Tür hinaus und durch die Seitenpforte zum Eingang des Nachbarhauses zur Linken, wenn Du den Häusern zugewandt bist. Die Tür zu diesem Haus wird offen sein. Geh hinein. Halte Dich nicht damit auf, irgend etwas anzuschauen. Geh rasch und zielbewußt zur Rückseite des Hauses, wieder zur Hintertür hinaus und durch den Garten zu der schmiedeeisernen Pforte. Geh durch die Pforte und wende Dich nach links. Die Zufahrt hinter dem Haus wird Dich an vielen Gartenpforten zu beiden Seiten vorüberführen. Du gehst durch die sechste Pforte zu Deiner Linken.

Er faltete das Blatt zusammen und steckte es wieder ein. Was würden seine Eltern denken, wenn sie ihn hier sähen, wie er vor einem fremden Haus stand und einen Einbruch erwog – oder zumindest ein Einsteigen ohne Bruch?

›Es kommt eine Zeit‹, hatte Arno Waltiri gesagt, ›wenn man die Gedanken der Eltern und die Warnungen alter Männer außer acht lassen muß; wenn die Vorsicht vorübergehend aufgegeben und dem Instinkt gefolgt werden muß. Kurzum, wenn man sich auf das eigene Urteil verlassen muß ...‹

Michaels Eltern veranstalteten Abendgesellschaften, die in der ganzen Stadt berühmt waren. Michael hatte den Komponisten Waltiri, einen schon älteren Mann, und seine Frau Golda bei einer solchen Abendgesellschaft im Juni kennengelernt. Man hatte die Sommersonnenwende gefeiert. (›Verspätet‹, hatte seine Mutter erläutert, ›weil nichts, was wir tun, prompt erfolgt.‹) Michaels Vater war ein Kunstschreiner mit eigenem Betrieb und genoß den Ruf, feine Möbel für höchste Ansprüche zu fertigen; er hatte einen großen Kundenkreis unter den reichen und glanzvollen Kreisen von Los Angeles, und Waltiri hatte ihn beauftragt, eine neue Bank für seinen fünfzig Jahre alten Konzertflügel zu fertigen.

Während der ersten Stunde der Abendgesellschaft war Michael unten geblieben, hatte sich durch die Menge der Gäste treiben lassen und eine Flasche Bier getrunken. Eine Weile hatte er den Erzählungen eines bärtigen grauhaarigen Schiffskapitäns zugehört, der vor einer jungen Bühnenschauspielerin mit seinen gefährlichen Abenteuern während des Zweiten Weltkrieges ›im Geleitzugdienst kreuz und quer durch den Pazifik‹ renommiert hatte. Michaels Aufmerksamkeit war ziemlich gleichmäßig auf die beiden verteilt; die junge Frau war so schön, daß ihm der Atem stockte, und an Schiffen und der See war er immer interessiert gewesen. Als der Kapitän einen Arm um die Schauspielerin legte und aufhörte, von nautischen Dingen zu sprechen, ging Michael weiter. Schließlich setzte er sich nahe einer geräuschvollen Gruppe von Zeitungsleuten auf einen Klappstuhl.

Journalisten irritierten Michael. Sie kamen in großer Zahl zu den Gesellschaften, die seine Eltern gaben. Sie waren laut und tranken viel und posierten und sprachen mehr über Politik als über das Schreiben. Wenn ihr Gespräch sich einmal der Literatur zuwandte (was selten vorkam), gewann man den Eindruck, daß sie nie über die Lektüre von Raymond Chandler oder Ernest Hemingway oder F.Scott Fitzgerald hinausgelangt waren. Michael versuchte ein paar Worte über die Dichtkunst einzuwerfen, aber sie sahen ihn nur an, als sei er nicht recht bei Trost.

Die übrigen Gäste der Abendgesellschaft waren ein Mitglied des Stadtrates und sein Gefolge, einige befreundete Geschäftsleute und die Nachbarn, und schließlich versah Michael sich am kalten Büfett mit einem Vorrat von Leckerbissen und trug den Teller hinauf in sein Zimmer.

Er schloß die Tür und schaltete den Fernseher ein, dann setzte er sich an seinen kleinen Schreibtisch – dem er rasch entwuchs – und zog ein Bündel seiner Gedichte aus der oberen Schublade.

Vom Erdgeschoß drang Musik herauf. Es wurde getanzt.

Er fand das Gedicht, das er am selben Morgen geschrieben hatte, und las es stirnrunzelnd durch. Wieder eine in einer langen Reihe von schlechten Yeats-Nachahmungen. Er versuchte die Erfahrungen eines Gymnasiasten in romantische Verse zu fassen, und das konnte nicht gutgehen.

Ärgerlich steckte er die Gedichte wieder in die Schublade und schaltete die Fernsehkanäle, bis er auf einen alten Film mit Humphrey Bogart stieß. Er kannte ihn schon; Bogart hatte Liebesprobleme mit Barbara Stanwyck.

Michaels Erfahrungen mit Frauen beschränkten sich darauf, daß er Liebesgedichte in den Kleiderspind eines Mädchens gesteckt hatte. Sie hatte ihn dabei erwischt und ausgelacht.

Jemand klopfte leise an die Tür. »Michael?« Es war sein Vater.

»Ja?«

»Empfängst du Besucher?«

»Klar.« Er öffnete. Sein Vater kam zuerst herein, etwas angeheitert, und bedeutete einem alten weißhaarigen Mann, ihm zu folgen.

»Michael, dies ist Arno Waltiri, der Komponist. Arno, mein Sohn, der Dichter.«

Waltiri schüttelte Michael feierlich die Hand. Seine Nase war gerade und dünn, die Lippen waren voll und wirkten jugendlich. Er hatte einen festen Händedruck. »Wir stören nicht, hoffe ich.«

Er sprach mit einem unbestimmten mitteleuropäischen Akzent, der von langen Jahren in Kalifornien abgeschliffen war.

»Ganz und gar nicht«, sagte Michael. Er war ein wenig befangen; seine Großeltern waren gestorben, ehe er zur Welt gekommen war, und er war alte Leute nicht gewohnt.

Waltiri betrachtete die Drucke und Plakate an den Wänden. Vor dem Druck vom Saturn verhielt er ein wenig länger, blickte zu Michael her und nickte. Darauf wandte er sich einem gerahmten Titelbild aus einer Illustrierten zu, das insektenartige Geschöpfe zeigte, welche an einem Strand vor dem Hintergrund brandungsüberspülter Felsen tanzten, und lächelte. »Max Ernst«, sagte er. Seine Stimme war leise und tief. »Dich zieht es offensichtlich zu fremden Orten.«

Michael murmelte irgend etwas, daß er tatsächlich nie in einem fremden Ort gewesen sei.

»Er möchte ein Dichter werden«, sagte sein Vater und zeigte zu den Bücherregalen. »Ein Bücherwurm. Behält alles, was er liest.«

Waltiri streifte den Fernseher mit einem kritischen Blick. Bogart erklärte Stanwyck sorgfältig irgendeine delikate Angelegenheit. »Für den Film habe ich die Musik geschrieben«, sagte er.

Michaels Miene hellte sich sofort auf. Er hatte nicht viel Geld für Platten (den größten Teil seines Taschengeldes und der sommerlichen Nebenverdienste gab er für Bücher aus), aber die fünf Platten, die er besaß, bestanden aus einem Album der Bee Gees, einer Aufnahme aus einem Konzert mit Ricky Lee Jones und den Filmmusiken der Produktionen *King Kong, Star Wars* und *Citizen Kane.* »Wirklich? Wann war das?«

»1940«, sagte Waltiri. »Es liegt jetzt so weit zurück, scheint aber viel näher. Ich schrieb mehr als zweihundert Filmmusiken, bevor ich mich zurückzog.« Waltiri seufzte und wandte sich zu Michaels Vater: »Ihr Sohn ist sehr vielseitig in seinen Interessen.«

Waltiri hatte kräftige Hände mit breiten Fingern, und seine Kleidung war einfach, aber gut gearbeitet. Seine schiefergrauen Augen wirkten sehr jung. Das Ungewöhnlichste an ihm aber waren vielleicht seine Zähne, die wie grau verwittertes Elfenbein waren.

»Ruth möchte gern, daß er Jura studiert«, sagte sein Vater lächelnd. »Wie man hört, ist die Dichtkunst ein brotloser Beruf. Immerhin besser als der Wunsch, ein Rockstar zu werden.«

Waltiri zuckte mit der Schulter. »Rockstar ist nicht so schlecht.« Er legte Michael eine Hand auf die Schulter. Im allgemeinen verabscheute Michael solche Vertraulichkeiten, diesmal aber nicht. »Ich mag unpraktische Menschen, Menschen, die bereit sind, nur auf sich selbst zu bauen. Es war sehr unpraktisch von mir, daß ich Komponist werden wollte.« Er setzte sich auf Michaels Schreibtischstuhl, die Hände auf die Knie gestützt, die Ellbogen nach außen abgewinkelt, und blickte in den Fernseher. »Es ist so sehr schwierig, überhaupt etwas aufgeführt zu bekommen, von einem guten Orchester gar nicht zu reden. Also folgte ich meinem Freund Steiner nach Kalifornien ...«

»Sie kannten Max Steiner?«

»Freilich. Du mußt einmal zu uns kommen, Golda und mich besuchen, vielleicht ein paar der alten Filmmusiken hören.« In diesem Augenblick kam Waltiris Frau herein, eine schlanke blonde Frau, die einige Jahre jünger war als er. Michael fand, daß sie eine entschiedene Ähnlichkeit mit Gloria Swanson hatte, aber ohne den verstörten Blick, den die Swanson in *Sunset Boulevard* gehabt hatte. Er faßte gleich Vertrauen zu ihr.

So hatte es alles mit Musik angefangen. Als sein Vater die Klavierbank lieferte, fuhr Michael mit. Golda Waltiri ließ sie ein, und zehn Minuten später führte Arno sie durch das Erdgeschoß des zweistöckigen Hauses. »Arno redet gern«, sagte seine Frau zu Michael, als sie zum Musikzimmer im rückwärtigen Teil des Hauses gingen. »Wenn du gern zuhörst, werdet ihr gut miteinander auskommen.«

Waltiri sperrte mit einem Schlüssel auf und ließ ihnen den Vortritt. »Ich gehe jetzt nicht mehr sehr oft hinein«, sagte er. »Golda sorgt dafür, daß Staub gewischt wird. Heutzutage lese ich, spiele auf dem Klavier im vorderen Zimmer, aber ich brauche mir nichts anzuhören.« Er tippte sich an den Kopf. »Es ist alles hier oben. Jede Note.«

Auf drei Seiten waren die Wände mit gefüllten Plattenregalen bedeckt. Waltiri nahm große Schellackplatten heraus, von denen mehrere nötig waren, um bei der hohen Geschwindigkeit von achtundsiebzig Umdrehungen eine Filmmusik zu fassen. Dann zeigte er ihm die vielen großen Langspielplatten, mit denen Michael vertraut war. Von Filmmusiken, die er in den 50er und 60er Jahren komponiert hatte, besaß er säuberlich etikettierte und geordnete Tonbandaufzeichnungen in schwarzen und weißen und karierten Blechdosen, die er übereinandergestapelt hatte. »Dies war meine letzte Filmmusik«, sagte er und zog eine größere Blechkassette herunter. »Ein achtspuriges Sechzehn-Millimeter-Stereoband. Für William Wyler, weißt du. 1963 gab er mir den Auftrag zur Filmmusik für *Call it Sleep*. Nicht meine beste Filmmusik, aber jedenfalls mein Lieblingsfilm.«

Michael fuhr mit dem Finger über die Etiketten der Tonbandkassetten. »Sehen Sie! Mr. Waltiri ...«

»Arno, bitte! Nur Produzenten nennen mich Mr. Waltiri.«

»Sie haben die Musik für *The Man Who Would be King* mit Bogart geschrieben!«

»Gewiß. Für John Huston. Ist mir gut gelungen, diese Musik.«

»Das ist mein Lieblingsfilm«, sagte Michael beeindruckt.

Waltiris Augen blitzten. Während der nächsten zwei Monate verbrachte Michael den größten Teil seiner freien Zeit in Waltiris Haus, ließ sich Klavierauszüge vorspielen oder lauschte den alten Aufnahmen. Es waren herrliche zwei Monate gewesen, beinahe eine Rechtfertigung dafür, daß er ein Bücherwurm war, ein Eigenbrötler, der sich in seine eigene Welt vergrub, statt mit Freunden umherzustreifen ...

Nun stand Michael vor Clarkhams Haustür. Er drückte auf die Klinke der schweren hölzernen Tür; verschlossen, wie erwartet. Er zog den Schlüssel aus der Hosentasche. Zu dieser späten Stunde herrschte so gut wie kein Straßenverkehr, und nicht einmal der Lärm entfernter Flugzeuge störte die Nachtstille. Alles schien wie durch eine dicke Decke gedämpft.

Vor zwei Monaten, an einem heißen drückenden Augusttag, hatte Waltiri ihn in die Dachstube seines Hauses geführt, um ihm Papiere und Erinnerungsstücke zu zeigen. Michael hatte Briefe von Clark Gable bewundert, Korrespondenz mit Max Steiner und Erich Wolfgang Korngold, eine Manuskriptkopie eines Oratoriums von Strawinsky.

»Hier oben kommt man sich wie in den 40er Jahren vor«, sagte Michael. Waltiri starrte auf ein Gittermuster von Sonnenlicht, das auf einen Stapel Kassetten fiel, und sagte: »Vielleicht ist es so.« Er blickte zu Michael auf. »Gehen wir hinunter; bei der Hitze tut ein Schluck geeister Tee gut. Und unterwegs möchte ich – statt nur von mir selbst zu reden –, daß du mir verrätst, warum du ein Dichter werden willst.«

Das war schwierig. Als sie mit dem geeisten Tee auf der überdachten Veranda im Schatten saßen, schüttelte Michael zum wiederholten Male den Kopf. »Ich weiß es wirklich nicht. Mama sagt, es sei so, weil ich schwierig sein möchte. Sie lacht dabei, aber ich glaube, sie meint es so.« Er zog ein Gesicht. »Als ob meine Leute sich darüber Sorgen machen sollten, daß ich anders sein könnte! Sie sind selbst kein normales Mittelklassen-Ehepaar. Vielleicht hat sie recht. Aber es ist noch etwas anderes dabei. Wenn ich Gedichte schreibe, bin ich mit dem Lebendigsein mehr in Berührung. Ich wohne gern hier. Ich habe ein paar Feunde. Aber ... es scheint so begrenzt. Ich gebe mir Mühe, die Würze, den Reichtum des Lebens zu finden, aber es gelingt mir nicht. Es muß mehr daran sein, als ich weiß.« Er rieb sich die Wange und blickte zu den abgefallenen Blütenblättern der Magnolie auf dem Rasen. »Einige meiner Freunde wollen zum Film, oder sie wollen Popstars werden. Das ist ihre Vorstellung von Zauber, von der Fülle des Lebens. Ich mag Filme, aber ich kann nicht in ihnen leben.«

Der Komponist nickte, den nachdenklichen Blick in die Ferne über der Hecke gerichtet. »Du meinst, es müsse etwas Höheres – oder Niedrigeres als das geben, was wir sehen, und du möchtest es finden?«

»Das ist es.« Michael nickte.

»Bist du ein guter Dichter?«

»Nicht sehr.«

»Nur keine falsche Bescheidenheit.« Waltiri wischte Kondensationswasser von seinem Glas am Hosenbein ab.

Michael überlegte. »Ich werde einer sein.«

»Was wirst du sein?«

»Ich werde es zu einem guten Dichter bringen.«

»Das ist ein lobenswerter Vorsatz. Nun, da du es gesagt hast, werde ich dich im Auge behalten, weißt du. Du mußt ein guter Dichter werden.«

Michael schüttelte kläglich den Kopf. »Vielen Dank!«

»Denk dir nichts dabei. Wir alle brauchen jemand, der ein Auge auf uns hat. Für mich war es Gustav Mahler. Ich lernte ihn kennen, als ich elf Jahre alt war, und er stellte mir ziemlich die gleichen Fragen. Ich war ein junger Klavierspieler; wie sagt man? – ein Wunderkind. ›Wie weit wirst du es bringen?‹ fragte er, nachdem ich ihm vorgespielt hatte. Ich versuchte der Frage auszuweichen, indem ich mich wie ein kleiner Junge benahm, aber er blickte mich aus seinen sehr eindringlichen dunklen Augen an und wiederholte die Frage. In die Enge getrieben, pustete ich mich auf und sagte: ›Ich werde ein sehr guter Pianist sein.‹ Und er lächelte. Welch ein Segen das war. Ach, was für ein Augenblick! Kennst du Mahler?«

Er meinte Mahlers Musik, und davon kannte Michael nichts.

»Er war mein Gott. Der traurige Deutsche. Ich verehrte ihn. Er starb wenige Monate nach dieser Begegnung, doch fühlte ich irgendwie, daß er mich noch immer beobachtete, daß er enttäuscht wäre, wenn ich nichts aus mir machte.«

Anfang September hatte Waltiri seinen jungen Freund noch enger ins Vertrauen gezogen. »Als ich anfing, Filmmusiken zu schreiben, schämte ich mich ein wenig«, sagte er eines Abends, als Michael zum Essen bei den Waltiris war. »Obwohl meine erste Filmmusik für einen wirklich guten Film bestimmt war – Trevor Howard in *Ashenden* –, konnte ich das Gefühl lange Zeit nicht loswerden. Heute bedaure ich das nicht, aber zur damaligen Zeit dachte ich, was würden meine Lehrer, was würde Mahler sagen, wenn sie erführen, daß ich Musik für alberne Filme schrieb? Zu meiner Entlastung kann ich aber anführen, daß es nahezu unmöglich war, anderweitig zu arbeiten. Ich hatte Golda 1930 geheiratet, und wir mußten leben. Es waren harte Zeiten.

Aber immer stand vor mir die strahlende, glänzende Aussicht, vielleicht einmal ernste Musik zu schreiben, Material für den Konzertsaal. Ich schrieb einiges nebenbei – Klavierstücke, Kantaten, genau das Gegenteil der großen Orchesterstücke für die Filmstudios. Ein wenig davon ist in letzter Zeit sogar für die Schallplatte eingespielt worden, weil ich als Filmkomponist so bekannt bin. Ich wollte eine Oper schreiben – wie liebte ich die Libretti von Hofmannsthal, und wie beneidete ich Richard Strauss, daß er in einer Zeit lebte, als solche Dinge einfacher waren! ›Traum und Wirklichkeit sind eins zusammen, du und ich allein, immer vereint, in alle Ewigkeit …‹; ›Geht all's sonst wie ein Traum dahin vor meinem Sinn …‹« Er lachte und schüttelte den Kopf. »Aber ich schweife ab.

Ich hatte eine letzte Affäre mit der ernsten Musik. Und diesmal …« Waltiri hielt inne, und wieder ging sein Blick im Halbdunkel des von Kerzenlicht erhellten Raumes in die Ferne, schien eine gerahmte Landschaft über den Porzellanschrank abzutasten. »Diesmal war es eine sehr ernste Affäre. Ein Mann meines Alters, vielleicht ein wenig älter, kam eines Tages, als ich bei Warner Brothers war, zu mir und stellte sich als David Clarkham vor. Ich erinnere mich, daß es regnete, aber er trug keinen Regenmantel … bloß einen grauen Wollanzug, ohne einen Tropfen darauf. Nicht naß, verstehst du?«

Michael nickte.

»Wir hatten, wie sich herausstellte, gemeinsame Bekannte. Zuerst dachte ich, er sei vielleicht einer von diesen Studioparasiten. Du kennst den Typ vielleicht; sie drücken sich unter diesem oder jenem Vorwand in den Studios herum, tun wichtig, sonnen sich im Ruhm anderer Leute und versuchen bei ihnen zu schnorren. ›Partyschmarotzer‹, nannte sie jemand. Aber es zeigte sich, daß er Musikkenntnisse hatte. Ein charmanter Bursche. Wir kamen gut miteinander aus ... eine Zeitlang.

Er hatte ein paar Theorien über die Musik, höchst ungewöhnliche, gelinde gesagt.« Waltiri trat zu einem verglasten Bücherschrank, öffnete eine Tür und zog ein kleines dickes Buch in einem abgenutzten Einband heraus. Er reichte es Michael zur Ansicht. Der Titel lautete *Teufelsmusik*, und der Autor war Charles Fort.

»Wir arbeiteten zusammen, Clarkham und ich. Er schlug Orchestrierungen und Arrangements vor; ich komponierte.« Waltiris Gesichtsausdruck verfinsterte sich grimmig. Seine nächsten Worte waren kurz abgehackt und ironisch. »›Arno‹, sagte er zu mir (wir waren mittlerweile gute Freunde), ›Arno, es soll keine andere Musik geben, die so ist wie diese. Seit Millionen von Jahren sind solche Klänge auf Erden nicht vernommen worden.‹ Ich zog ihn auf und sprach von windlassenden Dinosauriern, aber er schaute mich sehr ernst an und sagte: ›Eines Tages wirst du verstehen, was ich meine.‹ Ich fand mich damit ab, daß er ein wenig exzentrisch war, denn er war auch ein brillanter Kopf. Er ging unmittelbar auf meinen Wunsch ein, ein zweiter Strawinsky zu sein. Also ... ich war ein Dummkopf. Ich wendete seine Theorien auf unsere Komposition an und gebrauchte das, was er ›psychotrope Tonstruktur‹ nannte.

›Dies‹, sagte er mir, ›wird genau die Wirkung erzielen, die Skrjabin vergeblich anstrebte.‹« Michael wußte nicht, wer Skrjabin war, aber Waltiri fuhr fort, als sei es eine seit langem einstudierte Ansprache.

»Das Stück, das wir gemeinsam schrieben, war mein Opus fünfundvierzig, ein Klavierkonzert, dem wir den Namen ›Unendlichkeit‹ gaben.« Er nahm das Buch aus Michaels Hand und schlug es an eingemerkter Stelle auf, dann reichte er es zurück. »So werden wir ehrlos. Lies, bitte!«

Michael las.

Eine Musik der Verzauberung.

Der Leser mag urteilen, wie er will, hier sind die nüchternen Daten: Am 23. November 1939 wurde ein Werk von unleugbarer Genialität zum erstenmal aufgeführt, ein Werk, das das Leben berühmter Männer und Musikerkollegen veränderte. Der Komponist dieses Werkes war Arnold Waltiri, und mit ihm, seinem neuen Klavierkonzert Opus 45, schuf er die geeignete Atmosphäre für eine musikalische Katastrophe. Man stelle sich eine kalte Nacht vor, Los Angeles, das Pandall-Theater am Sunset Boulevard. Premierenpublikum in Fräcken und mit schwarzen Zylindern, langen Abendkleidern und Pelzen, das hineinströmt, eine Erstaufführung zu hören. Man hört die Orchestermusiker beim Stimmen ihrer Instrumente, ein kakophonisches Durcheinander. Dann hebt Waltiri den Taktstock, gibt den Einsatz ...

Dem Werk ging der Ruf voraus, daß die Musik seltsam sei, mit keiner Musik vergleichbar, die bis dahin vernommen wurde. Im Saal wuchsen die Töne wie Erscheinungen. Es heißt, ein bekannter Komponist sei zornig und angewidert hinausgegangen. Dann, eine Woche später, habe er Waltiri verklagt. ›Ich bin unfähig, in einer vernünftigen Art und Weise Musik zu hören oder zu komponieren‹, erklärte er in seiner Einlassung vor Gericht. Und die Schuld daran gab er Waltiris Musik. Man bedenke: Was muß geschehen, daß ein

bekannter und geachteter Komponist einen Berufskollegen mit einer, wie Juristen erklärten, völlig aussichtslosen Schadenersatzklage überzieht? Das Verfahren wurde eingestellt, ehe es zur Verhandlung kam. Aber ... wie hörte sich dieses Konzert an?
Ich stelle dem Leser anheim, sich das auszumalen, doch vielleicht hatte Waltiri die Antwort auf eine uralte Frage gefunden, nämlich die nach dem Lied, das die Sirenen sangen?

Michael schloß das Buch. »Es ist nicht alles Unsinn«, sagte Waltiri, während er es in den Bücherschrank zurückstellte. »Das beschreibt ungefähr, was geschah. Und dann, Monate später, verschwanden zwanzig Menschen. Ihre einzige verbindende Gemeinsamkeit war, daß sie der Aufführung unserer Musik beigewohnt hatten.« Er schaute Michael mit hochgezogenen Brauen an. »Die meisten von uns leben in der realen Welt, mein junger Freund ... aber David Clarkham ... seiner bin ich mir nicht so sicher. Als ich ihn das erste Mal sah, wie er mit trockenem Anzug aus der Nässe kam, dachte ich bei mir: ›Der Mann muß zwischen den Regentropfen gehen.‹ Als ich ihn das letzte Mal sah, regnete es auch, im Juli 1944. Zwei Jahre zuvor hatte er hier in der Nähe ein Haus gekauft. Wir sahen einander nicht oft, aber an jenem regnerischen Sommertag kam er hierher und gab mir einen Schlüssel. ›Ich gehe auf Reisen‹, sagte er. ›Du solltest diesen Schlüssel haben, falls du einmal den Wunsch haben solltest, mir zu folgen. Das Haus wird während meiner Abwesenheit besorgt.‹ Sehr geheimnisvoll. Bei dem Schlüssel befand sich ein Stück Papier.«

Waltiri nahm eine kleine Teakholzdose aus dem Bücherschrank und zog den Deckel ab, bevor er sie Michael hinhielt. In der Dose lag ein vergilbtes zusammengefaltetes Papier und, darin eingewickelt, ein angelaufener Messingschlüssel. »Ich bin ihm nicht gefolgt.

Ich war neugierig, aber ich hatte nie den Mut. Und außerdem hatte ich an meine Frau zu denken. Wie könnte ich sie verlassen? Aber du ... du bist ein junger Mann und ungebunden.«

»Wohin ist Clarkham gereist?« fragte Michael.

»Ich weiß es nicht. Seine letzten Worte zu mir waren: ›Arno, solltest du jemals den Wunsch haben, mir zu folgen, dann tue alles, was auf dem Papier beschrieben ist. Geh zwischen Mitternacht und zwei Uhr früh zu meinem Haus. Ich werde mit dir zusammentreffen.‹« Er nahm die zusammengefaltete Notiz und den Schlüssel aus dem Kasten und gab sie Michael. »Ich werde nicht ewig leben. Und ich werde ihm niemals folgen. Vielleicht du.«

Michael grinste. »Das hört sich alles ziemlich unheimlich an.«

»Es ist sehr unheimlich, und albern zugleich. Dieses Haus – er erzählte mir, daß er dort viele musikalische Experimente ausführe. Ich hörte sehr wenig davon. Wie ich sagte, sahen wir uns nach der Premiere des Konzerts nicht mehr so oft. Aber einmal sagte er: ›Die Musik dringt mit der Zeit in die Wände ein, weißt du. Sie spukt in dem Haus weiter.‹ Er war ein brillanter Mann, Michael, aber er ... wie soll ich es ausdrücken? Er ›überdrehte mich‹. Ich übernahm die Verantwortung für das Konzert. Er verreiste für zwei Jahre. Ich kümmerte mich um die Rechtshändel. Nichts wurde vor Gericht gebracht und entschieden. Ich war nahezu pleite.

Er hatte mich dazu gebracht, Musik zu schreiben, die auf das Denken eines Menschen einwirkt wie Drogen auf das Gehirn. Seitdem habe ich nichts dergleichen mehr geschrieben.«

»Was wird geschehen, wenn ich gehe?«

»Ich weiß es nicht«, sagte Waltiri mit einem aufmerksamen und nachdenklichen Blick. »Vielleicht wirst du finden, was über oder unter den Dingen lebt, die wir kennen.«

»Ich meine, sollte mir etwas zustoßen, was würden meine Eltern denken?«

»Es kommt eine Zeit im Leben, da man die Gedanken der Eltern und die Warnungen alter Männer außer acht lassen muß, wenn man die Vorsicht vorübergehend aufgibt und dem Instinkt folgt. Kurzum, wenn man sich auf das eigene Urteil verläßt.« Er öffnete eine andere Tür des Bücherschranks. »Nun, mein junger Freund, bevor wir salbungsvoll werden ... ich habe mir gedacht, daß es noch etwas gibt, was ich dir gern geben würde. Ein Buch. Eines meiner Lieblingsbücher.« Er zog ein in einfaches schwarzglänzendes Leder gebundenes Buch im Taschenformat heraus und streckte es Michael hin.

»Es ist sehr hübsch«, sagte Michael. »Sieht alt aus.«

»Nicht so sehr alt«, sagte Waltiri. »Mein Vater kaufte es mir, als wir nach Kalifornien zogen. Es ist die schönste Dichtung, die es in englischer Sprache gibt, alle meine Lieblingsdichter. Ein angehender Dichter sollte es besitzen. Es enthält unter anderem eine große Auswahl von Coleridge. Du hast Gedichte von ihm gelesen, denke ich.«

Michael nickte.

»Dann lies ihn mir zuliebe wieder.«

Zwei Wochen später, Michael tummelte sich gerade im Schwimmbecken hinter dem Haus, kam seine Mutter mit einem eigentümlichen Gesichtsausdruck zu ihm heraus. Nervös strich sie sich eine Strähne roten Haars aus der Stirn und beschirmte die Augen gegen die Sonne. Michael blickte aus dem Becken zu ihr hin, und seine Arme bekamen plötzlich eine Gänsehaut. Er ahnte beinahe, was sie ihm zu sagen hatte.

»Golda Waltiri hat eben angerufen«, sagte sie. »Arno ist tot.«

Es gab kein Begräbnis. Waltiris Asche wurde anonym auf einer Rasenfläche des Friedhofs beigesetzt. Zeitungen und Fernsehen brachten Würdigungen seines Lebenswerkes.

Das war vor sechs Wochen gewesen. Michael hatte vor zwei Tagen zuletzt mit Golda Waltiri gesprochen. Sie hatte im Wohnzimmer auf der Klavierbank gesessen, aufrecht und würdevoll, das blonde Haar makellos frisiert. Ihr Akzent war deutlicher als der ihres Mannes.

»Er saß hier, an diesem Platz«, sagte sie, »und er schaute mich an und sagte: ›Golda, was habe ich getan? Ich habe diesem Jungen Clarkhams Schlüssel gegeben. Ruf seine Eltern an.‹ Und sein Arm versteifte sich plötzlich ... Er sagte, er habe große Schmerzen. Dann fiel er zu Boden.« Sie blickte Michael ernst in die Augen. »Aber ich sagte deinen Eltern nichts. Er vertraute dir. Du wirst die richtige Entscheidung treffen.«

Sie saß eine Weile still, ehe sie fortfuhr: »Zwei Tage später flog ein kleiner brauner Sperling in Arnos Arbeitszimmer, wo jetzt die Bibliothek ist. Er setzte sich auf den Flügel und zupfte mit dem Schnabel an den Notenblättern. Arno hatte einmal im Scherz gesagt, daß die Vögel Reinkarnationen sein müßten, Seelen in Tierkörpern. Ich versuchte ihn zum Fenster hinauszulassen, aber er wollte nicht. Er saß auf dem Notenständer und blieb dort eine Stunde, drehte den Kopf zu mir her und starrte mich an. Dann flog er davon.« Sie begann zu weinen. »Wie gern hätte ich es, wenn Arno mich dann und wann besuchen würde, selbst als ein Sperling. Er war solch ein feiner Mensch.« Sie wischte sich die Augen und umarmte Michael, dann ließ sie ihn gehen und zupfte ihm die Jacke zurecht.

»Er vertraute dir«, hatte sie wiederholt. »Du wirst wissen, was das beste ist.«

Und nun stand er vor Clarkhams Haus und war,

wenn nicht ruhig, doch resigniert. Nachtvögel zwitscherten schläfrig in den Bäumen entlang der Straße, ein Geräusch, das ihn immer fasziniert hatte, weil es ein wenig vom Tageslicht in die stille Dunkelheit hineintrug.

Er konnte nicht genau sagen, warum er an dieser Stelle stand. Vielleicht war es die Ehrung eines Freundes, den er nur kurze Zeit gehabt hatte. Hatte Waltiri tatsächlich gewollt, daß er die Anweisungen befolgte? Es war alles so zwiespältig.

Er steckte den Schlüssel ins Schloß.

Zu entdecken, was über oder unter den Dingen lebt, die wir kennen.

Er drehte den Schlüssel herum. Musik spukte jetzt in dem Haus.

Die Tür öffnete sich geräuschlos.

Michael trat ein und schloß die Tür hinter sich. Das messingne Schnappschloß klickte.

Es war schwierig, in der Finsternis geradeaus zu gehen. Seine Schulter streifte eine Wand, und die Berührung löste einen unerwarteten Gongschlag aus, als ob er im Inneren einer riesigen Glocke wäre. Er wußte nicht, ob er die Diele oder ein Zimmer durchquert hatte, als er gegen eine weitere Tür stieß, nach der Klinke tastete und sie fand. Auch diese Tür öffnete sich leicht und geräuschlos. Zu Michaels Linker war ein Durchgang, der in einen kleineren Raum führte. Mondschein drang durch die Scheiben der Verandatüren und lag wie Milch auf dem bloßen Holzfußboden. Alle Räume waren leergeräumt.

Die Verandatüren öffneten sich auf einen Innenhof und einen verwahrlosten Garten, den eine Ziegelmauer abschloß. Die Türgriffe fühlten sich eiskalt an.

Er verließ Clarkhams Haus. Ein plattenbelegter Weg führte im Bogen hinaus zur rückwärtigen Pforte. Als er zur Haustür hineingegangen war, hatte der Mond nicht geschienen, nun aber erhob sich eine grämlich dreinschauende grüngelbliche Scheibe über die Silhouetten der Häuser auf der anderen Straßenseite. Er verbreitete nicht viel Licht. (Und doch war der Mondschein durch die Verandatüren sehr hell gewesen ...) Auch die Straßenlaternen waren eigentümlich trübe und von grüngelblicher Farbe.

Es gab weniger Bäume, als er sich erinnerte, und die er sah, waren unbelaubt und skelettartig. Die Luft roch zugleich antiseptisch, elektrisch und irgendwie muffig, als ob sie unter Verschluß aufbewahrt worden und schließlich verdorben wäre. Der Himmel war pechschwarz und sternenlos. Aus den Fenstern der gegenüberliegenden Häuser drang ein mattes bräunliches Glimmen, ganz und gar nicht wie von elektrischem Licht oder eingeschalteten Fernsehgeräten – so als ob die Fensterscheiben mit geronnenem Blut bedeckt wären.

Er ging zur Tür des Hauses zu seiner Linken. Wie in den Instruktionen vorausgesagt, stand die Tür einen Spaltbreit offen. In einem schmalen Streifen ergoß sich warmes willkommenheißendes Licht in die Dunkelheit. Beim Eintreten sah Michael einen kleinen Tisch auf zierlich geschwungenen Rokokobeinen und den glänzenden Parkettboden der Diele. Auf dem Tisch stand eine Messingschüssel mit Früchten. Orangen, Äpfel, etwas Blaues und Glänzendes. Ungefähr drei Meter weiter führte ein Bogen zum Wohnzimmer. Er schloß die Haustür hinter sich.

Die Luft im Haus war abgestanden. Ein muffiger Geruch schien aus Wänden und Boden zu kommen und als unsichtbarer Dunst in der Luft zu hängen. Michael näherte sich mit gerümpfter Nase dem Türbogen des Durchgangs. Die Räume waren beleuchtet, als würden sie bewohnt, doch das einzige Geräusch, das er vernahm, war das seiner eigenen Schritte.

Das einzige Mobiliar des Wohnzimmers bestand aus einem Sessel auf einem großen kreisrunden Wollteppich vor dem dunklen Kamin. Das Teppichmuster bestand aus konzentrischen Kreisen gelbbrauner und schwarzer Farbe und gemahnte an eine Zielscheibe. Der Sessel erwies sich bei genauerem Hinsehen als ein Schaukelstuhl, der sich zu Michaels Bestürzung langsam vor und zurück bewegte. Er konnte nicht sehen, wer darin saß, und hatte kaum erkannt, daß er die Instruktionen nicht befolgte, als der Schaukelstuhl seine Bewegung einstellte und sich umzudrehen begann.

In panischer Furcht, zu sehen oder gesehen zu werden, rannte Michael durch den Hausgang, um eine Ecke und fand sich in einem weiteren leeren Raum. Die Anweisung lautete, daß er nicht innehalten und nichts ansehen sollte. Nun, sagte er sich, er hatte gezögert, nicht haltgemacht; gleichwohl verspürte er das Bedürfnis, vorsichtiger zu sein. Er vergewisserte sich, daß niemand ihm folgte, dann verließ er das Haus durch die Hintertür und gelangte in einen von Ziegelmauern umgebenen Hof. Zu seiner Linken überwucherte eine Glyzinie Spalier und Dachtraufe. Glühwürmchen tanzten in Oleanderbüschen zu beiden Seiten. Jenseits des Hofes hingen beleuchtete Lampions an Drähten über einer Reihe von Blumenbeeten.

Zu seinem Erschrecken sah er jemanden an einem schmiedeeisernen Tisch mit Glasplatten unter dem Glyzinienspalier sitzen. Bis auf den matten Lichtschein der Papierlaternen gab es kaum Beleuchtung, aber er konnte sehen, daß die Person an dem Tisch ein langes Gewand trug, von blasser Farbe und mit Volants besetzt, dazu einen breitkrempigen Hut, der von den tintigen Schatten halb verdunkelt war.

Michael starrte die sitzende Gestalt in entsetzter Faszination an. Sollte jemand ihn hier erwarten und weiterführen? Die Anweisung hatte nichts über eine wartende Person gesagt. Zur Flucht bereit, versuchte er das Gesicht unter dem Hut zu erkennen.

Die Gestalt erhob sich langsam. Ihre Bewegungen hatten eine eigentümlich lockere Unbeholfenheit, die ihm eine Gänsehaut verursachte. Er warf sich herum und floh durch den offenen Mauerbogen in den Garten, stolperte über die Stufen und schlug der Länge nach hin. Sekundenlang lag er benommen und ohne Atem. Dann wurde ihm seine Lage bewußt, und er blickte über die Schulter auf. Die Gestalt hatte den Tisch verlassen und stand im Durchgang oberhalb der Stufen. Obschon durch das Gewand verborgen, beugten und streckten sich alle Gliedmaßen offensichtlich an den falschen Stellen. Das Gesicht unter dem Hut war noch immer nicht auszumachen.

Die Gestalt tat den ersten Schritt hinab, und er sprang auf und rannte durch den Garten zur schwarzen schmiedeeisernen Pforte. Ein Druck auf die Klinke, und sie öffnete sich, und er war draußen in der Zufahrt und versuchte sich zu orientieren. »Nach links«, stieß er atemlos hervor. Er hörte Schritte hinter sich, das Geräusch der Klinke. War es die fünfte oder sechste Pforte zur Linken? Die Zufahrt war zu dunkel, als daß er die Anweisung nochmals überlesen hätte können, aber er konnte die Gartenpforten zu beiden Seiten sehen. Bäume ragten dick und schwarz über die Gartenmauer gegenüber, starr und still.

Im Laufen zählte er die Pforten ... zwei, drei, vier, fünf. Er blieb stehen, lief weiter zur sechsten.

Die Pforte war zugesperrt. Er begriff instinktiv, daß er nicht einfach hinüberklettern konnte – täte er es, fände er auf der anderen Seite nichts als Dunkelheit. Hastig fingerte er in der Tasche nach dem Schlüssel, dem einzigen, den er bekommen hatte.

Die Gestalt in dem volantbesetzten Kleid war noch sechs oder sieben Schritte entfernt, steuerte aber langsam und mit schwankender Zielbewußtheit auf ihn zu, als hätte sie genug Zeit.

Der Schlüssel paßte, aber nicht genau. Er mußte ihn mehrere Male hin und her bewegen, ehe er in das Schloß eingriff. Hinter ihm ertönte ein Seufzen, langgezogen und trocken wie raschelndes Papier, und er spürte einen kalten Druck auf seiner Schulter, etwas Leichtes und zugleich Hartes streifte seinen Jackenärmel ...

Michael stieß die Pforte auf und fiel durch, kroch und stolperte über nackten Boden und vergilbte Stoppeln. Die Pforte fiel mit metallischem Klang zu, das Schloß schnappte wieder ein. Er schloß die Augen und krallte sich in die bröckelnde Erde und das dürre Gras, wartete ab.

Mehrere Sekunden verstrichen, ehe er sich auch nur den Gedanken erlaubte, daß die Gestalt ihn nicht weiter verfolgt habe. Die Beschaffenheit der Luft hatte sich verändert. Er wälzte sich herum und blickte zurück zur Gartenmauer. Die Gestalt mußte darüber oder durch das offene Gitterwerk der Pforte sichtbar sein, war aber nirgendwo auszumachen.

Erleichtert stieß er den angehaltenen Atem aus. Endlich fühlte er sich sicher – wenigstens für den Augenblick. »Es hat geklappt«, sagte er zu sich selbst, stand auf und klopfte seine Kleider ab. »Es hat wirklich geklappt!« Doch irgendwie wollte sich keine gehobene Stimmung einstellen. Etwas Seltsames war eben geschehen und hatte ihn gründlich erschreckt.

Michael konnte nicht mehr als fünfzehn Minuten gebraucht haben, um die Anweisungen der Reihe nach zu befolgen, doch schon tönte das Morgengrauen den Osthimmel mit einem dunstigen orangefarbenen Hauch.

Er war übergewechselt. Aber wohin?

2

Sein nächster Gedanke war, wie er wieder nach Hause kommen könne. Vorsichtig ging er zur Pforte und spähte hinüber. Es gab keine Zufahrt, nur eine breite Böschung, die zu einem träge dahinströmenden grauen Fluß führte, dessen Breite von Ufer zu Ufer wohl an die hundert Schritte betragen mochte. Der Fluß lag unter einem leichten Dunst im frühen Morgenlicht, das die Umrisse baumloser Hügel und die mit Buschwerk und mit Gestrüpp bestandenen Ufer erkennen ließ.

Er wandte sich um und überblickte das Feld vor ihm. Es war einmal ein Weinberg gewesen, nun aber von allerlei Kräutern und Stauden überwuchert. Auch diese Pflanzen gediehen nicht allzugut. Die abgestorbenen knorrig-grauen Stümpfe der Weinstöcke, noch an ihre Pfähle gebunden, waren umgeben von nackter Erde und ausgetrockneten, abgestorbenen Blättern.

Als der dunstige Morgen heller wurde, sah Michael, daß der Garten hinter einem klotzartigen rechteckigen Landhaus lag. Er ging durch den toten Weinberg, die Augen zusammengekniffen, um innerhalb der dunklen Umrisse des Gebäudes Einzelheiten zu erkennen. Hinter dem Bauwerk ging die Sonne auf; er konnte es nicht deutlich sehen, bis er sich ihm auf etwa hundert Schritte genähert hatte.

Es befand sich in keinem sehr guten Zustand. Ein ganzer Flügel war ausgebrannt, so daß nur rissiges Mauerwerk und verkohlte Balken blieben. Michael verstand nicht viel von Architektur, aber die Bauweise wirkte europäisch, wie ein Chateau in Frankreich. Das Haus mochte hundert oder dreihundert Jahre alt sein, oder noch älter. Nirgendwo ein Zeichen von Leben.

Er fühlte sich als Eindringling. Ihn fröstelte in der kalten Morgenluft, er hatte nicht die leiseste Ahnung, wo er war, und nun wurde er hungrig. Einstweilen blieb ihm nichts übrig, als zum Haus zu gehen, zu sehen, ob dort jemand wohnte, und zu versuchen, Antworten auf seine Fragen zu finden.

Ein schmaler Fußpfad führte ihn durch das Gestrüpp und die toten Weinstöcke. Das Haus war noch größer, als er gedacht hatte; es besaß drei Stockwerke. Die oberen ragten eineinhalb bis zwei Meter über das Erdgeschoß vor. Fünf breite behauene Mauerbogen stützten den Überhang; im Näherkommen sah er, daß vom mittleren Bogen ein breiter Block herabgefallen war.

Der Eindruck von Verfall und Verlassenheit war alles andere als ermutigend. Der Pfad führte zum mittleren Bogen hinauf, wo Michael stehenblieb. Eine dunkle Eichentür war in die Wand eingelassen, zwei spiegelbildliche Schneckenornamente zierten den Türrahmen zu beiden Seiten oben und unten, und die Zwischenräume zeigten Ornamente aus ineinander verschlungenen Schlangen. Neben der Tür entragten zwei Bronzelaternen dem Mauerwerk, doch waren ihre Glasscheiben zerbrochen und blind.

Michael machte eine Faust und klopfte an das rauhe gesprungene Holz. Selbst nach mehreren Episoden heftigen Klopfens gab es keine Antwort. Er trat zurück. Rechts und links neben der Tür gab es vermauerte Fenster und jenseits von ihnen weitere Türen. Er versuchte sein Glück bei der nächsten zu seiner Rechten, aber auch sie hatte keine äußere Klinke und gab nicht nach, als er sie mit den Fingern zu öffnen versuchte. Die letzte

Tür auf der rechten Seite war zugemörtelt. Er kehrte zur zweiten Tür zurück, die ihm am aussichtsreichsten erschien, nahm einen Anlauf und warf sich mit der Schulter dagegen. Mit einem durchdringenden Knarren und Knirschen gab sie nach.

Er sah sich ängstlich um. Noch immer war er allein, unbeobachtet, obwohl er nicht umhin konnte, sich zu fragen, was sich in dem verwilderten Weinberg verbergen mochte.

Mit einem weiteren kräftigen Stoß brachte er die Tür ganz auf, so daß sie mit einem dumpfen Schlag gegen die Wand prallte. Er blickte in einen geräumigen finsteren Hausflur. Das eindringende Morgenlicht erlaubte ihm, einige Meter weit zu sehen. Die Wände waren aus einfachem Mauerwerk, ohne Verzierungen oder Mobiliar. Er ging langsam weiter. Nach ungefähr fünf Metern endete die Wand auf einer Seite, und dort drang von der Seite her schwacher Lichtschein in die Dunkelheit.

Michael spähte um die Ecke und sah in eine große Küche, die alle Zeichen des Verfalls und der Verlassenheit zeigte. Zögernd trat er ein, und seine Füße rührten Wolken von wattigem Staub auf. Gemauerte Herde, Backöfen und eiserne Kessel von gewaltigen Ausmaßen füllten einen Raum, der mindestens zwanzig Meter lang und fünfzehn breit war. Das Licht fiel durch ein langes schmales Fenster herein, das ungefähr vier Meter über dem Boden horizontal in die gegenüberliegende Wand eingelassen war. Die Küche befand sich offenbar in einer Art Keller; von der Vorderseite des Gebäudes gesehen, lag sie unter dem Niveau des Bodens.

Neben dem Korridor, durch den er gekommen war, lag ein gemauerter Nebenraum, der einst als Vorratskammer oder Kühlraum gedient haben mochte. Eine weißgestrichene Metalltür hing in rostigen Scharnieren halb offen. Dahinter gähnte Dunkelheit.

Auf der Südseite der Küche führte eine Treppe aufwärts. Er durchquerte den geborstenen, staubigen und mit allerlei zerbrochenen Utensilien übersäten Boden zwischen den gemauerten Herdstellen, wobei seine Füße im tiefen Staub mehrmals in zerbrochenes Geschirr und kleinere Töpfe stießen; dann erstieg er die Treppe.

Oben erwartete ihn eine Pendeltür, deren einer Flügel aus den Scharnieren gerissen war und an der Wand lehnte, der andere zersplittert und schief herabhing. Er stieg hindurch und betrat einen Speisesaal.

Drei lange Tische aus dunklem Holz nahmen etwa die Hälfte des Raumes ein. Stühle waren unter die Tischkante geschoben, und ein Teppich bedeckte Teile des hölzernen Parketts. Der Raum hatte die Abmessungen eines ansehnlichen Ballsaales und erstreckte sich bis zur Vorderfront des Hauses, wo hohe Bogenfenster das Licht der eben aufgehenden Sonne einließen. Ihr Schein lag silbriggrau auf den staubigen Tischplatten.

Es roch nach Staub und etwas bitter wie nach getrockneten Kräutern und Blumen. Er blickte umher und entschied sich für die breite Tür zur Rechten.

Durch sie gelangte er in eine ähnlich eindrucksvolle und verwahrloste Wandelhalle mit modern aussehenden Sofas entlang den Wänden, die von weiteren hohen Bogenfenstern durchbrochen waren. Ein demolierter Konzertflügel stand geborsten wie ein zertretener Käfer auf einem kleinen Podium. Am anderen Ende der Wandelhalle befand sich ein gewaltiger Treppenaufgang, der von einem Luxusdampfer hierher hätte versetzt sein können, mit Messinggeländern, die auf gedrechselten schwarzen Holzsäulen befestigt waren. Er blickte auf. Der obere Treppenabsatz ging in eine Balustrade über, die eine ganze Seite des weiten Raumes durchzog.

»Ne ta! Hoy ac!«

Die dickste Frau, die er je gesehen hatte, beugte sich über das Geländer. Sie spähte zu ihm herab, zog sich zurück, und das Ächzen der Dielenbretter unter ihren Füßen erlaubte ihm, ihre Schritte bis zur Treppe zu verfolgen. Durch die Geländerpfosten wirkte ihre formlose Gestalt so umfangreich, daß sie mindestens fünfhundert Pfund zu wiegen schien; sie war annähernd zwei Meter groß, und ihre Arme waren dick wie Schinken und wie solche geformt. Sie füllten die langen Ärmel eines schwarzen Kaftans bis zum Bersten. Ihr Gesicht war wie weißer Teig, in den jemand mit dem Finger Augen und Mund gestoßen hatte, eingerahmt von langem schwarzen Haar.

»Hallo!« sagte er mit umkippender Stimme.

Sie machte am oberen Ende der Treppe halt und schlug mit der Handfläche auf das Geländer. »Hal-lo«, äffte sie ihn nach, und ihre winzigen Augen wurden kaum merklich größer. Er konnte sich nicht entschließen, ob er bleiben oder fortlaufen sollte. »*Antros.* Du bist ein Mensch. Wo zum Teufel kommst du her?«

Er zeigte zum rückwärtigen Teil des Hauses. »Von draußen. Vom Weinberg herauf. Dort ist eine Pforte.«

»Von da kannst du nicht gekommen sein«, sagte die Frau, deren Stimme tief und rauh war. »Es ist zugesperrt.«

Er zog den Schlüsselanhänger aus der Hosentasche und hielt ihn in die Höhe. »Ich habe aufgesperrt.«

»Ein Schlüssel!« Sie bewegte sich langsam die Treppe herunter, tat jeden Schritt mit großer Sorgfalt, woran sie gut tat. Im Fall eines Sturzes wäre sie bei ihrem Gewicht Gefahr gelaufen, sich tödlich zu verletzen und obendrein die Treppe zum Einsturz zu bringen. »Wer gab ihn dir?«

Michael antwortete nicht.

»Wer gab dir den Schlüssel?«

»Mr. Waltiri«, sagte er kleinlaut.

»Waltiri, Waltiri.« Sie erreichte den Fuß der Treppe und watschelte langsam näher. Bei jedem Schritt schwenkte sie die Arme, um das Gleichgewicht zu halten und den schwellenden Bewegungen der unförmigen Hüften auszuweichen. »Niemand kommt hierher«, sagte sie, als sie ein paar Schritte vor Michael vibrierend wie ein Pudding zum Stillstand kam. »Sprichst du Cascar oder Nerb?«

Er schüttelte verständnislos den Kopf.

»Nur englisch?«

»Ich spreche ein wenig französisch«, sagte er. »Ich hatte es zwei Jahre in der Oberschule. Und etwas spanisch.«

Sie kicherte, dann brach sie plötzlich in ein lautes hohes Gegacker aus. »Französisch, spanisch, du bist neu. Tatsächlich neu.«

Dagegen konnte er nichts sagen. »Wo bin ich?«

»Wann bist du hergekommen?« konterte sie.

»Vor ungefähr einer halben Stunde, glaube ich.«

»Wie spät war es, als du aufbrachst?«

»Wo aufbrach?«

»Von daheim, Junge«, sagte sie, und die Rauheit kam wieder in ihren Ton.

»Ungefähr ein Uhr früh.«

»Du weißt nicht, wo du bist oder wer ich bin?«

Er schüttelte den Kopf. Bei aller Furcht begann sich ein untergründiger Ärger in ihm zu regen.

»Mein Name«, sagte die Riesendame, »ist Lamia. Deiner?« Sie hob den Arm und zeigte mit einem überraschend feingeformten Finger auf ihn.

»Michael«, sagte er.

»Was hast du mitgebracht?«

Er hob die Arme. »Meine Kleider. Den Schlüssel.«

»Was hast du da in der Jackentasche?«

»Ein Buch!«

Sie nickte, so gut sie es vermochte; ihr Kopf saß beinahe unbeweglich auf der fettgepolsterten Säule ihres Halses. Ihr Kinn verschwand in Speckfalten. »Ein gewisser Waltiri hat dich geschickt, sagst du. Wo ist er?«

»Er ist tot.«

Sie gackerte abermals, als ob die Nachricht etwas Lächerliches wäre. »Das bin ich auch, Junge. Tot wie dieses Haus, tot wie eine Million Träume!« Ihr Gelächter brach sich an den Wänden und der Decke wie ein Schwarm verzweifelt flatternder Vögel. »Kannst du zurück?«

»Ich weiß es nicht«, sagte er. »Ich möchte.«

»Du möchtest. Du kommst her, und du möchtest zurück. Weißt du nicht, wie?«

Er schüttelte den Kopf.

»Dann bist du auch tot. Du sitzt hier fest. Nun, wenigstens hast du Gesellschaft. Aber du mußt dieses Haus verlassen. Niemand bleibt hier, wenn es Nacht wird.«

Mittlerweile zitterte er, und die Furcht bewirkte, daß sein Ärger sich gegen ihn selbst kehrte. Die Art und Weise, wie die Frau ihn musterte, machte alles nur noch schlimmer. »Na«, meinte sie endlich, »du wirst früh genug lernen, was es mit alldem auf sich hat. Und morgen früh wirst du hierher zurückkommen.«

»Es ist erst Morgen«, sagte Michael.

»Und du wirst den Rest des Tages benötigen, um dich in deine Lage hineinzufinden. Komm mit!«

Sie watschelte um den Treppenaufgang und öffnete eine große Tür an der Vorderseite des Hauses. Er folgte ihrer unförmigen Gestalt eine steinerne Freitreppe hinab zu einer steinigen Fläche, dann einen schmalen Pfad entlang zu einer Art Karrenweg, der sich durch niedrige, baumlose Hügel wand.

»Ungefähr eine Wegstunde von hier gibt es eine Stadt, wo Menschen wohnen, jenseits der Ebene und über eine Brücke. Geh schnell dorthin, bummele nicht. Es gibt welche, die für Menschen nicht viel übrig haben. In der Stadt gibt es eine sehr baufällige Herberge, wo du Unterkunft und Verpflegung findest. Du wirst dafür arbeiten müssen. Die Leute dort halten zusammen. Sie müssen. Geh hin, sag ihnen, daß Lamia dich schickt und wünscht, daß du untergebracht wirst. Sag ihnen, daß du arbeiten willst.« Ihr Blick schweifte wieder zu dem Buch, das sich durch seine Jackentasche abzeichnete. »Bist du ein Student?« fragte sie.

»So kann man sagen«, sagte er.

»Versteck das Buch! Morgen, wenn es Tag geworden ist, komm zurück, und wir werden sprechen.«

Ohne seine Reaktion abzuwarten, wandte sie sich um und mühte sich zurück zum Haus, die Stufen hinauf zur Tür, die sie hinter sich schloß. Michael schaute hierhin und dorthin, versuchte den öden Hügeln, dem halb in Ruinen liegenden alten Haus und seinem steinigen Vorhof irgendeine Bedeutung abzugewinnen, doch ohne Erfolg.

Jedenfalls war alles durchaus wirklich. Er träumte es nicht bloß.

3

Michael hatte nicht damit gerechnet, Angst zu bekommen, hungrig zu sein oder mit der bitteren Erkenntnis fertigzuwerden, daß er keine Ahnung hatte, was zu tun sei. Er hatte keinen Anhaltspunkt, keinen Rückhalt, keine vernünftige Richtschnur; er hatte nur Lamias Worte. Und Lamia selbst war kaum dazu angetan, ihn zu ermutigen, ganz gleich, was sie zu sagen hatte. Ihre brüske Art und ihre ziemlich wahrscheinliche Geistesgestörtheit verstärkten Michaels verzweifeltes Verlangen, einen Weg zurück nach Hause zu finden. Er beschloß, zu der Gartenpforte am Weinberg zurückzukehren und sie zu überklettern, wenn es sein müßte; vielleicht waren der Fluß und das Land jenseits der Pforte illusorisch. Vielleicht brauchte er bloß hinüberzuspringen, um sich wieder in der bekannten Zufahrt zu finden ...

Bei der Gestalt in dem volantbesetzten Gewand und dem Schlapphut.

Der Gedanke brachte ihn auf halbem Weg zum Stillstand. Mit geballten Fäusten machte er kehrt und trottete zwischen den abgestorbenen Weinstöcken und über die Steine und Erdklumpen zurück. So erreichte er wieder den Fahrweg und folgte Lamias Anweisungen. Nach einer Weile vernahm er Hufgetrappel und sah eine Gruppe von fünf Reitern ungefähr einen Kilometer hinter ihm dahingaloppieren. Die Hufe wirbelten eine kleine Staubfahne auf. Er verbarg sich hinter einem Felsblock und beobachtete die Reiter.

Sie näherten sich dem schmalen Pfad, der zum Haus führte, und zügelten ihre Pferde, um miteinander zu beraten. Michael hatte noch nie Pferde oder Reiter wie diese gesehen. Die Tiere waren groß und hager, so muskulös, daß sie aussahen, als sei ihnen die Haut abgezogen. Sie waren mit einer Ausnahme grau gesprenkelt wie dunkle Apfelschimmel; die Ausnahme war ein prachtvoller goldbrauner Palomino.

Die Reiter waren hochgewachsen und hager, von gespenstischer Erscheinung, die ihren deutlichsten Ausdruck in den Gesichtern fand. Alle hatten rötlichblondes Haar, lange schmale und bartlose Gesichter, große Augen unter furchteinflößenden Brauen. Ihre Kleidung war perlgrau und unterschied sich von der Färbung ihrer Pferde nur darin, wie sie das Licht der Morgensonne brach.

Nach Abschluß ihrer Beratung schlugen sie den Pfad zum Haus ein und saßen vor der Freitreppe ab. Die Pferde stampften, so daß Steine und Erdbrocken flogen, während ihre Herren die Stufen hinaufschritten und ohne Klopfen das Haus betraten.

Michael spürte, daß es nichts Gutes brächte, wenn er weiter in seinem Versteck ausharrte; er beschloß, die Gegend zu verlassen und so schnell wie möglich in die Stadt zu gehen.

Der Weg erforderte ungefähr eine Dreiviertelstunde. Unterwegs blickte er immer wieder über die Schulter zurück, sich zu vergewissern, daß die Reiter nicht hinter ihm her waren.

Wie er nun feststellte, war seine Armbanduhr stehengeblieben; der Sekundenzeiger rührte sich nicht von der Stelle. Sie zeigte sechzehn Minuten nach eins. Aber er konnte die Zeit durch seinen wachsenden Hunger schätzen.

Die Stadt erwies sich als ein Dorf, eine unregelmäßige Reihe brauner Gebäude. Je näher er der Siedlung kam, desto weniger beeindruckte sie ihn. Die Häuser am Ortsrand gemahnten mit ihren konischen Strohdächern und den lehmbeworfenen Flechtwänden an Negerkrale. Dünne Rauchfäden stiegen aus den meisten der Hütten. In der windstillen Luft verbreitete sich der Rauch und lag in einer dünnen Dunstschicht über den Dächern. Jenseits der Rundhütten boten graubraune, durch Mauern miteinander verbundene zweigeschossige Häuser ein tristes einförmiges Bild.

Ein niedriges unbewachtes Tor führte durch die Mauern in die Ortschaft, die eher einem Dorf als einer Stadt glich. Über der Innenseite des Torbogens war ein sauber gemaltes Schild angebracht mit der Aufschrift:

Nur wenige Leute waren zu dieser Vormittagsstunde unterwegs. Frauen trugen Körbe, Männer standen beisammen und unterhielten sich. Sie alle starrten Michael an, als er vorüberging. Er hatte die Hände in die Hosentaschen gesteckt und erwiderte ihr Starren mit verstohlenen Blicken. Die Frauen trugen Hosen oder braune sackförmige Kleider. Die Männer waren in staubfarbene Hosen und zumeist schmutzige Hemden derselben Farbe gekleidet. Einige gingen von Haus zu Haus, beladen mit Bündeln getrockneter Binsen.

Zu Michaels Unbehagen lenkte er viel Aufmerksamkeit auf sich, doch sprach ihn niemand an. Der Ort verbreitete die Atmosphäre eines Gefängnisses; es war allzu ruhig und geordnet, mit einer untergründigen Spannung.

Er hielt Ausschau nach einem Zeichen, das ihn zum Hotel führen könnte, aber es gab keine Hinweise. Schließlich faßte er sich ein Herz und trat auf einen bleichen rundgesichtigen Mann mit schütterem schwarzen Haar zu, der bei einem Tragkorb aus Rohrgeflecht am Rand der schmalen gepflasterten Straße stand.

»Entschuldigen Sie«, sagte Michael. Der Mann musterte ihn mit einem Ausdruck lustloser Neugierde. »Können Sie mir sagen, wo die Herberge ist?«

Der Mann lächelte und nickte, dann begann er schnell in einer Sprache zu reden, die Michael nicht verstand. Er schüttelte den Kopf, und der Mann machte ein paar Handbewegungen in die Richtung der Herberge.

Michael bedankte sich. Glücklicherweise war die Herberge in der Nähe und mit etwas Gespür leicht ausfindig zu machen; sie war das einzige Haus, von dem angenehme Gerüche ausgingen. Es gab kein Schild, doch war das Gebäude ein wenig eleganter als seine Nachbarn, mit einfachen Stuckverzierungen über der Tür und den Fenstern. Aus seinem Innern drang der Duft frisch gebackenen Brotes auf die Straße. Michael blieb stehen und sog den Duft begierig ein. Das Wasser lief ihm im Mund zusammen, und es kostete ihn nicht viel Überwindung, die Stufen zum Eingang zu ersteigen und in die kleine Diele einzutreten.

Hinter einem Ladentisch saß ein dicklicher kleiner Mann in Overall und grauer Schirmmütze. Alle Möbel waren aus Rattan und Weidengeflecht gefertigt oder bestanden wie die Theke aus zusammengeleimten kleinen Holzklötzen. Die Teppiche waren dünn und abgetreten, und der derbe Stoff, mit dem das Sofa aus Korbgeflecht bezogen war, zeigte brüchige Risse, aus denen die Polsterung aus Federn und Pflanzenfasern hervorsah.

»Lamia hat mich geschickt«, sagte Michael.

»So?« versetzte der Mann, den Blick auf Michaels Brust fixiert. Er schien nicht eingestehen zu wollen, daß jemand größer war als er.

»Sie sprechen englisch«, sagte Michael, und der Mann quittierte es mit einem kurzen Nicken. »Sie sagte, ich solle für Unterkunft und Verpflegung arbeiten und hier Aufnahme finden. Morgen soll ich zu ihr zurückkommen.«

»So?«

»Sie will, daß ich arbeite.«

»Ah.« Der Mann wandte sich um und betrachtete ein Schlüsselbrett, das hinter dem Ladentisch an der Wand befestigt war. Dort hingen Schlüssel aus gebranntem Ton, klobig und albern aussehend. »Lamia ...« Es klang nicht erfreut. Er hob die Hand und umfaßte einen Schlüssel, nahm ihn aber nicht vom Haken. Wieder ging sein Blick zu Michaels Brust. Michael beugte sich über den Ladentisch, bis der Mann ihm ins Gesicht sehen konnte.

Der Mann lächelte. »Was für Arbeit?«

»Ah ... alles, denke ich.«

»So so ... Lamia ...« Er nahm den Schlüssel vom Haken und betrachtete ihn mit einem beinahe sehnsüchtigen Ausdruck. »Sie hat noch nie jemanden hergeschickt. Bist du ihr Freund?«

»Ich weiß nicht«, sagte Michael.

»Warum kümmert sie sich dann um dich?« fuhr der Mann fort, als hätte Michael die letzte Frage verneint.

»Ich weiß nicht viel von diesen Dingen«, sagte Michael.

»Dann bist du neu.« Er sagte es im Ton einer Feststellung, dann runzelte er die Brauen und musterte Michaels Züge genauer. »Bei Gott, ja, du bist neu! Wie bist du mit Lamia zusammengetroffen, wenn du neu bist? Aber ...« Er hob abwinkend die Hand und schüttelte den Kopf. »Laß gut sein. Du bist ihr Schützling, sonst hätte sie dich nicht geschickt, glaub mir. Lassen wir es damit bewenden. Da du neu bist, kannst du beim Lehrer einziehen.« Er kam um den Ladentisch herum. »Wirst dich krummlegen müssen. Es ist eine kleine Kammer, und meine Frau wird dich arbeiten lassen, daß dir die Schwarte knackt, keine Bange. Und du wirst einfach essen, wie wir alle.« Er schmunzelte. »Bequemlichkeiten gibt es nicht, das sage ich dir gleich. Immerhin ist es nachts still, du bekommst einen Strohsack zum Schlafen, und wenn die Alarmglocke läutet ...«

In diesem Augenblick erklangen laute Glockentöne. Das Geräusch schien aus allen Richtungen zugleich zu kommen. »Mein Name«, sagte er untersetzte Mann, »ist Brecker, und wir werden jetzt nach unten gehen. Das ist die Alarmglocke. Risky!«

Der Mann mußte den Ruf wiederholen, bis eine magere, verhärmt aussehende Frau von Breckers Alter die Treppe herabgesprungen kam. Ihre krummen Beine nahmen drei Stufen auf einmal.

»Hab dich schon gehört«, sagte sie. Michael schaute zu den verräucherten Fenstern hinaus und sah Leute durch die Straße laufen. »Es ist wieder Stadtmeister Alyons mit seinen Läufern. Sie müssen im Haus des Isomagus gewesen sein, und nun sind sie hier.« Michael folgte ihnen Steinstufen hinab in einen Keller mit Lehmwänden, wo sie an der den Stufen nächsten Wand zwischen großen Flaschen mit brauner Flüssigkeit und Kartoffelkörben niederkauerten. Brecker klopfte neben sich auf den Boden, und Michael setzte sich nieder.

»Warum die Aufregung?« fragte er.

Risky warf das Haar zurück und spuckte auf den Boden. »Der Ritt der edlen Sidhe gegen die menschliche Rasse«, sagte sie mit unüberhörbarer Ironie. Sie musterte Michael mit kühlem Blick. »Du bist neu«, sagte sie. »Wo ist Savarin?«

»Wahrscheinlich beobachtet er sie von oben«, erwiderte Brecker. »Wie gewöhnlich.«

Obwohl die Kellertür geschlossen war, hörte Michael hartes Hufgetrappel, gefolgt vom hellen Gebimmel einer Glocke und einer volltönenden und hypnotisch wirkenden Stimme.

»*Hoy ac!* Fleischesser, Anhänger der Schlange! Lobet Adonna, oder wir werden eure Kinder loslassen und das Vertragsland wieder zu Staub und Wüste machen!«

Brecker schauerte, und Riskys Lippen wurden schmal und blaß. Die Hufschläge entfernten sich, und Augenblicke später gellten wieder Glockentöne durch die Straße.

»Willkommen in Euterpe«, sagte Risky zu Michael, stieß die Kellertür auf und lief die Treppe hinauf. Brekker folgte ihr und bedeutete Michael, mit ihnen zum Obergeschoß zurückzukehren.

»Morgen«, sagte Brecker zu Risky, »geht unser neuer Hausgast zurück zu Lamia, zum Haus des Isomagus. Er ist neu, wie du bemerkt hast.«

»Er ist viel zu jung, um etwas anderes zu sein«, versetzte Risky. »Und er ist nicht wie wir anderen. Nicht, wenn *sie* ihn bei sich haben will.« Damit schien die Sache für sie erledigt, und sie fügte in verändertem Ton hinzu: »Zeig ihm die hintere Kammer!«

»Das war auch mein Gedanke. Mit Savarin.«

»Eine praktische Lösung. Er hat eine Menge zu lernen.«

Die Kammer lag am Ende eines schwach beleuchteten Korridors und war klein. Die mit Lehm beworfenen Flechtwände waren mit dünnen grauen Pappstreifen beklebt. Dünne Platten aus Glimmerschiefer bildeten den Bodenbelag, der unter seinen Schuhen abschuppte. Die Kammer enthielt zwei kojenartige Betten übereinander und einen wackligen Waschtisch aus Korbgeflecht. Wenigstens konnte er auf den ersten Blick keine Insekten ausmachen.

Als er auf der Schwelle stand und überlegte, wer Savarin sei, kam Risky durch den Korridor und diskutierte mit Brecker die Arbeit, die sie Michael geben sollten. Brecker warf Michael einen nervösen Blick zu und zog Risky durch den Korridor fort, um außer Hörweite mit ihr zu flüstern. Trotz dieser Vorkehrungen verstand Michael das meiste von dem, was sie sagten.

»Sollten wir ihn überhaupt arbeiten lassen, wenn er unter Lamias Schutz steht?« fragte Brecker.

»Hat sie es verboten? Ich sage, er soll arbeiten. Wir können immer ein paar Hände gebrauchen.«

»Ja, aber er ist anders ...«

»Nur weil er vom Haus des Isomagus kommt.«

»Und das hat sicherlich etwas zu bedeuten.«

»Lamia macht mir keine Angst«, sagte Risky. »Wenn Alyons ihn unter dem Arm gebracht und gesagt hätte: ›Macht ihm ein angenehmes Leben‹, dann würde ich ihm vielleicht die Arbeit ersparen.«

Damit schien die Sache geregelt. Risky zeigte ihm, wo er Wasser holen konnte, und brachte ihn an seinen Arbeitsplatz. Es fing damit an, daß er in einem Waschraum hinter der Küche frisch gewaschenes Bettzeug durch eine Steinpresse drehte. Während er die Kurbel bediente und Laken und Kissenbezüge zwischen die Steinwalzen steckte, kaute er an einem Stück Brot.

»Keine Krümel auf die Laken«, sagte Risky, als sie ihm ein Glas Magermilch brachte. »Siehst hungrig aus, Junge.«

»Ausgehungert«, sagte Michael.

»Nun, iß nicht zuviel. Wir würden es doch nur in Form zusätzlicher Arbeit aus dir herausholen.«

Beim Hinauftragen getrockneter Bettwäsche bemerkte Michael, daß von den zwölf Schlafkammern der Herberge nur zwei belegt waren; der Raum, den er mit dem unbekannten Savarin teilte, und das größte Zimmer, zu dem eine eigene Nebenkammer gehörte. »In die Suite gehen wir nur einmal die Woche«, erklärte Risky.

»Wer bewohnt sie?«

»Hungrig und neugierig. Hungrig und neugierig. Wenn man neu ist, braucht man eine Weile, um zu lernen, wie die Verhältnisse sind, nicht?« Sie schüttelte den Kopf. »Du wirst ihm heute abend begegnen. Brekker plant eine Zusammenkunft.«

Danach mußte er im Hof Holz hacken. Es waren nur Zweige und dünnes Geäst, das er zu zerkleinern hatte, aber schon bald hatte er an beiden Händen Blasen und fühlte sich niedergeschlagen. Harte körperliche Arbeit hatte ihm nie Spaß gemacht, und während er ausholte und fehlte, ausholte und absplitterte, ausholte und endlich traf und spaltete, um beim nächsten Stück das gleiche zu erleben, wünschte er sich nichts so sehr wie wieder daheim zu sein, mit einem Buch im Bett zu liegen und ein Glas Ingwerbier auf dem Nachttisch zu haben.

Als es dunkelte – der Abend schien hier etwas früher zu kommen, dachte er –, hatte er dreizehn Bündel Stangenholz so zerkleinert, daß die gespaltenen Stücke in den Herd der Herberge paßten. Brecker inspizierte den kleinen Haufen zugerichteter Scheite und schüttelte den Kopf. Mit einem kritischen Blick auf Michaels magere Brust meinte er: »Nun, später wirst du mehr schaffen. Wenn du hier bleibst und dich in der Arbeit übst. Aber mach dir nichts daraus.« Seine Miene nahm einen zufriedenen Ausdruck an, und er zwinkerte. »Heute abend ist die Versammlung. Neuigkeiten sprechen sich herum. Du bist gut fürs Geschäft, wenigstens heute abend.«

Sie gaben Michael eine halbe Stunde, sich für das Abendessen zu waschen und zu säubern. Da er nur das Stück Brot gegessen und zwei Gläser der fast durchscheinenden bläulichen Milch getrunken hatte, war er wieder heißhungrig. Er ging in seine Kammer und legte sich eine Weile auf das untere der beiden Betten, schloß die Augen, zu müde, um wirklich essen zu wollen, und zu hungrig, um einzuschlafen. Er wusch sich die mit Blasen bedeckten Hände im Waschbecken und stocherte einen Splitter unter dem Fingernagel heraus. Aus dem Waschbecken kam ein starker Kräutergeruch. Michael schnüffelte an der Seife – einem fettigen körnigen Stück, das fast geruchlos war –, und wischte sich die Hände an einem Lumpen. Der Geruch verlor sich rasch.

Er zog sich das Hemd aus und wischte sich den Oberkörper mit einem nassen Lappen, dann suchte er das primitive Trockenklosett am anderen Ende des Korridors auf. Er vermutete, daß er am nächsten Tag den Eimer mit Waschwasser würde hinuntertragen und frisches Wasser heraufschleppen müssen, es sei denn …

Was? Es sei denn, sein Gespräch mit Lamia ging gut aus? Was würde sie tun, außer zu ihm sprechen, und welche Verbindung gab es zwischen ihr und den Reitern?

Er war zu erschöpft, um wirklich neugierig zu sein. Mit hängenden Schultern und matten Bewegungen stieg er die Treppe hinunter und setzte sich neben Brekker an die abgenutzte Steinplatte des Eßtisches.

Es war Nacht geworden, und der Herbergstisch war von Talgkerzen beleuchtet, die in einfachen Haltern steckten. Es gab zwölf Plätze um den Tisch, alle waren besetzt, und die Leute, Männer wie Frauen, beobachteten Michael mit gespanntem Interesse, wann immer er den Kopf abwandte.

Er saß so gerade wie möglich, versuchte Würde zu zeigen und nicht am Tisch einzuschlafen. Nachdem Risky eine Schüssel Gemüsesuppe aufgetragen hatte, stand Brecker auf und hob einen Becher mit wäßrigem braunen Bier. »Liebe Hausgäste«, sagte er, »heute abend haben wir einen Neuankömmling unter uns. Sein Name ist Michael, und er ist jung, wie ihr seht, der Jüngste, dem ich im Reich je begegnet bin. Heißen wir ihn willkommen.«

Männer und Frauen hoben ihre Becher und riefen in einer verwirrenden Vielzahl von Sprachen: »Zum Wohl!« »Cheers!« »Skaal!« »Santé!« »Auf Michael!« und so fort, mehr als er zu sortieren imstande war. Er hob seinen Becher und blickte in die Runde, murmelte einen Dank.

»Nun iß!« sagte Risky. Als die Suppe gegessen war, trug sie die Schüssel in die Küche und brachte die nächste vom Herd herein. Diese war mit Gemüse und Karotten und großen braunen Bohnen gefüllt, außerdem mit einer Gemüsesorte, die Michael nie zuvor gesehen hatte und die einer braunen Gurke von dreieckigem Querschnitt ähnelte. Fleisch gab es nicht.

Die Augen fielen ihm zu, und einmal fing er sich gerade noch rechtzeitig, um zu hören: »... du siehst also, Junge, daß wir uns hier nicht in der besten Lage befinden.« Der Sprecher war ein hochgewachsener, kräftig aussehender Mann mit einem graumelierten Vollbart, der schräg gegenüber saß.

»Ah – wie? Verzeihung«, sagte Michael und zwinkerte.

»Ich sagte, daß die Lage der Stadt nicht gerade günstig ist. Seit der Isomagus seinen Krieg verlor, sind wir auf das Vertragsland inmitten der Verbrannten Ebene beschränkt. Keine Kinder, natürlich ...«

Die dickliche kastanienbraune Frau neben ihm verdrehte die Augen und bedeutete ihm, still zu sein. Er warf ihr einen unwilligen Blick zu. »Du wirst die Freimütigkeit verzeihen«, fuhr er fort, »aber der Junge muß die Umstände kennen, unter denen er hier lebt.«

Darauf erkundigten sich andere, wo Savarin sei, und die Frau mit dem kastanienbraunen Haar meinte, er solle derjenige sein, der Michael unterweise.

»Der Junge«, erklärte der Mann unbeirrbar, »muß wissen, daß es Kinder gibt, die uns an unsere Gefahr zu erinnern haben. Sie hausen in dem Hof in der Mitte der Stadt.« Die Frau bekreuzigte sich und neigte den Kopf. Michael sah, daß sie die Lippen wie in stummem Gebet bewegte. »Und im ganzen Land gibt es nicht ein spielbares Instrument.«

»Spielbar?« fragte Michael. Die anderen sahen einander an.

»Musik, weißt du«, sagte Brecker.

»Musik?« wiederholte Michael verwirrt.

»Junge«, sagte der kräftige Mann mit dem Vollbart, »willst du sagen, daß du kein Instrument spielst?«

»Ich spiele keins.«

»Du kennst keine Musik?«

»Ich höre gern zu«, sagte Michael, den die allgemeine Verblüffung beunruhigte. Um den Tisch wurden weitere Blicke ausgetauscht. Brecker schaute betreten drein.

»Junge, soll das heißen, daß es nicht die Musik war, die dich hierher gebracht hat?«

»Ich glaube nicht, daß Musik etwas damit zu tun hatte«, sagte Michael.

Die kastanienbraune Frau seufzte und schob ihren Stuhl vom Tisch zurück. Mehrere der anderen taten es ihr nach. »Wie bist du dann hergekommen?« fragte sie und vermied es, ihn direkt anzusehen.

»Er ist nicht ein *Kind,* oder?« jammerte eine untersetzte Frau am Ende des Tisches. Ihr männlicher Gefährte ergriff sie beim Arm und zog sie wieder auf den Platz. »Offensichtlich nicht«, sagte er. »Wir kennen die Kinder. Sein Gesicht ist gut.«

»Wie bist du dann hergekommen?«

Michael berichtete stockend von Waltiri, der schriftlichen Anweisung, Clarkhams Haus und dem Übergang. Aus irgendeinem Grund – vielleicht war nur seine Müdigkeit verantwortlich – erwähnte er nicht die Gestalt in dem volantbesetzten Gewand. Als er geendet hatte, nickten die Versammelten alle miteinander.

»Das«, sagte der kräftige Mann mit dem Bart, »ist ein höchst ungewöhnlicher Weg. Ich habe nie von ihm gehört.«

»Lamia könnte uns sicherlich mehr darüber sagen«, sagte jemand.

»Ich weiß«, meldete sich eine tiefe barsche Stimme zu Wort, und die anderen verstummten. Brecker stieß Michael an und nickte zu einem Mann hinüber, der ihnen schräg gegenüber saß. »Der Bewohner der Suite«, sagte er.

Der Mann war älter als die anderen, von denen keiner mehr als vierzig oder fünfundvierzig Jahre zu zählen schien. Das Haar lag ihm wie eine dünne weiße Kappe um den Schädel, und die bleichen Züge trugen einen Ausdruck bitterer Gleichgültigkeit. Der Blick seiner blaßblauen Augen ging von Gesicht zu Gesicht. »Sonst redet er nie«, raunte Brecker.

»Junge«, sagte der Mann und stand auf, »mein Name ist Frederick Wolfer. Kennst du mich?«

Michael verneinte. Der Mann trug einen abgenutzten schwarzen Anzug. Das Jackett war verfärbt und zerrissen und an den Ellbogen mit Flicken eines schlecht passenden grauen Stoffes ausgebessert. »Hat Arno Waltiri mich erwähnt?«

Michael verneinte wieder.

»Er schickte mich hierher«, sagte Wolfer. Er hob eine zittrige Hand. »Er schickte einen schon alten Mann in ein Land, das die Alten nicht duldet. Glücklicherweise bin ich unter gute Leute gekommen.« Ein Murmeln ging um den Tisch. »Glücklicherweise habe ich die Härten des Krieges ausgehalten, Clarkhams Versuch, ein Reich zu gründen, und unsere Internierung hier auf dem Vertragsland. Dies alles ...« Er brach ab und blickte zur Decke auf, als ob ihm von dort die passenden Worte zuwehten. »Dies alles, weil ich an einem Sommerabend, Gott allein weiß, vor wie vielen Jahrzehnten, ein Konzert besuchte und einem Musikstück lauschte, dessen Komponist Arno Waltiri war. Ich kenne den Namen, denn ich bin der einzige Überlebende von denen, die durch seine Musik entrückt wurden. Der einzige. Junge, du mußt unsere Lebensumstände begreifen. Alle von uns hier, mit deiner Ausnahme, alle Menschen im Reich oder in der Sidhenacht, oder im Elfenschatten, oder wie immer man diesen verfluchten Ort nennen will – wir sind hier, weil Musik uns entrückt hat.«

»Verzaubert«, sagte die Frau mit dem kastanienbraunen Haar.

»Transportiert«, sagte ein dicklicher schwarzhaariger Mann.

»Mich, als ich Trompete spielte«, sagte der kräftige Bursche.

»Und ich beim Klavierspiel«, sagte ein anderer.

Wolfer hob die Hand, um das Stimmengewirr zu beruhigen. »Ich war kein Musiker. Ich war Musikkritiker. Ich habe immer geglaubt, daß Waltiri Rache an mir nahm ... indem er mich für alle Zeit unter Musiker brachte.«

»Wir liebten die Musik«, sagte Brecker. »Wir fügten ihr etwas hinzu, was sie normalerweise nicht hatte ...«

»Mit Ausnahme von Waltiris Konzert«, warf Wolfer ein.

»Wir nahmen von uns selbst und machten es, wie die Sidhe sie seit Jahrtausenden spielten, machten eine vollkommene Musik. Und wurden entrückt. Wir alle lieben Musik.«

»Und hier«, sagte Risky, »gibt es keine.«

»Die Sidhe sagen, ihr Reich sei Musik«, sagte der kräftige Mann. »Aber nicht für uns.«

»Frag Lamia, warum du hier bist«, schlug Risky vor.

»Und nimm dich vor dieser Frau in acht, Junge«, fügte Wolfer hinzu, während er sich mit schmerzhafter Langsamkeit setzte. »Nimm dich gut in acht.«

4

Michael erinnerte sich kaum, wie er nach dem Abendessen in die Schlafkammer hinaufgetappt war, und er hatte überhaupt keine Erinnerung, wie er ins Bett gekommen und eingeschlafen war. Aber er erwachte zu unbekannter Stunde, in vollkommener Dunkelheit, als die Tür geöffnet wurde, Füße scharrten und etwas Schweres mit dumpfem Geräusch auf den Boden gesetzt wurde.

Mein Zimmergenosse, dachte er, Savarin. Er dämmerte wieder ein.

Als der Morgen graute, schlug er die Augen auf und blickte zu den Ausbauchungen zwischen den Latten der Schlafstätte über ihm auf. Er wälzte sich unter der kratzigen Decke auf die Seite und sah neben dem Waschtisch einen Koffer stehen. Er war aus dem allgegenwärtigen Korbgeflecht gemacht und hatte Gurte aus kräftigem zähen Stoff.

Er hatte während des Schlafes überhaupt nicht geträumt. Der Schlaf hatte in sein Leben eine Grube gegraben, eine Zeit, in der er geradesogut hätte tot sein können. Nichtsdestoweniger fühlte er sich ausgeruht. Er überlegte gerade, ob er aufstehen solle, als jemand an die Tür klopfte. Gleichzeitig schob sich ein Kopf mit buschig zerzaustem Haar über den Rand der oberen Schlafstatt.

»Es ist Tag«, sagte Risky hinter der Tür. Er hörte sie durch den Korridor fortgehen.

»Guten Morgen«, sagte Michaels Zimmergenosse. Er war ungefähr vierzig, mit graumeliertem brünetten Haar und großen hellen Augen. Er hatte eine vorspringende Nase und ein fliehendes Kinn, dazu einen dünnen Hals mit schwach ausgeprägtem Adamsapfel.

»Guten Morgen«, sagte Michael.

»Amerikaner?« fragte der Mann. Michael nickte. »Mein Name ist Henrik Savarin. Du liegst in meinem Bett.«

»Michael Perrin. Es tut mir leid.«

»Von wo?«

»Los Angeles.«

Savarin kletterte gewandt die Leiter herab und sprang auf den Boden. Er hatte in seiner braunen Hose und dem weiten Hemd geschlafen, die Füße in Filz gewickelt und ihn dann mit Schnüren zusammengebunden.

»Oben ist die Decke kurz«, erklärte er. Er knüpfte die Knoten in den Schnüren auf und zog die Filzumwicklungen von den Füßen, die er barfuß in Segeltuchschuhe steckte. »Musiker?«

Michael schüttelte den Kopf. »Gymnasiast.«

»Ein angehender Gelehrter!« Savarin lächelte und strich sich in einem Versuch, den zerknitterten Stoff zu glätten, mit beiden Händen über die Hosenbeine. »In einem Land voller Musiknarren ein Gelehrter wie ich.« Er streckte ihm die Hand hin. »Freut mich, dich kennenzulernen.«

Michael schüttelte dem Mann die Hand. »Ich bin nicht soweit, daß ich mich einen Gelehrten nennen kann«, sagte er.

Savarin nickte zur geschlossenen Tür und sagte: »Sie lauschen, weißt du. Was mich betrifft, ich halte das für äußerst unhöflich. Also einstweilen keine Fragen. Aber ...« Er hob die Hand und lächelte wieder. »Ich studiere die Menschen hier, ich studiere die Sidhe und ihre Sprachen, und manchmal erteile ich den Neuen Unterricht. Zu meiner Zeit unterrichtete ich Musik, spielte aber nur mangelhaft Klavier. Immerhin, die Musik fing mich ein. Sie entrückte mich, wie man hier sagt.«

Michael zog sich rasch an und folgte Savarin hinunter

ins Speisezimmer der Herberge. Die Morgensonne zeigte, daß die Ziegelwände in Ermangelung von Tapeten mit verblaßten handgemalten Blumen bedeckt waren, die in dekorativen Reihen angeordnet waren. Nur Savarin, Michael und der alte Mann namens Wolfer waren zum Frühstück anwesend, aber Wolfer ignorierte sie. Er saß an seinem eigenen kleinen Tisch nahe einem Fenster und aß langsam seinen Haferbrei, wobei er mit hochgezogenen Brauen das indirekte Morgenlicht betrachtete.

Savarin hielt seinen Löffel aufrecht in einer Faust auf dem Tisch, als Risky einen Klumpen Haferbrei in seine Schüssel tat und aus einem Tonkrug etwas dünne Milch darübergoß. Genauso verfuhr sie mit Michaels Portion. Der Haferbrei roch ein wenig nach Pferdestall, schmeckte jedoch nicht übel.

»Du sollst heute früh zu Lamia gehen«, erinnerte sie Michael, ehe sie sich in die Küche zurückzog. Ihr Ton war unpersönlich, als hätte er aufgehört, Gegenstand der Neugierde oder ein möglicher Helfer in der Herberge zu sein, und zähle daher nicht länger.

Savarin lächelte ihm zu und legte den Kopf auf die Seite. »Du bist mit der großen Frau im Haus des Isomagus bekannt?«

»Ich kam von dort«, sagte er.

Savarin ließ den Löffel sinken. »Ich hörte davon, hielt es aber für ein Gerücht«, sagte er stirnrunzelnd. »Höchst ungewöhnlich. Von dem Haus, meinst du?«

»Genauer gesagt, von der Gartenpforte unter dem Weinberg.«

»Wirklich höchst ungewöhnlich.« Savarin sagte nichts mehr, bis Risky wieder hereinkam, die leeren Schalen einzusammeln. Obwohl Wolfer seinen Brei erst zur Hälfte gegessen hatte, zog sie ihm die Schale unter dem Löffel fort und trug sie hinaus. Dazu pfiff sie etwas durch die Zähne, dessen Melodie Michael nicht heraushören konnte.

»Wußtest du«, sagte Savarin mit erhobener Stimme, damit Risky es höre, »daß die Sidhe wenig Zuneigung zu uns Menschen empfinden? Nun, einer der zahlreichen Gründe, die sie dafür anführen, ist der, daß wir oft pfeifen, wie unsere Wirtin es in diesem Augenblick tut.«

Michael schüttelte den Kopf. »Wer sind die Sidhe?«

»Alyons und seine Läufer, unter anderem. Die Herren des Reiches. Pfeifen irritiert sie ungemein. Jegliche von Menschen erzeugte Musik. Sie sind sehr empfindsam. Wenn du pfeifend des Weges gekommen wärst, als sie noch auf Erden lebten, ich glaube, sie hätten dich eher mit einem Findlingsblock geplättet als dir einen guten Abend gewünscht. Zorn über die Ausplünderung ihrer Kunst, verstehst du.«

Michael nickte. »Wer ist Lamia?«

Savarin zuckte die Achseln. »Du weißt vielleicht mehr als ich. Eine Riesenfrau, die im Haus des Isomagus lebt.«

»Und wer ist der Isomagus?«

»Ein Zauberer. Er ärgerte die Sidhe noch sehr viel mehr als jemand, der bloß pfeift.« Savarin lächelte. Ehe er weitersprechen konnte, kam Risky mit einem Krug Wasser, aus dem sie Tonbecher füllte und ihnen vorsetzte. Savarin schnalzte mißbilligend und drohte ihr mit dem Finger. »Das Pfeifen«, sagte er, »bringt Unglück.«

Risky nickte. »Eine schlechte Gewohnheit«, sagte sie.

»Was für ein Name ist das, die Side?« fragte Michael.

»Der Name buchstabiert sich S-I-D-H-E, nach dem alten gälischen Wort. Vermutlich hörten die alten Kelten, daß sie sich bei diesem Namen nannten.«

Michael nickte. »Die Sidhe scheinen ziemlich grausam zu sein.«

»Und schwierig. Aber schließlich sind wir Eindringlinge, und ich hörte, sie seien in das Reich gekommen, um der Menschheit zu entgehen. Es besteht seit langer Zeit Feindschaft zwischen uns und ihnen.«

»Aber ich habe nicht den Eindruck, daß irgendwer in Euterpe freiwillig hierhergekommen ist.«

»Um so schlimmer, nicht wahr? Sprichst du deutsch?«

»Nein.«

Savarin lächelte wieder, aber es war offensichtlich, daß er enttäuscht war. »So eigenartig«, sagte er. »Im Reich gibt es nur einen oder zwei Deutschsprachige, dabei war Deutschland musikalisch so fortgeschritten, das mit Abstand führende Land.« Er beugte sich über den Tisch. »Also weißt du nicht viel über Lamia?«

Michael schüttelte den Kopf.

»Erfahre über sie, was du kannst. Und nimm dich in acht. Ich hörte, daß sie reizbar sei. Und wenn du zurückkommst, erzähl mir, was du erlebt hast.«

»Wenn?«

Savarin winkte abwehrend. »Du wirst wiederkommen. Ich habe so ein Gefühl, was dich trifft ... du bist höchst ungewöhnlich.«

Nach dem Frühstück verließ Michael die Herberge. Brecker folgte ihm auf die Straße und gab ihm einen fadenscheinigen Stoffbeutel mit einem Stück Brot darin. »Soviel ich weiß, ist Lamias Speisekammer gewöhnlich leer«, sagte er. »Viel Glück, Junge!«

Michael ging den Weg zurück, den er am Tag zuvor gekommen war; das Herz schlug ihm im Hals, und seine Hände waren kalt. Am Ortsrand standen Leute beisammen und blickten ihm nach.

Obwohl er nervös Ausschau hielt, sah er keine berittenen Sidhe. Er sah überhaupt nichts Lebendiges. Weder Tiere am Boden noch Vögel in der Luft. Der Himmel war von einem blassen Blau, am Horizont grünlichbraun, mit orangefarbenen Streifen, die an Dunstschichten gemahnten. Die Sonne wärmte, war aber nicht sehr heiß, tatsächlich nicht sonderlich hell – er konnte längere Zeit hineinschauen, ohne seinen Augen zu schaden.

Schritt für Schritt näherte er sich dem verfallenen Gebäude. Ihm war zumute, als sei er in einer transparenten Schüssel gefangen, die verhütete, daß das Reich mit ihm in Berührung kam und zur Realität für ihn wurde, und die seine Gedanken gleichermaßen daran hinderte, auszugreifen und zu erfassen, was er sah.

Nahe dem Pfad, der zum Haus führte, verengte sich seine Sicht in der Talmulde. Er bog in den Pfad ein.

Vor der Tür angelangt, holte er tief Atem. Die Luft schien ihm drückend, der Ort beengte ihm die Brust. Wieder atmete er tief, mit nicht viel besserem Ergebnis.

Sein Zimmer. Seine Bücher. Samstagnachmittag, Filme im Fernsehen. Mutter und Vater. Golda Waltiri, der eine Träne über die Wange rann und der noch mehr Tränen in den Augen standen. Michael fühlte sich ausgehöhlt, voll von Echos.

Er hörte Pferdegetrappel, das sich näherte. Die Tür wurde geöffnet, und ein dicker Arm langte heraus, bekam ihn zu fassen und zog ihn hinein, bevor er reagieren konnte. Lamias Zugriff war schmerzhaft. Sie ließ ihn los, dann packte sie ihn am Kragen und hob ihn auf ihre Gesichtsebene, um ihn aus ihren winzigen Augen mit einem durchbohrenden Blick zu mustern. »In den Schrank!« flüsterte sie rauh. Halb schleifte, halb zerrte sie ihn durch den Raum und öffnete die schmale Tür eines Wandschranks hinter dem prunkvollen Treppenaufgang. Ehe er wußte, wie ihm geschah, hatte sie ihn hineingestoßen. Er fiel rücklings gegen weiches staubiges Zeug und versuchte die Tränen zurückzuhalten. Er zitterte so heftig, daß seine Zähne klapperten.

Durch die Tür des Wandschrankes hörte er Schritte. Die Eingangstür wurde leise geschlossen, dann trat Stille ein.

Bald darauf hörte er wieder die Stimmen von Sidhe, gebieterisch und melodisch, in einer vollkommen unbekannten Sprache. Lamia, die sich offenbar bemühte, zuvorkommend, sogar untertänig zu wirken, antwortete auf englisch. »Ich habe nichts bemerkt.« Eine andere Stimme sprach, flüssig und in hoher Tonlage, aber eindeutig männlich.

»Niemand ist hier gewesen, niemand ist vorbeigekommen«, sagte Lamia. »Ich sage euch, ich habe nichts bemerkt. Was in der Stadt geschieht, ist mir gleich. Sie sind allesamt Dummköpfe, das wißt ihr besser als ich.«

Michael tastete in der Finsternis umher, suchte Halt, um aufzustehen. Seine Hand berührte rauhes Gewebe, dann etwas Weiches und Glattes, das er nicht zu bestimmen vermochte, wie Leder, aber dünner und weich wie Seide.

Die Stimmen der Sidhe nahmen einen bedrohlichen Ton an.

»Ich bleibe auf meinem Posten, ich gebe acht«, sagte Lamia. »Ihr zwingt mich, hier zu bleiben, ihr haltet meine Schwester bei den Toren fest; wir sind eure Sklavinnen. Wie könnten wir uns euch widersetzen?«

Michael hörte ein Wort aus der Antwort des Reiters heraus: Clarkham. »Er ist nicht gekommen«, sagte Lamia. Damit war das Gespräch beendet. Schritte entfernten sich vor dem Haus, und ein Geräusch wie von Wind, der durch eine offene Tür streicht, zeigte den Abgang der Reiter an. Michael fühlte nach einem Türgriff. Es gab keinen.

Lamia öffnete den Schrank. »Komm heraus!«

Er blinzelte in die Helligkeit und tat einen Schritt vorwärts, strauchelte über etwas Weiches und Zähes.

Ehe er sich umsehen und in den Wandschrank schauen konnte, riß sie ihn herum und warf die Tür zu.

»Heute nacht werden sie die Stadt durchsuchen, sie sind hinter jemand her. Das Mischlingsdorf werden sie nicht überfallen; das tun sie nie. Also werde ich dich dorthin schicken. Zuvor aber hör mich an und beantworte einige Fragen.«

Michael entwand sich ihrem Griff und wich zurück. »Ich habe auch Fragen«, sagte er.

»Mit welchem Recht? Du bist hierher gekommen; du solltest wissen, was es zu wissen gibt.«

»Aber ich weiß nichts!« Sein Tonfall ging in ein hohes Winseln der Verzweiflung über, und die Tränen kamen wieder. »Ich weiß überhaupt nichts, nicht einmal, wo ich bin!«

»In der Sidhenacht«, sagte Lamia und wandte sich ab. »Komm mit mir!« fuhr sie in freundlicherem Ton fort. »Im Elfenschatten. Im Reich. Du bist nicht mehr auf Erden.«

»Das hat man mir gesagt. Aber wo ist dies hier?«

»Nicht auf Erden«, wiederholte Lamia. Sie watschelte voraus. Ihr ganzer Körper wabbelte.

»Kann ich zurück?« rief er ihr nach.

»Nicht auf diesem Weg. Vielleicht überhaupt nicht.«

Plötzlich entmutigt und resigniert, folgte Michael ihr durch einen breiten Korridor in den ausgebrannten Flügel des Gebäudes.

5

»Vor Jahren gab es hier einen Krieg«, sagte Lamia. »Die gesamte Ebene wurde verwüstet. Der Fluß verwandelte sich in Dampf, die Bäume wurden zu Schlangen und krochen davon, der Erdboden sprang auf wie in offenen Wunden und enthüllte Adonnas vergangene Unbesonnenheiten. Und in der Mitte der Verwüstung ...« Sie hielt inne und wedelte mit den dicken Armen, um den ruinierten Gebäudeflügel zu bezeichnen. »In der Mitte von allem stand dieses Haus allein. Der Isomagus verlor beinahe alles. Doch entkam er, und er hatte noch genug Macht, ihnen mit großem Unheil zu drohen, wenn sie nicht einen Vertrag mit ihm schlössen. Danach sollten die Sidhe innerhalb der verwüsteten Ebene ein bewohnbares Territorium schaffen und alle Menschen dort zusammenführen, all jene, die hierher entrückt worden waren und nun Verfolgung litten. Die Sidhe sollten ihnen nichts zuleide tun, sondern sich um ihr Wohlergehen kümmern. Dafür würde der Isomagus in weit entfernte Gegenden ziehen und in diesem Teil des Reiches keine Magie mehr ausüben.«

Michael bemerkte einen Glanz von trotziger Kraft in ihren kleinen Augen, der nicht zu dem blassen teigigen Gesicht zu passen schien. Sie schloß die Augen und wirkte kaum noch menschlich. »Damals war ich jung.« Sie holte mit einem langen Seufzer Atem und stieß ihn mit leisem Pfeifen durch die knollige kleine Nase aus.

Bei einem langen angekohlten Tisch, der von Bruchstücken gleichfalls angekohlter Sessel umgeben war, machten sie halt. Aus dem Brandschutt, der den Tisch bedeckte, schauten da und dort Teile angelaufener Silberteller hervor, verbogene und angeschmolzene Gabeln und Messer, Becher und zersprungenes Glas, alles begraben unter verkohltem Holz, herabgefallenem Verputz und Mauerwerk und überstäubt mit feinem grauen pulvrigen Staub. Der Brandgeruch war noch nicht ausgewaschen.

»Das ist viele Jahre her. Eine Ewigkeit«, sagte Lamia. Langsam und schwerfällig wie eine Elefantenkuh stellte sie ein säulenartiges Bein vor das andere, drehte sich zu ihm um und wies mit der zitternden linken Hand in seine allgemeine Nachbarschaft. »Du bist mit etwas Mächtigem an deiner Person herübergekommen. Ich weiß es. Weißt du es auch?«

Michael schüttelte den Kopf.

»Du wirst bald lernen, was es ist. Dies ist eine sonderbare Welt; du darfst nichts für selbstverständlich halten. Und vor allem mußt du gehorchen.« Das letzte Wort kam mit bedrohlicher Betonung, und zugleich stampfte sie auf ihn zu und blieb erst einen Schritt vor ihm stehen, als er zurückzuweichen begann. »Du besitzt immer noch ein Buch. Ich sagte dir, daß du es verstecken sollst. Die Sidhe schätzen menschliche Worte nicht mehr als menschlichen Gesang. Warum hast du mir nicht gehorcht?«

»Ich habe keinen sicheren Ort, wo ich es verstecken kann.«

»Du zweifelst, ob du mir gehorchen solltest?« Ihre Stimme war nicht drohender als gewöhnlich, doch nichtsdestoweniger überlief es ihn kalt. Er schwieg.

»Ich bin die zweite Wächterin. Bist du der ersten begegnet?«

»Ich weiß es nicht.«

»Du mußt es wissen, mein Junge. Glaub mir, du kannst sie nicht übersehen haben.«

Er dachte an die Gestalt in dem mit Volants besetzten Gewand. »Ja, ich glaube, daß ich ihr begegnet bin.«

»Hattest du Angst vor ihr?«

Er nickte.

»Mich fürchtest du weniger, das ist offenkundig. Und doch ...« Sie lächelte, aber die Bewegung ihres Mundes vermochte sich kaum gegen die fleischigen Wülste um Kinn und Wangen durchzusetzen. »Ich bin diejenige, welche die andere lenkt. Ist das klar?«

»Warum sind Sie hier, wenn sonst niemand des Weges kommt?« fragte Michael.

Lamia kicherte und hielt sich in einer Geste gespielter Schüchternheit, die ihm Magendrücken verursachte, die Hand vor den Mund. »Es gibt verschiedenes, was du zu tun hast«, sagte sie. »Du bist neu und hast keine Ahnung, was es kostet, einfach am Leben zu bleiben. Und ich denke mir, du willst hier nicht sterben. Um am Leben zu bleiben, brauchst du eine Ausbildung.«

»Ich will hier nicht bleiben. Ich will zurück.« Er ballte die Fäuste. Noch immer konnte er nicht glauben, daß die Situation unwiderruflich war.

»Um zurückzugehen, mußt du voranschreiten«, sagte Lamia. »Es gibt nur eine Person, die über die Macht verfügt, dich zurückzuschicken. Er ist weit von hier, und um ihn zu erreichen, wirst du eine mühevolle Reise unternehmen müssen. Darum brauchst du eine Ausbildung. Verstehst du mich jetzt?« Sie beugte sich über ihn und spähte durch ihre Lidfalten auf ihn herab. »Oder bist du ebenso einfältig, wie du jung bist?«

»Ich bin nicht dumm«, sagte Michael.

»Teile des Reiches sind durchaus schön, obwohl nur wenige Menschen die Verbrannte Ebene überqueren und sie zu sehen bekommen. Die Sidhe wissen Schönheit zu würdigen. Sie überlassen die Ruinen den Menschen.«

»Sind Sie Mensch?« fragte Michael.

Lamias bleiche Haut schien ein wenig Farbe zu gewinnen. »Nicht jetzt.«

»Sind Sie eine Sidhe?«

»Nein.« Ihr Lachen war wie ein tiefes Rumpeln in ihren Gedärmen. »Nun hast du deine Fragen gehabt. Genug jetzt.«

»Wie soll ich lernen, wenn ich keine Fragen stelle?«

Bevor er zurückzucken konnte, schlug ihr Arm zu wie der Schwanz eines Skorpions, und ihre Hand prallte hart gegen seine Kopfseite. Er beschrieb eine halbe Drehung um seine Achse und fiel in einen Haufen Brandschutt, so daß eine Staubwolke aufstob. Sie kam ihm nach, packte ihn mit beiden Händen bei den Schultern, hob ihn in die Höhe und hielt ihn so, daß seine Füße über dem Boden baumelten. Ihre Stimme erreichte ihn sanft, beinahe süß durch den Nebel seiner Benommenheit, als ob sie meilenweit entfernt wäre.

»Du wirst ins Mischlingsdorf gehen. Du wirst dich von den Kranichfrauen unterweisen lassen. Ist das klar?«

»Die Herberge ...«

Sie schüttelte ihn, bis ihm die Gelenke knackten. »Du verdienst die Bequemlichkeit nicht. Die Kranichfrauen heißen Nare, Spart und Cum. Sag mir ihre Namen.«

Er konnte sich nicht besinnen.

»Also noch einmal. Nare, Spart und Cum.«

»Nare, Spart ...«

»Cum.«

»Cum.«

»Sie erwarten dich. Sie werden dich lehren, wie du hierzulande überlebst. Vielleicht können sie dir beibringen, wie du sehen und hören und dich erinnern mußt, wie du Situationen besser einschätzen kannst. Glaubst du, daß das möglich ist?« Sie hielt ihn mit einer Hand hoch und klopfte ihm mit der anderen den Staub aus den Kleidern. Ihre Berührung war von fiebriger Wärme. Schließlich stellte sie ihn unweit vom Tisch auf den Boden und blickte sehnsuchtsvoll zu den verkohlten Dachsparren hinauf.

»Es war mitten in einem Bankett«, sagte sie. »Sie überraschten uns. Damals hatten wir hier oft Gesellschaften. Es war schön.«

Er bemühte sich, sein Zittern zu beherrschen, doch es gelang ihm nicht. Er war verschreckt und wütend. Am liebsten hätte er sie umgebracht.

»Geh!« sagte sie. »Sag dem Wirt und seiner Frau, daß

Lamia ihre Dienste nicht mehr benötigt. Und pack dich hinüber zum Mischlingsdorf. Dort wirst du die Kranichfrauen finden. Wie sind ihre Namen?«

»Nare, Spart und Cum.«

Sie grunzte. »Geh, bevor die Sidhe zurückkommen!«

Er floh aus dem niedergebrannten Flügel, durch den Korridor und die Eingangshalle zur Haustür. Beim Laufen schlug ihm das Buch gegen die Hüfte, und er legte eine Hand darauf, um es festzuhalten, als er den Pfad und dann die Landstraße hinunter nach Euterpe rannte, bis seine Lungen zu bersten drohten. Tränen des Zornes streiften sein Gesicht. Bei einem geborstenen glasigen Felsblock machte er keuchend halt und schlug dagegen, bis ihm die Knöchel bluteten. »Hol dich der Teufel, platzen sollst du!«

»Sei still«, flüsterte der Wind. Er fuhr zusammen und flog herum. Niemand.

»Denk daran, wo du bist.«

Er schrie. Etwas fuhr ihm durchs Haar, und er blickte auf. Dort, durchscheinend wie ein Spinnennetz, war ein schmales farbloses Gesicht. Es wandte sich im Wind und verschwand.

Michael schlug sich die Hände vor den Mund, beschmierte sich das Kinn mit Blut und rannte strauchelnd den Rest des Weges nach Euterpe, ohne Rücksicht auf seinen Atem und seine Beine.

Risky nahm seine Erklärung mit scheinbarer Gleichgültigkeit auf. Brecker nickte und begleitete ihn hinauf zur Schlafkammer. »Du bist ohne Gepäck gekommen, also gibt es nichts mitzunehmen«, sagte er. »Aber du kannst mir helfen, die Kammer zu säubern.« Schweigend fegten sie den Boden, machten das Bett. Michael war verwirrt, daß der Mann ihm diese belanglose Arbeit abverlangte.

»Es ist nicht mein Schmutz«, sagte er nach einer Weile. »Ich bin nur eine Nacht hiergewesen.«

»Wir alle tragen unseren Teil bei«, erwiderte Brecker. »Das erhält uns.«

»Auch wenn es nichts zu tun gibt?«

Brecker stützte sich auf seinen Strohbesen. »Wie bist du zu dem Bluterguß gekommen?«

»Lamia hat mich geschlagen.«

»Warum?«

»Weiß ich nicht«, log Michael.

»Weil du dumme Fragen gestellt hast, wahrscheinlich.« Brecker nahm seine Arbeit wieder auf. »Es ist ein hartes Land, Junge. Wo du herkommst, hast du anscheinend ein leichtes Leben unter einsichtigen und vernünftigen Leuten geführt. Das ist hier anders. Fehler kosten.« Er hielt Michael die Kehrschaufel, damit er Staub und Krumen hineinfege. »Fehler kommen einen teuer zu stehen.«

Als sie die Treppe hinuntergingen, begegnete ihnen Savarin. Michael drückte sich an ihm vorbei.

»Du ziehst schon wieder aus?« fragte Savarin.

»Ins Mischlingsdorf«, sagte Michael.

»Darf ich dich begleiten?« fragte Savarin. Michael zuckte die Achseln. »Das könnte sehr nützlich sein.«

Die Straße zum Mischlingsdorf führte von Euterpe drei Kilometer nach Osten.

»Wir nennen es jedenfalls Osten«, erklärte Savarin, als er neben Michael einherschritt. Michael hatte die Hände in die Jackentaschen gesteckt, eine Hand hielt den Gedichtband. »Wo die Sonne aufgeht, weißt du.«

Michael schwieg und starrte zu Boden.

»Wie bist du zu dem Bluterguß gekommen?«

»Lamia schlug mich, weil ich Fragen stellte.«

Savarin schürzte die Lippen. »Eine rauhbeinige Matrone, diese Lamia, wie man hört. Ich bin ihr selbst nie begegnet. Was für Fragen waren das?«

Michael bedachte ihn mit einem mißtrauischen Seitenblick. »Was wissen Sie?«

»Du magst inzwischen mitbekommen haben, daß ich der Lehrer bin, wenn neue Leute auftauchen. Ich weiß soviel wie jeder andere hier – mit Ausnahme des Isomagus, aber der ist seit Jahrzehnten fort.«

»Wo zur Hölle ist dieses Land?«

»Manche Leute behaupten, dieses Land sei die Hölle, aber es ist nicht so. Ich würde die Vermutung wagen, daß es das legendäre Land der Feen ist, das manche auch als Ort der Toten betrachten; aber niemand von uns, die wir hier gefangen sind, ist auf Erden gestorben, also ist deine Vermutung wahrscheinlich so gut wie die meinige. Frag Adonna. Adonna hat es gemacht.«

»Wer ist Adonna?«

»Der *Genius loci,* der Gott des Reiches. Die meisten Sidhe verehren ihn. Nach allem, was ich darüber gehört habe, ist es nicht derselbe Gott, der unser Universum erschaffen haben soll.« Savarin zwinkerte ihm zu. »Viel derber und primitiver«, sagte er. »Aber nimm dich in acht, zu wem du sprichst, wenn du solche Kritik äußerst.«

»Also sind wir in einer anderen Dimension?«

Savarin schüttelte den Kopf. »Das kann man so nicht sagen. Zwar bin ich ein Gelehrter, doch so angestrengt ich meine Forschungen auch betrieben habe, bin ich gleichwohl bemerkenswert unwissend. Tatsachen sind schwierig zu erlangen. Offen gesagt, ich hatte gehofft, du könntest einige beisteuern.«

»Wer sind die Sidhe?«

»Die Todfeinde der Menschheit«, sagte Savarin, und seine Miene verdüsterte sich. »Es gibt alle Arten von Sidhe, nicht nur diejenigen, die uns äußerlich ähnlich sind. So gibt es etwa die Sidhe der Luft, von einigen Meteorale genannt ...«

»Wie sehen die aus?«

»Durchscheinende, schwebende Geschöpfe, die Geistern ähneln. Dann gibt es die Sidhe der Wälder, Arborale genannt; sie sind grün wie Gras. Umbrale findet man immer im Schatten, und bei Nacht können sie sehr mächtig sein. Pelasgale sollen die Ozeane bevölkern, aber wir haben hier nur Gerüchte von einem fernen Ozean. Fluviale leben in Bächen und Flüssen. Amorphale können jedesmal, wenn du sie siehst, in einer verschiedenen Gestalt auftreten. Die meisten Sidhe gehören jedoch der Art an, die Elfen genannt werden – wie Alyons und seine Läufer. Die Elfen gleichen dir und mir, und wir können uns sogar mit ihnen fortpflanzen, aber sie sind eine sehr verschiedene Rasse, aus einem viel früheren Zeitalter als das gegenwärtige Rassengemisch der Menschheit.«

»Und was ist das Mischlingsdorf?«

»Wie der Name sagt, leben dort die Mischlinge, deren Mütter in den meisten Fällen Sidhe und deren Väter Menschen sind.«

»Sie wollen nicht mit Menschen leben?«

»Die sind ein trauriges Häuflein«, sagte Savarin. »Es heißt, daß ihnen, wie den Sidhe, das ewige Leben geschenkt ist, und wie jene haben sie keine Seelen. Aber mit uns Menschen haben sie gemeinsam, daß ihre Erscheinung sich im Lauf des Lebens verändert – es ist ihre Art zu altern. Die Menschen akzeptieren sie nicht. Die Sidhe isolieren sie, finden sie jedoch hin und wieder nützlich. Viele von ihnen verstehen sich auf die Magie der Sidhe. Wer soll dich dort aufnehmen?«

»Die Kranichfrauen«, sagte Michael.

Savarin war beeindruckt. »Sehr mächtig. Häßlich wie die Sünde, und es würde ihnen nicht einmal etwas ausmachen, wenn ich es ihnen ins Gesicht sagte. Sie sind die ältesten Mischlinge, von denen ich weiß. Hat Lamia dich zu ihnen geschickt?«

Michael nickte. »Auf eigene Faust gehe ich nirgendwohin. Ich meine, ich habe keine Wahl.«

»Vielleicht ist das etwas, wofür du dankbar sein kannst. So bleibt dir mancher Fehler erspart.«

»Ist Lamia ein Halbblut?«

»Ich glaube es nicht. Viele Geschichten sind über sie im Umlauf, aber niemand weiß wirklich, was sie ist. Ich vermute, daß sie einmal ein Mensch wie du und ich war, aber etwas tat, was den Sidhe nicht gefiel. Sie war schon im Haus des Isomagus, als ich kam.«

Jenseits einer Bodenerhebung kam das Mischlingsdorf in Sicht, von der Landstraße in zwei Hälften zerschnitten, die jeweils einen unregelmäßigen Halbkreis bildeten. Das Mischlingsdorf bedeckte eine Fläche von kaum zehn Morgen Land. Braune und grau verwitterte Gebäude waren unregelmäßig entlang den konzentrischen halbkreisförmigen Wegen angelegt, die allesamt an beiden Enden in die Durchgangsstraße mündeten. Das Land ringsum war hügelig, wie von einem achtlosen Bauernriesen umgepflügt, und in den Talmulden fehlte die Entwässerung. Dort breiteten sich Teiche und Sumpfwiesen aus, die Luft war feucht und trug den Geruch von Morast und Vegetation. Ein kleiner Fluß, wenig mehr als ein Bach, zog jenseits des Dorfes dahin.

»Sieh dir die Gebäude an!« sagte Savarin, als er stehenblieb, um die Schnürsenkel eines seiner Stoffschuhe zu binden. »Was würdest du von ihnen sagen?«

Michael betrachtete sie, und dann, um sicherzugehen, daß ihm nichts entgangen war, musterte er sie noch einmal. »Es sind Hütten und armselige Häuser«, sagte er. »Sehen aus wie die in Euterpe.«

Savarin richtete sich auf. »Du beobachtest noch nicht

genau genug. Du mußt sie im Bewußtsein dessen betrachten, was dir bereits bekannt ist.«

Michael blickte über die Landschaft hin: Gras und Gestrüpp, Hügel und Teiche, Büsche und verstreute Felsblöcke. »Ah«, sagte er dann, »jetzt sehe ich. Sie sind aus Holz.«

Savarin nickte. »Aus Holz. Siehst du Bäume?«

»Nein.«

»So kannst du das Mischlingsdorf von Euterpe unterscheiden. Jedes Halbblut hat Verwandte unter den Sidhe und durch sie Verbindungen zu den Arboralen. Diese beherrschen den gesamten Holzhandel im Reich. Uns Menschen sind nur Stecken und Weidenzweige und Gras zugänglich.«

Michael fühlte sich benommen. Er hatte die Realität des Reiches noch immer nicht akzeptiert – doch mit jedem Augenblick wurde seine neue Umgebung wirklicher und vielschichtiger.

»Es gibt hier überhaupt keine Bäume?«

»Außerhalb der Verbrannten Ebene gibt es überall Wälder, aber kein Holz für dich und mich. Nur wenige Menschen verlassen das Vertragsland. Alle zwei Wochen bringen die Händler der Sidhe Waren, weil es in dem Vertrag mit dem Isomagus so festgelegt worden ist, aber selbst ihnen drohen in der Wüste Gefahren.«

Als sie sich den äußeren Hütten bis auf fünfzig Schritte genähert hatten, sah Michael das erste Halbblut. Es war ein Mann, etwas größer als er, mit langem rotbraunen Haar und von kräftiger Statur. Er stand in der Mitte der Straße, einen Stab in der Hand und zeigte eine gelangweilte und überdrüssige Miene. Als sie näher kamen, streckte er seinen Stab aus, sie aufzuhalten.

»Ich erkenne dich, Lehrer. Ich kenne auch diesen jungen Burschen. Lamia hat uns seinetwegen benachrichtigt. Von dir sagte sie nichts.«

»Ich komme oft hierher«, sagte Savarin.

»Gestern waren die Läufer bei uns«, sagte der Mischling. »Euresgleichen ist der Zutritt verwehrt – mit seiner Ausnahme.« Er zeigte mit dem Finger auf Michael.

»Ich glaube, Sie sollten lieber gehen«, sagte Michael zu seinem Begleiter. »Danke für die Hilfe.«

Nach einem verdrießlichen Blick zu dem anderen fügte sich Savarin. »Ja. Besonnenheit ist angezeigt. Aber man hat mir hier noch nie den Zutritt verwehrt. Ich hoffe, es wird nicht von Dauer sein. Hier bekomme ich die meisten Informationen.« Er lächelte Michael zu, seufzte und wandte sich zum Gehen. »Lern rasch, mein Junge! Und komm und erzähl mir, was du gelernt hast, wenn du kannst!«

Michael drückte ihm die ausgestreckte Hand, und Savarin ging den Weg zurück, den sie gekommen waren. Michael blieb mit dem Halbblut zurück. Eine kühle Brise bewegte Haar und Kleider. »Wohin soll ich gehen?«

»Zu den Kranichfrauen. Komm!«

Michael folgte ihm die Straße entlang. Im Innern des Dorfes war sie mit braunen Ziegeln und rundgeschliffenen Bachkieseln gepflastert. Die Hütten wirkten reinlicher, zugleich aber dürftiger als die Hütten in Euterpe. Jede war umgeben von einem kleinen Hausgarten, wo Reihen gesunder grüner Kräuter und Gemüse angebaut waren; Blumen konnte er nicht entdecken.

Dorfbewohner beobachteten ihn aus Fenstern und Türöffnungen. Die Männer waren beinahe so hochgewachsen wie die Sidhe, die Michael beim Haus des Isomagus gesehen hatte. Die Frauen waren schlank und von edlem Aussehen, wenn auch wenige unter ihnen waren, die Michael hübsch genannt hätte. Die Gesichter waren zumeist scharfgeschnitten und hart, glichen zu sehr jenen der Männer.

Sein Begleiter führte ihn am anderen Ende aus dem

Dorf und von der Straße fort zum Bach. Auf dessen anderem Ufer stand eine halbkugelige größere Hütte auf einem niedrigen Hügel. Soweit Michael sehen konnte, bestand sie aus lehmverstrichenem Reisig und Stroh. Mit Ausnahme zweier runder Glasfenster und eines gemauerten Schornsteins, der das Strohdach durchstieß, hätte es eine Jurte sein können, wie sie bei den zentralasiatischen Nomadenvölkern gebräuchlich waren. Der Erdboden ringsum war übersät mit kleineren Felsblökken und zusammengetragenen Haufen der verschiedensten Abfälle – hier Kieselsteine, dort Reisig und Gestrüpp, daneben Knochen und Tierschädel sowie andere Haufen, deren Bestandteile er nicht bestimmen konnte. Es roch nach kompostiertem Müll, kräftiger und eindeutiger als Staub, aber nicht übermäßig unangenehm. Der Umkreis des Hügels war mit Stangen markiert, von denen Stoffstreifen wie traurige zerfetzte Banner flatterten.

»Wie komme ich hinüber?« fragte Michael, als sie am Ufer standen. Das Halbblut machte ihn auf flache Trittsteine dicht unter der langsam ziehenden Wasseroberfläche aufmerksam.

»Sie erwarten dich«, sagte er, machte kehrt und ging zurück zum Dorf. Michael schluckte, um die Beengung in seiner Kehle zu überwinden, und trat auf den ersten Stein. Das Wasser gluckste um seinen Schuh. Er dachte daran, daß er sich ins Wasser fallen lassen sollte, um endlich aufzuwachen und diesem Alptraum ein Ende zu machen; doch wenn er von dem, was ihm bereits widerfahren war, nicht aus dem Schlaf gerüttelt worden war, dann war es auch von diesem trüben Bach kaum zu erwarten. Außerdem hatte er keine Ahnung, wie tief das Wasser war und was darin lauerte. Er hatte es satt, sich zu fürchten. Das Buch fest an sich gedrückt, trat er auf den zweiten Stein. Er konzentrierte sich so angestrengt darauf, nicht zu fallen, daß ihm die am anderen Ufer wartende Gestalt entging, bis er drüben war. Dann blickte er erschrocken auf.

»H-hallo«, stammelte er.

Die Gestalt war in einer grotesken Art und Weise weiblich. Den langen, lederhäutigen Gliedmaßen waren noch immer Rundungen eigen, die auf Weiblichkeit hindeuteten, aber ihre Arme hingen fast bis auf die Knie. Ihr Gesicht war breiter als hoch, mit schmalen langen Augenschlitzen unter einer niedrigen fliehenden Stirn. Sie war eine Handbreit kleiner als Michael und hielt sich etwas gebeugt. Ihre in einer zerlumpten Hose steckenden Beine waren im Vergleich mit dem Rumpf sehr lang. Sie hob eine Hand und bewegte spinnenartige Finger vor der flachen Brust. Die Finger waren lang und dunkel und endeten in dünnen schwarzen Nägeln.

»Hallo«, wiederholte er. Sie maß ihn mit einem bedächtigen Blick, und er bemerkte, daß sie gleichmäßig mit dem Kopf nickte, als ob sie altersschwach wäre oder an Schüttellähmung litt. Ihr kurzgeschnittenes Haar hatte die Farbe und Beschaffenheit von Gänsedaunen.

»*Jan Antros*«, sagte sie. »Bloß ein Menschenkind.« Ihre Stimme war ein schnaufendes Quieken.

Michael schüttelte die nassen Füße und bückte sich, die mit Wasser gefüllten Schuhe nacheinander auszuleeren. Dabei ließ er die Alte nicht aus den Augen. Seine Füße schmatzten in den Schuhen, als er sie wieder anzog. »Ich bin Michael«, sagte er in einem Versuch, entgegenkommend zu sein.

»Du bist ein zartes, unglaublich zerbrechliches Stück Gewebe!« rief eine melodische Stimme aus der Hütte. Eine zweite Frau mit ähnlichen Zügen wie die erste beugte sich aus einem Fenster. Ihr Gesicht glich einem Labyrinth aus Runzeln und Falten und roten und purpurnen Tätowierungen. »Du siehst unbedeutend aus.«

Hinter Michael, wo sie sich eigentlich nicht unbemerkt hätte heranschleichen können, stand eine dritte Frau auf einem spindeldürren Bein, das andere an die Brust gezogen. Sie hatte langes staubig-rotes Haar, das zu einem dicken Zopf geflochten war, welcher ihre Knie erreichte. »Das Fleischei schickt uns ein schwaches Menschenkind. Wir sollen es ausbilden?«

»Seid ihr Nare, Spart und ... Cum?« fragte Michael. Er mußte die Zähne zusammenbeißen, um zu verhüten, daß sie hörbar klapperten.

»Ich bin Nare«, sagte die auf einem Bein stehende Kranichfrau.

»Spart«, sagte die am Fenster. »Cum«, sagte die mit dem Daunenhaar, die ihn zuerst angesprochen hatte. »Willst bei uns in die Lehre gehen, hä?«

»Ich weiß nicht, was ich will«, antwortete Michael. »Außer, daß ich von hier fort will.«

Die Kranichfrauen lachten; es hörte sich an, als striche jemand mit dürren Blättern über einen Felsblock.

»Wird dir nicht weh tun«, sagte Cum. »Nicht sehr.« Sie trat ein wenig zurück. Die Brise ging ihr durchs Haar, das wie von unabhängigem Leben beseelt schien.

»Wir haben nichts gegen Menschenkinder«, sagte Nare.

»Aber eins gibt es, was du wollen mußt«, sagte Spart mit ihrer schönen Stimme vom Fenster. Sie spuckte zu einem benachbarten Abfallhaufen.

»Du willst überleben«, sagte Nare.

»In der Sidhenacht leben.«

»Um dein Leben kämpfen.«

»Kämpfen, um Mensch zu sein.«

»Verstanden?«

Er konnte nur nicken. In dem Augenblick, als er sich von der Hütte wandte, verließ Spart das Fenster und erschien plötzlich zwischen Nare und Cum. Sie war die größte der drei Kranichfrauen und hatte das längste, einer Sidhe ähnlichste Gesicht. Tätowierungen bildeten ein kompliziertes Gewirr von Blättern und Zweigen und knorrigen Ästen, wo ihre Haut zutage lag.

»Du wirst eine Hütte auf diesem Hügel bauen, dreißig Schritte von der unsrigen«, sagte sie. »Heute abend wird dir Holz gebracht. Solange du nicht dein eigenes Haus gebaut hast, existierst du nicht.«

»Was soll ich jetzt tun?« fragte er. Er hatte den Blick auf Spart gerichtet; plötzlich merkte er, daß die zwei anderen fort waren.

»Sei geduldig!« Sparts Stimme hatte vieles von der hypnotischen Kraft, die er erfahren hatte, als er Alyons und die Läufer gehört hatte. »Das kannst du, nicht wahr?«

»Ja.«

»Geh hin und setz dich nieder, wo du dein Haus errichten willst. Holz wird kommen.«

Die Kranichfrau ging wieder zu ihrer Hütte und ließ ihn auf dem hartgetretenen Boden am Bachufer zurück. Er trat von einem Bein aufs andere, schaute über das Wasser zum Dorf. Er beschirmte die Augen und spähte zum Himmel hinauf.

Keine Wolke war zu sehen. Ein frisches funkelndes Blau spannte sich wie Email über ihm, um entlang dem Horizont in die bräunlichen und grünen Töne der Landschaft überzugehen. Ungefähr dreißig Schritte von der Hütte und in gleicher Entfernung vom Bachufer lagen zwei Felsblöcke nahe beisammen und bildeten einen natürlichen Sitz, ungefähr einen Meter breit und fast ebenso hoch. Michael ging hinüber und setzte sich, um sich wieder der Betrachtung des Himmels hinzugeben. Bisweilen schien es, als sei er aus Hunderten von Farben zusammengestrichelt, die einander kreuzten und gemeinsam dieses strahlende Blau ergaben. Dennoch war es nicht wie ein Gemälde. Es war, sah man genauer hin, sehr lebendig, beunruhigend in der Art und Weise, wie es in Bewegung schien. Michael hatte das Gefühl, die Himmelskuppel senke sich abwärts und ziehe sich wieder aufwärts zurück.

Es war, als hätte er Drogen genommen. Bisher hatte er, allein, ohne eine andere Anweisung als die abzuwarten, nichts in Ruhe und Klarheit betrachten können. Nun flutete die Klarheit vom Himmel auf ihn herab. Durch seine Unwirklichkeit schien der Himmel zu zeigen, wie wirklich alles auf dieser Welt war.

Aber diese Wirklichkeit war nicht von der Art, die ihm von daheim vertraut war. Diese war lebhafter, augenfälliger und einfacher.

Er kniete zwischen den Blöcken nieder und zupfte einen Grashalm, den er entlang seinen Fasern schälte, befühlte und bis zu den winzigen Tröpfchen des Saftes untersuchte. Er fühlte ein feines Kitzeln am Arm und sah eine winzige Ameise zwischen den hellen seidigen Haaren krabbeln. Die Ameise war durchscheinend und brach das Licht wie ein Opal in Regenbogentönen. Bisher hatte er nicht daran gedacht, sich die Frage vorzulegen, ob es in dieser Wirklichkeit Insekten gäbe. Nicht viele, wie es schien.

Und wie stand es mit Vögeln, Katzen, Hunden, Kühen? Er hatte Pferde gesehen, aber ... woher kam die Milch?

Er war müde. Den Kopf an die Blöcke zurückgelehnt, schloß er die Augen. Die Dunkelheit hinter seinen Lidern war beruhigend und erquickend. Leise strich der Wind über ihm hin.

Er hatte geschlafen. Er richtete sich auf und reckte sich und rieb die Ellbogen, die vom Druck gegen den Stein steif geworden waren. Die Sonne näherte sich dem Horizont. Noch waren keine Wolken am Himmel, aber unbeweglich standen farbige Streifen über dem Horizont, blaßrosa und grün in den höchsten Bereichen, und lebhaft orangefarben über und zu beiden Seiten der Sonnenscheibe. Michael hatte nie einen Sonnenuntergang wie diesen gesehen.

Er blickte nach Osten. Dort war der Himmel von einem elektrischen Blaugrau. Schon waren dort die ersten Sterne erschienen, scharf und hell wie weißglühende Nadelspitzen. Statt zu blinzeln, vollführten sie winzige kreisende Bewegungen, als wären sie ferne angebundene Glühwürmchen. Michael hatte sich in Sommernächten bisweilen Whitneys Sternkarte bedient, um die wenigen Sternbilder auszumachen, die durch Los Angeles' Dunstglocke sichtbar waren. Jetzt konnte er keine von ihnen finden.

Die Luft kühlte rasch ab. Orangefarbener Lichtschein flackerte in den Fenstern der Hütte. Er verspürte die Neigung, hineinzuspähen und zu sehen, was die Kranichfrauen taten, aber er rieb sich den Bluterguß am Ohr und besann sich eines Beßren.

Jetzt erst fiel ihm auf, daß seine Armbanduhr verschwunden war. Er fühlte in der Hosentasche nach dem Schlüssel, aber auch dieser fehlte. Das Buch hatte er noch.

Ohne den Schlüssel fühlte er sich beinahe nackt. Der Diebstahl verdroß ihn; ihn verdroß alles an der Art und Weise, wie er behandelt wurde, doch war dagegen nichts zu machen.

Das letzte Stückchen Sonne verschwand hinter entfernten Hügeln, brannte schmutziges Orange durch den rauchigen Dunst, der jenseits der Grenzen des Vertragslandes über der Ebene lag. Wo die Sonne gewesen war, stieg ein scharf begrenzter Streifen Dunkelheit vom Horizont aufwärts und verschmolz mit dem Zenit; und dann ein zweiter auf einer Seite, und ein weiterer auf der gegenüberliegenden Seite, die den Schatten von Stoffwimpeln in einem Himmelswind ähnelten.

Michael lauschte. Das Land ringsum lag still, doch vom Himmel kam ein tiefes Summen, wie vom Wind, der durch Telegraphendrähte streicht. Als die Dunkelheit vollständig war, verschwand das Summen.

Dann festigten sich die Positionen der Sterne, beginnend im Osten und westwärts über das Firmament fortschreitend, als würden sie aus einer Lösung ausgefällt und setzten sich an der Himmelskuppel fest.

Es gab auch Sterne am Erdboden. Er zog die Füße auf die Blöcke hoch und blickte hinab. Zwischen den wenigen Grasbüscheln funkelte und glänzte es. Bald aber verblaßten diese Erscheinungen, und das Land gab sich der Nacht mit einem Seufzen des einschlafenden Windes anheim, als wäre das ganze Reich eine Frau, die den Kopf auf ein Kissen sinken ließ und einschlief.

Nein, dachte Michael, dies ist wirklich nicht die Erde, mag es auch auf den ersten Blick manche Ähnlichkeit geben.

Er blieb eine Zeitlang auf den Blöcken sitzen, bis er die Stimmen hörte. Sie kamen vom Bach, aber er konnte die Sprecher nicht erkennen; es gab kein Licht als die Sterne und den nachlassenden Schein aus den Fenstern der Hütte. Michael konzentrierte sich auf den Ursprung der Geräusche, zwang seine Pupillen zu maximaler Erweiterung. So machte er den schattenhaften Umriß eines niedrigen Bootes aus, das den Bach hinabglitt, besetzt mit mehreren Gestalten, die im Bug standen. Das Boot stieß ans Ufer, und er hörte Schritte auf sich zukommen.

Er erhob sich und stand auf den Felsblöcken. »Wer da?« rief er.

Die Hüttentür ging auf. Sparts Silhouette hob sich scharf vor dem Hintergrund des orangefarbenen, feurig wirbelnden Lichtscheins ab. Die herannahenden Gestalten bewegten sich durch den aus der Hüttentür fallenden Lichtschein und wurden für kurze Zeit als klare Schattenrisse sichtbar. Es waren vier Gestalten, bräunlichgrün oder vielleicht ganz grün, wie er zu erkennen glaubte, und sie waren unbekleidet. Drei waren männlich, eine weiblich. Offensichtlich waren sie Sidhe, mit den charakteristischen langen Gesichtern und der geisterhaften Anmut, und jede trug einen breiten dicken Balken.

Sie umringten Michael, und auf ein Signal hin ließen sie gleichzeitig die Balken von den Schultern zu Boden fallen.

»*Dura*«, sagte die Frau. Die Schönheit ihrer Stimme war so, daß Michael ein Schauer über den Rücken lief.

»Dein Holz, Junge«, sagte die Kranichfrau von der Hüttentür. Er wandte sich zu ihr und rief: »Was soll ich damit tun?«

Aber die Hüttentür schloß sich, und die nackten Sidhe gingen davon. Die Frau blickte mit einiger Sympathie, wie er meinte, zu ihm zurück, sagte aber nichts mehr. Sie wurden von der Dunkelheit verschluckt.

Er blieb noch eine Weile auf den Blöcken stehen, dann setzte er sich wieder. Die vier Balken standen auf ihren Enden, jeder ungefähr einen halben Meter breit und einen guten Meter lang. Er war kein Schreiner wie sein Vater; er konnte nicht berechnen, wie viele Bretter sich aus den Balken schneiden ließen oder wie viel von einer Hütte er daraus bauen konnte.

Für eine große Hütte reichte es jedenfalls nicht.

Er lehnte sich wieder zurück und schloß die Augen.

»Wessen Junge bist du?«

Er glaubte zu träumen. Verwirrt wischte er sich die Nase.

»*Hoy ac!* Wessen Haus?«

Michael fuhr herum und spähte in die Richtung, aus der die Stimme gekommen war. Dort war nur ein Balken.

»*Rup antros, jan wiras*«, sagte die Stimme. Sie glich jener der Sidhefrau, war aber undeutlicher. »*Quos maza.*«

»Wo bist du?« fragte Michael leise. Die Nachtluft war mittlerweile sehr kühl.

»Ringsumher, *Antros.* Es ist wahr, deine Worte sind angelsächsisch und normannisch, ein Gemisch vom nebligen Norden und dem warmen Süden. Ach, ich kannte diese Sprachen einst, an ihren Wurzeln lernte ich sie kennen – setzte manchen Goten und Franken und Jüten in Schrecken ...«

»Wer bist du? Wer?«

Einen Augenblick lang herrschte Stille, dann sagte die Stimme, viel schwächer als zuvor: »*Maza sed more kay rup antros.* Es ist seltsam, für eines Menschen Haus geschnitten zu werden. Warum dieses Privileg? Dennoch, alles Holz geht dahin; das Gepräge muß sich verlieren ...«

Die Stimme erstarb. Obwohl es danach still und ruhig war, konnte Michael in dieser Nacht nicht schlafen.

6

Die Stunden krochen dahin, ringsum schlug sich der Tau nieder, und Michael fror so sehr, daß er sich nicht wärmer fühlte als die Felsblöcke, auf denen er kauerte. Der Himmel wandelte sich von Schwarz zu Grau, und Nebel lagerte in wattigen Schichten über dem Bach und der Anhöhe. Schmale losgelöste Nebelstreifen von eineinhalb Metern Länge und mehr schossen mit leisem Zischen durch den Dunst. Michael war zu durchgefroren, um sich etwas daraus zu machen.

Er hob den Kopf, drehte den steifen Nacken und bemerkte, daß die Balken nicht mehr um die Blöcke standen. Irgendwann im Laufe der Nacht waren sie zu sauber geschnittenen Brettern und Stützen zerfallen. Die abgeschälte Borke lag säuberlich neben ihren zerteilten Innereien.

Der Anblick war nicht geeignet, Michael zu ermutigen. Wie eine kältestarre Eidechse wartete er, daß die Sonne aufgehe und sein Blut erwärme. Er hatte während der Nacht nichts beschließen oder klären können – die Stunden waren in kalter Benommenheit verbracht worden –, aber die Überzeugung seiner Unzulänglichkeit hatte sich verfestigt.

Endlich erschien im Osten die Sonne, ein ferner roter Bogen über einem Hügel jenseits der Flußgabelung. Michael streckte sich und stand auf dem Felsen, um die ersten wärmenden Sonnenstrahlen einzufangen. Er hatte nicht bedacht, daß er von der Nachtkälte steif war; seine Gelenke knackten, und die Knie gaben unter ihm nach, so daß er beinahe zusammengebrochen wäre, doch gelang es ihm, wankend das Gleichgewicht zu halten. Seine Kleider waren naß vom Tau.

Die Hütte lag still und dunkel, ebenso das Dorf. Innerhalb weniger Minuten, gerade als er glaubte, einen ersten Anflug von Wärme des neuen Tages zu spüren, wurde es im Dorf lebendig. Rauch kräuselte aus den gemauerten Schornsteinen, auf den Straßen erschienen die ersten Bewohner.

Er hörte eine Frau singen. Anfangs war er zu sehr darauf bedacht, seine Blutzirkulation wieder in Gang zu bringen, um dem Gesang Aufmerksamkeit zu schenken, doch die Stimme kam näher, und als er sich umsah, bemerkte er eine junge Halbblutfrau, die auf den Trittsteinen barfuß den Bach überschritt. Sie trug knielange Hosen aus derbem Stoff und einen mit Schnüren verschlossenen Kittel. Ihr Haar war rabenschwarz – uncharakteristisch, wie er fand, aber ihr Gesicht trug die unverkennbaren Züge der Sidhe, lang, mit hohen Backenknochen und einer schmalen geraden Nase. Sie trug vier mit Stoff bedeckte Eimer, zwei in jeder Hand. Auf dem Weg zur Hütte der Kranichfrauen blickte sie zu Michael herüber.

»*Hoy!*« grüßte sie ihn.

»Hallo«, erwiderte Michael. Sie erreichte die Tür, die einen Spaltbreit geöffnet wurde. Eine langfingrige Hand schob sich aus der Öffnung und nahm zwei Eimer, zog sie hinein, kam wieder zum Vorschein und nahm die zwei anderen. Darauf wurde die Tür wieder geschlossen, und die Frau kehrte um. Sie hielt inne, legte den Kopf zur Seite, dann kam sie auf Michael zu.

»O Gott!« murmelte er. Er hatte sich gerade soweit aufgewärmt, daß er nur noch fröstelte, und er hatte ein dringendes Bedürfnis. Er wollte mit niemandem sprechen, schon gar nicht mit einer Halbblutfrau.

»Du bist Mensch«, sagte sie und machte etwa sechs Schritte vor den Blöcken halt. »Dennoch gaben sie dir Holz.«

Er nickte, ohne in seinen Freiübungen nachzulassen.

»Du bist ein Englischsprecher«, fuhr sie fort, »und du kommst vom Haus des Isomagus. Das sagt man im Dorf von dir.«

Er nickte wieder. Hinter seinem zitternden Elend verbarg sich eine gehörige Portion Schüchternheit, die ihm vor dieser schönen und wohlklingenden Stimme den Mund verschloß.

»Bald wird es warm sein«, sagte sie, sich wieder abwendend. »Wenn du heute Zeit hast, komm ins Dorf, und ich werde dir eine Karte für Milch und Käse geben. Jeder muß essen. Frag einfach nach Eleuth.«

»Werde ich tun«, sagte er mit gepreßter Stimme. Als

sie den Bach überquert hatte, stieg er vom Felsblock hinunter, entfernte sich ein Stück und kniete in einer Deckung nieder, um sich zu erleichtern. Er kam sich wie ein kaum domestiziertes Tier vor. Ein Haustier der Mischlinge.

Die Tür zur Hütte der Kranichfrauen wurde geöffnet, und Spart kam zum Vorschein, eine Rolle Stoff in den Händen. Sie warf ihm einen unheilvollen Blick zu, entrollte den Stoff und schüttelte ihn aus. Ein Schwarm winziger Vögel flog aus den Falten und umkreiste die Hütte, um nordwärts davonzufliegen. Spart kehrte ohne eine Erklärung in die Hütte zurück und schloß die Tür.

Michael trat von einem Bein aufs andere, rieb sich die Oberarme und betrachtete zweifelnd die Holzstöße. Er hob ein Stück Baumrinde auf und entdeckte, daß sie sich zu leichten, kräftigen und zähen Streifen schälen ließ. Er überlegte, wie er eine Hütte zusammenbauen sollte, und schüttelte den Kopf. Dazu brauchte man Werkzeug – Nägel, auf jeden Fall, und Hammer und Säge.

Das Ergebnis seiner halbherzigen Überlegung war, daß er sich fragte, wozu es gut sei, ein Haus in einer Gegend zu bauen, wo er nicht hingehörte.

»Du hast noch viel zu lernen.«

Nare stand hinter ihm. Ihre Augen waren groß wie die einer Eule, aber beweglich. Ihr langes rotgraues Haar war nicht zum Zopf geflochten und hing ihr bis zu den Kniekehlen hinab. »Was wirst du nun, da dir die Gnade zuteil wurde, mit dem Holz anfangen?«

»Ich brauche Werkzeug.«

»Das denke ich nicht. Bist du dir bewußt, was die Gnade des Holzes bedeutet?«

Er überlegte einen Moment lang. »Menschen bekommen nicht viel davon.«

»Menschen bekommen Abfälle. Nicht einmal Mischlinge können jederzeit Holz bekommen. Das Beste ist für die Sidhe reserviert. Höchstwahrscheinlich haben sie Vorfahren darin.«

»Ich verstehe nicht«, sagte Michael.

»Die Sidhe sind unsterblich, aber wenn sie im Kampf oder durch einen Unfall sterben, pressen die Arboralen sie in Bäume. Dort hausen sie eine Weile, bis sie um Vergessen bitten. Die Arboralen tun ihre Arbeit, und wir haben Holz.«

»Letzte Nacht hörte ich eine Stimme.«

Nare nickte. Sie bückte sich, hob ein Brett auf und streckte es Michael hin. Ein langer Zeigefinger drückte gegen die Kante, und eine Kerbe fiel heraus. »Du mußt das Holz befühlen und drücken. Denk darüber nach, wie alles zusammengeht. Das Holz wurde von dem Sidhe, der darin wohnte, zu einem Haus geformt. Du brauchst es nur herauszufinden. *Maza.*«

»Heute?« fragte Michael.

»Heute ist alle Zeit, die du hast.« Nare ging zum Bach und tauchte wie ein Otter ins Wasser. Er sah sie nicht wieder hochkommen.

Während der nächsten Stunde nahm Michael jedes Brett und jede Stütze in die Hände, befühlte und drückte alle Teile, rieb die Oberflächen, bis er die zu entfernenden Stücke fand. Das half ihm seinen Hunger vergessen. Zuerst nahm er die kleinen Stücke und warf sie beiseite, dann besann er sich eines Besseren und sammelte sie auf einen kleinen Haufen.

Es wurde deutlich, daß er einige der Stücke in Löcher in den Brettern einpassen und in Nuten der Stützen einschieben konnte. Die Arbeit erinnerte ihn an ein hölzernes Puzzle, das er daheim hatte, nur war dieses sehr viel komplizierter. Als die Sonne hoch am Himmel stand, war es ihm gelungen, zwei Bretter mit einer

Stütze zu verbinden, doch wußte er nicht, wie er von da aus weitergehen sollte. Er wußte nicht einmal, welche Form die Hütte haben sollte.

Spart, die Kranichfrau mit den Tätowierungen und der melodischen Stimme, kam von der Hütte herüber und bot ihm eine hölzerne Schüssel an. Darin war kalter Haferschleim, ein Stück Obst und etwas dünne Milch. Er aß alles, ohne sich zu beklagen. Sie sah ihm dabei zu, und er bemerkte, wie ein langer Arm hin und wieder zuckte. Sobald er fertig war, nahm sie ihm die Schale aus den Händen.

»Wenn du das Haus fertig hast, wirst du ins Dorf gehen und dich auf dem Markt anmelden. Sie werden dir deine Nahrung geben. Während du hier bist, kannst du auch Botschaften für uns überbringen und dich anderweitig nützlich machen.« Sie blickte auf das herumliegende Holz. »Wenn du es nicht bis morgen früh zusammengesetzt hast, ist es nicht mehr dein Holz.«

Er starrte auf ihre Tätowierungen. Sie schien sich nichts daraus zu machen, bückte sich aber und klopfte vielsagend auf das Holz. Er machte sich wieder an die Arbeit, und sie ging zurück zum Haus.

»Ist es ungefährlich, das Wasser zu trinken?« rief er ihr nach.

»Weiß ich nicht«, antwortete sie.

Bis zum Abend war es ihm mit seinem ganzen Einfallsreichtum gelungen, sich die Form des Hauses als viereckig vorzustellen, ungefähr zwei Meter auf jeder Seite, ohne Dach noch Fußboden. Für das erstere würde er wahrscheinlich Gras oder Binsen sammeln müssen, und das entmutigte ihn. Er war ausgehungert, aber die Kranichfrauen brachten nichts mehr heraus.

Vielleicht sollte er erst zu essen bekommen, wenn er fertig wäre, überlegte er. Das gab ihm neuen Auftrieb. Er entdeckte, daß die in Streifen geschälte Rinde zum

Festbinden gebraucht werden konnte. Als die Sonne sich wieder dem Westhorizont näherte und am Himmel das gleiche Farbenspiel des Sonnenuntergangs erschien, das er am Vorabend beobachtet hatte, ließ er resigniert die Hände sinken. Es war unmöglich.

Aber ...

Er kniete nieder und wählte einen viereckig behauenen dicken Balken, dessen Verwendungszweck ihm noch nicht klargeworden war. Er befühlte und drückte das Holz, und auf einmal fiel es in sauber geschnittene dünne Schindeln auseinander. Nun schien der Bauplan in seinem Kopf Gestalt anzunehmen. Er fügte Bretter und Stützen zusammen, steckte Zapfen in Nuten, band das Holz zusammen und nahm fünf lange, dünne und gebogene Latten, um das Dachgerüst zu fertigen. Als es dunkel war, hatte er das Dach beinahe komplett mit Schindeln gedeckt. Ein Stück Rinde und zwei Stücke Holz blieben übrig, doch schien das Haus vollständig zu sein.

Als er zur niedrigen Tür hinauskam, stand Spart draußen. Sie sah den Rindenstreifen in seiner Hand und schüttelte den Kopf. »*Fera antros*«, sagte sie. »Hättest du es richtig gebaut, so wären dir keine Stücke übriggeblieben.«

Er befürchtete schon, sie würde verlangen, daß er die Hütte wieder auseinandernehme und von vorn anfange, aber sie zog eine Schüssel hinter dem Rücken hervor und gab sie ihm. Diesmal bestand seine Mahlzeit aus Gemüsebrei und einer dicken klebrigen Schnitte dunklen Brotes. Während er aß, kauerte sie bei ihm nieder.

»Unter den Sidhe gibt es viele Sprachen«, sagte sie. »Einige sind sehr alt, andere jünger. Nahezu alle Sidhe sprechen Cascar. Es wäre von Vorteil, wenn du soviel Cascar lernen würdest, wie du kannst – du wirst alle Vorteile brauchen, die du gewinnen kannst.«

»Manche sprechen englisch«, sagte Michael.

»Die meisten sprechen es, weil es in deinem Sinn ist. Einfühlung. Und englisch wurde in den letzten Ländern gesprochen, die viele von uns auf Erden bewohnten. Englisch und andere Sprachen – irisch, walisisch, französisch, deutsch. Wir sprechen auch irdische Sprachen, die dir nicht bekannt sein werden, alles alte, größtenteils tote Sprachen. Die Sidhe sind sprachbegabt. Aber keine Menschensprache kann Cascar ersetzen.«

Daß er nicht hungrig war, machte Michael kühner. »Wie alt sind Sie?«

»Es gibt hier keine Jahre«, erwiderte Spart. »Die Jahreszeiten kommen und gehen nach Adonnas Gutdünken. Wie alt bist du?«

»Sechzehn«, sagte Michael.

Sie stand auf und nahm seine leere Schüssel. »Heute nacht wird eine von uns dich auf die Probe stellen. Du wirst nicht imstande sein, uns abzuwehren, aber die Art deiner Reaktion wird Einfluß darauf haben, wie wir dich unterrichten. Schlafe oder wache, wie du willst.«

7

Die Hütte war zugig und klein, der Boden ohne jede Bequemlichkeit, aber sie war besser als nichts, und Michael bildete sich ein, daß sie die Nachtkälte fernhielt. Er kauerte in einer Ecke, versuchte wach zu bleiben und erwartete die angekündigte Probe.

Er konnte nicht viel zur Vorbereitung tun. Eine Weile beschäftigte ihn die Frage, ob sie ihn verletzen würden. Er war nie eine Kämpfernatur gewesen, hatte immer zu lange gebraucht, um zornig zu werden. Infolgedessen hatte er wenig Erfahrung mit den Fäusten.

Da er die Nacht zuvor nicht geschlafen hatte, vermochte er die Augen nicht offenzuhalten. Er war unfähig, sich am Einschlafen zu hindern. Der Kopf fiel ihm vorwärts auf die angezogenen Knie ...

Hufschläge schreckten ihn auf. Es war noch dunkel. Etwas platschte im Bach. Er hörte ein Pferd wiehern und schnauben.

Seine Müdigkeit war überwältigend. Diese Müdigkeit und der gleichzeitige Zwang zur Wachsamkeit verliehen dem Geschehen eine surrealistische Qualität, als ob alle Aspekte dieser Welt nicht schon grotesk genug wären. Er mußte entscheiden, ob er in der Hütte bleiben oder hinausgehen sollte. Im ersteren Fall mußte er vielleicht damit rechnen, daß man sie über ihm in Stücke zerschlug.

Er stand auf. Das Dach war eine bloße Handbreit über ihm. Zeit seines Lebens war er ein Zauderer gewesen, hatte lange überlegt, und wenn er gehandelt hatte, war es vorhersehbar gewesen. Vielleicht würde Unberechenbarkeit ihm einen Vorteil in die Hände spielen ...

Er kauerte sprungbereit hinter der Türöffnung nieder. Wenn er schnell genug rannte, könnte er vielleicht entkommen.

Er sprang zur Tür hinaus, hielt den Kopf eingezogen und rannte blindlings in eine hohe massive Gestalt. Er prallte von ihr ab und fiel zurück, hielt sich den Kopf mit beiden Händen. Über ihm stand ein Sidhe in einem silbrig schimmernden Kettenhemd, eine gefährlich spitze, lange Lanze in der Hand. Vor Michaels Augen drehte sich alles; er bemerkte kaum, daß der Sidhe die Lanze senkte und ihm die Spitze in die Magengrube stieß.

»*Vera ais, sepha jan antros pek*«, sagte der Sidhe mit ruhiger leiser Stimme. Michael kam zu sich und blickte verzweifelt umher. Ein paar Schritte entfernt stand ein

Sidhepferd, Hals und Widerrist in eine blaßgraue Decke gehüllt, mit einem silbrig schimmernden Sattel, aber ohne Steigbügel oder Zügel. *»Vas lengha spu?«* Die Spitze drückte ihm fester gegen die Brust und durchdrang die Haut. Michael wand sich und schrie vor Angst. *»Vas lengha?«*

»Laß mich in Ruhe!« rief Michael mit überschnappender Stimme. Er faßte nach der Lanze, aber sie schien ringsum mit scharfen Kanten besetzt zu sein und schnitt in seine Finger.

»Du gehörst nicht hierher«, knurrte der Sidhe. »Weißt du, wer ich bin?«

»Nein!«

»Ich bin Alyons, Stadtmeister der Verbrannten Ebene und des Vertragslandes. Manche nennen mich *Scarbita antros* – Geißel der Menschheit. Wie bist du hergekommen? Warum wohnst du in einem Haus von Holz?«

»Ich wurde hergeschickt«, sagte Michael. Jeglicher Zorn, den er empfand, löste sich in der übermächtigen Furcht auf, schien aber seine Wahrnehmung zu schärfen. Selbst in der Dunkelheit konnte er Alyons ziemlich deutlich sehen: ein geisterhaft langes fahles Gesicht und langes blutrotes Haar; riesige Augen, deren Lider sich von unten nach oben zu schließen schienen; langfingrige Hände mit metallisch aussehenden, spitz zugefeilten Nägeln; Stiefeln, die aus dem gleichen silbriggrauen Material wie der Sattel gemacht waren; einen perlgrauen Umhang, der ihm von den Schultern bis auf die Waden hing. *»Quos fera antros, to suma antros.«*

»Der Junge ist in unserer Obhut.«

Michael erkannte Nares herbe Stimme. Sie stand abseits, zwischen ihnen und der Hütte der Kranichfrauen, und Spart stand auf der anderen Seite. Cum war nicht zu sehen. Alyons machte keine Bewegung, aber seine Hände verstärkten den Druck der Lanze noch ein wenig. Michael fühlte ihre Spitze auf dem Brustbein kratzen und versuchte standhaft zu bleiben. »Was tut er hier?« fragte Alyons, ohne den Blick von Michael zu wenden, einem Jäger gleich, der die sichere Beute nicht freigeben will.

»Ich habe dir gesagt«, wiederholte Nare, »daß er in unserer Obhut ist.«

»Er ist Mensch. Ihr unterrichtet keinen Menschen.«

Es folgte ein rascher Wortwechsel zwischen Spart und dem Stadtmeister. Alyons' Antlitz verdüsterte sich zusehends, und seine wie gemeißelten Züge wurden einer Mumienmaske ähnlich. Er hob die Lanzenspitze von Michaels Brust. »Wenn ich den Jungen töte, beseitige ich eine Bürde, nicht wahr?«

»Wahrscheinlich«, sagte Spart, »aber was täten wir darauf mit dir?«

»Ihr seid *t'al antros*«, sagte Alyons geringschätzig. Hinter ihm löste sich Cum aus der Dunkelheit.

»Wir sind sehr, sehr alt«, sagte Spart, »und die Sidhe des Irall kommen zu uns, um Fragen zu stellen. Würde es dir gefallen, wenn in unserer Antwort dein Name erwähnt würde – Pferdedieb?«

Die Linien in Alyons' Gesicht gruben sich womöglich noch tiefer ein. »Es würde mich nicht aus der Fassung bringen«, sagte er.

»Und wenn Adonnas Priester zum *temelos* kommen?« fragte Spart.

Cum faßte Alyons bei der Schulter und zog ihn herab, bis sein Gesicht in das ihre sah. »Unser!«

»Dann nehmt ihn«, sagte Alyons mit bewundernswerter Ruhe. Er schüttelte ihre Hand ab, ging zu seinem Pferd und schien in den Sattel zu gleiten, statt zu springen. »Aber ich werde zu den Arboralen reiten und mich wegen der Gnade des Holzes erkundigen.«

»Sie brachten es«, sagte Nare.

»Du bist ein roher und einfältiger *fricht*«, sagte Spart.

»Unser«, wiederholte Cum.

Alyons beugte sich über den Pferdehals, und das Tier schien sich in Rauch zu verwandeln; seine Umrisse verschwammen und glätteten sich. Im nächsten Augenblick waren Reiter und Pferd lautlos verschwunden. Michael lag auf der Erde, seine Brust blutete, und auch die Handflächen waren vom Kontakt mit der Lanze wund. Die Kranichfrauen waren gleichfalls verschwunden.

Er erhob sich mühsam und kroch in seine Hütte. Dort angelangt, preßte er die blutigen Hände vor den Mund, um sein Schluchzen zu unterdrücken. Er wußte nicht genau, was soeben geschehen war, ob die Kranichfrauen ihn geprüft hatten oder ob er wirklich von Alyons besucht worden war. Die Stimme des Sidhe hallte in seinem Schädel wider, wohlklingend und tödlich wie Gift.

Trotz der ausgestandenen Ängste und der nachwirkenden Aufregung konnte er sich kaum wachhalten. Etwas in seiner Nähe zirpte durchdringend, und dieses Geräusch wurde mehrmals wiederholt, und als er schlaftrunken an Vögel dachte, die sich auf seiner Hütte niedergelassen haben mochten, wurde er beim Arm gepackt.

»Laßt mich in Ruhe«, murmelte er benommen.

»*Jan antros.*« Cum beugte sich über ihn, und ein erstes Grau am Osthimmel jenseits der Türöffnung ließ die Umrisse ihres Kopfes hervortreten. »Nicht Augen voll! Wir kündigten Prüfung an ...«

Er glaubte nicht zu träumen (Träume schienen im Reich keinen Platz zu haben), aber er hätte es nur zu gern geglaubt. »Gehen Sie!« flehte er. »Bitte.« Und er war allein in der Hütte.

Der Morgen kam und ging, ebenso der Tag, und der Abend war nicht mehr fern, als er steif und noch immer erschöpft aufwachte. Er befühlte seine Brust. Das Blut war verkrustet, und jemand hatte die Wunde mit weißer Paste beschmiert. Die Stelle war druckempfindlich, schmerzte jedoch nicht. Auch die Schnittwunden an den Händen waren verschorft.

Bei der Tür stand eine Schale mit Mus und Früchten. Er aß langsam mit den Fingern und versuchte über der Beschäftigung des Essens seine Benebelung abzuschütteln. Er war allen Denkens überdrüssig. Die Verlokkung, einfach aufzugeben, war stärker denn je und befand sich in vollkommener Übereinstimmung mit den Schmerzen in seinem Körper und der Müdigkeit, die jeden Muskel ergriffen hatte.

Nach dem Essen warf er sich auf den Boden und blieb liegen. Nach einer Weile zog er mit dem Finger eine Linie in den Erdboden, dann schrieb er eine Zeile, und dann, halb zufällig, halb vorsätzlich eine weitere, bis er ein Gedicht in die Erde gekratzt hatte.

Ein Kratzen auf dem Dach bei Nacht,
Horn, Nagel oder Borstenstrich –
Du liegst in kalter Finsternis,
Und die Verzweiflung schüttelt dich.

Trittst du hinaus, die Wolken schauen,
Lautloser Blitz fährt höhnisch nieder;
Und auf dem Dach der Alp, er wartet,
Kaum schläfst du ein, drückt er dich wieder …

Wenn er Gedichte schrieb, geschah es nicht selten, daß er keine Ahnung hatte, was sie bedeuteten. Dann schien sein Geist abgelöst von allen gegenwärtigen Umständen, als wären Bilder und Erlebnisse beim langsamen Eindringen ins Bewußtsein hoffnungslos durcheinandergeraten. Dies hier war anders. Die Bedrohung war offensichtlich. Er war gründlich verängstigt und konnte weder aus seiner Hilflosigkeit heraus, noch hatte er eine Möglichkeit, seine Furcht zu bekämpfen.

Er stand an der Tür seiner Hütte, die Hände in den Hosentaschen, und sah die Sonne untergehen. Nare kam zu ihm herüber. Als sie ihm gegenüberstand, ergriff sie seine Hände und untersuchte die Handflächen, dann zog sie sein blutbeflecktes Hemd auseinander und untersuchte seine Brust.

»Wie habe ich mich gehalten?« fragte er mit einem Unterton bitterer Resignation.

»Als Schläfer taugst du nicht für uns. Du solltest heute zum Markt gehen, dir eine Karte holen.«

»Ich meine, wie habe ich mich letzte Nacht gehalten?«

»Schrecklich«, sagte sie. »Er hätte dich getötet. Und später ... Du bist ein jämmerlicher Krieger.«

»Ich wollte nie ein Krieger sein«, erwiderte er.

Sie hob mahnend einen dürren Zeigefinger. »Die Wahl ist, einer zu sein oder zu sterben«, sagte sie. »Deine Wahl.«

Cum und Spart überquerten den Bach und gingen zu ihrer Hütte. Während Nare schweigend und bewegungslos neben ihm stand und Michael nervös wartete, erschienen die ersten Sterne am Himmel. Cum und Spart kamen mit acht langen Fackeln aus ihrer Hütte und machten sich daran, sie zwischen der Hütte und dem Bach in einem Kreis in den Erdboden zu stecken. Sie entzündeten die Fackeln, indem sie die Hände hinter der Spitze zusammenlegten und darauf bliesen. Funken und Flammen sprühten in die Nacht auf, und ein orangefarbener Lichtkreis schimmerte innerhalb des Fackelrings.

»Zeit ist im Reich schwierig zu messen«, sagte Spart, trat auf Michael zu und nahm ihn bei der Hand. Das Gefühl ihrer langen kräftigen Finger um seine Hand erstickte jeden Protest. Sie führte ihn in den Kreis und winkte Cum näher. »Du wirst jetzt unsere Funktionen lernen«, sagte Spart. »Cum ist eine Meisterin dessen, was die Sidhe *isray* nennen, körperlichen Kampf. Nare ist versiert im *stray*, der Vorbereitung des Geistes. Und ich werde dich *vickay* lehren, die Vermeidung des Kampfes als eines Mittels zum Sieg. Heute abend, weil es die einfachste und leichteste der drei Disziplinen ist, wirst du von Cum die Anfangsgründe lernen, wie man einen Kampf mit Mensch oder Sidhe überlebt.«

Cum umkreiste Michael langsam mit hohen, beinahe stolzierenden Schritten. Nare und Spart sahen von außerhalb des Fackelkreises zu. Michael beobachtete Cum mißtrauisch und wachsam, die Hände an den Seiten, den Kopf ein wenig vorgebeugt. Er fuhr zusammen, als sie sich bückte und eines seiner Beine umfaßte, um die Stellung zu korrigieren. »Fall nicht um wie ein Hocker!« sagte sie. »Ein Bein muß wie zwei sein.« Sie fuhr fort, ihn zu umkreisen. »Am Morgen läufst du ins Dorf und zurück. Heute abend brauchst du nur stehenzubleiben.« Ihr Arm schoß heraus und stieß ihn, und prompt fiel er rücklings aufs Hinterteil und rappelte sich wieder auf. Sie machte eine Finte und stieß wieder zu. Diesmal strauchelte er, hielt sich aber auf den Beinen. Sie umkreiste ihn weiter und stieß aus einem anderen Winkel, und er fiel vorwärts: »Wie ein Hocker«, wiederholte sie. So stieß sie ihn wieder und wieder aus verschiedenen Winkeln, aber er blieb stehen.

Sein Gesicht war gerötet, die Backenmuskeln schmerzten vom Zusammenbeißen der Zähne, aber er war überrascht, wie ruhig er innerlich war. Das methodische Umkreisen und Stoßen nahmen ihren Fortgang, bis er nach mehr als einer Stunde endlich soweit war, daß er sein Gleichgewicht bewahrte, ganz gleich, von welchem Winkel Cum ihn angriff.

Die Fackeln flackerten. »Ohren«, sagte Cum. Nare

und Spart löschten die Fackeln. Wolken verdunkelten die Sterne, und bis auf den matten orangegelben Lichtschein aus den Fenstern der Hütte gab es keine Helligkeit. Er konnte keine der Kranichfrauen sehen, lauschte den Geräuschen ihrer Füße und versuchte zu erraten, wie viele ihn umkreisten. Eine Hand stieß ihn hart in den Rücken, und er fiel auf ein Knie, sprang aber rasch wieder auf.

»Ohren«, sagte Cum abermals. Er hörte einen Schritt nahe bei sich und stemmte sich instinktiv in die entgegengesetzte Richtung. Der Stoß kam, aber er blieb auf den Beinen.

Eine weitere Stunde verging. Er war erschöpft, die Beine schmerzten ihn, und die Schultern waren wund und angeschwollen. Eine Zeitlang wandte er sich in der Dunkelheit hierhin und dorthin, bis er ihre Schritte nicht mehr hören konnte. Er war allein. Die Kranichfrauen waren in ihre Hütte zurückgekehrt.

Er tastete sich nach Hause und brach in einer Ecke zusammen. Er konnte nicht schlafen, rieb sich Arme und Schultern und dachte an vergangene Turnstunden, an denen er niemals mit Begeisterung teilgenommen hatte. Es war nicht so, daß er schwächlich oder zimperlich gewesen wäre; er konnte gut genug laufen, und sein Körper war gesund. Es hatte ihn einfach nicht sonderlich interessiert, und die Turnlehrer hatten sich selten der Mühe unterzogen, das Selbstvertrauen jener zu fördern, die sich nicht als Sportbegeisterte bekannten.

Begeisterung stand hier nicht zur Diskussion. Was er auch dachte, wie elend er sich auch fühlte, morgen würde er bis zum Umfallen rennen, soviel war ihm jetzt schon klar. Ohne Proteste, ohne Klagen.

Die Begegnung mit Alyons hatte Michael zu einer Neueinschätzung seiner Lage verholfen. Offensichtlich konnte seine Lage noch viel schlimmer werden.

8

»Die Sidhe gebrauchen keine Schwerter«, sagte Spart zu Michael. Sie hockten vor seiner Hütte mit gekreuzten Beinen einander gegenüber.

»Aber Alyons hatte eine Lanze ...«

»Sie ist das Zeichen seines Amtes. Er gebraucht sie nur gegen Menschen.«

Michael nickte und schaute zur Seite. Er begann sich mit den ewigen Ungewißheiten abzufinden. Spart seufzte und beugte sich näher.

»Du solltest dich fragen, was Alyons mit seiner Lanze tut.«

»Sich bösartig benehmen?« fragte Michael und versuchte zu lächeln. Spart lehnte sich zurück, und ihre Augen verengten sich zu noch schmaleren Schlitzen. »Gut«, gab er nach. »Was tut er damit?«

»Die Lanze ist das Symbol seines Ranges und seiner Würde. Sie versinnbildlicht seine Amtsgewalt. Sie bedeutet, daß er die Kraft hat, die Verbrannte Ebene und das Vertragsland zu bewachen und die Einhaltung des Vertrages durchzusetzen, der zwischen den Sidhe und dem Isomagus geschlossen wurde.«

»Warum hat er mich damit verletzt?«

»Wie so viele andere Sidhe haßt er die Menschen.«

»Hassen Sie die Menschen?«

»*T'al antros*«, sagte sie und tippte mit dem Finger an ihre Brust. »Ich bin ein Halbblut.«

»Warum gebrauchen Sidhe keine Schwerter?«

»Sie haben es nicht nötig. Ein Sidhekrieger ist ohne Schwert furchteinflößend genug. Und es ist eine Frage der Ehre. Für einen Sidhe ist der Tod endgültig; es gibt nichts, außer von den Arboralen in einen Baum gepreßt zu werden. Und das ist nicht einmal ein halbes Leben.

So ist der Brauch entstanden, daß die Sidhe einander nur mit Waffen bekämpfen dürfen, die ihrer eigenen Geschicklichkeit und Kraft entspringen, worunter wir Magie und Willensstärke verstehen.«

»Werde ich Magie lernen?«

Spart schüttelte den Kopf. »Menschen können die Magie der Sidhe nicht beherrschen. Du wirst lernen müssen, wie man sich in Sicherheit bringt, wie man unauffällig ist. Du kannst nicht hoffen, einen Sidhe im Kampf zu bezwingen. Deine einzige Chance ist, daß ein Sidhe den Kampf mit einem Menschen als unwürdig und nur geringer Anstrengung wert betrachten wird. Nutze dies zu deinem Vorteil. In den seltenen Fällen, da du zum Kampf herausgefordert werden könntest ...« Sie winkte ab und schlug die flache Hand auf den Boden. »Du wirst einfach sterben. Der Tod ist für den Menschen hier ebenso endgültig wie anderswo. Also sieh zu, daß du einen Krieger nicht provozierst.«

»Ich verstehe nicht ...«

»Du wirst mit der Zeit verstehen. Jetzt wirst du ins Dorf gehen und unsere Botengänge besorgen. Danach wirst du laufen. Es ist eine Bestellung Getreide hier abzuliefern, und du wirst ...«

»Ich weiß. Um Nahrung für mich selbst bitten müssen.«

Spart betrachtete ihn mit unendlicher Geduld, schloß die Lider langsam, öffnete sie wieder und wandte sich ab.

Im Mischlingsdorf war alles still; die Stimmung von Verlassenheit paßte zu dem düsteren bedeckten Morgenhimmel. Michael versuchte die Einwohner, die er zu Gesicht bekam, freundlich zu grüßen, aber sie erwiderten seine Aufmerksamkeiten nicht; die Neugierde, seine Person betreffend, schien bereits gestillt. Die wenigen Leute, die unterwegs waren, gingen ihren Geschäften wie Gespenster nach; Michael sah nur ein paar Frauen, denen etwas wie Lebhaftigkeit und Lebensfreude anzumerken war.

Er folgte der gekrümmten Marktstraße, die nahe dem Dorfmittelpunkt von der Durchgangsstraße abzweigte. Der Marktplatz bestand aus einem Haus, rund wie die meisten anderen, und einem gedeckten Hof, der ungefähr die doppelte Fläche des Hauses einnahm. Dieser Hof war vollgestellt mit Tischen und Marktständen, wo Waren aller Art feilgehalten wurden – Lebensmittel in einem Winkel, Haushaltswaren, alkoholische Getränke (in Flaschen, die verdächtig denen in Breckers Keller in Euterpe glichen) in einem anderen Hof, Kleidung in einem dritten. In der Mitte des Marktplatzes thronte der Marktaufseher.

Spart hatte seinen Namen mit Lirg angegeben. Er hatte eine Tochter, Eleuth, dieselbe, die Milch zur Hütte der Kranichfrauen gebracht hatte. Lirg sorgte unter anderem dafür, daß kein Geld in Umlauf gebracht wurde; die Sidhe verabscheuten Geld, was Michael in Anbetracht der Legenden von Tonkrügen voller Gold und dergleichen ein wenig seltsam vorkam, aber er entschied bei allen strittigen Tauschgeschäften über die Angemessenheit der Bezahlung und hatte dafür zu sorgen, daß Lieferungen der Dorfgemeinschaft gerecht vergütet wurden. Michael erfuhr, daß die Wirtschaft auf der Erfüllung zugewiesener Aufgaben sowie der Verteilung und dem Austausch von Waren und Leistungen entsprechend dem Bedarf beruhte und damit den einfachen Formen eines Urkommunismus ähnelte, von dem er in der Schule gehört hatte. Waren, deren Bedarf nicht durch Eigenerzeugung gedeckt werden konnte, wurden nach einem Zuteilungssystem von jenseits der Ebene eingeführt. Als Michael den Marktplatz erreichte, trafen gerade drei große hochrädrige Fuhrwerke ein, jedes von zwei Sidhepferden gezogen und beladen mit Nahrungsmitteln und Gütern des alltäglichen Bedarfs. Auf dem Kutschbock des ersten Fuhrwerks saß ein Sidhekutscher, hochgewachsen und unnahbar, gekleidet in eine Tracht aus braun irisierendem Stoff, deren Schnitt sich nicht wesentlich von jener des Stadtmeisters Alyons unterschied, doch trug er weder eine Rüstung noch eine Lanze. Die Pferde waren schweißbedeckt, als hätten sie sich übermäßig angestrengt, und hinter den Fuhrwerken blieb ein eigentümlicher goldener Schimmer wie von sonnenerhelltem Staub in der Luft hängen, der sich allmählich auflöste und einen bittersüßen Geruch zurückließ. Lirg stieg von seinem erhöhten Aufseherplatz herab und beaufsichtigte die Entladung der Fuhrwerke. Der Sidhekutscher ließ die Heckklappen herunter, und mehrere Vorübergehende halfen mit. Nur wenige Worte wurden gewechselt. Die entladenen Waren wurden entweder in einen Schuppen im vierten Winkel des Hofes untergebracht oder direkt an die Marktstände geliefert. Es gab keinen Ansturm auf die frisch gelieferten Waren, die sich nicht im geringsten von denen unterschieden, die bereits erhältlich waren, und nur die Kontinuität der Versorgung sicherstellten, nicht aber eine Vielfalt des Angebots.

Michael schaute zu, bis die Fuhrwerke entladen und vom Marktplatz gefahren worden waren, dann betrat er ihn selbst, zögernd, da er nicht auffallen mochte. Der Kutscher hatte die Heckklappen geschlossen und mit den Händen über das Holz gestrichen, wobei er golden schimmernde Spuren auf den Planken zurückließ. Sodann war er zu den Pferden gegangen und hatte jedem von ihnen die Kruppe getätschelt, eine Geste, die eher geschäftsmäßig als liebevoll anmutete. Alles, was er berührte, hinterließ ein Schimmern wie von durchsonntem Staub.

Lirg hatte wieder seinen Platz eingenommen, als Michael sich zu ihm wagte. Das Halbblut fixierte ihn mit prüfendem Blick. Eines seiner Augen war dunkel, das andere durch eine Narbe halb geschlossen. Sein Haar war mehr braun als rot, die Gesichtshaut gebräunt. »Deine Bedürfnisse?« fragte er, auf muskulöse Arme gestützt.

»Ich bin hier, Getreide für die Kranichfrauen zu holen. Und mich auf Ihre Liste setzen zu lassen.«

»Welche Liste?« Er musterte Michael aufmerksam, dann nickte er. »Die Karte, ich verstehe. Nur Nahrung ... das ist alles, was wir erübrigen können, selbst wenn es sich um einen Liebling der Kranichfrauen handelt.«

»Ich bin kein Liebling«, sagte Michael beleidigt. »Ich bin ein Schüler, und ich tue, was sie mir auftragen.«

Darauf lächelte Lirg, und Michael errötete. »Ich verstehe. Tochter!«

Eleuth kam mit vier Säcken Getreide aus dem Haus. Zwei davon setzte sie zu Michaels Füßen ab, die beiden anderen schulterte sie selbst.

»Ich kann sie alle tragen«, sagte Michael.

»Ich habe meine Tochter angewiesen, dir zu helfen«, erwiderte Lirg, und damit war die Sache entschieden. Eleuth warf Michael einen Blick zu, der ihm riet, nicht weiter zu argumentieren. Michael hob seine zwei Säcke auf.

»Stehe ich auf Ihrer Liste? Auf der Karte?«

»So ist es«, sagte Lirg. Er wandte sich einem Dorfbewohner zu, und Michael verließ den Marktplatz, gefolgt von Eleuth.

Sie näherten sich bereits dem Bach, als Eleuth ihn fragte: »Was lehren sie dich?«

»Sie versuchen mich stärker zu machen.«

»Warum bleibst du nicht einfach in Euterpe? Dort haben sie ihre eigenen Zuweisungen. Du könntest dort gut leben.«

»Es hat sich nicht so ergeben«, sagte er vage. »Ich nehme an, daß ich ausgebildet werde, damit ich heimkehren kann. Jedenfalls hoffe ich, daß es der Grund ist. Ich muß den Mann suchen, der es bewerkstelligen kann.«

»Ein Sidhemagier könnte dich heimschicken«, sagte Eleuth. Ihre Stimme war außerordentlich; er versuchte sie nicht anzusehen, weil er fürchtete, den Blick nicht wieder von ihr wenden zu können. »Ich glaube es jedenfalls. Lirg sagt, die Priester des Irall können jeden Menschen wieder heimschicken, wenn sie es wirklich wollen. Aber ich vermute, daß es irgendwelche Hindernisse oder Geheimnisse gibt. Denn wie du siehst, sind die Menschen noch da.«

Michael dachte über ihre Worte nach, dann schickte er sich an, den Bach auf den Trittsteinen zu durchwaten. »Wie dem auch sei, ich muß lernen, hier zu leben.«

Eleuth nickte. »Wenn du neu bist, gibt es viel zu lernen, denke ich.«

Sie stellten die Säcke vor die Hüttentür der Kranichfrauen.

»Wo ist deine Mutter?« fragte Michael. Menschen lebten nicht im Mischlingsdorf; soviel wußte er.

»Ich weiß es nicht«, antwortete Eleuth. »Die meisten von uns haben Sidhemütter, und der Aufenthalt unserer Väter ist unbekannt, soweit sie nicht in Euterpe wohnen. Wir wissen zumeist nicht einmal, wer sie sind. Ich vermute, daß ich ein ungewöhnliches Halbblut der zweiten Generation bin ... mein Vater war schon ein Halbblut, meine Mutter menschlich.«

Er klopfte an die Tür; Spart öffnete, spähte von Eleuth zu Michael und dann zu den Säcken und sagte: »Gut.« Damit schloß sie die Tür wieder.

»Heißt das, daß du für den Rest des Tages frei hast?«

Er schüttelte den Kopf. »Ich muß nach Euterpe und zurück laufen.« Er ging zu seiner Hütte.

»Hast du die selbst gebaut?«

»Halbwegs.«

»Wie ein Sidhekrieger. Von denen muß jeder seine Behausung selbst bauen ... Aber für einen Menschen ist es sehr geschickt, wirklich.«

Michael schaute zu ihr hin: Eleuths Miene war unbefangen und freundlich; sie neckte ihn nicht. »Danke für die Hilfe«, sagte er. Er kam sich sehr linkisch vor.

Sie blickte mit einer Miene umher, in der sich Ehrfurcht und Abscheu die Waage zu halten schienen, dann verabschiedete sie sich mit einem Lächeln. Michael schaute ihr nach und sah, wie sie beim Durchschreiten des Baches den Rock hob. Sie hatte anmutige lange Beine. Er errötete. Sie war hübsch ... nein, nicht bloß hübsch (vielleicht überhaupt nicht hübsch), sondern schön. Aber wie sollte er wissen, was hier im Reich als Schönheit galt?

Eine Zuneigung zu einem Halbblut, befürchtete er, könnte widernatürlich sein und würde sein Leben noch mehr komplizieren.

»Menschenkind!« Nare kam zu ihm herüber, zwei dicke Stangen von gut zwei Metern Länge in den Händen. »Lauf nach Euterpe. Halte dies auf dem Hinweg über den Kopf und auf dem Rückweg vor dich.« Sie gab ihm eine der Stangen. Er hob sie und ächzte in sich hinein.

»Was dann?«

»Wenn du kräftig genug bist, wirst du lernen, wie du damit umzugehen hast.« Sie klopfte mit der anderen Stange leicht auf die seinige. »Oder ich breche dir alle Finger. Nun geh.« Michael trabte los. Er überquerte den Bach, ohne auszugleiten, und beglückwünschte sich zu seiner neu gefundenen Koordination. Nasse Schuhabdrücke hinter sich lassend, legte er die ersten hundert Meter in leichtem Trab zurück, obwohl das Hochhalten der Stange seinen Armen Schmerzen bereitete. Nach vierhundert Metern lief er noch immer kräftig, aber nach der doppelten Strecke hatte er das Gefühl, die Stange werde ihn zu Boden ziehen, und dort angelangt, würde er sterben.

Er versuchte sich zu erinnern, wie man im Laufen atmete: gleichmäßig, ohne krampfhafte Anstrengung und ohne sich durch ein allzu scharfes Tempo in die Kurzatmigkeit drängen zu lassen.

Sein Mund war trocken, und in seiner Brust breitete sich ein Gefühl aus, als hätte er Säuredämpfe eingeatmet. Die hochgereckten Arme schmerzten unerträglich, und die Knie wurden ihm weich; dennoch war er entschlossen, nicht aufzugeben. Er wollte ihnen zeigen, daß er zu etwas taugte. Er hatte genug Erniedrigung hingenommen ...

Er stolperte über einen Gesteinsbrocken und schlug der Länge nach hin. Die Stange kollerte vor ihm durch Gras und über Steine. Er spuckte Sand, befühlte die schmerzende Nase und die offenbar aufgeschürften Lippen und bemühte sich gleichzeitig, sein gequältes Luftschnappen zu beherrschen.

Eine halbe Stunde später stand er am Rand von Euterpe, taumelnd vor Erschöpfung, mit gerötetem Gesicht und wankenden Knien. Er ließ die Stange neben sich auf den Boden fallen; er traute sich nicht zu, sie jemals wieder aufheben zu können. »Gott, bin ich ein Weichling!« stieß er hervor. »Er hätte mich geradesogut niederstechen können.«

Einige Minuten vergingen, bevor ihm bewußt wurde, daß sich in der Nähe eine kleine Menschenansammlung gebildet hatte, knapp außerhalb des kleinen Tores. Die

Leute beobachteten ihn in schweigender Neugierde. Sobald er sie bemerkte, versuchte er aufrecht zu stehen und sein verzerrtes Gesicht zu entspannen. Nach einer Weile kam die kastanienbraune Frau, die er zuletzt in der Herberge gesehen hatte, näher heran. »Was suchst du hier?« fragte sie in ärgerlichem Ton. »Sind die Mischlinge nicht gut genug für dich?«

Er starrte sie erstaunt an, noch immer schnaufend vor Anstrengung. »Sie bringen mich in Form«, sagte er. Er konnte nicht verstehen, daß sie zornig war. Warum sollte ihm irgend jemand zürnen?

»Wozu brauchst du in besserer Form zu sein?« fragte einer aus der Gruppe.

»Ich weiß es nicht«, antwortete Michael. Er hob die Stange auf, obwohl seine Finger kaum imstande schienen, sich um sie zu schließen, und wollte sich auf den Rückweg machen, als jemand ihn beim Namen rief.

»Michael!«

Savarin kam durch das niedrige Tor. Michael stützte sich auf seine Stange, dankbar für einen freundlichen Anruf und den Vorwand, seine Ruhepause ein wenig auszudehnen. Seine Brust fühlte sich jetzt an, als ob sie mit Wasser gefüllt wäre. Er hustete und wischte sich die Stirn.

»Bist du in der Ausbildung?« fragte Savarin.

Michael nickte und schluckte.

»Nun, das kann nicht schaden.«

»Meinen Sie?«

»Was lehren sie dich ...? Vielleicht, wie man gegen Sidhe kämpft?«

Er schüttelte den Kopf. »Sie lehren mich, wie man vor den Sidhe davonläuft.«

Das schien Savarin weniger zu gefallen. »Wann kannst du hierher zurückkommen? Es gibt Leute, mit denen ich dich bekanntmachen möchte.«

»Ich weiß es nicht. Sie werden mich brauchen, daß ich mehr Botengänge für sie erledige. Vielleicht ergibt sich später eine Gelegenheit.«

»Wenn du kannst, komm zum Schulhaus – es steht am Platz, mitten im Ort. Neben der Unterweisung von Neuankömmlingen lehre ich Sprachen. Komm, sobald du kannst.«

Michael nickte und zeigte mit der Stange hinaus über die Ebene. »Ich muß zurück.«

»Seht euch das an!« rief eine hohe männliche Stimme aus der Gruppe der Neugierigen. »Sie geben dem dummen Jungen ein Vermögen in Holz!«

»Seid still!« rief Savarin, fuchtelte mit den Armen und ging auf die Gruppe zu. »Seid still und geht nach Haus!«

Michael versuchte wieder in sein Schrittmaß hineinzufinden, und auf halbem Weg begannen die quälenden Schmerzen seiner Erschöpfung nachzulassen, und das Laufen wurde leichter, mechanischer. Er hatte von der ›zweiten Puste‹ gehört, es aber noch nie erlebt. Sein Körper schien sich in die Lage zu schicken und das Beste daraus zu machen.

Es war heller Vormittag, als er zum Bach kam, ihn auf den Trittsteinen überquerte und mit schleppendem Schritt den Hügel erstieg, wo Spart stand und auf ihn wartete. Sie nahm ihm die Stange ab und rief die anderen Kranichfrauen mit einem scharfen Pfiff herbei.

Cum kam aus der Hütte, ihn in Augenschein zu nehmen. Sie befühlte seine Beine und Arme, schüttelte dazu den Kopf, bis ihr staubgraues Haar flog. »*Usgal. Nalk*«, sagte sie und zeigte zum Wasser. »Du stinkst.«

»Das ist nicht fair«, sagte er in matter Auflehnung.

»Für dich wird es erst wieder fair, wenn du gebadet hast«, sagte Spart. »Anschließend folgst du Cum und arbeitest weiter.«

»Aber ich kann nicht mehr! Ich bin erschöpft!«

»Du bist nicht ohne Aufenthalt gelaufen«, sagte sie. Nare schaute aus dem Hüttenfenster und lachte.

Michael schleppte sich zum Bach und entledigte sich der Kleider. Er hatte sich bis auf die Unterhose ausgezogen, ehe ihn die natürliche Schamhaftigkeit innehalten ließ. Er sah sich um. Spart kauerte am Boden und flocht Binsen zu einer Matte. Sie schenkte ihm keine Beachtung. Er behielt die Unterhose an und steckte vorsichtig einen Fuß ins Wasser.

Natürlich, es war eiskalt. Er schloß die Augen. Sie mußten ihn für einen Idioten oder Feigling halten, wenn er immer zögerte. Er ging zurück, nahm einen Anlauf und sprang mit den Füßen voran in den Bach. Der Kälteschock war beträchtlich; als er wieder auftauchte, konnte er kaum Luft holen, und seine Zähne schlugen aufeinander. Immerhin war es besser, die Härten zu ertragen, als immer wieder lächerlich gemacht zu werden.

Er rieb sich im sandigen Wasser ab, und wieder fiel ihm der durchdringende Kräutergeruch auf. Anscheinend war dies die Natur des Wassers in dieser Wirklichkeit. Er stieg aus dem Bach, der in der Mitte ungefähr eineinhalb Meter tief war, und schüttelte sich, daß das Wasser über die Uferböschung spritzte. Er zog die Kleider über die nasse Haut, hielt aber die Jacke in der Hand und trug sie zurück zu der Stelle, wo Spart ihre Binsen flocht.

Sie musterte ihn mit einem Blick von oben bis unten und schüttelte mitleidig den Kopf. »Nur ein Dummkopf springt in so kaltes Wasser.«

Michael nickte ohne Widerspruch. Das war ihre Taktik; er konnte sich darauf einstellen. »Danke«, sagte er.

Und so ging es während der ersten fünf Tage.

9

Die Kranichfrauen trieben Michael mit und ohne Stange über das ebene Grasland, manchmal hielten sie mit ihm Schritt und gaben Anweisungen. Müdigkeit schien ihnen fremd. Wenn er vor Erschöpfung dem Zusammenbruch nahe war, atmeten sie nicht einmal angestrengt. Mit der Zeit argwöhnte Michael, daß Sidhe und Mischlinge einfach nicht müde wurden. Er fragte einmal danach, aber Nare lächelte nur.

Bald lernte er das Vertragsland in der Nachbarschaft von Euterpe und dem Mischlingsdorf kennen. Es gab nicht allzuviel zu sehen – Grasland, die Flußschleife, eine Gabelung, die Straße und verschiedene Wege und Bäche.

Er erkundigte sich über die Verbrannte Ebene, erhielt jedoch die Auskunft, daß dieser Teil seiner Ausbildung später kommen werde. Er konnte den Dunst jenseits der Grenzen des Vertragslandes sehen, und bisweilen, bei klarer Sicht, machte er schwarze Türme aus, die sich aus orangebraunen Wolken erhoben, doch war der Radius seiner Bewegungen niemals weiter als zehn Kilometer vom Dorf, und das Vertragsland, so vermutete er, erstreckte sich wenigstens fünfzehn Kilometer in alle Richtungen.

Manchmal schienen seine Übungen lächerlich, ersonnen nur zu dem Zweck, ihn zu demütigen.

»Fünfmal hast du das Ziel verfehlt«, sagte Nare. Ihr Schatten teilte vier konzentrische Ringe, die vier Meter von der Stelle, wo er kauerte, in den Boden geritzt waren. Sie hatte ihm die Aufgabe gestellt, Kieselsteine zu werfen und möglichst den zentralen Kreis zu treffen. Nach einer Stunde hatte er den Mittelpunkt nur dreimal getroffen.

»Ich habe das Ziel öfter als fünfmal verfehlt«, sagte er.

»Du verfehlst auch meine Worte«, sagte Nare. »Du verstehst nichts von allem, was wir dir gezeigt haben. Fünf Proben.«

Michael versuchte sich der angesprochenen Proben im einzelnen zu entsinnen, kam aber nicht auf fünf.

»Kein gutes Zeichen«, fuhr sie fort. »Siehst du nicht die Wahrheit hinter den Prüfungen? Müssen wir alles in Worten erklären? Worte sind dir so wichtig!«

»Sie sind wenigstens klar«, sagte Michael. »Was soll ich wissen? Ich habe alles in meinen Kräften Stehende getan, um mitzuarbeiten ...«

»Nur deinen Verstand hast du nicht richtig gebraucht!« Nare packte ihn beim Arm und zog ihn auf die Beine. »Dies ist keine Zielscheibe. Dies sind keine Kieselsteine. Du bist nicht in der Ausbildung, und dies ist keine Serie nutzloser Spiele.«

»Komisch«, sagte Michael, bedauerte es jedoch augenblicklich; er hatte sich gelobt, daß er, wie stark der Druck auch werden sollte, nicht vorlaut sein wollte.

»Du bist ein halbwüchsiges Kind, und noch weniger als das, *jan viros.* Was hast du gelernt?«

»Ich denke ... ich glaube, Sie versuchen mir beizubringen, wie ich überleben kann, indem ich in einer bestimmten Art und Weise denke. Aber ich bin kein Zauberer.«

»Das wird nicht von dir verlangt. Wie möchten wir, daß du denkst?«

»Mit Zuversicht.«

»Nicht allein. Was noch?«

»Ich weiß es nicht!«

»Wenn wir versuchten, dich in einen Zauberer zu verwandeln, müßten wir noch einfältiger sein, als du es bist. Du bist nicht besonders. Aber das Reich ist nicht wie die Erde. Du mußt lernen, worin seine Besonderheiten bestehen, wie es uns erhält und ernährt. Sagen kann man es dir nicht. Worte verderben das Wissen. Also müssen wir dich quälen, Junge, um dich sehen zu machen. Die Sidhe haben den Menschen vor Jahrtausenden die Sprache wiedergegeben. Aber sie erklärten nie, wie Sprache zerstören kann. Das geschah vorsätzlich.«

»Ich versuche mitzuarbeiten«, sagte Michael trotzig.

»Dann zeig uns durch deine Mitarbeit, daß du kein Dummkopf bist.« Sie lächelte, aber es war ein gräßlicher und enthüllender Ausdruck, der ihn nicht ermutigen konnte und es wahrscheinlich auch nicht sollte. Ihre Zähne waren spitz wie die einer Katze, und ihr Zahnfleisch war schwarz wie Teer.

»Im *betlim,* dem kleinen Kampf, wird nicht getötet«, sagte Cum. Sie umkreisten einander, die Stangen in Vorhalte. »Nicht verletzen. Gewinnen. Strategie.«

Michael nickte.

»Eine Sache ist sehr schlecht«, sagte Cum. »Und das ist *rilu,* Zorn. Laß dich niemals vom Zorn beherrschen! Zorn ist im *betlim* Gift. Hörst du?«

Er nickte wieder. Cum berührte seine Stange mit ihrer eigenen. »Ich entwaffne dich jetzt.«

Er umfaßte seine Stange noch fester, doch führte dies nur dazu, daß seine Hände schmerzhaft geprellt wurden, als sie ihm die Stange mit einer blitzschnellen wirbelnden Bewegung aus den Händen schlug, so daß sie in die Luft flog. Er fing sie im Fallen auf und zuckte zusammen, als der Schmerz ihm durch die Handgelenke fuhr.

»Gut«, sagte Cum. »Nun höre, warum du lernst. Höre, daß diese Stange eine Lanze ist; du bist ein Sidhe, der die Macht über das Land hat, wo er steht. Ich nehme dir Lanze und Land weg. Hindere mich daran, vielleicht gelingt es. Höre, wie ich mich bewege. Beherrsche die Luft. Das Reich.«

Darauf vollführte sie ein erstaunliches Manöver. Sie sprang empor, stemmte ihre Füße gegen das Nichts, stieß sich ab und sprang mit ihrer Stange auf ihn zu. Er wich zurück, mußte aber einen Schlag hinnehmen, der ihn bis auf die Knochen erschütterte. Einen Augenblick lang hing sie vor ihm in der Luft, dann landete sie auf den Füßen. »Gut«, sagte sie. »Stärker.«

Abermals entwaffnete sie ihn, und diesmal schlug sie die Stange aus seiner Reichweite, bevor sie niederfiel. Er ging hinüber, sie aufzuheben, und als er sich umwandte, sah er Cum stehen, wo er gewesen war.

»Du hast Boden aufgegeben«, tadelte sie ihn. Ihre Miene zeigte Verdruß.

»Sie haben mir die Stange weggenommen.«

»Die wichtigste Waffe habe ich nicht weggenommen.« Sie warf ihre Stange zu Boden und trat einen Schritt zurück. »Nun greif an. Mit *kima*.«

Er zögerte nicht. Als seine Stange auf die Stelle niedersauste, wo sie soeben noch gestanden hatte, griff sie mit einer Spinnenhand zu, bekam die Stange zu fassen und schlug sie auf den Erdboden.

Bevor er sie aus den geprellten Händen fliegen ließ, fühlte er die Erschütterung durch sein Knochengerüst gehen. Er war einen Augenblick wie gelähmt.

»Kleine Niederlagen lehren Potential«, sagte Cum. »Um nicht meine Zeit zu vergeuden, wirst du mit diesem üben.« Wie gerufen, kam Spart aus der Hütte, eine kopflose Strohpuppe mit Armen aus Zweigen in den Händen. Die Puppe hielt eine kleinere Stange, die mit Pflanzenfasern an die belaubten ›Hände‹ gebunden war. Michael ächzte inwendig, dann schickte er sich in die Schmach.

»Trag dies dreißig Schritte weit und klopf es in den Boden! Dann wirst du damit kämpfen«, sagte Spart.

Er tat, wie ihm geheißen, nahm die Puppe aus Stoff, Stroh und Zweigen entgegen, trug sie fort und schlug sie mit seiner Stange wie einen Pfosten in die Erde. Darauf nahm er vor der Puppe Aufstellung, imitierte Cums Bewegungen und kam sich albern vor ...

Und prompt holte die Puppe mit ihrer Stange aus und schlug ihm die seinige aus den Händen. Der Strohmann vibrierte geradezu vor Vergnügen, wand sich an seinem Pfosten und erstarrte wieder zu toter Materie.

Als sein gesträubtes Haar sich wieder gelegt hatte, hob Michael seine Stange auf und nahm wieder Kampfstellung ein, diesmal ein wenig weiter zurück. Sie übten eine Weile, wobei die Puppe mindestens in zwei Punkten benachteiligt war: Sie steckte fest im Boden und hatte eine kürzere, dünnere Stange. Gleichwohl war der Kampf nicht geeignet, Michael zu ermutigen.

Er hatte keine Illusionen, daß es ein fairer Kampf war. Und er holte sich seine Beulen.

10

Als die matte Helligkeit des ersten Morgengrauens durch das Binsenflechtwerk drang, das Spart ihm zum Verschließen der Türöffnung seiner Hütte gegeben hatte, kratzte Michael ein weiteres Gedicht in den Boden.

Von freundlicher Art ist die Nacht.
Jagt sie dir dann und wann auch gern
Schrecken ein, wenn die Winde heulen,
So teilt sie doch, wenn du tot bist,
Freigebig ihren Mond mit dir.

Nicht mehr als eine Übung, dachte er, nicht wert, festgehalten zu werden, selbst wenn er die Mittel dazu hätte, was nicht der Fall war, denn er besaß weder Bleistift noch anderes Papier, als in seinem schwarzen Buch war. Und er erachtete seine Arbeit kaum als würdig, in das Buch einzugehen.

Die Kranichfrauen standen gewöhnlich fünfzehn Minuten vor Sonnenaufgang auf, was ihm eine kurze Zeit des Alleinseins und der Muße gab – Zeit, die wichtiger war als Schlaf. Er machte von ihr Gebrauch, indem er aus dem Buch las oder mit einem Stecken auf den Boden schrieb, oder es einfach genoß, nichts Besonderes zu tun zu haben.

Er hörte das Knarren der Hüttentür, steckte das Buch in seine Jackentasche, sicherte diese mit dem Reißverschluß und verbarg die Jacke zwischen den Dachsparren seiner Hütte.

»Menschenkind! *Jan viros!*«

Er ging hinaus und sah Cum und Nare näher kommen. Sie gemahnten ihn an Jäger auf der Pirsch – und er war ihre Beute. Die Kranichfrauen waren Meisterinnen in der Kunst, ihn zu entnerven. Niemals gelang es ihm, ihre Stimmungen und ihr Benehmen vorauszusagen. Er hätte ein Nervenbündel sein sollen, fand aber, daß er sich anpaßte.

»Mehr laufen«, sagte Cum. »Nach Euterpe und zurück. Mit *kima.*«

Ohne zu zögern, ergriff er die Stange und rannte los.

»Heute abend ist *Kaeli!*« rief Nare ihm nach. Ihr Tonfall erweckte den Eindruck, daß es sich um eine besondere Bewirtung oder um ein Fest handele. Michael hielt die Stange in den ausgestreckten Armen vor sich und sprang über die Trittsteine des Baches. Er sah nicht die wäßrige Hand, die sich aus dem Bach streckte, nach seinem Knöchel faßte und ihn verfehlte.

Er konnte jetzt zur Stadt und zurück laufen, ohne zusammenzubrechen. Die Stärkung seiner Kondition erfüllte ihn mit einigem Stolz. Zum ersten Mal in seinem Leben erlebte er das Frohlocken des Körpers in der Bewegung, die Einheit von Muskelanstrengung und Atmung, das elementare kreatürliche Wohlbefinden.

Zuerst hielt er sich von den Gebäuden am Ortsrand fern, da er weitere Begegnungen vermeiden wollte. Aber er war neugierig, was Savarin vorhatte, was der Lehrer mit seiner Bemerkung gemeint hatte, daß es Leute gebe, mit denen er Michael bekanntmachen wolle. Er faßte sich ein Herz, nach Euterpe hinein und zum Schulhaus zu gehen, ohne sich um die Bewohner zu kümmern. Er hatte seine Stange und fühlte sich ein wenig übermütig.

Unter dem Bogen des Haupttores prallte er beinahe mit dem Lehrer zusammen. Sie lachten, und Michael stützte sich auf seine Stange, atmete auf und wischte sich mit dem Hemdsärmel Schweiß vom Gesicht.

»Ich dachte, ich könnte dich während deines morgendlichen Trainings abpassen«, sagte Savarin. »Und dich warnen. Es ist am besten, du bleibst der Stadt die nächsten Tage fern. Alyons hat uns seit deiner Ankunft nicht mehr in Ruhe gelassen. Die Stadtbwohner sind in Aufregung. Sie sind imstande, über dich herzufallen, ohne sich bewußt zu sein, was sie tun.«

»Ich habe den Leuten nicht geschadet«, sagte Michael.

»Nein, aber du hast Unruhe und Belästigung über sie gebracht. Die Verhältnisse hier sind bestenfalls erträglich. Alyons droht unsere Zuweisungen weiter zu kürzen, sollte irgend etwas geschehen, was ihm mißfällt.«

»Ist das der Grund, warum sie mich letztens anpöbelten?«

»Ja. Mein Wunsch, dich mit bestimmten Leuten zusammenzubringen, bleibt bestehen, aber wir müssen das aufschieben. Und ich wollte dir auch sagen, daß im Mischlingsdorf heute abend etwas stattfindet – *Kaeli*. Haben sie dich eingeladen?«

»Nare erwähnte es, bevor ich ging. Ich weiß nicht mal, was es ist.«

»Es ist sehr wichtig. Zum *Kaeli* kommen die Sidhe zusammen, um Geschichten zu erzählen, gewöhnlich über die frühen Zeiten. Ich möchte, daß du aufmerksam zuhörst und dir merkst, was du hörst. Ich habe nur einmal an einer solchen Versammlung teilgenommen, und nicht als geladener Gast, sondern aus einiger Entfernung. Ich versteckte mich im hohen Gras. Das kann ich jetzt, da die Halbblutwachen so gespannt sind, nicht riskieren. Gegenwärtig wird niemand in die Nähe des Mischlingsdorfes gelassen ... Das hat mich auf den Gedanken gebracht, daß etwas in Vorbereitung ist.«

»Was?«

»Man soll das Unglück nicht herausfordern, aber es könnte vielleicht um ein *Grazza* gehen, einen Überfall der Fluvialen und Umbralen. Halt die Augen offen und sei vorsichtig.«

»Möchten Sie, daß ich zurückkomme und Ihnen Bericht erstatte?«

»Selbstverständlich«, sagte Savarin. »Aber erst in ein paar Tagen, wenn die Lage sich beruhigt hat.« Er blickte nervös umher. Gesichter blickten aus den Fenstern benachbarter Häuser, und zwei Männer, die wie sie beim Tor standen, bedachten sie mit unguten Blicken. »Bis dann«, sagte der Lehrer, ergriff Michaels Hand und ließ sie mit einem Winken los, als er weiterging. Michael hob die Stange und machte sich auf den Rückweg.

Augenblicklich übernahm sein Körper die Herrschaft, und er vergaß Savarin, vergaß das *Kaeli,* vergaß fast alles bis auf das berauschende Gefühl, im Lauf dahinzufliegen und Entfernung zurückzulegen.

Die Bewohner des Mischlingsdorfes, in dunkelbraune und graue Umhänge gehüllt, marschierten in Zweierreihen über das Grasland, unterhielten sich angelegentlich und verständigten sich mit denen, die weiter vorn oder zurückgeblieben waren, durch Zurufe. Die Luft war windstill und kühl; die Sonne berührte ferne Hügel, und die Farbenpracht des Abends entfaltete sich langsam über dem dunstigen Horizont, während am Osthimmel die ersten Sterne blinkten.

Hinter der Kolonne gingen die Kranichfrauen. Michael hatte seine Jacke angezogen und ging neben Spart. Das Buch ruhte in einem Winkel seiner Hütte, so sicher versteckt, wie er es vermochte. Früher am Tag hatte er als ein Zugeständnis an die Form seine Kleider im Bach gewaschen; selbst nachdem er sie an einem von Nare entzündeten Feuer getrocknet hatte, waren sie noch etwas feucht. Löcher in der Hose ließen seine Knie hervorschauen, und ein Jackenärmel war an der Schulternaht aufgerissen.

Die Kranichfrauen trugen kurze schwarze Mäntel, welche die Länge ihrer Beine und die Plumpheit ihrer Leiber betonten. Sie gingen mit ineinandergelegten Händen, und die abstehenden Ellbogen ließen sie mehr denn je wie Vögel erscheinen. Im Hinblick auf das bevorstehende Ereignis schienen sie gegenüber den anderen Dorfbewohnern bevorrechtigt, und keine von ihnen sprach.

Diejenigen, die mit der Wahl des Schauplatzes beauftragt worden waren, hatten bereits am Nachmittag das Dorf verlassen. Nun wurde ein großes Feuer aus trokkenem Gestrüpp und Reisig entzündet und mit Torf genährt. Ein Pfostenkreis war in weitem Abstand um das Feuer gesetzt, und jeder Pfosten trug als Spitze einen belaubten grünen Zweig. Als die Dorfbewohner sich innerhalb des Kreises versammelt hatten, löste sich Lirg aus der Menge und umschritt das Feuer. Michael setzte sich neben die Kranichfrauen und kreuzte wie sie die Beine im dürftigen kurzen Gras.

Lirg hielt eine Ansprache auf Cascar, die einige Minuten dauerte. Michael verstand fast nichts von dem, was gesagt wurde; er hatte Mühe, auch nur die Bedeutungen einzelner Wörter in dem langen Vortrag herauszuhören. Es schien in dieser Sprache viele Wörter mit derselben oder ähnlichen Bedeutung zu geben, und die Syntax variierte auch.

Spart beugte sich von hinten zu ihm und berührte seine Schulter. »Du hast die Sprache nicht gelernt, wie?« fragte sie.

»Ich bin erst ein paar Wochen hier«, verteidigte sich Michael. Nare stieß hörbar den Atem aus. Die Kranichfrauen schauten einander an, dann rückte Spart näher und legte beide Hände um Michaels Kopf.

»Nur heute nacht«, sagte sie. »Du hast ein Geschenk. Es wird nicht von Dauer sein.« Sie nahm die Hände weg, und Michael schüttelte ein Summen aus dem Kopf. Als das leichte Schwindelgefühl verging, lauschte er Lirgs Worten. Das Halbblut sprach noch immer Cascar, aber die Worte waren in ihren Bedeutungen klar; Michael konnte alles verstehen.

»Heute nacht«, sagte Lirg, »beschwören wir in Trauer die Zeit unserer Größe, als die Sidhe so leicht zwischen den Sternen einherschritten, wie ich dieses Feuer umkreise.« Er ging zur anderen Seite, aber seine Worte durchdrangen das Knistern und Prasseln der Flammen. »Jeder wird teilhaben an der Erzählung, den Teil seiner Vorfahren, und zum Abschluß werde ich von Königin Elme und ihrer Entscheidung erzählen.«

Der erste, der den Faden aufnahm, war ein hochgewachsenes dunkelhaariges Halbblut, das sich als Manann aus dem Hause Till identifizierte. Seine Ansprache bezauberte Michael durch die Art und Weise, wie die Sprache sich der Dichtkunst anglich; halb singend, halb sprechend zog Manann ihn in seinen Bann, bis er den Unterschied nicht mehr bemerkte.

Viel tausendmal hat unsre Heimaterde
Im Reigen das Zentralgestirn umkreist,
Seit Westerings Krieg des Menschen Geist
Den Sieg verlieh, auf das Gesetz nun werde,

Daß jenseits von des Todes dunklen Schranken
Kein Sidhe lebe fort als Seelenwesen.
Des Magiers Fluch, der unser Tod gewesen,
Daß tief in Hoffnungslosigkeit wir sanken,

Schenkt uns jedoch entgegen seinem Ziele
Der Sidhe Erdenleben ohne Ende.
So kam herauf die Zeit der großen Wende,
Der prahlerischen Menschen starben viele.

Die grausam in gedankenloser Wut
Geraubt das Leben uns jenseits der Zeitlichkeit.
Nicht half dem Magier nun das falsche Kleid,
Der Sidhe Rache schont' nicht Gut noch Blut.

Für sie verwandelt' Menschen er in Tiere,
Sie alle schlüpfen, zu der Sidhe Glück,
In niederer Wesen Gestalt zurück.
Kein Sidhe glaubt', daß er an ihnen was verliere.

Klauenfüßig, geschwänzt, mit struppigem Felle –
Keiner, der ehemals Mensch, konnte sagen,
Ob auf ewig es galt, das Los zu tragen,
Oder ein Tor sich möcht' auftun ins Helle.

Feldmeister Ysra Faer, ein Till vom Stamm,
Sperrt' Menschenvieh und Bundesgenossen,
Zu Tieren gemacht mit Flügeln und Flossen,
Als seelenloses Erdgetier zusamm'.

»Wie viele Rassen gab es?« flüsterte Michael zu Spart, ungewiß, ob er Cascar oder Englisch sprach. Sie warf ihm einen Seitenblick ihrer dunklen Augen zu und antwortete: »Mehr als vier ... wir wissen es heute nicht mehr genau. Vieles geriet in Vergessenheit. Und viele von den Tieren auf Erden waren einst erhabene Wesen, von alters her den Sidhe und Menschen verwandt und ebenbürtig.«

Manann setzte sich, und eine junge Frau mit fleischigen Armen und einem ungewöhnlich breiten Gesicht stand auf. »Ich bin Esther vom Stamme Dravi. Ich nehme die Herausforderung des endgereimten Liedes an, aber ich berichtige Manann von Till ...« Gelächter erhob sich aus dem Kreis. »Er vergißt meines Stammes ehrwürdige Form, der ich jetzt folge.«

Der Stämme Brüder, Schwestern Hand in Hand,
Die Sidhe brachen zu den Sternen auf,
Verzweigt und wirr nun die Geschichte ward,
Unübersehbar wie des Strandes Sand.
Doch aller Fortschritt mit der Zeit erstarrt'.

Auf großen Aufschwung folgt gewiß der Fall.
Die Sidhe auf der Zeiten hartem Weg
Gerieten in des Unheils schlimmen Sog.
Zersetzung ward des Glückes Widerhall,
Bis uns der Güte Vorbild ganz zerstob.

Aus Dravis Stamm Feldmeister Sum erstand.
Er sah das Unheil kommen; in schwarzer Nacht
Des Raums sucht' er im Kampf Erneuerung.
In weiten Fernen führt' er Krieg und fand
Den Ruhm und alte Tugend wieder jung.

Doch wie die Ferne machet fremd den Geist
Mit unvertrautem Denken andrer Art,
So blieb die Wiederkunft von Stolz und Ehre
Zu vielen unbekannt; und es erweist
Als stärker sich nun des Vergessens Leere.

Von Siegen, teurer noch als Niederlagen,
Der Sidhe Flotte kehrte heim zerrüttet,
Feldmeister Sum aus Dravis Stamm gefallen.
Was Dekadenz und Trägheit nicht zerschlagen,
Gebrochen war's; die Erde Hoffnung allen.

Das letzte Rinnsal von der Sidhe Flut
Floß heimwärts nach der Irrfahrt von Äonen,
Sucht' Ruhe, Zuflucht und die alten Stätten,
Zu leben hier, zu zeugen neue Brut,
Uralter Stämme Erbe noch zu retten.

Esther aus dem Stamme Dravi setzte sich, und Fared vom Stamme Wis fuhr fort:

Die Lanze nahm Krake aus der Wis Geschlecht,
Zum Führer bestimmt durch das Nachfolgerecht.
Als Feldmeister der Sidhe führt er das Heer,
Heimwärts aus endlosem Sternenmeer.

Die Sehnsucht nach Frieden auf Erden war Trug;
Nach dem Gesetz der Natur in der Zeiten Flug
War vom Tier neu empor zur Bewußtheit gekrochen,
In schmerzhafter Wandlung, den Tod in den Knochen,

Unausrottbar der Mensch; und war er auch jung,
Für die Sidhe war's wenig Ermutigung.
Gering an Zahl, zu schwach für neuen Sieg
Hing ihr Geschick an der Menschen Aufstieg.

Nizandsa, aus Serkets ausgestorb'nem Stamm,
Rief alle Sidhe zur Beratung zusamm';
»Den Magier nun suchet, der so lange
Gefangen war in der Gestalt der Schlange.

Er kann uns unsre Seelen wiedergeben,
Deren Mangel zerrüttet unser Leben.
Der Freiheit Lockung mag ihn rasch belehren,
Den Sidhe die Seelen nicht zu verwehren.«

Doch Krake, wir hören, riet zum Verzicht.
»Im Menschen, alt oder neu, seh ich nicht
Die Antwort auf unsre vielen Sorgen;
Menschenhilfe ist neuer Ärger morgen.

Dem Magier Freiheit, den Menschen Macht,
Hat uns schon einmal das Unheil gebracht.
Die Wut über den Fall wird auferstehn,
Und um uns alle wär's geschehn.«

Nizandsas Getreue verloren den Streit.
Krake, voll Haß und unglücklich im Leid,
Ließ verfolgen, die andrer Meinung waren;
Im Bruderkrieg zerfleischten sich die Scharen.

Unehre brachte uns Nizandsas Tod,
Alles Vertrauen schwand, es blieb die Not.
Die Stämme zerfielen, über dem Volke
Lag gleich einem Fluch der Zwietracht Wolke.

Lirg stand auf und schritt wieder um das Feuer. »Die neue Menschenrasse«, sagte er mit leiser Stimme und ohne rhythmische Betonung, »hatte ihre frühere Gestalt wiedergewonnen, aber nicht ihren vergangenen Ruhm. Sie konnte nicht bewahren, was die Menschen alter Zeit zu den gefährlichen Feinden der Sidhe gemacht hatte. Und auch die Sidhe selbst hatten längst eingebüßt, was einst ihre Größe gewesen war.« Er blieb stehen, wo Michael zwischen den Kranichfrauen saß, und blickte über ihre Köpfe hinaus zum Vertragsland. »Ich erzähle nun die Geschichte der Sippe, der wir alle angehören, des Geschlechts, dessen Urmutter Elme war, die Atemtochter des Magiers Tonn.

Sie übernahm von ihm die Lanze, bezwang die Verächter der Menschheit, schenkte den Sidhe neue Eintracht und liebte und heiratete gegen den Willen ihres gottgleichen Vaters ...«

Aus der Ferne drang ein klagendes Geräusch über die Ebene, unterbrach Lirgs Vortrag und brachte zum ersten Mal in einer halben Stunde Bewegung in die Reihen der Mischlinge. Nare, Spart und Cum waren auf den Beinen und aus dem Kreis, bevor Michael wußte, wie ihm geschah.

Wolken zogen rasch über den Himmel. Das klagende Geräusch schwand, wurde lauter und schwand wieder, als ob es von wechselnden Winden hergetragen würde. Aus noch weiterer Ferne kam Hörnerklang, doch unähnlich allem, was Michael je gehört hatte; wie von Hörnern, die gleichzeitig zu lachen und zu weinen schienen.

Wie ein Mann sprangen die Zuhörer auf, scharrten Erde zusammen und löschten das Feuer. Michael stand abseits; er wußte nicht, wie er sich verhalten sollte, und fand es am zweckmäßigsten, niemandem im Weg zu sein.

Sobald die Flammen gelöscht und auf qualmende Glut reduziert waren, hatte er Mühe, etwas zu sehen. Ein Regentropfen traf seine Stirn, dann ein zweiter. Aufkommender Wind zupfte an seiner Jacke – zumindest glaubte er, daß es der Wind sei. Hinter den Hügeln flackerte ein grünlich leuchtender Schleier auf.

»Menschenkind! Hierhin!« Spart faßte ihn beim Arm und zog ihn mit sich. »*Kaeli* ist für heute zu Ende. Adonna schickt seine Heerscharen!«

Der erste Regenguß durchnäßte Michael innerhalb weniger Augenblicke. Er folgte den undeutlichen Umrissen einer Kranichfrau durch den prasselnden Regen. Im Nu verwandelte sich die Erde in Schlamm, das Gras lag niedergedrückt von Wind und Regen. Überall bildeten sich Pfützen. Der böige Wind stieß ihn hierhin und dorthin.

»Wohin gehen wir?« rief Michael. Die Gestalt antwortete nicht, lief aber weiter voraus und winkte ihm. Er fiel in ein Loch und fand sich bis zu den Knien im Wasser, versuchte das Gleichgewicht wiederzufinden und glitt bis zu den Hüften hinein. Er wischte sich das Wasser aus den Augen, platschte aus dem Loch und schrie: »He! Warten Sie!«

Die Kranichfrau tat ihm den Gefallen. Als sie ihn nachkommen sah, winkte sie abermals. Das Laufen war schwierig; der Wolkenbruch war so heftig, daß er eine Hand vor den Mund halten mußte, um kein Wasser einzuatmen. Dennoch hielt die Kranichfrau scheinbar mühelos ihr Tempo.

Flächenblitze zuckten, tauchten die Landschaft in diesig-graues Licht. Michael machte halt. Ganz in der Nähe war ein tosendes Rauschen – der Fluß, dachte er, doch die Gestalt voraus winkte ihm wieder, daß er folgen solle. »Wo sind wir?« rief er ihr zu. Keine Antwort kam zurück. Er folgte der Aufforderung und verlor nach zwei Schritten den Boden unter den Füßen. Er schrie vor Schreck, und augenblicklich war sein Mund voll Wasser. Würgend und spuckend schlitterte er auf krabbelnden Füßen und dem Hinterteil eine lehmige Böschung hinab, über einen Rand und in Wasser.

Es kostete ihn einen Augenblick, bis ihm klar wurde,

daß er vom Wolkenbruch in fließendes Wasser geraten war. Er stieß mit den Füßen und schlug und ruderte mit den Armen, bemühte sich, das Ufer zu finden und sich irgendwie festzuhalten, aber strudelnde Strömungen rissen ihn mit und zogen ihn hinab. Ringsum von gurgelndem, rauschendem Wasser umgeben, öffnete er die Augen, doch die Dunkelheit der Nacht hatte einer dichteren, andrängenden Schwärze Platz gemacht.

Die Lunge drohte ihm zu bersten, als er wie ein Lachs, der von einem Bären aus der Strömung geschlagen wird, aus dem Wasser gerissen wurde. Er schlug mit dem Gesicht in schlammige Erde, und als er den Kopf instinktiv zur Seite drehte, Atem zu holen, inhalierte er Luft und vom nachlassenden Regen aufspritzenden Schlamm.

Er rieb sich die Augen. Die Blitzentladungen dauerten fast ohne Unterbrechung an, lautlos und grünlich. In ihrem unwirklichen Schein sah er das vorbeirauschende Wasser in wenigen Schritten Entfernung. Aus diesem Wasser reckten sich vier durchscheinende Hände, die seine Beine zu fassen und ihn wieder hineinzuziehen suchten. In panischem Schrecken zog er die Beine an und bohrte die Finger in das aufgeweichte Erdreich, um sich weiter die Böschung hinaufzuziehen.

Schulter und Arm stießen gegen eine kalte solide Masse – einen Felsblock, dachte Michael. Er umfaßte ihn mit beiden Armen, und der Block änderte seine Lage. Aufblickend und in die noch herabkommenden Regentropfen blinzelnd, sah er ein menschenähnliches Stück Nacht vor sich stehen. Die Umrisse veränderten sich, und er fühlte sich von stahlharten kalten Händen von der Böschung emporgehoben. Er versuchte um Hilfe zu rufen, doch eine harte kalte Handfläche verschloß ihm den Mund, betäubte seine Lippen und stieß ihm die Zunge gegen die Zähne.

Im nächsten Augenblick wurde sein Kopf in einen dicken Umhang gehüllt.

Dann zögerte die Gestalt, befingerte ihn derb durch das eiskalte Gewebe. Dann zog sie den Stoff von Michaels Kopf, und er starrte in ein Gesicht, so schwarz wie der Meeresgrund, mit zwei funkelnden Augenlichtern. Rauher Atem wie aus einem Kühlschrank fuhr ihm prickelnd ins Gesicht.

»Antros! Wiros antros!«

Mit einem Wutschrei schleuderte die eisige Schattengestalt ihn beiseite. Er überschlug sich in einer wetterleuchtenden Welt von Blitzen und Dunkelheit, Wassertropfen auf den Lippen und Schlamm in den Augen. Der Aufprall schien erst nach dem Schlamm zu kommen, aber alles war verwirrend.

Michael lag nach Luft ringend auf dem Rücken, überzeugt, daß jeder Knochen in seinem Leib gebrochen sei. In weiter Ferne war das nachlassende klagende Geräusch zu vernehmen, wie der Wind es ihm zutrug, dann schliefen beide ein, und Stille deckte das durchnäßte, gepeinigte Land.

11

Ein Wassertropfen hing an der Spitze eines Grashalms, brach das Sonnenlicht und glitzerte schöner als jeder Diamant. Rund, gefüllt mit schimmerndem, zitterndem Leben, wuchs der Tropfen, bis seine Freiheit gesichert war. Dann fiel er in einer zitternden Kugel vom Halm und zerplatzte kühl auf seiner Stirn.

Michael sah einen leuchtenden Dunst, golden und blau zu beiden Seiten, der den neuen Tropfen an dem Grashalb umgab. Er zwinkerte, und der Dunst klärte sich auf und zeigte eine hinter Wolken hervorschauende Sonne. Hohes Gras wuchs auf allen Seiten. Zuerst verspürte er kein anderes Bedürfnis, als diese unmittelbare Umgebung zu betrachten; es schien, daß er sein Leben lang nur ein Augenpaar gewesen war.

Bald aber erinnerte er sich seiner Hände, und sie zuckten. Es gab einen Grund, der ihn zögern ließ, sich seines Körpers zu entsinnen, und als er die Beine bewegte, wurde der Grund einsichtig: Schmerz. Sein Körper war, wie er bemerkte, als er den Kopf hob und an sich herabsah, überraschend sauber. Der Regen hatte den Schmutz aus seiner Jacke gewaschen. Er versuchte sich aufzurichten, biß die Zähne zusammen und sank zurück.

Er machte eine Inventur seiner Gliedmaßen, bis er sich vergewissert hatte, daß nichts gebrochen war. Als er sich Jacke und Hemd vom Leib gezogen hatte, fand er dicke Schwielen auf seiner Körperseite. Die Arme schienen gleichfalls geprellt und gequetscht, insbesondere unter den Achseln, wo er von der Schattengestalt gepackt worden war. Seine Zähne fühlten sich an, als ob sie in Brand gesetzt wären. Unbestimmt erinnerte er sich, daß er aus dem Fluß gerissen worden war und daß Hände sich aus dem Wasser gereckt hatten, um ihn wieder hineinzuziehen ... und an die Schattengestalt mit den Augen wie Sterne.

Er rappelte sich auf und kam auf die Beine. Seine Knie waren weich, alles drehte sich ihm vor den Augen. Als Einzelheiten unterscheidbar wurden, bemerkte er, daß die Uferböschung des Flusses ungefähr fünfzig Schritte entfernt war. Er mußte die Strecke gegangen sein, aber nichts in dem hohen ungebeugten Gras ließ den Schluß zu, daß die Flutwelle des Hochwassers ihn hierher getragen hatte. Oder die Schattengestalt hatte ihn so weit geschleudert ...

War er einer anderen Art Sidhe begegnet – einem Umbralen?

Er beschirmte die Augen gegen das immer wieder aus den Wolken hervorbrechende Sonnenlicht und blickte von seiner Anhöhe über die Ebene. Er stand auf einer Grasinsel in einer gelbgrünen See von Schlamm und Sumpf. So weit das Auge reichte, gab es nichts als die vom Regensturm unter Wasser gesetzte Ebene und die fernen Hügel. Kein Zeichen von Euterpe oder dem Mischlingsdorf; kein Zeichen von einem Lebewesen.

Die aus dem Hügelland dem Fluß zustrebenden Rinnsale und Bäche waren noch immer hoch angeschwollen. Der Fluß hatte sich wieder in sein Bett zurückgezogen, strömte träge und lehmigbraun zwischen seinen verschiedentlich noch überfluteten Ufern dahin.

Michael setzte sich. Der Fluß mußte ihn stromab getragen haben, also mußte er flußaufwärts gehen, sobald seine Kräfte zurückkehrten.

Sein Rücken prickelte, als ob er sich von jemand beobachtet fühlte. Steif wandte er sich um und spähte in die entgegengesetzte Richtung. Weniger als hundert Schritte jenseits der grasigen Anhöhe endete das Vertragsland. Beinahe wäre er in die Verbrannte Ebene hinausgespült worden.

Die Luft jenseits der Grenze war dick und grauorange. Die Wasser des Flusses waren bis zur Demarkationslinie lehmbraun, dann strömten sie gelblichgrün und rötlichbraun weiter, wie Eiter aus einer infizierten Wunde.

Die Verbrannte Ebene selbst war eine Fläche schwarzer, grauer und brauner Blöcke, die über pulvrigbraune schimmernde Sandflächen verstreut lagen. Durch die diesige Luft konnte er in der Ferne hohe Felstürme ausmachen. Diese Gegend war mehr als die Summe ihrer Teile; sie war eher lebendig als tot, aber nichts Lebendiges war zu sehen. Sie war feindselig, aus Dingen gemacht, die lange begraben gewesen waren, aus lange unterdrückten bitteren Gefühlen, vertuschten Fehlern.

Tod, Verzweiflung, Falschheit und Schrecken.

Michael schauderte, und das Schaudern ging über in das Zittern eines verspäteten Schocks. So rasch seine wackligen Knie ihn tragen wollten, verließ er die Anhöhe und begann seinen Marsch durch das sumpfig gewordene Grasland flußauf nach Euterpe und dem Mischlingsdorf, fort von der Verlassenheit, von der Verwüstung eines Krieges, den er sich kaum vorstellen konnte.

Nach einer Weile merkte er, daß er auf Reserven zurückgreifen konnte, die er während der vergangenen Ausbildungswochen geschaffen hatte. Er wanderte eine gute Stunde lang, bis es dunkel wurde, schlief unruhig unter dem Nachthimmel und nahm seine Wanderschaft mit dem ersten Morgengrauen wieder auf. Er wollte nicht sterben. Er wollte nicht verhungern. Er hatte überlebt; und aus diesem einfachen Umstand zog er Ermutigung und Stolz.

Dichte Nebelschwaden zogen von der Ebene herein, angetrieben von der Sonnenwärme. Michael folgte dem Flußufer, durchwatete das Wasser an einer breiten Furt, wo es über Felsbrocken und Kiesel plätscherte, und erstieg eine weitere Anhöhe, um sich zu orientieren.

Die Dächer des Mischlingsdorfes waren ungefähr drei Kilometer entfernt. Bald fand er einen ausgetretenen Pfad und fiel in leichten Trab.

Im Dorf schien alles seinen gewohnten Gang zu nehmen. Mehrere Gebäude hatten durch Regen und Wind Schäden davongetragen, und Lirgs Markt war nahezu niedergelegt worden, aber die Bewohner gingen ihren Tätigkeiten nach, als wären die Ereignisse der vorletzten Nacht alltäglich gewesen.

Die Hütte der Kranichfrauen war unversehrt. Nare flocht Binsen zu dicken festen Sitzmatten. Sie hockte zwischen zwei Haufen von Tierknochen, hielt ein langes Binsengras zwischen den Zähnen und flocht das andere Ende geschickt in die halbfertige Matte. Cum war nirgendwo zu sehen. Spart wanderte hinter ihm, als er sich dem Hügel näherte. Michael grinste ihr über die Schulter zu.

»Haben Sie sich Sorgen um mich gemacht?« fragte er.

Spart entblößte das schwarze Zahnfleisch. »Sie waren weder hinter dir her noch hinter anderen Menschen«, sagte sie.

»Diesen Eindruck hatte ich auch«, sagte Michael. Er langte vor seiner Hütte an und hob den Fuß, um lehmige Erde vom Schuh zu kratzen. »Was ist geschehen?«

»Es war ein Überfall auf die Mischlinge«, sagte Spart. Sie ging zum Eingang ihrer Hütte, und ihre Kiefer mahlten, als ob sie ein Stück Kautabak zwischen den Zähnen hätte. Sie schien kaum erfreut, ihn zu sehen.

»Ich habe mich durchgeschlagen«, sagte er.

»Du hattest Glück, sehr viel Glück.« Im Eingang der Hütte wandte sie sich zu ihm zurück. »Du entkamst Umbralen und Fluvialen. Dies sind Zweige der Sidhe, die Adonna am glühendsten verehren. Adonna braucht Sidheblut, um sein Werk zu tun, aber er kann die reinen Sidhe nicht antasten. Also müssen wir herhalten. Wir sind für seine Bedürfnisse ausreichend; wenige kümmert es, ob ein Halbblut verlorengeht oder nicht. Du hattest Glück, Menschenkind, nicht Geschick.«

Michael blickte von der einen zur anderen, und sein Gesicht rötete sich. »Ich habe überlebt«, sagte er. »Verdammt noch mal, ich habe überlebt! Ich bin nicht bloß irgendein Stück Abfall, das jeder herumstößt! Ich habe meine Rechte und ich ... ich ...«

Mehr konnte er nicht sagen. Spart zuckte die Achseln

und ging in die Hütte. Nare warf ihm einen schiefen Blick zu; es war, als lächle sie mit dem Schilfrohr im Mund. Sie nahm es heraus und spuckte auf den Boden.

»Du hast überlebt, Junge«, sagte sie, »aber du hast sonst niemandem geholfen. Drei Halbblut wurden letzte Nacht genommen, darunter Lirg aus dem Geschlecht der Wis.«

»Was wird mit ihnen geschehen?«

»Adonna hat seine Verwendung für sie, das sagten wir schon, Junge, du hörst nicht zu.«

Auf einmal fühlte Michael sich erschöpft und entmutigt. Er hatte nie in einer Umwelt gelebt, die so grausam und unberechenbar war. Er setzte sich vor seine Hütte und stützte den Kopf in die Hände. »Was ist mit Eleuth?« fragte er nach einer Weile.

»Sie wurde nicht genommen«, antwortete Nare. »Sie ist nur ein Viertel Sidhe. Ihr Nutzen wäre begrenzt.«

»Greifen sie immer am Abend des *Kaeli* an?«

»Nicht immer, aber oft genug.«

»Warum wird das Fest dennoch im Freien an ungeschützter Stelle abgehalten?«

»Wir gehören noch immer zu den Sidhe«, sagte Nare. »Wir müssen die Bräuche bewahren, selbst wenn es gefährlich ist.«

Michael dachte eine Weile darüber nach, doch ergab es darum nicht mehr Sinn. Da er befürchtete, daß weitere Fragen in dieser Richtung ihn auch nicht klüger machen würden, ließ er es sein. »Ich werde jetzt laufen«, sagte er, und als Nare nicht reagierte, trabte er los. Er wollte mit Savarin sprechen und in Erfahrung bringen, was in Euterpe geschehen war. Wenigstens konnte er Savarin Fragen stellen, ohne lächerlich gemacht zu werden.

Er ließ sich Zeit, und unterm Laufen lösten sich allmählich Erschöpfung und Angst, und über die gleichmäßige, ausdauernde Bewegung fand er wieder den Einklang von Körper und Geist. Als er sich dem Mischlingsdorf näherte, blickte er zurück, um zu sehen, ob er beobachtet wurde, dann nahm er den Pfad durch das Dorf. Eleuth fegte den Hof und blickte zu ihm her, ohne ihre Arbeit zu unterbrechen. Er blieb bei ihr stehen.

»Ich hörte, was geschehen ist«, sagte er. »Es tut mir leid.«

»Er dient jetzt dem Gott«, sagte Eleuth. Der traurige Klang machte ihre Stimme noch schöner.

»Wirst du allein auf dem Markt arbeiten?«

»Ich werde es versuchen.«

Er wußte nicht, was er darauf sagen sollte, und so bückte er sich und hob ein Stück Holz auf.

»Leg es auf den Haufen«, sagte sie und zeigte mit dem Besenstiel auf einen Stapel zersplitterter Planken.

»Wenn ich helfen kann ...«

Sie betrachtete ihn mit einem ruhigen, stillen Ausdruck, obwohl ihre Wangen noch naß waren.

»Ich meine, alles was ich tun kann«, sagte er unbeholfen.

Sie schüttelte den Kopf und kehrte weiter. Als er gehen wollte, hob sie den Kopf. »Michael?«

»Ja?«

»Am Nachmittag habe ich mehr Zeit. Können wir dann miteinander reden? Dann wird es mir auch besser gehen.«

»Gewiß. Ich werde um ...«

»Nein, nicht bei den Kranichfrauen.«

Das paßte ihm. »Ich werde hierher kommen.«

Obwohl jeder Muskel protestierte, war es eine Art von Schmerz, die sich durch mäßige körperliche Übung vertreiben ließ. Wieder aus dem Dorf, lief er weiter und erhöhte allmählich die Geschwindigkeit.

Zweimal war sein Leben schon in Gefahr gewesen.

Mit solchen Dingen schien man hier zu rechnen. Die Kranichfrauen hatten seine beängstigenden Erfahrungen behandelt, als wären es bloß Geringfügigkeiten. Damit konnte er sich nicht abfinden.

Er begann sich zu fragen, ob er den Kranichfrauen trauen konnte, daß sie ihm zu seinem Ziel verhalfen; daß er Lamia nicht trauen konnte, war für ihn eine ausgemachte Sache. Selbst seine Artgenossen zeigten wenig altruistisches Interesse an seinem Schicksal; Savarin scherte sich wahrscheinlich nur so lange um ihn, als er Informationen von ihm bekommen konnte. Nur Eleuth nahm ihn als das, was er war, und suchte seine Gesellschaft.

Was immer er sonst über die Kranichfrauen dachte, eines war offensichtlich: Durch ihre Ausbildung schadeten sie ihm nicht. Er fühlte sich insgesamt besser, kräftiger; wäre er zu Hause fast ertrunken, dann mißhandelt und namenlosen Schrecken ausgesetzt worden, so hätte er womöglich eine Woche im Bett gelegen.

Euterpe hatte nur geringe Sturmschäden davongetragen. Einige Lehmwände zeigten Wasserflecken, andere hatte man nach der Auflösung einzelner Ziegel abgestützt oder war gerade mit Ausbesserungsarbeiten beschäftigt. Was Nare gesagt hatte, war offensichtlich wahr: Die Umbralen und Fluvialen hatten es auf Mischlinge abgesehen, nicht auf Menschen.

Michael wanderte rasch durch die Straßen, um keine Aufmerksamkeit zu erregen. Gleichwohl wurde er mehrere Male angepöbelt. Er zog die Schultern ein und ging weiter, als hätte er nichts gehört. Er geriet auf einen ungefähr dreieckigen schmalen Hof, der auf einer Seite von einem langen eingeschossigen Gebäude aus ockerfarbenen Lehmziegeln begrenzt wurde.

Es gab keine Schilder oder Zeichen, die darauf hinwiesen, aber Michael vermutete, daß das Schulhaus ganz in der Nähe war. Und richtig, als er das Gebäude umkreist hatte, fand er Savarins Schule auf der anderen Seite, ein gedrungenes Bauwerk mit tief herabgezogenem Dach und einem plumpen Erkerturm über einer Ecke. Als er die Ziegelstufen erstieg, hörte er ein dünn tremolierendes hohes Winseln aus der Richtung des langgestreckten niedrigen Gebäudes, gefolgt von dem gedämpften Zuschlagen einer schweren Tür.

Savarin stand im einzigen Klassenzimmer neben dem aus Flechtwerk gefertigten Pult und blätterte in einem Bündel grauer Papiere. Bei Michaels Eintritt blickte er auf, und seine Augen weiteten sich, als er die Prellungen im Gesicht und den Zustand der Kleidung des Jungen sah: eine lehmig-fleckige Hose, neue Risse in Hemd und Jacke. »Du siehst mit jedem Tag mehr wie ein Wilder aus«, sagte Savarin. »Hatte ich recht mit dem, was ich über die letzte Nacht vermutete – daß es mehr war als ein Gewittersturm?«

»Ein – wie sagten Sie? – ein Überfall.«

Savarin nickte, schritt in einem Halbkreis um Michael und untersuchte fürsorglich seine Jacke. »*Grazza,* was dem arabischen *grazzu* ähnelt, weißt du. Meine Güte. Ich wußte, daß das Dorf in Mitleidenschaft gezogen würde ...«

»Es geschah während des *Kaeli*«, sagte Michael. »Sie nahmen drei Mischlinge, darunter den Marktverwalter. Wie oft passieren diese Überfälle?«

Savarin zuckte die Achseln. »Jedenfalls oft genug, daß ich Alyons im Verdacht habe, wenig für die Mischlinge übrig zu haben. Der Vertrag scheint sie nicht voll mit einzuschließen. Andererseits folgen sie den Bräuchen der Sidhe ...«

»Alyons schert sich den Teufel um sie«, sagte Michael, überrascht von der Heftigkeit seiner Empfindung. »Am liebsten würde ich den Satanskerl umbringen.«

Savarin schaute Michael nachdenklich an. »Ich hoffe, deine Erinnerung an die Ereignisse hat nicht gelitten.«

»Ich erinnere mich gut genug«, erwiderte Michael. »Die Kranichfrauen ließen mich für eine Weile sogar Cascar verstehen.«

Savarins Ausdruck verriet beinahe komischen Neid. »Dann erzähl!« bat er und legte die Papiere aus der Hand. »Erzähl mir alles.«

Während der nächsten eineinhalb Stunden rekonstruierte Michael das *Kaeli* und alle darauf folgenden Ereignisse. Savarin machte sich eifrig Notizen mit einem Holzkohlenstift. »Wunderbar«, sagte er mehrere Male. »Namen, die ich bis dahin nie gehört hatte, Verbindungen, Zusammenhänge! Großartig!«

Als Michael geendet hatte, lobte Savarin seine Aufmerksamkeit und sagte: »Ich nehme an, Adonna wird uns allen, Mischlingen und Menschen, den Garaus machen. Aber es geht sehr langsam. Das Zeitmaß eines Gottes muß sich vom unsrigen unterscheiden. Was ihm ein Augenblick des Zögerns ist, mag für uns eine ganze Entwicklungsgeschichte im Reich sein ...«

»Was wird aus den Mischlingen, die sie genommen haben?«

»Ich habe gehört, daß die Umbralen und Fluvialen sie in ihren Tempeln miteinander teilen. Zauberei mit ihnen treiben. Sonst weiß ich wenig. Vielleicht werden einige von ihnen zum Irall gebracht.«

»Was ist der Irall?«

»Adonnas großer Tempel, der allen Sidhe zugänglich ist. Wie viele, sagtest du, wurden entführt?«

»Drei.«

»Das sieht nicht nach gleichmäßiger Aufteilung aus. Vielleicht hatten die Angreifer sich bei der Aufteilung der Gefangenen einen Bonus zugedacht.«

Das Wort ›Aufteilung‹ gefiel Michael nicht. Es hörte sich allzu präzise an.

»Was die beim *Kaeli* vorgetragenen Gesänge betrifft, so habe ich früher schon Beschreibungen gehört, aber noch nie so viele Einzelheiten. Du hast mir geholfen, viele separate Bruchstücke zusammenzufügen. Bedauerlich ist nur, daß Lirg nicht mehr die Zeit hatte, mehr über Elme zu sagen. Ich vermute, daß sich mit ihrem Namen ein sehr bedeutender Abschnitt der Geschichte verbindet.« Er setzte sich neben Michael auf die vorderste Bank im Klassenzimmer. »In der Stadt werden allerlei Fragen gestellt. Warum du hier bist und warum du in der Obhut der Kranichfrauen und nicht unter deinesgleichen lebst. Unsere Lage ist gefährdet, und du führst ein zusätzliches Element der Ungewißheit ein.«

»Gibt es irgend etwas, was ich tun kann?«

»Vielleicht.« Savarin lächelte, dann verging ihm das Lächeln, als er Michaels Prellungen und Quetschungen untersuchte. »Du solltest ausruhen, Junge, nicht herumlaufen.«

»Ich fühle mich gut. Erzählen Sie mir mehr über die Kranichfrauen.« Wozu ist er Lehrer? dachte er bei sich. »Warum sind sie so alt ... und wie alt sind sie überhaupt?«

»Genaues weiß ich nicht«, sagte Savarin, »aber ich glaube, daß sie auf die Zeit der Königin Elme zurückgehen. Ich hörte sogar, daß sie Elmes Töchter sein sollen, aber das ist nicht bestätigt worden, und von ihnen selbst werden wir es natürlich zu allerletzt erfahren. Bisweilen schicken die Sidhe ihre angehenden Priester oder ihre vielversprechenden jungen Krieger über die Verbrannte Ebene zu den Kranichfrauen, damit diese sie ausbilden.«

»Ich bin kein Krieger, und schon gar kein Sidhe. Die Kranichfrauen springen mit mir um, als ob ich der größte Dummkopf und Tölpel wäre. Warum soll Alyons uns schützen, wenn die Sidhe uns Menschen und die Mischlinge so sehr verabscheuen? Schützt er tatsächlich jemanden?«

Savarin kratzte sich die Nase. »Ja, in mancher Weise. So schwer es mir fällt, das zu sagen, aber ohne ihn wären die Verhältnisse hier viel schlechter. Nichtsdestoweniger haßt er uns. Er sorgt dafür, daß wir an Ort und Stelle bleiben und nicht aufsässig werden. Deshalb drangsaliert er uns. Macht uns das Leben schwer.«

»Er wollte mir die Lanze durch den Leib rennen.«

»Du verstößt gegen alles, was ihm lieb und teuer ist«, sagte Savarin schmunzelnd. »Du wirst in einer höchst ungewöhnlichen Weise behandelt – in vielerlei Hinsicht wie ein Sidhe.«

Michael schlug den Blick auf den gestampften Lehmboden nieder. »Ich glaube, ich habe tausend Fragen, und niemand weiß die Antworten – oder will sie mir nicht sagen.«

»Wenn die Kranichfrauen dir dies und jenes bis heute noch nicht gesagt haben«, meinte Savarin, »dann mag deine Unwissenheit Teil der Ausbildung sein.« Er stand auf. »Unwissenheit liebt Gesellschaft. Ich habe da jemanden, mit der ich dich bekanntmachen möchte ... das heißt, wenn du Zeit hast.«

»Ich habe Zeit«, sagte Michael mit einer Spur Trotz zuviel.

12

»Die letzte Person, die vor dir im Reich eintraf, war – ist – eine junge Frau.« Savarin führte Michael durch eine enge Gasse. Unter ihren Füßen schmatzte der noch durchweichte Boden. »Sie ist seit zwei Jahren hier, nach

Tagen gezählt – was verläßlicher ist als die Zählung nach den Jahreszeiten. Ich habe ihr von dir erzählt, und sie möchte dich kennenlernen. Sie stammt aus deinem Land, den Vereinigten Staaten.«

»Wo in den Vereinigten Staaten?«

»New York.«

»Wie lange sind Sie schon hier, Savarin?«

»Dreißig, vielleicht fünfunddreißig Jahre.«

»Dafür sehen Sie nicht alt genug aus«, sagte Michael verblüfft.

»Hier altern wir bis zu einem bestimmten Punkt, dann nicht mehr. Unsere Seelen wissen, daß es nach unserem Tod keinen Ort für sie gibt, und so sorgen sie besser für unsere Körper. Der Prozeß des Alterns kommt zum Stillstand, sogar für den alten Wolfer.«

Nachdem Michael das verdaut hatte, fragte er nach dem Namen des Mädchens.

»Helena.« Savarin bog nach links und winkte, ihm zu folgen. Am Ende einer noch engeren Gasse machte er vor einer Tür halt, die in eine Lehmziegelwand eingelassen war. Ein paar Schritte weiter gabelte sich die Gasse nach rechts und links, wo sie an türlosen Mauern endete. Savarin öffnete und erstieg eine steile Treppe, die in ein Halbdunkel hinaufführte. Am oberen Treppenabsatz glomm matter Kerzenschein aus einer Nische. Savarin zupfte Michaels Hemdkragen zurecht, schüttelte den Kopf angesichts der hoffnungslosen Aufgabe, ihn vorzeigbar zu machen. Dann wandte er sich zu einer mit Gewebe bespannten Flechttür und klopfte mit den Knöcheln dagegen.

»Ja? Wer ist da?«

»Ich habe einen Besucher mitgebracht«, sagte Savarin und zwinkerte Michael zu. Mit einem trockenen Scharren wurde die Tür geöffnet, und ein junges Mädchen, nicht viel älter als Michael, stand in der Öffnung. Sie lächelte nervös und blickte Savarin an, fuhr mit den Händen glättend über die untere Hälfte ihrer Bluse und blickte Michael an. Sie trug einen Rock aus dem gleichen bräunlichgelben Stoff, mit dem die meisten Menschen und Mischlinge sich behelfen mußten. Ihre Bluse war jedoch weiß und offenbar aus Baumwolle, um die Schultern knapp geschnitten und mit kurzen Ärmeln. Ihr Gesicht war breit, die dunklen Augen wirkten ausdrucksvoll, und der breite volle Mund war großzügig. Sie hatte dunkelbraunes Haar mit einem rötlichen Schimmer und war wohlgeformt, ein wenig auf der üppigen Seite, aber so groß wie Michael und imstande, ihre Figur gut zu tragen.

Savarin wedelte mit der Hand zwischen ihnen hin und her. »Michael Perrin, Helena Davies.«

»Hallo«, sagte Michael und streckte die Hand aus. Helena ergriff sie (ihre Finger waren warm und trocken, etwas schwielig) und trat zurück.

»Bitte komm herein! Savarin hat mir von dir erzählt.«

Die winzige Wohnung war durch eine Wand in zwei Räume unterteilt, und in der Türöffnung hing ein Vorhang aus langen Weidenruten, die an Schnüren nebeneinander aufgehängt waren. Zwei Korbsessel standen einander gegenüber, belegt mit kleinen grauen Kissen. In einem Winkel ruhte eine Waschschüssel auf einem Ständer aus Rohrgeflecht, ähnlich dem Ständer in der Herberge.

»Ich gieße einen Kräutertee auf«, sagte Helena, nachdem sie die beiden Gäste zum Niedersetzen aufgefordert hatte. Sie zog eine Deckenrolle heraus und trat hinter den Vorhang, um einen weißen Keramiktopf und drei Tassen zu holen, die sie auf einen Tisch aus Korbgeflecht stellte. Darauf zog sie die Deckenrolle zu Michaels Korbsessel, ließ sich darauf nieder und verteilte die Tassen. Dann sprang sie wieder auf, und ihre Hände bewegten sich unwillkürlich mit, als sie suchend umherblickte. »Ah!« sagte sie und schritt zu einem Kasten auf dem Fenstersims, dem sie eine in Wachstuch gewikkelte Honigwabe entnahm. »Honig für den Tee?«

»Bitte«, sagte Michael. Sie brach ein Stück ab und reichte es ihm, und er ließ es in die Tasse fallen. Als ihm sein Irrtum bewußt wurde, wollte er die schmelzenden Wachsteilchen wieder herausfischen, gab es aber auf. Helena lachte, jedoch nicht unfreundlich, dann brachte sie heißes Wasser und goß den Tee auf, worauf sie sich wieder setzte.

»Ich bin so nervös«, sagte sie zu Savarin. »Henrik hat mir erzählt, daß du nicht wie alle anderen von uns hierhergekommen bist.«

Michael verspürte keine große Lust zu erzählen, was für ihn zu einer ermüdenden Geschichte wurde. »Ich weiß nicht, wie alle anderen hierhergekommen sind«, sagte er.

»Helena war eine angehende Konzertpianistin«, sagte Savarin.

Sie zuckte in falscher Bescheidenheit die Achseln und hob die Tasse an die Lippen. Ihr Blick ging über den Rand hinweg und traf Michael.

»Prokofjew«, sagte sie.

»Wie bitte?«

»Ich spielte gerade Prokofjew. Seit einem Monat hatte ich sein Drittes Klavierkonzert studiert und mich auf einen Vortrag an der Musikhochschule vorbereitet. Ich war sehr müde – am Morgen Bach und den ganzen Nachmittag über Prokofjew.«

Michael versuchte verstehend zu nicken, und sie erwiderte seinen Blick aufmerksam, um dann mit einem kurzen Lachen fortzufahren: »Meine Hände waren vom Klavierspiel wie betäubt, also entschloß ich mich zu einem Spaziergang. Die Musik war sowieso in meinem

Kopf, und ich konnte im Geist jeden Anschlag mitvollziehen. Die Musik steckte in mir.« Sie berührte ihre Herzgegend. Ihre Brüste schaukelten aufreizend unter der Bluse. »Als ob ich ein Metronom hier drinnen hätte, weißt du?«

Michael schüttelte den Kopf zum Zeichen, daß er sich dergleichen nicht vorstellen konnte.

»Nun, ich erlebte plötzlich ein Schwindelgefühl. Ich stand auf einem Treppenabsatz in unserem Wohnhaus, und als ich hinuntersah, war dort nichts als ein See aus Quecksilber. Ich stolperte, geriet mit dem Fuß hinein. Wachte hier auf.« Sie stellte die Tasse ab und wischte sich mit dem Zeigefinger über die Lippen. »Ich habe noch immer eine Abneigung gegen Treppen, sogar gegen das Wohnen in einem Obergeschoß.«

»Und das war vor zwei Jahren?« fragte Michael.

»Ungefähr, ja. Nun – wie kamst du hierher? Henrik erklärte es mir, aber ich möchte es gern von dir hören.«

Michaels Selbstvertrauen, aufgebaut (wie er geglaubt hatte) in den Wochen seiner Ausbildung, löste sich in ihrer Gegenwart gänzlich auf. Sie war frisch, lebhaft, jung und völlig menschlich. Er stolperte über seine Worte, brachte die Reihenfolge seiner Erzählung durcheinander, flocht Erinnerungen ein und brachte so eine umständliche und weitschweifige, aber gründliche Darstellung seiner Erfahrungen zustande. Als er geendet hatte, blickte Helena zu dem mit einer Gardine verhängten kleinen Fenster hinaus. Das gedämpfte Licht von der Gasse legte weiche Schatten auf ihr Antlitz.

»Wir verstehen wirklich nichts vom Leben, nicht wahr?« sagte sie. »Ich dachte, dies sei vielleicht wie ein Fegefeuer für diejenigen, die zuviel Zeit mit Musik und zuwenig in der Kirche verbrachten. Das heißt, zuerst. So naiv war ich.«

»Viele Leute empfinden nach ihrer Ankunft zunächst ein Gefühl religiöser Verwirrung«, sagte Savarin. »Ich untersuche das.«

»Du untersuchst alles«, sagte Helena, streckte die Hand aus und berührte Savarins Arm. Michael sah die Berührung mit einem Anflug von Eifersucht. »Ist er nicht großartig?«

»Du kommst aus New York?«

»Brooklyn. Und du?«

»Los Angeles.«

»Ach, du lieber Gott!« rief sie und schüttelte den Kopf. »Ein verrückter Kalifornier. Ich habe nie von Arno Walt ... oder wie er heißt, gehört. Hat er auch ernste Musik geschrieben?«

»Filmmusik«, sagte Michael.

»Sonst nichts?«

»Na, das Konzert ...«

»Komisch, auch von dem habe ich nie gehört.«

»Ich glaube, es wurde unterdrückt oder was. Es trug ihm große Schwierigkeiten ein.«

»Nun ja, die Musik ist eine große Welt. Und ich kann mir denken, daß es für Komponisten schwierig ist, noch schwieriger als für Pianisten. Was tust du jetzt, seit du hier bist?«

»Ich werde ausgebildet«, sagte Michael, ohne zu überlegen.

»Wozu?«

»Ich weiß es nicht.« Er grinste kläglich. Helena betrachtete ihn mit einem Ausdruck erschrockener Überraschung.

»Du mußt wissen, wofür du ausgebildet wirst«, sagte sie.

»Um in Form zu kommen, nehme ich an.«

»Ich finde nicht, daß du schwächlich aussiehst.«

Er zuckte die Achseln. »Ich habe mich früher nie um

körperliche Ertüchtigung gekümmert«, sagte er. »Ich war mehr ein Stubenhocker.«

»Ein Bücherwurm wie Henrik, was?« sagte Helena. »Nun, dann ist es gut für dich, daß es hier so wenige Bücher gibt.«

»Michael hat eins mitgebracht.«

»Wirklich? Darf ich es sehen?«

»Ich habe es nicht bei mir.« Er war überrascht, wie empfindlich er auf das Thema reagierte; er entsann sich Lamias Miene, als er ihr gesagt hatte, daß er ein Buch habe. »Es ist bloß ein kleiner Gedichtband.«

»Schade, daß es kein Buch über Musik ist. Ich bin schrecklich aus der Übung gekommen.« Sie hob die Hände und spreizte die Finger, krümmte und streckte sie. »Wahrscheinlich denkst du, Musiker seien entsetzlich eitel«, sagte sie seufzend. »Und reden zuviel.«

»Nein, überhaupt nicht.«

»Die meisten Leute hier sind älter als ich. Manche sind seit hundert und mehr Jahren hier. Erstaunlich, nicht wahr? Aber die meisten sehen nicht älter aus als Henrik, und diejenigen, die es doch tun, waren schon älter, als sie hierherkamen. Es ist alles sehr tief und geheimnisvoll.«

»Das ist wahr«, pflichtete Michael ihr bei, obwohl er ein anderes Wort als ›tief‹ gewählt hätte. Er konnte den Blick kaum von ihr wenden. Zu seiner peinlichen Verlegenheit bekam er eine Erektion. Er legte die Hände in den Schoß und versuchte sich auf andere Dinge zu konzentrieren – auf Alyons und seine Läufer, auf die Umbralen.

»Ich frage mich, ob wir jemals eine Erklärung für alles das finden werden«, fuhr sie fort. Sie schien Michaels Schüchternheit erkannt zu haben und selbst seine mißliche Lage zu bemerken – und ihren Spaß daran zu haben. »Wirst du länger bei den Kranichfrauen bleiben?

Das heißt, werden sie dir erlauben, in der Stadt zu leben?«

»Ich weiß es nicht. Ich weiß wirklich nicht viel von allem. Ich bin so unwissend, aber ...« Am liebsten hätte er ihr sein Herz ausgeschüttet, ihr den Kopf in den Schoß gelegt ... Er hob den Blick von ihrer Bluse, gab sich einen Ruck und sagte: »Ich muß jetzt gehen.« Der Gedanke an Alyons hatte ihn wieder vorzeigbar gemacht. »Es könnte sein, daß sie mich für irgend etwas brauchen.«

»Ach, das tut mir leid«, sagte Helena und stand mit ihm auf. Er schlug den Blick nieder, schaute ihr kurz in die Augen. Kein Zweifel, sie war schön. Er überlegte, was Savarin ihr bedeutete ... War er lediglich ein väterlicher Freund? »Kannst du wiederkommen? Ich würde mich gern weiter mit dir unterhalten – mich an alte Zeiten erinnern.«

»Ich werd's versuchen«, sagte Michael. »Wann wäre es ... äh ... passend?«

»Ich arbeite als Wäscherin.« Sie hielt ihm die Hände hin. »Häßlich, nicht wahr?« sagte sie und betrachtete selbst die roten Finger. »Hier gibt es keine arbeitssparenden Geräte. Du kannst am Nachmittag kommen, nach Feierabend. Wenn ich nicht arbeite, bin ich gewöhnlich hier. Vergiß es nicht.« Sie lächelte strahlend.

Michael nickte, wandte sich linkisch an Savarin. »Ich muß jetzt gehen.«

»Gewiß, ich begleite dich.«

»Bis später dann«, sagte Helena.

»Wiedersehen«, murmelte Michael und hob die Hand in einer ungewissen Geste. Sie gingen die Treppe hinunter und die Gasse entlang. An ihrer Einmündung blieb Savarin stehen und schmunzelte.

»Sie mag dich, mein Junge.«

Michael nickte.

»Und ich nehme an, du wirst mich künftig nicht mehr so oft besuchen und mir so viele interessante Dinge erzählen.«

»Ich werde Ihnen sagen, was ich erfahren kann«, sagte Michael.

»Nachdem du es Helena erzählt hast«, sagte Savarin und wehrte Michaels schwächlichen Protest mit einer abwinkenden Handbewegung und einem Lächeln ab. »Nein, ich verstehe es gut. Jedermanns Prioritäten gelten dem Unmittelbaren. Ich hingegen bin mit dem Fluch eines Interesses am Langfristigen beladen.«

Sie trennten sich am Stadtrand von Euterpe, und Michael machte sich auf den Rückweg, beschäftigt und verwirrt von vielerlei Gedanken.

13

Zum erstenmal hatte das Leben in dieser Welt neben dem bloßen Kampf ums Dasein und dem in die Ferne gerückten Ziel einer Rückkehr in die Heimat einen Sinn. Michael wanderte durch die Marktstraße des Mischlingsdorfes und war in Gedanken bei Helenas Gesicht, ihren Lippen und wie sie sich bewegten, wenn sie lächelte und zu ihm sprach.

Er fand den Hof und suchte sich den Weg durch herumliegenden Schutt zur Tür von Lirgs – jetzt Eleuths – Haus. Er klopfte. Eine Weile blieb alles still, dann öffnete Eleuth schwungvoll die Tür und starrte ihn erstaunt an.

»Oh, du bist es!« sagte sie. Ihr Gesicht schien älter, abgehärmter, als er es in Erinnerung hatte.

»Du wolltest, daß ich komme?« fragte Michael. Er verglich Eleuths fremdartige Schönheit mit Helenas frischer Natürlichkeit und fühlte sich ein wenig abgestoßen.

»Ich brauche Gesellschaft«, sagte Eleuth. »Aber wenn du etwas anderes zu tun hast ...«

Michael versicherte ihr, daß es nicht so sei. Seltsamerweise wandelte sich die erste Empfindung von Widerwillen nun zu Anziehung, aber einer distanzierten Anziehung, mit der er fertig werden konnte. Eleuth bedeutete ihm, einzutreten, und schloß leise die Tür hinter ihm.

Das Haus war sehr verschieden von den menschlichen Behausungen eingerichtet und geschmückt: massiv aussehendes, sauber gearbeitetes hölzernes Mobiliar, Teppiche und Wandbehänge. In Winkeln, die das durch die Fenster einfallende Licht nicht erreichte, verbrannten Lampen süßduftendes Wachs. In der Mitte des Hauses befand sich ein gemauerter Kamin aus Keramikziegeln, dessen Schornstein das Dach durchstieß. Zwischen Wand und Schornstein hingen dicke Teppiche mit komplizierten Mustern von Eisenstangen und teilten das Innere in vier Räume auf. Er setzte sich auf eine Bank, und Eleuth ließ sich ihm gegenüber auf die Kaminumrahmung nieder. Es brannte kein Feuer, und die Kaminöffnung war mit einem Messinggitter verschlossen.

»Es ist nicht so, als ob Lirg tot wäre«, sagte sie nach einer Weile peinlichen Schweigens.

»Was werden sie mit ihm tun?« fragte Michael.

Eleuth senkte den Blick. »Er wird Adonna dienen.«

»Was immer das bedeutet«, sagte Michael.

»Es bedeutet, daß er den Ritualen seine Magie hinzufügen wird. Das wird ihn schwächen. Ein Halbblut ist nicht wie die vollblütigen Sidhe. Die Ausübung der Magie ermüdet uns. Je mehr menschliches Blut in unseren Adern kreist, desto weniger Kräfte haben wir zu erübrigen.«

»Und danach?«

»Das sind grausame Gedanken«, sagte Eleuth. »Ich werde ihn so oder so niemals wiedersehen. Er war ein guter Vater.«

Sie sprach langsam, und ihre Stimme war von betörender Süßigkeit. Je trauriger sie wurde, desto stärker fühlte er sich zu ihr hingezogen. Es kostete ihn keine Überwindung, sich neben sie zu setzen und ihre Hand zu ergreifen. Zum erstenmal hatte er das Gefühl, Herr der Lage zu sein. Sie blickte auf, und er sah Tränen in ihren Augen. »Wie ist der Tod?«

Das verblüffte Michael. Mit Ausnahme Waltiris hatte er niemals den Tod eines ihm nahestehenden Menschen erlebt. Freunde, Eltern, Großeltern lebten alle noch, soweit er wußte. Der Tod war eine intellektuelle Übung, etwas, das man sich vorstellte, aber nicht tief empfand. Etwas, das für ihn selbst niemals Realität gehabt hatte. »Endgültig«, sagte er. »Jeder sagt, daß die Menschen Seelen hätten und die Sidhe nicht, aber ich kenne viele Menschen, die nicht an eine Seele glauben. Sie trösten sich mit dem Gedanken, daß sie nach ihrem Tod wieder in den großen Kreislauf der Natur eingehen werden, aus dem sie hervorgegangen sind.«

»Seele oder nicht, hier macht es keinen Unterschied«, sagte Eleuth. »Das wurde mir gesagt. Junge Leute müssen sich oft auf das verlassen, was ihnen gesagt wird, nicht wahr?«

Michael nickte trübe. »Das muß wohl so sein.«

»Und sie müssen sich darauf verlassen, daß richtig ist, was ihnen vorgeschrieben wird. Als Halbblut ist man da weniger beengt als die Sidhe. Wir sind bereits unter den Niedrigen. Wir können nicht viel tiefer sinken.«

»Als Mensch ist man hier auch nicht gerade geachtet«, sagte Michael.

»Aber die Sidhe lassen einen in Ruhe. Die Umbralen kommen nicht, sie zu entführen.«

»Weil wir nutzlos sind. Wir haben keine Magie. Kannst du Magie wirken?«

Eleuth nickte. »Ein wenig. Ich lerne, aber nicht schnell.«

Michael drückte ihren Arm und stand auf. »Ich muß zurück zu den Kranichfrauen.« Er verspürte nicht eigentlich den Wunsch, sie zu verlassen, aber er brauchte den Vorwand, weil er keine Ahnung hatte, was er hier noch tun oder sagen könnte.

Auch Eleuth erhob sich, den Blick noch niedergeschlagen, und berührte seinen Handrücken mit einem Finger. »Wenn wir allein sind, sind wir am verletzlichsten«, sagte sie und blickte auf. »Wir werden beide Kraft brauchen.«

»Das ist wahr«, sagte Michael. Es gab eine peinliche Pause, als er überlegte, wie er sich wohl verabschieden sollte. Schließlich lächelte er bloß und schob sich zur Tür hinaus. Sie blickte ihm mit ihren großen Augen nach, und kurz bevor sie die Tür schloß, sah er, wie sie sich mit einer langsamen Anmut abwandte, die ihn erschauern machte.

Seine Verwirrung steigerte sich, als er den Bach überquerte und zu den Hütten ging. Froh, daß keine der Kranichfrauen zu sehen war, betrat er seine winzige Hütte und stand da, den Kopf an den Dachträgern. Streifen rötlichen Sonnenscheins lagen auf der Bretterwand gegenüber der kleinen Fensteröffnung und machten seine Bewegungen zu Schattenspielen.

In dieser Nacht wurde er nicht gestört, außer von einem entfernten tiefen Summen, das sekundenlang über das Land hinging. Danach lag er auf seinen Schilfmatten und starrte in die Dunkelheit hinauf. Einen schwindelerregenden Augenblick lang schien es ihm, als hätte nicht die Welt sich verändert, sondern er selbst; daß ihm irgendwie das Innerste nach außen gekehrt war und er ein neues Gesicht zeigte. Er fühlte sich nicht wie ein Sechzehnjähriger.

Er fühlte sich gereift, erfüllt, erwartungsvoll ...

14

Früh am nächsten Morgen weckte ihn Spart, nahm ihn bei der Hand und zog ihn von seiner Hütte fort. Dies begleitete sie mit sonderbaren, halb summenden, halb pfeifenden Geräuschen. Es war, als suche sie eine Melodie, könne sich aber nicht ganz darauf besinnen. Bei genauerem Hinhören erkannte er, daß das Geräusch über bloße Melodien hinausging. Ehe er noch hinreichend wach war, um klar zu denken, machte sie halt, schritt im Kreis um ihn herum und musterte ihn mit kritischem Blick. Dann stemmte sie die Hände in die Hüften und fragte: »Bereit?«

»Muß wohl«, brummte er.

»Wir gehen auf Reisen. Wir werden die Verbrannte Ebene überqueren. Du wirst mitkommen.«

»In Ordnung«, sagte er und schluckte. »Gibt es vorher Frühstück?«

Cum kam aus der Hütte und warf ihm eine graugrüne Limone von der Größe einer Orange zu. Nare streckte ihm eine Brotkruste aus dem Fenster. Inzwischen war er klug genug, nicht zu protestieren; außerdem schien die Nahrung, die er hier bekam, ausgiebiger zu sein. Jedenfalls war er selten ausgehungert, und urteilte man allein nach der Menge der Speisen, so hätte er mittlerweile verhungert sein müssen.

Im Licht der Morgensonne wanderten sie durch hüfthohes Röhricht am Flußufer entlang. Manche Wassergräser hatten Rispen wie gefiederte Büschel, und unter der Oberfläche gediehen Wasserpflanzen, deren Stengel grünen Gummischläuchen ähnelten. Weiter voraus, im Nordosten, leuchtete ein blauer Himmelsstreif über dem verblassenden orangefarbenen Dunst, der die Verbrannte Ebene markierte.

Die Kranichfrauen marschierten vor und hinter ihm. Von seiner unerwarteten Reise während des *Kaeli* erinnerte er sich an Einzelheiten der Landschaft. Nach zwei Stunden erreichten sie das Grasland, das von dem Unwetter am meisten betroffen worden war. Noch immer lag das Gras niedergedrückt, wirr und mit lehmigen Rückständen der Überschwemmung bedeckt am Boden. Nach vier Stunden erkannte er in einiger Entfernung den Hügel, wo er erwacht war, weil dort das Gras grüner und vom Hochwasser unberührt geblieben war. Dann sah er auch die Grenze. Aber die Kranichfrauen bogen nach Nordwesten ab, verließen das Flußufer und folgten einem gewundenen Pfad.

Nach weiteren drei Stunden, in deren Verlauf sie immer wieder in Sichtweite der Grenze gekommen waren, nur um ihr jedesmal auszuweichen, war Michael so müde, daß er stehenblieb und schwächlich protestierte. Die Kranichfrauen sprangen dahin wie Kinder auf einem Ausflug und benahmen sich viel jünger, als sie aussahen (wenn er ihnen überhaupt ein menschliches Alter zumessen konnte). »Bitte!« rief Michael ihnen nach. »Was tun wir, wohin gehen wir?«

Spart winkte ihn weiter. Michael seufzte. Er hatte die Versuche aufgegeben, Motive für ihr Tun und Lassen zu finden. Die Kranichfrauen waren schwer faßbar.

Und nun ließen sie ihn offenbar zurück. Er hatte sich nur ein paar Augenblicke gebückt, um seinen Fuß aus einem Wurzelgeflecht zu ziehen und den Schnürsenkel zu binden, und als er aufblickte, waren sie fort. An ihrer Statt sah er ein Pferd auf dem Rücken eines niedrigen

Hügels, ungefähr vierhundert Meter entfernt. Es war ein Sidhepferd, doch nirgends war ein Reiter zu sehen.

Michael suchte den Hügel nervös mit den Augen ab, dann ging er langsam weiter auf das Tier zu. Ein herrenloses Sidhepferd war im Vertragsland sicherlich höchst ungewöhnlich; er hatte jedenfalls nie eins gesehen. Als er den sanft geneigten Hang erstieg, hob das Pferd den Kopf und wieherte. Es stellte die Ohren in seine Richtung und drehte sich auf Vorder- und Hinterbeinen zu ihm herum. Michael machte halt; näher wagte er sich nicht heran. Es mochte eine Falle sein. Vielleicht lag ein Sidhe auf der anderen Seite der Anhöhe und wartete auf einen neugierigen Dummkopf wie ihn.

»Recht hast du, vorsichtig zu sein«, sagte Spart einen Schritt hinter ihm. »Weißt du, was das ist? Hat man sie noch auf Erden?«

»Natürlich«, sagte Michael. »Aber nicht genau ... es ist ein Pferd.«

»In Cascar sagt man *epon*«, erwiderte Spart. »Das Wort ist so alt, daß es schon vor den ersten Pferden in Gebrauch war. In jenen Zeiten gab es andere Reittiere, stärker, sogar edler. Sie überlebten die Kriege nicht. Sollen wir es uns näher ansehen?«

»Wenn Sie meinen.«

»Ja«, sagte Spart. »Es ist Teil dessen, was du lernen mußt.«

Das Pferd scharrte mit dem Vorderhuf den Boden und beugte den Kopf, um vom Gras zu fressen. Als sie wieder näher kamen, warf es den Kopf auf, sicherte einen Augenblick lang und kam dann auf Spart zu. Sie streckte ihre breite Hand aus, und es senkte seine weichen Nüstern in ihre Handfläche, schloß die Augen und schnob leise.

Das Fell des Pferdes, aus der Nähe betrachtet, war samtig und glänzend, und jeder Muskel zeichnete sich darunter ab. Es hatte lange Beine und einen schmalen, beinahe knochigen Kopf. Die Mähne hing über dem leicht gebogenen Hals, war aber wohlgepflegt; das Pferd war offensichtlich nicht verwildert.

»Woher kommt es?« fragte er.

»Es hat vor kurzem die Verbrannte Ebene überquert«, sagte Spart. Sie tätschelte den Pferdehals, und feiner goldener Staub löste sich aus dem Fell. »Sein Herr erwartet uns jenseits der Grenze. Es wird uns hinüberführen, und wenn wir in der Nähe bleiben, wird der *sani* uns schützen.« Sie hielt ihm die offene Handfläche hin; es funkelte darin wie Glimmplättchen. »Möchtest du reiten?«

Michael schüttelte den Kopf. »Ich habe nie auf einem Pferd gesessen.«

»Du wirst es lernen müssen. Sollte es nicht besser jetzt sein?« Sie fragte ihn nicht; sie sprach zu Cum und Nare, die von der anderen Seite der Anhöhe näher kamen. Nare mit einem Grashalm zwischen den Zähnen. Sie nickten gleichmütig.

Spart maß Michael mit einem blinzelnden Blick und zuckte die Achseln. »Seine Wahl«, sagte sie. »Schließlich ist das Pferd geliehen.« Sie schritt um das Tier, tätschelte ihm Flanken und Widerrist, klopfte ihm aufs Hinterteil.

Nare gluckste kehlig, kauerte ein paar Schritte entfernt am Boden nieder, zog den Grashalm zwischen den Zähnen heraus und betrachtete ihn. »Wenn du vorhast, ein Pferd zu reiten«, sagte sie, »gehst du darauf zu, blickst ihm ins Auge und sagst zu ihm: ›Du bist meine Seele, ich bin dein Meister.‹ Glaub daran, wenn du es sagst. Dann steigst du auf.«

»Ist das alles?« fragte Michael.

Cum lachte; es klang, als zöge sie eine Schiefertafel zwischen den zusammengebissenen Zähnen durch.

»Ja«, sagte Spart. »Aber um es zu glauben, mußt du imstande sein, wie die Sidhe zu reiten. Kein Mensch kann reiten wie die Sidhe. Ihr habt bereits Seelen. Da ist wenig Raum für ein Pferd.«

»Vielleicht kann ich es lernen«, sagte Michael trotzig. »Vielleicht werde ich genauso gut reiten.«

»Dann versuch's!« Spart legte die Hände ineinander, um ihm einen Steigbügel zu machen. »Linken Fuß hoch, rechten Fuß drüber.«

»Kein Sattel?«

»Es sei denn, du hättest einen bei dir.«

Er stellte den linken Fuß in ihre Hände, faßte den Halsansatz des Pferdes und schwang das rechte Bein über seinen Rücken. Einen Augenblick hing er in leerer Luft, dann landete er auf allen vieren. Das Pferd stand ein paar Schritte entfernt, schüttelte den Kopf und schnaubte.

»Wenn du kein Pferd reiten kannst«, bemerkte Nare, »benimm dich wie eins.«

Michael rappelte sich auf. »Es ist schnell«, sagte er.

»Ein andermal«, sagte Spart und wandte sich zum Gehen.

Wieder fühlte Michael, daß sein Wert auf Null sank. Um seinen verletzten Stolz zu besänftigen und etwas von seinem Selbstgefühl wiederzugewinnen, näherte er sich dem Pferd ein zweites Mal und klopfte ihm die Flanke. Es wandte den grauen Kopf zu ihm um, und die großen Augen sahen ihn rätselhaft an. »Ho«, sagte er, »oder wie man sagt. Wollen wir Freunde sein?«

Das Sidhepferd schlug mit dem Schweif nach einer imaginären Fliege und hob ein Vorderbein. »Hör zu«, flüsterte Michael ihm ins Ohr, nachdem er den Kopf behutsam auf seine Ebene herabgezogen hatte. »Mir geht es schlecht genug, du brauchst mich nicht noch tiefer zu ziehen. Sie denken, ich sei ein Dummkopf und Tölpel«, murmelte er und nickte zu den Kranichfrauen. »Und ich bin es auch. Wenn du nicht meine Seele sein willst, wie wäre es, wenn du einfach mein Kumpel wärst?«

Das Pferd warf den Kopf auf und befreite sich von seiner Hand, dann stellte es die Ohren in seiner Richtung auf und stieß ihm sanft die Nüstern vor die Brust.

»Ist es möglich, daß du dich auf Pferde verstehst?« fragte Spart.

»Keine Ahnung; dies ist das erste Mal.«

»Versuch's noch mal«, schlug Spart vor. »Wenn es dir gelingt, brauchst du die Verbrannte Ebene vielleicht nicht zu Fuß zu überqueren.« Sie machte wieder einen Steigbügel aus ihren Händen. Er stieg hinauf und schwang das rechte Bein über den Pferderücken. Das Pferd zuckte mit den Rückenmuskeln und schüttelte den Kopf, blieb aber stehen. Michael setzte sich zurecht, versuchte die Beine fest um den Pferdeleib zu legen und fragte mit etwas zittriger Stimme: »Soll ich jetzt reiten?«

Sparts Blick ging nach Westen, wo in ungefähr eineinhalb Kilometern Entfernung drei berittene Sidhe über das Grasland zogen.

»Wer ist das?« fragte Michael.

»Der Feldmeister«, sagte Spart. Sie hob ihre Hand und faßte das Pferd unter dem Maul.

»Warum ist er hier?«

»Er möchte diejenigen treffen, die auf uns warten«, sagte Nare und stand auf. »Kommt. Laßt uns jetzt gehen.«

Die Kranichfrauen verließen die Anhöhe, das Pferd folgte und stapfte unter Michael dahin, der nicht wußte, wie er es lenken sollte. Auch schien jetzt nicht der geeignete Zeitpunkt zu sein, danach zu fragen. Alyons und seine Begleiter ritten parallel zu ihnen, und beide Gruppen hielten auf den Rand des Vertragslandes und die dunstige Ebene jenseits davon zu.

An der Grenze machten die Kranichfrauen eine Pause. Hier endete das grüne Steppengras entlang einer geometrisch vollkommenen Linie, um vom glitzernden schwarzen und gelbbraunen Sand der Verbrannten Ebene abgelöst zu werden. Nare bückte sich, eine Handvoll Sand aufzunehmen; leblos rieselte er ihr durch die Finger. Sie wischte die Hand am Hosenbein, das Gesicht zu einer Grimasse des Abscheus gefaltet.

»Wir werden dir und dem Pferd nahe bleiben«, sagte Spart. Cum untersuchte eingehend die Flanken des Tieres.

»Ist es der Staub, der uns schützt? Ich meine, der *sani?*«

»Zum Teil«, sagte Cum. Auch sie behielt die Reiter im Auge, die ungefähr hundert Schritte nördlich von ihnen an der Grenze haltgemacht hatten. Alyons strich mit ruhiger, sicherer Hand über die Schulter seines goldbraunen Pferdes und äugte kalt herüber. Michael fragte sich, warum der Feldmeister nicht energischer auftrat.

Nare überschritt die Grenze als erste. Das Pferd folgte widerwillig. »Eine gute Tagereise«, sagte Spart und wies gen Osten. »Verlassenheit. Kriegszerstörung. Gutes Übungsgelände. Aber du solltest dich in acht nehmen. Adonna vergräbt seine Fehler; gräbst oder sprengst du den Boden des Reiches tief genug auf, so wirst du sie wiederfinden.«

Allenthalben erhoben sich die deformierten Felsgebilde geschmolzener und erstarrter Gesteinsmassen. Der Erdboden war durchzogen von Rissen und klaffenden Spalten, die schweflige Dämpfe entließen. In abflußlosen Becken waren Schlammvulkane und heiße schweflige Tümpel entstanden, deren blasenwerfende, blubbernde Oberflächen an eitergefüllte Wunden erinnerten. Michael mußte husten, und die Augen brannten ihm, bis Spart aufmerksam wurde und ihm befahl, sich niederzubeugen, worauf sie seine Augenhöhlen und Wangen mit einer klebrigen dunklen Paste einrieb. Für seinen Geruchssinn konnten sie jedoch nichts tun. Seine Nase begann zu laufen, und was er durch seinen erhöhten Sitz auf dem Pferderücken an Würde gewonnen haben mochte, ging durch ständiges Schnupfen und Hochziehen wieder verloren.

Er begann sich Sorgen zu machen, weil sie keinerlei Proviant und Wasser mit sich führten. Blieben sie längere Zeit in dieser Gegend, konnte die Vernachlässigung verhängnisvolle Folgen haben, da sie auf der Verbrannten Ebene nichts für ihren Unterhalt finden würden.

Stellenweise ging der Sand in so fein pulverisierten Gesteinsstaub über, daß jeder Schritt Wolken aufwirbelte. Michael ließ sich einen Streifen Stoff von Cum geben und band ihn über Nase und Mund; die anderen taten desgleichen.

Als der Abend kam, hatten sie ein flaches Felsplateau erreicht, auf dessen Oberfläche scharfkantige kleinere Blöcke verstreut lagen. Michael saß ab und half den anderen, eine Fläche von ungefähr acht mal acht Schritten freizuräumen. Dann zog Cum einen kleinen hölzernen Stab aus ihrem Beutel und zog um die freigeräumte Fläche eine Linie. »Wir ruhen hier«, sagte sie.

Michael dachte an Pentagramme und fragte sie, ob es ein Zauber sei, der Eindringlinge fernhalten werde.

Cum verneinte. Sie ließ sich nicht weiter über den Zweck ihres Tuns aus. Alyons und seine Begleiter hielten zwanzig Schritte hinter ihnen, saßen aber nicht ab.

Das Sonnenlicht, durch Staub und schweflige Exhalationen zu einem grellen orangegelben Schein verändert, war bedrückend. Michael wäre gern weitergezogen und machte auch den Vorschlag, aber Nare schüttelte entschieden den Kopf. Die Kranichfrauen saßen auf der freigeräumten Fläche, und Michael stand nahe bei ihnen. Das Pferd harrte neben ihm aus, hielt den Kopf mit halbgeschlossenen Augen gesenkt. Es sah sehr müde aus. »Rasten wir um des Pferdes willen?« fragte er durch den Tuchstreifen. Auch die Kranichfrauen hatten die Köpfe gesenkt. Keine von ihnen antwortete. »Ich verstehe«, sagte er. »Etwas zehrt an den Kräften des Pferdes, wenn es hier ist, aber es schützt uns ...« Sie wollten seine Theorie weder bestätigen noch dementieren.

Eine dichte bräunliche Wolke zog über ihre Köpfe, eingebettet in orangegraue Nebelstreifen. Jedes flüssige Teilchen im Nebel war groß wie ein Regentropfen, fiel jedoch nicht. Der Nebel zog um sie her und löschte alle Sicht aus, drang aber nicht in den umrissenen Raum ein.

Alyons und seine Begleiter blieben außerhalb der Peripherie der Wolke. Als der Nebel sich hob, sah Michael, daß die drei aufmerksam zu den Kranichfrauen und ihm herüberblickten. Er glaubte Alyons' Haß sogar auf diese Distanz zu spüren.

Eine Stunde später erhoben sich Spart und Cum plötzlich wie auf einen Befehl. Michael schrak auf; zu seiner Überraschung war er im Stehen eingeschlafen.

Nare kam herüber und bestieg ohne ein Wort der Erklärung das Pferd. Spart durchbrach die zuvor geritzte Linie mit dem Fuß, und sie zogen weiter nach Osten. Die Sidhe folgten in Sichtweite.

Es dunkelte, und die Kranichfrauen beschleunigten den Marsch, um die Verbrannte Ebene zu verlassen, ehe es Nacht würde. Sand und tiefer Staub erschwerten das Gehen und ermüdeten Michael; es war viel schlimmer als an einem Strand, und er war bald erschöpft und bedauerte, das Pferd ohne weiteres aufgegeben zu haben.

Mit dem Sonnenuntergang – der durch den Dunst aus Staub und Nebel in ein düsteres Schauspiel des dunkelnden braunen Himmels, durchzogen von ockerfarbenen und gelbbraunen Streifen, verwandelt wurde –

näherten sie sich einer weiteren scharf ausgeprägten Grenze. Was jenseits von ihr lag, war nicht klar; die Luft war diesig und zeigte nur Umrisse, die Felsblöcke oder Bäume sein konnten.

Das Pferd beschleunigte seinen Schritt, und sie mußten laufen, um mitzuhalten. Michael tat sein möglichstes, erreichte die Grenze aber als letzter. Einen Augenblick lang überfiel ihn die schreckliche Vorstellung, daß er aus eigener Kraft womöglich nicht über die Grenze kommen würde, wenn die Kranichfrauen ihn zurückließen; doch spürte er keine erkennbare Gewalt, die ihn am Überschreiten gehindert hätte.

»Willkommen im eigentlichen Reich«, sagte Spart.

Bäume! Riesige, mächtig sich ausbreitende Laubdächer erhoben sich vor ihnen und dämpften das letzte Tageslicht zu grünem Dämmern. Die Luft war rein und süß. Selbst der Staub, der sich in den Haaren, auf der Haut und in den Kleidern festgesetzt hatte, fiel von ihnen ab, so daß sie heiß und verschwitzt, aber nicht mehr staubverklebt und schmutzig waren.

Das Pferd trottete zu einer grünen Lichtung, um zu weiden. Nare schwang sich von seinem Rücken und ging zu einem Baum, dessen Rinde sie mit ihrer langfingrigen Hand tätschelte. Sie lächelte breit. Michael reckte die Arme und atmete tief, nahm die Kühle und das erholsame Grün und den Frieden des Waldes in sich auf.

So weit er in der Dämmerung sehen konnte, erhoben sich die mächtigen Bäume in unregelmäßigen, aber ausreichenden Abständen. In ihrem Schutz kam Jungwuchs auf, dazwischen Sträucher mit roten und purpurnen Beeren, hohe Lilien mit rotgesäumten weißen Blüten, und auf der Lichtung blühte eine Fülle blauer Blumen in inselartigen Beständen.

Der Wald war mehr als irdisch; er war unwirklich, zu

vollkommen. Nach einigen Minuten fühlte Michael, wie sich das Unbehagen wieder einstellte. Er blickte zurück zur Grenze mit ihrem jähen Übergang zu Staub und Dunst und hielt nach Alyons und seinen Begleitern Ausschau. Sie waren nicht in Sicht.

Spart kam auf ihn zu, beide Hände hinter dem Rükken. Ihr Lächeln war feinsinniger als Nares Grinsen. Cum saß auf dem untersten Ast eines Baumes und beobachtete ihn von dort wie ein Vogel.

Spart brachte die linke Hand zum Vorschein und zeigte ihm eine Blume. Sie gehörte zu keiner der Blütenpflanzen, die er bisher gesehen hatte – sie war durchscheinend, wie aus getöntem Glas. Wären die zarten Strukturen und Äderungen der Blütenblätter nicht gewesen, hätte er sie für eine Plastikblume gehalten. Spart schien sie ihm geben zu wollen, also streckte er die Hand aus. Aber sie zog die Blume zurück und verbarg die Blüte hinter langen gespreizten Fingern.

»Von welcher Farbe ist sie?«

»Gelb«, sagte er. Sie zog die Hand fort. Die Blume war leuchtend blau. »Gut, blau, aber sie sah aus wie ...«

»Das Reich ist nicht wie die Erde. Auf Erden beruht alles auf einem Chaos, wie hier, aber die Fundamente sind viel feiner. Die Fundamente des Reiches sind grob. Alles ist viel mehr der Beeinflussung geöffnet. Auf Erden ist das Chaos durch ein Gesetz, das besagt, daß du nie gewinnen kannst, in Stabilität gebracht ... verstehst du?«

Michael schüttelte den Kopf.

Spart hielt ihm die Blume unter die Nase. »Die Erde ist eine sehr viel vollkommenere Schöpfung. Im Reich ist alles mehr fließend. Schau her! Von welcher Farbe ist die Blume?«

»Immer noch blau«, sagte er, doch wurde ihm im selben Augenblick klar, daß sie die ganze Zeit gelb gewesen war. »Ah ... tut mir leid. Sie ist gelb.«

»Da du nicht einmal *betlim* gewinnen kannst, einen kleinen Kampf«, sagte Spart, »mußt du wie die Blume sein. Suggeriere! Nutze die Unbestimmtheit, das Fließende, die Elastizität des Reiches zu deinem Vorteil. Magie mag außerhalb deiner Reichweite sein, aber nicht Suggestion.« Sie streckte ihm die gelbe Blume hin. Diesmal durfte er sie nehmen, doch als ihre Finger den Stengel losließen, verschwand Spart. Nare, Cum und das Pferd waren auch fort. Michael ließ die Blume in das lange grüne Gras fallen, wo sie auf den schon taunassen Halmen zur Ruhe kam.

Die Blume war rosa.

Er setzte sich, dann legte er sich auf den Rücken, verwirrt und in Unruhe über das, was Spart ihm eröffnet hatte. Unweit von ihm schwankte die Blume in einer unmerklichen Brise auf den sie stützenden Halmen. Er roch den vermischten Duft von Seerosen und Jasmin. Es wurde rasch dunkel, und der Himmel über ihm hatte sich zu einem tiefen Nachtblau gewandelt. Der Wald stand beinahe schwarz. Ein leichter Wind kam auf und raschelte leise, hypnotisch im Laub. Michael fühlte, wie ihm die Augenlider schwer wurden ...

»Wir haben Gesellschaft.«

Er fuhr hoch. Nare hockte neben ihm, wieder einen Grashalm zwischen den Zähnen. Sie wies zu einer Gruppe, die sich ungefähr zwölf Meter entfernt um ein kleines helles Feuer versammelt hatte.

»Es sind Sidhe!« sagte Michael. Aber sie waren nicht Alyons und seine Begleiter, von denen noch immer nichts zu sehen war. Fünf Sidhemänner mit langem Haar und Bärten, gekleidet in prachtvolle rote, grüne und blaue Gewänder, die in der Bewegung einen metallischen Schimmer zeigten, schritten langsam um das Feuer und blickten in die Dunkelheit, als erwarteten sie jemanden. Und tatsächlich erschien gleich darauf ein sechster, jünger als die anderen; sein Gewand war weiß mit schwarzen Karos. Ob ihre Kleidung aus Stoff oder den Metallgeweben einer Panzerung bestand, vermochte Michael nicht zu sagen, aber der Schimmer, den sie im Widerschein des Feuers entfalteten, war erstaunlich.

Michael wandte den Kopf und sah Cum auf einer Seite der Gruppe abseits stehen und mit einem weißhaarigen blassen Sidhe sprechen, der samtschwarze Gewänder trug. Als er sich bewegte, sah Michael graue Muster darin – oder vielmehr unmittelbar über dem Gewebe, denn sie schienen zu schweben und veränderten sich mit jeder Bewegung.

»Wer sind die Männer?« fragte Michael.

»Sie sind vom Irall«, sagte Nare. »Sie haben einen Zögling gewählt und bringen ihn zur Ausbildung zu uns.«

»Warum zu Ihnen?«

»Weil wir älter sind als die meisten Sidhe. Wir kennen die alten Bräuche, die alten Disziplinen.« Ihr Ausdruck zeigte freudige Erregung: Endlich hatten die Kranichfrauen eine interessante Person auszubilden, jemanden, der der Mühe wert war.

Der jüngere Sidhe verließ die Gruppe beim Feuer und schritt zum Rand der kleinen Lichtung. Er umarmte den glatten massiven Stamm eines Baumes und hockte sich nieder. Dann schälte er eine Frucht, anscheinend ohne zu bemerken, daß Nare und Michael nur wenige Schritte entfernt waren.

»Ist es eine Initiation?« fragte Michael.

»Der junge Sidhe tritt ins *temelos* ein, den Kreis der Priesterschaft. Er hat harte Zeiten vor sich, sehr harte Zeiten. Das Priestertum ist nicht leicht zu erreichen – und auch nicht leicht zu behalten.«

»Wie heißt er?«

»Biridaschwa«, sagte sie. »Wir werden ihn Biri nennen.«

Michael blickte zurück zur Grenze und der bräunlichen Finsternis der Verbrannten Ebene. In der Ferne war da und dort fein geäderte rote Glut zu erkennen, wie von Lava, die durch Spalten empordrang. Dann sah er kugelförmige grüne Lichterscheinungen über die Ebene sausen; eine zerplatzte mit lautlosem Blitz in der Höhe.

Als er sich umwandte, bemerkte er tief im Wald den Lichtschein eines zweiten Feuers. Das Unterholz und die Stämme verhinderten klare Beobachtung, aber Michael glaubte drei Gestalten auszumachen, und Pferde waren auch dabei: Alyons und seine Begleiter.

»Was wollen sie?« fragte Michael mit einer Geste. »Erst folgen sie uns, dann warten sie hier ...«

Nare schüttelte den Kopf. »Alyons wünscht die Sidhe des Irall zu sprechen. Er wird keine Gelegenheit dazu bekommen.«

»Warum nicht?«

Nare zeigte das schiefe Lächeln, das sie so oft aufsetzte, um ihre Meinung über Michaels Fähigkeiten auszudrücken. »Warum, glaubst du, ist Alyons Feldmeister des Vertragslandes und Stadtmeister von Euterpe und nicht von seinem eigenen Kreis im Reich?«

»Ich weiß es nicht«, sagte Michael. »Warum?«

»Zu viele Fragen«, sagte Nare, und das war das letzte, was sie in dieser Nacht sprach.

15

Nebelschleier zogen durch den Wald und über das Lager, hinterließen eine Schicht glänzender Tautropfen im Gras, auf den Blumen und der Kleidung. Michael erwachte vom Geräusch schwerer Schritte in seiner Nähe und wälzte sich herum. Der junge Sidhe stand zwei Schritte entfernt, weiß und schwarz vor dem Grau des frühen Morgens, das Gesicht blaß und starr.

»Ich muß mich vergewissern, daß du wach bist«, sagte Biri. Er wirkte gespannt und unglücklich. Nervös rieb er sich die Hände.

Michael erhob sich auf die Knie. »Ich bin wach«, sagte er. Der junge Sidhe schüchterte ihn ein wenig ein. Seine Begleiter schienen so verschieden von Alyons und dessen Gefolgsleuten. Michael spähte durch den Nebel, um zu sehen, wo der Feldmeister war, aber es waren nur das Grau des Nebels und die schattenhaften Gestalten der mächtigen Bäume zu erkennen. Ihn fröstelte.

»Sie haben dich nicht *hyloka* gelehrt?« fragte Biri. Michael schüttelte den Kopf. »Was soll das sein?«

»Man sagte mir, daß wir gemeinsam ausgebildet werden. Vielleicht können wir einander helfen.«

»Du willst Priester werden?«

Biri schaute zu Boden. »Meine Hüter werden bald gehen. Ich werde die Verbrannte Ebene mit euch überqueren. Wo sind die *Geen Krona?*«

»Wer?«

»Die Kranichfrauen.«

»Ich weiß es nicht. Sicherlich nicht weit.« Aber die Kranichfrauen waren immer gut für eine Überraschung.

Drei hohe Gestalten näherten sich dem Lager durch den Nebel. Michael sprang auf; er hatte sofort Alyons' kraftvolle Gestalt erkannt. Die Männer gingen nur fünf oder sechs Schritte an Michael und Biri vorbei, ohne sie zu beachten, und blieben am Rand des Lagers stehen. Biri beugte sich zu Michael. »Sie folgten euch hierher?«

Michael nickte. »Alyons kann mich nicht ausstehen.«

Der Feldmeister sprach auf Cascar mit dem schwarzgekleideten Sidhe. Seine Begleiter standen in beiläufig verteidigungsbereiter Haltung abseits und wurden von den anderen Sidhe mit unverhohlener Abneigung betrachtet.

»Er ersucht um eine neue Audienz beim *Darud*«, sagte Biri.

»Wer ist das?«

»Das Oberhaupt des *Maln,* des Schwarzen Ordens. Das ist Tarax – der in der schwarzen *sepla*. Alyons war auch Angehöriger dieses Ordens, beging aber irgendein Verbrechen. Zur Strafe schickte man ihn als Aufseher über Menschen und Mischlinge zum Vertragsland.«

»Was sprechen sie jetzt?«

Tarax hatte sich von Alyons abgewandt und trat auf einen seiner Begleiter zu. Einige Worte wurden gewechselt, und der Mann zog sich mit einer leichten Verbeugung zurück.

»Tarax hat Alyons gesagt, er solle dankbar sein für das, was er hat.«

Michael ließ Tarax nicht aus den Augen; die würdevollen, doch geschmeidigen Bewegungen des weißhaarigen Sidhe faszinierten ihn. »Ist er älter als die anderen?«

»Das Alter hat für die Sidhe wenig Bedeutung, und seien es ein paar tausend Jahre mehr oder weniger.«

»Nun, ist er älter oder nicht?« drängte Michael.

»Ich weiß es nicht.« Als sei ihm plötzlich klar geworden, daß er zu einem Menschen sprach, versteifte Biri seine Haltung und trat zugleich einen Schritt zurück. Alyons verneigte sich vor Tarax, wandte sich ab und winkte seinen Leuten. Sein Blick streifte Michael, und sekundenlang trafen sich ihre Blicke; Alyons' Züge blieben ausdruckslos, doch fühlte Michael dennoch ein Aufflammen von Haß.

»Er ist jetzt sehr zornig«, sagte Biri. »Ich denke, die Kranichfrauen haben mit Tarax gesprochen. Alyons hoffte auf Nachsicht, aber Tarax sagte ihm, daß es derlei unter den Sidhe nicht gebe.«

»Fein«, sagte Michael. »Jetzt wird er seine Wut erst recht an uns auslassen.«

»Das glaube ich nicht«, sagte Biri. »Nicht, solange ich hier bin. Die Kranichfrauen nehmen eine geachtete Stellung ein, insbesondere wenn sie einen Novizen ausbilden. Sie sind nicht bloß alte Mischlinge. Alyons wagt nicht, ihr Mißfallen zu erregen.«

»Und wenn du fort bist?«

Cum stieg von ihrem Baum herunter und sprang zu Boden. Sie streifte kleine Rindenstücke von den Kleidern und blinzelte Alyons und seinen Reitern nach, als sie im Nebel untertauchten. Nare kam mit Früchten in einer frisch geflochtenen Grasmatte zu Michael und Biri. Sie legte die Matte zwischen sie.

»Frühstück«, sagte sie. »Eßt gut. Wir überschreiten heute abend die Grenze, und es ist am besten, genährt zu sein, aber nicht zu sehr, wenn wir es tun. Dies ist heute unsere letzte Mahlzeit.«

»Warum erst am Abend?« fragte Michael. »Ist es nicht gefährlicher?«

Cum schnaubte. Nare warf ihm eine blaue Frucht zu, die er auffing und in den Händen drehte. Eine Hälfte war samtig und weich wie ein Pfirsich, wenngleich von blaßblauer Farbe. Die andere Hälfte war dunkelblau, glänzend und fest wie ein Apfel. Keine Stelle an der Oberfläche zeigte einen Stielansatz oder irgendein anderes Merkmal. »Eßt!« sagte Spart.

Zur Mittagszeit holten die Sidhe ihre Pferde und saßen auf. Tarax kam herüber und übergab Spart ein Paket *sani;* auf dem Rückweg würden sie kein Pferd zum Schutz haben; sie würden sich ganz auf Biris Magie verlassen müssen, so unentwickelt sie war.

Tarax streckte dem jungen Sidhe beide Hände hin,

und Biri ergriff sie. Der Blick, den sie austauschten, kündete von langer Bekanntschaft, sogar von Fürsorge und Verstehen, doch Zuneigung war darin nicht erkennbar. Tarax ließ ihn los, und bevor er davonritt, bedachte er Michael mit einem kalten Blick. »Dies also ist das begünstigte Fleischei?« fragte er mit tiefer, gemessener Stimme. »Um von den Ältesten der Mischlinge mit meinem Biri ausgebildet zu werden.«

Mit diesen Worten kehrte er zu seiner Gruppe zurück, und sie versammelten sich zum Aufbruch. Die Schatten um die Bäume schienen sich zu verdoppeln und zu verändern – und Pferde und Sidhe waren verschwunden.

Biri seufzte. »Du bist der erste Mensch, zu dem er seit Jahrhunderten gesprochen hat. Der letzte ... es ist besser, nicht davon zu sprechen, was aus ihm geworden ist.«

Als die Schatten der Bäume lang geworden waren und der Himmel seine Tönung wechselte, führten die Kranichfrauen ihre Schützlinge südwärts aus dem Wald, um die Grenze an einem anderen Punkt zu überschreiten. Michael wanderte hinter Spart, als sie einen Streifen Savanne mit mannshohen Gräsern und vereinzelten Bäumen und Sträuchern durchquerten. Jenseits davon erhob sich eine Reihe von durch Wind und Sand glattgeschliffenen Felsen, die im Sonnenuntergang wie poliertes Holz schimmerten. Der höchste überragte das Grasland um vielleicht zehn Meter, der niedrigste Ausläufer war kaum höher als das Gras. Wo die Felsen den Grenzverlauf zur anderen Seite hin überschritten, waren sie geschwärzt und zersprungen. Nare erkletterte einen nach dem anderen bis zum höchsten, und die anderen folgten ihr, bis sie auf der Grenze standen, die hier ganz deutlich einen ungefähr drei Meter hohen Block teilte.

Jenseits der Grenze gingen die geborstenen Felsen in Sand und Staub über. Biri lief als erster halb gleitend den Hang hinunter, wobei er geschickt das Gleichgewicht zu wahren wußte. Cum und Nare folgten, dann stieß Spart mit dem Finger Michael an die Schulter. Er versuchte Biris Anmut zu imitieren, doch endete es damit, daß er den unteren Teil des Hanges auf dem Gesäß hinabrutschte. Dann liefen sie weiter, um den beißenden Staubwolken zu entgehen, die sie aufgewirbelt hatten.

»Von nun an bewegen wir uns als Gruppe«, sagte Spart. »Eng beisammen.«

Biri öffnete seine Tasche, wo er das *sani* hineingetan hatte, und besprengte die anderen wie mit Weihwasser, wozu er unverständlich murmelte. Sie wanderten rasch in westlicher Richtung, bis die Dämmerung in Dunkelheit überging, dann gab Spart das Zeichen zum Halten. Michael blickte hinaus zu dem orangefarbenen Streifen verblassenden Lichts am Horizont, auf den Staub zu seinen Füßen, der jetzt tintigschwarz war, und zu den schwarzen Felsformationen im Norden, und ein Frösteln überlief ihn.

»Warum halten wir?«

»Weil wir bald nichts mehr sehen werden«, versetzte Spart. Diesmal war es Biri, der einen Stab aus seinem Gewand zog und einen Kreis in den Boden ritzte. Wo die Linie ihren Anfang erreichte, sprenkelte er mehr *sani* auf den Boden und trat zurück.

»Nun gib acht«, sagte Spart, als sie sich in der Mitte des Kreises niedersetzten. »Gib acht, was selbst ein junger Sidhe im Reich vermag.«

Biri streckte die langen sehnigen Arme aus und berührte eine Stelle vor ihm mit dem Zeigefinger. Der gewachsene Fels begann zu glühen, und rasch vertrieb die ausstrahlende Hitze die unbehagliche Nachtkühle. Michael war von der glühenden Stelle wie hypnotisiert.

»Werde ich jemals imstande sein, das zu tun?« fragte er Spart im Flüsterton.

Sie schüttelte den Kopf, nicht in entschiedener Verneinung, sondern so, als ob die Frage sie irritiere. Michael zog die Schultern ein und senkte den Kopf. Nun, werde ich es lernen? fragte er sich. Er streckte die Hände zur Wärme hin. Er war durstig, hatte stundenlang Gesteinsstaub geschluckt, der bitter schmeckte und trocken wie Asche, aber er war klug genug, nicht um etwas zu bitten.

Seine vom Marsch ermüdeten Beine verkrampften sich bald, und er streckte sie von sich und legte sich auf den Rücken. Die anderen blieben sitzen und starrten in die Glut, und als er ihnen eine Weile zugesehen hatte, fielen ihm die Augen zu.

Er erwachte, weil sein ganzer Körper zuckte und zitterte. Er riß die Augen auf und merkte, daß er stand, und daß die Zehen seiner Schuhe den Kreis berührten, den Biri gezogen hatte. Er stand von der Wärmequelle abgewandt und blickte in die Dunkelheit. Etwas drängte ihn, die Linie zu überschreiten, aber er konnte es nicht.

Im matten Sternenschimmer gewahrte er einen dunklen Umriß jenseits des Kreises. Jedesmal, wenn er zwinkerte, veränderte der Umriß die Gestalt und schien näher zu rücken. Der innere Kampf zwischen dem Verlangen, die Linie zu übertreten und in ihrem Schutz zu bleiben, gewann an Heftigkeit; seine Arme und Beine zuckten wie die Gliedmaßen einer Marionette in den Händen eines ungeschickten Puppenspielers.

Die Erscheinung war jetzt nahe genug, daß er Einzelheiten hätte erkennen müssen, aber sie hatte kein Gesicht. Sie bestand offenbar aus glatten Ringen verschiedener Durchmesser, die aufeinandergestapelt waren; mehrere weitere Ringe glitten außen an dem Ding auf und nieder. Michael zwinkerte wieder, und die Gestalt wurde zu einer Ansammlung unregelmäßig gerundeter Klumpen.

Er zwinkerte abermals, und die Gestalt war seine Mutter, die ihm zulächelte und die Arme ausstreckte.

Noch einmal, und es war Helena, die ihm winkte, ihr zu folgen, und sich zum Gehen wandte.

»Es ist ganz offensichtlich, nicht wahr?« sagte Biri, der an seine Seite getreten war. »Du bist noch nie einer von diesen begegnet?«

Michael schüttelte den Kopf. »Was ist es?«

»Eine Fehlgeburt. Eine Schöpfung, die zu unbeständig ist, um sich im Reich durchzusetzen.«

»Einer von Adonnas Fehlern?«

»Götter begehen keine Fehler«, sagte Biri. »Was wirst du tun?«

Michael lachte nervös. »Was sollte ich tun?«

»Möchtest du es sehen, wie es wirklich ist?«

»Sollte ich? Vielleicht lieber nicht.«

»Ich habe sie viele Male gesehen«, sagte Biri. »Die meisten sind für einen Sidhe harmlos, selbst für tüchtige Mischlinge. Nur Menschen sind empfindlich. Es war die Macht des Isomagus, die sie aus ihren tiefen Gräbern befreite. Die Verbrannte Ebene hat viel Schlimmeres zu bieten.«

»Kann es mich verletzen?«

»Es kann Schlimmeres tun, als dich zu töten. Wann immer ein Menschenkind geboren wird, wird eines von diesen Monstren freigesetzt. Das Kind hat kein Reservoir wartender Seelen, aus dem es eine beziehen kann, und so kommt es unter bestimmten Umständen dazu, daß eine dieser Fehlgeburten von ihm Besitz ergreift und so ins Vertragsland eindringt. Das Kind ist gezeichnet. Das gleiche könnte dir geschehen, wenn du ohne einen schützenden Kreis hier schliefest.«

»Du meinst, ich wäre von dem da besessen?«

»Es sind keine Intelligenzen. Es sind Fehlgeburten. Du würdest eher aufgefressen als besessen sein. Deine Seele ist hier eine seltene Sache, schwer gepanzert im Innern deines Körpers. Was mit ihr geschieht, wenn sie diesen Panzer aufbrechen, ist in deiner Sprache nicht zu erklären.«

Michael versuchte sich vom Rand des Kreises zurückzuziehen, konnte es aber einfach nicht. »Ich kann nicht fort.«

»Es kann dir hier drinnen nichts anhaben. Du kannst mit ihm spielen, in einem Sinne; es kann ebensowenig fort wie du. Also kannst du daraus lernen.«

»Ich will nicht lernen. Ich will, daß es verschwindet und mich in Ruhe läßt.«

»Ein Sidhe macht sich die Fehlgeburten zunutze, um zu beweisen, daß seine innere ...«

»Das ist mir gleich!« rief Michael. »Ich bin kein Sidhe! Mach, daß es verschwindet.«

»Das kann ich nicht«, sagte Biri. »Nur du kannst es freilassen.« Der Novize ging zurück zu der glühenden Stelle im Fels und kauerte nieder.

»Spart«, sagte Michael, »helft mir!«

Er erhielt keine Antwort und konnte den Kopf nicht zu den Kranichfrauen wenden. Die Gestalt ähnelte jetzt Eleuth. Sie sah sehr traurig aus, als hätte sie etwas Lebenswichtiges verloren, und er wäre verantwortlich dafür. Sie schaute zu Boden und wurde zu einem zylindrischen Etwas. Lichtlinien krochen wie Würmer an der Oberfläche und ließen Glutspuren zurück.

Er versuchte in sich selbst einen Hinweis zu finden. Sie konnten ihn nicht in dieser mißlichen Lage lassen (hoffte er), wenn sie nicht glaubten, daß er irgendeine Möglichkeit habe, herauszukommen. Er mußte es durchdenken ...

Nein, in einem Notfall wäre der Gedanke zu langsam. Vielleicht hatten die Menschen etwas, das sie für ihre fehlende Magie entschädigte, etwas Instinktives? Er suchte, wartete, aber die notwendige Abhilfe wollte sich nicht einstellen.

Der Zylinder spaltete sich wie eine halbierte Gurke und enthüllte ein Inneres, das aus Abfällen und winzigen unkenntlichen Skeletten zusammengesetzt war. Die Knochen der Skelette verbanden sich und rotierten, so daß die fleischigen Abfälle zu einer Flüssigkeit verrührt wurden, die auf den Boden rann. Die Stücke verwandelten sich in glatte Schlangen ohne erkennbare Köpfe oder Schwänze. Sie rollten sich spiralig zusammen, und die Spiralen richteten sich senkrecht auf und verbanden sich.

Sie flossen zusammen und ergaben die Gestalt Arno Waltiris. Er saß aufrecht in einem Sarg, gelblich und fahl anzusehen, die Augen offen, aber tot und eingesunken. Plötzlich klappte sein Mund auf, und Musik kam hervor, scharf und mißtönend. Michaels Haut schien Blasen zu ziehen, als die Musik ihn umgab. Der Leichnam fiel vorwärts, hing über die untere Hälfte des Sarges und gab einen weiteren Leichnam frei, der darunter lag: seinen eigenen.

»Warte!« sagte Michael unwillkürlich. Das Monstrum stahl alle diese Bilder von ihm selbst. Wenn es ihm gelänge, den Strom zu unterbrechen ...

»Warte!« äffte ihn der leichenhafte Michael im Sarg nach und schüttelte den Kopf.

»Hör auf!« sagte Michael. Er schloß die Augen und konzentrierte sich auf zufallende Türen, Staudämme, Schleusentore, das Verschließen von Zahnpastatuben, das Verkorken von Flaschen. Er verengte das Bewußtsein, bis es sich zusammenzuziehen schien. Du kannst nichts mehr stehlen, dachte er bei sich. Ich habe ein

Schloß vorgelegt. Leichtfertige Geister dürfen sich nicht umwinden, dürfen sich nicht verbinden ...

Er öffnete die Augen und sah jenseits des Kreises nichts als schwarze Nacht. Er atmete auf; er hatte die Herrschaft wiedererlangt. Vorsichtig zog er sich zurück und legte sich nahe der wärmenden Glut auf den Boden. Biri lag auf dem Rücken, den Kopf in Michaels Richtung gedreht.

Der Sidhe nickte und schloß die Augen.

Sie verbrachten zwei Tage und drei Nächte in der Verlassenheit der ausgeglühten Einöde. Spart beschäftigte Michael mit endlosen und immer von neuem wiederholten Übungen, ließ ihn durch den heißen Sand und über das scharfkantige Felsgeröll laufen, bis seine Füße sich mit Blasen bedeckten und seine Schienbeine und Hände abgeschürft waren. Der Staub in den Wunden brannte wie Säure und ließ winzige schwarze Punkte in ihnen zurück, die erst viel später verschwinden sollten.

Wenn er nicht gedrillt wurde, sah Michael zu, wie Nare und Cum den jungen Sidhe ausbildeten. Biri ertrug alle Mühseligkeiten und Härten mit stoischer Ruhe und führte seine Übungen fehlerlos aus. Seine aufsehenerregendste Tat war die Zerlegung eines Blockes von neun oder zehn Metern Durchmesser zu Geröll, indem er ihn im Laufschritt singend umkreiste. Als der Staub sich gelegt hatte, stand Biri auf dem Geröllhaufen und klopfte seine Kleider aus. Nare und Cum sahen mit unbewegten Mienen zu.

Michael wußte, daß sie mit Biri viel zufriedener waren als mit ihm, und der Grund dafür lag auf der Hand.

Obwohl Biri es nicht an Umgänglichkeit fehlen ließ, gelang es Michael zu seinem Verdruß nur selten, ihn in ein Gespräch zu verwickeln, das über bloße Höflichkeiten und gelegentliche Ratschläge hinausging.

»Warum machen Sie sich die Mühe mit mir?« fragte er Spart. »Sie könnten andere ausbilden, denen es ein leichtes wäre, alles zu vollbringen, was Sie von ihnen verlangen.«

Spart stimmte ihm zu und schüttelte resignierend den Kopf. »Wir vergeuden in der Tat unsere Zeit«, räumte sie ein. »Da ist es ein Glück, daß wir unsterblich sind und uns Torheiten leisten können.«

Erst am letzten Abend auf der Ebene, als sie sich anschickten, die Grenze zum Vertragsland zu überschreiten, kam Biri aus sich heraus. »Wenn ich hier fertig bin, habe ich einen guten Gedanken und einen schlechten«, vertraute er Michael an.

Michael sah ihn fragend an. Die verdrießliche Resignation angesichts so vieler Fragen, die unbeantwortet geblieben waren, hinderte ihn daran, ein allzu waches Interesse zu zeigen, und wenn Biri nicht geantwortet hätte, wäre es ihm ziemlich gleich gewesen. Aber der Sidhe zeigte über die Ebene hin und sagte leise: »Es ist gut, in die Sidhe-Territorien zurückzukehren, die meine Heimat sind, aber weniger gut, meine Aufgabe dort zu erfüllen.«

»Was macht ihr mit den Mischlingen, die ihr gefangen habt?« fragte Michael. »Als Priester, meine ich.«

Zum ersten Mal sah er Biri ärgerlich werden. Er trat auf Michael zu und sagte in scharfem Ton: »Die Sidhe verehren Adonna nicht auf diese Weise.«

»Einige schon, wie es scheint«, erwiderte Michael. Er merkte, daß Spart ihrem Wortwechsel aufmerksam lauschte, als erwarte sie eine Art Auseinandersetzung und begrüßte sie sogar.

»Nicht wir«, entgegnete Biri. Er blickte Michael unter zusammengezogenen Brauen an, wandte sich ab und beschäftigte sich wieder mit seinen Vorbereitungen. Michael nahm einen neuen Anlauf.

»Halt ein!« bat Spart, und Michael hielt unwillkürlich die Luft an. »Nicht den Atem, deinen Geist.«

»Ich verstehe nicht.«

»Biri sondierte dich, um zu sehen, welches deine Absichten seien. Es war ein Zeichen seiner Unerfahrenheit, und er hatte keinen Erfolg.«

»Er versuchte meine Gedanken zu lesen?«

Spart zuckte mit der Schulter. »Du bist wahrhaftig ein Menschenkind«, sagte sie, ohne eine weitere Erklärung zu geben.

Die Nacht war angebrochen, als Nare das Zeichen zum Weitermarsch gab. Michael ging vor Spart, die den Schluß der kleinen Kolonne bildete, und trotz seiner Müdigkeit stolperte er weniger häufig als früher. Die anstrengende Ausbildung hatte ihn gewandter und ausdauernder gemacht, eine Errungenschaft, auf die er insgeheim nicht wenig stolz war.

Cum trug einen Stab, der an einem Ende glühte. Sein matter gelber Schein, der kaum ein paar Schritte weit reichte, war die einzige Erleichterung auf ihrem nächtlichen Marsch. Michael fragte nicht, warum sie nicht bis zum Morgen warten konnten. Er verspürte eine gewisse nervöse Unruhe, da kein Kreis sie vor den nächtlichen Bewohnern der Ebene schützte, doch schien alles Teil des Plans zu sein, der Prüfung.

Sie marschierten durch eine Schlucht abwärts, die sich in eine lange Senke öffnete. Die Nacht war so still, daß außer dem Geräusch ihrer Schritte weit und breit kein Laut zu hören war. Michael überließ sich dem mechanischen Rhythmus des Marschierens, hing seinen Gedanken nach und war nur darauf bedacht, gleichmäßigen Abstand zum Lichtschein des glühenden Stabes zu halten.

»Ssst!« zischte Nare. Michael hob den Kopf und folgte der Blickrichtung der anderen vor ihm. Am Rand der

Senke, gerade noch erkennbar im Sternenlicht, lag ein riesenhafter Schädel, dessen stumpfer Kiefer zum Himmel ragte.

Die Gruppe machte halt, und Cum hob den Stab höher und verstärkte seine Leuchtkraft. Der Schädel war mindestens zehn Meter hoch. Als Michaels Auge sich an das schwache Licht gewöhnt hatte und Einzelheiten ausmachen konnte, sah er, daß es kein Schädel war, sondern ein gigantisches Schneckenhaus. Seine Bewohner (oder sein Bewohner?) erhoben sich über den Rand des Einschnitts und schoben lange blauschwarze Fühler aus dem Leib. Bei längerem Hinsehen machte Michael einen langgestreckten Körper aus, der sich im vorderen Teil zu drei Köpfen teilte. Diese wiederum saßen auf drei Halsansätzen, und jeder hatte eine Mundöffnung von ungefähr einer Elle Durchmesser, ringsum besetzt mit fleischigen Fransen. Die Köpfe und Hälse bewegten sich über der Gruppe in der Luft, die Münder öffneten und schlossen sich mit leise schmatzenden Geräuschen. Die schneckenähnlichen Fühler trugen an ihren Enden Augen oder fleischige Verdikkungen, die in der Dunkelheit phosphoreszierten. Diese Fühler bewegten sich langsam hin und her, wie ein Nachtwächter, der seine Laterne schwenkt.

Michael verharrte nur an Ort und Stelle, weil die anderen es auch taten. Sein Instinkt sagte ihm, daß er die Flucht ergreifen solle, und er merkte, daß sein Atem rauh wie eine Feile ging, die Stahl bearbeitete. In seinen Schläfen pochte das Blut laut genug, um die Felsen zu beiden Seiten des Einschnitts loszuschütteln. Tatsächlich polterte Geröll den Hang herab, als die Kreatur weiterglitt und die Köpfe in ihre Richtung drehte.

Biris Gesicht zeigte einen Ausdruck wachsamer Faszination. Die Kreatur schien sie entweder nicht genau auszumachen oder entschieden zu haben, daß es sich nicht um geeignete Nahrung handle, denn sie glitt mit entnervender Langsamkeit vorüber. Immer wieder rasselten Steinlawinen den Hang herab, die Köpfe und Fühler wandten sich hierhin und dorthin, aber allmählich zog sie ihr Haus mit einem Geräusch, als kratzten riesige Fingernägel über Hektare von Schmirgelpapier, vom Rand der Senke fort. Michael zitterte unkontrollierbar und mußte sich setzen. Biri blickte zu ihm herüber und machte eine Bewegung, als wolle er sich die Stirn wischen, eine Geste, die ihn Michael lieb und teuer machte. Endlich bedeutete Spart ihm mit einem Rippenstoß, daß er sich wieder in Bewegung setzen sollte.

Wenige Minuten später überschritten sie die Grenze zur Savanne des Vertragslandes und fanden sich unweit vom Fluß. Bis zum frühen Morgen hatten sie die Anhöhe außerhalb des Mischlingsdorfes erreicht, und Michael schleppte sich in seine Hütte und warf sich aufs Lager.

Seine Nerven waren überreizt, und erst als das Zittern nachließ und die Müdigkeit die Oberhand über die frische Erinnerung gewann, schlief er endlich ein.

Vor der Hütte sah Biri der aufgehenden Sonne entgegen und hielt seinen kleinen Stab hoch in die Luft. Darauf ließ er sich ohne Umstände am Boden nieder und den Kopf nach vorn sinken. Auch er schlief.

16

Michael setzte sich auf und rieb sich die Augen; er hatte Biris Anwesenheit vor der Hütte mehr gespürt als gehört. »Ja? Was gibt es?«

»Letzte Nacht wurde mein Holz geliefert«, sagte Biri. »Ich habe mein Haus gebaut.«

Michael schob die Flechtmatte am Eingang zur Seite und tappte hinaus. Eine neue Hütte, kaum von seiner eigenen zu unterscheiden, stand ungefähr acht Schritte entfernt. Michael war unausgeschlafen, und der Anblick des anderen, der frisch und ausgeruht wirkte, machte ihn verlegen. »Gut.«

»Bevor ich dich kennenlernte, hatte ich nie mit einem Menschenwesen gesprochen. Bis zum Beginn meiner Reise hatte ich nicht einmal vom Vertragsland gehört.«

Michaels Schale mit Haferbrei stand neben dem Eingang seiner Hütte. Er hob sie auf und begann sich den Brei mit zwei Fingern in den Mund zu stopfen. »Woher stammst du? Nicht daß es mir helfen würde, wenn ich es weiß ... Ich habe kaum eine Vorstellung davon, was außerhalb des Vertragslandes liegt.«

»Wir könnten einander erzählen, was wir wissen«, sagte Biri. »Die *Geen Krona* glauben, daß wir uns ehrenhaft benehmen sollten, wenn wir zusammen ausgebildet werden, und nicht streiten. Ich bin sehr daran interessiert zu erfahren, woher du stammst und wie du hierher kamst.«

Michael war mit Freuden bereit, auf den Vorschlag einzugehen, und berichtete ausführlich von den Ereignissen, die ihn in diese Welt geführt hatten. Biri nickte an den Schlüsselstellen und runzelte die Brauen, als Michael die Gestalt in dem mit Volants besetzten Gewand erwähnte. Michael legte die leere Schale beiseite und sagte: »Nun bist du an der Reihe.«

»Im Norden, jenseits weiter Savannen und des *Nebchat Len* – das ist ein See, beinahe ein Meer, sehr tief –, gibt es einen Wald namens *Konhem*. Dort wurde ich geboren.« Er hielt inne und blickte Michael von der Seite an. »Weißt du viel über die Sidhe?«

Michael schüttelte den Kopf. »Allzuwenig.«

»Wir erfahren selten, wer unsere Eltern sind, insbesondere dann nicht, wenn wir vor der Geburt, bisweilen schon vor der Empfängnis, für das Priesteramt erwählt worden sind. Unsere Väter schämen sich traditionell der Schwäche, eine Frau zu lieben und sie zu schwängern. Das erklärt die Seltenheit junger Sidhe.« Er blickte zum Mischlingsdorf hinüber. »Ich glaube, es werden mehr Mischlinge geboren als Sidhe. Jedenfalls habe ich nie einen anderen Sidhe getroffen, der jünger war als ich selbst. Und nach der Geburt kehren unsere Mütter zu ihrer Sippe zurück und überlassen die Kinder der Aufzucht durch die *Ban Sidhe.* Sie sind die *Mafoc Mar,* sippenlose Frauen, die den Mitgliedern des *Maln,* des Schwarzen Ordens, dienen.« Mit seinem Stab kratzte er eine Zeichnung in die Erde. Als er den Stab wieder hob, löschte die Zeichnung sich selbst aus. »Verstehst du?«

»Ich denke schon«, sagte Michael. »Ich spreche und verstehe Cascar nicht gut, aber von den *Ban Sidhe* habe ich gehört. Auf Erden heißt es, daß sie kommen, die Toten zu holen.«

Biris Ohren stellten sich vorwärts, etwas, das Michael bei den Mischlingen nie bemerkt hatte. »Die sippenlosen *Bans,* die nicht mit der Aufzucht junger Sidhe beauftragt sind, bringen die Toten zu den Arboralen oder zu ihren Gräbern, je nachdem, was entschieden ist.«

»Wo sind dieser Wald und die Savanne? Wir trafen uns in einem Wald ...«

»Das ist ein kleiner Wald, nur ein Flecken. Die Savanne – die *Plata* – erstreckt sich jenseits dieses kleinen Waldes bis *Konhem,* dem tiefsten, dunkelsten Wald des Reiches. Ich lebte dort einige Zeit. Dann wurde ich in die Berge gebracht, die *Chebal Malen* genannt werden, die Schwarzen Berge. Ich wurde in Tarax' Obhut gegeben ...«

Biri brach ab und blickte Michael tief in die Augen. Etwas Ungewöhnliches geschah. Die Hütte der Kranichfrauen verschwand aus Michaels Blickfeld, und er schien vor dem weißhaarigen schwarzgewandeten Sidhe zu stehen und zu ihm aufzublicken. Tarax beugte sich nieder und nahm eine kleine schmale Hand – seine eigene – oder vielmehr Biris Hand. Dieses Bild verblaßte – Michael konnte die Umrisse der Hütte wieder ausmachen – und wurde durch das Bild eines gewaltigen Tafelberges mit zerrissenen, schluchtartigen Abstürzen versetzt, der von wirbelnden Schneeschauern überstäubt wurde. Dann wiederum stand er auf einer ebenen Fläche, die auf allen Seiten mit zyklopischen Felsblöcken übersät war, so weit das Auge reichte. Wolkenschatten zogen darüber hin. »Das Steinfeld ist nicht auf dem höchsten Berg in den *Chebal Malen,* aber es ist dort sehr kalt und rauh. Tarax baute ein *caersidh* aus Steinen, es hatte vier Räume, und dort lebte ich viele Jahreszeiten, während er mich unterwies. Schließlich wurde ich als würdig erachtet, und er führte mich zur *Sklassa,* der Festung des Schwarzen Ordens. Bis jetzt habe ich niemals etwas anderes gekannt.« Er lächelte Michael an. »Die Reise durch den Wald und die Savanne war wundervoll. Ich habe nie soviel Abwechslung gesehen.«

»Was tut ein Priester?« fragte Michael.

Biri seufzte. »Das kann ich dir nicht sagen.«

»Ich meine, wartet ihr Adonna auf, bringt Opfergaben dar und was dergleichen ist? Ich bin bloß neugierig, was ...«

»Ich kann nicht darüber sprechen«, sagte Biri und stand rasch auf. »Ich habe schon zuviel gesagt. Kein Mensch darf je erfahren, was im Irall geschieht.« Er ging zu seiner Hütte und überließ Michael sich selbst und seinen Grübeleien über die Stimmungen und Geheimnisse der Sidhe.

Wenn es etwas gab, dachte er bei sich, was sich anhörte, als verlange es nach Geheimhaltung, so war es der Schwarze Orden oder *Maln.* War dessen einzige Aufgabe die Ausbildung von Novizen? Selbst unter den Sidhe war Tarax eine eindrucksvolle Erscheinung gewesen – wenn auch nur durch den Umstand, daß er Alyons überragt und eingeschüchtert hatte.

Die Kranichfrauen kamen den Hang vom Dorf herauf, die Hände auf die knotigen Knie gestützt, als hätten sie eine lange erschöpfende Steigung zu überwinden. Sie schwatzten leise miteinander und schüttelten die Köpfe. Nare sah Michael auf seinem Felsblock sitzen, hob den Kopf und musterte ihn mit einem scharfen Blick.

Ihre Gesichter sind so fremdartig, dachte er, so menschlich, doch die aufwärtsgerichtete Augenstellung und wie sie von unten nach oben zwinkern ...

»Junge!« rief Spart ihm zu. »Du kommst heute mit uns.«

Er erhob sich seufzend und langte durch den Hütteneingang nach seinen Schuhen.

Sie gingen mehrere Kilometer vom Dorf nach Osten. Er überlegte, warum Biri nicht mit ihnen ging, und Cum schien seine Gedanken zu lesen. »Sidhe werden anders ausgebildet«, sagte sie. »Einiges wird gemeinsam unternommen, aber nicht heute.« Sie lachte leise kichernd, und Michael sträubte sich unwillkürlich das Nackenhaar.

»Er weiß bereits, was du heute wirst lernen müssen«, erläuterte Spart. Sie ging ein Stück vor den anderen, in der ausgestreckten Hand ihren Stab, den sie bald hierhin und bald dorthin richtete. Bald begann ein Nebel zu steigen, der vom Fluß heraufzog und sie einhüllte. Spart gesellte sich zur Gruppe, und sie kauerten nieder und rasteten – nur seinetwillen, dachte Michael, da die Kranichfrauen keine Müdigkeit zu kennen schienen.

»Erinnerst du dich an die Farbe der Blume, Junge?« fragte Spart und spähte ihm aufmerksam ins Gesicht.

Dann zog sie eine Grimasse, und die Runzeln verzerrten die Schlangen und Ranken, die rot und purpurn in ihr breites Antlitz tätowiert waren.

»Ich erinnere mich an die Veränderung der Farben«, sagte er.

»Welchen Vorteil bietet dir das Reich?«

»Es gibt Möglichkeiten, es zu ändern.«

»Was ist Magie, Junge?«

»Ich ... ich weiß es nicht. Noch nicht.«

»Wirst du es je wissen?«

Er schwieg. Cum rückte näher; ihr daunenartiges Haar rollte sich in der Feuchtigkeit des Nebels ein. Nare nahm hinter ihm Aufstellung; er hörte ihren Atem.

»Manche denken, daß die Kranichfrauen für alle Zeit hier sein, ausbilden und lehren werden«, sagte Spart. »Glaubst du das auch?«

Michael nickte. »Ich sehe keinen Grund, warum es nicht so sein sollte.«

Spart gluckste kehlig und stieß ihren Stab auf den Boden. »Biri ist ein neugieriger Novize. Er machte dich heute sehen. Was hältst du jetzt von den Sidhe?«

»Es ist schwierig, ein Urteil abzugeben«, sagte Michael. »Vieles an ihnen ist so fremd.«

»Wirst du Sidhe – oder Mischlinge – jemals verstehen?«

»Wahrscheinlich nicht.«

»Weil du Mensch bist«, sagte Nare.

»Nein, weil Sie Mischlinge sind ... und er Sidhe ist«, entgegnete Michael.

»Dein Verstand ist in diesem Stadium ganz Verwirrung«, sagte Spart. »Du denkst nicht klar. Du bist schlaff. Du kannst nicht spüren, was wir lehren. Dein Geist ist wie ein schlaffes Segel auf dem Meer.«

»Es gibt hier Segelschiffe?« fragte Michael.

Spart seufzte. »Siehst du? Jede Brise bläst dich hierhin und dorthin. Du hörst nicht aufmerksam zu. Wir haben jetzt weniger Zeit, dich zu unterweisen. Andere Aufgaben erwarten uns.« Sie blickte zu ihren Gefährtinnen. »Weniger Zeit, als du denkst. Du mußt rasch lernen. Erinnere dich der Blume. Denk daran, das Reich arbeitet für dich. Und du ...« Sie stand auf. »Du hast weniger Zeit.« Sie zog eine Blume aus ihrem Beutel und ließ sie vor ihm zu Boden fallen. »Welche Farbe?«

»Blau«, sagte er. Als er von der Blume aufblickte, waren die Kranichfrauen verschwunden. Er drehte sich hastig um, versuchte im Nebel einen Blick zu erhaschen. Aber sie hatten ihn verlassen.

Die Blume war gelb.

Ein tiefes anschwellendes Summen erfüllte die Luft, der Nebel geriet in Wallung und wurde in durchscheinenden Spiralen fortgeblasen. Das Gras wurde niedergedrückt, als ob ein riesiger Hubschrauber zur Landung ansetzte, und jähe Windstöße fuhren ihm durch die Kleider.

Michael wich ein paar Schritte zurück und stieß gegen einen aufrecht stehenden, rechteckig behauenen Stein, der ungefähr so hoch war wie er selbst. Ein paar Schritte weiter ragte ein zweiter aus dem Nebel. In beide waren eingekreiste Hakenkreuze gemeißelt, die einander gegenüberstanden. Das Gras dazwischen war frisch gemäht.

Je mehr der Nebel sich lichtete, desto offensichtlicher wurde, daß zwischen den Steinen eine Art Pfad verlief; kein Pfad jedoch, der von Pferden, Zweibeinern oder gar Wagen benutzt wurde. Das Gras war nicht zertreten – nur säuberlich kurzgeschnitten.

Wieder kamen das Summen und die Empfindung, daß sich über ihm etwas bewegte. Die feinen Haare auf seinen Armen standen auf, und ein Prickeln überlief seinen ganzen Körper.

An der Grenze der Sichtbarkeit waberte etwas Weißes, einige Schritte abseits vom Pfad. Es löste sich aus dem Nebel und glitt dahin, eine menschenähnliche Gestalt von der Mitte aufwärts, darunter ein undeutlicher Nebelstreif. Die Erscheinung glitt vorüber, als ob Michael nicht existierte, und verschwand wieder im Nebel.

Die Sidhe der Luft, dachte Michael – ein Meteorale, wie derjenige, den er auf der Straße bei Lamias Haus gesehen hatte. Er hob seinen Stock auf und eilte zum Rand des Pfades, wo er fröstelnd im höheren Gras niederkauerte und versuchte, sich unauffällig zu machen.

Andere flogen vorbei, und er sah deutlich, wie die Nebel in ihrem Kielwasser durcheinanderwirbelten. Sie waren nicht substanzlos, aber er konnte beinahe durch sie hindurchsehen. Wenn das Sonnenlicht gedämpft durch den Nebel drang, warfen sie nur die Ahnung eines Schattens. Ihre Köpfe schwebten gute drei Meter über dem Boden, und ihre Proportionen schienen dieser Größe angemessen. Anfangs konnte er nicht unterscheiden, ob sie männliche oder weibliche Züge hatten, doch wurde ihm bald klar, daß sie alle weiblich waren, mit schmalen scharfgeschnittenen Gesichtern, die einen düsteren Ausdruck zeigten. Bald kam ein nicht abreißender Strom von Meteoralen den Weg entlang, und ihre Gestalten zeichneten sich immer deutlicher ab, als die Sonne den Nebel allmählich auflöste.

Anfangs schenkten sie ihm keine Beachtung. Trotzdem versuchte er sich im tieferen Gras zu verkriechen, wobei sein Knie einen trockenen Zweig zerbrach. Er knackte laut. Sein Herz krampfte sich wie eine Faust um sein Blut.

Der Strom der Meteoralen verstreute sich in alle Winde. Michael hörte Gewisper über sich, dann rings herum, als hätten sie sich neu formiert und senkten sich auf ihn herab. Unmittelbar vor ihm schimmerte und knisterte es in der Luft. Seine Haut prickelte schmerzhaft, als etwas wie ein weißer Windstoß sein Blickfeld ausfüllte. Er gewann einen flüchtigen Blick in ein gräßliches, zorniges langes Gesicht, das in einem Schrei verzerrt war, sah zu Klauen geformte Finger. Seine Wange brannte, und er drückte die Hand dagegen. Als er sie wegnahm, waren seine Finger blutig.

»Sed ac, par na antros sed via?« Die Stimmen kamen aus allen Richtungen, von einer zischenden Menge, ausgestoßen wie ein kalter pfeifender Wind.

»Du bist auf einem Weg«, raschelte eine weichere, doch nicht weniger bedrohliche Stimme neben seinem Ohr. Er fuhr herum und sah eine Meteorale gebeugt im Gras. Die Grashalme schienen sie zu durchdringen. Er spürte ihren Atem im Gesicht, der süß wie Äther war. »Du bist der Mensch aus dem Haus des Isomagus, nicht wahr?«

Michael nickte. Seine Beine waren wie gelähmt und eingeschlafen; das Prickeln ging bis in die Schenkel hinauf.

»Du solltest nicht hier sein.«

»Die Kranichfrauen ...«

»Haben keine Macht über uns.« Das Gesicht schimmerte und streckte sich, wurde noch fürchterlicher. Die Augen waren groß und die am meisten stofflichen Merkmale des Gesichts vollständig weiß und ohne Pupillen. Eine Hand hob sich zur Seite seines Kopfes, und die Finger streckten und krümmten sich. Blut von seiner Wange tropfte auf die Jacke.

»Sie brachten mich her. Sprich mit ihnen ...«

»Wir verabscheuen Mischlinge ebenso, wie wir euch verabscheuen.«

Das Gesicht verschwand. Michaels Beine waren taub und unfähig, ihn zu tragen. Er fiel beim ersten Schritt ins Gras und schrie durch zusammengebissene Zähne, als die Schmerzen der wieder in Gang kommenden Blutzirkulation seine Beine peinigten. Er sah zu den Blutstropfen auf seiner Jacke und bemerkte, daß seine Kleidung in Streifen geschnitten war. Sogar das Leder seiner Schuhe war zerfetzt.

»Hilf mir!« murmelte er mit tränenerstickter Stimme, als er vom Weg fortkroch. Bei jeder Bewegung blieben Fetzen seiner Kleidung zurück. »Bitte hilf mir, Gott, bitte bring mich zurück ...«

Ein langer perlweißer Streifen bildete sich über seinem Kopf. Er blickte auf, krümmte sich in Erwartung neuer Schmerzen und sah einen Reigen von Meteoralen im Flug auf ihn herabstoßen und dicht über ihm vorübersausen. Jedes Gesicht zeigte einen neuen Ausdruck von Neugierde, Zorn, Gereiztheit, sogar Erheiterung. Und mit jeder vorbeisausenden Luftgestalt gingen seine Kleider mehr und mehr in Fetzen. Die herabhängenden Arme der Meteoralen zogen wie Rauch über ihn hin und schlitzten und schindeten.

Er schloß die Augen, drückte sich auf den Boden und barg das Gesicht in den Armen, gewiß, daß er sterben würde. Er wollte es nur nicht geschehen sehen. Wo waren die Kranichfrauen? Hatten sie ihre ganze Arbeit getan, die wochenlange Ausbildung, nur um zuzulassen, daß er wie eine Mortadella in einem Delikatessengeschäft aufgeschnitten wurde?

Ein kalter Luftstrom strich ihm über den nackten Rücken. Jacke und Hemd waren vollständig von ihm gefallen. Der erste brennende Schmerz stellte sich ein, langsam und peinigend, als etwas ihm reißend den Rücken entlangfuhr. Nein. Angst und Anspannung entluden sich in einem Zornesausbruch. Die gottverdammten Schinder, warum mußten alle so grausam sein, so haßerfüllt? Er haßte sie nicht, in Gottes Namen, mochten sie auch Bestien sein.

Plötzlich schien er anderswo zu sitzen, zu beobachten, aber nicht gegenwärtig, sondern inmitten einer unglaublichen Stille und Ruhe zu sein. Manchmal, wenn Gedichte so rasch seiner Feder entflossen, daß er nicht sagen konnte, woher sie kamen, hatte er das gleiche Gefühl gehabt.

Es war eine Art Loslösung, in den Händen wie im Kopf. Er sah sich aufstehen, mit seinem Stock durch die Luft fahren und Grimassen schneiden. Er schien die Sidhe anzugrinsen, die ihn umschwebten.

Der Stock war von geringem Nutzen. Er würde aus dem Chaos Vorteil ziehen müssen. Blaue, gelbe, in Wahrheit rosa Blume.

Gras, tatsächlich, und Luft, hier an Ort und Stelle!

Er rannte los, hielt den Stock vor sich, während seine Knie das hüfthohe Gras mühelos zerteilten. Ein Teil seines Selbst war zurückgeblieben wie die dunkle Tarnungswolke eines Tintenfisches. Es war nicht magisch, aber interessant: Die Meteoralen schienen nicht zu bemerken, wo er wirklich war.

Nackt lief er durch Sonnenschein und warme sanfte Brisen; die Beine arbeiteten wie von selbst, die Lunge atmete gleichmäßig und ohne Anstrengung, das Herz pochte ruhig und kraftvoll. Er stellte sich sein Herz als einen grollenden Löwen vor, eingerahmt von einer im Wind flatternden Mähne. Er sah sich als eine Gazelle, ein Pferd, das im gestreckten Galopp dahinjagte. Das Grasland floh unter ihm, in Angst vor seinen Füßen; er war der Mittelpunkt, und das Reich mußte ihn erdulden, nicht umgekehrt.

Meteorale flankierten ihn. Er wich aus. Blaue Blume, rosa Blume.

Hier, erkannte er im Unterbewußtsein, konnte man den Geist zu Leistungen bringen, die auf Erden unmöglich waren. Weil Adonna kein gereifter Gott war und das Reich noch nicht vervollkommnet. War es dies, was die Kranichfrauen ihm beibringen wollten?

Er schlug Haken und ließ Schatten zurück. Die Meteoralen waren weiter entfernt als zuvor und kreisten wie wirbelndes Schneetreiben um einen der Schatten.

Noch lange, nachdem er seine Flucht geglückt sah, lief er weiter. Er fühlte sich leicht und wie körperlos, nur Augen. Seine Muskeln verrichteten ihren Dienst nahezu unvermerkt, und nur der Stab, den er vor sich hielt, schien Realität zu besitzen. Er war der Stab, und sein Körper war der Kometenschweif seines Fluges.

Er strauchelte, fiel und überschlug sich; Gras und Erde gerieten ihm in den Mund, und er überschlug sich, daß der Stock ihm schmerzhaft die Rippen prellte. Er kam auf alle viere, aber die ausgebreiteten Arme gaben nach, und wieder fiel er aufs Gesicht.

Auf einmal beherrschte ein umfassender Schmerz seine Wahrnehmungen. Sein Körper schien wie in Flammen, verzehrte sich, schrumpfte und zerfiel zu Asche, seine Sicht trübte sich in blutrotem Nebel.

Und die Angst kehrte wieder. Sein Herz war kein Löwe mehr, sondern eine kleine, zusammengerollte Schlange. »Lieber Gott«, keuchte er. »Bitte, lieber Gott ...«

»Still!« Spart stand vor ihm, die Hände in die Hüften gestemmt, die Ellbogen wie die Flügel eines Vogels ausgestellt. Sie beugte sich nieder und befühlte mit besorgt gerunzelter Stirn seine Arme und seinen Rücken. Er hörte Nare und Cum miteinander murmeln.

»Du hast deine Sache gut gemacht«, sagte Spart. »Viel zu gut, tatsächlich.«

Der quälende Schmerz und die Angst ließen allmählich nach. War es Nacht?

Nein.

17

Wollten sie ihn tot sehen? Warum hatten sie ihn zwischen den Markierungssteinen verlassen? Um ihn aus dem Weg zu haben, damit sie sich auf Biri konzentrieren könnten? Oder steckte etwas anderes dahinter – eine Verschwörung, vielleicht –, wovon Michael nichts wußte?

Als er die Augen öffnete und zum Dach seiner Hütte aufblickte, schien alles wie ein übler Traum. Im Reich gab es jedoch keine Träume ... vielleicht weil man innerhalb eines Traumes nicht träumen kann. In der Phantasie ist alles möglich. Alles kann erreicht werden, hat man die Kontrolle über die Lebensbedingungen. War es das, was die Kranichfrauen ihm damit klarmachen wollten?

Spart beugte sich über ihn, und ihr plötzliches Erscheinen ließ ihn zusammenschrecken. Er hatte nicht bemerkt, daß sie in der Hütte war.

»Ich war gut, was?«

»Hast wieder überlebt«, sagte Spart lakonisch. »Wenn du bewußt und gewollt tun kannst, was du tatest, wirst du annehmbar sein.«

»Was habe ich getan?«

»Hinaussehen. Auf Cascar, *evisa*. Du warst ein Schatten. Erinnerst du dich, wie es war?«

Er versuchte sich des Gefühls zu entsinnen, wie jemand, dem es einmal unbewußt gelungen ist, mit den Ohren zu wackeln, nachher vergeblich versucht, den Muskel zu finden, der es bewirkt. Er hatte jedoch nie mit den Ohren – oder mit der Nase – wackeln können. Daheim hatte er oft vom Fliegen geträumt. Es war so einfach gewesen; er brauchte nur einen bestimmten Nackenmuskel zu spannen, und schon sah er sich einen, zwei Meter vom Boden abheben, ohne irgendeine

Anstrengung zu spüren. Beim Erwachen gelang es ihm nie, die Technik wiederzuentdecken.

»Ich bin wach«, sagte er. Spart nahm die Hand von seiner Brust. »Vielleicht werde ich es einfach tun, wenn es wirklich nötig ist.« Er setzte sich aufrecht.

»Wie aber, wenn du nicht weißt, daß du es brauchst, bis es zu spät ist? Du bist noch ein Anfänger. Mach dir keine zu großen Hoffnungen!«

»Welche Hoffnungen? Seit ich hierher kam, habe ich mir nie eine Hoffnung gemacht.«

»Ah!« Spart entblößte ihr schwarzes Zahnfleisch und die langen Zähne. »Du hoffst auf diese *geen.*«

»Wen?«

Er fühlte sich matt und sank aufs Lager zurück. Als er den Kopf wandte, sah er, daß die zwei anderen auch da waren, Nare auf der einen, Cum auf der anderen Seite. *»Ba«,* sagte Cum, *»Dan.«* Und sie schnalzte. Nare beugte sich über seine Beine.

»Abgesehen von ein paar Prellungen und Kratzern fehlt mir nichts«, sagte Michael.

»Etwas«, sagte Cum, »hat etwas getan.«

»Was?«

»Aufstehen. Hinaus.«

Er rappelte sich auf und tappte zum Ausgang. Er merkte, daß er nackt war, und wollte nicht ins Freie, aber Spart stieß ihn durch die Öffnung, und gemeinsam zogen sie ihn an den Armen weiter, bis er in der Mitte der Bodenerhebung stand. »Fühlst du was?« fragte Spart, während sie ihn umkreisten und mit den Augen absuchten. Cum machte leise schnalzende Geräusche. »Irgend etwas Sonderbares?«

»Nein. Nichts. Warum?«

»Gib lieber acht!« sagte Nare knapp. »Wo ist es?«

»An einem seiner Gliedmaßen wahrscheinlich«, sagte Spart. »Versteckt sich.«

»Daggu«, sagte Cum, und es klang wie ein Fluch. Er war schmutzig, beschmiert mit dem Saft von Gräsern, mit Blut und Schweiß, aber er fühlte sich nicht sehr verletzt. Immerhin gab ihm die Art und Weise zu denken, wie die Kranichfrauen ihn betrachteten: mit verkniffenen, angespannten Mienen. Cum beugte sich über seine Wade, hielt die linke Hand darüber, machte langsame Gelenkigkeitsübungen der Finger und stieß plötzlich zu seinem Knöchel hinab, wo sie etwas pflückte und auf Armeslänge von sich hielt.

»Siehst du es?« fragte Spart.

»Was?« Er versuchte zu erkennen, was Cum in den Fingern hielt, war aber zu nervös, um nahe genug heranzugehen.

»In der Sonne«, sagte Nare. Etwas glänzte in Cums langen Fingern. Es war ungefähr fünf Zentimeter lang. Er kniff die Augen zusammen und versuchte die Umrisse auszumachen. Es ähnelte einem schlanken Krebs, war durchscheinend und fast unsichtbar. Beschmutzt, wie er war, hätte er es wahrscheinlich überhaupt nicht bemerkt; gespürt hatte er es gewiß nicht.

»Was ist es?« fragte er, von einem Frösteln überlaufen.

»Diese Nacht hätte es dich im Schlaf getötet«, sagte Nare. »Es ist ein Geschenk von den Meteoralen. Wenn sie eines von diesen einem anderen Sidhe geben, erzeugt der Biß mystische Träume. Menschen können hier nicht träumen, also tötet es sie.«

»Mein Gott!« murmelte Michael.

»Denk daran«, sagte Spart, die ihn aufmerksam beobachtete. »Du kannst hier nicht träumen. Es gibt keine Träume.«

Cum trug das kleine Tier in ihre Hütte. »Es wird uns heute nacht unterhalten ... und dann werden wir es unserer Sammlung hinzufügen.«

Biri hatte dies alles vom Eingang seiner Hütte beobachtet. Nun ließ er die Flechtmatte wieder herunter, und Michael stand allein und nackt, hohl wie ein toter Baum.

In seiner Hütte, in einer Ecke zusammengelegt, lagen Kleider zum Wechseln. Hosen, Hemd und Stoffschuhe ähnelten den Kleidungsstücken der Kranichfrauen, waren aber noch abgetragener und zerlumpter. Immerhin waren sie sauber. Er zog die Sachen an. Der Sitz war leidlich.

Michael verspürte wieder die mittlerweile vertrauten Empfindungen von innerer Anspannung und Hilflosigkeit. Er hatte überlebt. Er hatte etwas getan, was er selbst nicht recht verstand und von dem er nicht wußte, ob er es jemals wiederholen könnte; aber angesichts der Geheimnisse dieser Welt hatte er nicht viel gelernt.

Gelernt hatte er, daß den Kranichfrauen wenig an seiner Sicherheit gelegen war – oder sie waren hinreichend verrückt, ihn in Situationen zu bringen, die ihn leicht das Leben kosten konnten.

Als er das nächste Mal die Hütte verließ, sah er, daß der Himmel hell wurde. Er hatte nach seinem Erlebnis den ganzen Tag und die Nacht verschlafen. Nachdem er das von Nare neben den Hütteneingang gestellte Frühstück aus Haferbrei und einer Frucht gegessen hatte, ging er zum Baden an den Bach. Er wusch sich die trokkenen Gräser und Flecken ab, spülte sich durch Untertauchen ab, trocknete sich zitternd in der kühlen Morgenluft. Dann wanderte er zu einem ruhigen Wasserloch in einer Schleife des Baches und betrachtete sein Spiegelbild.

Seine Wange war geschwollen, und die Kratzer zeichneten sich rosa und ein wenig schwielig ab, aber sie schienen keine Entzündung zur Folge zu haben. Seine Stirn zeigte eine Abschürfung, ebenso wie Oberkörper und Beine.

Als er sich angezogen hatte, kam Biri zu ihm. »Sie haben mit dir gespielt. Nicht die Kranichfrauen – die Meteoralen.«

»Alle spielen ihre Spielchen mit mir.«

»Wenn sie dich wirklich hätten töten wollen, wärst du nicht entkommen.«

»Vielleicht versuchten sie mich umzubringen, und ich bin bloß besser als alle denken.«

Biri schüttelte ernst den Kopf.

»Verdammt, niemand glaubt, daß ich zu etwas tauge! Warum kann ich nicht etwas richtig machen und dafür Anerkennung finden?«

»Weißt du, was du tatest?«

»Ja. Ich überlebte. Das haben wir schon alles besprochen.«

»Die Kranichfrauen haben ...«

»Es ist mir gleich, was sie getan haben. Ich bin hier nicht erwünscht. Sag ihnen«, sagte er und nickte zur Hütte, »sag ihnen, daß ich die Nacht mit meinesgleichen verbringen werde. Nicht mit Mischlingen – und nicht mit Sidhe«, fügte er nach kurzem Zögern hinzu.

»Ich werde es ihnen sagen. Und morgen?«

»Darüber werde ich mir später den Kopf zerbrechen.«

»Was wird Lamia tun?« fragte Biri.

»Was weißt du von ihr? Und was kümmert es dich? Ich will nicht hier sein, das ist alles.«

Biri schaute ihm nach, als er auf den Trittsteinen über den Bach sprang und westwärts wanderte. In einer fadenscheinigen Tasche trug er sein Buch bei sich; bei jedem Schritt schlug es ihm gegen die Hüfte.

In Euterpe fand Michael nach kurzer Suche die Gasse, zu der Savarin ihn geführt hatte, und stieg die Treppe zu Helenas Wohnung hinauf. Er klopfte an den Türrahmen, erhielt jedoch keine Antwort. Er wartete eine Weile, bis er zu der Überzeugung kam, daß seine Pechsträhne noch nicht zu Ende sei, stieg die Treppe hinunter und wäre beinahe mit ihr zusammengeprallt.

»Michael! Was ist mit dir geschehen?« Sie hob die Hand und berührte seine geschwollene Wange mit den Fingerspitzen.

»Ich verlasse die Kranichfrauen«, sagte er. »Ich will in der Stadt leben. Ich dachte, du könntest mir vielleicht helfen, eine Unterkunft zu finden.«

»Vielleicht. Vielleicht kann Savarin dir helfen.«

»Ich dachte ...« Er war zu sehr auf den Gedanken fixiert, als daß er an taktische Schlauheit hätte denken können. »Ich dachte, ich könnte vielleicht hierbleiben.«

»Oh, das glaube ich nicht«, sagte Helena und lächelte. Sie zupfte ihn am Ärmel. »Komm mit, gehen wir zu Savarin!«

In der Herberge erfuhren sie, daß Savarin Unterricht gab. »Warum hast du dich entschlossen, von dort fortzugehen?« fragte Helena, als sie durch die Straßen gingen.

»Ich hab's satt«, sagte er. »Ich möchte nur irgendeine Möglichkeit finden, wieder nach Haus zu kommen.«

»Das möchten wir alle«, erwiderte Helena. »Aber die meisten von uns haben gelernt, sich damit abzufinden, daß es keine Rückkehr gibt.«

»Jemand könnte uns zurückschicken.«

»Das ist bisher noch nicht geschehen. Was haben sie mit deinem Gesicht gemacht?«

»Sie nahmen mich mit auf eine Wanderung und ließen mich auf einem Weg der Meteoralen im Nebel stehen. Als die Meteoralen kamen, hätten sie mich um ein Haar umgebracht. Angeblich gehörte es zur Ausbildung.«

Helena schüttelte mitfühlend den Kopf.

Die Schule war in schlechterem Zustand als die meisten anderen Gebäude der Stadt. Es gab keine Fenster in den gemauerten Öffnungen, und die Tür hing schief in einer Angel. Aus dem Innern drang Savarins wohlklingende Stimme in den klaren sonnigen Morgen heraus.

Sie warteten, bis Savarins Unterrichtsstunde, die er größtenteils in französischer Sprache gab, zu Ende war. Fünf Stadtbewohner, die am Unterricht teilgenommen hatten, kamen mit resignierten Mienen herausgeschlurft. Savarin erschien hinter ihnen in der Türöffnung und hob grüßend die Arme. »Meine Schäflein«, sagte er und wies auf die Rücken der fünf. »Die fleischgewordene Begeisterung.«

»Michael braucht eine Unterkunft«, sagte Helena.

»Warum? Du hast deine Hütte draußen beim Mischlingsdorf.«

»Ich will nicht dort bleiben«, sagte Michael. »Ich verlasse die Kranichfrauen.«

Savarin zog die Stirn in Falten. »Das ist nicht gut. Ich fürchte, es gibt für dich keine Bleibe in der Stadt. Du hast keine Arbeit, und Arbeit ist wichtig. Und es fehlt an Unterkünften selbst für diejenigen, welche hier leben.«

»Ich kann arbeiten.«

»Du verstehst nicht, Junge«, sagte Savarin geduldig. »Lamia schickte dich zu den Kranichfrauen. Die Einwohner blicken mit Ehrfurcht zu Lamia auf, ganz gleich, wie respektlos sie sich über sie äußern mögen. Wenn du sie kränkst, gibt es hier keinen Platz für dich. Geh zurück!«

Michael schüttelte den Kopf.

»Savarin hat recht«, sagte Helena. »Ich bin erst seit kurzer Zeit hier, aber ich habe gelernt, die Dinge zu nehmen, wie sie sind. Glaub mir, Auflehnung hat keinen Sinn.«

»Kann ich nicht bei dir wohnen?« fragte Michael und blickte von ihr zu Savarin und zurück. Helenas mitfühlendes Lächeln begann zu schwinden.

»Du bist jung«, sagte Savarin. Ehe er fortfahren konnte, wandte Michael sich ab. Der Gedanke an weitere Belehrungen war ihm unerträglich.

»Ich weiß, ich bin jung, ich bin dumm, ich bin ungeschickt«, sagte er. »Na und? Ich brauche eine Bleibe. Ich brauche etwas Freiheit.«

Savarin lachte bitter. »Freiheit? Zeig mir einen Menschen im ganzen Reich, der Freiheit genießt. Warum solltest du anders sein?«

»Ich wollte nicht herkommen! Auch hat mich die Musik nicht hierher geführt.«

»Nein«, sagte Savarin. »Du bist aus freien Stücken hierher gekommen. Du wußtest, daß du anderswo herauskommen würdest. Du bemühtest dich angestrengter als wir, hierherzukommen. Nun mußt du dich nach der Decke strecken; du bist hier etwas weniger frei als dort, wo du herkommst. Hier in der Stadt gibt es keinen Platz für dich.« Er versuchte die Wirkung seiner Worte abzumildern, indem er hinzusetzte: »Nicht, daß wir dich nicht aufnehmen wollten, wenn wir könnten. Aber gegenwärtig befinden die Dinge sich in einem sehr heiklen Gleichgewicht.«

»Wir können uns nicht leisten, das Boot, in dem wir alle sitzen, mutwillig zu schaukeln«, sekundierte ihm Helena.

»Ich könnte dir vielleicht etwas zu essen besorgen«, sagte Savarin.

»Ich auch«, sagte Helena. »Und vielleicht ein paar bessere Kleidungsstücke. Woher hast du diese da?«

Michael antwortete nicht. Er schaute bittend auf Helena, hatte aber bereits erkannt, daß seine wenigen Hoffnungen zunichte geworden waren. Ohne ein Wort machte er kehrt und ließ die beiden stehen.

»Michael ...«

Er fing an zu laufen. Die vertrauten Freuden und

Schmerzen körperlicher Anstrengung sollten ihn erfüllen, seine Sorgen auslöschen. So legte er den größten Teil der Strecke zum Mischlingsdorf zurück, ehe er langsamer wurde und ging.

Er wußte nicht einmal mehr, wer er war. Früher war er der begabte Sohn gutsituierter, talentierter Eltern gewesen, hatte in einer wohlhabenden Gegend in einer berühmten Stadt gewohnt und gehofft – versucht –, ein Dichter zu werden. Jetzt war er zerlumpt, zerschlagen ... doch stärker und schneller, und er war gezwungen worden, etwas durchaus Großartiges zu tun, wenn er nicht sterben wollte. Er wußte nicht, wer seine Freunde waren. Er zürnte Savarin und Helena, machte ihnen aber nicht wirklich ihre Haltung zum Vorwurf ...

Es war hart, in dieser Welt zu leben.

Er erreichte den Marktplatz des Dorfes. Die Bewohner schenkten ihm wenig Beachtung; er war nicht ihre Sorge. Aber Eleuth sah ihn von dem Stand, wo sie Stoff für eine Kundin einwickelte, und ein Lächeln erhellte ihre Züge. Als sie seine Abschürfungen und die geschwollene Wange sah, wurde das Lächeln zu einem besorgten Blick. Sie gab die eingewickelte Ware der hochgewachsenen Frau, die sich bedankte und Michael im Vorbeigehen mit einem strengen Blick bedachte.

»Hallo«, sagte Michael.

»Sie haben dich wieder auf die Probe gestellt«, sagte Eleuth und ließ sich vor ihm auf einen Hocker nieder. Wenn sie stand, war sie mehrere Handbreit größer als er. Auf dem Hocker war ihr Gesicht auf einer Ebene mit seinem

»Wie hast du es erraten?« Er lächelte und hob seine in Fetzen hängenden Ärmel.

»Und man will dich nicht in Euterpe wohnen lassen.«

»Hast du gesehen, daß ich hinging?«

Sie schüttelte den Kopf. »Ich lerne, weißt du. Sehr

langsam, sehr mühsam, aber wenn ich dich anschaue, kann ich mir ein wenig von alledem zusammenreimen, was geschehen ist. Warum hast du sie verlassen?«

»Ich will nicht sterben«, sagte Michael. »Und ich glaube, es würde ihnen wenig ausmachen, wenn ich bei ihren Prüfungen draufginge.«

»Vielleicht irrst du dich«, sagte Eleuth. »Aber bleib hier. Ich habe noch eine Weile zu tun.«

»Ich weiß nicht, wohin ich sonst gehen sollte«, sagte er.

Eleuth lächelte. »Bleib nur hier bei mir. Du kannst helfen. Solange sie dich lassen.«

Sie kehrte an ihren Stand zurück. Michael schaute ihr nach, und plötzlich überkam ihn eine ganz neue Art von Panik. Was sollte er tun, wenn er mit einer Halbblutfrau unter einem Dach hauste?

Was würde sie von ihm erwarten?

18

»Ich schließe jetzt«, sagte Eleuth, als Dämmerung sich auf das Dorf senkte. »Der heutige Tag scheint kürzer als sonst, nicht wahr? Adonnas Laune, nehme ich an.«

Sie zeigte ihm, wie er die Warenkörbe von den Plankentischen zu nehmen und wohin er sie im Schuppen zu stellen hatte, damit sie vor den Elementen geschützt waren. Er half ihr, eine Zeltbahn über diejenigen Waren zu breiten, die wegen ihres Gewichts an Ort und Stelle blieben. »Wird hier nichts gestohlen?«

»Gewiß«, antwortete Eleuth. »Aber selbst Mischlinge können sich ein paar Sicherheitsvorkehrungen leisten.« Sie erklärte nicht weiter, was damit gemeint war, sondern lächelte ihm nur zu, als sie das Tor zum Marktplatz schloß. »So. Wann hast du zuletzt etwas gegessen?«

»Heute früh«, sagte er. Bisher war es ihm nicht aufgefallen, aber die Erinnerung weckte seinen Hunger.

»Ich habe Suppe gekocht, ein einheimisches Gericht ... Hoffentlich wird sie reichen. Und gut genug für dich sein.«

Das Haus neben dem Marktplatz war bald erhellt von Öllampen und Kerzen, und im Herd wurde ein Feuer angefacht. Eleuth legte Brot zum Wärmen auf die Ziegel der Herdstelle und rührte in einem Topf, der über der Feuerstelle hing. Sie bot Michael einen Becher Wasser aus einem Stoffbeutel an, das durch Verdunstung gekühlt war, und forderte ihn auf, sich auf einen der beiden Holzstühle zu setzen.

»Wie alt bist du?« fragte Michael, als sie den Tisch deckte.

»Ach, das ist hier keine definitive Sache.«

»Kannst du schätzen?«

»Nicht viel älter als du, nach dem Aussehen zu urteilen.«

»Aber ich bin sechzehn, und du bist ... größer.«

»Das ist natürlich für ein Halbblut. Wir wachsen sehr schnell auf.«

»Dein Vater war Halbsidhe?«

Sie nickte. »Meine Mutter war ein Mensch. Sie ist lange tot. Ich erinnere mich nicht sehr deutlich an sie. Nun, wäre ich ein reinblütige Sidhe, so würde ich mich entweder an alles oder an nichts erinnern, je nachdem, wie meine Entscheidung es wollte.«

»Ich komme mir hier so dumm vor«, vertraute er ihr an. Eleuth setzte ihm eine Keramikschale mit Gemüsesuppe vor. Sie duftete würzig und war es auch; als er ein paar Löffel davon genommen hatte, brannte ihm die Zunge.

»Brot?« fragte sie. Er suchte sein Unbehagen zu verbergen, indem er auf dem dauerhaften braunen Krustenbrot kaute. »Wir alle lernen hier, immerfort«, sagte sie und setzte sich ihm gegenüber. »Ist das nicht überall so? Dort, wo du herkommst, wird es sicherlich in noch stärkerem Maße so sein. Ich meine, wer sterblich ist, muß an die Endlichkeit seines Lebens denken und seine kurzen Jahre dem Bemühen um die Erweiterung des eigenen Wissens und der Erkenntnis widmen.«

»Kann sein, ja.« Er löffelte weiter seine Suppe, und seine Geschmacksknospen schienen sich an das scharfe Gewürz zu gewöhnen. Die Wärme stieg in ihm empor, und Schweißperlen traten ihm auf die Stirn.

»Was mich betrifft, ich bin nicht sehr intelligent, selbst für ein Halbblut nicht. Nach den Maßstäben der Sidhe bin ich sehr langsam. Ich hatte einen guten Vater, der sich sehr um mich bemühte, aber ich glaube, ich war eine Enttäuschung für ihn.«

»Hätte er lieber einen Sohn gehabt?«

Eleuth lachte. »Ach nein! Sidhe ziehen stets Töchter vor. In einer Familie mit Töchtern ist die Magie mächtiger. Aber in meinem Fall erbte ich sehr wenig.«

»Was kannst du mit deiner Magie anfangen?« fragte Michael. »Ich habe einige Dinge gesehen, aber ...«

»Wir sollten lieber nicht darüber sprechen«, sagte Eleuth, nahm seine leere Schale und füllte sie wieder. »Du bist kein Halbblut. Ich bin nicht sicher, warum du hier bist und warum sie dich dulden. Weißt du es?«

Michael schüttelte den Kopf. »Ich wünschte, ich wüßte es. Das heißt, ich bilde es mir ein. Vielleicht würde ich es lieber nicht wissen, wenn ich die Gründe kennen würde.«

»Einmal mußt du es erfahren«, sagte Eleuth. Sie aßen schweigend, dann stand Eleuth auf, nahm die leeren Schalen und steckte sie in einen Topf voll Sand. Diesen drehte sie rasch auf einer Art Töpferscheibe und nahm dann die Schalen gesäubert heraus.

»Du kannst neben der Herdstelle schlafen«, sagte sie. Sie zog einen Wandteppich von seiner Haltestange und legte ihn am Boden aus, dann brachte sie zwei Decken und einen Umhang. »Der gehörte Lirg«, erläuterte sie. »Ich gehe jetzt schlafen. Am Morgen kannst du dir andere Kleider aussuchen. Gute Nacht.«

Er legte sich auf den Teppich und zog die Decken über sich. Eleuth löschte das Feuer und deckte es zu, dann schlüpfte sie durch den Vorhang in ihre Schlafkammer.

Er lag eine Weile, betrachtete den Widerschein der Glut an den Wänden und merkte, wie er allmählich zur Ruhe kam. Irgendwann fielen ihm die Augen zu.

Traumloser Schlaf schien keine Zeit einzunehmen. Er erwachte vom Geräusch leisen Schluchzens. Es war Eleuth. Übernächtig, ungewiß, was zu tun sei, setzte er sich am Boden auf und lauschte eine Weile, das Kinn auf den angezogenen Knien. Endlich stand er auf, behindert von den alten Kleidern, die ihn zwickten, wo er sich im Schlaf gewälzt hatte. Er tappte zum Vorhang.

»Eleuth?«

Das Schluchzen wurde leiser.

»Eleuth, was fehlt dir?«

»Es ist schon gut«, sagte sie mit gedämpfter Stimme. »Ich bin still.«

»Nein, was fehlt dir?«

Er zog den Vorhang beiseite und sah sie auf einem Strohsack in einem hölzernen Bettgestell liegen, die Decken bis zum Kinn hochgezogen. Der Schein einer Kerze glänzte auf den Streifen, die Tränen über ihre Wangen gezogen hatten.

»Ich kann mich nicht an alle Verkäufe erinnern«, sagte sie. »Ganz gleich, wie ich mir den Kopf zerbreche, ich kann die Beträge nicht behalten.«

Michael lehnte sich verschlafen an den Türpfosten. »Dann schreib sie auf Papier.«

»Ach nein!« seufzte Eleuth, und ein erneutes Schluchzen schüttelte sie. »Wir schreiben nichts auf. Es ist ... falsch. Lirg würde sehr enttäuscht von mir sein.« Sie wischte sich das Gesicht mit den Händen.

»Dann bist du eben anders. Jeder hat seine Besonderheiten.«

»Es ist schon gut«, sagte sie. »Leg dich wieder schlafen.« Sie lag auf dem Rücken und starrte zur Decke. Er ließ den Vorhang los.

»Michael?«

Er machte am Rand seines Nachtlagers halt. »Was?«

»Fürchtest du dich vor Mischlingen? Oder hast du eine Abneigung gegen uns?«

»Nein. Sie sind nicht schlimmer als Menschen. Und besser als Sidhe, soweit ich urteilen kann.«

Er hörte ihre bloßen Füße über den Boden tappen. Sie zog den Vorhang zurück und schaute zu ihm her. So standen sie einen langen Augenblick, dann winkte sie ihm, zu ihr zu kommen.

»Ich bin größtenteils menschlich«, sagte sie, als sie ihm die Decke hielt. Er wollte mit seinen Kleidern zu ihr ins Bett steigen, aber sie machte ein Gesicht und stieß ihn sanft zurück. »Nicht mit den Sachen«, sagte sie und knüpfte die Schnur auf, die ihm als Gürtel diente. »Zieh das Hemd aus. Du hast Besseres verdient.«

Seltsame Empfindungen bewegten ihn. Er war aufgeregt und schläfrig, ängstlich, doch ruhig. Sie lächelte, als er schüchtern sein Hemd ablegte, nahm ihn bei der Hand und zog ihn zu sich nieder. Dann küßte sie ihn auf die Stirn.

»Du bist müde«, sagte sie. »Heute nacht schlafen wir.«

»Ich will noch nicht schlafen«, sagte er. Er schob die Arme um sie, ballte das grobe, aber weiche Gewebe ihres Nachthemds in einer Faust zusammen. Er liebkoste ihren Hals, und sie hob das Kinn und schloß die Augen. Dann küßte er sie. Sie schmeckte etwas elektrisch, als ob er eine Münze leckte. Mit einer Hand löste er die Schleife an ihrem Nachthemd und entblößte ihre Brüste. Sie waren sommersprossig, und in der Höhlung dazwischen lag die Haut dünn über dem leicht welligen Brustbein. Er berührte ihre Haut behutsam mit einem Finger, dann rieb er das Gesicht an ihren Brüsten und fühlte ihre Wärme. Sie hielt seinen Kopf und drückte ihn an sich, küßte sein Haar.

»Süß«, sagte sie. »*Sona, dosa, sona.*«

»Was soll ich jetzt tun?« fragte er und blickte mit halbgeschlossenen Augen zu ihr auf.

»Schlaf, Michael«, murmelte sie und strich ihm über die Stirn. Sie kuschelte sich neben ihn, und er spürte ihr bloßes Bein an seinem. Er bewegte sich instinktiv, aber sie hielt ihn zurück. »Schlaf«, wiederholte sie, und er hörte kaum noch, wie sie es sagte.

Der Morgen begann als ein Flecken grauen Lichts am Fußboden. Michael schlug die Augen auf und betrachtete das Licht vom Bettrand, wo sein Kopf lag. Er wälzte sich auf den Rücken und sah Eleuth auf den Ellbogen gestützt neben ihm. Das herabhängende Haar verbarg ihre Hand. Sie lächelte und beugte sich über ihn, küßte ihn. »Du hast mich sehr warm gehalten«, sagte sie und fuhr mit der Hand über seinen Arm, so daß es prickelte.

Sie liebten sich. Es war die wundervollste und die einfältigste Sache. Sie hatte nichts von Lust an sich, nur von Bedürfnis. Sie lagen und hielten einander umarmt, und er betrachtete insgeheim ihre Brüste und ihren Magen, und sie freute sich insgeheim, daß er sie anschaute.

Schließlich stieg sie über ihn hinweg aus dem Bett, eine Hand zwischen ihren Beinen, tauchte ein weißes

Stück Stoff in einen Wasserkrug und säuberte ihn, dann schlüpfte sie in Hemd und Hose. »Heute ist kein Markttag«, sagte sie, »aber ich habe verschiedenes zu tun.«

Er blieb auf dem Strohsack liegen, halb unter den Decken, und sah zu, wie das graue Licht gelb wurde.

Es war eine der schönsten – nein, die schönste Erfahrung, die er bisher gemacht hatte. Davon war er ziemlich fest überzeugt. Er konnte sich nicht erinnern, etwas Schöneres erlebt zu haben, und doch ...

Es hatte seine Nachteile. Während der ganzen Zeit, die er hier verbracht hatte, war er niemals ganz ohne die Hoffnung geblieben, daß alles nur ein Traum sei, eine Langspielphantasie. Aber im Lauf seiner wenigen Pubertätsjahre war es ihm nie gelungen, eine so reale und lebendige Phantasie wie das zu erzeugen, was an diesem Morgen geschehen war.

Folglich phantasierte er nicht. Er hatte es mehr als geahnt. Der Nachteil war, daß es jetzt erwiesen war.

Dennoch ...

Eine gewisse Hohlheit blieb. Er war entspannt, als ob in ihm ein Knoten aufgegangen wäre, ein Knoten freilich, von dessen Existenz er bis jetzt kaum etwas gemerkt hatte. Er hatte sich seiner erfreut, und er fühlte, wie der Knoten sich wieder zusammenzog, als er sich ihres Genusses erinnerte. Der seinige war real, aber nicht aufregend gewesen, was sich durch Übung vielleicht bessern ließ. Ihrer war real und ausgedehnt gewesen.

Warum also die Hohlheit? Er konnte nicht den Finger darauf legen. Wie bei allem anderen, was ihm hier widerfuhr, war die Erfüllung (und das schien eine wahrheitsgemäße, wenn auch lächerliche Bezeichnung dafür) mit einem gewissen Unbehagen verbunden, mit der Ahnung drohenden Unheils.

Selbst wenn er den Rückweg in seine Heimat schaffte,

dieses Unbehagen, diese leichte innere Unruhe würde ihm bleiben.

Vielleicht gehörte das zum Erwachsenwerden. So sonderbar es scheinen mochte, der Umstand, daß er mit einem Mädchen geschlafen hatte, bewirkte nicht, daß er sich reifer oder erwachsener fühlte. Es war der vielleicht kindischste Teil des Erwachsenseins.

Er war wieder eingenickt, als Eleuth mit drei Früchten hereinkam. Sie reichte ihm zwei davon, und er lächelte ihr dankbar zu.

»Auf Erden gibt es eine Legende, wonach ich für immer hierbleiben muß, wenn ich davon esse.«

»Ich hätte nichts dagegen«, sagte Eleuth und setzte sich neben ihm auf das Bett. »Aber du hast hier bereits Früchte gegessen?«

Er nickte. »Könntest du mich die Sprache der Sidhe lehren?«

Sie überlegte und schüttelte nachdenklich den Kopf. »Das ist schwieriger als eine menschliche Sprache. Lirg versuchte sie meiner Mutter beizubringen. Nur die Sidhe verstehen sich wirklich darauf. Manchmal ist es nicht einmal eine Sprache in deinem Sinne.«

»Aber ich habe schon Worte herausgehört.«

»Ja. Aber bisweilen gebrauchen wir verschiedene Worte für dieselbe Bedeutung ... Und wenn wir uns verständigen, geschieht es häufig nur durch Einfühlung. Du erlaubst mir, deine Sprache zu gebrauchen. Durch Einfühlung – indem ich in deinen Geist sehe und die Worte finde. Ich wünschte, Lirg wäre hier, um es dir zu erklären.« Ihre Augen wurden wieder naß, und er legte den Arm um ihre Schulter. Sie faßte sich. »Was wirst du heute tun?«

»Ich glaube, ich werde zu Savarin gehen«, sagte Michael. »Zwar wollte er mir gestern nicht helfen, doch gibt es noch immer manches, was ich wissen muß.«

»Ich werde dich lehren, was ich weiß«, sagte Eleuth.

»Dafür bin ich dir dankbar, aber er wird imstande sein, manches deutlicher zu erklären. Er ist Lehrer.«

»Oh.« Sie aßen ihre Früchte. Nach einer Weile stand sie auf. »Kannst du mir hier helfen?«

»Gewiß«, sagte Michael. »Sag mir, was zu tun ist, bevor ich nach Euterpe gehe.«

Gemeinsam zählten sie Stoffrollen und Töpfe. Eleuth brachte ihm Hosen und Hemden zum Anprobieren, und er fand Sachen, die einigermaßen paßten. Geeignete Schuhe waren schwieriger zu beschaffen. Die Füße von Sidhe und Mischlingen waren meist länger und schmaler als menschliche Füße, doch zuletzt fand Michael ein Paar, das aus einer Art Segeltuch gemacht war und seine Zehen nicht allzusehr beengte. Eleuth sah mit einem unbestimmt verwunderten Ausdruck zu, als er darin herumstampfte und versuchte, sie zu weiten. »Das wird man mir daheim niemals glauben«, sagte er. »Elfen, die Tennisschuhe tragen.« Der Gedanke, seine Erlebnisse daheim zu erzählen, erheiterte ihn so sehr, daß er lachte. Es war das erste Mal, daß er in dieser Welt lachte. Eleuth lächelte.

Sie nähte ihm eine Tasche ins Hemd, damit er das Buch bei sich tragen könne, und als sie den Faden abbiß und einen Knoten machte, sagte sie: »Heute nachmittag erwarte ich eine Lieferung. Könntest du bis dahin zurück sein und helfen?«

»Freilich. Ich dachte, alles erschiene durch Zauberei aus dem Nichts«, neckte er sie und zeigte zu den Warenregalen im Lagerraum.

»Ach nein«, sagte Eleuth, und ihr langes Gesicht war bekümmert. »Ich bin nicht annähernd so geschickt.«

Er verließ sie gegen Mittag und ging in gemächlichem Schritt zur Stadt. Etwas in ihm hatte sich entspannt, aufgelockert; er konnte seine Beobachtungen ohne die nervöse Anspannung machen, die bis dahin vorgeherrscht hatte. Es schien, daß er jetzt die Zeit hatte, alles in der richtigen Perspektive zu sehen.

Er sah auch ein, daß er Eleuth bald würde sagen müssen, daß er nicht für alle Zeit bleiben konnte, daß er sie nicht liebte. Er war sich seiner Gefühle für sie nicht ganz klar; waren es Dankbarkeit, Zuneigung, war es ihre exotische Anziehungskraft? Was es auch war, es gab ein Vorstellungsbild, das er nicht aus seinem Gedächtnis tilgen konnte: das Bild der Kranichfrauen, unsterblich, aber wegen ihres menschlichen Erbes der Veränderung durch das Alter unterworfen. Wie lange würde Eleuth brauchen, um sich zu verändern?

Ein paar Dorfbewohner – ein Mann und zwei Frauen, alle offenbar älter als Eleuth, aber um wieviel älter, konnte er nicht sagen – lenkten ein Pferdefuhrwerk die Straße entlang. Sie passierten Michael, ohne von ihm Notiz zu nehmen, hielten die langen Köpfe hoch, und ihre stumpfbraunen Kleider wogten und raschelten leise, als sie vorbeigingen. Das Fuhrwerk hatte Speichenräder aus Holz und einen dauerhaft gearbeiteten, aber schmucklosen Rahmen.

Im Gasthaus kehrte Brecker gerade die kleine Diele, grüßte ihn freundlich und sagte ihm, daß Savarin oben in seiner Kammer sei. Michael stieg hinauf. Er hörte Savarin hinter der Tür aus Flechtwerk vor sich hinsummen. Michael klopfte an den Rahmen. »Ich bin's.«

Savarin öffnete die Tür weit und lächelte. »Ah, Michael! Ich hoffe, du hast uns vergeben?«

»Ja«, sagte Michael. »Ich habe im Mischlingsdorf eine Bleibe gefunden.«

Savarin spähte in den Korridor, um zu sehen, ob jemand folgte, bevor er ihn hereinwinkte. »Wir möchten, daß du uns verstehst; nichts liegt uns ferner als der Gedanke, dich kränken oder enttäuschen zu wollen.«

Michael nickte. »Ich weiß.« Er wollte nicht darüber sprechen, merkte aber, daß Savarin sich noch eine Weile über die Angelegenheit verbreiten würde. Er lehnte sich an den Rand des Waschtisches, vorsichtig, um ihn nicht umzuwerfen.

»Es ist nur so, daß wir vorsichtig sein müssen. Wir stehen zwischen Lamia und den Sidhe, unterliegen Regeln, die sich von Tag zu Tag ändern. Hast du mit den Kranichfrauen Verdruß gehabt?«

Michael schüttelte den Kopf. »Ich habe sie nicht gesehen. Ich bin hergekommen ...«

»Du mußt trotzdem vorsichtig sein. Wo wohnst du im Dorf?«

»Das tut nichts zur Sache«, sagte Michael. »Ich möchte, daß Sie mir beibringen, was Sie über die Sprache der Sidhe wissen. Ich komme hier nicht weiter, wenn ich nicht verstehen kann, was sie sagen.«

Savarin legte den Kof auf die Seite und zog die Brauen hoch. »Keine leichte Aufgabe. Man muß selbst Sidhe sein, um alle Dialekte und Feinheiten zu beherrschen. Ich würde sagen, daß die Ähnlichkeiten mit unseren Sprachen groß sind, aber die Syntax und die grammatischen Regeln sind sehr verschieden. So gebrauchen die Sidhe beispielsweise eine Metasprache, eine Sprache der Zusammenhänge. Und Cascar ist wie ein Mischmasch von hundert Mundarten und Sprachen. Sie haben einen unerschöpflichen Vorrat von Wörtern, die mehr oder weniger dasselbe bedeuten. Ich spreche es nicht gut. Manchmal kann ich mich verständlich machen, aber ...«

»Ich verstand die Sprache kurze Zeit«, sagte Michael. »Während des *Kaeli*. Eine der Kranichfrauen berührte meinen Kopf, und ich verstand alles, was sie sagten.«

»Und wie war das?«

Michael dachte zurück. »Wie Musikhören. Jedes Wort

schien das Äquivalent einer Note zu sein. Noten sind in der Musik immer dieselben, aber je nachdem, wie man sie kombiniert, klingen sie verschieden. Man kann sie verlängern oder verkürzen. Gebraucht man ein und dasselbe Wort in einem anderen Zusammenhang, so bedeutet es auch etwas anderes und klingt verschieden.«

»Vielleicht solltest du mich unterweisen«, sagte Savarin.

»Aber es war nicht von Dauer. Ich erinnere mich an nichts, was in der Nacht vor dem Sturm geschah, außer, was sie sagten ... und selbst das ist verschwommen und lückenhaft. Sie sangen, aber es war mehr wie ein Sprechgesang. Ich muß – ich muß mehr darüber wissen.«

»Weil du immer noch vorhast, das Reich zu verlassen?« fragte Savarin.

Michael blickte zur Seite und legte verlegen die Finger zusammen.

»Ich kann das nicht empfehlen. Vor allem wird Alyons Jagd auf dich machen. Kein Mensch kann seinen Läufern entkommen. Zum zweiten wird Lamia dir den bloßen Versuch übelnehmen – und wie ich bereits sagte, würde ich trachten, sie nicht vor den Kopf zu stoßen. Wie die Kranichfrauen sich dazu verhalten werden, weiß ich nicht; das ist ein Kapitel für sich.«

»Ich habe nicht viel darüber nachgedacht«, sagte Michael. »Ich wehre mich bloß. Ich will nicht anderer Leute Mündel und Verantwortung sein.«

»Danke deinem Stern, daß du es bist. Ich habe Leute gekannt, die hierhergekommen sind. Alyons nahm sie mit, und wir haben sie nie wiedergesehen – trotz des Vertrages! Wir wagen keine Einwände zu erheben. Niemand weiß, wohin und zu welchem Zweck er sie abführt. Aber du scheinst eine Vorzugsstellung zu genießen und geschützt zu sein. Er hat dich nicht genommen, selbst wenn er es versucht haben mag.« Er legte die Hand auf Michaels Knie und schaute ihm ernst in die Augen. »Geh zurück. Nimm die Ausbildung wieder auf. Ich bin ganz sicher, daß es zu einem bestimmten Zweck geschieht.«

»Ich sehe es nicht so«, sagte Michael.

Savarin zuckte die Achseln. »Dann laß uns über die Sprachen reden. Kennst du den Unterschied zwischen Cascar und Nerb?«

Michael verneinte.

Savarin erläuterte, daß Cascar eine jüngere, formal weniger erstarrte Sprache sei. Er glaubte, daß sie entstanden war, nachdem die Sidhe zur Erde zurückgekehrt waren, und daß es die Ursprache sei, aus der mehrere der großen menschlichen Sprachgruppen entstanden seien, von denen die bekanntesten, so Savarin, der indogermanischen Sprachgruppe zugehörten. »Sicherlich ist es kein Zufall, daß viele Wörter vertraut klingen«, sagte er. »Ihr Wort für uns Menschen – ein Wort, das sich, wie du bemerkt haben wirst, niemals verändert – ist *antros.* Manchmal nennen sie uns Mann – *viros,* wie wir es in viril wiederfinden – oder Frau, *geen,* eine Bezeichnung, die sie auch auf ihre Frauen anwenden –; aber als Art sind wir immer *antros.* Ein Schimpfwort, sozusagen.

»Was Nerb betrifft, so wird es nur von wenigen Mischlingen gesprochen, und von keinem der Sidhe, die ich kennenlernte.«

»Ich habe nicht viel darüber gehört, wenn überhaupt. Sagen Sie mir etwas in Cascar.«

»Pir na? Sed antros lingas ta rup ta pistr.«

»Was bedeutet das?«

»›Weshalb? Die Menschen reden, als hätten sie steinerne Zungen.‹ Das sagte mir einmal ein Halbblut. Lingas bedeutet sowohl Sprache wie auch sprechen und Zunge. Der Zusammenhang ist wichtig – und der Tonfall, wie im Chinesischen. Es gibt im Cascar noch andere Wörter für Sprache, nämlich essen mit der Zunge, spucken mit der Zunge, zaubern mit der Zunge. Vögel rufen mit der Zunge. Alle verschieden.«

»Wie lernen sie es?«

»Sie sind Sidhe«, sagte Savarin. »Es ist ihre Muttersprache, sie fällt ihnen natürlich zu. Aber nahezu jeder Sidhe und jedes Halbblut, die ich getroffen habe, kannte die eine oder andere menschliche Sprache, mit der ich vertraut bin. Saugen sie einem das Wissen aus dem Geist? Ich weiß es nicht. Aber sie sprechen in unserer Gegenwart nur Cascar, wenn sie nicht wollen, daß wir verstehen, oder wenn sie in kriegerischer Stimmung sind.« Er hielt inne, schaute mit beinahe trauriger Miene vor sich hin. »Es gibt eine weitere Sprache, von der ich andeutungsweise gehört habe. Weiß beinahe nichts davon, nur daß sie existiert. Einer ihrer vielen Namen ist Kesch. Eine nicht gesprochene Sprache, die in ferner Vergangenheit gebräuchlich gewesen sein soll. Nicht, wie man vermuten könnte, eine Art Gedankenübertragung, sondern etwas anderes.

Und um die Dinge noch verwirrender zu machen, ich spüre Hinweisen nach, daß die Sidhe auch menschliche Wörter übernommen haben, nämlich aus alten keltischen Sprachen und so weiter; die müssen sie während ihrer letzten Jahrhunderte auf Erden übernommen haben. Im ›Hudibras‹ von Samuel Butler ist ein Abschnitt, wenn ich mich recht entsinne ...« Er verzog das Gesicht in Konzentration und blickte zur Decke. »›Doch wenn es ihm gefiel, der Rede Kunst zu zeigen / Bracht die Hoheit des Klangs so manchen schon zum Schweigen:

Ein babylonisch Dialekt,
So den gelehrten Krämerseelen schmeckt;
Ein wunderlich buntscheckig Kleid
Geflickt aus Sprachen aller Zeit;
Da hört' man irisch, griechisch und latein
Wie Barchent zu der Seide Schein.
Sie hatt' ein' seltsam verworren Klang
Wie wenn er drei Teile in eines zwang;
So daß man wähnte, wenn er schwadroniert',
Der Turm zu Babel werde aufgeführt;
Oder in drei Sprachen zugleich verbinde
Der Zerberus, was sein Gebell verkünde.‹«

Michael seufzte. »Wir sind hier wie kleine Kinder.«

Savarin nickte. »Jetzt kannst du mir vielleicht verraten, warum sie uns nicht einfach alle abgeschlachtet haben.«

»Hassen sie uns so sehr?«

Savarin zuckte die Achseln, dann hellte sich seine Miene auf. »Kannst du mir etwas über den Rat von Eleu erzählen? Sagt dir der Name etwas?«

Michael konnte sich nicht erinnern, etwas darüber gehört zu haben.

»Dann hör gut zu. Dann paß gut auf. Du wirst mehr und mehr mit Mischlingen und Sidhe in Verbindung kommen, was deine persönlichen Wünsche auch sein mögen. Achte darauf, ob und wann die Bezeichnung fällt: ›Rat von Eleu‹. Und wenn du etwas erfährst, berichte mir gleich davon. Um auf deine Frage einzugehen, nein, nicht alle hassen uns. Und der Rat von Eleu hat etwas mit denen zu tun, die uns dulden.«

Etwas wie eine Erleuchtung fuhr Michael durch den Sinn, und er versuchte es festzuhalten und zu klären. Eine Gruppe hoher bleicher Gestalten, die über ihn sprachen. Etwas über sein Zimmer daheim bei den Eltern ... Aber es war fort, ehe er es fassen konnte. »Ich werde Ihnen Nachricht geben, wenn ich etwas höre«, sagte er. »Wie geht es Helena?«

»Gut«, sagte Savarin. »Sie sorgt sich, daß wir dir einen falschen Eindruck vermittelt haben, daß du uns grollst.«

»Ich grolle niemandem«, sagte Michael. »Ich würde gern mehr mit ihr sprechen.«

»Gewiß. Sie arbeitet jetzt, aber wir könnten später hinübergehen ...«

»Nein, ich gehe selbst. Ich muß sie verschiedenes fragen.«

»Gewiß«, wiederholte Savarin. Gewöhnlich lag der Anflug eines ironischen Lächelns um seine Lippen; nun nahm der Ausdruck Bedeutung an. »Ich glaube, es gibt da etwas, was du wissen mußt, sehr bald wissen mußt.«

»Was?«

»Geschlechtsverkehr unter Menschen ist hier gefährlich.«

»Warum?«

»Solche Dinge unterliegen strengen Bestimmungen. Wir wollen keine Kinder. Die Sidhe und Mischlinge können Junge haben – wir nicht.«

Michael sah ihn schweigend an.

»Die Leute, die schon am längsten hier leben, sagen ebenso wie die Mischlinge, es liege daran, daß es im Reich keine neuen Seelen gäbe. Ein menschliches Kind werde leer geboren. Vom Kind eines Sidhe oder Halbbluts wird nichts anderes erwartet, und es hat bereits eine innere – wie soll ich es sagen? – Kompensation. Aber menschliche Kinder sind wie Gefäße, die darauf warten, daß sie gefüllt werden. Sie werden gefüllt durch Kreaturen von der Verbrannten Ebene; manche sagen, von Adonnas eigenen Fehlgeburten.« Er preßte die Lippen zusammen und winkte weitere Fragen ab. »Darüber zu sprechen, wird als obszön angesehen. Nicht mehr.«

»Da ist nur noch eine Sache«, sagte Michael. »Ich bin ein junger Bursche ohne Erfahrung – alle sagen das immer wieder –, aber warum lassen wir Menschen uns dies alles gefallen?«

»Was können wir sonst tun?« Savarin betrachtete ihn aufmerksam und forschend, als suche er etwas Verborgenes in seinem Gesicht. Dann kehrte das leichte Lächeln zurück, und der Lehrer lehnte sich zurück, faltete die Hände auf dem Bauch und ließ seine Knöchel knakken. »Du wirst es früh genug lernen«, sagte er mit gedämpfter Stimme. »Du kannst jetzt gehen und mit Helena sprechen. Sie müßte mit ihrer Arbeit fertig sein.«

Michael hatte noch nicht gehen wollen, aber Savarin dachte offensichtlich an andere Dinge, und so stand Michael auf und streckte ihm die Hand hin. Savarin ergriff sie und schüttelte sie lose, dann wies er in die Richtung der Tür. »Nur zu«, sagte er. »Und Dank, daß du wiedergekommen bist. Wir dachten, wir hätten dich verloren, als du fortliefst.«

Michael nickte und schloß die Flechttür hinter sich. Er hörte, wie Savarin drinnen weitersummte, kehrte dem Haus den Rücken und ging die Straße hinunter. Im Gehen schnippte er mit den Fingern, besann sich eines Besseren und steckte den Daumen in den Hosenbund. Es war früher Nachmittag, und in der Stadt herrschte schläfriges Leben; die Geschäfte waren geschlossen, einzeln oder zu zweit waren Leute auf den engen Straßen unterwegs und gingen ihren Geschäften nach. Michael sah einen orientalisch wirkenden Mann und eine Frau in einer Sprache miteinander reden, die wie Chinesisch klang.

Seine letzte Frage und Savarins Worte gingen ihm im Kopf um. Widerstand schien nur natürlich, wenn man bedrückt wurde. Michaels Vater hatte oft von seiner Studentenzeit an der Universität von Kalifornien in Los

Angeles erzählt – Geschichten, die Michael nicht wenig gelangweilt hatten, ihm aber nun modellhaft dafür erschienen, wie zumindest Amerikaner sich verhielten, wenn sie glaubten, ungerecht behandelt oder unter Druck gesetzt zu werden. Michael überlegte, ob die Bewohner Euterpes nicht einen Protest organisieren könnten, vielleicht eine Blockade, die Sidhe den Zutritt verwehrte ... passiven Widerstand.

Er mußte grinsen, als ihm die Albernheit der Idee aufging. Alyons würde im Fall einer Blockade kurzen Prozeß machen, und einige Leute würden vermutlich zu Tode kommen. Vielleicht würde er der erste sein.

Dennoch fiel es ihm schwer zu glauben, daß er in dieser Realität sterben könne. Der Tod war schon auf Erden eine Vorstellung gewesen, die für einen Sechzehnjährigen schwierig zu verstehen war, aber hier, wo alles drunter und drüber ging und so viele phantastische Phänomene auftraten, wie konnte man hier tatsächlich sterben? Und wenn es auch kein Traum war, sagte er sich, so war es auch nicht richtige Wirklichkeit.

Seine Tagträumerei trug ihn bis vor Helenas Haus. Zögernd, voll innerer Spannung stieg er die steile Treppe hinauf. Er befühlte sein Kinn, um die Länge des weichen Flaumes zu prüfen. Ein paar der richtigen Barthaare, die ihm gewachsen waren, hatten schon eine gewisse Länge erreicht; bis zu diesem Augenblick hatte er nicht an sie gedacht, aber nun wünschte er, daß er einen Spiegel und ein Rasiermesser hätte, sie zu entfernen, da sie durch ihre geringe Zahl, wie er befürchtete, einen lächerlichen Eindruck machen würden.

Kurz bevor er klopfte, hatte er einen panikartigen Augenblick und sagte sich, es wäre das beste, die Treppe leise wieder hinabzusteigen und sich davonzumachen, aber ...

Helena öffnete die Tür.

»Hallo!« sagte er und ließ die Hand vom Kinn sinken.

»Selber hallo! Ich hörte dich schnaufen.«

»Ja«, sagte Michael. »Ich wollte mich entschuldigen, daß ich so davongelaufen bin.«

»Keine Entschuldigung nötig«, sagte Helena. Sie wirkte matt, entmutigt. Als er eingetreten war, ließ sie die Tür offen und blockierte sie mit einem Ziegelstein. »Es muß hart für dich sein. Verwirrend.«

»Das ist wahr. Aber es entschuldigt nicht, daß ich mich wie ein dummer Junge benommen habe.«

»Es freut mich, daß du zurückgekommen bist«, sagte sie. »Möchtest du dich nicht setzen?« Er setzte sich, und Helena nahm ihm gegenüber Platz. Sie kaute auf einem Daumennagel und sah mehr durch ihn hindurch als ihn an.

»Ist irgend etwas passiert?« fragte er.

Sie schien zu einer Entscheidung zu kommen, beugte sich vor und schaute ihn eindringlich an. »Michael, wirst du etwas schwören? Denn ich nehme ein großes Risiko auf mich.«

»Was für ein Risiko?«

»Wirst du schwören?«

»Was soll ich schwören, Helena?«

Sie stand nervös auf und ging hin und her, wobei sie ziellos die Arme schwenkte. »Du bist ein netter Kerl, aber du verstandest gestern nicht, was wir meinten. Du weißt schon, wie sonderbar es ist, daß du in die Obhut der Kranichfrauen gekommen bist, und so weiter.«

»Doch, ich verstehe«, sagte Michael. »Es ist mir ein Rätsel, das darfst du mir glauben.«

»Nun, für uns ist es noch rätselhafter. Niemand von hier hat jemals diese Behandlung bekommen. Also fragen wir uns natürlich, ob du ein Doppelagent bist, oder was? Ein Sidhe, der nur wie ein Mensch aussieht?«

»Ich bin kein Sidhe«, sagte Michael lachend.

»Nein, ich glaube das auch nicht. Du schwitzt, wenn du nervös bist.« Sie legte ihm die Hand auf die Schulter und drückte sie leicht mit dem Finger. »Also mußt du mir schwören, daß du kein Doppelagent oder Spion bist, der uns zu überwachen hat.«

»Das schwöre ich«, sagte Michael.

»Deine Augen schauen so menschlich«, sagte Helena. »Sie haben solch eine hübsche grünliche Farbe. Was hast du seit gestern erlebt?«

Der Wechsel des Themas kam unerwartet. »Ich – ich habe im Mischlingsdorf eine Bleibe gefunden.«

»Ja? Wo?«

»Du wolltest, daß ich schwöre. Das habe ich getan. Was gibt es noch?«

Helena kauerte vor ihm nieder. »Du kennst Savarin. Er ist ein Gelehrter. Es gibt andere Leute, die du noch nicht kennengelernt hast, ausgenommen einen, der an dem Abendessen teilnahm, das kurz nach deiner Ankunft gegeben wurde. Ein kleiner untersetzter Mann mit schwarzem Haar.«

Michael erinnerte sich nicht an ihn.

»Nun, jedenfalls sah er dich und dachte, wir würden eines Tages entscheiden müssen, ob wir mit dir Verbindung aufnehmen oder nicht.«

Glockentöne wehten über die Dächer der Stadt. Michael trat ans Fenster, um zu lauschen.

»Also nimmst du Verbindung mit mir auf«, sagte er.

Helena kam an seine Seite. »Das ist die Warnglocke«, sagte sie, und er glaubte ein Beben in ihrer Stimme zu vernehmen. »Alyons ist hier oder welche von seinen Reitern. Also will ich dir rasch sagen, worum es geht. Wir haben ein Versteck von Sidhe-Metall gefunden. Wo, tut nichts zur Sache. Ein paar Leute hier, die sich auf die Metallverarbeitung verstehen, verwahren es und machen Gegenstände daraus. Ich habe gesagt, sie sollen ein Klavier machen. Was gäbe ich nicht dafür, wieder Klavier spielen zu können! Aber ich weiß nicht, ob es geht, und sie werden uns nicht spielen lassen, bis ...« Sie brach ab, und er sah, daß sie blaß geworden war. Draußen hallten Hufschläge durch die Gasse. »Michael!«

»Was?«

»Sind sie dir auf den Fersen, oder hast du sie hierhergebracht?«

»Ich habe nichts mit denen zu tun«, sagte Michael.

Sie faßte ihn am Arm. »Sie sind draußen!«

Alyons und zwei von seinen Leuten ritten im Schritt zu der Tür am Ende der Gasse. Alyons blickte auf und sah Michael im Fenster. Michael zog sich zurück.

»*Antros!* Deine Anwesenheit wird verlangt!«

»Sie sind doch hinter dir her«, sagte Helena.

»Sieht so aus.«

»Bitte sag ihnen nichts. Ich habe solche Angst! Wohin werden sie dich bringen?«

»Keine Ahnung«, sagte Michael. Er trat hinaus in die kleine Diele und überlegte. Wenn es ihm nur gelänge, wieder in diesen Zustand geistiger Entrückung zu kommen ... Er wandte sich zu Helena und ergriff unbeholfen ihre Hand, mußte zweimal zufassen, bevor er sie fest in der seinen hielt. Er verspürte ein verrücktes Verlangen zu lachen. »Ein Klavier, was?«

»Scht!«

»Das ist nicht, woran ich gedacht hatte, aber ich kann mir denken, daß es ganz schön revolutionär ist.«

»Menschenkind!« rief Alyons.

Er küßte ihre Hand und fühlte, wie sich Stolz in seine Furcht mischte. Ein Sidhe erschien in der Türöffnung am Fuß der Treppe. Michael schob Helena in ihr Zimmer zurück und schloß die Tür. Er wandte sich wieder zur Treppe und blickte mit einem Ausdruck, in den er herrische Herablassung zu legen versuchte, zu dem Mann hinab. »Was wollen Sie?«

Der andere antwortete nicht, begann aber die Treppe zu ersteigen. Michael blickte an dem Sidhe vorbei und beschloß, seine erwiesene Fähigkeit diesmal gewollt einzusetzen. Es gab nur eine Methode, um herauszufinden, ob es möglich war. Mit aller Schnelligkeit und Konzentration, der er fähig war, sprang er die Stufen hinab und versuchte gleichzeitig einen Schatten auf die andere Seite zu entsenden. Aber der Sidhe ergriff ihn, ohne eine Sekunde zu zögern, und steckte ihn so mühelos unter einen Arm, als ob er ein gebundenes Ferkel trüge, machte kehrt und marschierte hinaus, um ihn dem Stadtmeister zu präsentieren.

Sie tauschten ein paar Worte in Cascar aus, und Michael nutzte die Gelegenheit, Alyons aus der Nähe zu betrachten.

»Du lernst also von den Kranichfrauen«, sagte der Stadtmeister. »Aber nicht allzu gut, wie ich höre.«

Der andere sagte wieder etwas, und sie lachten. »Mach nie einen Schatten, wenn du ihn nur in zwei Richtungen senden kannst«, riet ihm Alyons. Darauf ergriff er seine Lanze und bedeutete, daß Michael hinter sein Pferd gebunden werden solle. Geschickt wendeten sie die Pferde in der engen Gasse und ritten davon, Michael im Schlepptau. Er blickte über die Schulter hinauf und sah Helena mit blassem Gesicht am Fenster stehen. Seine Hände waren mit einem Seil gebunden, das am Sattel des Reiters festgemacht war; er konnte nichts tun. Einen Augenblick hatte er befürchtet, die Sidhe würden auch Helena festnehmen.

Sie führten ihn aus der Stadt und ritten dabei gerade so schnell, daß er gezwungen war, unwürdig im Laufschritt hinterdrein zu stolpern, wenn er nicht fallen und geschleift werden wollte. Vor der Stadt trafen sie mit einer weiteren Gruppe von vier Reitern zusammen und zogen mit Michael die Landstraße entlang zum Haus des Isomagus.

19

Der Trupp führte Michael vor die Freitreppe, wo Alyons absaß und ins Haus ging, während die anderen schweigend warteten, abweisend sogar untereinander.

Nach einigen Minuten kam Alyons wieder heraus und band das Ende des Stricks vom Sattel los. Er zog ihn ein, bis Michael nur noch eine Armeslänge von ihm entfernt stand. »Sie will dich sprechen, Menschenkind.« Seine Miene war steinern und unbewegt, die Augen schienen in ihren Höhlen fixiert, als er sich umwandte und Michael an den gebundenen und ausgestreckten Händen nachzog. Alyons schien sich in einem Zustand beherrschten Zorns zu befinden, der in Michael neuen Optimismus aufkommen ließ; wenn die Umstände so waren, daß Alyons keinen Gefallen daran finden konnte, dann war er vielleicht nicht so sehr in Schwierigkeiten, wie er bis jetzt gedacht hatte.

Das Innere des Hauses war unverändert, nur dunkler und kühler. Die Sonne war mittlerweile am Horizont. Es war ein besonders kurzer Tag gewesen.

Die Treppe führte aufwärts in helleres Licht, das durch die schmalen Fenster drang. Lamia stand auf der Galerie, die kleinen fein modellierten Hände am Geländer.

»Ist er da unten?« fragte sie.

»Wie verlangt«, sagte Alyons in einem Ton, der Geringschätzung nicht nur andeutete.

»Er soll heraufkommen.«

Der Stadtmeister ließ sich Zeit, den Strick loszubinden. Seine langen sehnigen Finger fühlten sich kühl an.

»Geh!« sagte er. Er versetzte Michael einen unnötig kräftigen Stoß und wies die Treppe hinauf. Michael erstieg die Stufen, rieb sich die geröteten Handgelenke und blickte zu den Fenstern im Obergeschoß, hinter denen das schwindende Tageslicht stand.

Er verspürte kein Verlangen, nach Anbruch der Dunkelheit in diesem Haus zu bleiben, doch noch weniger behagte ihm die Vorstellung, bei Nacht mit den Sidhe unterwegs zu sein oder allein zur Stadt zurückzugehen. Er erreichte den Treppenabsatz und blieb stehen.

Eine Veränderung war über Lamia gekommen, die ihm nicht einmal im nachlassenden Tageslicht entging. Ihre Haut war wächsern, das Gesicht straffer, so als hätte sie eine Maske übergezogen. Um die Augen gab es Stellen, wo die Haut abschuppte, und die Handrücken waren gekreuzt von winzigen dünnen Runzeln, ähnlich wie Risse im Brotteig. Er stand fünf Schritte vor ihr. Lamia blieb, wo sie stand, und betrachtete ihn mit einem seltsam unsteten Blick. Sie schien todmüde.

»Du machst mir Kummer, Junge«, sagte sie leise. »Ich habe dir eine Aufgabe gestellt, und du läufst davor weg.«

»Es gefällt mir nicht, ein Sklave zu sein«, sagte er.

»Du bist kein ... Sklave.« Ein Ausdruck bitteren Humors kam in ihre Stimme. »Du bist freier, als ich es bin, freier als Alyons da unten.« Sie deutete mit zitternder Hand zur Halle hinab, faßte jedoch rasch wieder nach dem Geländer, um sich zu stützen. Michael blickte die Treppe hinab. Dort stand Alyons und beschäftigte sich damit, daß er den Strick zusammenrollte.

»Sie versuchen immer wieder, mich umzubringen«, sagte Michael.

»Wer, die Kranichfrauen?« Lamia lachte, aber es war ein totes, trockenes Geräusch wie von rollenden Kieselsteinen. Sie winkte ihn näher. Er zögerte, und sie machte eine Bewegung, als wollte sie mit einer Hand zugreifen und ihn würgen. »Näher!« knurrte sie.

Er tat einen Schritt vor. Sie schob sich ein kleines Stück am Geländer entlang, das unter ihrem Gewicht ächzte. »Sie lehren dich, wie man am Leben bleibt.«

»Ich kann auf eigene Faust am Leben bleiben, wenn ich mit allen den anderen in Euterpe bin.«

»Du wirst nicht in der Stadt bleiben. Die Stadt ist für Dummköpfe, für Feiglinge, die zu ängstlich sind, ihren eigenen Weg zu gehen.«

»Ich bin nicht allzu ängstlich.«

»Dann bist du zu dumm, um Erfolg zu haben.« Sie senkte die Stimme und stieß sich vom Geländer ab, stand einen Augenblick lang schwankend, so daß Michael meinte, sie müsse hinschlagen. »Du bedarfst der Abhärtung.« In Erwartung ihres Sturzes wich Michael zwei Schritte zurück; er sah sie als einen aus dem Gleichgewicht geratenen Sack voll giftiger Flüssigkeiten, der drauf und dran war, umzufallen und zu bersten. Aber Lamia bewahrte die Balance. »Komm mit mir!« verlangte sie. »Wir müssen allein sprechen.«

Sie tappte schwankend durch eine Türöffnung, die in einen breiten Korridor führte. Dieser Teil des Hauses schien in besserem Zustand als das Erdgeschoß; soweit er sehen konnte, waren die Wände unbeschädigt, und Teppiche bedeckten den Boden und dämpften ihren schwerfälligen Schritt. Sie streckte die Linke aus und stieß eine Tür auf, bedeutete Michael, vorauszugehen. Er schob sich an ihr vorbei und sah sich in einem geräumigen leeren Zimmer. In Abständen von etwa zwei Metern brannten Kerzen in Wandleuchtern auf allen vier Seiten. Der Boden war aus Hartholz, glänzend poliert. Eine zweite Lamia mühte sich kopfüber am Boden dahin, als sie ihm folgte. Sie schloß die Tür und lehnte sich schweratmend dagegen.

»Sind Sie krank?« fragte er.

Sie schüttelte den Kopf. Ihre kleinen Augen, umgeben von abschilfenden Hautfalten, bekamen einen traurigen Ausdruck, als sie an ihm vorbei in den leeren Raum blickte.

»Du hast eine Pflicht, Junge«, sagte sie. »Hast du mehr über dieses Haus, über das Reich erfahren?«

»Ein wenig«, sagte Michael. »Nicht annähernd genug.«

»Du weißt, daß der Isomagus hier lebte?«

Er nickte. »Ich weiß nicht, wer er war ... War er David Clarkham?«

»*Ist*, Junge. Er *ist*.« Ihre Lippen verzogen sich in einer Weise aufwärts, daß sie ein Lächeln suggerierten. Zu beiden Seiten bildete die schlaffe Haut ihrer Wangen ungezählte feine Runzeln. »Weißt du, daß er uns retten will?«

Michael schüttelte den Kopf. »Warum ist er dann nicht hier?«

»Ich sagte dir, daß er von seinen Feinden vertrieben wurde. In der Schlacht, welche diese ganze Ebene zerstörte. Danach zwangen sie alle Menschen unter ihrer Herrschaft, hier in Verlassenheit und Elend zu leben. Ich bin niemals in der Stadt gewesen; ich kann dieses Haus nicht verlassen. Aber von hier aus habe ich einen ... geringen Einfluß. Trotz meines verwünschten Zustands kann ich helfen. Verstehst du?«

»Nein.« In seiner Unwissenheit war ein erfreulicher Trotz. Er erwärmte ihn.

Sie rollte die Hüften und schleppte ihre säulenförmigen Beine zur Mitte des Zimmers. Er bekam eine Brise ihres Geruchs in die Nase, unangenehm und süßlich tot, wie verwelkte Blumen. »Du darfst den Plan nicht bekämpfen«, sagte sie. »Die uns feindlich gesinnten Sidhe warten nur auf ihre Gelegenheit ...« Sie schüttelte den Kopf, und alles an ihr geriet in schaukelnde Bewegung.

»Warum geben sie Ihnen dann überhaupt Macht?« fragte Michael.

»Sie können mich nicht mehr verletzen, als sie es bereits getan haben. Über diesem Land, dieser Ebene liegt ein Vertrag. Wir erleiden unsere Strafe, doch wenn sie weitere Maßnahmen gegen uns ergreifen, wird der Vertrag ungültig, und eine tief im Land begrabene Macht wird mit vernichtender Gewalt über die Vertragsbrüchigen kommen. Es besteht eine Gleichgewichtslage. Für die Sidhe hat es den Anschein, daß wir besiegt sind. Vielleicht sind wir es ... und vielleicht nicht. Sollten aber Menschen den Vertrag brechen ...« Sie ließ den Rest ungesagt.

»Warum bin ich so wichtig?«

»Wichtig?« Sie spuckte auf den Boden, dann ging sie zu der Stelle, wo ihr Speichel die polierte Oberfläche benetzt hatte, und bückte sich unendlich mühevoll, um ihn mit dem Saum ihres Gewandes aufzuwischen. Ächzend richtete sie sich wieder auf. »Du bist nicht entscheidend. Du bist einfach ein Bote. Aber um überhaupt zu helfen, mußt du überleben. Du mußt die Ausbildung bei den Kranichfrauen fortsetzen.«

»Habe ich eine andere Wahl?«

Lamia kehrte ihm den Rücken. »Ich habe einigen Einfluß auf den Stadtmeister, aber er ist begrenzt. Wenn du nicht zu den Kranichfrauen zurückkehrst, wird er die Vormundschaft über dich erhalten. Was er dann mit dir tun wird, weiß ich nicht.«

»Also bleibt mir keine andere Wahl.«

Sie drehte sich langsam, und es war beinahe wie die groteske Parodie einer Pirouette. Michael bemerkte eine lange horizontale Stange, die unter den Leuchtern an der gegenüberliegenden Wand befestigt war: eine

Übungsstange für Ballettänzer. »Mögest du nie erfahren, wie grausam das Leben ist«, sagte sie. »Oder was verlorengehen kann ... und noch am Leben bleiben. Geh wieder zu den Kranichfrauen! Nimm deine Ausbildung wieder auf!«

Michael stand still und stumm im Kerzenschein, dann machte er kehrt und ging hinaus. Er stieg die Treppe hinunter und blieb vor Alyons stehen, der den Strick in seiner Hand hielt.

»*Jakap?*« fragte der Stadtmeister. Der Strick entrollte sich wie eine sich windende Schlange.

»Lamia befiehlt mir, zu den Kranichfrauen zurückzugehen.«

»Sie befiehlt nichts«, sagte Alyons. »Ich bin Stadt- und Feldmeister.«

»Sie können mich nicht verletzen«, sagte Michael.

Der Sidhe beugte sich vor und brachte seine Gesicht auf eine Ebene mit Michaels. »Du hast recht, Menschenkind. Ich kann dir nichts anhaben, wenn du tust, was sie wünscht. Aber tanz nur einmal aus der Reihe ...«

»Stadtmeister!« Lamia stand wieder an der Balustrade, beleuchtet vom festlichen Kerzenschein aus dem Tanzsaal. »Beachte den Vertrag!«

Michael wich dem Sidhe aus und ging zur Tür hinaus. »Ich werde zurückreiten«, sagte er, bemüht, das Beben von Furcht und Zorn in seiner Stimme zu unterdrücken.

»Auf welchem Pferd?« fragte Alyons und schloß die Haustür mit einem dumpfen Schlag. »Wo ist dein Pferd?«

»Auf Ihrem Pferd«, sagte Michael.

Alyons stieß ein kurzes bellendes Lachen aus. »Auf meinem Pferd! Einem so schönen goldenen Pferd, welch eine Verlockung, selbst für Menschen, nicht wahr? Also steig auf, *antros,* zeig uns, was du alles kannst!«

Vorsichtig berührte Michael das goldbraune Tier, sprach leise und beruhigend zu ihm und saß auf, wie er es gelernt hatte. Er fragte sich, ob es möglich sei, das Pferd zu stehlen, fand aber, daß dies sehr unklug wäre. Wie von einem eigenen Willen beseelt, stießen seine Fersen dem Tier in die Flanken.

Die im grauen Zwielicht verdämmernde Landschaft wurde plötzlich unscharf. Das Pferd wurde wie fließender Stahl unter dem Sattel und zwischen seinen Schenkeln, und Michael spürte ein unglaubliches Machtgefühl, als er die Landstraße entlangjagte. Sein Körper schien zu schmelzen, und er hielt sich in nacktem Entsetzen mit Armen und Beinen fest, rief dem Pferd zu, es solle stehenbleiben. Der Wind riß ihm die Worte von den Lippen.

Er hatte den Eindruck, daß die Reiter unmittelbar hinter ihm seien, doch als er den Kopf wenden wollte, kreiste die Landschaft so wild um ihn, daß er die Augen schloß.

Auf einmal kam alles zur Ruhe. Er lag auf dem Pferderücken, die Hände in die Mähne verkrampft, um nicht hinunterzufallen. Er öffnete die Augen und sah, daß sie auf der Anhöhe bei der Hütte der Kranichfrauen standen. Der Atem des Pferdes ging leicht und ruhig. Es warf den Kopf auf und schüttelte sich. Michael ließ sich zu Boden gleiten und hatte Mühe, auf den Beinen zu bleiben.

Alyons' Pferd gesellte sich zu den Reitern, die um die Hütte der Kranichfrauen standen. Im Feuerschein, der aus dem Fenster drang, schimmerte das Fell des Pferdes, und der Umhang des Stadtmeisters reflektierte die ungezählten winzigen Glimmerplättchen in der Erde des Hügels, als er von einem geliehenen Tier stieg. Der Läufer ohne Pferd kam leichtfüßig und schnell von der

Landstraße, setzte über den Bach und erreichte seine Gefährten.

Am Westhimmel verblaßte das Abendrot, und vom Osten her zogen die Banner der Nacht herauf.

Spart kam aus der Hütte, streifte Michael mit einem Blick und wandte sich Alyons zu. Sie sprachen eine Weile auf Cascar miteinander. Michael stand da und fröstelte im kühlen Nachtwind. Die Reiter murmelten untereinander.

Endlich rief Nare ihn aus dem Fenster zu sich. Erfüllt von unguten Erwartungen, ging er zögernd zur Hütte. Das üppige Haar der Kranichfrau wurde von einem warmen Luftstrom bewegt, der zum Fenster herausströmte, und der Schein aus dem Innern der Hütte verlieh ihrem Gesicht einen goldenen Strahlenkranz.

»Bei Lamia?« fragte sie. Michael nickte. »Hat sie sich verändert?«

»Sie ist krank, glaube ich. Ihre Haut ist ganz fleckig.« Er war sehr erleichtert. Anscheinend wurde er nicht bestraft und gescholten, weil er fortgelaufen war. »Ich wollte nicht zurückkommen«, platzte er heraus.

»Natürlich«, sagte sie und schloß das Fenster.

Alyons schwang sich auf sein Pferd, und die Gruppe der Reiter wendete und zog langsam in die Dunkelheit hinaus. Nach einer Weile ging Michael zu seiner Hütte und kroch hinein. Biri war nirgendwo zu sehen. Es gab niemanden, mit dem er sprechen konnte, nicht einmal ein Ziel für seinen Trotz.

Er dachte an Eleuth und Helena. Hoffte, daß Helena sich keine Sorgen machte – und hoffte dann, daß sie es tue. Er grübelte über seine ziemlich neutralen eigenen Gefühle nach. Alle Emotionen in ihm schienen ausgetrocknet.

»Abwarten«, sagte er sich wieder und wieder, bis der Schlaf über ihn kam.

Er schlief unruhig in dieser Nacht, und in den halbwachen Intervallen gingen ihm Gedanken und Bilder durch den Kopf, von der Heimat, dem Haus des Isomagus, den schlaffen abschilfenden Hautfalten um Lamias Augen. Vor Tagesanbruch erwachte er wieder und lauschte dem Summen des Himmels. Als das Summen verging, schaute er zur Tür hinaus und sah einen blassen grauen Streifen am Horizont. Im Laufe der Nacht waren Wolken aufgezogen, und obgleich die Luft ihm nicht besonders kalt vorkam, fielen Schneeflocken. Sie schmolzen, sowie sie den Boden berührten.

Ungefähr eine halbe Stunde später kam Eleuth aus dem Dorf. Sie hatte einen leichten Schal um den Hals gelegt und trug kniehohe Stiefel. Wie an dem Tag, als Michael sie zuerst gesehen hatte, trug sie vier Eimer Milch. Er stand vor seiner Hütte, aber sie sah ihn kaum an, als sie vorbeiging. Biri war auch aufgewacht und steckte den Kopf zur Tür seiner Hütte heraus. Als Eleuth die Eimer vor der Behausung der Kranichfrauen abgestellt hatte, kam sie zurück.

»Eleuth«, sagte Michael.

Obwohl sie es noch immer vermied, ihn anzusehen, blieb sie stehen.

»Ich konnte gestern nicht kommen.«

»Das hörte ich.«

»Ich möchte dir danken.« Diese Worte klangen besonders grausam, als strafe sein Bedürfnis, sie auszusprechen, ihre Bedeutung Lügen.

»Bist du wohlauf?« fragte sie. »Ich hörte, daß Alyons dich aus der Stadt abführte.«

»Es geht mir gut. Ich werde versuchen, heute zu dir zu kommen.«

Sie nickte, und endlich schenkte sie ihm einen Blick. Biri betrachtete sie mit scheinbarer Gleichgültigkeit. Ehe er noch etwas sagen konnte, ging ein Schatten über

Eleuths Gesicht, ein Ausdruck von Erbitterung. Sie ging rasch weiter und überquerte den Bach.

Während er ihr noch nachsah, kam Spart mit einem Becher Milch.

Er nahm ihn und trank. »Woher kommt die Milch?«

»Immer Fragen.«

»Immer.«

»Von Pferdeherden jenseits der Verbrannten Ebene. Sie wird zweimal im Monat nach Euterpe und ins Dorf hier gebracht. Sie hält sich gut und ist nahrhaft.« Sie seufzte. »Aber ich erinnere mich der guten Milch auf Erden, voll vom Geschmack der Pflanzen, die den Kühen und Ziegen zur Nahrung dienten.« Sie schmatzte und nahm ihm den leeren Becher aus der Hand. »Du hast der Halbblutfrau Gesellschaft geleistet?«

Michael nickte. Die Frage war ihm nicht peinlich; er sah keinen Grund, vor den Kranichfrauen wegen einer Frage des Benehmens in Verlegenheit zu geraten.

»Essen die Sidhe niemals Fleisch?« fragte er. Es war eine Frage, die er seit Wochen hatte anbringen wollen. Spart wandte den Kopf und sah zu Biris Hütte hinüber. Die Matte vor der Türöffnung war heruntergelassen, und im Inneren war alles still. »Nein«, sagte sie. »Selbst der Gedanke ist schmerzlich. Sie essen nie Fleisch. Nur Menschen essen Fleisch. Es ist das Zeichen ihrer Niederlage.«

»Alle Sidhe sind Vegetarier?«

Spart sah ihm fest ins Auge. »Immer und ohne Ausnahme. Deshalb haben wir Magie, und ihr habt sie nicht.«

»Niemals?«

Spart wandte sich kopfschüttelnd zum Gehen. »Das Thema ist nicht zur Diskussion geeignet.«

»Was opfern sie Adonna?« Er dachte an Lirg.

Spart kam wieder zurück und trat so nahe an ihn heran, daß ihre Nase fast sein Kinn berührte. »Immer verboten, wenn nötig, zwingend«, sagte sie. »Kennst du das Gesetz?«

»Nein.«

Spart warf noch einen Blick zu Biris Hütte, dann ging sie zurück zu ihrer eigenen.

»Können wir kein Gespräch führen, das länger ist als vier Sätze?« rief Michael ihr nach. »Mein Gott!« Aus Gewohnheit begann er mit seinen Aufwärmübungen, deren er jedoch bald überdrüssig wurde, und fragte sich, wann seine Ausbildung fortgesetzt würde. So zog er sich in seine Hütte zurück, legte sich nieder und machte ein Stück nackten Erdbodens frei. Darauf nahm er eines der Holzstücke zur Hand, die er nicht genau in den Aufbau der Hütte hatte einpassen können, und zog eine Linie in den Staub. »Ich will ein Dichter sein«, sagte er sich, ruhig, aber fest. »Ich will kein Soldat sein und kein verdammter Handlanger. Ein Dichter!« Er schloß die Augen und versuchte seine Gedanken zu sammeln. Sicherlich konnte er darüber schreiben, was ihm widerfuhr. Über Helena, Eleuth, über Biri und seine Erzählungen.

Aber es war alles ein Wirrwarr. Die Gesichter kamen und gingen, brachten aber keine Worte mit sich, nicht einmal Anregungen. Statt dessen stellten sich Erinnerungen ein. Die Traurigkeit überwältigte ihn. Er vermißte seine Eltern, die Schule; er vermißte sogar den Spott der Schulkameraden und die Außenseiterrolle, die er als verträumter Junge in einer Welt rauhbeiniger Sportsfreunde und Technikbegeisterter innegehabt hatte. Ihm war zum Heulen zumute. Man verlangte von ihm (nein, zwang ihn!), wie ein Erwachsener zu denken und sich zu benehmen, Entscheidungen auf Leben oder Tod zu treffen, zu wählen, während er noch nicht einmal wußte, ob er bereit war, von der Kindheit zu lassen.

Andererseits war Michael immer in dem Sinne reif gewesen, daß er imstande war, selbst auf etwas zu kommen. Gab man ihm genug Zeit, behandelte man ihn mit Gleichmut und Geduld, so kam er den meisten Dingen auf den Grund und zu Schlüssen, die andere als seinem Alter voraus betrachtet hätten. Aber was konnte er schließen, wenn er mit Liebe, Gewalt und Rassenvermischung konfrontiert wurde?

Er konnte nur schließen, daß es daheim besser war. Sicherer. Was konnte man mehr verlangen als Wärme, Nahrung, Ruhe und Frieden, eine Gelegenheit, zu lernen und zu arbeiten?

»Nichts kommt der Heimat gleich«, murmelte er. Er stieß die Fersen zusammen. Diese Wirklichkeit, dieses ›Reich‹ hatte nicht ihresgleichen. Dabei war es mehr wie etwas aus einem Geschichtsbuch, nicht einem Märchenbuch; etwas aus der Zeit des Zweiten Weltkriegs. Internierungslager – das Vertragsland. Die Verbrannte Ebene, der ungeheure Krater einer unvorstellbaren Bombe, gefüllt mit Mutationen, Ungeheuern. Die Kranichfrauen – Feldwebel auf dem Exerzierplatz.

Darüber müßte sich etwas schreiben lassen.

Er begann in den Boden zu kratzen, erfreut über das alte vertraute Gefühl, das Todesradio zu hören, die Quelle seiner Dichtung. In *Orphée,* einem Film, den er das erste Mal mit dreizehn gesehen hatte, war der Tod zu dem modernen Orpheus, einem Dichter der Beatgeneration, in der Gestalt einer Frau in einer großen schwarzen Limousine gekommen. Das Autoradio hatte nichts als provozierende, unsinnige Aneinanderreihungen von Sätzen gespielt, die Orpheus durch ihre Reinheit und poetische Essenz beeindruckt hatten. Manchmal hatte Michael das Gefühl, daß er das Todesradio eingeschaltet habe, wenn ihn die Inspiration überkam.

Da kommt sie
die Flasche in der Hand
zum Mikrofon –
schaukelt mit den Hüften
rauhes Gegurgel
Glitzerkleid –
sie wird sterben
ihr Gesang
wird sie umbringen –
wir alle werden
zuhören, ihr
Blut und ihre Schnapsfahne
an unseren grausamen Ohren.

Er machte den Endpunkt in den Boden, das kleine Loch, das den Schluß des Gedichts markierte. Ein ähnliches Gedicht hatte er vor einem Jahr geschrieben, nachdem er Ricky Lee Jones in einem Konzert gesehen hatte. Aber jenes Gedicht war blumig und melancholisch-süß gewesen, wie ein schlechter Wordsworth, und diese Version war auf das Wesentliche abgemagert – beinahe zu sparsam für seinen Geschmack. Kein Meisterstück, aber eine Bemühung. Er zog die Stirn in Falten.

Bisweilen hatte er den Eindruck, daß er in Wirklichkeit nicht der Autor eines Gedichts war, sondern daß das Todesradio die Gedichte willkürlich und nicht nach der Person zuteilte. Aber dies war ein besonders starkes Empfinden. Er hatte dieses Gedicht nicht geschrieben. Jemand hatte irgendwo seine Einfühlung gehört und sie für ihn in Worte gefaßt.

Er nahm das Holz und kritzelte *Frag nur* unter das Gedicht. Frag was?

Sinnsprüche, Verwirrungen.
Namen sind die Gewänder von Toren
und Worte der Tod des Gedankens.

Der Dinge Welt ist nicht für dich;
dein Reich ist, was das Lied bewirkt.

Er ließ das Holzstück fallen. Die eingeritzten Buchstaben brachten die Glimmerplättchen in ihren winzigen Tälern und Böschungen zum Funkeln. Sie blitzten im Halbdunkel der Hütte. Er hatte sie nicht geschrieben; es war mehr, als hätte er mit jemandem Zwiesprache gehalten.

»Menschenkind!«

Er ließ die eingeritzten Zeilen, wie sie waren, und zog die Flechtmatte an der Türöffnung zurück. Spart stand draußen. »Ja?«

»Du wirst heute nicht ausgebildet«, sagte sie.

Er stand da und fühlte die kalte Zugluft an ihm vorbei in die Hütte strömen. »So?«

»Du bist kein Gefangener. Sieh zu, daß du nicht noch einmal Lamias Aufmerksamkeit erregst, und sag nicht, daß du weglaufen willst. Der Stadtmeister hat genügend Pflichten.« Ihr Gesicht zog sich in einer Grimasse zusammen, die ebensogut ein Grinsen wie spöttische Geringschätzung ausdrücken konnte. »Wenn du nicht ausgebildet wirst, steht es dir frei, den Umkreis unserer Hütten zu verlassen. Auch ohne unsere Gesellschaft.« Sie hielt inne und blickte umher. »Wohin willst du schließlich gehen? Nicht weit. Nicht weit.«

»Ich könnte die Verbrannte Ebene überqueren, wie damals, als wir gingen, Biri abzuholen.«

Sie lachte. »Ich glaube doch, daß du zu klug bist, diesen Versuch zu machen.«

Das war zweifellos richtig. »Was wird heute mit Biri geschehen?«

Spart schüttelte den Kopf und hielt einen Finger an die Lippen. »Das ist nichts für dich.« Sie ging fort, und er ließ die Türmatte zufallen, dann sah er sich nach den eingeritzten Zeilen um. Er streckte den Fuß aus, um sie auszulöschen, besann sich aber eines anderen und nahm das Buch aus seinem Versteck unter den Dachträgern. Er schlug es auf, und sein Blick fiel auf Keats' langes Gedicht ›Lamia‹, das er erstmals vor ein paar Jahren gelesen und dann vergessen hatte. Es warf kein Licht auf seine Situation, noch vermochte es die Lamia zu erklären, die er kannte; es weckte jedoch seine Neugierde und lenkte sie auf die Frage, warum sie so genannt wurde. Nichts an ihr war schlangengleich.

Außer daß sie ihre Haut abwarf. Er klappte das Buch zu und steckte es in seine neu genähte Innentasche. Als er wieder hinausschaute, schien die Anhöhe verlassen. Er spielte mit dem Gedanken, den Kranichfrauen und Biri nachzugehen, sie zu suchen und insgeheim zu beobachten; aber das war so unrealistisch wie die Vorstellung, er könnte allein über die Verbrannte Ebene entkommen.

Er ging ins Dorf.

In der Nähe des Marktplatzes angelangt, hörte er erregtes Stimmengewirr. Drei hochgewachsene Männer (darunter das Halbblut, das Savarin und Michael bei ihrem Besuch am Dorfrand aufgehalten hatte) standen am Markttor einer kleinen Ansammlung von Dorfbewohnern gegenüber. Die Diskussion wurde in Cascar geführt und hörte sich ziemlich hitzig an.

Eleuth stand mit gebeugtem Kopf abseits. Michael ging zu ihr. »Was geht vor?«

»Ich darf nicht mehr auf dem Markt arbeiten«, sagte sie. Sie versuchte zu lächeln, aber ihre Lippen waren wie erstarrt. »Seit Lirg entführt wurde, habe ich die Geschäfte nicht so gut geleitet. Das behauptet der Gemeinderat.«

Michael blickte hinüber zu den Wächtern und Dorfbewohnern und spürte, wie ihm Röte ins Gesicht stieg. »Was wirst du jetzt tun?«

»Sie werden mir ein neues Quartier zuweisen und einen neuen Marktaufseher ernennen. Ich werde umziehen.«

»Kannst du etwas dagegen unternehmen?«

Sie schüttelte den Kopf, offenbar schockiert von der Vorstellung. »Nein! Die Entscheidungen des Gemeinderates sind endgültig.«

»Wer ist der Vorsitzende?«

»Haldan. Aber er erhält seine Weisungen von Alyons, der im Vertragsland alles beaufsichtigt, insbesondere hier.«

»Gibt es etwas, das ich tun kann?«

Sie berührte seine Wange mit den Fingerspitzen. »Nein. Man wird mir andere Arbeit zuweisen, die meinen Fähigkeiten besser angepaßt ist.«

Die Berührung seiner Wange erzeugte ein Schuldgefühl in ihm.

»Ich lerne rascher«, sagte sie in verändertem Ton. »Bald werde ich soviel können wie ein junger Sidhe.«

»In der Magie?«

»Ja. Michael, wir könnten heute fortgehen ...« Der Ausdruck von Elend und Beschämung in ihrem Antlitz, die Verzweiflung, war mehr, als er ertragen konnte. »Zum Fluß. Es sieht aus, als wollte es wärmer werden ... vielleicht könnten wir baden.«

Michael machte ein Gesicht. »Ich weiß nicht, ob ich je wieder ins Wasser gehen werde.«

»Ach, die Fluvialen sind tagsüber selten ein Problem. Außerdem kann ich sie sehen, ehe sie uns erreichen.«

Das ermutigte ihn nur wenig. Aber warum sollte er den Tag nicht mit ihr verbringen? Es war keine unangenehme Aussicht. Auch konnte er nicht übersehen, daß sie jemanden brauchte, daß sie Anlehnung suchte. »Ich kann niemandem helfen«, sagte er, »aber wenn du möchtest, gehe ich gern mit dir.«

Sie drückte ihm dankbar die Hand und zog ihn mit sich. Als sie gingen, fragte er, was mit ihren Pflichten am Markt sei, aber sie winkte ab. »Dafür ist jetzt gesorgt. Komm mit!«

Die Sonne war wieder zum Vorschein gekommen und hatte die meisten Wolken vertrieben. Der Nachmittag war angenehm warm. Der Fluß strömte breit und träge dahin, und sein Wasser war auch warm – was Michael ein wenig überraschte. Und es war so klar, daß man in der Tiefe lange silbrige Fische über den langsam wallenden Wasserpflanzen stehen sah. Eleuth lag nackt am Ufer und Michael neben ihr, den Kopf auf eine Hand gestützt.

»Wie kommt der Novize zurecht?« fragte Eleuth.

»Gut, denke ich. Ich weiß nicht, was dazugehört, hier ein Priester zu sein – ein Priester Adonnas.«

»Es erfordert Kompromisse, sagte mein Vater einmal. Er versuchte Adonna wie ein Sidhe zu verehren, aber es war nicht befriedigend. Die Sidhe verehren Adonna, Adonna läßt sie hier leben.«

»Wie kann Verehrung erzwungen werden?«

»Einige Sidhe sind Adonna ganz und gar ergeben. Sie glauben an eine Verwandtschaft.«

»Verwandtschaft?«

»Adonna ist wie die Sidhe, sagte Lirg einmal. ›Wir verdienen einander, wir und unser Gott; wir sind allesamt unvollständig und verloren.‹ Wie ist der Gott der Menschen?«

»Ich bin ein Atheist«, sagte Michael. »Ich glaube nicht, daß es einen Gott gibt.«

»Glaubst du, daß Adonna existiert?«

Das brachte ihn in Verlegenheit. Er hatte sich mit der Frage niemals ernsthaft beschäftigt, noch hatte er Adonnas Existenz bezweifelt. Dies war eine phantastische Welt, so hart und unfreundlich sie auch war, also konnten auch Götter hier existieren. Die Erde war real und praktisch; es gab für fast alle Fragen eine wissenschaftliche Erklärung. Kein Platz für Götter. »Ich habe ihn nie gesehen«, sagte Michael.

»Es, müßte man sagen«, sagte Eleuth. »Adonna ist geschlechtslos. Und sei froh, daß du ihn oder es nicht gesehen hast. Lirg sagt – sagte ...« Sie brach ab. »Stört es dich, wenn ich soviel von Lirg spreche?« fragte sie nach einer kleinen Weile.

»Nein. Warum sollte ich?«

»Es könnte dir lieber sein, wenn das Gespräch sich um dich dreht. Nicht um andere. Menschen sind so, habe ich gehört.«

»Ich bin kein Egozentriker«, sagte Michael. Sein Blick fiel auf ihre langen Beine, die so blaß und schön geformt und seidenweich waren, und er berührte ihren Schenkel. Sie kam ihm entgegen, aber die Bewegung war zu automatisch, zu fügsam. Ungebeten drängte sich ein Vorstellungsbild von Spart in sein Bewußtsein, und er brachte es in Verbindung damit, was Eleuth einst sein würde.

»Ich bin verwirrt«, sagte er, nahm seine Hand weg und wälzte sich auf den Rücken. Eleuth legte ihr Kinn behutsam auf seine Brust und blickte aus großen Augen, die im Licht der tiefstehenden Sonne einen goldenen Widerschein hatten, zu ihm auf.

»Warum verwirrt?«

»Ich weiß nicht, was ich tun soll.«

»Dann bist du vielleicht frei?«

»Glaube ich nicht, nicht frei, bloß dumm. Ich weiß nicht, was das Rechte ist.«

»Ich habe recht, wenn ich liebe«, sagte Eleuth. »So muß es sein. Es gibt nichts anderes.«

»Aber warum mich lieben?«

»Sagte ich, daß ich dich liebe?« fragte sie.

Er war verblüfft. Als er sich erholt hatte, sagte er:

»Das nicht, aber ob du es tust oder nicht, du gibst dich mit mir ab ...«

»Aber ja«, sagte Eleuth. »Ich liebe dich.« Sie setzte sich aufrecht, und er sah die Muskeln ihres Rückens, glatt wie die eines Seehunds, ihr Rückgrat eine Kette gerundeter Buckel. Die Sonne sank dem Horizont zu, orangefarben im Dunst der Verbrannten Ebene. Ihre Haut sah wie geschmolzenes und mit Gold vermischtes Silber aus, warm und gelblich weiß. »Wählt ihr diejenigen, die ihr liebt?«

»Manchmal«, sagte Michael, aber ohne rechte Überzeugung. Seine Erfahrungen waren allzu begrenzt. Seine Verliebtheiten jedenfalls waren immer unfreiwillig und heftig wie Fieberanfälle gewesen.

»Ein reinblütiger Sidhe liebt nicht«, sagte Eleuth. »Er geht eine Bindung ein, aber das ist nicht gleichbedeutend mit Liebe. Männliche Sidhe sind nicht leidenschaftlich; die meisten Mischlinge sind es auch nicht. Verbindungen zwischen Männern und Frauen sind gewöhnlich von kurzer Dauer. Lirg war anders. Er liebte meine Mutter.« Es klang bedauernd. »Die Frauen der Sidhe sind viel öfter leidenschaftlich. Aber sie finden selten Erfüllung.« Sie hob den Kopf und sah ihn an. »Vor allem deshalb gibt es Mischlinge. Fast immer sind ihre Mütter Sidhe, die Väter Menschen. Warum bist du verwirrt?«

»Das sagte ich«, antwortete er.

»Nicht wirklich. Du liebst mich nicht? Das verwirrt dich?«

Er sagte nichts, doch schließlich nickte er. »Ich mag dich, ich bin dankbar ...«

Eleuth lächelte. »Ist es wichtig, ob du mich liebst oder nicht?«

»Es ist nicht richtig, mit jemandem zu sein und nicht alles zu erwidern. Alles zu fühlen.«

»Die Männer der Sidhe haben ihre Frauen nie wirklich geliebt. Und wir haben dennoch überlebt. Es ist die Art.«

Ihre Ergebung war nicht sehr hilfreich, zog den Knoten in ihm nur noch fester, und die einzige Art und Weise, einer Ausweitung der unangenehmen Diskussion zuvorzukommen, war, daß er sie küßte. Bald waren sie vereint, und seine Verwirrung intensivierte alles, machte alles schlimmer ... und besser.

Es dämmerte, als sie zum Dorf zurückgingen. Michael zog sein Hemd in einer Hand nach. Eleuth hielt ihn am Arm und lächelte wie über einen privaten Scherz in sich hinein.

20

Der Marktplatz lag verlassen, als sie ins Dorf kamen. Eleuth ging ins Haus und machte sich daran, ihre Habseligkeiten in einer Ecke anzuhäufen. Als sie zu einem braunen Teppich kam, den sie eingerollt und mit einer Schnur zusammengebunden hatte, hielt sie inne, lächelte und knüpfte die Schnur auf. »Mußt du gleich zurückgehen?« fragte sie.

Michael verneinte.

»Dann kann ich dir vielleicht etwas von dem zeigen, das ich gelernt habe.« Sie legte den braunen Teppich auf den Boden, kniete darauf nieder und glättete ihn mit den Händen. »Heute nacht lassen sie mich noch hier, aber morgen muß ich ausziehen. Lirg wäre erfreut, könnte er sehen, wie weit ich es gebracht habe; wenn ich hier noch eine Nacht übe, ist es beinahe so, als hätte ich ihn hier.« Sie bedeutete ihm, sich gegenüber von ihr niederzusetzen. »Lirg sagt, es sei für ein Halbblut schwieriger, mit Magie umzugehen, weil er oder sie mehr wie ein Mensch ist. Ein Halbblut hat mehr als eine Person in sich ... aber keine Seele.«

Michael öffnete den Mund, um seine Zweifel am Vorhandensein der menschlichen Seele auszudrücken, kam aber rechtzeitig zu der Einsicht, daß ihm kein Urteil darüber zustehe.

»Ich weiß nicht recht, was er damit meinte, aber ich spüre die Wahrheit darin. Wann immer ich mich mit Magie beschäftige und eine Person bin, gelingt es. Manchmal spalten sich meine Gedanken auf, und viele Stimmen reden in meinem Kopf durcheinander, und die Magie löst sich auf. Für einen Sidhe gibt es nur eine Stimme im Kopf, eine Disziplin. Darum kann er sich leichter konzentrieren.«

»Vielleicht meint er das – nur Konzentration.«

»Nein, es ist tiefer. Lirg sagte ...« Sie seufzte und setzte sich auf ihre Fersen. »Ein Sidhe würde es als sehr unangenehm empfinden, müßte er die ganze Zeit über seine Eltern sprechen. Mischlinge denken gern, daß sie Sidhe seien ... aber ich bin überwiegend menschlich. Wie auch immer, wenn du alles auf eine Person konzentrierst, die ein bestimmtes Ziel erreichen will, strömt die Magie einfach aus dir hervor. Die nächste Schwierigkeit ist, sie zu steuern. Ein bißchen Magie ist leicht zu steuern. Für den Bruchteil einer Sekunde verbindest du das Reich mit deinem Kopf, und da ist es; was du getan haben willst, ist getan. Das Reich arbeitet dir zu. Es ist beinahe mechanisch, wie das Gehen. Aber große Magie ... das ist eine sehr komplizierte Sache. Soll ich mehr erklären?«

Michael nickte. Sein Mund war ein wenig trocken. Eleuths große dunkle Augen schauten ihn unverwandt an, ihr glattes Haar fiel ihr über die Schultern bis auf die Brust.

»Der Sidheteil eines Halbbluts weiß instinktiv, daß

jede Welt nur eine Sache des Hinzufügens und Wegnehmens ist. Um große Magie zu bewerkstelligen, mußt du in völligem Einklang mit der Welt sein – hinzufügen, wenn sie es tut, wegnehmen, wenn die Welt wegnimmt. Dann wird es möglich, die Sache umzudrehen und zu erreichen, daß die Welt im Einklang mit dir ist, wenigstens für ein paar Augenblicke. Eine Welt ist wie ein langes schwieriges Lied. Der Unterschied zwischen dem Reich und deiner Heimat ist wie der Unterschied zwischen einem Lied und einem anderen.« Sie schloß die Augen und sang: *»Toh kelik ondulya, med nat ondulya trasn spaan nat kod.«*

»Was bedeutet das?«

»Es bedeutet ungefähr: ›Alles ist in Wellen, nichts ist entfernt, alles läuft hier zusammen.‹«

Michael schüttelte bewundernd den Kopf. »Und du fühlst das alles?«

»Wenn es wirkt«, sagte sie. »Nun setz dich auf den Rand der Decke. Ich werde eine Weile nicht mit dir sprechen können, weil ich sonst nicht durch Einfühlung hören kann. Verstehst du?«

»Ja. Vielleicht.«

Sie stand auf, trat in die Mitte des Teppichs und streckte die Arme aus, schwenkte sie dann in verschiedene Richtungen, als mache sie langsame Freiübungen. Michael blickte verstohlen in die Ecke zu seiner Linken, in die eine Hand wies, und sah eine Zusammenballung von Dunkelheit, winzig wie ein Daumennagel, die den Teppich am Boden festzuschrauben schien. Und der Teppich spannte sich wie ein Lebewesen unter seinen Knien.

Sie ließ die Arme sinken und schloß die Augen, hob das Kinn. Ihre Finger streckten sich.

Einen Augenblick lang erhoben sich vier leuchtende Säulen in allen Ecken und durchstießen das Dach, als ob es nicht da wäre, um in die größere Dunkelheit der Nacht emporzustreben. Sie streckte eine Hand mit geballter Faust von sich und drehte sich einmal um die eigene Achse. Ihre Augen öffneten sich blitzend, gerade als er zwinkern mußte, und in dem Augenblick seines Lidschlags schien es im Zimmer hell genug, um klar durch die Lider zu sehen.

Sie kniete vor ihm, streckte die Faust aus und öffnete sie. Ein Käfer lag in ihrer Handfläche, wie ein Mistkäfer, aber von einem tiefen metallischen Grün, mit samtig grünen Flügeldecken. Er bewegte sich langsam, drehte sich auf der Stelle, als sei er verwirrt.

»Das ist sehr gut«, sagte Michael, der nicht recht wußte, ob er beeindruckt sein sollte oder nicht.

»Es war eine kalte Nacht, mit Wolken, die vom Mondschein erhellt wurden«, sagte sie. »Es war eine Art Straße, hart und schwarz, mit weißen Strichen und goldenen Punkten und Gras, das auf beiden Seiten in Stein gefangen war, und Bäume im Gras.« Sie zeigte auf den Käfer. »Dieser war dort. Ich brachte ihn her.«

Michael zwinkerte verwirrt. »Ich ...«

»Ich brachte ihn dir aus deiner Heimat«, sagte Eleuth. »Du lebst in einer sehr seltsamen Gegend.«

Der Käfer kroch einen Zentimeter über ihre Handfläche, hielt ein und rollte auf den Rücken. Seine Beine bewegten sich matt und dann nicht mehr. Eleuth blickte besorgt auf ihn herab, berührte ihn vorsichtig mit einem Finger. An dem Finger glänzten Wassertropfen, als ob ...

Als ob sie im nassen Gras gesucht hätte.

»Ist er tot?« fragte Michael.

Tränen standen in ihren Augen. »Es sieht so aus. Ich habe noch so viel zu lernen.«

Es war dunkel und sehr kalt, als er zu der Anhöhe zurückkehrte. Aus der Hütte der Kranichfrauen drang heller Lichtschein. Zwischen den Hütten stand Spart auf einem Bein und erwartete ihn. Sie winkte ihm mit gekrümmtem Finger, ließ das Bein herab und schritt voraus zu seiner Hütte. Er folgte. Sie bedeutete ihm, daß er die Flechtmatte zurückschlagen solle, und er tat es. Sie schnippte mit den Fingern, und die Buchstaben des Gedichts, das er in den Boden gekratzt hatte, glommen auf. »Woher ist das gekommen?«

»Ich schreibe Gedichte«, sagte er, verärgert über ihre Schnüffelei. »Es gibt hier kein Papier, also schreibe ich in den Boden.«

»Ja, aber woher kommt es?«

»Wie sollte ich es wissen? Es ist ein Gedicht.«

»Weißt du, wie alt dieses Gedicht ist?« fragte sie und zeigte auf die letzten Zeilen. »In seiner Cascar-Version?«

Michael schüttelte den Kopf. »Ich habe es gerade geschrieben.«

»Es ist gefährlich, solche Dinge zu schreiben. Dein Spiel mit dem Halbblutmädchen macht dich zu einem sehr interessanten Lehrling.« Damit machte sie kehrt und ging fort. Ihre langen Beine trugen sie wie eine zweibeinige Spinne.

»Es ist *mein* Gedicht!« rief er ihr nach. Er hörte ein kratzendes Geräusch hinter sich und sah Nare durch den Eingang in die Dunkelheit der Hütte spähen. Sie murmelte ein paar Worte, den Blick auf dem glimmenden Gekritzel. *»Tons kaeli«,* sagte sie und grinste Michael zu. Dann richtete sie sich auf und folgte Spart.

Die Luft roch nach Staub und Elektrizität, obwohl der Nachthimmel wolkenlos war. Er lag fröstelnd auf seinem Lager und dachte an Eleuth und was sie getan hatte, dann etwas ausführlicher an Helena. Er überlegte, wie es ihr gehen und was sie tun mochte, und wann er dazu kommen würde, sie wieder zu besuchen ... und er fragte sich, ob sie jemals so zärtlich wie Eleuth sein könne.

Es schien beinahe vermessen, solche Hoffnungen zu hegen.

21

Nur selten sah Michael die Kranichfrauen, wenn sie Biri ausbildeten, und bei diesen Gelegenheiten sprachen sie Cascar, und er konnte nicht verstehen, was vorging. Auch mit ihm arbeiteten sie weiter, und als die Tage vergingen und das Wetter allmählich kälter wurde, widmete Nare endlich einen Tag der Aufgabe, ihn *hyloka* zu lehren, das Ziehen-von-Wärme-aus-dem-Mittelpunkt. Er begann gerade dahinterzukommen, als sie ihn verließ, und danach konzentrierten sie sich eine Woche lang täglich von früh bis spät auf Biri.

An einem bitterkalten Morgen kam Michael aus seiner Hütte und sah Biri mit den Kranichfrauen auf der Anhöhe. Sie hielten einander bei den Händen und umringten ihn mit geschlossenen Augen, die Gesichter zum kühlen blauen Himmel erhoben. Einzelne Schneeflocken trieben langsam von irgendwo herab. Michael setzte sich mit untergeschlagenen Beinen vor seiner Hütte auf den Boden.

Stundenlang verharrten sie so in scheinbarer Untätigkeit. Michael kratzte Gedichtzeilen in den harten Boden und scharrte sie aus. Dann und wann blickte er hinüber, um zu sehen, ob sich etwas geändert habe. Er versuchte die Empfindung einer inneren, abgelösten Stimme wiederzugewinnen, doch ohne Erfolg.

Zuletzt brach Biri zwischen ihnen zusammen, und die Kranichfrauen ließen ihre Hände los, wichen einen

Schritt zurück und kauerten nieder wie wartende Aasgeier, die Augen weit aufgesperrt, die Lippen fest zusammengepreßt. So verharrten sie längere Zeit, dann gingen sie zu ihrer Hütte und ließen Biri liegen. Michael tappte hinüber, beugte sich über den Liegenden und befühlte seine Stirn.

»Fehlt dir was?«

»Geh weg!« sagte Biri. Er drückte die Augen fest zu.

»Es war nur eine Frage«, sagte Michael. Und schon kam Spart armfuchtelnd aus ihrer Hütte gerannt.

»Geh!« kreischte sie. »Laß ihn allein! Verschwinde!«

»Für immer?« fragte er wütend, ergriff aber gleichwohl die Flucht vor ihren Armen.

»Komm am Abend wieder!« Sie blickte auf Biri hinab, der sich nicht regte.

»Ist alles in Ordnung?«

»Nein. Geh jetzt!«

Michael ging zum Bach und überquerte ihn auf den Trittsteinen. Als er am anderen Ufer war, blickte er über die Schulter und sah Spart noch immer über den Liegenden gebeugt. Er schüttelte den Kopf und machte sich auf den Weg nach Euterpe.

Der Himmel bezog sich, es schneite stärker, und die Flocken blieben auf den Sträuchern und Grasbüscheln längs dem Weg liegen. Während er ging, übte er *hyloka* und fühlte tatsächlich, wie sich Wärme, von der Magengrube ausgehend, in ihm ausbreitete.

Wie viele Tage lebte er schon in dieser Welt? Die Überlegung durchbrach seine Konzentration, und bald begann er wieder zu frösteln. Er hatte die Zahl der Tage vergessen; vielleicht zwei Monate, vielleicht zweieinhalb oder drei. Alles war in die Ausbildung geflossen, das Rennen, das Schattenwerfen, begleitet von Schrekkenserlebnissen, von Eleuths Zuneigung und Gedanken an Helena.

Stirnrunzelnd versuchte er es abermals mit *hyloka,* fühlte neue Wärme in der Brust, die sich durch seine Arme verbreitete. Er lächelte und schwenkte versuchshalber die Arme. Die Kälte war gebannt. Als Euterpe in Sicht kam, beschleunigte er seinen Schritt. Sein Gesicht war gerötet, die Finger prickelten.

Er dachte an Biri, wie er in offenbarer Qual am Boden gelegen hatte, und war sehr froh, daß er kein Sidhe war. Die Erleichterung, daß er Michael Perrin war, machte ihn beinahe übermütig, und die angenehme Wärme brachte es mit sich, daß er beinahe froh war, im Reich zu sein, den andernfalls würde er an einem kalten Tag in so leichter Kleidung vor Kälte zittern. Jetzt aber stand er durchgewärmt und behaglich im Schnee. Er stieß mit den Füßen hinein, ohne das dünne Gekräusel von Dampf zu bemerken, das der Wind rasch mit sich forttrug.

Als er den Ortsrand von Euterpe erreichte, tanzte er vor Vergnügen. Er hüpfte grinsend und summend an den ersten Häusern vorbei, fragte sich vage, warum er so fröhlich sei, und bog in die Straße, von der Helenas Gasse abzweigte.

Eine dünne Eisschicht überzog das Kopfsteinpflaster, aber seine tanzenden Füße ließen es nicht zerspringen, sondern brachten es zum Schmelzen. Sie hinterließen dampfende Spuren. Wie ein vom Veitstanz Besessener sprang er so laut singend, daß es von den Mauern widerhallte, in die Gasse hinein. In seiner Ekstase schien er sogar die innere Stimme wiederzufinden und war schon im Begriff, singend ein paar Gedichtzeilen zu improvisieren, als er vor Helenas Haus und am Fuß der Treppe anlangte. Dort hielt er inne, etwas ernüchtert. Vor Helena wollte er seriös und ordentlich erscheinen.

Seine Schuhe zischten auf den Stufen. Er stand vor Helenas Tür und klopfte an den Rahmen. Etwas brannte. Er blickte verwundert umher und hoffte, daß es nur eine Herdstelle und nicht das Gebäude sei. Der Brandgeruch wurde stärker. Er hob den Arm, um sich an der Nase zu kratzen.

Der Ärmel seines Hemdes qualmte. Völlig verblüfft starrte er ihn an. Hitze strahlte von seiner Haut aus. Flammen erfaßten den Rand des Gewebes, klein und stumpffarbig zuerst, aber im Nu hatte der ganze Ärmel Feuer gefangen. Entsetzt riß er sich das Hemd vom Leib, warf es zu Boden, wo es grauen Rauch verbreitete. Er fiel auf die Knie und zog das Buch aus der Innentasche, ließ es fallen, als seine Finger den Einband versengten.

Als nächstes fingen die Hosen Feuer, und er riß sie ebenfalls herunter, streifte sich anhaftende rauchende Stoffreste von den Beinen.

Sein Atem ging tief und heftig. Die Wände des Korridors reflektierten Feuerschein, aber die in Brand geratene Kleidung schwelte nur noch. Sein ganzer Körper prickelte, und Euphorie vermischte sich mit Verblüffung und Furcht. Er hätte am liebsten weitergetanzt, kam jedoch zu dem Schluß, daß es an der Zeit sei nachzudenken.

Worüber? Über etwas, was unbeachtet geblieben war … außer Kontrolle. Und das war …?

Hyloka. Er hatte nicht aufgehört, die Hitze aus dem Mittelpunkt zu ziehen. Verwirrt konzentrierte er sich auf das Zentrum der Wärme, dämpfte es allmählich. Sein Körper war noch stark gerötet, also dämpfte er den Impuls weiter, bis die normale Hautfarbe wiederkehrte.

Mit der Hitze schwand die Euphorie. Auf einmal wurde ihm klar, daß er nackt in der Mitte des kleinen Korridors stand, umgeben von den geschwärzten Überresten seiner Kleider …

Vor Helenas Tür.

Es war schlimmer als der peinlichste Alptraum, den er je gehabt hatte. Er hatte sich die Kleider vom Leib gebrannt. Nun bückte er sich, das Buch aufzuheben, und bei dieser Bewegung stieß er mit der Schulter gegen die Tür aus Flechtwerk. Sie gab nach – in Euterpe gab es keine Schlösser –, und er schlüpfte hinein.

Sekunden vergingen, ehe er sich hinreichend beruhigt hatte, um zu begreifen, daß sie nicht zu Haus war. Wieder fröstelnd, hielt er nach etwas Ausschau, was er anziehen könnte. Der aus Korbgeflecht gemachte Schrank enthielt einen langen Rock, den er sich um die Mitte band. Dann fand er eine kurze Jacke, in die er kaum die Schultern zwängen konnte, und war drauf und dran, wieder hinauszuschleichen, als die Tür neuerlich aufgestoßen wurde.

Helena kam herein, mehrere Stoffteile über dem Arm und einen Nähkasten in einer Hand.

»Hallo!« rief Michael zur Warnung. Sie wandte den Kopf und machte große Augen.

»Was ist los mit dir?« fragte sie, nachdem der erste Schreck vergangen war. Er zitterte vor Kälte, war durch sein Mißgeschick gedemütigt und in Verlegenheit, brachte aber ein klägliches Lächeln zuwege. »Ich habe meine Kleider verbrannt«, sagte er.

»Ach, du liebe Güte!« Helena hielt die Tür mit einem Fuß offen, als trage sie sich mit Fluchtgedanken. Ihr Blick fiel auf die versengten Lumpen auf dem Gang. »Du liebe Zeit, warum?«

»Ich versuchte mich warmzuhalten«, sagte Michael. »Es geriet mir aus der Hand. Ich hatte, weißt du, Wärme aus dem Innern gezogen ... Spart nennt es *hyloka* ...«

»Du machst es nur schlimmer«, sagte Helena. Sie legte die Stoffteile über eine Stuhllehne und stellte den Nähkasten auf den Sitz. »Fang von vorn an!«

Michael erklärte, so gut er konnte, und als er fertig

war, nickte sie zweifelnd. »Und so ziehst du meine Sachen an. Das ist mein einziger Rock, weißt du.«

»Deine Hosen würden mir nicht passen«, sagte Michael.

»Freilich nicht. Was willst du tun? Mit meinem einzigen Kleid losgehen? Wie viele Kleidungsstücke hast du?«

»Nur die da«, sagte Michael und wies zur Tür hinaus. »Ich war ...«

»Warum bist du ausgerechnet hierher gekommen, um deine Kleider zu verbrennen?«

Seine Verlegenheit wurde zur Qual. Er stammelte und merkte, daß ihm die Tränen kamen. Dann sah er, daß sie Spaß an der ganzen Situation hatte und sie auskostete. »Ich kam zu Besuch. Es schneite.«

Plötzlich fing sie an zu lachen. Sie krümmte sich und fiel rückwärts auf den Stuhl, stieß den Nähkasten herunter. »Tut mir leid«, stieß sie prustend hervor. »Tut mir wirklich leid!«

Auch Michael erkannte die groteske Komik seiner Lage, brachte es jedoch nicht über sich, in ihre Heiterkeit einzustimmen. »Ich geh jetzt«, sagte er.

»Nicht mit meinem Kleid, kommt nicht in Frage! Was sollen wir tun? Ich habe hier keine Männerkleidung.«

»Vielleicht könnte man welche borgen«, schlug er vor.

Sie bezwang ihre Heiterkeit, wischte sich die Augen und hob den Nähkasten auf. »Eigentlich«, sagte sie und ging um ihn herum«, siehst du nicht übel aus. Vielleicht lasse ich dich den Rock tragen.«

»Helena, bitte!«

»Schon gut. Ich sollte nicht lachen.«

»Ich weiß, daß es sehr komisch sein muß«, sagte er. »Ich würde auch darüber lachen, aber schließlich bin ich es, der hier wie ein Esel steht, und noch dazu in deiner Wohnung. Und ich bin es, der deine Sachen trägt ...«

»Warum bist du zurückgekommen? Ich habe dich so wenig gesehen.«

»Um zu sprechen. Bis vor ein paar Tagen haben sie mich von früh bis spät beschäftigt.« Er hoffte, daß sie nichts von Eleuth gehört hatte; er wußte nicht, ob Klatschgeschichten aus dem Dorf nach Euterpe drangen. Aber sicherlich würde sie bald davon erfahren. »Du wirst niemandem davon erzählen, sag?«

»Nein. Michael, du bist die ungewöhnlichste Person, die ich je kennengelernt habe, und du wirst von Mal zu Mal unheimlicher.«

»Es ist bloß diese Umgebung, alles daran.«

»Ah. Du bist also normal, wie?«

»Ja ... nein, ich meine, nicht wie alle anderen ...«

»Schon gut, schon gut«, sagte Helena. »Ich werde zu Savarin laufen und ihm sagen, daß du Kleider brauchst. Vielleicht weiß er, wo welche zu bekommen sind – Stoffe sind hier kaum erhältlich, weißt du. Du kannst nicht einfach in einen Laden gehen und welche kaufen. Deshalb sei in Zukunft vorsichtiger mit deinen Sachen.« Sie kicherte. »Ich bringe Stoffe, die aus der Mangel in der Wäscherei kommen, nach Hause, um sie auszubessern.« Sie zeigte auf die mitgebrachten Stoffteile. »Das gehört zu meiner Arbeit.«

»Sag Savarin nichts! Und bring ihn nicht her, bitte!«

»Aber wir brauchen eine Erklärung. Einen Grund, daß du neue Sachen benötigst.«

»Sag ihm, ich hätte meine in der Ausbildung ruiniert.«

»Gewiß. Soll ich ihm auch sagen, du seist nackt durch die Stadt bis in meine Wohnung gegangen?«

»Dann denk dir was aus! Bitte.«

Sie überlegte. »Ich muß ihm sagen, daß es ein Geheimnis ist. Und weißt du, was er dann denken wird?« Sie machte ein affektiertes Gesicht. »Na, soll er denken, was er will.« Sie ging zur Tür. »Ich werde bald wieder da sein. Lauf nicht weg.«

»Das brauchst du mir nicht zu sagen«, erwiderte er.

Sie warf ihm einen letzten Blick zu, schüttelte den Kopf und schloß die Tür. Michael blickte an sich herab und stöhnte hilflos. Er setzte sich auf den Stuhl und rieb sich das Gesicht mit den Händen, dann hob er den Kopf und schaute umher.

Auf dem Rattantisch lag ein unregelmäßiges gerundetes Ding, einem Stück Treibholz ähnlich. Er fragte sich, woher es gekommen sein mochte; es war auf dem Tisch zur Schau gestellt, wie eine Art Schatz. Die Bewohner Euterpes brachten jedem Holz große Wertschätzung entgegen. Die Mischlinge durften nicht mit Holz handeln, und er bezweifelte, daß Sidhehändler den Menschen etwas verkaufen würden. Vielleicht, dachte er bei sich, könnte er Helena etwas beschaffen, vielleicht eine Planke aus seiner Hütte; irgend etwas, um gutzumachen, was er angerichtet hatte.

Nahe dem Fenster zur Gasse stand eine hohe säulenartige Keramikvase mit drei langen Halmen, die jeweils eine kleine gelbe Knospe trugen. Er ging hin und schnüffelte daran, aber sie waren geruchlos.

Der Rest des Zimmers war sehr spartanisch eingerichtet. Dennoch wirkte Helenas Wohnung im Vergleich zu seiner Hütte wie ein Höhepunkt der Zivilisation.

Eine Stunde verging, bevor sie mit einem Beutel zurückkam und ihn Michael hinstreckte. »Geh in die Kammer und zieh diese Sachen an«, sagte sie. »Savarin bat Risky um ein paar überzählige Kleider. Sie hatte die Sachen von einem Mieter aufbewahrt, der vor Jahren verschwand. Sie werden schon passen.«

Michael tat wie geheißen und nutzte die Gelegenheit,

ihre Schlafkammer zu betrachten. Das Bett war aus Korbgeflecht, mit einer Matratze aus Pflanzenfasern statt Stroh. Darüber lagen zwei einfache dünne Decken. Die Kammer bot kaum Raum genug für ein einfaches Bett. Die Wände waren mit Blumen bemalt, unbeholfen, aber irgendwie anrührend.

Als er den Vorhang zum Zimmer zurückzog und eintrat, musterte Helena ihn mit kritischem Blick. »Na«, sagte sie, den Finger an der Wange, »es sieht nicht gerade maßgeschneidert aus, aber du wirst dich damit behelfen müssen.«

»Es gibt keine Tasche für mein Buch«, sagte er und hielt den Band hoch, der schon sehr abgenutzt aussah.

»Ich werde dir aus ein paar Stoffresten eine Tasche machen«, sagte Helena. »Gib mir das Hemd!« Er zog es aus und gab es ihr.

»Dann brauchst du also keine warmen Kleider mehr, wie?« fragte Helena, als sie aus Flicken eine Tasche schnitt und einpaßte.

»Ich werde es erst wieder mit *hyloka* versuchen, wenn ich damit umzugehen weiß«, sagte er seufzend. »Es gibt so viele wirklich sonderbare Dinge, auf die man achthaben muß.«

Sie blickte zu seinem nackten Oberkörper auf, als sie die Tasche annähte. Er rutschte auf dem Stuhl und tat interessiert an der Aussicht, die das Fenster bot. Er war nicht gerade schmalbrüstig und knochig, aber seine Haut war blaß, und er war verlegen. Zum Fotomodell würde er sich nie eignen.

»Du wirst kräftiger«, sagte sie. »Muß an der Ausbildung liegen. Schade, daß die weiten Sachen es verstekken.«

Es schneite wieder. »Wird es hier richtig kalt?«

»Anscheinend fängt der Winter an, aber man kann nicht immer darauf zählen. Wenn der Winter endgültig einsetzt, wird es sehr kalt. Die Wäscherei schließt, alles hört auf. Der Winter ist eine gute Zeit, um etwas zu verstecken. Der Stadtmeister läßt sich dann kaum blicken. Er will nicht sehen, wie elend alle sind. Schließlich hat er uns einigermaßen zu versorgen, und was er nicht sieht, braucht er nicht zu verbessern.«

Geschickt und rasch nähte sie die Tasche an und legte die Nadel in den Nähkasten. »Da! Eine Tasche.« Sie gab ihm das Hemd und sah zu, wie er es anlegte. »Ein richtiger Lumpenkerl. Hast du über das, was ich sagte, inzwischen nachgedacht?«

Er knöpfte das Hemd zu und steckte das Buch in die Tasche.

»Was du sagtest?«

»Über unsere Gruppe.«

»Ach so, ja, darüber habe ich nachgedacht. Ich frage mich, was du mit einem Klavier anfangen willst.«

Sie stand auf und blickte zum Fenster hinaus, bevor sie sich wieder ihm zuwandte. »Es ist nicht bloß das Klavier«, sagte sie. »Die Sache ist größer und wichtiger. Freilich wäre es nett, ein Klavier zu haben.« Ein verträumter Ausdruck trat in ihre Augen. »Ich bin völlig aus der Übung. Meine Finger sind steif, ruiniert.« Sie bewegte sie und spreizte sie, als wolle sie eine Tastatur bearbeiten. »Steif und schwielig. Aber wie ich sagte, wir haben andere Pläne. Savarin meint, wir können dir vertrauen. Der Stadtmeister scheint dich nicht ausstehen zu können. Natürlich kann das ein Täuschungsmanöver sein ... Es hat Menschen gegeben, die zu den Sidhe überliefen.« Sie warf ihm einen scharfen Blick zu. »Du hast mehr Umgang mit den Mischlingen als mit den Sidhe, und die beiden sind nicht gerade eng vertraut. Aber wir haben einen Vorbehalt.«

»Ja?« Er verspürte ein vages Schuldgefühl und biß die Zähne zusammen.

»Warum sind die Kranichfrauen so sehr an dir interessiert?«

»Wegen Lamia, glaube ich«, sagte er. »Aber hör zu, wenn du mir nicht traust, laß es sein. Erzähl mir nichts.«

»Du weißt nicht, warum du ausgebildet wirst?«

»Savarin und ich haben über dies alles ausführlich gesprochen. Ich bin wahrscheinlich die unwissendste Person im ganzen Reich.«

Helena lachte. »Reg dich nicht auf ... Wir müssen vorsichtig sein, weißt du. Du wirst inzwischen begriffen haben, wie ernst die Dinge sind. Was weißt du über den Vertrag?«

»Daß der Isomagus oder David Clarkham oder wer immer er ist, eine Schlacht gekämpft und einige Zugeständnisse gewonnen hat.«

»Er verlor.«

»Ja, aber er brachte die Sidhe dazu, daß sie das Vertragsland bereitstellten. Wenn Alyons uns überwacht, so wird es mit dem Vertrag zu tun haben.«

»Savarin sagt, Alyons sei als Strafe für den Verstoß gegen Gesetze der Sidhe hierhergeschickt worden. Aber ich wollte etwas anderes sagen: Wenn wir Widerstand leisten oder versuchen, die Verhältnisse zu ändern, gilt der Vertrag als hinfällig. Dann kann Alyons mit uns nach Belieben verfahren.«

»Ihr denkt doch nicht etwa an Widerstand?« Er erinnerte sich, wie Biri um den Felsblock gelaufen war und ihn pulverisiert hatte, und Biri war nur ein junger unerfahrener Sidhe. Was konnte ein Feld- und Stadtmeister tun, wenn er frei von Beschränkungen war?

»Ja«, bestätigte Helena, und ihre Augen blitzten. »Ist es nicht an der Zeit?«

»Ist Savarin der Anführer?«

»Gott bewahre, nein. Jemand, den du noch kennenlernen wirst.«

»Aber ich darf seinen Namen nicht wissen?«

Sie zögerte, schüttelte den Kopf. »Erst wenn wir der festen Überzeugung sind, daß du vertrauenswürdig bist.«

»Vertraust du mir?«

»Ich – denke schon«, sagte Helena nach einem Augenblick. »Ja, ich vertraue dir.« Sie lächelte breit. »Niemand, der als Agent auf uns angesetzt ist, würde vor meiner Tür seine Kleider verbrennen.«

»Was wollt ihr unternehmen?«

»Wir planen noch. Nichts ist endgültig. Aber wenn dies wirklich der Winter ist, dann können wir vielleicht vorankommen. Es wird geplant, seit ich hier bin, und schon vorher. Das Zentralkomitee ist sehr vorsichtig.«

»Danke für die Kleider«, sagte er und dachte daran, wie Eleuth ihn das letzte Mal eingekleidet hatte.

»Schon gut. Aber sieh zu, daß du sie nicht ruinierst.«

»Ich kann für nichts garantieren«, sagte er kläglich. »Gerade die besten Vorsätze gehen oft daneben.«

»Wem sagst du das!« erwiderte sie. Ihr Blick ruhte auf ihm, und sie nagte an ihrer Unterlippe.

»Was ist los?«

»Du bist sehr hübsch«, sagte sie.

»Willst du dich über mich lustig machen?«

»Es ist mein Ernst. Du bist anziehend.«

»Ich finde dich sehr schön.« Die Worte kamen heraus, ehe er ihre mögliche Wirkung abschätzen konnte. Helenas Ausdruck veränderte sich nicht, aber dann kam ein warmes Lächeln zum Vorschein, und sie berührte sein Knie. »Es ist auch mein Ernst«, sagte er.

»Du bist süß. Wann mußt du zurück sein?« Ihr Ton wurde geschäftsmäßig, und sie trat wieder zum Fenster.

»Wenn es Abend wird.«

»Der Abend wird heute wahrscheinlich frühzeitig kommen. Möchtest du nicht wissen, warum wir so zuversichtlich sind, daß wir Widerstand leisten und gewinnen können?«

Er zuckte mit der Schulter.

»Du mußt jetzt wissen, was du willst«, sagte sie streng. »Ich würde dich wohin bringen müssen, wo es ziemlich unerfreulich ist.«

»Gut, ja, ich möchte es wissen.«

»Hast du einen guten Magen?«

»Ich glaube schon.«

Sie sah ihn stirnrunzelnd an, dann streckte sie die Hand aus. Er nahm sie und stand auf.

»Es gibt mehrere Lektionen, die du lernen mußt«, sagte sie. Er fühlte, wie sein Herz hoffnungsvoll schneller schlug, aber sie legte einen Schal um und hielt ihm die Wohnungstür auf. »Ich habe Freunde im Hof. Sie werden uns Zutritt verschaffen. Ich möchte dich mit jemandem bekanntmachen. Einem Kind.«

22

Der Hof lag ungefähr in der Mitte der Stadt. Von außen zeigte er sich als ein fensterloses niedriges Ziegelgebäude von der häßlichen Nüchternheit einer Fabrikhalle, eingerahmt von Straßen, die für diese Stadt ungewöhnlich breit waren. Helena marschierte entschlossenen Blicks vor ihm her. »Niemand geht gern hierher«, sagte sie. »Ich gehe nicht oft, aber Savarin ist häufiger als die meisten da.«

Der Eingang war schmal, kaum ausreichend für eine Person, gesichert durch eine schwere Tür aus Flechtwerk, dessen Stärke ungefähr dreißig Zentimeter betrug. Helena zog an einem Knopf, und drinnen hörte man leises Geklimper von einem gläsernen Glockenspiel. In der Lehmziegelwand neben der Tür wurde ein

Gucklock geöffnet, und ein trübes, gelbliches Auge spähte heraus.

»Ich bin's, Sherebith«, sagte Helena. Mit einem hohl scharrenden Geräusch wurde die Tür geöffnet.

»Ja, Helena. Was kann ich für dich tun?« Eine dickliche Frau mit gelblichem Gesicht, angetan mit einem langen grauen Gewand, stand in der Öffnung und maß Michael mit einem Blick, der weder Vertrauen noch Sympathie erkennen ließ.

»Das ist ein Freund«, sagte Helena. »Ich möchte ihm den Hof zeigen und Ishmael vorstellen. Michael, das ist Sherebith.«

Michael streckte die Hand aus. »Sehr erfreut«, murmelte er. Die Frau schaute die Hand an, zog eine skeptische Grimasse und öffnete die Tür weiter. »Kommt rein!« sagte sie in resigniertem Ton. »Heute war er ruhig. Die anderen folgen seinem Beispiel. Danken wir wem auch immer für kleine Gefälligkeiten.«

Die Frau führte sie durch einen dunklen Korridor, dessen Wände, Boden und Decke aus den gleichen unverputzten Lehmziegeln gemauert waren. In Abständen von sechs oder sieben Schritten waren schmale Schlitze angebracht, die ein wenig Licht einließen; die einzige andere Lichtquelle waren Wachskerzen, die zwischen den Schlitzen in Haltern steckten. Alles sah sauber und gepflegt aus, doch lag ein muffiger Geruch in der Luft. Sherebith ging voran, gefolgt von Helena und Michael, der einen lästigen Drang verspürte, sich umzusehen.

Im Innern war es ganz still. Am Ende des Korridors befand sich eine weitere dicke Tür aus Korbgeflecht. Auch an ihr war ein gläsernes Glockenspiel befestigt. »Alarmanlage«, sagte Helena und setzte es mit dem Finger in Bewegung, bevor Sherebith die Tür öffnete und das Geklimper auslöste.

Jenseits der Tür war ein offener kleiner Hof mit schmucklosen Ziegelmauern. In jeder der vier Wände war eine Tür eingelassen. Sherebith schritt zu der Tür gegenüber und entriegelte sie. Als sich die Tür knarrend öffnete, wehte ein feuchter schwerer Geruch heraus, der die schlimmsten Geruchskomponenten moderiger Keller und des Klärschlamms in sich vereinigte, den Michaels Vater zur Düngung des Gartens verwendete.

Die Kerzen brannten in der dicken Luft trüber. Es gab keine Beleuchtungsschlitze, aber vergitterte Entlüftungslöcher in der Decke ließen mattes Tageslicht einsickern.

Die gegenüberliegenden Wände des Raumes lagen im Dunkeln. Viereckige gemauerte Säulen stützten die niedrige Decke und trugen auf jeder Seite einen Kerzenhalter. Sobald seine Augen sich an das Halbdunkel gewöhnt hatten, sah Michael ausgehobene Gruben im Boden, jede mit einer Kantenlänge von ungefähr drei Metern und eingefaßt von Mauerwerk und Fliesen. Er zählte sieben dieser Gruben. »Abteilung drei«, sagte die Frau. »Ich nenne sie die Heulabteilung, wegen Ishmael. Er ist der Große. Der Anstifter.« Sie zeigte zu Bänken am Rand jeder Grube. »Als die Abteilungen eingerichtet wurden, dachte man, daß die Eltern vielleicht dann und wann kommen und ihre Kinder besuchen würden. Nach den ersten paar Monaten hat es niemand mehr getan. Nur ich und der Wärter kommen regelmäßig hier herein. Ich bin die Vorsteherin.« Sie lächelte und zeigte schief stehende gelbe Zähne. »Neben dem Wärter bin ich die einzige, die sich um sie kümmert, die freundlich zu ihnen ist.«

»Und Savarin?« sagte Helena.

»Der? Der hat seine eigenen Gründe hierherzukommen. Manchmal regt er sie auf. Sie lieben ihn nicht. Hört er ihnen zu, wenn es Nacht wird und sie die Rufe von der Ebene hören, Rufe, die unsereiner nicht hören kann? Nein.« Sie zeigte zu ihren kleinen knorpeligen Ohren, die unter schütteren Strähnen grauen Haares hervorsahen. »Rufe ihrer wirklichen Verwandten. Die Körper haben nichts zu bedeuten. Es kommt darauf an, was in den Flaschen ist, nicht auf die Form oder die Etiketten.«

Sie führte die beiden zur mittleren Grube. Michael blickte im Vorbeigehen in die anderen; die Laufgänge zwischen den Gruben waren nur einen Meter breit, und es war schwierig, angesichts der Insassen zu beiden Seiten ruhig zu bleiben. In jeder Grube war eine blasse Gestalt, manche von Kindergröße, andere größer. Die meisten lagen herum; er konnte keine Einzelheiten erkennen.

Sherebith beugte sich über die mittlere Grube. »Ishmael!« rief sie leise. »Ishmael, bist du daheim?«

Eine dünne graue Gestalt regte sich in den Schatten.

»Ja, Mutter.« Die Stimme war heiser, tief und kultiviert, durchtränkt von einer abgrundtiefen Traurigkeit. Michael fühlte sich von einem Empfinden angerührt, das er nicht gleich bestimmen konnte.

»Ich bin nicht seine wirkliche Mutter«, vertraute Sherebith ihnen mit einem Lächeln an, »aber ich bin die einzige, die er kennt.«

Helena kniete auf dem Laufgang nieder und sagte: »Ishmael!« Die Grube war so tief, wie sie breit war, und die Wände waren mit glatten harten Fliesen verkleidet. Die Gestalt war nackt, und außer drei Schüsseln für Nahrung, Wasser und Fäkalien, alle an einer Wand aufgereiht, gab es keinerlei Einrichtungsgegenstände.

»Ja.«

Michaels Augen hatten sich mittlerweile gut genug an das trübe Halbdunkel gewöhnt, und er konnte Ishmaels Züge erkennen. Es war ein kleines rundes Gesicht, unproportioniert im Verhältnis zu einem so großen Körper. Die Hände waren riesig und hingen an Armen, die an den Schultern dünn ansetzten und sich zu grotesken Unterarmen und Handgelenken verdickten.

»Wir haben Fragen zu stellen«, sagte Helena.

»Ich bin nicht anderweitig beschäftigt.«

»Ist er seit seiner Kindheit hier?« flüsterte Michael.

Helena nickte. »Er war einer der ersten, von denen wir wissen. Er ist schon seit dem Krieg hier.«

»Zeit vergeht«, sagte Ishmael. »Die Fragen.« Er setzte sich mit dem Rücken gegen die Fliesen und streckte die bleichen Beine von sich.

»Wer bist du?«

»Eine Jahrmarktsbude für die Schuldbewußten. Ein Produkt der Lust. Etwas so Böses, daß es sein endloses Leben lang entsprechend eingesperrt sein muß. Eine wandelnde Abtreibung. Ein Opfer.«

»Hör nicht auf den Unsinn!« sagte Helena zu Michael. Sie warf ihm einen prüfenden Blick zu, um die Wirkung zu ermessen, die Ishmael auf ihn hatte, dann wandte sie ihre Aufmerksamkeit wieder dem Insassen der Grube zu. »Wer bist du?«

»Eine Abtreibung!« erwiderte Ishmael mit erhobener Stimme. »Geboren von Mann und Frau.«

»Du hast deine Eltern umgebracht.«

»Ich erinnere mich nicht.« Er lächelte dazu.

»Du versuchtest andere umzubringen.«

»Du bist gut informiert.«

»Wer bist du?« beharrte Helena. »Dein Name.«

»Nenn mich ...«

»Laß das!« sagte Sherebith ruhig. »Sein Name ist Paynim. Er ist einer von Adonnas eigenen.«

»Paynim«, sagte die Gestalt, »oder Ishmael. Es ist ganz gleich.«

»Er nahm den Körper des Kindes, als es geboren war.

Es gibt hier keine Seelen.« Sherebith ging um die Grube herum. »Ich bin die einzige, die sich ihrer annimmt.«

»Adonna nimmt sich unser an!« winselte Ishmael. »Adonna zeugte mich ...«

»Begrub dich«, sagte Sherebith. Sie kam auf der anderen Seite um die Grube zu Michael und Helena und drängte Michael unbehaglich nahe an den Rand, als sie ihn passierte.

»Adonna befreite mich.«

»Du entstiegst der Verbrannten Ebene. Noch immer rufst du deine Freunde dort.«

»Keine Freunde.« Es klang todtraurig.

»Was bist du dann?« fragte Helena.

»Aus der Zeit, im Reich gestrandet, von Adonna in eine Form gebracht. Ishmael.«

»Was kannst du?«

Ishmael schüttelte den Kopf. Michael glaubte ein Grinsen in dem Kindergesicht zu sehen. Die Luft war erstickend. Er verspürte einen unwiderstehlichen Drang, ins Freie zu laufen.

»Ich sehe das Reich. Ich sehe voraus.«

»Was siehst du voraus?«

»Rebellion.«

»Wann?«

»Bald, bald.«

»Wer wird gewinnen?«

Michael blickte zu Helena, dann zu Sherebith.

»Der Vertrag wird gebrochen. Alyons wird alles verlieren.«

Helena wandte sich mit triumphierendem Ausdruck zu Michael. »Es ist das zweite Mal, daß er diese Worte gebraucht. Er sagte Savarin vor kurzem das gleiche. Wir werden gewinnen!«

Michael runzelte die Brauen. Das Kindergesicht war ruhig, die ungefügen Hände waren im Schoß zusammengelegt. Sherebith kniete am Rand der Grube und blickte zu ihren Besuchern auf. »Niemand außer mir kümmert sich um sie«, sagte sie. »Ich bin die einzige.«

»Und der Wärter«, sagte Helena.

»Und er.«

Hinter ihnen schob ein kleiner hagerer Mann in brauner Hose und einem knielangen weiten Hemd einen Karren aus Korbgeflecht über die Laufstege. Von den Seiten des Karrens hingen die von den Insassen der Grube für ihre Bedürfnisse benutzten Schüsseln. Drei mit Deckeln versehene Behälter nahmen den Laderaum des Karrens ein. Helena und Michael traten beiseite, und er schob seinen Karren auf dem schmalen Laufsteg dahin. Die leeren Schüsseln klapperten an den Seiten. Michael blickte ins Gesicht des Wärters. Der Mann schien sich auf eine innere Melodie zu konzentrieren. Die Lichtstreifen einer Entlüftungsöffnung glitten über seine Züge; seine Augen waren eingesunken, nutzlos und blau wie die eines Neugeborenen. »Der Wärter«, flüsterte Helena Michael ins Ohr.

»Der einzige«, bekräftigte Sherebith, den Blick auf Ishmael in seiner Grube fixiert.

Michael fror, als sie aus dem Hof ins Freie kamen. Sherebith schloß die Tür hinter ihnen und verriegelte sie ohne ein Wort. Zum ersten Mal begriff Michael, wie es ist, wenn man sterben will – um dem Elend ein Ende zu machen.

Das war die Empfindung, die er von Ishmael aufgefangen hatte.

Helena holte tief Atem und strich sich das Haar aus der Stirn. »Nun siehst du, warum wir nicht oft herkommen.«

»Sie werden in den Gruben gehalten ... weil sie gefährlich sind?«

»Sie sind Ungeheuer«, sagte Helena. »Hast du ihn nicht gehört?«

»Ja, aber wie lange ist er schon hier? Jahrzehnte? Das würde jeden zum Ungeheuer machen.«

»Ich habe nur Geschichten gehört«, sagte Helena, immer einen Schritt vor ihm gehend. »Sie töteten ihre Eltern oder ermordeten andere Leute. Oder sie entwichen in die Verbrannte Ebene und lebten dort und unternahmen Überfälle auf die Stadt, bis sie gefangen oder getötet wurden. Und wenn sie getötet wurden, kam ein fauliger Gestank aus ihnen.« Sie schauderte, daß ihre Schultern zuckten. »Hier ist es nicht wie zu Hause, Michael.«

»Ich weiß das«, sagte er mit erhobener Stimme. »Aber großer Gott – wie sie behandelt werden! Warum bringt ihr sie nicht um, wenn sie so schlimm sind?«

»Wir können es nicht«, sagte sie. »Alyons kann es, wir können es nicht. Er hat schon lange keinen von ihnen mehr getötet. Und seit langem sind keine mehr entkommen. Schließlich sind sie Menschen ... in einer Weise. Aber ich möchte nicht mehr darüber sprechen.«

»Wie du willst. Dann sprechen wir von seiner Prophezeihung. Wie willst du wissen, daß er die Wahrheit sagt?«

»Sherebith wird es dir sagen. Ishmael lügt nie.«

»Aber vielleicht ist es Irreführung. Ich habe mal gelesen, daß die Sibylle von Cumae ...«

Helena machte auf der Stelle halt, fixierte ihn mit kriegerisch vorgerecktem Kinn und geballten Fäusten. »Hör zu! Wir haben wenig genug, wonach wir gehen können, nichts, was uns ermutigt. Wir nehmen unsere Bestätigungen, wo wir sie kriegen können.«

»Von Ishmael?« fragte Michael, dem die Röte ins Gesicht stieg. »Von jemandem, den ihr als Ungeheuer einsperrt?«

»Einem Ungeheuer besonderer Art«, sagte sie. »Du brauchst uns nicht über die Verhältnisse hier oder unser Tun und Lassen zu belehren, Michael. Wir sind schon viel länger hier als du.«

Damit schien die Sache erledigt. Den Rest des Weges zu Helenas Wohnung gingen sie schweigend. Sie stieg die Treppe hinauf, und als er folgte, fragte sie: »Möchtest du hereinkommen?«

Er überlegte. »Ja. Ich möchte wissen, was ich tun kann, um zu helfen. Alyons gefällt mir so wenig wie euch. Vielleicht weniger.«

»Dann komm herein«, sagte Helena.

23

Helena beschäftigte sich hinter halb zugezogenen Vorhängen im Hinterzimmer mit Aufräumen. Michael hörte Wasser platschen, Toilettenartikel klappern, Helena vor sich hinsummen.

Er war beunruhigt. Etwas störte ihn, doch kam er nicht darauf, was genau es war. Die durch Ishmaels Worte aufgekommene schlechte Stimmung verflog; was ihn störte – oder zu stören schien –, war viel weltlicher.

Helena. Wenn er nicht bei ihr war, hatte er Zweifel, ob sie jemals mehr sein könnte als freundlich, aber distanziert. War er bei ihr, so schwanden diese Zweifel dahin, ausgelöscht von seiner Verliebtheit. Sie war gewandt, hübsch, menschlich. Sie würde niemals wie die Kranichfrauen aussehen. Sie kam aus der Heimat.

Dennoch fühlte er sich in ihrer Nähe nicht ungezwungen und entspannt. Bei Eleuth war ihm behaglicher als bei Helena.

Sie zog den Vorhang auseinander und lächelte zu ihm heraus. »Danke, daß du gewartet hast. Ich muß mich immer abwaschen, nachdem ich den Hof besucht habe.« Sie bot ihm einen feuchten Lappen. Zwar fühlte er sich nicht schmutziger als gewöhnlich, doch um ihr die Freude zu machen, rieb er sich das Gesicht ab und wischte sich die Hände.

»So«, sagte sie, warf den Lappen in eine Ecke und setzte sich ihm gegenüber in den zweiten Korbstuhl. »Du weißt, wieviel ich für dich übrig habe«, sagte sie.

Er antwortete nicht gleich. Ihre Blicke trafen sich, und es kostete ihn eine Anstrengung, wegzusehen. Er schluckte. »Ich weiß, daß du etwas für mich übrig hast«, sagte er, den Blick auf das Fenster konzentriert. »Wieviel, weiß ich nicht.«

»Nun bist du unverständlich«, sagte sie. »Mir liegt sehr viel an dir. Du bist ein sehr netter Junge. Gewiß, du bist in einer Lage gefangen, die du nicht wirklich verstehst, aber so geht es mir auch. Uns allen. Du tust, was du kannst.«

Er zuckte die Achseln, die dichten Brauen zusammengezogen. Sie lächelte. »Du bist klug, siehst gut aus, und anderswo würde ich mich wahrscheinlich in dich verlieben. Ich würde auf dem Klavier für dich spielen und mich freuen, wenn du mir ein Gedicht schreiben könntest.« Ihr Lächeln erstarb. »Aber wir sind hier und nicht anderswo. Das müssen wir sehen. Ich kann dich nicht lieben, nicht, wie ich sollte. Heute hast du gesehen, warum.«

»Habe ich?«

»Den Hof. Wenn man sich wirklich liebt, möchte man alles geben ... und das geht nicht.« Sie blickte ihm forschend ins Gesicht und berührte seine Wange. »Verstehst du nicht? Sie haben uns hier die Liebe weggenommen. Es könnte uns allzuleicht ein Versehen unterlaufen, ein Ausrutscher. Der Gedanke, ein Kind zu bekommen, wäre mir unerträglich.«

Er war wie vor den Kopf geschlagen.

»Armer Michael«, sagte sie.

»Ich sehe nicht ...« fing er an. Aber er sah. Sie war durchaus vernünftig. Und doch blieb diese Unstimmigkeit, diese hartnäckige Beunruhigung.

»Freundschaft ist hier sehr wichtig«, sagte sie. »Wir leben davon. Wir müssen alle zusammenarbeiten, wenn wir nicht untergehen wollen. Wir müssen alle in jeder uns möglichen Weise Widerstand leisten. Ich brauche dich. Wir brauchen dich. Als einen Freund.«

Er wußte noch immer nicht, was er sagen sollte. Zwar wußte er, was sie als nächstes sagen würde, und wollte es ihr zeigen, doch war sein Mund wie ausgetrocknet.

»Wir können uns nicht lieben, Michael, verstehst du? Ich hoffe, du wirst soviel Einsicht haben. Ich möchte, daß du es jetzt verstehst, bevor alles ...« Sie machte eine ungewisse Handbewegung und zog die Schultern hoch. »Bevor alles drunter und drüber geht.«

»Ich verstehe«, murmelte er. Es war zu spät. Er spürte es jetzt noch stärker. Da er sie nicht haben konnte, liebte er sie nur noch mehr. Er wußte, daß es unsinnig war, aber es war keine neue Empfindung; die Verweigerung hatte sie lediglich zur Gänze enthüllt. Er mußte ihr nahe sein, in jeder Weise, die ihm möglich war. »Freundschaft ist auch für mich wichtig«, sagte er mit einem matten Grinsen. »Ich brauche hier Freunde.«

»Gut.« Sie legte ihm die Hand aufs Knie und blickte ihm ernst in die Augen. »Wir brauchen deine Hilfe.«

»Wie?«

»Wenn du wirklich einer der unsrigen sein willst, wenn es darum geht, Alyons und den Läufern Widerstand zu leisten und uns alle von den Sidhe zu befreien, mußt du für uns lauschen. Laß uns wissen, was du hörst.«

Er lachte. »Die Kranichfrauen erzählen mir nichts. In

ihrer Gesellschaft komme ich mir wie ein Hund vor, der abgerichtet wird.« Die Bitterkeit in seiner Stimme überraschte ihn selbst.

»Ja, ich kenne das«, sagte sie. »Wir alle empfinden so. Aber Savarin sagt, du seist in einer idealen Position, mitten im Zentrum. Ein Sidhe haust keine zehn Schritte von deiner Hütte, und die Kranichfrauen bilden dich aus. Wir sind überzeugt, daß du schon jetzt Dinge lernst, die kein anderer Mensch weiß. Zum Beispiel, wie man sich die Kleider vom Leib brennt.« Sie lächelte. »Wir wissen noch immer nicht, warum du ausgebildet wirst. Wahrscheinlich könnte nur Lamia Auskunft darüber geben. Aber es muß die Möglichkeit für dich geben, Informationen und Wissen zu sammeln und an uns weiterzugeben. Du könntest Näheres über das Land jenseits der Verbrannten Ebene in Erfahrung bringen ...«

»Ich bin dort gewesen«, sagte Michael.

»Siehst du!« Ihre Augen blitzten. »Wunderbar! Du könntest Savarin berichten, wie es dort ist, was wir antreffen werden, wenn wir ausbrechen.«

»Ich weiß nicht recht, ob es klug ist, an die Durchquerung der Verbrannten Ebene auch nur zu denken«, sagte Michael. »Selbst die Sidhe müssen sich mit *sani* bestäuben und brauchen ihre Pferde zum Schutz. Es ist gefährlich.«

»Wir wissen etwas über das Pulver. Kannst du uns davon beschaffen?«

»Das glaube ich nicht«, antwortete er. »Ich weiß weder, wo es ist, noch ob die Kranichfrauen überhaupt etwas haben ...«

»Aber wenn du in ihre Hütte gehen und nachsehen könntest ... Sie müssen etwas haben.«

»Ich möchte es nicht mal versuchen«, sagte er.

»Warum nicht? Sie sind zur Hälfte Menschen.«

Er mußte lächeln. »Das ist die vergessene Hälfte. Du solltest bei Nacht ihr Fenster sehen. Als ob sie einen Hochofen in der Hütte hätten. Flackerndes orangefarbenes Licht. Man meint, alles stehe lichterloh in Flammen.«

»Kannst du nicht einmal nachsehen?« Das Drängen in ihrer Stimme war nicht sonderlich scharf, aber umgeben von der seidigen Glätte des Tonfalls, in dem die Andeutung eines Zweifels mitschwang, schmerzte es.

»Ich werde dir Bescheid geben«, sagte er nach einer Pause.

»Wir werden es bald brauchen.«

»Wie bald?«

»Innerhalb der nächsten zwei Wochen. Geht das?« Sie schaute ihn fragend unter hochgezogenen Brauen an. Es war wie ein Betteln.

»Ich werde es versuchen.«

»Großartig!«

»Ich muß jetzt zurück.« Er wollte allein sein, um alles zu überdenken und das Gesumm von Verwirrung und Enttäuschung zu unterdrücken.

»Du darfst ihnen keine Schwierigkeiten machen«, sagte sie. »Versuch nicht, noch einmal wegzulaufen. Wenn sie dir vertrauen, kannst du uns am besten helfen. Du hörtest, was Ishmael sagte.«

Er nickte und stand auf. Sie faßte ihn bei den Armen und küßte ihn auf die Wange.

In der folgenden Woche kam er kaum zum Nachdenken. Die Kranichfrauen integrierten ihn plötzlich in Biris Ausbildung, ohne Erklärung und ohne Atempause.

Am Tag nach seinem Gespräch mit Helena führten sie Michael und Biri zu einem kahlen Hügel ungefähr drei Kilometer südlich. Cum beaufsichtigte Biri, und Spart überwachte Michael, während sie versuchten, höhere Ebenen des *hyloka* zu erreichen.

Die Kranichfrauen waren unnachgiebig und streng. Spart bellte ihre Anweisungen heraus, bis ihre Stimme nach einigen Stunden heiser wurde. Ehe der Tag um war, übernahm Nare ihre Stelle und unterwies Michael, wie er sein Gedächtnis und Bewußtsein gegen fremde Einfühlung blockieren konnte, was einen gegnerischen Sidhe daran hindern würde, seine Absichten zu lesen. »Verdunkle das Wissen«, sagte sie ihm. »Nicht bloß dein unmittelbares Wissen, sondern das Wissen deiner Eltern, deiner Vorväter, die Erinnerungen deiner Art. Kein Auge wird sehen, kein Verstand nutzen, was du ihnen nicht freiwillig geben willst.«

Im Laufe dieser Woche schneite es häufiger. Die Jahreszeit neigte sich ruckweise dem Winter zu, als ob die Luft selbst unschlüssig wäre. Doch überwog die Zahl der kalten Tage die der wärmeren. Michaels *hyloka* hielt ihn selbst unter den ungünstigsten Verhältnissen warm.

Spart lehrte Michael, wie man einen Schatten wirft, während man schläft, und wie man sich in einen scheintoten Zustand versetzt, so daß kaum ein Herzschlag wahrnehmbar ist, während der Verstand und die Sinnesorgane hellwach bleiben. Er beherrschte seine Atmung, bis er überhaupt nicht zu atmen schien. Er erforschte seine innersten Gedanken und Empfindungen und stutzte sie bis auf diejenigen, die für seine Übungen wesentlich waren.

Über alledem vergaß er Helena und Eleuth. In seiner spärlichen Freizeit übte er die neuen Fähigkeiten ein, schwelgte in dem Potential, das ihm ohne Rückgriff auf Sidhemagie erschlossen wurde.

Die innere Stimme, die in der Dichtung bisweilen zu ihm gesprochen hatte, konnte er nicht ausmachen. Hingegen fand er in seinem Geist allerlei andere unerwartete Dinge. Manche erbauten ihn, andere verblüfften ihn, und einige beschämten ihn. Wenn er klagte, er könne keine weitere Innenschau aushalten, und fragte, ob dies nur eine Begleiterscheinung anderer Disziplinen sei, die übergangen werden könne, erklärte Spart, daß ein Krieger alles kennen müsse, was in ihm selbst hassenswert sei, oder sein Feind werde es gegen ihn ausnutzen.

»Erpressung?« fragte Michael.

»Schlimmeres. Dein eigener Schatten kann gegen dich geworfen werden.«

Biris Ausbildung schien ähnlich, aber auf einer höheren Ebene. Es gab keine Wiederholung der quälenden Einkreisungsübung, welche die Kranichfrauen mit ihm ausgeführt hatten. Gleichwohl magerte Biri sichtlich ab. Er war weniger gesprächig und schien Michaels Anwesenheit als störend zu empfinden. Michael hielt sich von ihm fern.

Zu den übrigen Übungen gehörte nach wie vor das Laufen mit und ohne Stangen, körperliche Ertüchtigungsübungen, die von der wortkargen und finsterblikkenden Cum geleitet wurden, und mahnende Ansprachen von Spart, wenn sie meinte, daß er den Unterweisungen nicht aufmerksam genug folge.

Er haßte die Anstrengungen, doch ließ sich nicht leugnen, daß die Ausbildung ihm guttat. Er vermißte die Heimat mehr denn je, aber zugleich begann er ein Selbstbewußtsein zu entwickeln, weil er glaubte, daß er auch in dieser harten Welt würde überleben können.

Am achten Tag gab es keine Ausbildung. Biri und die Kranichfrauen verließen den Hügel noch vor Sonnenaufgang. Da Michael noch schlief, hatte er keine Ahnung, wohin sie gegangen waren. Im Morgendämmern wanderte er zwischen den Hütten umher, rief ihre Namen, sah im Schnee die nach Süden weisenden frischen Fußspuren und überlegte, ob jetzt nicht der richtige Augenblick sei, um in der Hütte der Kranichfrauen nach dem *sani* zu forschen. Unschlüssig trieb er sich eine Weile nahe der Hütte herum, bedrückt von dem Bewußtsein, daß er im Begriff sei, sie zu verraten. Immerhin waren sie nicht gerade seine Freundinnen – Feldwebel, Tyrannen und Peinigerinnen, aber keine Freundinnen.

Warum fühlte er sich ihnen dann zugetan?

Er begann zu schwitzen, und um einer Entscheidung auszuweichen, lief er ins Dorf, Eleuth in ihrem neuen Quartier zu besuchen. Sie säuberte Kleider und bereitete sich zugleich auf ihre eigenen Übungen vor; mit halber Aufmerksamkeit hörte er den Beschreibungen der Sidhemagie zu, die sie mittlerweile beherrschte.

»Wenn ich jetzt einen Käfer zurückbrächte, würde er am Leben bleiben«, sagte sie mit stolzem Lächeln.

Er schaute düster vor sich hin. »Nicht nötig.«

»Du bist bekümmert.«

Unruhig wanderte er in dem kleinen Zimmer auf und ab, einem von vier Wohnquartieren in einem einstöckigen Holzhaus. Der Raum hatte eine Seitenlänge von kaum fünf Metern und war durch einen Vorhang geteilt; alles war sauber und ordentlich aufgeräumt, aber irgendwie wirkte es bedrückend. Eleuth schien jedoch mit ihrem Los zufrieden.

»Was wirst du jetzt tun?« fragte er.

»Man wird mir bald eine andere Arbeit zuweisen«, sagte sie mit niedergeschlagenem Blick.

»Und von welcher Art wird sie sein?«

»Die Entscheidung ist noch nicht getroffen worden.«

Er war im Begriff, etwas zu sagen, was sie demütigen würde, besann sich aber eines Beßren. Er war nervös und konnte ihre stoische Ruhe nicht ertragen, aber das entschuldigte nicht, daß er seinen Mißmut an ihr ausließ. »Die Kranichfrauen sind heute fort«, sagte er. »Ich möchte nicht draußen auf dem Hügel bleiben. Würde es dich stören, wenn ich bei dir bliebe?«

Sie lächelte; natürlich nicht.

Sie bereitete ein einfaches Essen. In einem bösen Austausch errichtete er für kurze Zeit seine Blockade gegen Einfühlung und ließ sie nach Worten suchen, ohne Zugang zu seinem englischen Sprachgedächtnis. Das mußte sie vor den Kopf stoßen, aber sie ließ sich nichts anmerken und blieb heiter.

Nachdem sie die Teller abgeräumt hatte, fragte er, ob sie etwas zwischen dem Reich und der Erde transferieren könne. Er dachte sich nichts bei der Frage; er wollte nur wissen, wie weit ihre Fähigkeiten gingen.

»Warum bist du zornig?« fragte sie.

»Ich bin nicht zornig.« Er zuckte ungeduldig die Achseln und gab zu, daß er es vielleicht doch sei. »Es ist nicht deine Schuld.«

»Ich spüre, daß du es doch so empfindest.«

»Verdammte Frauen, immer so feinfühlig!«

Sie wich zurück, und er hob hilflos die Arme und ließ sie auf die Knie niederfallen. »Entschuldige«, sagte er.

»Du möchtest zurück zur Erde?«

»Natürlich. Ich wollte immer zurück.«

»Hieltest du es für Liebe, wenn ich dich zur Erde zurückbrächte?«

Die Frage bestürzte ihn. »Kannst du das?«

»Würdest du es für Liebe halten?«

»Wie meinst du das, Liebe? Es wäre wunderbar, ja.«

»Ich bin nicht sicher, daß ich es kann«, sagte sie. »Ich möchte dich nicht enttäuschen.«

Er stand auf und wanderte wieder im Zimmer auf und ab, finster blickend und mit sich selbst zerfallen. »Mein Gott, Eleuth, ich bin nur verwirrt. Sehr, sehr verwirrt. Und zornig, ja.«

»Auf wen bist du zornig?«

»Nicht auf dich. Du hast mir niemals etwas anderes als Gutes getan.«

Sie lächelte strahlend und nahm seine Hand. »Ich möchte, daß alles, was ich tue, gut für dich sei. Ein Zeichen der Liebe.«

Er fühlte sich nur noch unglücklicher. Würde es viel ausmachen, wenn er nie wieder heimkehrte? Könnte er hier im Reich, sogar im Vertragsland, ein zufriedenes Leben finden? Andere hatten unter schlimmeren Bedingungen gelebt und waren glücklich gewesen, oder zumindest nicht unglücklich. Eleuth erspürte etwas von seiner Gemütsverfassung und drückte seine Hand um so fester.

»Es könnte hier ein gutes Leben sein«, sagte sie. Ihr hoffnungsvoller Ton schreckte ihn auf.

»Wie?« fragte er und machte sich von ihrer Hand los. »Ich gehöre nicht hierher. Ich bin ein Mensch, und du ...« Er schlug mit der flachen Hand gegen die Wand. »Und sie ist auch Mensch, und das ist das Problem.«

Eleuth starrte seinen Rücken an. »Die Frau in Euterpe?«

»Helena«, sagte er. Es schien ihm die niederträchtigste Bosheit zu sein, die er ihr beibringen konnte: den Namen der Frau, für die er empfand, was Eleuth verdiente. Und was Eleuth von ihm erhoffte.

»Als Mensch hast du viel mehr Schwierigkeiten denn als Halbblut«, sagte Eleuth. Sie hörte sich weder aufgeregt noch eifersüchtig an, und als er sich zu ihr umwandte, sah er ihr stilles Gesicht im Halbschatten des zu den hohen Fenstern einfallenden Nachmittagslichts, die Augen groß und tief und ruhig.

»Bitte«, sagte er.

»Du könntest sie lieben und bei mir sein«, sagte Eleuth.

Er brach in Tränen aus. Er war wütend, jeder Gedanke Teil eines turbulenten, aufsteigenden Wirbels. »Sag nicht mehr! Bitte, nicht mehr!«

Eleuth stand auf und legte ihm zaghaft die Hand auf die Schulter. »Entschuldige. Ich verstehe nicht. Ich kann nicht ... eifersüchtig sein. Sidhefrauen sind nicht eifersüchtig. Wer kann auf Männer eifersüchtig sein, die nicht lieben, sich nicht binden können?«

Michael ließ sich auf eine Bank fallen und rieb sich die Augen. Keine der Beruhigungsübungen würde jetzt ihren Zweck erfüllen. Er kam von seinem Elend nicht herunter, noch konnte er die Auswirkungen auf seinen Körper, die Spannung in Nacken und Armen, unter Kontrolle bringen.

»Ich könnte dich lieben, während du sie liebst«, sagte Eleuth. Er schien nicht zu hören. Sie setzte sich neben ihn und legte ihm den Kopf auf die Schulter. »Ich könnte vieles aus Liebe tun, und was ich nicht kann, werde ich lernen.« Sie streichelte ihm mit einer Hand den Rücken. »Eine Sidhefrau erwartet nicht mehr.«

Er verbrachte die Nacht mit ihr, und am nächsten Morgen kehrte er zur Anhöhe der Kranichfrauen zurück. Die Hütten waren noch leer. Er betrat die seinige und verstaute das Buch unter dem Dach, dann setzte er sich auf sein Lager und versuchte an ein Gedicht zu denken. Nicht einmal eine Eröffnungszeile wollte ihm einfallen. Sein Geist war leer von Worten. Voller Unruhe und unfähig, sich auszudrücken.

Am späten Vormittag beschloß er endlich, nach dem *sani* zu suchen. Er wußte selbst nicht, was Recht und Unrecht war; vielleicht wußten es Helena und Savarin.

In Biris leerer Hütte waren die Flechtmatten säuberlich in einer Ecke zusammengerollt. Er durchsuchte alles und fand kein Pulver.

Darauf ging er hinüber zur Hütte der Kranichfrauen und spähte zum Fenster hinein. Drinnen war nur Dunkelheit. Er versuchte die Tür mit den Fingern aufzuzwingen, aber sie schien verriegelt zu sein. In der Hoffnung, daß sie sich öffnen würde, stieß er mit der Schulter gegen die Tür. Sie blieb zu. Dann, als er sich kräftiger gegen sie warf, klapperte drinnen etwas Hölzernes, und die Tür schwang langsam auf.

Die Kranichfrauen hielten Schlösser offensichtlich für überflüssig. Das führte zu der Frage, womit sie die Hütte schützten, wenn sie etwas oder jemand dafür hatten. Der Gedanke vermochte ihn nicht lange aufzuhalten; er war über praktische Rücksichten hinaus.

Das der Sonne zugewandte Fenster ließ einen breiten Lichtstrahl ein, der mit Flaschen bestückte Regale beleuchtete. Der Inhalt einer dieser Flaschen zappelte rosafarben. Allmählich gewöhnten seine Augen sich an das düstere Halbdunkel der übrigen Winkel. In der Mitte des Raumes stand ein aus Ziegeln gemauerter zylindrischer Ofen, der beinahe bis zum Hüttendach reichte und ringsum vier Öffnungen hatte. Der Ofen war umgeben von einer Plattform aus gebrannten Kacheln, die mit einem eingedrückten Muster verziert und weiß glasiert waren. Auf dem Tisch standen ein paar Mörser, und daneben lagen kleine Häufchen Pulver von unterschiedlicher Farbe und Feinkörnigkeit. Das Feuer war erloschen, aber der gemauerte Mantel des Ofens enthielt noch Wärme; er spürte sie im Gesicht und an den Händen, wenn er die Handflächen hinstreckte.

Auf zwei Seiten des Raumes standen Regale einander gegenüber, alle angefüllt mit Flaschen voller Zähne und kleiner Knochenbruchstücke. Andere Flaschen enthielten Wurzeln und pflanzliches Material. Eine Flasche mit einer gegabelten Wurzel war ihm gleich beim Eintreten aufgefallen; die Wurzel zappelte noch immer.

Ein Regal enthielt Flaschen mit verschiedenen Pulvern. Keine trug ein Etikett. Wenn es verschiedenartige

Verwendungszwecke gab, dann wußten nur die Kranichfrauen, von welcher Art diese waren.

Jenseits der Regale gab es eine Unterteilung aus Holzplanken, an denen dünne Blätter eines perlfarbenen zähen Gewebes an Holzpflöcken zum Trocknen aufgespannt waren. Unter diesen hing der skelettierte Arm eines kleinen Tieres mit Krallen. Die Krallen glänzten wie Gold.

Auf der anderen Seite des Raumes, halb verborgen hinter einem Vorhang aus grauem Stoff, stand ein Glasbehälter auf einem Tisch. Darin waren Lagen mattierte Kristalle in verschiedenen abstrakten Formen. Jeder Kristall hatte eine einzige klare und glattgeschliffene Facette wie ein Guckloch. Michael zog den Vorhang mit Zeigefinger und Daumen zurück und öffnete den Dekkel des gläsernen Gefäßes.

Die Versuchung war zu groß; er nahm einen Kristall heraus und hielt ihn ans Auge. Wie ein Diabetrachter enthielt der Kristall ein Bild. Michael sah grüne Hügel und einen sonnigen Himmel. Er war in Begriff, den Kristall zurückzulegen und einen anderen herauszunehmen, als eine Frau über die Hügel gegangen kam. Bestürzt erkannte er in ihr eine viel jüngere Cum. Ihr Name, so informierte ihn der Kristall auf eine geheimnisvolle Art und Weise, war Ecuma. Sie lächelte und schwang im Gehen die Arme. Ihre wohlgeformten langen Beine zeichneten sich unter einem vom Wind an sie gedrückten roten Kleid ab. Ihre Züge ähnelten denen Eleuths, waren aber noch hübscher. Sie wanderte aus dem Gesichtsfeld des kristallenen Auges, worauf er den Kristall drehte, um ihr zu folgen, aber ohne Ergebnis. Der Kristall schien nur einen unveränderlichen Ausschnitt zu zeigen.

Ein zweiter Kristall zeigte einen Gebirgspaß. Wolkenschatten jagten über schneebedeckte Hänge. Auf einem

Felsen stand eine unbekleidete Frau, offenbar unempfindlich gegen Wind und Kälte. Sie hieß Elanare. Sie streckte die Arme in den Wind, ihr langes rotes Haar flatterte hinter ihr. In ihrer Jugend war Nare sogar noch hübscher als Ecuma gewesen.

Er nahm einen dritten Kristall heraus. Spart – Esparta – stand unter einer Gruppe junger Frauen, die auf den marmornen Bänken eines kleinen Amphitheaters saßen. Die Frauen trugen kurze weiße Kleider mit Gürteln, Esparta ein langes schwarzes Gewand, und ihr Haar war mit einem funkelnden Goldfaden im Nacken zusammengefaßt. Sie sprach zu den versammelten Frauen, die dann und wann wie in Überraschung und Freude lachten. Obschon ihre Schönheit subtiler war als jene Ecumas und Elanares, schien sie Michael die Schönste von allen zu sein.

Wie weggeblasen waren die grotesken Deformationen der Gesichter und Gestalten, ausgelöscht vom Rücklauf der Zeit. Behutsam legte er den dritten Kristall in den Behälter zurück und griff nach einem vierten. Dieser zeigte einen Mann und eine Sidhefrau von der Mitte aufwärts, die einander umarmten. Der Mann war von dunkler Hautfarbe, mit einem dichten braunschwarzen Bart, intelligenten Augen und einer kurzen geraden Nase. Die Gesichtszüge der Sidhe waren so vertraut, daß Michael überzeugt war, er müsse sie schon einmal gesehen haben, so unmöglich es auch war.

Der Kristall verriet ihm, daß die beiden Aske und Elme waren, und es gab gute Gründe dafür, daß ihr Doppelporträt in dem Glasbehälter ruhte. Sie waren die Eltern der Kranichfrauen und sieben anderer Halbblutkinder, deren Bilder in anderen Kristallen festgehalten waren.

Unvermittelt überkam ihn ein Vorgefühl drohenden Unheils und sandte ein Prickeln über seine Arme. Rasch legte er den Kristall zurück und durchsuchte die Hütte nach *sani*. Es schien nahezu unmöglich, unter der Vielzahl von Dingen das Gesuchte zu finden, und er wollte die Suche schon abbrechen, als er auf einem kleinen hölzernen Tisch nahe der Tür einen Beutel liegen sah. Er schüttete etwas vom Inhalt in seine Handfläche und sah die unverkennbaren golden schimmernden Plättchen, die er suchte. Er schüttete sie zurück in den Beutel und band den Knoten wieder zu.

Nun, da er gefunden hatte, was er brauchte, überkam ihn jähe Panik. Er blickte umher, sich zu vergewissern, daß er nichts durcheinandergebracht hatte, spürte aber, daß es unmöglich war, sein Eindringen vor den Kranichfrauen zu verbergen. Hoffnungslos. Sie würden ihn fangen, und was erwartete ihn dann?

Er tastete nach der Türklinke und zog die Tür auf ...

Und prallte mit einem Aufschrei zurück. Vor ihm stand Biri, lehm- und blutverschmiert, den Mund weit offen und wild blickend. Schwärzliches Blut sickerte ihm aus dem Mundwinkel und tropfte ihm von den Händen, befleckte die *sepla*. Tief in seiner Brust machte er kleine winselnde Geräusche, wie ein gejagtes Tier.

Michael wich entsetzt in die Hütte zurück. Seine Kehle war wie zugeschnürt. Biri rollte mit den Augen und verdrehte schrecklich den Kopf.

»Michael, ach, Michael«, ächzte er. »Was habe ich getan?«

Sein Körper krümmte sich, und er hob die Hände in flehender Gebärde. Dann richtete er sich plötzlich auf und rannte davon. Michael sprang zur Tür und blickte ihm nach. Biri übersprang bereits den Bach bei den Trittsteinen und lief am Dorf vorbei.

Nare, Spart und Cum kamen aus der entgegengesetzten Richtung den Hügel herauf. Sie umgingen die Anhäufungen von Gestein und Knochen und starrten zu

Michael her, der wie gelähmt in der Türöffnung ihrer Hütte stand. Verstohlen steckte er den Beutel in die Tasche.

Spart kam auf ihn zu, legte ihm einen Arm um die Schultern und führte ihn zu seiner Hütte. Dann blieb sie stehen und drehte ihn herum, daß er sie ansehen mußte.

»War er verletzt?« fragte Michael und schluckte. »Was ist mit ihm geschehen?«

»Du bist Zeuge von Biris Schande geworden«, sagte sie. »Du darfst niemandem davon erzählen. Er hat seine Prüfung überlebt.«

»Welche Prüfung? Für die Priesterschaft?«

»Ja«, antwortete Spart. Ihre Miene war ungewöhnlich finster. »Tarax schickte Biris Lieblingspferd über die Grenze. Biri jagte und schlachtete es. Wenn er sich erholt, wird er bereit sein, Adonna zu dienen.« Ihr Blick konzentrierte sich auf ihn, sie runzelte die Brauen und ließ seine Schultern los. »Was du hast, was du weißt ... du wirst weise Gebrauch davon machen?«

»Das werde ich«, brachte er mühsam hervor.

Die Kranichfrauen zogen sich in ihre Hütte zurück und schlossen die Tür. Michael starrte über das Land hin, Tränen auf den Wangen. Er konnte sich nicht vorstellen, daß er sich jemals wieder wie eine vollständige, gesunde Person fühlen würde.

24

Der Schneefall hinterließ eine leere weiße Seite, auf die mit feinem Strich der Horizont, das Dorf, die Hütten und ein paar graue Streifen skizziert waren. Der Bach glänzte dunkel, an beiden Ufern gesäumt von einer dünnen Eisschicht, die sich in die Strömung vorzuschieben suchte. Kleine Eisschollen blitzten im rasch dahinströmenden Wasser.

Michael stand am Ufer und schaute hinein. Der Schnee wirkte beruhigend auf ihn. Seine Disziplin schützte ihn vor der Kälte, und genauso fühlte sein Geist sich von der Wirklichkeit isoliert. Wenn er Unrecht getan hatte, dachte er, so war es doch nicht aus eigener Schuld geschehen. Er war in eine Situation verstrickt, auf die er in keiner Weise vorbereitet gewesen war und angesichts derer er notwendigerweise ein Opfer seiner Unreife werden mußte.

Der Beutel mit *sani* ruhte in seiner Tasche.

Biri saß mit geneigtem Kopf vor seiner Hütte. Der Sidhe hatte seit seiner Rückkehr kein Wort gesprochen und nichts gegessen. Cum hatte ihm Hände und Gesicht gewaschen und ihm eine Schilfmatte um die Schultern gelegt.

Für Michael hatte es an diesem Morgen einiges Training gegeben: einen Lauf mit der Stange über die Felder, während Spart nebenher gesprungen war und ihre langen Finger mit den schwarzen Nägeln seine Hauttemperatur überprüft hatten. Er hatte für Cum einen Schatten geworfen, geschickt genug, um sie für ein paar Sekunden zu täuschen. Er hatte sein Gedächtnis gut genug abgeschirmt, um Spart an der Einfühlung zu hindern. Dies alles, während die Schneeflocken langsam wie gefrorene Träume niedersanken, blind gegen die finsteren Empfindungen ringsum.

»Ich gehe nach Euterpe«, sagte er zu Cum, die vor ihrer Hütte hockte und Biri im Auge behielt, während sie einen Stein mit einem anderen, härteren, zu Pulver zerstieß. Sie nickte.

Er ließ das Buch im Versteck unter dem Hüttendach. Er rechnete nicht mit Unannehmlichkeiten, doch sollte es Verdruß geben, würde ihm das Buch nicht helfen, und er wollte es nicht verlieren oder beschädigt sehen.

Die Straße schien länger als sonst, ausgedehnt durch

das einförmige Weiß der Schneedecke. Als er in Euterpe anlangte, lag die Stadt so still und verschlossen wie ein schlafendes Gesicht. Er ging durch leere Straßen, blickte zu Ziegelmauern und Dächern auf, sah einen Stapel abgenutzter Flechtkörbe, Karren, die mit Eimern gefrorener menschlicher Fäkalien beladen waren. Und er sah alles wie zum letzten Mal. Das Gefühl des Schicksalhaften war stark und wurde durch seine Betäubung noch betont.

Er nahm den bekannten Weg, erreichte den nun schon vertrauten Eingang und stieg langsam und still die Treppe hinauf. Er tastete nach dem Beutel in seiner Tasche, und als er vor der Tür aus Korbgeflecht stand, die jetzt mit einem Stoffbezug versehen war, hob er die Hand, um zu klopfen, und zögerte. Er hörte Stimmen. Helena hatte einen Besucher.

Er fühlte sich, wenn das möglich war, noch stärker isoliert und entmutigt als je zuvor. Er drückte gegen die Tür. Sie wurde Mittäterin seiner Heimlichkeit und öffnete sich mit nur einem schwachen Scharren. Die Stimmen sprachen weiter. Er ging auf leisen Sohlen durch das leere Vorderzimmer und zog den Vorhang zur Schlafkammer auf. Er wußte, daß es ungehörig war, in anderer Leute Privatsphäre einzudringen, aber sein Groll war stärker.

Savarin und Helena lagen auf ihrer schmalen Schlafstatt, barmherzigerweise unter einer gelbbraunen Decke. Helena sah ihn zuerst. Ihre Augen weiteten sich. Er ließ den Vorhang fallen und zog sich ins Vorderzimmer zurück, wo er den Beutel mit *sani* auf den Tisch legte. Hinter dem Vorhang entstand Bewegung, es raschelte und knarrte, bloße Füße tappten, und Kleidung wurde hastig übergestreift. »Bleib hier!« sagte Helenas gedämpfte Stimme. »Geh nicht hinaus! Ich werde mit ihm reden.«

Sie kam hinter dem Vorhang heraus, fuhr sich mit

den Fingern durch das wirre Haar und sah ihn von der Seite an. Ihr Gesicht war weiß. »Michael«, sagte sie.

»Ich habe es gebracht«, sagte er und wies zum Tisch. »Was ihr braucht. Was du wolltest.«

Helena kam näher. »Wirklich, du verstehst nicht. Es ist ...

»Bitte«, sagte er. »Genug. Ich gehe schon.«

»Laß mich erklären!« Die Obertöne von Verzweiflung hielten ihn zurück. »Es ist nicht so, wie du denkst ... Wir wollen es gar nicht. Aber Savarin kann keine Kinder haben. Bevor er die Heimat verließ ...«

»Bitte, es ist genug«, wiederholte Michael.

»Er ist ungefährlich, verstehst du nicht? Du bist es nicht. Das ist der Unterschied.« Sie wiederholte diese Worte einige Male und kam langsam näher, die Hände gleichsam beschwörend erhoben. Endlich blieb sie vor ihm stehen und rang nach Worten. »Wir brauchen noch immer deine Hilfe.«

»Ihr habt meine Hilfe gehabt«, sagte er. »Ihr habt das Pulver. Ich gehe jetzt.« Als Helena ihn beim Namen rief, lauter und wie außer sich, rannte er die Treppe hinunter, aus dem Haus und durch die Straßen aus der Stadt.

Er merkte kaum, daß er rannte. Seine langen Schritte trugen ihn ohne erkennbare Anstrengung. Er schien in seinem Körper zu schweben, isoliert von der Anstrengung. Sein Atem ging gleichmäßig, die Maschine lief ohne seine Einmischung noch besser. Er überholte eine Frau, die ein Tuch über Kopf und Schultern geworfen hatte und mit den Händen zusammenhielt.

Wie in einem endlosen Zyklus führte ihn sein Lauf zum Mischlingsdorf. Das Bewußtsein, daß dies alles sich einem Abschluß näherte, daß sein Abenteuer im Reich bald enden würde, war sehr stark.

25

Auch das Dorf lag wie verlassen in der Nachmittagsstille. Schnee bedeckte die Dächer und war in den halbkreisförmigen Gassen zusammengeweht. Michael dachte nicht klar und benötigte mehrere zusätzliche Minuten, um Eleuths Quartier zu finden. Sein Geist war leer wie die Schneefelder zwischen Euterpe und dem Dorf.

Als er klopfte, kam ihm der Gedanke, daß er nicht einen Augenblick argwöhnte, Eleuth könne ihn hinter dieser Tür betrügen. (Hatte Helena ihn betrogen? Oder hatte sie nur etwas getan, was er in seiner Jugend und Unerfahrenheit nicht ergründen konnte?)

Die Tür öffnete sich. Eleuth sah sein niedergeschlagenes Gesicht, nahm ihn beim Arm und führte ihn ohne ein Wort hinein. Sie setzte ihn auf das Bett und nahm selbst den kleinen Hocker. Mehrere ruckartige tiefe Atemzüge waren nötig, bevor Michael sagen konnte: »Ich muß jetzt zurück. Es gibt hier nichts mehr für mich zu tun.«

»Brauchst du meine Hilfe?« fragte sie.

»Natürlich brauche ich deine Hilfe. Könnte ich es selbst, so hätte ich es schon getan.«

»Dann werde ich helfen«, sagte sie. »Wir werden warten müssen, bis es dunkel ist, und wir können es nicht hier tun. Jemand könnte uns sehen oder merken, was geschieht. Bis zum Abend wirst du hierbleiben. Möchtest du etwas essen?«

»Ich bin nicht hungrig«, murmelte er.

»Du wirst alle deine Kräfte brauchen«, erwiderte sie, ging zur Herdstelle und brachte ihm eine Schüssel Gemüsesuppe. Nachdem er gegessen hatte, schlug sie die Bettdecke zurück, legte das Kissen für ihn zurecht und bedeutete ihm, sich auszustrecken. Er tat es, und nachdem er eine kleine Weile mit offenen Augen dagelegen war, schloß er sie. Sein Gesicht war starr wie eine Maske.

Selbst als sie überzeugt war, daß er schlafe, blieb sein Gesicht starr. Sie aß und beobachtete ihn einige Zeit, während draußen erneuter Schneefall einsetzte und der Wind auffrischte. Dann ging sie im Raum umher und nahm Gegenstände aus Schubladen, von Regalen und dem niedrigen Tisch. Sie sammelte die Gegenstände in einem Tuch, das sie über ihren Schoß gebreitet hatte: weiße Gesichtscreme, obwohl es auf diese eigentlich nicht ankam, wie sie meinte; ein paar Zweige von einem blühenden Baum jenseits der Verbrannten Ebene; ein paar Steine aus der Ebene selbst, staubig anzufühlen; und den toten grünen Käfer, den sie aus Michaels Nachbarschaft herbeigeholt hatte. Nachdem sie die Zipfel des Tuches zusammengefaßt und verknüpft hatte, strich sie mit beiden Händen ein paar lose Haarsträhnen zurück, seufzte tief und blickte zum Fenster hinaus in eine weiße Welt, die sie nicht viel länger zu erleben fürchtete.

Gegen Abend hörte der Schneefall auf, und um die gleiche Zeit schlief der Wind ein und überließ das Land einer unwirklichen Stille. Michael erwachte und aß noch etwas von der Suppe, während Eleuth ihr Gesicht mit der weißen Paste bemalte. »Sie reflektiert das Licht«, erklärte sie.

Das Gefühl von Unwirklichkeit verstärkte sich lawinenartig in ihm. Warum sollte er verzagt oder enttäuscht sein? Niemand von diesen Leuten existierte. Sie waren alle Phantome; um den Heimweg zu finden, brauchte er nur eine Formel zu finden, die ihn aus dieser Trance, diesem wachen Alptraum bringen würde.

Er vergaß alle Beweise der Existenz dieser Welt, die er

in der Vergangenheit akzeptiert hatte. Sie waren trübe, schwächliche Konstruktionen, verglichen mit seinem gegenwärtigen Schmerz. Eleuth band ihm eine Decke als Umhang um den Hals, falls seine Disziplin unter der gegenwärtigen Zerrüttung leiden sollte. Dann nahm sie ihn bei der Hand, nahm das Bündel in die Armbeuge und führte ihn in die Nacht hinaus. Er ging schweigend neben ihr durch den Schnee. Bald hatten sie das Dorf hinter sich gelassen, und er sah, daß sie ihn in eine Richtung fort vom Fluß führte, die er nie zuvor gegangen war.

Das hohe Gras war vom Schnee gebeugt, den ihre vorbeistreifenden Beine lösten, so daß er ihnen fortgesetzt auf die Füße fiel und ihre Stoffschuhe durchdrang. Nur *hyloka* bewahrte sie vor erfrorenen Füßen.

Als sie weit genug gegangen waren, um Störungen auszuschließen, scharrte sie den Schnee beiseite, damit Michael sich setze, knüpfte das Tuch auf, breitete es aus und arrangierte die Gegenstände, worauf sie ihm gegenüber niederkauerte. Er konnte sie kaum erkennen. Nur wenige Sterne lugten durch Öffnungen in der Wolkendecke. Die Creme in ihrem Gesicht schien ein wenig zu phosphoreszieren, und dadurch konnte er ihre Bewegungen erkennen.

»Du möchtest heimkehren«, sagte sie in einem nüchternen, strengen Ton, den er von ihr bisher nicht gehört hatte.

»Ja.«

»Du möchtest durch Sidhemagie dorthin gelangen?«

»Ja.«

»Es besteht ein Risiko. Nimmst du es auf dich?«

»Ja.« Ihm war alles recht, solange es ihm zur Heimkehr verhelfen konnte.

»Nimmst du dieses Geschenk, aus Liebe gegeben, von mir an?«

»Ja.« Er fühlte einen Druck in seiner Brust. »Ich weiß dies sehr zu schätzen, Eleuth.«

»Wie sehr?« fragte sie mit einem Unterton von Bitterkeit.

Er zuckte in der Dunkelheit die Schultern. »Ich tauge nicht viel. Ich weiß nicht, warum du so viel für mich empfindest.«

»Du anerkennst diese Liebe?«

»Ja.«

»Erwiderst du sie?«

Er beugte sich zu ihr hinüber. »Ich liebe dich auch«, sagte er zu ihren verfremdeten Gesichtszügen. »Als eine Freundin. Als die einzige Freundin, die ich hier habe.«

»Als eine Freundin also«, sagte Eleuth, und ihr Tonfall war jetzt weniger bitter. Sie legte die Zweige auf dem Stoff kreisförmig aus, so daß sie zur Mitte zeigten. Neben einen der Zweige legte sie den Käfer. Neben einen anderen einen der Steine. Die restlichen Steine häufte sie in einer Ecke des Tuches auf.

»Ist das jetzt wirklich alles, was du brauchst«, fragte Michael.

»Das und meine Ausbildung«, sagte Eleuth. »Ich bin noch immer nicht sehr gut.« Sie stand auf, nahm ihn bei der Hand und half ihm, sich vorsichtig in die Mitte des Kreises von Zweigen zu stellen. »Dir zuliebe wünschte ich, ich wäre eine reinblütige Sidhe«, sagte Eleuth und streckte die Arme aus. Sie nahm die gleiche Haltung ein, die er in dem Kristallbild von Nare gesehen hatte. »Aber Lirgs Blut ist gut, und ich verlasse mich auch auf ihn. Wo immer er jetzt ist.« Sie tanzte leichtfüßig um ihn, drehte sich dabei um ihre Achse. Er wandte den Kopf, ihre Bewegungen zu verfolgen, aber sie befahl ihm, geradeaus zu blicken.

Nach einigen Minuten blieb sie stehen. Sie atmete

angestrengt. »Hat der Sidhe seine Prüfung bestanden?« fragte sie.

»Ja.«

»Hat er sein Fleisch gegessen, sein Blut getrunken?«

»Ich glaube es.«

»Er hat die Kranichfrauen heute abend verlassen«, sagte sie. »Er geht zu seinem neuen Heim. Vielleicht wird er Lirg sehen.«

»Ich weiß es nicht.«

»Weißt du, was deine Freunde in Euterpe heute nacht tun?« fragte sie.

»Nein.«

»Alle Mischlinge bleiben heute nacht in ihren Häusern. Wir wissen es auch nicht, aber wir haben unsere Vermutung.« Sie setzte den Tanz fort, streckte dann und wann den Arm aus, um seine Schultern mit den Fingern zu streifen. »Michael«, sagte sie schweratmend, während sie ihn umtanzte, »schau geradeaus. Es ist Zeit für dich, heimzukehren ... sehr bald.«

Plötzlich umflackerte Licht seine Füße. Er blickte an sich herab und sah die Zweige lichterloh von außen nach innen brennen, wie eine Vielzahl von Zündschnüren.

»Aus Liebe«, sagte Eleuth und machte einen Kreis aus ihren Armen. Zwei Lichtkreise entsprangen ihm, stiegen auf und fielen um Michael, schwebten in Hüfthöhe. Die Zweige brannten bis zu ihrem Ende. Er stand in der Mitte eines Feuers, das um seine Füße flackerte, aber nicht brannte.

Eleuth stand steif vor ihm, die Arme emporgehoben, die Brüste straff gegen den Brustkorb gespannt, den Magen eingezogen, keuchend. Ihr Haar war wirr, die Augen geschlossen. Sie wandte den Kopf zur Seite. »Ich werde beschützen«, sagte sie. »So lange ...

ich kann.«

Sie öffnete die Augen. Sie waren schwarz, feurig rot gerändert. Er hatte das Gefühl, in sie hineinzufallen. Seine Füße hoben sich vom Tuch. Die Lichtkreise verengten sich wie Gürtel um seine Mitte. Das Feuer breitete sich knisternd und zischend zu Eleuth aus, vertrieb die Dunkelheit, bis das Land ringsum hell wie am Tag war. Als die Flammen ihren Nabel erreichten, zuckte sie zusammen und schrie.

Das Feuer hüllte sie ein. Fraß sich auswärts in das schneebedeckte Gras. Schmolz den Schnee zu Dampf. Trocknete das Gras und setzte es in Brand. Eleuth wand sich in ihrem eigenen Feuer, den Mund geöffnet zu einer Dunkelheit, viel tiefer als die Nacht. Michael fühlte sich zu ihr gehoben und spürte die kalte elektrische Zerstörung der Energie, die sie entfesselt hatte.

»Bitte«, sagte sie kaum hörbar im Knistern und Brausen der Flammen. »Ich werde schützen. Vorsichtig! Aus Liebe ...«

Sie wurde kleiner und dunkler, bog und wand sich im Feuer, bis sie zu einem schwarzen Punkt dahinschwand.

Michael war nicht mehr am Boden, sondern hoch darüber, blickte über die unendliche Weite des Reiches hin, dessen Wälder, Ebenen und Gebirge wie eine topographische Reliefkarte unter ihm ausgebreitet lagen. Der Fluß schlängelte sich weit im Nordosten durch Wälder, Buschland, Wüstenstreifen und Sümpfe. Er sah einen Berg inmitten einer Stadt, deren Mauern wie ein Geflecht aus silbrigen Wurzeln aussahen ...

Und jenseits davon ein spitz zerklüftetes schwarzes Etwas.

Im Norden sah er einen großen See kobaltblau in der Nacht leuchten – vielleicht *Nebchat Len.* Hinter dem See erstreckten sich weitere Wälder bis zu einem gewaltigen zerrissenen Gebirgsmassiv. Als er unter sich blickte, sah er das Vertragsland in der Mitte der Verbrannten Ebene, eine gelblichgrüne Insel in dunkler, da und dort von orangefarbenen und roten Rissen durchzogener Einöde. In dieser Dunkelheit schien es zu sieden, aufzuwallen, um ihn zu packen. Dann geriet alles in wogende, wallende Bewegung – und verschwand.

Er hätte für alle Zeit im Nichts schweben können. Das Zeitgefühl verließ ihn. Irgendwo in der Leere war ein blinzelnder Lichtschein. Irgendwo über der Stelle, wo sein Kopf gewesen war. Er glaubte ein Laubdach wahrzunehmen, dann etwas unter seinen Füßen, hart und grau. Sein Gesichtskreis weitete sich. Blut strömte pochend und rauschend in seinen Schläfen, das Gefühl von Schwere stellte sich wieder ein.

Michael schloß die Augen und rieb sie. Ein wildes, schwindelndes Frohlocken überkam ihn. Er wollte herumspringen, vor Freude schreien. Er blickte auf das Handgelenk, um zu sehen, wie spät es sei – um welche Zeit die Trance sich von ihm gehoben hatte. Aber seine Uhr fehlte. Er trug noch immer die Kleider, die Helena ihm besorgt hatte; seine Füße steckten noch immer in Stoffschuhen.

Feuerschein umspielte seine Knöchel. Er starrte hinab, sah die kleinen Flammen auflodern, zurückweichen und wieder emporzüngeln. Plötzlich hüllte die Lohe seine Waden ein, bis er den Gehsteig nicht mehr sehen konnte. Feurige Fühler umhüllten seine Handgelenke wie Fesseln und krochen schlangengleich an seiner Brust aufwärts.

»Nein!« winselte er. »NEIN!«

Er krümmte sich wie unter einem Tritt in den Magen. Im nächsten Augenblick flog er rückwärts in die Dunkelheit hinaus, sauste auf einem unregelmäßigen Gegenkurs dahin, umgeben von einem feurigen Kometenschweif.

26

Michael lag auf dem Bauch, das Gesicht in Erde und Geröll, die Beine ausgestreckt in trockenem Gras. Er öffnete die Augen und sah dunkle Sträucher mit fettigen grünschwarzen Blättern im Zwielicht. Als er sich auf den Rücken wälzte, gewahrte er einen einförmigen graublauen Himmel, niedrig und bedrückend. Einzelne trübe Sterne schimmerten feucht herab.

In der Nähe raschelte etwas. Der Pfad, auf dem er lag, durchquerte einen Streifen kränkelnden Grases und endete an einer Veranda aus roten Ziegeln. Orangefarbene Papierlaternen hingen von einem Spalier über der Veranda.

Er rappelte sich auf. Das Rascheln näherte sich. Er wandte sich um und schreckte vor der Berührung trokkener kalter Finger an seinem Gesicht zurück. Die Gestalt in dem volantbesetzten Gewand war weniger als einen Schritt entfernt, hatte den Arm in zwei unnatürlichen Winkeln geknickt und zeigte auf ihn. Der Schatten des breitkrempigen Hutes verdunkelte noch immer die Züge, doch war Michael mehr denn je überzeugt, daß es eine Frau war, gefangen zwischen dem Reich und der Erde, wahrscheinlich so verrückt wie Lamia. Sobald der erste Schreck verflogen war, fragte er sich, was er von ihr zu fürchten habe.

Sie näherte sich schwankend, als ob ein Bein kürzer als das andere oder in den Gelenken nicht richtig zusammengefügt wäre. Der einem weiten Ärmel entragende Arm näherte sich von neuem, und Michael witterte Moder, Staub, etwas Metallisches. Er wich mehrere Schritte zurück. Er war daheim gewesen ...

– Du bist daheim.

Die Stimme, weich wie die unbewegte Luft, erreichte

sein Ohr und berührte schmeichelnd den Hinterkopf. *Du bist daheim.* Er konzentrierte seinen Blick auf die Finger der Hand. Sie waren dünn und farblos; sie hätten Zweige sein können, eingewickelt in Kartonstreifen. Wenn sie einander streiften, geschah es mit dem Geräusch raschelnder Blätter.

Jenseits der Wächterin war das Tor, das zur Zufahrt führte. Er blickte einen Moment lang über die Schulter, versuchte zu sehen, ob er durch das Haus zurücklaufen könnte, den Weg zurück, den er gekommen war, doch schon stand sie da und versperrte ihn. Wenn er nicht aufpaßte, konnte sie sich mit unglaublicher Schnelligkeit bewegen. Er faßte sie ins Auge und wich langsam zum Gartentor zurück.

– Bleib. Bilder von unglaublichem Luxus, unvorstellbarer Üppigkeit. Gärten voller Blumen und prachtvoll gedeihender Früchte und Gemüse, reife Beeren an leuchtend grünen Sträuchern. Tomaten, rot wie Arterienblut.

Wenn er sie ansah – sie kam mit ihrem hinkenden Schritt wieder näher –, könnte sie ihn zu fassen bekommen. Schon streckte sie die Hände aus, und die Finger raschelten wie in Erwartung. Aber wenn er sich umwandte, zum Tor zu rennen, mochte sie blitzschnell zuspringen und ihn packen.

Sie spielte mit ihm, als wäre er ein Fisch an der Angelleine. Er war gefangen, diesmal gab es keinen Ausweg. Es gab nur eine Möglichkeit, der Trance ein Ende zu bereiten – in ihrem Garten, gefangen zwischen dem projizierten Paradies und der trockenen düsteren Zwielichtwirklichkeit.

Wirklichkeit. Ein so wirkliches Verhängnis wie jedes andere. Immerhin hatte er seit der letzten Begegnung viel gelernt. Es mochte eine Möglichkeit geben, ihr trotz allem zu entwischen.

Er suchte nach dem verborgenen Impuls, fand ihn schwach, aber bereit. Zwischen dem Reich und der Erde wäre er nur mit Unterbrechungen und geschwächt wirksam. Gleichwohl blieb ihm keine andere Wahl. Er warf einen Schatten.

Das Gartentor schien unglaublich weit entfernt – nur ein paar Schritte. Hinter sich hörte er heftiges Geraschel von Stoff, fühlte, wie die Arme sich um etwas schlossen, durch leere Luft gingen. Die Wächterin kreischte wie ein Raubvogel.

Er rannte durch die Zufahrt. Das sechste Gartentor zur Linken. Aber er hatte den Schlüssel nicht mehr! Er konnte das Schloß nicht aufbringen, konnte nicht hindurch. Er fühlte mehr, als daß er hörte, wie seine Verfolgerin ihm gleich einer Welle fauliger, abgestandener Luft nachsprang.

Am verschlossenen sechsten Tor angelangt, zögerte er keinen Augenblick. Er rannte zum siebten Tor, das nur wenige Schritte weiter war, und fand es ohne Schloß. Er riß es auf, daß die rostigen Scharniere kreischten.

Die Hand der Wächterin faßte seine Schulter und riß ihn zurück, als ob er aus Papier wäre. Er stürzte und fiel auf das Pflaster, prallte gegen die Ziegelmauer. Das Gartentor schloß sich mit leisem Quietschen. Er wußte, daß er niemals mehr die Zeit hätte, es noch einmal zu öffnen, wenn es erst einrastete.

Er würde es so oder so nie erreichen.

Aber die Wächterin schien abzuwarten. Sie stand schwankend wie eine Betrunkene, eine von Schwachsinnigen bewegte Marionette.

Er stieß sich mit Armen und Schultern von der Wand ab, sprang unter Aufbietung aller neu gewonnenen Kraft und Schnelligkeit los, um durch das Tor zu entkommen. Es fiel mit metallischem Schlag hinter ihm zu.

Michael stand in einem langen schmalen Garten oder Hof, von niedrigen roten Ziegelmauern eingegrenzt. In einiger Entfernung konnte er über die Mauerkrone den rückwärtigen Teil von Lamias Haus sehen, den ausgebrannten Flügel der einstigen Residenz des Isomagus.

Vielleicht war die sechste Pforte nicht der einzige Weg.

Am Rand des Pfades, der zu einem Tor in der entfernteren zweiten Mauer führte, waren zwei durchlaufende Spaliere, dicht eingehüllt in abgestorbenen braunen Efeu. Er eilte darauf zu.

»Nicht dahin!«

Er blieb stehen. Die Stimme war von links gekommen, ein trockenes Krächzen, aus dem der Schmerz herauszuhören war.

»Sie wird dich haben, bevor du das Ende erreichst.«

»Versteck dich!«

»Gib acht auf sie!«

Die Stimmen kamen aus dem mit Efeu überwachsenen Spalier. Gegen seinen Instinkt blieb er stehen, verkrampft vor Angst und Ungewißheit.

Dann machte er sie aus. Sie waren in den Efeuranken gefangen, die Gliedmaßen von Zweigen umflochten: Leichen. Abgezehrte, ausgemergelte Körper, an denen die Haut wie trockenes Leder hing, klaffende Münder, skeletthafte Arme und Beine, eingefallene Augen. Aber sie wandten die Köpfe nach ihm und schienen gegen ihre Fesseln zu drängen, die gelben Zähne unter lederigen Lippen gebleckt.

»Laß dicht nicht fangen! Stirb eher!«

»Gib acht auf sie!«

»Nicht dorthin. Sie wird dich fangen!«

Tatsächlich schien das Tor jetzt weiter entfernt als zuvor. Je näher er kam, desto weiter wich es zurück, desto länger erstreckten sich die Spaliere. Und desto mehr sich windende mumifizierte Körper sah er in der Umklammerung des abgestorbenen Efeus.

»Wenn sie dich hat, stirbst du nie ...«

»Wenn sie dich liebt, schläfst du ...«

»Und erwachst hier.«

»Lebst ewig ...«

»Aber verwest!«

Verrücktes Gelächter ringsum. Die Leichen zappelten furchterregend, Hautfetzen sanken wie welke Blätter zu Boden. Einige streckten flehend die Arme nach ihm aus, andere warfen sich mit den hohlen Brustkörben gegen die fesselnden Efeuranken, schüttelten sie und brachten die Spaliere zum Erzittern, bis sie herabzufallen drohten.

Die Wächterin war nun auf demselben Weg. Er hatte sie nicht durch das Tor kommen sehen; vielleicht war sie nicht darauf angewiesen. Ihre schwankende Fortbewegung bewirkte, daß die breite Hutkrempe wie ein Perpendikel von einer Seite zur anderen schwang. So schritt sie hinkend die Front ihrer früheren Opfer ab, der sicheren Erbeutung eines weiteren entgegen.

Sie sammelte sie. Hatte sie, gebrauchte sie, brachte sie hier unter. Sie genoß ihre Sammlung, das Zeugnis wohlgetaner Arbeit. Dies war ihr Paradies aus Blumen, saftigen Früchten und Gemüsen, der Garten, dem sie ihre Liebe und Arbeit widmete.

– Bleib!

Er rannte stolpernd weiter, versuchte den Mittelpunkt des Impulses wiederzufinden. Aber er hatte keinen klaren Weg, um einen weiteren Schatten zu werfen. Die Wächterin, deren Gewand sich gegen ihre deformierte Gestalt drückte, hatte dreißig Zentimeter oder mehr vom Boden abgehoben und kam wie ein Stück Stoff an einer Wäscheleine auf ihn zugesaust. In ihrem Flug neigte sich ihr Kopf vorwärts, bis der Hut direkt auf ihn wies und das Gewand sich dahinter wie eine tödliche Blume entfaltete.

Er flog herum und rannte schreiend vor seinem Unheil davon. Vor ihm stand Eleuth auf dem Weg, so nahe, daß er nicht vermeiden konnte, mit ihr zusammenzuprallen. Und er stürzte durch sie hindurch, strauchelte und fiel zu Boden. Mit angstverzerrtem Gesicht aufblickend, sah er die durchscheinende Halbblutfrau die Arme vor der heranjagenden Wächterin ausbreiten.

Die beiden verschmolzen. Der deformierte Körper verwickelte sich in den Stoff seines Gewandes und fiel mit einem langgezogenen Schrei wie ein geschossener Vogel aus der Luft herab. Michael rannte. Das Tor am Ende des Gartens war ein gutes Stück nähergerückt. Mit wenigen Schritten hatte er es erreicht, riß es auf, blickte zurück zu der noch auf dem Weg liegenden Wächterin und sah Eleuths Schattengestalt unter der Wucht des Zusammenpralls langsam um ihre Achse kreisen. Sie schwebte vom Pfad aufwärts und wurde blasser und blasser, bis sie ganz verschwand.

Michael stand im Weinberg hinter dem Haus des Isomagus. Mit einem hohlen metallischen Klang fiel die Pforte ins Schloß, und die Mauer verschwand.

Wieder blickte er über das Vertragsland hin, den Abhang hinunter zum Fluß. Sein Atem ging stoßweise, seine Ellbogen und Knie waren aufgeschrammt und bluteten, sein Kopf schmerzte scheußlich.

Die Trance war noch lange nicht zu Ende.

27

Es war Spätnachmittag. Michael hob den Kopf und schnüffelte. Von weit her trug ihm der Wind Rauchgeruch zu. Kaum fähig, einen Fuß vor den anderen zu setzen, durchquerte er den Weinberg mit den abgestorbenen Stöcken und ging um das Haus des Isomagus zum vorderen Eingang. Nun sah er eine dicke schwärzliche Rauchwolke über Euterpe stehen, und er glaubte donnernde Geräusche und undeutliche Rufe und Schreie zu vernehmen. Dann drehte der Wind, und alles war still.

Die Eingangshalle, der Speisesaal und die anderen Räume des Hauses waren leer und still. Als er lauschte, glaube er ein leises Geräusch wie von fallendem Sand oder Staub zu hören. Er wußte nicht, was zu tun sei, also stieg er die Treppe hinauf. Er überlegte, ob er mit Lamia sprechen und fragen sollte, was mit seiner Reise schiefgegangen war und was in Euterpe geschah.

Er war nicht allzu begierig, es zu erfahren.

Der Raum mit den Wandleuchtern und Kerzen lag verlassen und dunkel. Er durchquerte ihn, und seine Schritte hallten, obwohl er noch immer Stoffschuhe trug. Die Echos in diesem Raum warfen jedes Geräusch scharf und spitzig wie Messer zurück: Atemzüge, Herzschläge, das Kratzen seiner Finger am Kinn.

Verdutzt bemerkte er, daß ihm ein rauher Bart zu wachsen begann.

Er ging weiter durch den Korridor, fort von der Galerie über dem Treppenhaus. Schatten beherrschten das Haus; alle Kerzen steckten unangezündet in ihren Wandleuchtern oder lagen zerbrochen am Boden, als hätte jemand ihr Licht verabscheut. »Lamia?« rief er, zuerst leise, dann lauter. Seine Kehle schmerzte noch von seinen Schreien in der Zwischenwelt. Er streifte die Wand mit einer Hand und drang so in die dunkelsten Winkel vor. Die Wand vibrierte unter seiner Berührung wie eine Glocke; das ganze Haus schien lebendig, doch furchtsam und zurückweichend.

Seine tastenden Finger fühlten einen Türpfosten, und

er trat durch die Öffnung. Durch einen halb zugezogenen Vorhang sickerte trübes Zwielicht in ein kleines Wohnzimmer. Lamia saß in einem Sessel dem Fenster gegenüber.

»Bitte«, sagte Michael. »Ich brauche Hilfe.«

Sie antwortete nicht, rührte sich nicht. Vorsichtig trat er näher, in Angst vor ihrer massigen Gestalt, dem ruhigen und doch wilden, konzentrierten Ausdruck, mit dem sie in das nachlassende Tageslicht blickte.

Das Halbdunkel und die Falten ihrer Haut hatten seinem Blick anfangs verborgen, daß sie unbekleidet war. Sie saß nackt und reglos in dem breiten Sessel. Michael war überzeugt, daß sie nur darauf wartete, bis er nahe genug herangekommen wäre, um ihn zu ergreifen. Aber nichts geschah. Sie schien nicht einmal zu atmen. War sie tot?

Er streckte zögernd die Hand aus, ihre Schulter zu berühren. Sein Finger bog sich unwillkürlich zurück, und er zwang sich, ihn auszustrecken.

Die Haut gab unter seinem Finger nach, einen Zentimeter, dann zwei. Entsetzt, unfähig aufzuhören, drückte er weiter zu. Sie zischte leise, und ihr Kopf sank wie Eiweißschnee in sich zusammen. Der Arm und die Brust begannen gleichfalls einzusinken, und sie verwandelte sich vor seinen Augen in einen Haufen durchscheinender weißlicher Falten, der vom Sessel zu Boden glitt.

Nicht Lamia, aber ihre Haut – vollständig abgestreift. Er bückte sich und rieb sie zwischen den Fingern. Die Beschaffenheit war ihm vertraut; er hatte etwas dergleichen befühlt – in dem Wandschrank unten, wo sie ihn vor Alyons versteckt hatte.

Sie verwahrte ihre eigenen abgeworfenen Häute in einem Wandschrank.

Aber wo war sie? Verbarg sie sich irgendwo, verletzlich wie ein aus seinem Haus geschlüpfter Einsiedlerkrebs oder eine Schlange, deren neue Haut noch feucht und empfindlich war?

»Junge.«

Er fuhr herum und sah sie in einem anderen Winkel des Raumes. Sie war in Dunkelgrau gekleidet und verschmolz mit den Schatten. Er sah, daß sie noch riesiger geworden war, vielleicht noch einmal um die Hälfte größer und fetter, als sie bei ihrer letzten Begegnung gewesen war. Ihre Stimme war tiefer und dem Fleischberg angemessener, zu dem sie geworden war. Alles an ihr war Vibration, als sie näher trat, von den Wangen bis zum Fleisch ihrer Hände.

»Du versuchtest, zurückzukehren, nicht wahr?«

Sein Mund war ausgertrocknet. Er nickte. Sie kam näher, bis sie zwei Schritte vor ihm haltmachte; der Schwung ihrer angehaltenen Bewegung brachte die Fleischmassen wie eine überkippende Welle in eine heftig wogende Bewegung auf ihn zu ... dann wich alles wieder zurück, bis die Bewegungen sich unter der Schwerkraft ausglichen. Ihre Augen waren in den fleischigen Falten des Gesichts nicht zu erkennen. Die Nase, winzig und von schwellenden Polstern umgeben, war ihr letztes identifizierbares Merkmal – mit Ausnahme der Haare, die glänzender und üppiger denn je waren.

»Das Halbblutmädchen. Ich habe von ihm gehört. Lirgs Tochter.«

»Wie ist es Ihnen zu Ohren gekommen?«

»Ich höre vieles«, sagte Lamia. »Selbst wenn ich ... nicht ganz in meiner gewohnten Verfassung bin. Warum hast du den Übergang nicht vollzogen?«

»Sie brachte mich nicht ganz hinüber. Das heißt, sie schaffte es, aber nur für einen Augenblick. Dann wurde ich zurückgezogen.«

»Bist du der Wärterin begegnet?«

Er nickte.

»Und du entkamst.«

Er nickte wieder, nur einmal, um anzudeuten, daß es ihm gerade mit knapper Not gelungen war.

»Dein kleines Halbblutmädchen hat sich für dich geopfert.«

»Was?« Obwohl er es geahnt hatte.

»Sie war nicht einmal halb Sidhe, Junge. Sie konnte dies alles nicht tun und die Folgen überleben. Auch so war ihr Leben nicht genug. Du bist noch bei uns.« Dies schien sie zu erheitern, und ein leichtes Zittern ging durch ihre Fleischmassen, begleitet von einem tiefen gedämpften Glucksen. »Weißt du, was während deiner Abwesenheit geschah?«

»Wie lange war ich fort?«

»Tage, fürchte ich. Weißt du es?«

Er schüttelte den Kopf. Sie roch nach Staub und Rosen und saurem, schwitzendem Fleisch.

»Deine kleinen Rebellenfreunde beschlossen, Alyons herauszufordern. Der Stadtmeister war noch nie von ausgeglichener Gemütsart.« Wieder das Glucksen aus der Tiefe. »Ich kann nichts tun. Nicht jetzt. Sie hätten einen besseren Zeitpunkt wählen können. Jetzt hat Alyons, was er immer wollte – eine Gelegenheit, den Menschen eins auszuwischen. Ihre Stadt dem Erdboden gleichzumachen, sie für ihr Eindringen zu bestrafen.«

»Was tut er?« fragte Michael mit zugeschnürter Kehle.

Lamia blinzelte auf ihre abgelegte Haut, als hätte sie nicht gehört. »Die Wächterin ist meine Schwester, Junge, wir waren Clarkhams Frauen, Liebhaberinnen besser gesagt. Er brachte uns hierher. Das waren schöne Zeiten. Bälle, alles umdrängte den neuen Magier. Isomagus nannte er sich damals – dem Schlangenmagier gleich. Gekommen, alle aus dem Schatten des Reiches in das Licht seiner Herrschaft zu führen. Nicht, daß er die Sidhe gehaßt hätte, er tat ihnen nichts, wirklich nichts. Er wirkte Magie mit Musik, mit dem, was die Sidhe uns vor langer Zeit gelehrt hatten. Er war sehr stolz. Bald behauptete er, die Reinkarnation des Großen Magiers zu sein – wiedergeboren, um zu rächen, was die Sidhe der ursprünglichen menschlichen Rasse angetan hatten. Seine Arroganz wurde den Sidhe unerträglich. Der Schwarze Orden schickte seine Heere gegen uns. Das war der Krieg – der Krieg, der die Verbrannte Ebene entstehen ließ.« Sie schwieg, und nur die Falten ihres Gesichts waren in Bewegung. »Er war nicht der Große Magier. Er konnte zaubern, doch gewinnen konnte er damit nicht. Er konnte nur verlieren, und als er das einsah, gab er auf und ergriff die Flucht. Meine Schwester und mich ließ er zurück. Die Sidhe machten ihren Vertrag mit ihm, aber uns überließ er unserem Schicksal. Er behauptete, er habe hier einen mächtigen Zauber vergraben, tödlich für jeden Sidhe, der gegen den Vertrag verstieße. Da er sich im Krieg als listenreicher, gefährlicher Gegner erwiesen hatte, mußten die Sidhe ihm glauben. So machte er seinen Handel mit ihnen. Er brachte alle seine Leute – er sah sie als sein Eigentum – hierher auf das Vertragsland. Die Sidhe ließen die Verbrannte Ebene als Barriere wirken. Das hielt ihre Frauen von menschlicher Versuchung fern und die Rasse rein.«

»Kämpfen sie in Euterpe?« fragte Michael.

»Was würdest du tun, wenn du es wüßtest? Hingehen und sie alle retten? Es sind Dummköpfe. Sie bekommen nur, was sie verdient haben. Obwohl ich selbst gegen die Sidhe kämpfen würde, wenn ich könnte. In einer Woche wäre ich dazu in der Lage. Hätten deine Rebellen mit ihren Dummheiten noch eine Woche gewartet ... Aber jetzt stehe ich unter meinem Fluch. Ich esse nichts und werde riesig. Ich streife meine Haut ab wie eine Schlange, und mein Fleisch ist empfindlich wie ungebrannter Ton. Du sogar könntest meinen Arm pakken und abreißen, wenn du wolltest. Hier ist eine Gelegenheit.« Sie streckte den Arm aus. Michael wich zurück. »Aber ich werde mich wieder kräftigen, wie ich es immer getan habe, und die Macht, die er mir hinterlassen hat, wird auch zurückkehren. Dann wird Alyons bezahlen, wenn er nicht schon bezahlt hat.«

»Bitte. Was tun sie?«

»Sie haben meine Schwester zur Wächterin gemacht, um Menschen davon abzuhalten, den Weg des Isomagus zu gebrauchen. Vielleicht hat sie noch eine Spur von Menschlichkeit bewahrt? Wie dem auch sei, sie erwischt nicht alle, die herüberkommen. Dich hat sie nicht erwischt ... vielleicht hat sie sich ein wenig zurückgehalten, da sie sah, was du bist.«

»Sagen Sie es mir!« rief er zornig. Seine Unterlippe zitterte.

»Sie werden gezüchtigt«, sagte sie. »*Scarbita.* Alyons ist die *Scarbita antros,* die Geißel der Menschen, und da kannst du nichts tun.«

Michael rannte aus dem Zimmer, den Korridor entlang, die Treppe hinab. Der Himmel war am Rand der Nacht, als er die Landstraße entlanglief, immer wieder bemüht, den Blick auf den Boden und nicht allein auf den orangegelben Feuerschein vor sich zu richten.

Er war kaum außer Atem, als er in Sichtweite der Stadt kam. Der Einsatz des *hyloka* hatte seinen Körper mit frischer Energie versorgt und seinen Sinneswahrnehmungen halluzinatorische Schärfe verliehen. Die Hütten und Häuser aus Lehmziegel lagen in Ruinen und Schutthaufen um ein großes Feuer im Zentrum des Ortes. Er sah berittene Sidhe Gruppen von Bewohnern vor sich hertreiben. Lanzen funkelten im Feuerschein.

Die Sterne am Himmel schienen sich furchtsam abgewandt zu haben.

Er verließ die Landstraße und querte zu einem niedrigen Hügel, der ihm einen Überblick gewährte. Der größte Teil Euterpes lag in Ruinen, manche glühten, als wären sie von innen elektrisch beleuchtet. Eine lange Minute starrte er auf das geisterhafte Bild der Herberge, die skelettartig aus den Flammenfontänen der Feuersbrunst ragte. Noch während er hinsah, lösten sich die Umrisse in der feurigen Lohe auf, fielen in sich zusammen, und die Herberge war verschwunden. Ein Funkenwirbel stob über die Flammen hinaus in die Nacht.

Mit dem furchtbaren Tosen der Feuersbrunst trug der Wind ein paar verwehte Klavierklänge herüber. Reiter wendeten ihre Pferde und verließen die Gefangenen, um durch die brennenden Straßen zurückzureiten. Offenbar war noch nicht jeglicher Widerstand gebrochen.

Michael schlug einen Bogen um den Randbereich. Die Klavierklänge kamen aus dem letzten noch stehenden Gebäudekomplex, in dessen Mitte das Schulhaus stand. Berittene Sidhe galoppierten hin und her, als hätte die Musik sie in Raserei versetzt.

Der Stadtmeister stand auf einer Anhöhe ungefähr hundert Schritte außerhalb der Stadt, in Gedanken versunken. Das goldbraune Pferd wartete geduldig hinter ihm. Michael bemühte sich, außerhalb des Feuerscheins zu bleiben, aber der Sidhe wandte den Kopf und sah ihn. Sie blickten einander lang in die Augen; dann lächelte Alyons, daß die weißen Zähne glänzten, und bestieg sein Pferd.

Michael machte kehrt und floh in die entgegengesetzte Richtung. Fort von der Stadt. Er war nicht ängstlich; wenn Angst eine Chemikalie war, so hatte sein Körper den Vorrat längst verbraucht. Er handelte allein nach den Grundsätzen seiner Ausbildung. Nun wurde deutlich, daß diese von einer stattlichen Zahl unterbewußter Instruktionen begleitet gewesen war. Die Kranichfrauen hatten ihm mehr beigebracht, als er selbst wußte. Er konnte sich Taktiken und Methoden der Flucht vorstellen, die er niemals als seine eigenen angesehen hätte. Unter diesen war eine, die er nicht ganz in den Vordergrund seines Bewußtseins ziehen konnte; nichtsdestoweniger handelte er danach. Das Pferd des Stadtmeisters verfolgte ihn in einem gemächlichen Trab, und Michael konnte sich gut vorstellen, wie groß Alyons' Befriedigung sein mußte. Hier war seine Gelegenheit, dem lästigen *antros* einen Denkzettel zu verpassen, ohne daß er wie bisher durch politische Rücksichten daran gehindert wurde.

Ein Stück weiter vorn sah Michael die Umrisse gigantischer Zähne: eine ungefähr ringförmige Anordnung monolithischer Felsen, deren Schwärze tiefer war als die Nacht. Er lief in diese Richtung – zwischen die Zähne und zur anderen Seite, wo er mit dem Rücken an einem geglätteten runden Felsblock haltmachte, in den eine Spirale gemeißelt war. Alyons verlangsamte außerhalb der Steinsetzung. *»Hoy ac!«* rief er.

»Selber hallo, du grausamer Schinder«, flüsterte Michael.

»Antros! Du brauchst des Stadtmeisters Gnade. Komm hervor und geselle dich zu deinesgleichen. Sie werden nicht mißhandelt, nur bestraft.«

»Komm herein«, antwortete Michael laut genug, daß Alyons es hören konnte, wenn er sich anstrengte; nicht lauter. Alyons hob seine Lanze zum Himmel. Die Spitze begann stumpfrot zu glühen. Sein Pferd ging im Schritt zwischen die Steine und schlängelte sich zwischen ihnen hindurch. Alyons begann mit einem leisen Sprechgesang in Cascar.

Er ist in Unruhe, dachte Michael.

»Er betritt den Kreis, er muß näher kommen«, sagte eine Stimme hinter Michael. Er erkannte sie als Sparts Stimme, konnte die Frau aber nicht sehen.

»Stadtmeister!« rief er aus. »Welches war deine Schande? Machtest du deine Herren zornig? Warst du der niedrigste im *Maln,* ein Verräter, oder bloß jemand, den sie entbehren konnten?«

»Im *Maln*«, erwiderte Alyons kalt und gerade laut genug, daß Michael ihn hören konnte, »bin ich nach wie vor willkommen. Ich tue meine Pflicht im Vertragsland. Ich halte den menschlichen Abschaum unter Verschluß.«

»Sie werden dich nicht zurücknehmen«, höhnte Michael. »Wodurch hast du Tarax beleidigt?«

»Weit gefehlt«, sagte Alyons. Michael spürte die behutsame Einfühlung in seinem Gedächtnis und blokkierte es. *»Antros!«* Alyons' Pferd kam in den Kreis der Steine, aber der Stadtmeister saß nicht darauf. Michael wich zurück, bis er mit dem Rücken am kalten Stein stand.

Die Lanzenspitze glühte hell auf. Hinter ihr wurde Alyons sichtbar. Er senkte sie, bis sie auf Michaels Brust zielte. Der Brustharnisch des Sidhe dehnte und spannte sich wie lebendige Haut. Das Ahornblattemblem auf seiner Brust schien vom Harnisch abgehoben, als würde es aus eigener Kraft schweben und sich von Augenblick zu Augenblick zu einem Eichenblatt, zu einem Lorbeerblatt und wieder zum Ahornblatt verwandeln. Alyons holte mit der Lanze zum Zustoßen aus und stimmte jenen unheimlichen Gesang an, den Michael die Kranichfrauen hatte singen hören, als würde er eine Melodie suchen und fände sie nicht, während sie gleichzeitig doch gegenwärtig war ...

Das trockene Gras hinter dem Sidhe wirbelte aufwärts in die dunkle Luft. Innerhalb des Steinkreises stieg eine spiralige Erdfontäne hervor, deren Luftzug Alyons das Haar hob. Im nächsten Augenblick verschwand der Stadtmeister. Mit dem Gepolter und Geklirr eines Dutzends Güterzügen erhob sich eine ungeheure stählerne Schlange aus dem Grund. Sie hatte zusammengerollt unter dem Gras gelegen, um nun wie eine Feder emporzuschnellen und den Stadtmeister mit schimmernden Stahlzähnen zu packen. Ein Schauer niederprasselnder Erdklumpen überschüttete Michael.

Die Schlange hob Alyons hoch in die Luft. Dann zerbrach sie mit dem Geräusch überdehnten Metalls in Abschnitte. Diese richteten sich geradeaus und bohrten sich wie Stangen in den Erdboden, deren Enden sich berührten, so daß sie einen Dreifuß bildeten. Der Kopf der Schlange zitterte auf seiner Spitze, im genauen Mittelpunkt des Steinkreises.

Alyons, wie eine Maus zwischen den stählernen Kiefern hängend, streckte den Arm zitternd zu Michael herab. Dieser schritt langsam um das Dreibein, bis er den anderen deutlich sehen konnte, dann hob er seine Gedächtnisblockade auf.

»Das Holz, das Holz!« rief Alyons in einem heiseren Flüsterton. »Schnell! Ruf die Arboralen ...« Sein Körper bog und wand sich wie in einem Krampf, worauf sich die Stahlzähne nur tiefer in sein Fleisch bohrten. Das Metall knirschte laut genug gegen die Knochen, daß Michael es hören konnte, und das Dreibein schwankte.

Alyons starb.

Michael hatte niemals dergleichen gesehen. Obwohl sein Magen sich zu einem schmerzhaften Klumpen zusammenzog, starrte Michael in zwanghafter Faszination zu dem Leichnam auf. Alyons war von der Falle erfaßt und getötet worden, und er selbst hatte daran mitgewirkt. Ihm wurde übel, und er kehrte dem Dreibein und dem erschlafften blutigen Stadtmeister den Rücken.

Als er aufblickte, stand Spart vor ihm. Der Nachtwind blies ihr das Haar aus dem Gesicht. »Seine Leute haben noch nicht aufgehört«, sagte sie. »Wir müssen gehen.«

»Wer bewirkte dies?« fragte Michael und zeigte über die Schulter zu der Falle.

»Clarkham, der sich Isomagus nennt.«

»Warum?«

»Ich weiß nicht«, sagte Spart. Ihre Stimme war rauh, und der Wind machte sie frösteln. »Vielleicht war es eine Art Vergeltung für die Auferlegung des Vertrages.«

»Wußte Alyons, daß sie hier war?«

»Offensichtlich nicht«, sagte Spart. »Nun keine weiteren Fragen.« Er folgte ihr, als sie durch das vom Schnee niedergebeugte lange Gras davonstelzte. Der Feuerschein über der Stadt hatte nachgelassen; die Flammen mußten einen Großteil dessen, was brennbar war, bereits verzehrt haben. Es schneite wieder, und Michael bemerkte, daß die auf Spart niedersinkenden Schneeflocken nicht schmolzen, als ob sie ihr *hyloka* nicht mehr aufrechterhielt.

»Ich sprach mit Lamia.«

»So?« Sie ging weiter, ohne sich umzusehen.

»Sie kann nichts unternehmen. Sie hat ihre Haut abgestreift.«

Ein Schauer durchlief Spart. »Still«, sagte sie. Über ihnen rauschte, raschelte und säuselte etwas – eine Verbindung von Geräuschen, die Michael kannte. Er blickte auf, konnte in dem von Wolken und Rauch verhangenen Himmel nichts erkennen. Nur die Schneeflocken, die treibenden Schneeflocken.

Diesmal fiel es Michael nicht schwer, mit Spart Schritt zu halten; sie bewegte sich mit Bedacht. »Nun kannst du zeigen, was du gelernt hast«, sagte sie über die Schulter. »Die Reiter sind noch unterwegs.«

»Wissen sie nicht, was mit Alyons geschehen ist?«

Spart antwortete nicht. Er schaute unter gerunzelten Brauen ihren Rücken an und ärgerte sich. Selbst jetzt, in einer Situation wie dieser, hatte sie die Gabe, ihn aufzubringen.

Sie schlüpften zwischen schwelenden Ruinen und zusammengebrochenen Lehmziegelwänden dahin und erreichten innerhalb kurzer Zeit den Hof, ohne einem Reiter zu begegnen. Auch hier war alles niedergebrannt und zerstört. Michael spähte über die Reste einer dicken Mauer. Die Gruben waren der Nachtluft offen ausgesetzt.

In dem weniger zerstörten Teil der Stadt trafen sie auf die ersten Bewohner. Einige rannten, andere standen wie betäubt vor den Trümmern ihrer bescheidenen Häuser; auf einem kleinen Platz waren Leute zusammengetrieben und mit Fußfesseln an Pfosten gebunden worden, die man in den Boden geschlagen hatte; Männer und Frauen kauerten elend beisammen; der Rauch und die ausbrennenden Häuser spiegelten sich in ihren von panischer Angst glasig-starren Augen. Michael sah jedoch weder Tote noch Schwerverletzte. Vielleicht hatte die Drohung des Isomagus doch soviel Zurückhaltung bewirkt, daß den Einwohnern von Euterpe ein allgemeines Massaker erspart geblieben war.

Spart stieg eine Treppe hinab, die in den Keller eines relativ intakten zweistöckigen Lagerhauses führte. Ohne Licht ging sie im Dunkeln voraus, so daß er nur dem Geräusch ihrer Schritte folgen konnte und versuchte, mit den ausgestreckten Fingern Wände und Eingänge zu ertasten.

Am Ende des Korridors war ein Kellerraum, in dem Öllampen brannten. Der Boden war übersät mit zerschlagenen Kästen, Truhen und Möbeln aus Korbgeflecht. Die Ziegelwände waren wie bestäubt mit einem silbrigen Flitter, der unangenehm glitzerte.

In der Mitte des Raumes saß Savarin mit hängenden Schultern. Er blickte kaum auf, als sie eintraten. Seine Kleider und das Gesicht waren bedeckt mit dem glitzernden Staub. Er schaute stumpf zu Boden, dann, als erinnere er sich an etwas, hob er wieder den Kopf und richtete seinen trüben Blick auf Michael. »Verräter«, sagte er. »Du hast es ihnen gesagt.« Seine Stimme war leblos.

»Ich habe niemandem etwas gesagt«, erwiderte Michael, aber Savarin war Argumenten offensichtlich nicht zugänglich. Der Lehrer lächelte in einer kränklichen, gleichgültigen Art, schüttelte den Kopf und blickte wieder zu Boden. Spart zeigte in eine Ecke des Kellerraumes, wo eine Gestalt saß und dem Schein der Öllampen den Rücken zukehrte. Es war Helena, auch sie bestäubt mit dem Pulver, so daß Haut und Kleider glitzerten. Sie saß mit angezogenen Knien auf einem Hocker aus Korbgeflecht. Vor ihr, zerschlagen und in die Ecke geworfen, lag das Klavier.

Es war völlig ausgeweidet; seine mühsam und mit behelfsmäßigen Mitteln konstruierte Mechanik war verbogen und zerbrochen.

Michael ging zu ihr und streckte die Hand aus, ihre Schulter zu berühren, aber sie fühlte es und wich aus. »Ich weiß, daß du es nicht gesagt hast«, sagte sie heiser, das Gesicht abgewandt. Sie umschlang ihre Knie fester mit den Armen, drückte das Kinn zwischen die Knie und schaukelte leicht vor und zurück. »Wir haben das Pulver nicht gebraucht. Sie waren vor einer Weile hier. Ich spielte. Es war meine einzige Gelegenheit, das Klavier zu spielen. Aber wir brauchten nicht ... was du brachtest. Hier ist es.« Ohne den Kopf zu wenden, reichte sie ihm den Beutel. Er war bis auf wenige Körner leer, die Zugschnur gelöst.

Spart ergriff den Beutel und drückte ihn ärgerlich zusammen. Dann packte sie Helenas Haar und schüttelte glitzernden Staub heraus. »Sie haben das Pulver genommen, sie haben es verschwendet.« Sie stieß zornig die Luft aus und zog ihn von Helena fort. »Die zwei sind deine Zeit nicht wert«, sagte sie.

Michael blickte zu Helena, ungewiß über seine Empfindungen – Traurigkeit, perverse Befriedigung über die Demütigung der Treulosen, Schrecken und Zorn, daß Menschen, die ihm etwas bedeutet hatten, so behandelt werden konnten.

»Ist nicht mehr Staub da?« fragte er.

»Nicht für uns, nicht für sie. Sollten sie jetzt die Überquerung versuchen, so wird die Wirkung des *sani* umgekehrt sein: Es wird jedes Ungeheuer der Ebene anziehen.« Sie schüttelte ihre Hand aus und wischte sie kräftig ab, dann zog sie ihn wieder hinaus und die Treppe hinauf. Als er einwandte, daß er bleiben und helfen müsse, antwortete sie mit einem Blick, der klarer als Worte sagte: *Was kannst du tun?*

Nichts. Er folgte ihr.

Auf der Straße mußten sie ein kurzes Stück laufen und sich dann hinter der noch stehenden Ecke eines eingestürzten Gebäudes verbergen, als ein Trupp Reiter vorbeigaloppierte. »Wohin gehen wir?« flüsterte Michael.

»Du machst dich auf den Weg«, antwortete Spart. »Mit oder ohne das Pulver. Deine Zeit ist gekommen. Du gehst mit mir zurück zum Hügel, von dort wirst du allein weitergehen.«

Jetzt erst erinnerte er sich des Buches, das unter dem Dach seiner Hütte zurückgeblieben war. In seiner Hast, das Reich zu verlassen, hatte er es vergessen.

»Komm!« Spart sprang voraus. Als das Hufgetrappel wieder lauter wurde, warf er instinktiv Schatten. Spart wurde eine Menschenmenge. Die Reiter hielten, ihre

Pferde bäumten sich auf. Michael hörte die Flüche der Sidhe kaum.

Sie gelangten aus der Trümmerwüste der Stadt und liefen die verlassene und schneebedeckte Straße zum Dorf entlang. Die Wolkendecke war aufgerissen, und vereinzelte Sterne schienen durch das abziehende Gewölk. Der Brandgeruch ließ nach. Spart rannte so schnell wie eh und je, und trotz seines Trainings hatte er Mühe, mit ihr Schritt zu halten.

Das Dorf lag leer und still vor ihnen. Spart verlangsamte ihren Lauf und ging mit ihm durch das Dorf, betrachtete die leeren Gebäude mit ihren dunklen Fensteröffnungen, dann sah sie Michael an, wie um die Wirkung der Verlassenheit auf ihn zu beobachten.

»Wo sind die Bewohner?« fragte Michael.

»Diejenigen, die nicht entkommen sind, werden Adonna dienen.« Das war das rauschende, säuselnde Windgeräusch gewesen, das er gehört hatte – Meteorale waren hereingeströmt. Der Vertrag der Kranichfrauen war aufgehoben. Jetzt war gewiß nicht der rechte Augenblick, um aufzubrechen, nicht wenn er seine Selbstachtung bewahren wollte.

»Ich kann nicht fort«, sagte er. »Ich muß Eleuth finden. Ich muß helfen.«

»Wenn du bleibst«, sagte Spart, »werden die Läufer dich ergreifen und mit den anderen einkerkern. Du wirst außerstande sein, irgend etwas für sie zu tun. Wenn du entkommst, kannst du vielleicht helfen ... von draußen.« Sie sagte nicht die ganze Wahrheit – aber ein paar Wochen früher wäre er nicht in der Lage gewesen, ihre Ausflucht zu erkennen. Schließlich war sie es gewesen, die ihm Einfühlung anerzogen hatte. »Außerdem kannst du Eleuth nicht finden. Sie ist tot.«

Die doppelte Bestätigung, diesmal aus einer unanfechtbaren Quelle, traf ihn hart.

»Sie tat ihr Bestes«, sagte Spart. »In Ansehung der Umstände und ihrer Möglichkeiten machte sie ihre Sache gut.« Tränen standen ihm in den Augen, als sie sich der Anhöhe näherten. Die Hütte der Kranichfrauen war intakt, aber seine eigene war umgeworfen, die von Biri vollständig entfernt. Michael suchte in dem Bretterhaufen nach seinem Buch und fand es unbeschädigt zwischen einer Schindel und einem Dachsparren. Er steckte es ein.

Nare und Cum standen hinter ihm. Er schaute zwischen ihnen hindurch, wußte nichts zu sagen, kaum etwas zu denken.

»Bald bist du leer«, sagte Nare.

»Ananna«, sagte Cum. »Fertig. Jetzt oder nie.«

Spart lächelte mitfühlend. »Noch eins, dann gehst du über die Ebene und suchst den Isomagus. Du mußt deine verhaßten Teile zurücklassen.«

»Was?«

»Wenn es einen Teil deiner selbst gibt, den du nicht magst, kannst du von ihm befreit sein. Du hast noch immer zu viele Leute in dir. Aber das kann einstweilen von Vorteil sein. Opfere sie. Wenn du in großer Gefahr bist, mach eins der Teile deiner selbst, die du nicht magst, zu einem Schatten. Schick es fort. Es wird real sein, zum Anfassen. Es wird an deiner Statt sterben.«

»Das ist etwas, was du kannst und wir nicht«, sagte Nare. Cum nickte.

»Wohin soll ich gehen, nachdem ich die Ebene hinter mir habe?«

»Du folgst dem Fluß zur See. Ganz gleich, wie weit du streunst, der Fluß sei dein Wegweiser«, sagte Spart.

»Und was wird aus Ihnen?«

Nare und Cum waren bereits verschwunden. Er schien sich ihres Aufbruchs zu entsinnen, aber nicht deutlich. Spart hielt ihm ihre Hand vor die Augen.

»Einfühlung«, sagte sie. »Hinaussehen. Wenn du bereit bist, sind sie dein. Die einzigen wirklichen Gedanken, Menschenkind. Sei dankbar. Wir sind niemals großzügig.«

Dann war auch sie fort. Er wandte sich nach rechts und nach links, um zu sehen, ob sie vom Hügel fortliefen, aber in keiner Richtung war ein Zeichen von ihnen zu entdecken. Die Bodenerhebung war jetzt leer.

Nur Staub und alte Stecken, ein paar Steine, ein zerbrochener Mörser und ein paar Glasscherben zeigten, daß ihre Hütte hier gestanden hatte.

Michael war auf sich gestellt.

28

Die Grenze zwischen dem Vertragsland und der Verbrannten Ebene war jetzt weniger deutlich ausgeprägt. Michael argwöhnte, daß der Kreis des Verfalls und der Verschlechterung sich schloß und daß das Vertragsland bald nicht mehr existieren würde.

Er stand auf einer Anhöhe nicht weit vom Fluß und blickte hinab zu den verwischten roten und grauen und braunen Tönen, die gleich einem trüben giftigen Nebel über das verschneite, froststarre Gras krochen. Wo die Grenze den halb zugefrorenen Fluß kreuzte, hinterließen Wirbel des schlammig und blutig aussehenden Wassers rosafarbenen Schaum am Eisrand.

Ohne *sani,* ohne eine andere Waffe als seinen Stock war er wahrhaftig leer – die Seele so leer wie seine Hände. Nachdem er den Hügel der Kranichfrauen verlassen hatte, war er sich eine Weile selbst zuwider gewesen, doch selbst das war jetzt gewichen. Er war ein Augenpaar, schwebend über einer ausgedehnten geistigen Verlassenheit, reingefegt von den Hindernissen der Jugend, aber auch von ihren Idealen; von allen schönen und hemmenden Dingen.

Er lief schlitternd den verschneiten Hang hinab und über die unklare Grenze.

Was ihn am meisten beeindruckte, je tiefer er in die Verbrannte Ebene vordrang, war die Stille. Hier lag kein Schnee, und das einzige Geräusch waren die gedämpften Tritte seiner Füße im Staub, die kleine Wolken aufwirbelten. Sie sanken langsam wieder in sich zusammen, unbewegt vom geringsten Lufthauch.

Hier hatte der Winter keine Spur hinterlassen. Das Morgenlicht war fleckig und orangefarben und vibrierte gelegentlich, als ob die gesamte Luft eine gezupfte Saite wäre.

Anfangs wanderte er schnell dahin, dann ging er in einen Dauerlauf über. Er passierte braune Tümpel und rauchende Spalten, umging eine Lavasäule und trabte weiter.

Nach einer Stunde sperrte ein Abgrund seinen Weg. Er war ungefähr neunzig Schritte breit, der Rand wie Buchseiten in rasiermesserdünne Schnitten durchscheinenden Gesteins zerteilt. Der Boden des Abgrunds war eben und sandig; in regelmäßigen Abständen zeigten die Sandflächen konische Vertiefungen, wie die Abdrücke riesiger Steigeisen.

Er folgte dem Rand eine Weile mit der Hoffnung, einen Übergang zu finden. Bis zum Boden waren es ungefähr acht bis neun Meter, und er war nicht sonderlich begierig, durch den Sand zu stapfen, aber zuletzt änderte er seine Meinung unter dem Druck der Ungeduld und der scheinbar endlosen Länge des Abgrunds. Versuchsweise trat er gegen das in Blätter aufgelöste Gestein, das schon unter mäßigem Druck in Scherben zerbröckelte. So gelang es ihm, mit Tritten und Stößen seines Stockes einen Abstieg zum Grund auszuhauen.

Der Sand war kiesig und fest. Michael ging rasch und vorsichtig weiter, mied die Mulden.

Bisher hatte er keinen Bewohner der Verbrannten Ebene gesehen und hoffte, seine Durchquerung werde weiterhin rasch und ohne Gefahren vonstatten gehen, als sich ein Loch unmittelbar vor ihm vergrößerte. Er mußte sich schnell herumwerfen und krabbeln, um nicht über den Rand zu rutschen.

In der Mitte der Grube war ein knolliger Auswuchs sichtbar. Michael wich zurück, aber nicht weit genug, um zu vermeiden, daß er mit Sand bespritzt wurde, als der Auswuchs wie eine Blase zerplatzte. Er wischte sich die Augen und hörte eine angenehme, tiefe Stimme sagen: »Du kannst dir nicht vorstellen, welch eine Erleichterung es ist, von Euterpe befreit zu sein.«

Ishmael, der im Hof prophezeit hatte, kletterte aus der Grube. Er stand hager und nackt vor Michael. Sein langes bleiches Gesicht war frei von Runzeln, wirkte aber gleichwohl uralt. Er hob einen verdickten Unterarm mit der daran hängenden riesigen Hand. »Ich war viel zu lange von meinen Freunden getrennt.« Seine dicken Finger schnippten, und aus anderen Vertiefungen ringsum sprangen weitere Gestalten, nicht alle so angenehm geformt wie Ishmael. »Wie können wir dir helfen, Mensch?«

»Laßt mich durch«, sagte Michael. Die Leere in seinem Innern half ihm, ruhig zu sprechen.

»Wer will, kann passieren. Möchtest du Führer? Diese Gegenden können nämlich sehr gefährlich sein, weißt du.«

»Nein, danke.«

Ishmael sog Luft ein und stieß ein hustendes Lachen heraus; gleichzeitig öffneten sich die Augen weit. »Wir sind die einzigen Verwandten, die du hier hast. Nimm all diese Propaganda, mit der sie dich gefüttert haben, nicht allzu ernst. Wir sind nicht annähernd so schlimm, wie unsere Eltern uns darstellen.«

»Vielleicht nicht«, sagte Michael, »aber ich werde allein zurechtkommen.« Er blickte zu den anderen hin. Es waren sieben oder acht, alle von einer gewissen Menschenähnlichkeit, aber bei wenigstens dreien von ihnen war die Ähnlichkeit bestenfalls flüchtig. Ihre haarlosen Arme hingen bis zum Boden oder wuchsen in ihre Hüften, ihre Gesichter waren abscheuliche Parodien. Ishmael ging langsam auf Michael zu, die Arme ausgestreckt, wie um seine lauteren Absichten kundzutun.

»Nach all der Zeit sind wir in der Stimmung zu helfen«, sagte er. Sein Tonfall glich immer mehr dem eines Radioansagers – glatt, kultiviert und immer weniger glaubwürdig.

Nun kam es darauf an, welchen Teil seiner Selbst er nicht mochte. Er mußte handeln.

»Unsere Talente sind lange Zeit nicht gewürdigt worden«, fuhr Ishmael mit spürbarem Selbstmitleid fort. »Unsere Gefühle blieben vernachlässigt.«

»Bleib mir vom Leibe!« sagte Michael.

»Gut, wenn du nicht willst«, erwiderte Ishmael und blieb stehen. Er kniete nieder und blickte aus großen gelbgrünen Augen zu Michael auf. »Bruder. Geboren aus Mann und Frau. Genau wie wir.«

»Still«, sagte Michael.

Ishmael holte tief Atem. »Wo ist dein Pulver, Reisender? Nur ein Narr würde die Verbrannte Ebene ohne Pulver oder ein Pferd durchqueren.«

Ich glaube, dachte Michael bei sich, daß ich bereitwillig das meiste von dem abwerfen würde, was ich einst war. Meine Torheit und Blindheit. Kann ich diese Dinge ablegen?

Keine Antwort. Es war seine Entscheidung, sein Risiko.

Oder meinen leichtsinnigen Trotz. Hätte ich mir die Dinge genauer angesehen und mich aufgeschlossener gezeigt, so wäre Eleuth vielleicht noch am Leben, und Helena ...

Nein, in seinem Verhalten gegenüber Helena war wenig oder kein Fehl gewesen. Er konnte aus unangenehmen Erinnerungen keinen Schatten machen.

Ich möchte einen Schatten von dem Selbst werfen, das Eleuth ausgenutzt hat.

Einen Augenblick lang standen zwei Michael Perrins am selben Fleck in der Verbrannten Ebene. Ishmael krümmte und streckte die langen Finger. Der Mund öffnete sich weiter und weiter, bis er keinen Unterkiefer mehr zu haben schien; seine Lippen gaben flexible, aber sehr scharfe Zähne frei. Sein Gesicht wurde ganz Mund, ganz Zähne, selbst die Augen wichen schlitzartig zurück, und die Zunge glitt dünn und silbrig wie eine Messerklinge hierhin und dorthin.

Die Haut seiner Schultern platzte, und Blut strömte ihm über Brust und Arme. Üppige braune Nesseln und dornige Ranken schoben sich aus der aufgeplatzten Haut und wanden sich um den Mund, glitten an seinem Körper abwärts und verankerten sich mit Wurzeln und Dornen.

»Zeit, wirklich zu werden«, sagte Ishmael schnalzend. Die anderen Kinder machten gleichzeitig ihre Verwandlungen durch. Aber beide Michaels blieben ruhig.

– Was ich tat, war nicht gar so schlecht, sagte der Michael, der im Begriff war, geopfert zu werden.

– Aber du kannst nicht alles von mir sein, nie wieder, sagte der Michael, der im Begriff war zu entkommen. Du bist Vergangenheit.

Er trat zur Seite. Die Kinder stürzten sich mit verblüffender Geschwindigkeit auf den Schattenmichael und umwickelten ihn mit Dornen, Zähnen, Armen, Klauen und anderen, namenlosen Organen der Zerstörung. Der Schatten kreischte, und Michael verspürte eine jähe Schwäche, als er weiter durch den Abgrund rannte.

Ishmael hob den blutigen Mund von der Mahlzeit und heulte, sprang auf, um Michael zu verfolgen, aber der stieß bereits Tritte in die dünnen Gesteinsblätter und erstieg das gegenüberliegende Kliff. Er schnitt sich in die Hände und schrammte ein Schienbein vom Knöchel bis zum Knie auf, schaffte es aber über den Rand und stolperte weiter. Der Schmerz hemmte ihn kaum, sobald er wieder auf der pulvrigen Ebene war. Der aufgewirbelte Staub setzte sich in seinen Wunden fest, und sein Blut tropfte in Kügelchen wie winzige Rubine herab.

Er tastete nach dem Buch in seiner Tasche. Das Buch war gesunder Verstand, Worte von daheim, in Gedichtform gebracht von Menschen, die nie gewesen waren, wo er jetzt lief, die in relativer Normalität gelebt und in Zurückgezogenheit an ihren Gedichten gearbeitet hatten. Seine Finger rieben den Lederrücken durch den Stoff, und er dachte an den und an das, was er soeben zurückgelassen und dem Untergang preisgegeben hatte.

Buße. Überleben.

Doch seltsamerweise war die Leere jetzt weniger tief. Er hatte verloren; er hatte gewonnen.

Er konnte die jenseitige Grenze der Verbrannten Ebene sehen, und dahinter den Nebel und die schneeüberstäubten hohen Wipfel von Bäumen. Die Lavafelsen waren hier spärlicher und niedriger, mehr breit hingelagert als zu Türmen emporgepreßt.

Über der Grenze lag undurchsichtiger Nebel wie verschüttete Milch in Wasser. Von seinem Standort sah der Nebel greifbar aus, als bestünde er aus Spinnweben, statt aus winzigen Wassertröpfchen. Er war weniger als hundert Schritte von der Grenze entfernt, dennoch verlangsamte er seinen Schritt, blieb sogar stehen.

Etwas Langes und Geschmeidiges erstreckte sich über dem Nebel und spähte zu ihm herüber. Es war die Schädelschnecke, deren Köpfe und blutrote Augen Beute suchten, während der Leib das grausige Haus nachzog. Michael versuchte zu beurteilen, wie langsam sie sich bewegte und welche Aussichten sie hatte, ihn zu fangen, wenn er das letzte Stück liefe.

Mit einem schmatzenden Geräusch, welches das peristaltische Wogen des Körpers begleitete, kam sie aus dem Nebel hervor. Das Schädelhaus schwankte hinterdrein und zog mit der aufliegenden Seitenwulst eine glatte Furche in den Staub.

Was wollte sie? Sie bewegte sich nicht so schnell, daß er ihr nicht hätte davonlaufen können; sie schien auch nicht bedrohlich, so häßlich sie war. Die Vielzahl ihrer Stielaugen war auf ihn gerichtet, der äußere Ring arteriell, der innere venös. Der Leib glänzte wie Öl auf einer schmutzigen Pfütze. Michael stand halb geduckt und wartete ab, obwohl es ihm bei dem Gedanken, daß die Kinder ihm womöglich aus dem Abgrund gefolgt waren oder sich unterirdisch weiterwühlten, um wieder vor ihm aufzutauchen, fröstelnd über den Rücken lief.

Die Schädelschnecke machte halt, aber ihre Bewegungsenergie schob sie noch einen Schritt weiter durch den Staub, ehe sie zum Stillstand kam. Das Schneckenhaus wechselte die Farben, gezackte Streifen brauner, schwarzer und roter Töne überzogen seine Oberfläche. Der Arm, der sich aus der ›Nasenhöhle‹ schob, reckte sich zwei oder drei Meter in die Höhe und bildete einen sehr menschlich anmutenden Mund.

»Nimm mich mit dir!« sagte der Mund. Die Stimme war die einer Frau, aber ihm unbekannt. »Nimm mich mit dir!« wiederholte sie etwas leiser. »Ich bin nicht, was ich scheine. Ich gehöre nicht hierher.«

»Was bist du?« fragte Michael, der hastig umherblickte, um zu sehen, ob er geködert werden sollte.

»Ich bin, was Adonna will.«

Sein Gedächtnis wurde durch Einfühlung angezapft, aber er errichtete keine Sperre. Die Stimme der Schädelschnecke klang wie die einer Sidhe, und er wollte wissen, warum es so war.

»Wer bist du?«

»Tonns Frau«, antwortete die Schädelschnecke. Tonn war der Sidhemagier gewesen, dessen Name beim *Kaeli* erwähnt worden war. »Ich bin verlassen. Betrogen. Nimm mich mit dir!«

Michael umging die Kreatur in weitem Bogen. Sie machte keine weiteren Anstalten, ihm zu folgen. »Du bist ein Magier. Nimm mich mit, daß ich wieder leben kann. Und ich will dir sagen, wo Kristine ist.«

»Es tut mir leid«, sagte Michael. »Ich bin kein Magier. Und ich weiß nicht, wer Kristine ist.«

Er ging weiter durch den bitter riechenden Nebel und über die Grenze. Die Schädelschnecke schob ihre Augen noch höher hinaus, verstummte aber, als sie ihn gehen sah, wo sie nicht folgen konnte. Er ging zwei Dutzend Schritte in den winterlichen Wald, bevor er unkontrollierbar zu zittern begann. Die Bitte der Kreatur hallte in seinem Kopf wider. Die Stimme war so lieblich, wie die Gestalt grotesk war, als hätte wirklich ein besonders schöpferischer und perverser Zauberer sie mit einem Fluch belegt.

Er legte sich im Schneeschatten einer majestätischen Eiche ins eisige Gras und reinigte sich die Hände mit Schnee, dann rieb er sich das Gesicht und die Augen ab. Er hatte das Gefühl, daß Jahre vergangen waren, seit er zuletzt geschlafen hatte. Er dämpfte seine körperlichen

Schmerzen, versuchte die Anzeichen von Eiter in seinen Wunden zu übersehen und entspannte sich, bis ihm die Augen zufielen.

Es war Nacht, als Michael erwachte. Ein leichter Wind ging raschelnd durch das dürre Laub über ihm, das sich deutlich vom klaren Sternenhimmel abhob. Schnee rieselte von den Blättern herab und schmolz, wenn er auf seiner Kleidung und der Haut liegen blieb. Der frische kalte Geruch gefrorener Grassäfte und zerdrückten Laubes drang ihm angenehm in die Nase, als er sich auf die Seite wälzte.

Als er den Abgrund überquert hatte, war er in nördlicher Richtung vom Fluß abgekommen. Nun beschloß er, seine Wunden zu waschen und zu reinigen, was ihm vom Staub der Ebene noch anhaftete, erhob sich auf wacklige, prickelnde Beine und machte sich auf die Suche nach dem Wasser. Das aufgeschürfte Schienbein schmerzte am schlimmsten. Das ganze Bein fühlte sich geschwollen an. Auch die zerschnittenen Hände waren gerötet und sehr druckempfindlich, aber er brauchte sie gegenwärtig nicht so dringend wie die Beine. Einen Augenblick lang schwindelte ihn, doch in der Bewegung des Gehens fühlte er sich bald besser, und es dauerte nicht lange, bis seine Füße sich durch trockenes Röhricht und dünnes sprödes Eis den Weg zum fließenden Wasser bahnten.

Er spülte seine Verletzungen gründlich aus und verband sie mit Schilfblättern, nachdem er sie mit dem adstringierenden Saft bestrichen hatte, wie die Kranichfrauen es ihn gelehrt hatten. Es schien bereits Jahrhunderte her zu sein. Darauf zog er sich aus, stellte sich ins flache Wasser und spülte sich den Staub vom Körper.

Während er an der Uferböschung saß und es dem Nachtwind und seiner erhöhten Körpertemperatur überließ, ihn zu trocknen, lauschte er den Geräuschen des Waldes. Er hatte keine Ahnung, ob er das Schlimmste überstanden hatte oder nicht, fühlte sich aber ruhig und in Frieden. Nach so vielen Monaten im öden Vertragsland und den Schwierigkeiten, Demütigungen und Anstrengungen seiner Ausbildung hatte er Zeit, wahrhaft allein zu sein und inmitten aller seiner Erfahrungen sich selbst zu suchen. Was er jetzt fand, mißfiel ihm nicht, aber er wußte, daß noch manches zu tun blieb, sogar ganze Persönlichkeiten zu opfern waren.

Und so friedlich es hier zu sein schien, er hatte das Reich nicht verlassen.

Um sich die Zeit bis zum Tagesanbruch zu vertreiben, fing er an, sich ein Gedicht auszudenken und die Zeilen leise vor sich hinzumurmeln:

»Wie oft ist Tod nur einfach Liebe.
Macht Platz, macht Platz dem neuen Leben!«

Er kam mit diesem Bruchstück nicht weiter, noch konnte er mehr Zeilen erzwingen. Ruhe und Frieden schienen nicht der rechte Nährboden für die Poesie zu sein – jedenfalls vorerst nicht.

Und was zum Teufel meinte er überhaupt damit? Eleuth hatte sich aus Liebe geopfert; er hatte einen Teil seiner selbst getötet, eine Art Gegenopfer ...

Die Blätter raschelten leise, Zweige schwankten im Wind, Schnee fiel von den Bäumen, und der Fluß murmelte in seinem Bett, wo der Nachtwind durch das dürre Röhricht strich.

»Antros ...«

Sofort war Michael auf den Beinen. Sein *hyloka* verschwand, und die Kälte sog seine Wärme auf. Ein paar Schritte entfernt, die Lanze in der Hand, stand in der Dunkelheit die hohe unverkennbare Gestalt Alyons'.

29

Michael versuchte sich sein Entsetzen nicht anmerken zu lassen. Sein Herz drohte ihm in der Brust zu zerspringen, so rasend pochte es.

Er hatte Alyons gesehen, von den Zähnen der Stahlschlange zermalmt. Er war Zeuge gewesen, wie der Sidhe gestorben war, hatte ihn nach den Arboralen rufen hören ...

Und nun stand Alyons vor ihm, lächelte, als wäre nichts geschehen. Michael wußte, daß die Sidhe so wenig wie die Menschen von den Toten auferstanden, doch hier war der Gegenbeweis – nach allem Anschein von Fleisch und Blut, unversehrt und furchteinflößend.

Alyons trat bedächtig näher und richtete seinen Blick auf einen Punkt über Michaels Schulter. »Warum so ängstlich, Mensch?«

Michael konnte nichts sagen, was nicht lächerlich gewirkt hätte.

»Du dachtest, du könntest mich so einfach loswerden? Du könntest deine Leute vor ihrer eigenen Torheit retten?«

Michael blieb still. Sein *hyloka* ging wieder an, aber er zitterte ohnedies vor Angst, und die wiederkehrende Wärme schien nicht zu helfen. »Ich habe nicht ...«

»Ja, Menschenkind?«

»Ich habe dich nicht getötet«, sagte Michael.

»Es macht nichts.«

»Es hat mir ... keine Freude gemacht, dich sterben zu sehen.«

Der Sidhe zuckte mit den Achseln. Schweigend standen sie einander gegenüber. Der Mantel des Feldmeisters bewegte sich in der leichten Brise hin und her; sein rotes Haar sah im schwachen Sternenlicht schwarz aus, die Augen reflektierten wie Spiegel, die man aus weiter Ferne sieht. Endlich wich die Lähmung aus Michaels Gliedern, und er zog sich vorsichtig zurück. Alyons rührte sich nicht von der Stelle.

»Du *bist* tot, nicht wahr?« fragte Michael. Er konnte mit dem Mittel der Einfühlung nichts in Alyons finden; es gab keine Aura. Oder er hatte noch nicht gelernt, von der Gabe Gebrauch zu machen.

»Ich bin tot«, bestätigte Alyons. »Jenseits aller Hoffnung selbst für die Bäume. Und wenn du mich nicht tötetest, dann führtest du mich doch zu dem Kreis, locktest mich hinein. Es ist alles das gleiche.«

»Ich wußte es nicht.«

»Hättest du es gewußt, so wäre ich nicht in die Falle gegangen«, sagte Alyons. »Ich hätte dein Wissen lesen können. Oder meinst du, ich sei ein hoffnungsloser Dummkopf gewesen?«

»Sidhe hinterlassen keine Geister«, sagte Michael.

»Richtig.«

»Was bist du dann?«

»Ich bin der Kummer, *antros.* Dein Kummer, mein Kummer. Ich bin Leere, ohne etwas zu behalten. Mein Pferd zieht umher und nimmt keinen Reiter an. Du hast mir zweimal Unrecht getan, Menschenkind.«

»Ich verstehe nicht.«

»Du locktest mich in den Tod, doch beanspruchtest du deinen Preis nicht. Du verschmähtest ihn.«

Michael war inzwischen mehrere Meter von Alyons entfernt, setzte einen Fuß hinter den anderen und war bereit, sich herumzuwerfen und zu fliehen.

Alyons zeigte in den Wald. Zwischen den Stämmen kam ein Pferd hervor. Es war an Widerrist und Kruppe verletzt, und eine unlängst überstandene Gefahr spiegelte sich noch in den wildblickenden Augen.

»Töte einen Sidhe, beanspruche sein Pferd. Verschmähst du das Pferd, so verdoppelst du die Beleidigung. Du bist sehr einfältig, Menschenkind.«

»Was soll ich tun?«

Alyons wies wieder zum Pferd. »Nimm mein *epon*. Vergeude nicht alles von dem, was ich war. Sicherlich wird dir ein Sidhepferd wertvolle Dienste leisten ...«

Das war ohne Zweifel richtig, aber Michael wollte Alyons' Pferd so wenig, wie er die Gesellschaft des Feldmeisters begehrte. »Ich kann nicht«, sagte er. »Ich weiß nicht einmal ...«

»Sag ihm: ›Ich bin dein Herr, du bist meine Seele.‹ Dann wird es dich kennen.«

»Warum möchtest du, daß ich es besitze?«

»Ich habe keine Wünsche. Es ist die Art und Weise, wie es getan wird. Nur ein Mensch weiß das nicht instinktiv ... es ist der Brauch.«

»Du bist ein Schatten«, sagte Michael, dem die Erkenntnis dämmerte.

»Ohne Wünsche, ohne Hoffnungen ... und ohne zeitliche Grenze, wenn das Pferd vergeudet wird.« Er verschränkte die Arme wie zum Zeichen der Bereitschaft, geduldig bis zum Ende aller Zeit zu warten.

»Du wirst fortgehen, wenn ich das Pferd nehme?«

Alyons nickte. »Ich bin jetzt nicht hier. Es ist nur deine Unwissenheit, die mich aus Dunkelheit gestaltet. Ich bin nichts als Kummer und Verletzung.«

»Dann nehme ich das Pferd«, sagte Michael. Der Schatten richtete seine Lanze auf Michael, und das Pferd kam herüber und blieb hinter Michael stehen, den Kopf dem Trugbild seines früheren Herrn zugewandt.

»Der Kummer bleibt«, sagte der Schatten und wurde dunkler. »Aber die Verletzung, die Schändung ist beendet ...« Mit einem rauhen Lachen, das einem Eselsschrei ähnelte, wurde das Abbild so schwarz wie die entfernten Bäume und löste sich in Nacht auf.

Ein nervöser Krampf schüttelte Michael und warf zugleich die Furcht von ihm ab. Das Pferd betrachtete ihn mit großen verwunderten Augen. Er streckte behutsam die Hand aus, seine Nüstern zu berühren.

»Geschenktes Pferd«, sagte er, »du mußt die Verbrannte Ebene allein durchquert haben ... oder vielleicht führte dich der Schatten.« Er spähte in die Dunkelheit, wo Alyons gestanden hatte, als ob der Schatten noch dort wäre und vielleicht auf seine Chance wartete. Hundert Gedanken plagten ihn. Wie, wenn ein Sidhe mit dem Tod seinem Tier das eigene Wesen aufprägen könnte? Wie, wenn das Pferd noch immer dem Feldmeister gehorchte? Es könnte ihn abwerfen, erschlagen ...

Doch als Michael es mit der Einfühlung versuchte, spürte er nicht die leiseste Anwesenheit des Feldmeisters im Bewußtsein des Tieres. Und er konnte für seine Reise sicherlich ein Pferd gebrauchen.

Er legte sich wieder auf die relativ schneefreie Leeseite der Eiche und betrachtete sein ungebetenes Reittier eine Stunde lang, bevor er unversehens wieder einschlief.

Es war längst Tag, als er erwachte. Das Pferd streifte mit den Hufen Schnee und Rauhreif von den Gräsern und fraß. Michael war ausgehungert; *hyloka* mußte seine Energie von irgendwo beziehen, und er befürchtete, daß er sich nicht lange würde warmhalten können, bekäme er nicht bald kräftige Nahrung.

»Wo finden wir etwas zu essen, hm?« fragte er das Tier. Es schüttelte die Mähne und behielt ihn im Auge, während es weidete. Michael streichelte ihm die Flanke, näherte sich dann dem Kopf und flüsterte langsam und mit Bedacht in sein Ohr: »Ich weiß nicht, ob du englisch verstehst, aber ich bin dein Herr. Und ich hoffe, ich habe jetzt Raum genug, daß du meine Seele seist.« Das

Pferd steckte die weichen Nüstern in seine offene Hand, dann warf es den Kopf auf.

»Also kann es losgehen, wie?« fragte Michael. Es wäre ein hoffnungsloses Unterfangen gewesen, nach Art der Sidhe aufzusitzen, und so kletterte er, so gut er konnte, auf das Tier, hielt sich an der Mähne fest und drückte ihm die Fersen in die Weichen.

Das Pferd spannte die Muskeln und schüttelte den Kopf, dann begann es loszutraben. Michael beugte sich tief über seinen Hals, um den niedrig hängenden Zweigen zu entgehen.

Im winterlichen Reich gab es sehr wenig Nahrung. Er überlebte von einem spärlichen Vorrat roter Beeren, die er von Sträuchern pflückte, und war froh darüber, und dankbar für die Eigentümlichkeiten der Jahreszeiten, die den Sträuchern erlaubten, im Winter Frucht zu tragen. Mit so geringer Nahrungszufuhr wurde sein *hyloka* jedoch unzuverlässig, und er lernte rasch, wie er die übriggebliebene Wärme konzentrieren und mit dem Zeigefinger Feuer machen konnte. Das Kunststück war nicht so frappierend wie die Tricks, mit denen Biri aufgewartet hatte, brachte ihn aber der Überzeugung näher, daß seine Fähigkeiten zumindest ein kurzes Stück in die Domäne der Magie hineinreichten. Er wärmte sich an den Feuern und schmolz Schnee, um Trinkwasser zu gewinnen. Das Pferd konnte gut mit gefrorenem Gras auskommen, soff aber gern von dem geschmolzenen Schnee und blieb nachts, wenn das Feuer brannte und rauchte, nahe bei ihm.

Nach einigen Tagen von dieser Art des Feueranzündens bemerkte Michael, daß der Finger den Nagel verlor. Bald konnte er die Haut zurückziehen und den Nagel ganz entfernen. Nachdenklich warf er ihn in sein jüngstes Feuer und sah ihn dort verkohlen und schrumpfen. Von dem Augenblick an begann er sich um die Konsequenzen bestimmter Disziplinen zu sorgen.

Innerhalb einer Woche legte er ungefähr dreihundert Kilometer zurück (freilich ohne die Möglichkeit einer auch nur halbwegs genauen Entfernungsmessung) und hielt sich immer in der Nähe des vereisten Flusses. Der Hunger war sein ständiger Begleiter, er magerte ab und sehnte sich nach dem Haferbrei, den die Kranichfrauen ihm gegeben hatten, so mild und so wundervoll sättigend ...

In der achten Nacht, als er mitten im Wald (und dies war ein kleiner Wald!) an seinem Feuer saß, das Pferd mit gesenktem Kopf und halbgeschlossenen Augen neben ihm, dachte Michael daran, das Tier zu töten und zu essen. Er erinnerte sich, wie verstört Biri unmittelbar nach seiner rituellen Schlachtung gewesen war, und das Tier tat ihm leid; ein Teil von ihm aber entsann sich in heißhungrigem Verlangen des Geschmackes fester Nahrung. Er versuchte es mit dem Gras, aber es war bitter und offensichtlich nicht für Menschen geeignet. Dann versuchte er es mit Baumrinde, die er kaute, während er nach Maden suchte, doch schmeckte die Rinde wie Chinin mit Zitronenschale, und Maden schien es im Reich nicht zu geben. Immerhin gelang es ihm, aus der Rinde einen genießbaren Tee aufzugießen, wozu er einen seltsam ausgehöhlten Stein als Topf in die Mitte des Feuers stellte und sich aus roher Rinde einen trichterförmigen Becher drehte. Er dachte, daß einige der Bäume Lorbeer sein könnten, weil die Blätter in Form und Geruch den Lorbeerblättern ähnelten, die seine Mutter in der Küche zu verwenden pflegte; andere waren offensichtlich Eichen, doch fehlte es ihnen an Eicheln, und er war nicht sicher, ob Eicheln sich durch irgendeine Form der Zubereitung eßbar machen ließen.

Die Mehrzahl der Bäume in dieser Gegend waren riesige Koniferen mit Nadeln, so dick wie die Blätter des Eiskrautes.

Er sah keine Wildtiere.

Am neunten Tag nahm der Anteil der Nadelbäume wieder zugunsten von Eichen und Lorbeerbäumen ab; die Luft wurde wärmer, der Schnee bildete keine durchgehende Decke mehr.

Auf einer Strecke von fünfzehn Kilometern – ungefähr eine Stunde zu Pferde – begannen die Jahreszeiten zu wechseln. Die Bäume hatten ihr Laub nie verloren, und das Gras war zu keiner Zeit braun vertrocknet; als der vorzeitige und unerwartete Frühling kam, fand Michael seine erste Nahrung und weinte vor Freude.

Überall waren Obstbäume, standen ungeordnet in wilden Obstgärten, beladen mit Früchten, die vor ihm niemand berührt hatte. Äpfel, Birnen, pfirsichähnliche Früchte mit braungestreifter Haut, große Trauben einer kirschähnlichen Frucht, die alkoholisch schmeckte. Es gab sogar eine fleischige salzige Frucht, die an den vermeintlichen Lorbeerbäumen wuchs und seine Gier nach Fleisch befriedigte.

Er war seiner beunruhigenden Gedanken an Alyons' goldbraunes Pferd enthoben.

Zwei Tage hielt er sich in dem natürlichen Obstgarten auf, nahm sogar das Risiko auf sich, von den kirschähnlichen Traubenfrüchten berauscht zu werden. Das Pferd weidete zufrieden in der Nähe. Als Michael mit dem Rücken an einem Baumstamm saß, erinnerte er sich des *Kaeli* und überlegte, von welcher Art die Tiere gewesen waren, die den Sidhe früher gedient hatten, als sie zu den Sternen gezogen waren. Er schloß die Augen und versuchte sich eine solche Reise vorzustellen, die ohne Raumschiffe oder Raketen vor sich gegangen sein mußte, sondern einfach auf den Rücken des ursprünglichen *epon*, ausgestreckt über den Raum wie Quecksilber oder geschmolzenes Gold ...

Mit vollem Magen, den Geist erwärmt von den Früchten, las er mit Genuß einige Gedichte aus dem Buch. Er war zufrieden wie nie zuvor, trotz der vergangenen Schrecken und seiner eigenen Schande – vielleicht deswegen. Er sah sich selbst als einen Kometenkopf und als den Ursprung eines gewaltigen Schweifes von Erlebnissen und Erfahrungen, die hinter ihm ausströmten, ständig länger und umfangreicher wurden. Allmählich trübten sich seine Tagträumereien, und er nickte ein. Das Buch entfiel seinen Fingern und lag im Gras, der Wind blätterte in den Seiten und seufzte, wenn er fand, was er suchte.

Eine Arborale stand zu Michaels Füßen und betrachtete ihn aus grünen Augen. Sie ging hinüber zum Pferd und tätschelte es zärtlich, obwohl Arborale keine Verwendung für *epon* hatten. Dann blickte sie zu den Meteoralen auf, die in dem Buch geblättert hatten, und ein Gesicht zwischen den Ästen zwinkerte ihr zu. Sie kniete nieder und bestrich Michaels Stirn mit einer blaugrünen Paste. Diese zischte nach dem Auftragen und gab Dämpfe frei, die über sein Gesicht abwärts in Nase und Mund strömten.

Beide Sidhe verschmolzen mit der Waldnatur.

Michael sah einen Palast von Seide und Gold, so luftig und leicht wie ein riesiges Zelt, das sich auf einem Berg von Granit und Eis erhob. Schmelzwasser ergoß sich in hohen Katarakten aus den Kavernen des Berges. Ein schattenhafter Führer geleitete ihn durch den Palast, wo er schließlich einen Großkönig fand – einen orientalischen Khan –, der das Schicksal seiner verlorenen Flotte betrauerte, die weit im Osten von einem dämonischen Wind zerstört worden war. Auch der Khan hatte Träume; Träume von großen Ebenen und hohen schneebedeckten Gebirgen und weglosen Wüsten und wilden Pferden, denen stämmige, O-beinige Männer mit harten flachen Gesichtern und glattem schwarzen Haar nachstellten ... Alles das lag in der Vergangenheit des Khans. Jetzt beherrschte er das größte Reich aller Zeiten, das sich vom östlichen Ozean über die Gebirge und Ebenen südwärts bis zu den Bergen der Schneeteufel und nordwärts bis zum Zeltmast der Welt erstreckte.

Das Antlitz des Khans veränderte sich, wurde zu dem eines blassen grauhaarigen Kaukasiers, der jünger aussah als seine Jahre und auf dem Thron des Khans saß. Er war nicht von königlichem Geblüt. Die Ebenen der Steppe verblaßten, das Reich versank in ferne Geschichte, und der bleiche Usurpator betrachtete seinen Palast mit einem Ausdruck unterdrückten Zorns und Langeweile, ungeduldigen Wartens ...

Ungeduldigen Wartens auf Michael.

Die Paste war verdunstet. Die Bilder wirbelten durcheinander, verblaßten, und Michael öffnete zögernd die Augen. Er hatte auf dieser Welt noch nie geträumt, und so glaubte er nicht, daß tatsächlich ein Traum gewesen war, was er gesehen hatte. Die Bilderfolge war von einer bestimmten Qualität gewesen, die andeutete, daß er wieder eine Botschaft erhalten hatte, diesmal aber ohne Worte.

Nachdem er einen Vorrat an Früchten in sein Hemd gebunden hatte, verließ Michael widerwillig den Obstgarten und folgte dem mit Bäumen gesäumten Fluß, der nun ostwärts wanderte, bisweilen träge Schleifen zog oder sich um dunstverhüllte Inseln schlang. Während das Pferd geduldig des Weges zog, starrte Michael über den Fluß zu der größten der Inseln und bildete sich ein, in felsigen Klüften gemauerte Bastionen zu sehen. Er hielt sich immer am linken Ufer; es war allzu leicht, sich

Fluviale vorzustellen, die im Wasser lauerten und nur darauf warteten, ihn in Adonnas Heerscharen einzureihen, sollte er so unvorsichtig sein, einen Übergang zu versuchen.

Er aß sparsam von den Früchten, die ihre Reife unverändert behielten. Und sie waren, wie alle Nahrungsmittel dieser Welt, sehr ausgiebig.

Am Abend des vierten Tages nach dem Obstgarten fand das Pferd eine günstige Lücke in einem dichten Wall von Sträuchern und Gestrüpp und folgte einem sehr alten, vielfach überwachsenen Pfad einen sanft ansteigenden Berg hinan. Sie verbrachten die Nacht nahe dem Kamm, Michael auf einer kleinen Lichtung neben einem überwucherten Steinhaufen, das Pferd nahebei.

Michael erwachte und sah einen silbrigen Streifen über den noch dunklen Himmel ziehen. Er rieb sich schläfrig die Augen und sah genauer hin. Ein perlmuttfarbener Lichtstreifen erstreckte sich in einem Winkel von etwa dreißig Grad von Horizont zu Horizont. Er zeigte fleckige Stellen und hätte vielleicht ein gefährlich in die Länge gezogener Mond sein können, schien dafür aber bei weitem zu breit. Bei Tagesanbruch löste sich der Streifen in verschwommene Scheiben auf, die ihrerseits zu unbestimmten Lichtspuren zerflossen und verschwanden.

Nach dem Frühstück, das aus der Hälfte einer fleischigen Frucht bestand, führte er das Pferd den Kamm hinauf, um sich zu orientieren. Auf der anderen Seite des Berges blickten sie hinab in ein langes und breites Tal. Das Pferd schnaubte in freudigem Wiedererkennen; die Atmosphäre über dem Tal war so golden wie sein Fell, und die Bäume, von diesem Aussichtspunkt gesehen, dick wie klumpiges Moos, schienen sich in einer ganz verschiedenen Jahreszeit zu befinden, nämlich im Herbst. Sie zeigten ein Flickwerk aus braunen, orangefarbenen und goldgelben Tönen. Und trotz der Wärme der Farben war die Morgenluft, die das Tal wie Flüssigkeit eine Schale füllte, durchaus kalt.

Michael blickte einige Zeit hinab, bevor er auf das Bauwerk aufmerksam wurde, das halbversteckt auf einer Talseite lag. Es war dunkel, eckig und verziert, doch konnte er über die allgemeine Form hinaus wenig erkennen. Es gemahnte ihn an eine fernöstliche Pagode.

»Weißt du einen Grund, der uns von diesem Tal fernhalten sollte?« fragte er das Pferd. Das Pferd wußte keinen. »Also gehen wir.«

Die Vorsicht hatte ihn am Durchqueren des Flusses gehindert, jetzt aber schlug er sie in den Wind. Die Verlockung war so stark, daß sie einem Zwang gleichkam.

30

Der Talhang hatte ein Gefälle von vielleicht zehn Grad und war an keiner Stelle steiler als zwanzig. Nach und nach machten die grünen Bäume des regionalen Frühlings herbstlichen Farben Platz, bis nur noch wenige Spuren vom Grün übrigblieben. Die Blumen unter den Hufen des Pferdes hatten sich von Blau, Rosa und Rot zu einem einheitlichen Goldgelb verwandelt.

Je tiefer sie kamen, desto dunkler wurde der Himmel über ihnen, bis sie in schattenreiches goldenes Licht gebadet waren, das an Abendstimmungen in verräucherten alten Ölgemälden erinnerte.

Ein paar Schritte neben dem Weg lenkte ein letzter blauer Schimmer in einem Flecken blühender Blumen Michaels Aufmerksamkeit auf sich. Er hielt an und saß ab, um das Vorkommen zu untersuchen.

Vier winzige blaue Blumen, leuchtend und bezaubernd, trotzten der goldgelben Durchdringung. Er konnte den Blick kaum von ihnen abwenden. Schließlich ließ er sich auf ein Knie nieder und umfing sie mit den Händen, beugte sich tiefer, um an ihnen zu riechen. Sie hatten kaum einen Duft, aber ihre Farbe allein reichte aus. Er pflückte eine Blume und nahm das Buch aus der Tasche. Er schlug es nach Gutdünken auf, legte die blaue Blume vorsichtig zwischen zwei Seiten und schloß das Buch.

Mit einem Seufzer – halb schläfrig und halb bedauernd, da er die Farben zurücklassen mußte – saß er wieder auf und setzte den Ritt zu der Pagode am Fuß des gegenüberliegenden Talhanges fort.

Zwischen den Bäumen kam eine breitere gewundene Wegspur in Sicht. Michael lenkte das Pferd auf diesen Pfad, und sie folgten ihm zu einer Lichtung. In ihrer Mitte stand das Gebäude, schwarz und glänzend wie Obsidian, auf einem Fundament glasierter dunkler Ziegel, welche den sanften Unebenheiten des Terrains angeglichen waren. Um die Grundmauern wuchsen Sträucher mit wächsern schimmernden gelbgrünen Blättern und großen gelben Blumen. Um die Sträucher dehnte sich eine Wiese, deren Farbe zwischen reifendem Weizen und gebleichten Knochen die Mitte hielt.

Michael hob den Blick zum Turm. Der erste Eindruck einer Pagode war irreführend, wie er jetzt sah. Der Turm hatte sieben Geschosse und war bedeutend höher als breit. Er schien aus porösem schwarzen Lavagestein gemauert, und jede Kante war unregelmäßig und scharf von den angeschnittenen Blasen im Gestein. Der Effekt gemahnte an geklöppelte Spitzen und scharfe Obsidiandolche.

Die Weisheit gebot raschen Rückzug. Aber das Haus – oder der Palast – war das auffallendste Werk der Baukunst, das Michael im Reich bisher gesehen hatte, und er fragte sich, ob die Sidhe es errichtet hatten. Sie schienen im allgemeinen nur wenig für die materiellen Künste übrig zu haben.

Er saß ab, nahm das Pferd bei den Nüstern, wie er es Spart abgeguckt hatte, und führte es zu dem dunklen geglätteten Granittor in einer hohen Hofummauerung. Die Pferdehufe klapperten auf ockerfarbenen Fliesen. Die Krone der Ummauerung war geschützt von aufrecht einzementierten, scharfen Quarzkristallen. Michael blickte umher und lauschte, hoffte auf eine leichte Brise, deren Geräusche die Totenstille beleben könnten.

Das Tor hatte keinen Klopfer, aber auf einer Seite war der polierte hölzerne Griff eines Klingelzuges, der an einer goldenen Kette hing, an der Wand befestigt. Die Kette führte durch zwei kreisförmige Löcher im Stein ins Innere.

Das Pferd wieherte leise und stieß Michael in den Rücken. Er tätschelte ihm die Stirn. »Nervös?« fragte er. Seltsamerweise war er es nicht, und das gab ihm zu denken. Vielleicht war der Ort verzaubert. »Sei du für mich nervös«, sagte er. Er wurde schläfriger; das ganze Tal schwamm in den Farben so vieler halberinnerter Träume, daß ein Teil von ihm sich wie zu Hause fühlte, beschützt von dem goldenen Abendschein, gefangen in angenehmen Tagträumen ...

Er faßte nach dem Klingelzug und gab ihm einen kräftigen Ruck. »Hallo? Jemand da?«

Ein hölzerner Rahmen, der einen Spiegel hielt, schwenkte vom Torpfosten heraus, schwankte ein wenig und senkte sich wie an einer Zahnstange abwärts, bis er ungefähr einen Meter über Michaels Kopf mit einem Ruck zum Stillstand kam. Er veränderte den Winkel, bis er Michael in seinem Sehfeld hatte. Michael schaute hinein und erschrak, als er ein winziges Gesicht herausschauen sah. Er konnte nicht viel mehr als einen unordentlichen Schopf schwarzen Haares, zwei glänzende Augen mit gelbbraunen Pupillen und eine Physiognomie ausmachen, die nicht eigentlich menschlich war, aber auch nicht einem Sidhe gehörte.

Der Spiegel stand offenbar in Verbindung mit einer Serie weiterer Spiegel, die Bilder ins Innere des Gebäudes übertrugen und umgekehrt. Das Gesicht schien zu sprechen und sagte etwas in einer blechernen fernen Stimme, die er nicht verstehen konnte.

»Wie bitte?«

»Hoy ac!« rief das Gesicht, kaum hörbar.

»Hoy«, sagte Michael. »Ich suche eine Bleibe für die Nacht.« Seine prompte Antwort überraschte ihn selbst.

»Antros?« fragte das Gesicht mit einiger Verblüffung.

»Ja«, sagte Michael. »Darf ich hineinkommen?«

Das Tor knarrte, rüttelte und schwang ruckartig auf, behindert von einer Ansammlung von Kieselsteinen und Sand im Hof. Anscheinend war es seit Jahren nicht geöffnet worden. Michael ging hinein und zog das widerstrebende Pferd mit sich.

Der Hof lag verlassen. Schwarze Steinmauern umgaben einen aus Onyx geschnittenen Brunnen. Auf dem Rand saß eine Krähe aus schwarzem Marmor, in deren Kehle ein Schlitz war, der einen Wasserstrahl entließ. Der Schnabel der Krähe war zum dunkel wirbelnden braungelben Himmel erhoben, und sein steinernes Auge betrachtete Michael mit ruhiger Neugierde. Am anderen Ende des Hofes war ein weiteres Tor, das bereits offenstand.

Ein kleiner Mann stand dort und wartete. Er trug ein seidiges goldenes Gewand, dessen Saum um seine Füße lag. Automatisch versuchte Michael in das Gedächtnis des Mannes einzudringen. Es war unvertraut und schwierig zu lesen, als ob sein Eigentümer weder Mensch noch Sidhe sei.

»Hallo«, sagte Michael.

Der kleine Mann nickte. Ein dünner schwarzer Bart hing ihm auf die Brust, und seine Züge waren, wie sich aus der Nähe zeigte, deutlich asiatisch. Seine blasse Haut war glatt wie feines Leder. Seine Hände steckten in den weiten Ärmeln des goldfarbenen Gewandes.

»Entschuldigen Sie, daß ich Sie belästige.«

»Es ist keine Belästigung«, sagte der Mann in gutem Englisch und ohne in Michaels Bewußtsein einzudringen. »Nicht viele Besucher kommen des Weges, und schon gar keine Menschen. Wer sind Sie?«

»Ich bin Michael Perrin.«

»Und ich bin Lin Piao Tai. Was kann ich für Sie tun?«

»Ihr Tal«, sagte Michael und machte eine umfassende Armbewegung, wobei er sah, daß sich das Tor langsam unter Ächzen und Vibrieren schloß, »ist sehr ungewöhnlich. Es scheint eigene Jahreszeiten zu haben.«

»Eine immerwährende Jahreszeit«, sagte Lin Piao Tai. »Sie sind auf der Reise, und ein Reisender braucht einen Ort, wo er ausruhen kann. Obwohl ich annehmen darf, daß Sie von den Sidhe nicht behelligt worden sind, da sie diese Wälder im Umkreis von Hunderten von Li meiden. Alle bis auf die Arboralen und Meteoralen, doch auch diese zeigen sich nicht oft.«

»Nein, ich habe bis jetzt niemanden gesehen«, sagte Michael.

»Um so besser. Kommen Sie herein. Lassen Sie das Pferd hier; meine Diener werden sich seiner annehmen.« Michael tätschelte das Pferd und folgte Lin Piao Tai durch das zweite Tor ins Haus.

Auch dieses Tor schloß sich ohne sichtbare Betätigung hinter Michael. Innerhalb des Tores war ein zweiter Brunnen in eine Nische gesetzt. Die Wände der Nische und das glatte Auffangbecken für den Wasserstrahl waren aus reiner Jade, während der Boden ringsherum aus glattem grauen Porzellan bestand. Das Bekken selbst wurde beleuchtet von Wachskerzen, die in Glaszylindern um den Rand herum angeordnet waren. Goldfische, deren Schuppen das Licht auf die Jade des Beckens reflektierten, schimmerten im geriffelten Wasser. Lin Piao Tai ging einen schwarzen Korridor entlang und winkte ihm.

»Kommen Sie!«

Michael schloß sich ihm an. Sein Gastgeber öffnete eine Tür am Ende des Korridors.

»Willkommen in meinem Haus, Michael – wenn ich Sie so nennen darf.«

Michael sah sich in dem großen Raum um. Die Decke war wenigstens sieben Meter hoch, aus warmem gelben Holz, und zeigte Darstellungen von Vögeln und Fischen in kunstvoller Schnitzarbeit. Ein Rahmenwerk aus dunkelbraunem Holz unterteilte die Wände; die dazwischenliegenden Flächen waren bespannt mit Seidentapeten, die anmutige Darstellungen von Bergen, Wäldern und Flüssen zeigten. Die Rahmen dienten zugleich als Frontseiten von Wandschränken und auch Zwischentüren.

»Sie müssen hungrig sein.« Lin Piao Tai zupfte am Saum seines Gewandes und schob mit einem bloßen braunen Fuß eine am Boden ausgelegte Strohmatte beiseite, unter der eine Mulde mit mehreren Kissen um den äußeren Rand und einem niedrigen Tisch in der Mitte zum Vorschein kam. »Meine Diener werden Speisen und Tee auftragen, allerdings kein Fleisch. Bitte nehmen Sie Platz.« Michael stieg in die Grube und fand willkommene Wärme unter dem Tisch. Ein Kohlenbekken aus Keramik hielt die gesamte Mulde warm.

Lin Piao Tai stieg zu ihm herab und arrangierte sein Gewand so, daß es eine Art Sack bildete, in dem er mit gekreuzten Beinen wie ein Buddha saß. »Sind Sie weit gereist?«

Michael sah keinen Grund, etwas zu verschweigen. »Von der Verbrannten Ebene«, sagte er.

»Ich bin nicht vertraut mit ... ah! Ja! Ich erinnere mich. Ihre Leute werden jetzt dort gehalten. Früher pflegten sie nach Gutdünken umherzuziehen, wissen Sie.«

Michaels Aufmerksamkeit wurde auf die Gestalten gelenkt, die in diesem Augenblick den Raum betraten. Sie trugen schwarze Gewänder und waren nicht größer als einen Meter zwanzig, schlank, mit stilisierten Masken aus Goldblech, die keinen Schluß zuließen, ob sie männlichen oder weiblichen Geschlechts waren. Ihre Hände waren gelenkig und kräftig. Michael vermochte nicht zu sagen, ob sie Roboter oder etwas anderes waren, und er hielt es für unhöflich, seinen Gastgeber danach zu fragen oder in sein Gedächtnis einzudringen.

Die Diener brachten Tabletts mit Speisen und eine Kanne heißen Tees und stellten alles geräuschlos auf den Tisch, verneigten sich und zogen sich zurück. Michael nahm eine Schnitte Kuchen mit Gelee und genoß den unerwarteten Luxus. Es war köstlich. Lin Piao schenkte ihm Tee ein. »Sie haben das Vertragsland geschlossen, fürchte ich«, sagte Michael, aber er war von der Erinnerung wie abgetrennt. Er fühlte sich so ruhig – hatte sich sehr sicher und geborgen gefühlt, seit er in dieses Tal gekommen war, und was gab es schließlich daran auszusetzen? Alles war so friedlich, so schön.

»Ich vermutete, daß es früher oder später dazu käme. Ihr Menschen – wenn Sie mir die Meinungsäußerung vergeben wollen – seid ziemlich lästig. In der Vergangenheit hatte ich viel Umgang mit Menschen. Aber auf der anderen Seite hatte ich auch Umgang mit den Sidhe, und ich muß sagen, ich ziehe Menschen vor.« Er lächelte Michael zu. »Sie scheinen nicht zu wissen, was ich bin. Sie sehen, daß ich kein Sidhe bin ... doch ein

Mensch bin ich auch nicht. Meine Art ist heute sehr selten; alles Verdienst daran kommt den Sidhe zu. Selten zumindest in meiner Form. Zweifellos haben Sie meine Verwandten auf Erden gesehen. Übrigens, wie ist es dort?«

Michael versuchte ein Wort zu finden, das alles zusammenfaßte, konnte es aber nicht, so gab er sich mit dreien zufrieden. »Verzweifelt. Grausam. Schön.«

Lin Piao strahlte wie in rückwärtsgewandter Freude. »Manche Dinge verändern sich nie«, sagte er. »Ich bin ein Spryggla. Meine Art ist so alt wie die Sidhe oder die erste menschliche Rasse, aber während der Kriege verbündeten wir uns mit keiner der beiden anderen. Sie wissen von den Kriegen?«

»Ein wenig«, sagte Michael.

»Greifen Sie zu!« sagte Lin Piao und schob ihm Schüsseln und Terrinen zu. »Welch ein Glück, daß Sie des Weges gekommen sind! Es gibt tausend Dinge, über die wir sprechen müssen, ich weiß es. Tausend Dinge.«

Michael aß dampfende Nudeln in schmackhafter Brühe und gewürztes Gemüse aus dünnen Porzellanschalen. Während er aß, berichtete er Lin Piao von seinen Erlebnissen im Reich, und wann immer er etwas ausließ, ertappte er sich ein paar Minuten später dabei, daß er wie von selbst darauf zurückkam. Er war jedoch wachsam genug, um jede Erwähnung des Buches zu vermeiden, das noch in seiner Tasche steckte.

»Faszinierend«, sagte der Spryggla und schüttelte den Kopf, nachdem Michael geendet hatte. »Ich nehme an, Sie möchten jetzt mehr über mich wissen.«

»Gewiß, wenn es Ihnen nichts ausmacht«, sagte Michael. Das schien höflich, und er war in der Tat neugierig.

Der Tonfall von Lin Piaos Stimme veränderte sich, ging in eine höhere Lage und wurde im Vortrag zu einem Singsang. Die Gesamtwirkung auf Michael war hypnotisierend.

»Von den dreißig Rassen«, begann er, »waren wir Spryggla diejenige, denen die Natur eine besondere Eignung zum Formen von Lehm, zum Schleifen von Stein, zum Ziegelbrennen, Mörtelrühren und Häuserbauen mitgegeben hatte. Wir schätzten abgeschlossene Räume, in denen wir leben konnten, und wir schätzten sie zu einer Zeit, als Sidhe und Menschen sich damit zufriedengaben, unter dem weiten und offenen Himmel umherzuwandern. Wir errichteten die ersten Mauern und machten uns das von ihnen eingefriedete Land zu eigen. Wir bauten die ersten Häuser und die ersten Getreidespeicher und dann die ersten Befestigungen. Anfangs wurde unser Tun nicht gewürdigt. Die anderen hielten uns für habgierig, aber das war nicht so. Wir bereiteten uns nur auf die größte unserer Errungenschaften vor, die Städte.

Bald erkannten andere unseren Wert und den Wert unserer Städte und akzeptierten beides. Sie lebten unter unseren Dächern und innerhalb unserer Mauern. Der Regen wurde, da er nicht mehr unterschiedslos durchnäßte, zu einem Segen. Es war unserer Entscheidung überlassen, ob wir in ihn hinausgingen oder nicht. Der Wind wurde weniger lästig. Zu der Zeit gab es kaum Tiere auf Erden; die meisten entstanden viel später, einige Arten durch die Arbeit der Menschen, die sich in den Künsten des Lebens hervortaten, andere wurden von den Urgen gezüchtet ... aber ich schweife ab.

Wir bauten prachtvolle Städte, nun alle zu Staub geworden, wie ich fürchte, begraben unter den Ozeanen oder zermalmt von den sich auftürmenden Gebirgen. Wir waren lebenswichtig. Ach ja, jene Zeiten waren paradiesisch, das heißt, in Grenzen, denn es gab auch Sorgen. Es dauerte nicht lange, und jede Art, jede Intelligenz, wurde intolerant und neidete den anderen, was diese hatten. Die Unbeherrschtheit nahm zu, und in jenen Zeiten konnte Unbeherrschtheit schrecklich sein, weil unsere Kräfte gefährlich waren. In jeder Art entwickelten sich Fraktionen, die Zwietracht säten und auf Spaltung aus waren. Es gab Intrigen, und niemand konnte sich wirklich vorstellen, wohin es alles führen würde. Wir waren mächtig, aber unwissend. Kenntnisreich, aber naiv.«

Michael hatte sich gesättigt, saß gegen ein Kissen gelehnt und lauschte mit wachsendem Interesse. Hier endlich war sie, die Geschichte dieser Welt, mit einfachen Worten geschildert, und was kümmerte es ihn, ob sie voreingenommen war oder nicht, wahr oder verzerrt?

»Nach und nach sammelten einzelne Individuen andere um sich und wurden zu Führern. Sie nannten sich Magier. Es gab vier Hauptmagier, Tonn, Daedal, Manus und Aum mit Namen, und ihre Macht wuchs auf Kosten aller anderen. Sie waren zu stark, um wirklich Krieg miteinander zu wünschen, aber die geringeren Magier brachten den Konflikt durch ihren eigenen Ehrgeiz zum Ausbruch. Der Krieg dauerte Zeitalter.

Er war keine ganz und gar schlechte Sache, dieser Krieg. Niemand starb ... nicht endgültig. Wir waren damals wie junge Götter, und Kriegsverletzungen, obschon schmerzlich, waren heilbar. Doch allmählich erlernten wir die Begriffe der Ehre und Treue, daneben aber auch die argen Künste der List, der Lüge und Täuschung. Wir wurden mißtrauisch, und unsere Magie wurde stärker. Der Krieg nahm ernste Formen an. Feinde fanden es nötig, entweder höflich zu sein oder einander zu vernichten. Eine mittlere Position gab es nicht. Alle perversen Freuden des Kampfes wurden eingefleischt – der Genuß des Triumphes über einen anderen, die Trauer um eine Niederlage vor einem Stärkeren, das Bewußtsein der Tragödie und des unwiederbringlichen Verlustes, die rauschhafte Begeisterung von Kampf und Sieg. Das sind starke Empfindungen, die noch heute tief in uns verwurzelt sind.«

Michael nickte mit halb geschlossenen Augen. Er war wach, brauchte aber nichts zu sehen, um die Geschichte zu würdigen; im Gegenteil, er konnte sich so die Einzelheiten besser einprägen. »Und die anderen Arten – wurden auch sie von Tonn verwandelt?«

»Dazu komme ich noch. Schließlich wurde entdeckt, wie man tötet. So tötet, daß die Opfer nicht weiterleben konnten. Alle hatten damals unsterbliche Seelen, aber wir waren mit so starker Liebe und Lebenslust an die Erde gebunden, daß der Tod etwas Ungeheuerliches war. Der Krieg hatte wahrhaftig ernste Formen angenommen. Haß wurde geatmet, gelebt, man suhlte sich darin.

Es gab Gewinner, und es gab Verlierer. Die Verlierer wurden schlimm behandelt. Als die Menschen unter dem Magier Manus die Sidhe bezwangen, erlegten sie ihnen die bis dahin schwerste Strafe auf: Sie nahmen den Sidhe ihre Seelen. Und als die Sidhe die Oberhand gewannen, gestärkt von der verzweifelten Sorge vollständiger Auslöschung, machte der Magier Tonn dem Krieg ein Ende. Die Sidhe hatten nicht die Mittel, unsere Unsterblichkeit zu stehlen, aber sie konnten uns in bescheidenere Gestalt stecken. Die Spryggla, Anhänger Daedals, waren immer stolz auf die Arbeit ihrer Hände gewesen, also nahm Tonn ihnen die Hände und verbannte sie an einen Ort, wo es keine Notwendigkeit zum Errichten von Gebäuden gab – in die See. Sie wurden Wale und Delphine. Menschen wurden in winzige Nagetiere verwandelt, Mäuse und Ratten, um ihren wahren Charakter deutlichzumachen. Andere wurden in andere Tiere verwandelt. Manche mußten erleben, daß ihre Seelen unter Millionen, sogar Milliarden kleinerer Lebensformen aufgeteilt wurden, wie die Urgen, die allesamt in eine ihrer eigenen Züchtungen verwandelt wurden, nämlich in Kakerlaken. Aums Volk, die Cledar, waren Musikmacher, und ihre Kunst wurde von den Sidhe gestohlen, die sie ihre eigene nannten. Dann verwandelten sie Aum und alle von seiner Art in Vögel.«

Michael hatte die Augen geschlossen, doch lauschte er aufmerksam jedem Wort.

»Von allen Arten bewahrten die Sidhe nur ein paar Spryggla, damit wir für sie bauten. Sie ließen uns in Bequemlichkeit leben, und mit der Zeit gewöhnten wir uns an unser Schicksal. Man gab uns Arbeit. Sie nahmen meine Vorfahren mit sich zu den Sternen, und wie es heißt, bauten wir dort Großes. Schließlich kehrten sie zur Erde zurück, und ich erblickte das Licht der Welt.«

»Wie alt sind Sie?« fragte Michael.

»Ich weiß es nicht«, antwortete Lin Piao. »Wieviel Zeit ist auf Erden vergangen?«

Michael öffnete die Augen. »Wie sollte ich das wissen?«

»Ich werde Ihnen etwas beschreiben, und dann können Sie entscheiden. Als ich zuletzt auf Erden war, herrschte der größte menschliche Herrscher aller Zeiten.« Er breitete die Hände aus, und seine Miene zeigte ein ironisches Lächeln.

»Wer war das?«

»Er war ein Sprößling Dschingis Khans. Sein Name war Kublai Khan. Er herrschte über viele Länder und demonstrierte die neue Macht der Menschen, die sich wieder über die traurigen Sidhe erhoben hatte.«

»Das war vor siebenhundert Jahren, glaube ich«, sagte Michael.

»Dann bin ich dreitausendsiebenhundert Erdenjahre alt. Und wie alt sind Sie, mein Freund?«

»Sechzehn«, sagte Michael. Ein kurzes Auflachen blieb ihm im Halse stecken. Lin Piao Tai machte eine großzügige Gebärde.

»Und doch sind Sie hier, reisen frei und unabhängig durch das Reich. Wundervoll. Sie scheinen müde zu sein, mein Freund, und der Abend naht. Vielleicht sollten Sie sich zurückziehen.«

»So früh?«

»Der Zeitablauf im Reich überrascht Sie noch immer? Meine Diener werden ein Schlafzimmer herrichten.«

»Wie sind Sie ins Reich gekommen? Warum haben Sie die Erde verlassen?«

»Morgen«, sagte Lin Piao und stand auf. Michael folgte ihm, als er zu einer Wand ging und eine der verborgenen Seitentüren in einen dunklen Korridor öffnete. In einem sparsam möblierten kleinen Raum ruhte eine Federmatratze auf fein geflochtenen Schilfmatten, während auf dem Tisch eine hohe Kerze in einer Glasschale flackerte. Daneben stand ein Tablett mit kaltem Tee und Gebäck. »Für die Nacht, sollte Sie länger dauern als erwartet.« Die Unterbringung war das Höchste an Luxus, was Michael im Reich erlebt hatte. Er legte sich auf die Matratze, zog die Decke bis zum Kinn und war innerhalb von Sekunden eingeschlafen.

Hüte dich, hüte dich, sein –
Sssccchhh! Zisch!
Auf traumloser Ebene ziehen Reisende,
Die Augen fest geschlossen;
Lauschen den tropfenden Stimmen. Kinder,
Wachst, werft ab Asche und Schlacke.
Judas in uns lebt fort, sinnt;
Judas in anderen sinnt, lebt fort;
Heftig wie fremde Worte in dem Nichttraum
Sinnt, lebt fort und schmiedet Ränke immer ...

Michael schreckte fröstelnd auf. Er fühlte sich in höchster Gefahr. Sein Körper war schweißnaß, Matratze und Decke durchnäßt. Die Kerze war halb heruntergebrannt und flackerte unter seinen jähen Atemstößen, daß die nahen grauen Wände wie Gelatine zu zittern schienen.

Er wandte den Kopf zur anderen Seite und sah einen der goldmaskierten Diener zwei Schritte entfernt stehen, den Kopf in den Schatten. Michael streckte die Hand nach der Kerze aus und hob sie empor. Das Gesicht des Dieners ordnete sich blockweise wie ein Spielzeug zum Zusammensetzen. Plötzlich glitten alle Stücke zusammen, und das Gesicht wurde zu einer glatt modellierten Form ohne die feineren Details. Die Gestalt verbeugte sich vor ihm, blieb aber, wo sie stand, als habe sie Auftrag, Wache zu halten.

Michael tastete unter der Decke und fand das Buch noch in seiner Tasche. Er ließ sich zurücksinken und überlegte, was ihn aus dem Schlaf geschreckt haben mochte. Vielleicht war es das Eintreten des Dieners gewesen. Er konnte sich nicht besinnen.

Draußen im Gang wurde eine Glocke angeschlagen. Lin Piao Tai schritt langsam vorüber, in den Händen eine Laterne aus Gold und Kristall, mit einem blattförmigen Reflektor. Er zwinkerte und lächelte Michael zu, dann bedeutete er ihm, mitzukommen. »Ein schöner Morgen«, sagte er, als Michael das Schlafzimmer verließ und sich das Hemd zuknöpfte. »Die Finken schlagen in den Gärten, die Lilien blühen, das Frühstück wartet.«

Sie saßen unter einem goldenen und rosafarbenen Morgenhimmel inmitten eines makellos gepflegten Gartens. Lin Piao hatte einen Lacktisch auf die Schieferplatten des gewundenen Pfades stellen lassen, und dieser Tisch war beladen mit Früchten, gewürztem Gemüse und gekochtem Korn. Michael war heißhungrig und aß eine Menge, die ihn selbst überraschte. Lin Piao Tai stocherte nur in seiner Mahlzeit und betrachtete den Appetit seines Gastes mit offensichtlichem Vergnügen.

»Es gibt keine schönere Bedriedigung, als einen Appetit zu versorgen, und kein größeres Kompliment, als ihn auf angenehme Weise eliminiert zu haben«, sagte er. Michael nickte und wischte sich den Mund mit einer rohseidenen Serviette. »Heute würde ich Ihnen gern meinen Besitz zeigen. Sie sollten sehen, was für einen angenehmen Ort ich aus meinem Gefängnis gemacht habe.«

»Gefängnis?«

Lin Piaos Gesichtsausdruck neigte ein wenig zur Traurigkeit, dann hellte er sich wie auf ein Stichwort wieder auf. »Ja. Zu meiner Zeit bin ich kühn gewesen, und nun bezahle ich dafür. Die Sidhe vergeben nicht.«

»Was haben Sie ihnen angetan?«

»Ich diente. Wollen wir gehen?« Er führte Michael durch die Gärten, machte ihn auf die verschiedenen Blumenbeete aufmerksam, wo alle Blumen in verschiedenen goldenen und gelben Tönen blühten. Ein feiner Dunst trübte die Sicht in den Gärten, als sie zum Ende des Weges kamen und vor einer hohen schwarzen Lavamauer anlangten. »Ich war ein treuer Diener«, fuhr Lin Piao fort. »In jenen Tagen waren die Sidhe längst zur Erde zurückgekehrt. Sie hatten sich zwischen den Sternen verstreut, wissen Sie – Sie haben davon gehört, ja? Gut. Es ermüdet mich, die Geschichte der Sidhe zu erzählen. Sie waren nicht mehr so zahlreich und voller Lebenskraft, wie sie vordem gewesen waren. Noch immer brauchten sie uns Spryggla, und wir führten aus, was sie wünschten, obwohl unsere Zahl sich selbst gegenüber jenen fernen Zeiten, da wir schon wenige genug gewesen waren, noch verringert hatte.«

Er schlug sein goldfarbenes Gewand zurück und ließ

sich auf eine glatte Onyxbank nieder. »Es gab einen Konflikt. Zwei Fraktionen der Sidhe – vielleicht mehr – stritten darüber, wie sie sich auf Erden verhalten sollten. Das Reich war bereits für die Einwanderung der Sidhe geöffnet worden, müssen Sie wissen, und viele Sidhe hatten es vorgezogen, hierher zu kommen, statt in den Ländern der neuen Menschheit zu bleiben. In ihren Streitigkeiten schufen die Fraktionen verschiedene Machtlieder in der Hoffnung, einander zu übertreffen. Eine Fraktion plante, den Menschen ein Machtlied zu geben. Ich kann nicht sagen, welche Motive dahinter standen oder welche Fraktion sich für solche Torheit einsetzte, aber ich glaube, es war der Schwarze Orden, und er wünschte die Menschen soweit zu stärken, daß sie alle Sidhe ins Reich zwingen würden, wo Tarax sie im Namen Adonnas beherrschen könnte. Gelobt seist du, o Schöpfer Adonna!« Er zwinkerte Michael zu. »Sie haben uns übel mitgespielt, aber es schadet nicht, die Formen zu beachten.

Ich war in jenen Tagen hochgeschätzt und erhielt den Auftrag, einen Palast für den Herrscher Kublai Khan zu entwerfen, der ihn in einem Traumgesicht gesehen hatte. Als Kublai Khan den Palast baute – und das war angesichts der Stärke des Traumes und der Schönheit meiner Entwürfe unvermeidlich –, verkörperte er in all seinen Formen und Maßen ein steingewordenes Machtlied, das den Herrscher zu dem mächtigsten Menschen seit den Kriegen machte. Ich entwarf getreulich diesen Palast, und andere unter meiner Aufsicht arbeiteten an der Verwirklichung des Traumes ... Doch es geschah Seltsames.

Der Traum war unvollkommen geblieben. Kublai Khan quälte sich mit seiner Vision, aber er konnte sich trotz aller Bemühungen nicht deutlich genug an alle Einzelheiten der richtigen Konstruktion erinnern. Und als ich in seine Dienste trat, zeigte sich bald, daß die Arbeiter mit Ungeschicklichkeiten der Hand und Krankheiten des Auges geplagt waren. Der Schwarze Orden sah seine Pläne durchkreuzt. Man machte mich verantwortlich. In seinem Gerichtshof – einem furchtbaren Ort, mögen Sie ihn niemals von innen sehen! – stellten sie mich unter Anklage und fanden mich der Pfuscherei und Vernachlässigung meiner Pflichten schuldig. Deswegen bin ich in dieses Tal verbannt.« Er beugte sich ein wenig vor und schaute Michael in die Augen. »Spryggla verstehen sich auch auf Magie, wissen Sie. Eine Magie, die Materie gestaltet. Wir können sehr mächtig sein, wenn auch nicht so mächtig wie der *Maln.* Man nahm mir meine Magie weg, alle bis auf jene, die sich auf gelbe oder goldfarbene Dinge bezieht. Sie haben mich verbannt und eingekerkert, und ich habe das Beste daraus gemacht, was mir möglich war. Nicht allzu schlecht, was meinen Sie?«

»Ganz und gar nicht schlecht«, sagte Michael.

»Freut mich, das zu hören. Sie sind der erste Besucher seit Jahrzehnten. Hin und wieder kommen welche von den Sidhe und erteilen mir Aufträge. Ich war derjenige, der Christopher Wren beriet und der noch früher mit Leonardo und Michelangelo über Fragen der Kunst und Architektur beratschlagte ... Aber vielleicht sollte ich Ihnen davon nichts sagen.«

»Warum suchen die Sidhe Ihre Hilfe?«

»Es hat alles mit den Fraktionen zu tun, mit der Macht ... Nein, es ist absolut nicht notwendig, daß ich Sie mit meinen vergangenen Taten und Fehlschlägen behellige. Denn Fehlschläge waren es, müssen Sie wissen. Niemals gelangen mir meine Bauten so großartig wie zuerst konzipiert, stets gab es Mängel in der endgültigen Konstruktion. Ich stehe unter einer Art Fluch.« Er gestikulierte erregt. »Aber nicht durch eigene Schuld! Ich bin äußerst unglücklich, in der Mitte zwischen verfeindeten Sidhe, bald hierhin und bald dorthin gezogen ...«

»Wer war Ihr letzter Gast?«

Das Gesicht des Spryggla rötete sich. »Jemand, den ich am liebsten aus meiner Erinnerung löschen möchte. Höchst unerfreulich. Außerdem habe ich die Ehre, jetzt einen bei weitem willkommeneren Gast zu bewirten, und ich muß den größtmöglichen Nutzen aus seiner Gesellschaft ziehen, ehe er abreist!«

Sie gingen zurück zu dem schwarzen Steingebäude. »Meine Kräfte sind strikt auf das Tal begrenzt. Während ich auf Gelb und Gold begrenzt bin, kann ich einigermaßen gut mit den neutralen Tönen Schwarz und Weiß sowie ihren Kombinationen arbeiten. Rote und braune Töne beeinträchtigen meine Fähigkeiten nicht, aber ich ziehe die gelben vor. Und ich kann das Tal niemals verlassen. So habe ich es, wie Sie sehen, zum Schauplatz meiner Kreativität gemacht.« Er seufzte. »Ich fürchte, ich verändere meine Umgebung allzu häufig, doch wenn ich es nicht täte, würde ich in einem Wirrwarr barocker Verschönerungen enden und verlöre den Verstand.«

»Darf ich nach meinem Pferd sehen?« fragte Michael.

»Gewiß, selbstverständlich! Welch ein Glück, daß ich kurz vor Ihrer Ankunft ganz herrliche Stallungen errichtete. Ihr Pferd ist jetzt dort und wird sich sehr wohl fühlen, wie ich hoffe.«

Ein Flügel des Gebäudes stand in Verbindung mit den Ställen, die aus glänzendem schwarzen Holz und deren Boxen aus Eichenplanken gezimmert waren. Michael folgte seinem Gastgeber eine Reihe leerer Stallboxen entlang und versuchte sich an etwas zu erinnern, das er vergessen hatte, etwas Wichtiges ...

Eine Gedächtnisanstrengung brachte es zurück. Lin Piao öffnete die Tür zur Box seines Pferdes. Michael ging hinein und tätschelte das Tier, vergewisserte sich, daß es ordentlich versorgt wurde. (Warum sollte er anderes argwöhnen?)

»Ich muß bald abreisen«, sagte er. Lin Piao nickte, und sein ständiges Lächeln schien irgendwie fehl am Platz. »Ich habe eine Verantwortung.«

»In der Tat.«

»Ich muß den Isomagus suchen, damit ich meinen Leuten helfen kann.«

Lin Piao nickte. »Ein ehrenwertes Unterfangen.«

»Ich weiß Ihre Gastfreundschaft zu schätzen.«

»Sie steht Ihnen zur Verfügung, so lange Sie es wünschen.«

»Alles scheint in bester Ordnung«, sagte Michael und schloß die Stalltür. »Ich danke Ihnen.«

Lin Piao verneigte sich. »Wenn ich allzu eifrig auf Ihre Gesellschaft bedacht bin, bitte sagen Sie es mir. Ich bin das Alleinsein gewöhnt, und so sind mir vielleicht manche Feinheiten des gesellschaftlichen Umgangs verlorengegangen.«

»Das macht mir nichts aus«, sagte Michael aufrichtig. Er begann sich zu fragen, wie es sein würde, wieder auf sich allein gestellt zu sein, ohne diese prachtvolle Umgebung und diese unerschöpfliche Informationsquelle.

»In jedem Fall habe ich Arbeit zu tun«, sagte Lin Piao. »Wenn Sie mich entschuldigen wollen ... Fühlen Sie sich wie zu Hause. Die Diener werden sich Ihrer Bedürfnisse annehmen.«

Sie trennten sich, und Michael ging wieder in den Garten, sich zu setzen und der Blumen und des Friedens zu erfreuen. Er gewöhnte sich allmählich an die begrenzte Farbskala. Er hatte Gelb immer gemocht, es gefiel ihm jetzt mehr und mehr, und er fühlte sich schon heimisch.

Zu Abend aßen sie gemeinsam im Speisesaal. Lin

Piao erzählte ihm von den Wechselfällen seiner Arbeit unter Kublai Khan, von der stillen Melancholie und dem rasenden Zorn des Herrschers. »Er war erfüllt von starkem Heimweh nach den Anfängen seines Volkes, nach den Steppen. Wir hatten einen Modellentwurf des Palastes hergestellt, um ihm eine möglichst genaue Vorstellung davon zu geben. Der Bau war wie eine Mongolenjurte, aber eine, wie man sie vielleicht im höchsten der siebzehn Himmel finden würde – unvergleichlich prächtiger und größer als die rußigen, schmutzigen Felljurten, in denen seine Vorfahren geschlafen hatten. Die Wände waren mit Seide gespannt. Wunderschön in der Idee, im Aufriß. Doch als ich den Palast fertig sah, die gebaute Realität, war ich bestürzt. Zutiefst bekümmert. Meine ganze Arbeit, meine Vorbesprechungen mit den Sidhe ... umsonst. Es war eine Travestie. Statt der angestrebten schwebenden Leichtigkeit wirkte der Palast düster und ragend. Er war überkrustet mit mongolischen Ornamenten. Er war grell. Doch konnte ich ihn nicht anders entwerfen. Ich war nur ein Berater, ein Architekt. Ich konnte den Khan nicht überstimmen. Er war erfüllt von einem geradezu verzweifelten Verlangen, in der Realität einzufangen, was er im Traum gesehen hatte. Politik, mein lieber Freund, ist eine Seuche, die sich überall dort ausbreitet, wo größere Gruppen sich zusammenfinden. Ich vermute, selbst Termiten müssen sich mit Politik beschäftigen.« Er lächelte. »Aber ich sehe, Sie sind müde.«

Tatsächlich waren Michaels Augenlider so schwer, daß er sie nur mit Mühe offenhalten konnte. Lin Piao geleitete ihn zu seinem Schlafraum, und als er die Decke über sich zog, hörte er den Spryggla sagen: »Es ist sehr einfach zu erklären, warum es hier keine Träume gibt. Das ist so, um die Wege freizuhalten ...

Sie ... oder ich. Wir sind diejenigen.«

Dann sank er in tiefen Schlaf. Und im Vergessen des Schlafes stellte sich fast augenblicklich eine Vision ein, eine innere Eingebung. Er träumte nicht; er versuchte am Boden zu bleiben, aber er war beinahe so hoch in der Luft, wie er es gewesen war, als Eleuth versucht hatte, ihn zur Erde zurückzusenden, und tief unter ihm lag eine große Stadt; seine ganze Aufmerksamkeit war auf diese Stadt konzentriert, und auf einer Seite, schwarz und mit Türmen besetzt wie die stachlige Samenkapsel irgendeines exotischen Gewächses, der Tempel ... Der Irall. Michael erkannte ihn sofort. Es war der Tempel Adonnas, und er wurde von ihm angezogen ...

Er wand sich unter der Decke, warf sich herum und erwachte. Er war schlaftrunken und hatte bereits vergessen, was ihn geweckt hatte. Ein Geräusch im dunklen Zimmer machte ihn schlagartig hellwach. Seine Augen schienen von Sekretionen zugeklebt, und er mußte die Finger zu Hilfe nehmen, um die Lider zu öffnen, dann rieb er sie.

Als er sehen konnte, fiel sein Blick auf Lin Piao, der im goldenen Kerzenschein neben der Schlafmatte stand und etwas in den Händen hielt. Sein Gesicht war verklärt von einem Ausdruck des Triumphes und der Begeisterung.

»Sie haben es mir gebracht!« sagte er. »Wie es mir bestimmt war. Über die Welten hinweg. Das Lied. Mein Lied.«

Michael wurde nicht gleich klar, was der Spryggla in den Händen hielt, doch bei genauerem Hinsehen erwies es sich als das schwarze Buch mit Gedichten, das Waltiri ihm daheim gegeben hatte.

»Das gehört mir«, sagte er verwirrt.

»Ja, ja. Sie haben es gut bewahrt. Ich danke Ihnen.«

»Mein Buch«, wiederholte Michael, rappelte sich auf und kam etwas unsicher auf die Beine. Er streckte die

Hand nach dem Buch aus, wurde aber von zweien der goldgesichtigen Diener zurückgehalten, die unversehens aus den Schatten getreten waren und seine Arme in festem, metallischem, aber warmem Griff hielten.

»Sie wissen nicht mal, was es ist«, sagte Lin Piao verächtlich. Die Veränderung seines Tones war so brüsk, daß Michael abwechselnd heiß und kalt wurde. »Sagte ich Ihnen nicht, daß ich arbeitete und mich mühte, den Traum zu übermitteln? Und nun sehe ich, daß sie es wieder versucht haben, aber diesmal nicht in der Architektur, sondern in der Gestalt von Poesie! Und wieder hat jemand eingegriffen. Ich hatte Gerüchte vernommen, daß Ihr Isomagus einen Teil des Machtliedes habe. Nun ist mir klar, worauf er gewartet hat. Auf Sie, auf dies!«

Er hielt das aufgeschlagene Buch in die Höhe, so daß Michael die Seite sehen konnte, auf die er sich bezog. »Einem Menschendichter ist das Lied in einem Traum gesandt worden. Er erinnert sich daran, beginnt es Zeile für Zeile niederzuschreiben ... und wird unterbrochen! Praktische Geschäfte, scheinbare Alltäglichkeiten, eine Person, die von Porlock gekommen ist, in Wirklichkeit ohne Zweifel ausgesandt von der gegnerischen Fraktion der Sidhe, die sich einzumischen sucht. Und als der Dichter sich wieder seinem Papier zuwendet, ist der Traum ausgelöscht, nur ein Teil davon findet sich niedergeschrieben. Aber Clarkham muß den Teil haben, der auf Erden niemals aufgezeichnet ist! Und nun haben Sie den Abschnitt gebracht, der im Reich nicht erlaubt ist, das Gedicht, das Samuel Taylor Coleridge aufzeichnete und dem es bestimmt schien, für alle Zeiten ein Fragment zu bleiben.« Lin Piaos Augen blitzten, als er das Buch herumdrehte und laut zu lesen begann.

»In Xanadu einst Kublai Khan
Errichten ließ ein Prunkschloß hehr,
Wo Alph, der heil'ge Fluß, die Bahn
Durch nie geseh'ne Höhlen nahm
Zu einem sonnenlosen Meer.«

Er blätterte um.

»Zweimal fünf Meilen fetter Grund
Mit Mauern rings und Türmen rund ...«

Der Spryggla brach mit einem würgenden Luftholen ab und schlug mit einer Hand nach dem Buch, als hätte sich eine Wespe darauf niedergelassen. Er begann zu tanzen, hielt das Buch auf Armeslänge von sich und quietschte wie ein verwundetes Kaninchen. »Verräter!« rief er. »Mensch!«

Aus den aufgeschlagenen Seiten fiel die blaue Blume, die Michael am Rande des goldenen Tals gepflückt hatte. Sie fiel zu Boden, flach und leblos, aber von erstaunlicher Leuchtkraft. Inmitten der vorherrschenden goldenen und gelben Töne hob sie sich wie ein Juwel ab.

Noch immer quietschend, sprang Lin Piao wie ein vom Veitstanz Besessener herum, ließ das Buch fallen, als befürchte er, daß es noch mehr davon enthielt. Einer der Diener ließ Michaels Arm los und stürzte sich auf die Blume, doch unter seiner Berührung sprang die Blüte auf und schien Atem zu holen, dehnte sich aus und zog sich wieder zusammen.

»Nein!« winselte Lin Piao. »Nicht dies, nicht jetzt!«

Ein zweites Mal versuchte der Diener die Blume aufzuheben, nahm sie vom Boden auf, hob sie so hoch er konnte und stürzte hinaus. Aber die Blume hinterließ bei jeder Bewegung eine blaue Spur. Diese schien wie ein satter Pinselstrich Farbe zu vertropfen, dann wurden ihre Konturen diffus und verbreiterten sich, pulsierend wie ein lebendiges Wesen. Lin Piao kreischte, als wären Mörder hinter ihm her, und lief seinem Diener nach, bemüht, der blauen Spur fernzubleiben.

Der zweite Diener ließ von Michael ab und wich zurück. Sein maskenhaftes Gesicht ordnete sich zu stufenartig gegeneinander versetzten Blöcken. Michael fuhr hastig in seine Kleider und hob das Buch auf. Die blaue Spur war bis zur Auflösung verblaßt. Alles schien wieder ruhig und vollkommen normal.

Dann, als er zur Tür hinaus wollte, konfrontierte ihn ein Lächeln. Nur ein Lächeln, nichts sonst; hellblaue Lippen mit blauen Zähnen. Es verschwand so unvermittelt, wie es erschienen war. Michael steckte den Kopf zur Tür hinaus und schaute von einem Ende des Korridors zum anderen. Leere und Stille.

Unterwegs zu den Stallungen, durchschritt er den großen Salon, als er am Fuß der Wände leuchtendblaue Adern hervorkommen, sich verästeln und ausbreiten sah. Im Nu vereinigten sie sich zu einem kobaltblauen Teppich, der über den Boden hinfloß. Flüssiges Blau tropfte von Wandschränken und Türfüllungen, ergoß sich auf den Boden, und jeder Tropfen zog einen Faden. Michael konnte der Invasion nicht ausweichen. Sie drang unter seinen Füßen vor, prickelnd, aber schmerzlos, und kroch die gegenüberliegende Wand hinauf. Von ferne, die Richtung vermochte er nicht festzustellen, hörte er Lin Piao schreien und fluchen.

Michaels Benommenheit verflog rasch. Es war offensichtlich, daß die Magie des Spryggla versagte, und die unerwarteten Ereignisse bewirkten in Michael zugleich Furcht und eine angenehme Erregung. Das Gefühl von Macht, von überwältigender Veränderung, war berauschend. Am liebsten hätte er auf dem blauen Boden getanzt und die Hände gegen die blauen Wände geklatscht. »Frei!« rief er. »Frei!«

Dabei war ihm nicht recht klar, wovon er frei war. Hatte Lin Piao ihn in irgendeiner Weise manipuliert, unter Drogen gesetzt? Er wußte es nicht, glaubte es auch nicht, aber auf einmal schien ihm, daß seine Gedanken viel klarer und sein Zielbewußtsein viel stärker waren als zuvor.

Er mußte hinaus. Bald war die Tür zum äußeren Hof gefunden. Der schwarze Stein schien unbeeinflußt von den Umwandlungen, die im Innern des Hauses ihren Fortgang nahmen; selbst das Wasserbecken war, wie er es bei seiner Ankunft vorgefunden hatte. Nun aber sah er, daß sich Wellen in dem Becken bildeten, und der Boden zitterte unter seinen Füßen. Die Frequenz nahm zu, und die kleinen Wellen im Wasserbecken nahmen ein Muster an, ein Mosaik geometrischer Figuren. Zugleich schien das Wasser anzusteigen.

Erstaunt und fasziniert beobachtete Michael den Vorgang, bis das geometrische Muster sich plötzlich in blaues Lächeln auflöste. Es war nicht nur ein Mund, es waren viele lächelnde blaue Münder, und während er zusah, erhoben sie sich aus dem Becken und sausten in alle Richtungen davon, um ihre Arbeit zu tun.

Michael ging in den Hof hinaus und versuchte sich zu erinnern, wo es zu den Stallungen ging, als Lin Piao aus einer Seitentür stürzte. Sein goldenes Gewand war an den Säumen versengt, sein schwarzes Haar war weiß geworden. Als er Michael gewahrte, kam der Spryggla zum Stillstand und fixierte ihn mit haßerfülltem Blick.

»Sie haben dies getan! Sie drangen in mein Tal ein, mein Heim! Ungeheuer! Mensch! Wenn ich ein Mittel finden kann, Sie zu vernichten ...«

»Ich will Ihnen nicht schaden«, sagte Michael. »Ich habe Ihre Gastfreundschaft genossen und bin Ihnen dankbar. Wenn ich etwas tun kann, um zu helfen ...«

Ein Diener kam zu der Tür heraus, die Lin Piao gerade

aufgestoßen hatte, schwankend wie ein Betrunkener. Seine goldene Oberfläche war nun angelaufen und hatte die Farbe matten Stahls. Seine Kleider waren versengt und zerfetzt, fielen von ihm ab. Lin Piao wich entsetzt zurück. »Es breitet sich aus! Gebieten Sie Einhalt!«

»Wie?«

»Ich räume ein, Sie sind derjenige, Sie sind der, dem es bestimmt ist. Nun machen Sie dem ein Ende, gebieten Sie Einhalt! Ich werde für alle Zeit hier bleiben, ich werde mich zufriedengeben ...«

Blaue Risse erschienen in den schwarzen Mauern. Die Risse verbreiterten und vereinigten sich, und das massive Quadermauerwerk bröckelte wie unter den Schlägen eines titanischen Hammers. Und tatsächlich deuteten die aus dem Innern des Hauses dringenden Geräusche darauf hin, daß etwas oder jemand sich mit schweren Schlägen und Stößen den Weg ins Freie zu bahnen suchte.

»Ich weiß nicht, was ich tun soll!« rief Michael. »Ich bin kein Zauberer.«

»Aber ich bin einer!« schrie Lin Piao. »Wie konnte dies mir geschehen?« Seine Augen weiteten sich, und die Haut seines Gesichts wurde fast so weiß wie Papier, als sich ein großes Stück Mauerwerk aus der Wand löste und mit dumpf polterndem Aufprall, der den Boden erzittern machte, in den Hof stürzte. Der pagodenähnliche Turm darüber wankte und warf Gesimse und Stuckverzierungen ab; alle Kanten waren wie unter einem Blitzschlag in blaues Feuer gebadet; es breitete sich unheimlich rasch fächerförmig in alle Ecken des Hauses und des ummauerten Geländes aus und fuhr knisternd über das Tal.

Michael wußte, daß es keinen sicheren Zufluchtsort gab, den er rasch genug erreichen konnte. Nicht einmal das Werfen eines Schattens hätte geholfen. Der Boden unter seinen Füßen hob sich, die Fugen zwischen den Platten des Pflasters öffneten sich und entließen leuchtendblaue Glut. Er schloß die Augen und öffnete sie in dem Augenblick, als er unvermittelt hoch in die Luft geschleudert wurde. Rings umher stiegen elektrisch blaue Fontänen zum Himmel auf, erfaßten das warme Dunkelocker der Nacht und verwandelten es in kaltes sterngesprenkeltes Schwarz.

Michael drehte sich der Magen um. Er war ohne Gewicht oder Substanz, eingehüllt in immerwährende Kälte, ewiges Eis. Blitze zuckten zwischen seinen Fingern, sein Haar war gesträubt. Wieder schloß er die Augen und lag am Boden, durchgeschüttelt, atemlos. Die Luft roch nach Ozon, aber der Erdboden war zur Ruhe gekommen.

Tiefe Stille ringsum. Er wartete auf den Fortgang des Zerstörungswerkes, aber die Stille dauerte an. Noch bevor er die Augen aufschlug, tastete er nach dem Buch. Es steckte sicher in seiner Tasche.

Er blickte umher. Seine Fähigkeit zu staunen, war nahezu erschöpft, doch was übrigblieb, wurde von dem, was er sah, vollauf in Anspruch genommen. Das schloßartige Gebäude war verschwunden, und mit ihm die Gärten. An ihrer Stelle breitete sich eine Wiese blauer Blumen. Und blaue Blumen blühten überall im Tal. Die Bäume verloren ihr Herbstlaub, und allenthalben kamen neue Blätter hervor, wie in den Wäldern außerhalb von einem frischen Smaragdgrün.

Er tastete seinen Körper nach Verletzungen ab. Ausnahmsweise hatte er hier im Reich ein Erlebnis ohne Schnitte, Abschürfungen oder Prellungen überstanden.

Er wandte sich um, die andere Hälfte des Tales zu überblicken. Unmittelbar hinter ihm, die Faust wie zum Zuschlagen erhoben, stand Lin Piao Tai. Michael schreckte zurück, hielt inne. Der Spryggla stand bewegungslos.

Auch er war über und über blau.

Er war in eine Statue aus Lapislazuli verwandelt worden, die seinen Gesichtsausdruck von zornigem Entsetzen verewigte.

Zwanzig Schritte entfernt wieherte das Sidhepferd. Sie gingen aufeinander zu, und Michael begrüßte es mit ungläubigem Lächeln und einem Streicheln der weichen Nüstern. Er hatte überlebt, und das Pferd hatte überlebt. Sie waren nicht schlechter daran als vorher.

Doch welche Kräfte auch am Werk gewesen sein mochten, um das unbekannte Gleichgewicht der natürlichen Welt wiederherzustellen, sie waren am goldbraunen Fell des Pferdes nicht vorbeigegangen.

Alyons' Pferd war jetzt vom Schweif bis zu den Nüstern von einem strahlenden Himmelblau.

31

Schnee fiel über Lin Piaos Tal, als Michael den Kamm des Höhenzuges erreichte und sich wandte, dem Fluß zu folgen. Er hielt das Pferd an und schaute durch die Schneeschleier zurück. Die Stelle, wo das Schloß gestanden hatte, war nicht mehr auszumachen; der Waldboden des Tales war bedeckt mit samtblauen Blüten, die bald unter einer Schneedecke verschwinden würden. Die unvermittelte Umkehrung der Jahreszeiten überraschte ihn kaum; es war Adonnas Laune, und wer sie in Frage stellte, dachte er mit einem Lächeln, verstieße gegen die guten Sitten.

Er war noch immer nicht bereit, dem Sidhepferd die Zügel schießen zu lassen, und so ritt er niemals schneller als im Trab. Mehrere Tage verbrachte er mit der Durchquerung wegloser Wälder. Wieder wurde die Nahrung knapp. Michael bemerkte es kaum. Sein Hunger hatte nachgelassen. Was er wirklich brauchte, als die Nächte auf die Tage folgten, war ein Hinweis, daß seine Richtung stimmte, daß er überhaupt das Rechte tat und sich nicht bloß auf einer Karte alberner Vorfälle von Punkt zu Punkt bewegte.

Bei Nacht entfachte er mit seinem nagellosen Finger ein Lagerfeuer und setzte sich mit dem Buch an die wärmenden Flammen. Seine nächtlichen Visionen und Anwandlungen schöpferischer Phantasie hatten aufgehört; nichts störte seinen Schlaf. Er las mehrere Male das Gedicht ›Kublai Khan‹, hatte aber das meiste davon noch aus der Schulzeit im Gedächtnis. Die Worte schienen zugleich albern und tiefsinnig, durchsichtig und dunkel. Auch Coleridges Vorwort zu dem Gedicht stand in dem Buch und verstärkte das, was Lin Piao gesagt hatte; aber Kublais Traum und die Errichtung des Schlosses waren nicht erwähnt.

Wenn Lin Piao die Wahrheit gesagt hatte (und Michael sah keinen Grund, daran insgesamt zu zweifeln), dann hatte er den Teil eines Machtliedes in seinem Besitz. Und wenn der Isomagus den anderen Teil hatte – denjenigen, den Coleridge nicht hatte niederschreiben können –, dann mochte es ihnen gemeinsam gelingen, die Vorherrschaft der Sidhe zu brechen und die Menschen und Mischlinge zu retten.

Oder mißverstand er den Vorgang? Wie konnte ein Machtlied gleichzeitig Architektur und Poesie sein? Lin Piao hatte Verschlüsselung erwähnt; vielleicht konnten Gedicht und Lustschloß, wie von den Sidhe ursprünglich verkündet, zu einem Prinzip abstrahiert werden, einem ästhetischen Äquivalent ...

Bei diesem Stand der Dinge verlor er sich in Abschweifungen, klappte das Buch zu und legte sich neben dem Feuer schlafen.

Proportion war sowohl in der Architektur als auch in der Dichtkunst wichtig, wenngleich der Mensch der Gegenwart glaubte, dieses Prinzip vernachlässigen zu können …

»Schlaf jetzt«, sagte er sich müde.

Am nächsten Morgen entdeckte er eine Falle. Es war am Rand einer weiten Savanne, wo sich in dunstiger Ferne etwas erhob, was wie ein Berg aussah (und wahrscheinlich keiner war).

Die Falle war an einen Schößling gebunden und mit einem sehr empfindlichen Auslösemechanismus aus einer Schnur und einem Stab versehen. Sie hatte noch nichts gefangen. Das Pferd wich ihr mit einem nervösen Schnauben aus, doch war die Falle offensichtlich für den Fang kleiner Tiere gemacht; der Schößling konnte nichts Größeres halten. Der Köder bestand aus Wurzeln, die in einer Schlinge nahe dem Auslöser lagen. Sie waren noch ziemlich frisch.

Michael blickte zwischen den Sträuchern und dem aufgelockerten Baumbestand hin und her. Kein Sidhe käme auf die Idee, eine Falle zu stellen, um Tiere als Nahrung zu fangen; wie aber, wenn es die Falle eines Magiers war, aufgestellt, um bestimmte Tiere für irgendein Zauberritual zu fangen? Er hatte vor der Hütte der Kranichfrauen Knochen zuhauf gesehen. Dennoch vermutete er, daß ein Mensch die Falle gelegt hatte. Es war etwas an der Konstruktion; die Einfachheit und Eleganz der Ausführung deuteten auf menschliche Geschicklichkeit und einen menschlichen Verstand hin.

Er wußte nicht, ob er doppelt wachsam sein oder sich auf eine Begegnung freuen sollte.

Die Ungewißheit dauerte nicht lange. An einer Stelle, wo der Fluß das Waldland verließ und seine von Eisrändern begleiteten Mäander durch die Ebene zog, hielt Michael wieder an, um zu sehen, was es mit dem dunstigen Umriß in der Ferne auf sich hatte, ohne jedoch Einzelheiten zu erkennen. Immerhin schien ihm klar, daß es nicht nur ein Berg war.

Er hatte das Pferd an die sandige Uferböschung geführt, nachdem er ein trügerisch überfrorenes Altwasser umgangen hatte, als er einen Blick auf sich fühlte, eine fremde Gegenwart, die ihn beobachtete.

Er tat so, als untersuche er die Hufe des Pferdes, und hielt verstohlen Umschau. Das Gefühl verstärkte sich. Er holte tief Atem und versuchte mit dem Mittel der Einfühlung das fremde Bewußtsein zu erreichen. Bisher hatte er diese Gabe nie an einem Mitmenschen erprobt; nun spürte er sofort, daß es ganz leicht war: Er spürte, daß ein Mann in der Nähe war, der sich abwartend verhielt, so daß Michael keinen unmittelbar bevorstehenden Angriff zu fürchten hatte.

Er wußte, wie weit entfernt der andere war, aber nicht die Richtung. Der Fallensteller folgte ihm in einer Entfernung von ungefähr dreißig bis vierzig Metern. Das bereifte Gras war kaum einen halben Meter hoch. »Kann ich was für Sie tun?« rief er. Der Mann war vierzig oder fünfundvierzig Jahre alt. Kein Englischsprecher, doch schien er englisch zu beherrschen. »Ich bin kein Sidhe. Kommen Sie näher; ich habe Ihre Falle gesehen.«

Langsam erhob sich ein bärtiger untersetzter Mann mit borstigem grauen Haar hinter einem Strauch, wo er im Gras gelegen hatte. Er schüttelte den Kopf und lächelte durch einen buschigen Schnurrbart. »Ein guter Trick«, sagte er. »Sie riechen wie ein Sidhe. Ich konnte nicht herauskriegen, was Sie waren. *Boschemoi,* ein Mensch, hier draußen!«

Der Mann war Russe, ein Jäger. Er kam nicht näher

heran. In Felle und Häute gekleidet, mit einem Stoffbeutel über der Schulter und einer Pelzmütze mit offen herabhängenden Ohrenklappen schief auf dem Kopf, stand er im kniehohen Gras.

»Nun«, sagte er nach einer Pause, »das heißt, nicht wie ein Sidhe, das kann man nicht sagen. Ich war nicht sicher, was für einer Sie sind. Bin schon seit dem Tal des Spryggla hinter Ihnen her. Sie ritten hinein, kamen heraus ... Große Veränderungen. Da blieb ich Ihnen auf der Fährte.«

»Dann können Sie mir manches beibringen«, sagte Michael. »Bis ich die Falle sah, ahnte ich nicht einmal, daß Sie in der Nähe waren.«

»Hier leben nicht viele, wissen Sie.« Der Jäger kam langsam näher, Wachsamkeit in den Augen. »Sidhe lassen sich überhaupt kaum blicken. Diese ganze Gegend südlich der Berge ist frei von ihnen. Sie kommen aus Euterpe?«

Michael nickte. »Und Sie?«

»Mich haben sie nie erwischt«, sagte er. »Ich war Tänzer.« Er breitete die Arme aus und blickte an seiner kräftigen Gestalt hinab. »Ich kam schon mit vierzehn hierher, Gott befohlen!« Er fuhr sich mit der behandschuhten Rechten über die Stirn. »Erinnerungen. Wenn ich Sie sehe, junger Mann, kehren sie wieder. Vierzig Jahre oder mehr. Ich weiß es nicht. Eine lange Zeit ...« Plötzlich gingen ihm die Augen über, und helle Tränen rannen ihm über die sonnenverbrannten Wangen. »Nicht mehr als ein Junge«, sagte er, von einem harten Schluchzen unterbrochen. »Sie sind nicht viel älter, als ich es damals war.«

Michael geriet in Verlegenheit. »Man hat Sie nicht gefangen?« fragte er, um den Mann zu beruhigen.

Der andere wischte sich das Gesicht mit dem Ärmel und kam wieder ein paar Schritte näher. »Dafür war ich zu schnell! Viel zu flink ... Ich weiß nicht, wie lange es her ist, daß ich mit einem Menschen sprach ... Ich jage, esse, schlafe, hin und wieder gehe ich in die Stadt und besuche die Sidhe ... Ihr Pferd, junger Freund, brachte mich auf den Gedanken, Sie könnten ein Sidhe sein. Woher haben Sie es?«

»Vom Feldmeister des Vertragslandes.«

»Alyons?« Der Jäger trat in ehrfürchtigem Staunen zurück. »Wie?«

»Er ist tot. Er dachte, ich hätte ihn getötet. Das war nicht der Fall. Aber er – oder einer seiner Schatten – gab mir das Pferd.«

»Alyons ist tot?«

Michael nickte. »Umgekommen in einer Falle, die der Isomagus gelegt hatte.«

»Ich war während der ersten Schlacht des Isomagus dort, vor langer Zeit«, sagte der Jäger kopfschüttelnd. »Ich sah die magische Säule, alle Farben und Ungeheuer, die man sich vorstellen kann. Etwas davon erwischte und veränderte mich, aber ich entkam. Es machte mich alt.« Er biß sich auf die bartumkränzte Unterlippe und blickte zum Himmel auf, um neuerliche Tränen wegzuzwinkern. »Ich bekam das Aussehen, das ich jetzt habe. Ich war nur ein Zuschauer, aber die Magie ließ mich nicht ungeschoren. Ich suchte das Weite. Lief und lief, bis ich zur Stadt kam.« Er zeigte zu der dunstigen Berggestalt. »Eine Sidhefrau nahm mich auf, unterrichtete mich. Ich war damals noch sehr schlank. Aber wozu alles überstürzen? Wir brauchen Namen. Ich bin ... der Teufel soll mich holen, ich hab's vergessen!« Er verzog das Gesicht. »Ich bin ... Nikolai! Da.«

»Ich bin Michael.« Nikolai zog den Handschuh von den Fingern, und sie tauschten darauf einen Händedruck aus.

»Für einen, der so leicht gekleidet ist, haben Sie sehr

warme Hände«, bemerkte Nikolai. »Das haben die Sidhe Ihnen beigebracht, vermute ich?«

»Mischlinge«, sagte Michael. »Die Kranichfrauen.«

»Ist es neugierig, wenn ich Sie nach Ihrem Reiseziel frage?«

Michael fand es verfrüht, darauf zu antworten, und ließ es mit einem Lächeln und einem Achselzucken bewenden.

»Ich verstehe. Jedenfalls reiten Sie zur Stadt. Der Fluß berührt die Stadt, und Sie folgen dem Fluß, richtig? Wollen wir zusammen gehen?« Er blickte fragend auf, die buschigen Brauen hochgezogen. Michael willigte ein.

Im Weitergehen zeigte Nikolai ihm den Inhalt seines Beutels. Dort verwahrte er in Streifen geschnittenes Dörrfleisch, säuberlich in weißliche Rinde gewickelt. »Von einem kaninchenartigen Tier mit großen Augen«, sagte er. »Ziemlich dumm für ein Sidhetier.« Außerdem hatte er Wurzeln als Köder und Früchte, wie Michael sie im wilden Obstbaumhain gegessen hatte. Er hatte auch Nüsse und einen kleinen Ledersack mit dem Mehl zerstoßener Eicheln und Bucheckern. Aus der Hosentasche zog er eine selbstgeschnitzte Pfeife. »Zum Rauchen habe ich dieses Blatt, getrocknet. Schmeckt nicht übel. Aber merken Sie sich eins, junger Freund: Rauchen Sie niemals, wenn ein Sidhe in der Nähe ist. Der Neid macht sie verrückt. Sie können nämlich nicht rauchen, wissen Sie.«

»Duldet man Sie in der Stadt?«

»Man heißt mich willkommen, wirklich! Die Frauen, Sie werden selbst sehen. Männliche Sidhe gibt es nicht viele dort. Sehr kalt. Eingebildete Kerle, sage ich. Die Frauen werden auch Sie willkommen heißen. Aber das Pferd ... Ich weiß nicht, wie es mit dem Pferd ist. Ist es wirklich wahr, daß Alyons es Ihnen übergeben hat?«

»Ja.«

Nikolai wiegte zweifelnd den Kopf. »Wir werden sehen. Schön ist es in der Stadt. Von Spryggla für die Sidhe gebaut, vor langer Zeit.«

Sie schlugen ihr Nachtlager auf einem schneefreien Sandstreifen an der Innenseite einer Flußschleife auf. Nikolai bot Michael seine Pfeife an, der höflich ablehnte. Nikolai paffte zufrieden und blies den Rauch in die stille Nachtluft. »Erst meine Geschichte«, sagte er, »dann die Ihrige. Einverstanden?«

Michael nickte. Nikolai fing an, seine Lebensgeschichte zu erzählen, viel ausführlicher und umständlicher, als nötig gewesen wäre. Stunden vergingen, aber der Jäger schien nicht müde zu werden. Endlich streckte Michael sich aus und legte den Kopf auf die Arme. Nikolai bot ihm ein kleines, mit frischem Laub gefülltes Kissen. »Nur zu«, sagte er, »schlafen Sie! Es stört mich nicht.«

Der Kern der Geschichte war, daß Nikolai Nikolajewitsch Kuprin nach dem Ausbruch der Russischen Revolution mit seinen Eltern in die Vereinigten Staaten geflohen war, wo diese ihn in eine Ballettschule gesteckt hatten. Er hatte schon vorher seit seinem siebten Lebensjahr getanzt (»Richtig im Ballett getanzt, nicht nur herumgehopst wie am Anfang, als meine Eltern mich mit vier zum ersten Ballettunterricht schickten«), aber nicht aus eigener Neigung. Musik war ihm immer wichtiger gewesen als der Tanz. Neben den anstrengenden und zeitraubenden Übungsstunden hatte er Klavierunterricht genommen und es so weit gebracht, daß er für die anderen Tänzer die Klavierbegleitung gemacht hatte. »Es passierte, als ich Strawinsky spielte«, sagte er. »Ich war zu Haus bei meinen Eltern in Kalifornien, Pasadena, weil ich Krankenurlaub hatte. Nervöse Erschöpfung. Sie ließen mich auf dem Klavier spielen, weil es mich entspannte. Ich übte den *Sacre du printemps* für die Aufführungen der nächsten Saison ...« Er hob die Schultern und ließ sie seufzend sinken. »Vierzehn war ich, wußte nichts von unserer Welt, geschweige denn von dieser. Alyons' Läufer erwischten mich beinahe, aber ich war von Natur aus vorsichtig. Und der Konflikt lenkte sie ab. Das war, als ich in die Nähe der Kämpfe kam und das Finale sah.«

Er blickte auf Michael herab, der am Einschlafen war. »Ein ahnungsloser Junge! Was sie taten, die Ungeheuer, die sie losließen. Der Haß auf unseresgleichen. Ein Wunder, daß ich heutzutage welche von den Sidhe leiden kann. Ein Wunder, wirklich.«

Es war das letzte, was Michael in dieser Nacht hörte (oder deutlich hörte); Nikolai erzählte noch lange weiter.

Als es Morgen wurde, saß er noch immer wach vor der Asche des Feuers und blickte wachsam und mit hellen Augen über die dunstige Savanne hin. »Noch eins habe ich gelernt«, vertraute er Michael an. »Menschen brauchen hier keinen Schlaf. Vielleicht können Sie sich das Schlafen auch abgewöhnen.«

Die Jahreszeit änderte sich wieder. Zwei Tage später hatten sie die Stadt der Sidhe vor sich. Sie war so groß, daß sie beinahe den gesamten nordöstlichen Horizont einnahm. Die Sonne schien warm herab, vertrieb den Schnee und befreite den Fluß vom Eis, das man die ganze Nacht über knacken und knistern hörte, als es zerbrach und von der Strömung fortgetragen wurde. Nikolai schlug vor, daß sie auf einem Felsen kampierten, falls der Fluß über die Ufer treten und die umliegende Savanne überschwemmen sollte.

Michael wollte ihn das Pferd reiten lassen, aber Nikolai lehnte ab. Seine Haltung – halb Ehrerbietung, halb Furcht – beunruhigte Michael. Es schien einiges zu geben, was der Russe ihm verschwieg, vielleicht aus Höflichkeit, vielleicht in der Annahme, daß Michael es bereits wisse.

Am Nachmittag, weniger als acht Kilometer von der Stadt entfernt, rasteten sie unter einem ausladenden lorbeerähnlichen Baum, der allein auf dem Grasland stand. »Die Stadt mißt viele Kilometer von einem Ende bis zum anderen«, sagte Nikolai und zog an einem niedrig hängenden Zweig, den er immer wieder emporschnellen ließ. Um sie her war der Duft von Gras und feuchter Erde, bewegt von einer leichten Brise. »Sie ist umgeben von fünf Mauern, mit vier Toren in jeder Mauer. Die Türme zur Linken ...« Er streckte eine Hand aus, in der er ein Blatt hielt, und peilte mit dem linken Auge darüber. »Dort arbeiten die Musikmeister. Sidhemusik. Ich selbst habe sie nie gehört. Meine Frauenbekanntschaften sagen, sie würde ein menschliches Gehirn vor lauter Glückseligkeit zu Asche verbrennen. Vielleicht eine interessante Erfahrung. Und dort drüben, unter der goldenen Kuppel, sind Werkstätten der Sidhe. Was sie erzeugen, hat man mir nie gesagt. Nichts kommt herein, nichts geht hinaus, aber sie machen etwas, nichtsdestoweniger.«

Die Stadt schimmerte golden und weiß und silbern in der warmen Sonne, mit blaugrauen Mauern und blaßgrünen Brücken um einen Zentralberg aus Granit. Auf seiner Spitze erhob sich ein Turm wie ein Minarett hoch über Stadt und Savanne, besetzt mit kristallinen Formen. »Wir können ihn von hier aus nicht sehen, aber auf der anderen Seite, ungefähr fünfzehn Kilometer jenseits der Stadtmauern ...«

»Der Irall«, sagte Michael. »Adonnas Tempel.«

Nikolai blickte auf. »Sie sind dort gewesen?«

»Ich habe ihn gesehen ... von oben. In einer Vision.«

»Was haben Sie noch gesehen?«

»Ein Sidhe, der mit mir ausgebildet wurde, zeigte mir die Berge, wo der Schwarze Orden Priesternachwuchs für den Tempel erzieht.«

»Diese Berge liegen weit im Norden«, sagte Nikolai. »Ewiger Schnee, eingehüllt in Wolken, schwarzer Fels mit uralten Gletschern aus blauem Eis.«

»Sie sprechen, als seien Sie dort gewesen«, sagte Michael.

»In der Nähe.«

Am Westhang des Stadtberges stand ein Gebäude, das wie ein Rhombus geformt war, der in eine Spirale verbogen wurde. Es hatte beeindruckende Ausmaße, die aus der Entfernung schwer abzuschätzen waren, und schien auf mächtigen Säulen wie auf Baumstämmen zu ruhen, welche die wandlosen, der Luft zugänglichen Geschosse trugen. Weiter oben verzweigten und vervielfältigten sich die Säulen, was ihre Ähnlichkeit mit Bäumen noch zwingender machte, bis sie die oberen Geschosse wie ein Dickicht umgaben. Die Säulen und ihre vielfältigen Verzweigungen brachten vertikale Stabilität in das Gebäude und schufen gleichzeitig eine horizontale Gliederung, denn zwischen den Ästen der oberen Ebenen hatten die Spryggla-Erbauer augenscheinlich transparente Tafeln in vielen verschiedenen Farbtönen angebracht, eine in jedem Zwischenraum. Die Wirkung war ein Wunder an Vielfalt und Farben. Mehrere ähnliche Bauwerke von verschiedener Größe und Höhe wuchsen rings um den Berg aus dem Meer der niedrigeren und einfacheren Häuser.

Näher bei ihnen, am Südhang, war ein niedriges flaches Gebäude zu sehen, das aus einer tischartigen Oberfläche bestand, die von Tausenden der verzweigten Säulen getragen wurde. Jeder Säulenstamm war besetzt mit Trauben von Wohnungen, die in einer angenehm natürlich wirkenden, zufälligen Art um den Perimeter des Gebäudes angeordnet waren. Auf der Oberfläche (aus der Entfernung nur als ein dunkelgrüner Flaum erkennbar) war ein dichter Wald. Ein weiteres Gebäude hatte Stockwerke, die wie ein Stoß Spielkarten arrangiert waren, dem man einen Stoß gegeben hat. Eine dritte Etage hatte geneigte Geschosse, die andere in Winkeln von dreißig Grad oder mehr schnitten und dem Bauwerk Ähnlichkeit mit kristallenen Gittern verliehen.

Zwischen diesen auffallenden größeren Gebäuden gab es eine Menge ein- und zweigeschossiger Häuser, welche die unteren Berghänge bedeckten und die von Straßen durchzogene eigentliche Stadtlandschaft ausmachten.

Michael bedauerte, daß er nicht mehr Zeit gehabt hatte, mit Lin Piao zu sprechen. Wenn die Spryggla solche Städte bauen konnten, waren sie außerordentlich; er hatte niemals Vergleichbares gesehen.

Seine Faszination erfüllte Nikolai mit Befriedigung. »Ja, die Stadt ist immer eindrucksvoll«, sagte er. »Schauen Sie dort hinüber!« Er streckte mit einer Art Besitzerstolz den Arm aus. »Das Gebäude dort. Sie machen es wie einen kleinen Berg, die Wände treten in Kämmen und Graten hervor. Höhlen in den Wänden. Ich war nie dort. Können Sie sich vorstellen, welche Art von Sidhe dort leben?«

Michael konnte es nicht sagen. Das Pferd ging neben ihnen einher, den Kopf erhoben, die Ohren aufgestellt, als wüßte es, daß es bald in vertrauterer Gesellschaft sein würde. So beeindruckt Michael war, vermochte er die Vorfreude seines Begleiters nicht zu teilen. Die wenigen Erfahrungen, die er mit den Sidhe hatte, waren nicht geeignet, ihm die Aussicht auf weitere Kontakte schmackhaft zu machen. Nikolai spürte es und versuchte ihm Mut zu machen.

»Hören Sie, auf dem Land ist es anders, dort sind sie

Tölpel und ungebildete Lümmel, grob und rauhbeinig. Dies ist die Stadt. Frauen sind ganz anders, Sie werden sehen. Nicht viele Männer. Sie werden Ihnen freundlich begegnen. Wir werden gut mit ihnen zurechtkommen.«

»Was ist mit dem Pferd?«

»Es ist Ihr Pferd, sagten Sie. Alyons hat es Ihnen vermacht.«

»Ja, aber ich habe keinen Beweis«, sagte Michael.

Darauf hatte Nikolai nichts zu sagen.

Die Stadtmauern waren aus mächtigen Steinblöcken zusammengesetzt und mit bläulicher Glasur überzogen. Nikolai führte ihn einen mit weißen Steinplatten gepflasterten Weg hinauf, der pfeilgerade auf ein breites niedriges Tor in der äußeren Stadtmauer führte.

»Wir kommen von der Rückseite hinein. Hier, wo die Stadt an die Savanne grenzt, herrscht nicht viel Verkehr; ein selten benutztes Tor.«

Das Tor glich dem Eingang zu einer riesigen finsteren Höhle. Die Mauer schien Dutzende von Metern dick zu sein und hatte eine Höhe von ungefähr dreißig Metern. Nikolai machte am Wegrand halt und schwang den Beutel von der Schulter auf das Pflaster. »Hier wechsle ich die Kleider, verstaue meinen Proviant und zivilisiere mich nach Art der Sidhe. Sie finden es abscheulich, wenn ihre Katze ein totes Tier nach Haus bringt, nicht wahr? Die Sidhe nähmen an meinen Nahrungsmitteln und meiner Kleidung Anstoß.« Er zog einen einfachen Überrock und eine Hose aus dem Beutel, stopfte seine anderen Sachen hinein und versteckte ihn im hohlen Stamm eines nahen Baumes.

Es waren keine Wachen zu sehen. Nikolai führte Michael ein kurzes Stück in die Dunkelheit unter dem Mauerbogen, dann blieb er wieder stehen und setzte sich nieder, den Rücken an der glasig-glatten inneren Wand. »Wir warten ein paar Minuten.«

Es kam Michael mehr wie eine Stunde vor. Nikolai spähte in die Dunkelheit, und schließlich nickte er vor sich hin. »Da«, sagte er. »Sie kommt.«

Im Dämmerlicht näherte sich von fern eine einzelne Gestalt. Michael stand auf, um sich so gut wie möglich vorzeigbar zu machen, während Nikolai zusah. »Wer ist Ihre Kontaktperson?« fragte Michael.

»Eine Dienerin der Ban der Stunden«, antwortete Nikolai rätselhaft.

Die Sidhefrau war um einen Schuh größer als Michael, und Michael war ein wenig größer als Nikolai. Ihr auffallendstes Merkmal war das Gesicht, das mit horizontalen orangefarbenen Streifen, eingegrenzt durch holzkohlenschwarze Linien, gekennzeichnet war. Als sie anmutig näher schritt, begrüßte Nikolai sie mit einer übertrieben theatralischen Verbeugung. Sie sah ihn kaum an, sondern ließ ihren Blick auf Michael ruhen. Ihre Augen waren von einem blassen Graublau, wie die Ränder von Wolken am blauen Himmel. Ihre Lippen waren schmal, fast streng, in einem typischen langen Sidhegesicht. Sie trug ein purpurbraunes Gewand, das mit einem flammendroten seidenen Saum besetzt war. Unter dem Gewand schaute beim Gehen ein cremefarbenes langes Kleid mit weißen Blumenmuster-Applikationen hervor.

Sie war nicht, was Michael hübsch genannt hätte, aber sie war außerordentlich exotisch.

»Hallo!« sagte sie, und Michael spürte die federleichte Berührung ihres Intellekts, die nichts von Alyons' Derbheit oder dem unumwundenen Zugriff der Kranichfrauen hatte. Die Empfindung war angenehm.

»Sona rega Ban«, sagte Nikolai. »Ich stelle dir meinen Freund Michael Perrin vor. Er zieht umher wie ich ...«

Aber sie beachtete jetzt weder ihn noch Michael, sondern schaute zum Pferd. Sie lächelte, wandte sich wieder zu Michael und umfaßte seinen Oberarm mit warmen, sanften Fingern. »Ich bin Ulath«, sagte sie. »Aus dem Geschlecht der Wis. Dein Freund ist höchst ungewöhnlich, Nikolai. Die Ban der Stunden wird ihre Freude an ihm haben, meinst du nicht?«

»Ich hoffe es sehr«, sagte Nikolai.

»Und dies ist dein Pferd?« fragte Ulath.

Michael bejahte.

»Ich habe nie ein blaues Pferd gesehen, nicht einmal im Reich.«

»Dazu gibt es eine Geschichte, *rega Ban*«, sagte Nikolai. »Gewiß wird er sie noch einmal erzählen, wenn die Zeit es erlaubt.«

»Kommt«, sagte Ulath, »und seid willkommen in Inyas Trai!«

»Das«, sagte Nikolai, »ist der Name dieser Stadt. Aber ich rate Ihnen, ihn nicht laut auszusprechen, nicht einmal wenn Sie allein sind.«

»Ein Aberglaube, Nikolai«, sagte die Sidhefrau.

Nikolai verneigte sich mit einem listigen Lächeln. »Wir sind nur arme ...«

»Nicht diese falsche Bescheidenheit! Sie gehört nicht hierher.«

»Ganz recht«, sagte Nikolai, richtete sich auf und lächelte Michael augenzwinkernd zu. »Die Stadt der Sidhe kennt keine Bescheidenheit.«

In der Mitte der Mauer zweigte links ein Gang in rötliche Dunkelheit ab; zu Michaels Erleichterung gingen sie geradeaus weiter zum Tageslicht.

Sie kamen in eine enge Straße, die sich zwischen gelblichbraunen und weißen Gebäuden dahinwand. Es herrschte völlige Stille. Michael hatte das Gefühl, auf dem Grund eines ausgetrockneten Flußbettes zu gehen. Kreisförmige Spiegel, in die Wände eingesetzt, reflektierten das Tageslicht in alle Richtungen und warfen in

Abständen von wenigen Schritten sonnige Flecken auf das Pflaster. Ulath ging zwei Schritte vor Nikolai und Michael. Ihre Gewänder raschelten kostbar, und ihr dichtes dunkelrotes Haar schwang von einer Seite zur anderen, ein verführerisches Pendel, das im Gegentakt zu ihrem Hüftschwung schlug.

Nikolai schaute mit wachem Interesse umher und machte Michael hin und wieder lächelnd und mit stummen Fingerzeigen auf das eine oder das andere sehenswerte Bauwerk aufmerksam. Nach einigen Minuten – nur drei andere Sidhe waren ihnen begegnet, alle Frauen und alle in Gewänder gehüllt, die denen Ulaths mehr oder weniger glichen – gelangten sie zu einem unregelmäßig geformten breiten Stein, der zwischen hohen Mauern in einer schattigen Nische lag. Zwei natürliche Stufen gewährten leichten Zugang zu der ebenen Oberfläche des Steines. Ulath erstieg die Stufen und sah sich nach ihnen um. »Weiß er von Trittsteinen?« fragte sie. Nikolai zuckte die Achseln.

Sie blickte Michael fragend an.

Er schüttelte den Kopf. Darauf faßte sie ihn scharf ins Auge, und durch die wundervollste Art von Gedankenübertragung, die Michael je erlebt hatte, füllte sie seinen Kopf mit den meisten wichtigen Besonderheiten der Stadt.

Um hier von einem Ort zum anderen zu kommen, stellte man sich auf einen Trittstein, der einen einfach und direkt von hier nach dort beförderte. Jeder Stein hatte sieben Korrelate. Man brauchte nur an das gewünschte Korrelat zu denken und wurde schnell hinwegbefördert. Inyas Trai kannte keinen Transport mit Fahrzeugen. Entweder ging man zu Fuß, ritt ein Pferd (von denen es in der Stadt wenige gab) oder benützte die Steine.

Sie stellten sich auf die Oberfläche. Eine vorübergehende Helligkeit hüllte sie ein, und sie standen in der Mitte eines anderen Steins auf dem Dach eines sehr hohen Gebäudes. Wind zauste Michaels Haar. Sie befanden sich auf annähernd gleicher Höhe mit dem Gipfel des zentralen Berges, und die Luft war merklich kühler als unten. Von bambusartigen schlanken Pflanzen auf einer Seite des Steins wehte ihnen ein süßer würziger Duft zu. Michael verließ den Stein als letzter; er war noch immer mit der Verarbeitung der Informationen beschäftigt, die Ulath ihm ins Bewußtsein projiziert hatte.

Die Stadtbevölkerung bestand beinahe ausschließlich aus Frauen. Männer schätzten das Stadtleben nicht; schon vor Jahrhunderten hatten sie sich in die Wälder um den Irall zurückgezogen und ließen sich – wenn überhaupt – nur selten in der Stadt blicken. Frauen regierten die Stadt; die Ban der Stunden, Ulaths Herrin, hatte eine Funktion, die etwa der einer Stadtverordneten entsprach.

Verspätet wurde Michael bewußt, daß Ulath im Prozeß der Gedankenübertragung geschickt seine Blockade umgangen und einen guten Teil persönlicher Information über ihn gewonnen hatte. Sie reagierte mit einem entschuldigenden Lächeln auf seine Erkenntnis und schritt weiter.

»Wohin gehen wir?« flüsterte er Nikolai zu.

»Zum Haus der Ban der Stunden«, sagte Nikolai. »Sie verwaltet das Stadtarchiv. Ich werde Sie mit Emma bekanntmachen, und dann werde ich meine Pilgerfahrt fortsetzen.«

»Sie erwähnten keine Pilgerfahrt.«

»Sie können gern mitkommen«, sagte Nikolai. »Ich gehe in die Berge, die Schneegesichter zu erleben. Die Jahreszeit rückt näher.«

Michael folgte ihnen durch ein Gehölz kleiner dickstämmiger Bäume, die in geordneten Reihen standen.

Sie gingen auf einem mit Ziegeln gepflasterten Weg, der zu beiden Seiten niedrige Geländer hatte. »Wer ist Emma?« fragte er.

»Sie werden schon sehen«, sagte Nikolai, und Michael sah, daß sein Gesicht die zärtlichsten Empfindungen ausdrückte. Dann kratzte sich der Russe die Wange mit den Fingernägeln und schüttelte zweifelnd den Kopf. »Sie müssen versprechen ...«

»Was versprechen?«

Nikolai schüttelte den Kopf. »Hat nichts zu sagen«, sagte er. Auf einmal hob er den Kopf, fuhr herum und zeigte mit ausgestrecktem Finger. »Haben Sie gesehen?« Ulath ging weiter, ohne sie zu beachten.

»Was soll ich gesehen haben?«

»Eine von den Arboralen der Ban. Sie pflegen ihre Bibliothek.«

»Die Bäume?«

Nikolai nickte ernst. »Kommen Sie, wir dürfen nicht zurückbleiben!«

Das Haus der Ban der Stunden war aus kunstvoll verarbeitetem und geschnitztem Holz, mit einem hohen konischen Dach, dessen untere Hälfte achteckig war und weiter oben in drei zunehmend engere Turmhauben mit jeweils drei Seiten überging. Der mittlere und höchste dieser Spitztürme war mit Messingblech gedeckt und trug eine silberne Mondsichel. Unter dem Dach sprangen zwei Seitenflügel in einem Winkel von fünfundvierzig Grad vor und flankierten einen dreieckigen Hof. Hier wuchsen Blumen in ungeordneter Fülle; Rosen aller Farben, darunter auch in Blau, verbreiteten süßen Duft und schienen die Luft auch zu wärmen. Ulath sah sich zu ihnen um.

»Die Ban der Stunden lebt seit undenklichen Zeiten hier«, sagte sie. »Schon bevor die Stadt errichtet wurde.«

»Das Haus wurde hierher verlegt«, sagte Nikolai.

Sie nahmen einen Pfad am Rand der Blumenwiese und betrachteten das Haus der Ban durch eine hohe, schmale schwarze Tür im Schnittpunkt des Dreiecks. Das Innere des achteckigen Hauptbaues bildete hier im Erdgeschoß eine große Rotunde, die von grüngeäderten schwarzen Marmorplatten gebildet wurde. Diese verhinderten den direkten Zutritt des Lichts, das durch die Fenster in der Außenwand einfiel. Weiche, flüsternde Stimmen erklangen hinter den Marmorplatten. Michael spürte, wie Dutzende von Personen sich durch zarte Einfühlung ein Bild von ihm zu machen suchten. Er wies sie freundlich zurück, und die Stimmen verstummten. Nikolai stand neben Ulath in der Mitte der Rotunde, beide schienen zu warten.

»Die Ban der Stunden ist sehr mächtig«, erläuterte Nikolai. »In ihrer Gegenwart gibt es Verwirrung, und die Zeit ist nicht dieselbe wie draußen. Aber keine Angst; sie wird uns nichts tun.«

Nach einigen Minuten neigte Ulath den Kopf. Eine große weißgekleidete Frau kam aus einem anstoßenden Durchgang und schritt über den glatten Steinboden auf sie zu. Ihr Schritt war gleitend, hoheitsvoll. Aus der Höhe im Innern der Rotunde kam ein summendes Geräusch. Michael riß seinen Blick von der Erscheinung der Ban los und schaute auf. Der Luftraum der Rotunde war erfüllt von einem Schwarm goldener Bienen. Eine eigentümliche Ruhe überkam ihn, als er die Insekten beobachtete. Kaum merkte er, daß die Ban ihn bei der Hand nahm und hinter die Marmorplatten zu einer Treppenspirale und hinauf zum zweiten Stock führte. Am Ende einer lichten Halle mit zahlreichen Fenstern kamen sie zu einem holzgetäfelten Raum, dessen Boden aus dem Stamm eines riesenhaften Baumes geschnitten und aus einem Stück war. In der Mitte der konzentrischen Jahresringe war ein breites flaches Wasserbecken. Es wurde bewacht, aber Michael konnte nicht sehen, von wem oder was. Die Ban forderte ihn auf, sich die Hände zu waschen, und als er es tat, erfüllte ein unglaubliches Parfüm den Raum mit seinem Duft.

»Wir sind in der Gegenwart eines Dichters«, sagte sie, nahm ihn bei der noch nassen Hand und führte ihn weiter in einen benachbarten Raum.

Hier waren die Wände mit feinem weißen Leinen drapiert, und geflochtene Schilfmatten bedeckten den Boden. Die Ban der Stunden breitete die Arme aus, und ihre Hände strahlten Wärme und Zauberkraft aus. Michael ging zu ihr, und sie drückte ihn an sich. »Ja, es hat Schmerzen und Irrtümer gegeben«, sagte sie. »Das ist die Art unser beider Zuhause. Aber du kennst mich, nicht wahr?«

Er kannte sie und begann leise zu weinen.

32

Stunden später, verköstigt und allein gelassen in einem bequemen Schlafzimmer am Ende des südlichen Flügels, zog Michael das Buch aus der Tasche und hielt es stirnrunzelnd in der Hand.

Er war der Ban der Stunden begegnet – aber er erinnerte sich nicht, wie sie aussah. An Ulath erinnerte er sich deutlich, auch an alle anderen Einzelheiten vor der Begegnung. Doch entsann er sich weder der äußeren Erscheinung der Ban noch des Klangs ihrer Stimme. Er hatte den Eindruck einer großen Sidhefrau, die ganz in Weiß gekleidet war, doch von welcher Art ihr Gewand gewesen war – lang, fließend, glänzend oder matt –, wußte er nicht zu sagen.

Ganz gleich, wie angestrengt er sich zu besinnen

suchte, seine Erinnerung gab nicht mehr her. Eine Nachforschung in Nikolais Gedächtnis hatte sich als fruchtlos erwiesen; die Sonden der Einfühlung waren nicht sehr gut, wenn es um die Gewinnung von Informationen über vergangene Ereignisse ging, und Nikolai hatte von der Zusammenkunft offenbar nicht viel mitbekommen.

Michaels Zimmer enthielt ein Messingbett mit einer Steppdecke, eine Waschschüssel auf einem marmornen Tisch und mehrere gerahmte Gemälde, die Landschaften und Szenen von der Erde zeigten. Erst nach längerer Betrachtung wurde ihm klar, daß die Gemälde echte Corots waren, mit einem Turner dazwischen. Also war die Ban der Stunden eine Kennerin irdischer Dinge – einschließlich seiner selbst, wie es schien.

Er kleidete sich aus und wusch sich mit Wasser aus der Schüssel. Wieder erfüllte der starke Parfümduft den Raum; und wie ein Katalysator öffnete der Duft die Tore der Erinnerung weit genug, um den Blick auf einen Ausschnitt freizugeben.

Die Ban hob den Blick und betrachtete Michael mit einem warmen Lächeln, das Grübchen neben ihren Mundwinkeln bildete. Ihre Augen standen ein wenig schräg, waren mandelförmig und von einem Saphirblau, das winzige Silberfleckchen zu enthalten schien. »Du bist entschlossen, um jeden Preis den Isomagus aufzusuchen?«

Michael nickte.

»Auch wenn es dich zum Werkzeug jener macht, von denen du nichts weißt?«

Wieder nickte er, aber weniger bestimmt. Die Ban seufzte und beugte sich über die rankenartige Einlegearbeit einer Tischplatte. Zwischen ihnen stand eine Schale mit geschnittenen und entkernten Früchten.

Der Ausschnitt endete. Er trocknete sich ab und kroch

unter die weiche Decke. Die Laken waren zuerst kühl, wärmten sich aber allmählich an seiner bloßen Haut.

Morgen, dachte er, wollte Nikolai ihn mit Emma bekanntmachen – wer immer das war –, und dann würden sie sich für die Reise bereit machen.

Die Ban hatte die Reise gebilligt, soviel erinnerte er sich auch. Was das Pferd anging, so hatte Ulath gesagt, es sei in guter Obhut bei Pferdeknechten. Es habe, so hatte sie angedeutet, von den Hufen bis zum Fell gute Pflege dringend nötig.

»Kein Sidhe schriebe jemals Geschichte nieder und würde sie in einem Buch aufbewahren«, sagte Nikolai beim Frühstück. »Geschriebene Worte binden. Ein langes Gedächtnis ist besser. Dann bleibt die Vergangenheit lebendig; sie kann sich verändern wie jedes Lebewesen.«

»Also erinnern sich die Bäume?« Plötzlich fiel ihm ein, daß die Ban ihm von Emma Livry erzählt hatte ... aber was war es gewesen?

Ulath brachte eine Schale mit zubereiteten Früchten, lächelte ihnen zu und stellte sie auf den Tisch. »Die Beeindruckten erinnern sich«, bemerkte sie. »Sidhe wie ich, die der Ban gedient haben. Wenn wir die Zeit ihrer Nützlichkeit in ihrem Dienst überdauert haben, lassen wir uns in das Holz einprägen. Es ist angenehm, heißt es, von allen Sorgen und Pflichten entbunden zu sein und nur die Vergangenheit bewachen zu müssen, bewachen und in Ehren halten.«

Die Sonne schien hell in das Kristallfenster des Refektoriums. Überall ringsum ruhten Sidhefrauen in einer verwirrenden Vielfalt der Kleidung und Hautfarbe und aßen mit Anstand und Schicklichkeit im Liegen, wie es die alten Römer einst getan hatten. Nikolai ruhte neben Michael, auf einen Ellbogen gestützt, schälte einen Apfel und nickte. »Ich habe mir oft Gedanken darüber gemacht, von welcher Art das reine geistige Leben wäre«, sagte er. »Säle von Erinnerungen, Korridore der Gedanken.«

Ulath hatte sich neben ihnen niedergelassen und betrachtete Michael mit einer Aufmerksamkeit, die ihn verlegen machte. Er ließ sein Stück Brot fallen und wollte es aufheben, doch hielt Ulath seine Hand zurück.

»Die Ban ist beeindruckt«, sagte sie. »Sie macht sich Gedanken über dich. Du kommst zu uns, ausgebildet wie ein Sidhe, reitest ein Sidehepferd. Kein Mensch hat das jemals hier im Reich getan. Wir alle sind neugierig.« Sie wies zu den anderen Frauen im Refektorium.

»Sieh einer an«, sagte Nikolai und steckte sich einen Pfirsich in den Mund. »Wenn es so weitergeht, werde ich noch eifersüchtig auf Sie, junger Freund.«

»Du bist vor kurzem noch auf der Erde gewesen«, fuhr Ulath fort. »Wie ist es dort?«

Michael blickte unbehaglich umher und merkte, daß alle zuhörten. »Ah, viele Menschen gibt es jetzt«, sagte er. Das schien kaum ausreichend. »Wir sind auf dem Mond gewesen.«

»Ich war einmal auf dem Mond«, sagte Ulath. »Liebliche Gärten dort.«

»Wie bitte?« Michael wischte Fruchtsaft von seinen Händen an eine weiße Leinenserviette. Die Wände im Zimmer der Ban ...

– Emma Livry, auch nur eine Schachfigur.

»Das hört sich nicht nach unserem Mond an«, sagte er, nachdem er sich erholt hatte. »Er ist tot. Keine Luft, kein Wasser.«

»Es gibt Gärten für jene, die sehen«, sagte Ulath.

»Ulath ist weit herumgekommen«, vertraute Nikolai ihm an. »Sie kannte König Artus persönlich.«

Ulath warf ihm einen sanft mißbilligenden Blick zu

und wandte sich wieder an Michael: »Wir alle haben versucht, in dir zu lesen, aber keine von uns ist sehr erfolgreich gewesen.«

»So?« Michael hatte geglaubt, Ulath habe ihn sehr gründlich geröntgt.

»Nicht, soweit es deine Motivationen und Pläne betrifft. In Inyas Trai gilt es als höflich, offen zu sein. Nikolai ist sehr offen.«

»Ich habe nichts zu verbergen«, sagte Nikolai und zwinkerte ihr zu. »Es sei denn, es wären welche von den Männern in der Nähe.«

»Es sind jetzt keine hier«, sagte Ulath. »Wir sind neugierig, mehr über Michael zu erfahren ...«

Michael hielt es nicht für weise, sich völlig zu öffnen. Er erzählte ihnen, daß er durch einen Zufall ins Reich gekommen sei. Er erwähnte Arno Waltiris Musik, überging aber vieles, was danach geschehen war, erwähnte die Kranichfrauen nur flüchtig und erzählte ihnen um so ausführlicher von Lin Piao Tai, ohne jedoch das Buch zu erwähnen. Ulath lauschte aufmerksam, und als Michael geendet hatte, legte sie ihm die Hand auf den Arm. Ihre Berührung war kühl und elektrisierend, ganz anders als Eleuths.

– Und als die Berührung der Ban der Stunde.

»Nun, wir sollten gehen«, sagte Nikolai ein wenig barsch, stand auf und strich sich die Kleider glatt. »Ich werde Sie mit Emma bekanntmachen.«

Ein gutes Stück vom Haus der Ban, jenseits der Baumhaine, kamen sie zu einem kleinen, von Pappeln und Lärchen umstandenen Schlößchen. Auf einer Seite zerstreute ein spiegelglatter See das Licht der Morgensonne in einem diffusen Schimmer. Schwäne glitten langsam über den See, und ihre sich ausbreitenden Wellenriffel bewegten leise die schwimmenden Inseln der Seerosen.

Eine schwere hölzerne Tür war in einen Torbogen eingelassen, der wie ein Kirchenportal zu beiden Seiten mit in Stein gemeißelten Heiligenfiguren geschmückt war. Michael war nie zur Kirche gegangen und erkannte sie nicht, aber Nikolai bekreuzigte sich vor einer in Augenhöhe stehenden Figur und murmelte: »Der heilige Petrus.« Darauf ergriff er den schweren eisernen Türklopfer, der die Gestalt eines Drachenkopfes hatte, und schlug zweimal an die Tür. »Sie ist ganz bezaubernd«, sagte er zu Michael, während sie warteten.

Die Tür wurde geöffnet. Ein kleines dünnes Gesicht, eingerahmt von glattem schwarzen Haar, spähte mit scharfen dunklen Augen aus dem Türspalt. »Nikolai!« krächzte das Gesicht, und die Tür wurde aufgestoßen.

Es war so etwas wie eine Frau. Sie war kaum einen Meter zwanzig groß, dünn wie ein Grashalm, und trug ein schwarzes Gewand mit langen Ärmeln. Ihre skelettartigen Hände steckten in weißen Handschuhen. Ihre Mundwinkel waren herabgezogen, und ihre hochgezogenen forschenden Brauen hielten für Michael eine Botschaft bereit: Ich bin leicht verletzlich, verdirb es nicht mit mir, ich beiße instinktiv.

»Ist Emma zu sprechen?« fragte Nikolai.

»Für dich immer«, sagte die Frau. »Aber wer ist das?« Sie schaute Michael an, als ob er einer von der Katze ins Haus geschleppte Gartenschnecke wäre.

»Ein Bekannter«, sagte Nikolai. »Von der Erde, Marie.«

Marie schien ein wenig besänftigt. »Kürzlich?«

Michael nickte.

»Dann kommen Sie mit«, sagte sie. »Sie ist oben und tanzt.«

Sie folgten Marie die Treppe hinauf zum zweiten Stock. Am Ende eines kurzen Korridors mit blaugrauen Wänden fanden sie eine halboffene Flügeltür. Marie öffnete sie. »Emma!« rief sie barsch. »Wir haben Gäste. Nikolai ... und einen Bekannten von ihm.«

Der Raum hatte viel Ähnlichkeit mit Lamias Tanzsaal im oberen Stockwerk ihres Hauses, war jedoch kleiner und empfing Tageslicht und Sonnenschein durch zwei Dachfenster.

Auf einer Seite stand ein Mädchen, das nicht viel älter als Michael sein konnte, in einem Tanzkleid, das bis in die Mitte der Waden reichte. Ihr schwarzes Haar war zurückgekämmt und im Nacken zu einem Knoten aufgesteckt. Ihr langer anmutiger Hals und ihre Arme waren ausdrucksvoll wie die Schwäne auf dem See draußen. Sie ließ sich von ihrer Zehenspitze herab und eilte herbei, Nikolai zu umarmen. *»Mon cher ami!«* rief sie. »Wie freue ich mich, dich zu sehen!«

Darauf trat sie einen Schritt zurück, faßte ihn bei den Händen und wirbelte ihn einmal herum, dann wandte sie sich Michael zu.

»Schenke ihm keine Beachtung, er ist ein Herzensbrecher«, sagte Nikolai. »Ich weiß es.«

»Ein Mensch!« sagte Emma erfreut. Sie streckte ihm die Hand hin, und Michael nahm sie. Sie war warm und zart wie eine Blume. Ein wenig blasser als die Finger war jedoch der Handrücken, wo die Haut schwieliges Narbengewebe wie von einer längst verheilten Brandwunde erkennen ließ.

»Von der Erde«, sagte Marie. »Kürzlich.«

»Oh! *C'est merveilleux!«* Sie klatschte mit kindlicher Freude in die Hände. »Nikolai, und du hast ihn gefunden und hergebracht, daß er mit uns sprechen und uns von der Heimat erzählen kann.«

»Zum Teil«, sagte Nikolai. Zu Michael gewandt, fügte er vertraulich hinzu: »Ich würde alles tun, um Emma glücklich zu machen.«

Marie brachte einen kleinen Tisch herein, und sie zogen Holzstühle von der Wand herüber und setzten sich. »Marie«, sagte Emma, »bring Wein und etwas von dem köstlichen Kuchen, den die Ban uns gegeben hat.«

Sie wandte sich Michael zu und schenkte ihm ein verwirrendes Lächeln, dann schloß sie die Augen und zappelte vor Vergnügen. »Woher kommen Sie?«

»Kalifornien.«

»Kenne ich ... Kalifornien? Ja, freilich! In *les États Unies*. Ich bin niemals dort gewesen. Es ist eine Wüste, und sehr trocken, nicht wahr?«

Marie brachte Kuchen, Wein und Gläser, schenkte ein und servierte. Der Kuchen war allem Anschein nach aus süßem Buchweizenmehl. Als Michael die Neugierde seiner Gastgeberin über Kalifornien befriedigt hatte, fragte sie ihn, ob er jemals in Frankreich gewesen sei. Als er verneinte, machte sie ein enttäuschtes Gesicht.

»Können Sie mir irgend etwas über Frankreich sagen, wie es ist? Welches Jahr zählt man heute?«

»1985, als ich die Erde verließ«, sagte Michael.

»Verließ? Sie verließen die Erde freiwillig? Oh ... ich wurde entführt. Nicht, daß ich undankbar wäre.« Eine kleine Weile sah es so aus, als wollte sie in Tränen ausbrechen, aber das war rasch überwunden, ihre Miene heiterte sich wieder auf, und sie berührte seine Hand. Nikolai sah es mit unverhohlener Eifersucht. »Also, wie war Paris, wie Frankreich, als Sie abreisten? Ich habe so viele Fragen!«

Michael blickte hilfesuchend zu Nikolai. »Wann verließ ... ah ... Emma ihre Heimat?«

»1863«, erwiderte der Jäger düster. »Ein schlechtes Jahr für sie.«

»Sehr schlecht«, sagte Emma, aber nicht so, als ob es sie noch schmerzte. »Also sind es jetzt mehr als hundertzwanzig Jahre. Ich habe die Zeit kaum bemerkt.

Man ist gut zu mir gewesen, aber manchmal denke ich, daß ich ihr Spielzeug bin.«

»Sie lieben dich«, sagte Nikolai, dann zog er die Brauen in die Höhe und schürzte die Lippen. »Soweit sie lieben können, nehme ich an.«

»Ich tanze für sie«, sagte Emma. »Ihre Einstellung ist so komisch! Sie sagen mir, daß Sidhe mit viel besserer Körperbeherrschung, Anmut und sogar Spontaneität tanzen können, als ich es kann, aber das ist nur zu erwarten. Ich tanze, so sagen sie, mit einem besonderen Zauber, weil ich über keine Magie verfüge! Es sei alles körperlich, keine Zauberei, keine Illusion. Ach, wäre ich auf Erden geblieben ...«

»Wärst du auf Erden geblieben«, sagte Marie, »wärst du längst tot.«

»Aber wenn das nicht geschehen wäre!« fuhr Emma unbeeindruckt fort. »Nikolai sagt, ich hätte die Kunst des Tanzes verändert! Das heißt, die Form des klassischen Balletts.«

»Du bist eine Legende«, sagte Nikolai. »Michael versteht leider nichts vom Tanz. Er ist ein Dichter. Das sagte die Ban uns.«

»Dann werde ich euch einen Tanz zeigen«, sagte Emma.

»Für heute hast du genug geübt«, widersprach Marie. »Du darfst nicht übertreiben.«

»Marie ist manchmal so töricht«, sagte Emma kichernd. »Sie vergißt. Hier kann ich nicht übertreiben! Sie schützen mich. Ulath, die Ban ... Ich komme mir vor wie eine ... wie was? Wie eine Blume in einem Herbarium, unter einer Glasscheibe.« Sie warf in kecker Gebärde den Kopf zurück. »Ich bin so empfindlich, ein so zerbrechliches kleines Spielzeug. Nur Nikolai sieht mich nicht so. Er weiß, daß Ballettänzer zäh und kräftig sind.«

»Du bist die Schwester, die ich nie hatte«, sagte Nikolai. »Ich bin älter als er, nicht wahr?« fragte Emma und blickte in die Runde. »Er ist nach mir von der Erde gekommen, also bin ich älter. Sie müssen diesen Ort sehr seltsam finden, Michael, nicht wahr?

Aber egal. Wenn Sie wollen, werde ich für Sie tanzen, vielleicht wenn die Ban darum ersucht ... oder jederzeit.«

Nikolai antwortete ihr, daß sie bald aufbrechen müßten, und sie folgte ihnen zur Tür und schaute sehr bekümmert drein, bis sie ihnen eine Kußhand zuwarf, lächelte und wieder die Treppe hinauflief. Marie starrte ihnen hoffnungslos nach und schloß das Tor.

»Wie ist sie hierhergekommen?« fragte Michael. »Wie Sie, wie die anderen?«

»Nein. Die Sidhe brachten sie her, vielleicht die Ban oder Ulath oder eine andere. Sie ist Emma Livry; sagt Ihnen der Name nichts?«

»Ich habe den Namen gehört ...«, log Michael. »Die Ban ...«

»Emma Livry, eine der besten Tänzerinnen ihrer Zeit; aber sie hatte nicht die Gelegenheit, sich so zu entfalten, wie ihr Talent es versprach. Sie war erst zwanzig Jahre alt, ein schönes Mädchen. Ihr Kleid geriet an eine Gasflamme und fing Feuer. Sie erlitt schreckliche Verbrennungen.« Er verzog das Gesicht. »Ich weiß nicht genau, wie es geschah, aber die Sidhe von Inyas Trai kamen zu ihr und holten sie. Sie heilten sie und behielten sie hier. Emma begeisterte sie mit ihrer Jugend und Schönheit, mit ihrer Kunst.« Er holte tief Atem. »Manchmal tun sogar die Sidhe etwas Lohnendes.«

Emma Livry ... Plötzlich stand die Erinnerung an seine Zusammenkunft mit der Ban ganz klar vor ihm. Sogar an jedes ihrer Worte erinnerte er sich:

»Ich glaube die Vermutung wagen zu können, daß

Nikolai vom wirklichen Geschehen beinahe so wenig weiß wie du. Dieser Streit um Machtlieder ... um die Frage der Menschen ... er dauerte Jahrhunderte.«

»Ich weiß einiges darüber«, sagte Michael.

»Gut. Dann bist du nicht völlig ungelehrt. Das war eine unbedeutende Episode, Menschenkind. Es hat bei weitem grausamere und sinnlosere Episoden gegeben. Nikolai wird dir ohne Zweifel sagen, daß Emma eine sehr vielversprechende junge Ballettänzerin war, die einem unglücklichen Unfall zum Opfer fiel. Es war kein Unfall.

Schon frühzeitig in ihrer Karriere trat David Clarkham an sie heran. Freilich trug er damals einen anderen Namen ...«

»So alt ist er?«

»Noch älter. Weißt du, wer oder was Clarkham ist?«

»Ich weiß nur, daß er sich Isomagus nennt.«

Sie lächelte wieder, und in ihrem Lächeln lag eine völlig verschiedene Bedeutung. »Er kam zu ihr mit Plänen für ein großes Ballett, in welchem sie die Primaballerina sein sollte. Sie sollte darin ein ganz revolutionäres Solo tanzen. Und in diesem Solo wollte Clarkham eine weitere Form des Machtliedes verkörpern. Nicht als Architektur, nicht als Dichtung, sondern als Tanz. Er wußte, daß der *Maln* keine Mühe gescheut hatte, um die Übergabe eines Machtliedes an die Menschen zu verhindern, denn schon in ferner Vergangenheit hatte man erkannt, wozu Menschen imstande wären, wenn sie über dieses Mittel geböten. Sie könnten nicht nur die verbliebenen Sidhe von der Erde verjagen, sondern das Reich und die Erde wiedervereinigen. Zuerst sabotierte der *Maln* die eigenen früheren Pläne, indem er eine Person von Porlock zu Coleridge sandte. Als Clarkham den Plan faßte, sich durch ein Lied zu noch größerer Macht zu verhelfen, war ihm bewußt, daß er einen großen Künstler zur

Darstellung benötigte. Emma Livry war seine erste Wahl. Mitglieder des *Maln* kamen ihm jedoch auf die Schliche, und bevor sie in seinem Ballett tanzen konnte, arrangierte man ihren Unfall.«

»Warum tötete man Clarkham nicht einfach?«

»Er war viel zu stark.«

»Aber Menschen, heißt es, sollen nicht imstande sein, starke Magie zu wirken.«

»Erst jetzt ziehst du Clarkhams Charakter und Fähigkeiten in Zweifel?«

Michael mochte darauf nicht eingehen. »Was hat man ihr angetan?«

»Sie trug ein Kleid aus unbehandeltem Tarlatan. Nach ihrem Willen sollte es rein weiß sein, ohne die Trübung durch ein Mittel, das die leichte Entzündbarkeit des Baumwollstoffes hemmen würde. Sie wartete hinter der Bühne auf ihren Auftritt. Man brauchte nur eine Gasflamme voll aufzudrehen, so daß eine Stichflamme entstand, als sie ihr Kleid aufplusterte. Im Nu wurde sie zu einer Feuersäule. Sie rannte über die Bühne, aber der Wind fachte die Flammen nur noch stärker an. Sie war wie ein Schmetterling, der in eine Kerzenflamme gerät. Armer Schmetterling ...« Die Ban schlug den Blick nieder. »Acht Monate lang litt sie Qualen, es war nicht abzusehen, ob sie leben oder sterben würde. So hingebungsvoll diente sie dem Kunstideal, so rein war sie, daß sie Pantomimiker einlud, um zu sehen, wie sie sich vor Schmerzen wand, damit sie die Wirklichkeit des Schmerzes besser verstünden.«

Michael machte ein Gesicht und schüttelte den Kopf.

»Der Gedanke ist dir zuwider?«

»Das ist – grotesk.«

»Vielleicht für jemandem mit unvollkommenem Verstehen. Aber ein Sidhe versteht. Es gibt nichts als das Lied, und alle Dinge sind das Lied. Schließlich wurde sogar der *Maln* von Mitleid gerührt, und wir erhielten die Erlaubnis, sie vom Schmerz zu befreien. Wir hinterließen an ihrer Stelle einen Wechselbalg, der für sie starb, und heilten sie unter der Bedingung, daß sie Inyas Trai niemals verlassen würde. Sie hatte sich daran gehalten. Wir schätzen sie sehr. Es ist bekannt, daß sogar Tarax zu ihr gekommen ist, um sie tanzen zu sehen, und Tarax haßt deine Art mit bitterer Leidenschaft.«

Die Ban hob die Hände vom Tisch und stand auf.

»Bedeutet das, daß ich in Gefahr bin?«

Sie sagte nichts, sah ihn nur an, blickte durch ihn hindurch zu wichtigeren Problemen. »Du bist eine Schachfigur«, sagte sie, »inmitten der großen Kräfte, die an einem über Zeitalter hinwegreichenden Ringen beteiligt sind. Du bist besser ausgestattet als die meisten, aber du bist noch immer unwissend, und es ist nicht an mir, dich zu belehren.« Sie blickte ihn freundlich an. »Obwohl du an meinen Busen kommst und dich in Träumen meiner erinnerst und mich als die erkennst, welche ich in vergangenen Zeitaltern für deinesgleichen gewesen bin, hat auch meine Macht ihre Grenzen, kann ich dich außerhalb des Bereichs, in dem Adonnas Wort gilt, nicht schützen.«

Nikolai berührte seine Schulter. »Lassen Sie den Kopf nicht hängen, junger Freund«, sagte er. »Sie sehen beunruhigt aus. Fehlt Ihnen etwas?«

Michael schüttelte den Kopf. »Nein. Noch nicht.«

33

Der Trittstein, wo ihre Pilgerfahrt beginnen sollte, lag am Nordrand des Haines, der als historisches Archiv diente. Niemand begleitete Michael und Nikolai. Der letztere hatte sich zum Schutz gegen die erwartete Kälte mit warmer Kleidung eingedeckt; Michaels Kleider waren erheblich leichter.

Arborale, mit der Pflege der Bäume beschäftigt, standen im Schatten ihrer Schützlinge, grüne und nackte Männer und Frauen. Sie sahen stumm herüber, als die beiden vorübergingen. »Ich habe sie recht gern«, sagte Nikolai. »Sie tun ihre Arbeit, belästigen niemanden, beklagen sich nie und sind der Ban treu. Ich könnte hier unter ihnen leben und ganz glücklich sein.«

»Warum bleiben Sie nicht in der Stadt?« fragte Michael.

»Ach, das steht auf einem anderen Blatt. Die Stadt ist voller Spannungen. Die Männer verbringen die meiste Zeit in den Wäldern oder in den Bergen um den Irall. Dann herrscht hier Friede. Aber die Männer kehren zu ihrem *Kaeli* zurück, und dann muß die Ban aufpassen, daß ihre Menschen und Mischlinge nicht gejagt, aufgespürt und fortgeschleppt werden.«

»Aber Tarax sah Emma Livry tanzen.«

»Tarax, Freund, weiß nichts über Sie und mich. Emma mag er dulden, solange die Ban eine Macht ausübt, die der seinigen gleichkommt – aber die Ban kann nichts zu unserem Schutz tun, wenn wir gefunden werden.«

»Also genießen Emma und Marie eine Vorzugsbehandlung ... Wie kam Marie hierher?«

»Sie ist immer hier gewesen und hat für Emma gesorgt. Ich habe nie gefragt.« Nikolai warf ihm einen strengen Seitenblick zu. »Vielleicht sollten Sie es auch nicht tun.«

»Sind Sie verärgert über mich?« fragte Michael. Der Trittstein kam hinter einem schmalen Streifen von Schößlingen in Sicht.

Nikolai holte tief Luft. »Nein. Eifersüchtig, vielleicht. Besorgt. Sie sind eine ... auffallende Erscheinung.

Alle scheinen Sie zärtlich zu lieben, was mir nie widerfuhr.«

»Trotzdem wird die Ban mich nicht schützen, so wenig wie sie Sie schützen wird.«

»Ich habe nie mit ihr gesprochen«, sagte Nikolai. »Nicht, daß ich mich erinnern könnte. Und Sie haben es schon beim ersten Besuch getan. Lassen Sie sich eins gesagt sein: Diejenigen, welche die Aufmerksamkeit der Sidhe auf sich ziehen, gewärtigen zwei mögliche Schicksale. Das erste ist Gefangenschaft, vielleicht Erniedrigung. Emma ist gefangen, aber nicht erniedrigt, jedenfalls nicht in einer Weise, die wir verstehen, und so wird sie es nie wissen. Sie tanzt; wie sie sagt, ist sie wie eine Blume in einem Herbarium. Ich glaube, es macht ihr Freude, die Blume zu sein, sich ganz auf den Tanz konzentrieren zu können. Mir gefiele das nicht. Die Sidhe dulden mich, schätzen mich vielleicht, sind aber nicht von mir angezogen.«

»Was ist das zweite mögliche Schicksal?«

»Ich weiß nicht«, sagte Nikolai. »Vielleicht, was Clarkham widerfahren ist.«

»Ist er ein Mensch?«

Nikolai sah ihn unter hochgezogener Braue von der Seite an. »Ich glaube, Sie wissen mehr über ihn als ich.«

»Ich weiß nicht alles. Er muß schon sehr lange leben, und er scheint eine Menge über Zauberei zu wissen.«

Nikolai seufzte. »Nun, wenigstens diese Reise wollen wir leichten Herzens unternehmen. Die Ban hat zugestimmt, und auf einer Reise, die unter ihrem Schutz steht, kann nicht viel passieren.«

»Nikolai, haben Sie die Ban einmal gesehen, und erinnern Sie sich, wie sie aussieht?«

»Nein.« Der Trittstein lag verlassen, ein dunkler Block mit ebener Oberseite, der auf einer runden weißen Kiesfläche ruhte. Wolken zogen über den Himmel, verdeckten die Sonne. Der Wind trug Blumenduft von den Gärten um das Haus der Ban herüber. »Niemand weiß wirklich, wie sie aussieht, ausgenommen vielleicht Ulath. Es ist ihre Waffe gegen Tarax und den *Maln.*«

Nikolai stieg auf den Stein und ergriff Michaels Hand. Er zog sanft, und Michael stand neben ihm. Kaum hatten sie die Mitte des Steins betreten, da sahen sie sich unvermittelt von klirrender Kälte eingehüllt.

Blendendes Weiß nahm Michael augenblicklich die Sicht. Er bedeckte die Augen mit den Händen und tastete zur anderen Seite des Trittsteins. Nikolai nahm ihn beim Arm und führte ihn hinab in den Windschutz einer Felswand. »Das kam überraschend«, sagte Michael. Er rieb sich die Augen, nahm die Hände weg und blinzelte vorsichtig.

»Viel kälter als bei meinem Besuch in der letzten Saison«, bemerkte Nikolai. Der Trittstein ruhte am Rand einer breiten Felsbank und bot einen Ausblick über hohe zerrissene Gipfel und Grate. Schnee erfüllte die Mulden und Kare zwischen den Gipfeln, schimmernd und glatt wie die Oberfläche eines Kübels Milch. Der heulende Wind wirbelte Schneeflocken durch die Luft und schien die Wände ihres Unterschlupfs mit seinen Stößen in vibrierende Bewegung zu bringen.

»Wie weit haben wir von hier aus zu gehen?« fragte Michael. Er bemühte sich bereits, sein *hyloka* aufzubieten.

»Eineinhalb bis zwei Kilometer. Wir warten auf die anderen. Man soll niemals allein reisen, insbesondere nicht bei derartigem Wetter. Adonna muß heute schlimme Zahnschmerzen haben.« Er grinste und befreite einen Sitz auf einem bankförmigen Block von angetriebenem Schnee. Das Innere des überhängenden Unterstands lag in grauem Halbdunkel und war mit angewehtem Schnee überpudert. »Werden Sie nicht frieren? Ulath schien zu glauben, daß Sie keine Schwierigkeiten haben würden. Die Sidhe können nackt hierherkommen, wenn sie wollen. Sie vielleicht auch?«

Sein *hyloka* begann endlich zu wirken. »Sorgen Sie sich nicht um mich«, sagte er. Sowie er fühlte, daß seine Hose warm wurde, drosselte er seine Temperatur. Dies war schwerlich der Ort, den Zwischenfall vor Helenas Wohnung zu wiederholen.

Nikolai legte die behandschuhten Hände ineinander und starrte eine Weile auf den unebenen schwarzen Steinboden. Dann schnupfte er und blickte zu Michael herüber. »Wovor fürchten Sie sich am meisten?« fragte er.

Michael zuckte die Achseln. »Da gibt es alles mögliche; warum?«

Nikolai schaute hinaus ins Schneetreiben. »Zur Unterhaltung.«

»Und Sie? Wovor fürchten Sie sich am meisten?«

»Ich gebe zu, daß ich mich fürchte, hier zu sterben. Wenn ich hier zugrunde gehe, werde ich zu nichts. Ich kehre niemals zurück zur Erde. Darum fürchte ich, nicht gut genug zu sein, um am Leben zu bleiben. Ich weiß, daß ich dies fürchte, und ich lebe damit. Aber Sie ... Sie wissen vielleicht nicht, wovor Sie sich fürchten.«

Michael dachte an die bergenden warmen Arme der Ban. »Es gibt vieles, was ich fürchte, wie ich sagte.«

»Was fürchten Sie besonders?«

»Ich überlege ja; drängen Sie mich nicht.« Er blickte zum Felsenüberhang auf. »Ich weiß. Ich fürchte mich davor, normal zu sein.«

Nikolai grinste breit. »Gott sei Dank. Ich sorgte mich schon, daß Sie es vielleicht nicht wüßten. Dann wären Sie eine Gefahr. Was werden Sie mit Ihrer Furcht anfangen?«

»Vermeiden, normal zu sein.«

»Und wenn es Ihnen gelingt?«

Michael lachte, fühlte, wie die Kälte in seinem Magen sich auflöste. »Dann wird es mir leid tun, daß ich es so schwierig habe, mit Leuten zurechtzukommen. Mit den Sidhe, mit Frauen, meinen Freunden ... mit allen.«

Nikolai stand auf und spähte um die Ecke des Unterschlupfs. »Sie kommen. Machen Sie sich auf was gefaßt. Hier taucht alles mögliche auf.«

»Was sind die Schneegesichter?«

Nikolai setzte sich wieder. »Ein Geheimnis. In einer Welt, wo uns alles ein Geheimnis ist, können wir etwas sehen, was sogar für die Sidhe geheimnisvoll ist. Das gefällt mir. Deshalb komme ich hierher.«

Der erste Pilger, der zu ihnen unter den Überhang trat, glich einem Gespenst, so lang und skeletthaft dünn war er. Michael bemerkte rotes Haar unter einer weißen Kapuze und die blaßgrauen Augen eines reinblütigen Sidhe. Doch der Blick, mit dem der Pilger Michael und Nikolai bedachte, enthielt keine Bedrohung, nur tiefe Erschöpfung – des Körpers wie des Geistes. Michael versuchte es mit Einfühlung, sah jedoch nichts als Dunkelheit, als sei sogar die Erinnerung erloschen. Der Sidhe nickte Nikolai freundlich zu und kniete auf dem Felsboden nieder.

Nach und nach trafen fünf andere ein: drei weitere Sidhe, ein Mensch – dick vermummt in weiße Kleider – und ein Halbblut. Das Halbblut war ein kräftig aussehender junger Mann, hochgewachsen und mit borstigem fahlblonden Haar, der ähnlich wie Michael gekleidet ging. Auf den ersten Blick konnte Michael nicht beurteilen, ob der Mensch Mann oder Frau war, alt oder jung. Er trug zwei hölzerne Schalen über den Augen, in die Sehschlitze geschnitten waren – eine Vorsichtsmaßnahme gegen Schneeblindheit. Als Michael seinen geistigen Fühler in die Psyche des Menschen ausstreckte, zuckte er wie verbrannt zurück.

Niemals hatte er solch unverhüllte geistige Qual und Häßlichkeit berührt. Er gewann den Eindruck von fauligen Krebsgeschwüren und Lepra, kriechendem Ungeziefer und ungeheuerlicher, alles verzehrender Gier.

Die fünf neuen Pilger versammelten sich im Windschutz des Felsenüberhangs. Die drei Sidhe legten ihre Kleidungsstücke ab und standen nackt im Halbdunkel, ohne die anderen mehr als eines flüchtigen Blickes zu würdigen. Der erschöpft aussehende Mann musterte Michael aus eingesunkenen Augen, dann fühlte er behutsam in sein Gedächtnis. Um höflich zu sein, gewährte Michael ihm Zugang zu bestimmten Sektoren – Sprache, ungefähre Herkunft.

Nikolai kannte sie anscheinend von früher und machte sie mit Michael bekannt. »Dies sind Harka, Tik und Dour.« Harka, der erschöpft aussehende Sidhe, nickte. Tik und Dour mochten gerade erst zur Reife gelangt sein; sie waren jünger und robuster, und ihnen fehlte der ruhige, matte Gleichmut der älteren Sidhe. »Der so vermummt ist, das ist Schapur – den Nachnamen habe ich vergessen ...«

»Agajinian«, drang eine undeutliche Stimme durch die Umhüllungen. Sie klang jedoch angenehm und bildete einen überraschenden Widerspruch zu dem, was Michael im Innern flüchtig berührt hatte.

»Ich glaube nicht, daß wir einander schon begegnet sind«, sagte Nikolai zu dem Halbblut.

»Bek«, sagte das Halbblut und hob grüßend die Hand. »Mein erstes Mal. Wann brechen wir auf?«

»Sobald der Wind nachläßt«, sagte Schapur. Seine Stimme kam Michael jedesmal, wenn er sprach, schöner vor, ähnlich der Stimme eines Sidhe. Michael überlegte, ob er in der ersten Einfühlung geirrt haben könnte, und versuchte es wieder. Die Gemeinheit und der Schmutz waren unbeschreiblich, und einen Augenblick lang kämpfte er mit dem Erbrechen. Der Sidhe hielt sich von Schapur fern, der nichts weiter sagte.

Nikolai bemühte sich, ein Gespräch in Gang zu halten, mußte seine Anstrengungen jedoch aufgeben. Alle saßen oder standen stumm unter dem Felsüberhang, während das Brausen des Windes und das Rumpeln ferner Lawinen die Luft erfüllten.

Das Tageslicht verging, und unter ihrem notdürftigen Schutzdach wurde es noch dunkler. Endlich ließen die wütenden Böen nach, der Wind schlief allmählich ein und hinterließ nur ein hohles, verblassendes Echo, wie das Stöhnen eines sterbenden Pferdes. Die Stille war vollkommen, so absolut, daß sie ihr eigenes Geräusch zu haben schien, als Michaels Ohren sich angepaßt hatten. Schapur verließ den Unterstand, spähte um den Felsen und machte sich auf den Weg. Bek folgte, dann Harka, Tik und Dour. Nikolai und Michael bildeten den Schluß.

»Manchmal denke ich, daß dies eine schändliche Sache für sie ist«, sagte Nikolai mit einem Kopfnicken zu den vorausstapfenden Gestalten. »Ich frage mich, warum sie überhaupt kommen. Mit Harka wird es jedes Jahr schlimmer. Wäre er ein Mensch, würde ich sagen, daß er dem Tode nahe sei, aber Sidhe kennen keine körperlichen Krankheiten.«

»Sein Inneres ist leer«, sagte Michael. »Vielleicht haben Sidhe eine andere Art und Weise, krank zu werden. Was fehlt diesem Schapur?«

»Ach!« Nikolai schüttelte den Kopf. »Er ist verflucht. Wie ich durchwandert er das Reich, aber einmal fingen ihn die Sidhe. Er entkam, doch vorher hatten sie ihren Spaß mit ihm.« Die dick vermummte Gestalt drehte sich steif um und blickte für einen Moment zu ihnen zurück. Nikolai schürzte die Lippen und sagte nichts mehr.

Der Pfad folgte den Konturen einer nahezu senkrechten Granitwand. Tief unter ihnen ragten Felsspitzen aus wogenden Nebeln. Ihre Füße knirschten auf dem Schnee, der in Verwehungen längs des Weges lag, und ihr Atem bildete in der Kälte dichte Wolken, die jeden wie eine Fahne begleiteten.

Tik, Dour und Harka wurden langsamer. Sie hatten eine Stelle erreicht, wo die Felsbank sich zu einem schmalen Sims verengte. Sie kehrten dem Abgrund die Rücken zu und bewegten sich seitwärts die Felsen entlang. An einem Punkt mußten sie schrittweise eine Kluft überschreiten, wo der Sims abgebrochen war. Schapur, Michael und Nikolai hatten mehr Schwierigkeiten, diese Kluft zu überwinden, und Nikolais Fuß glitt auf der anderen Seite im festgetretenen eisglatten Schnee aus. Michael konnte gerade noch seine hilfesuchende Hand ergreifen und ihn vor dem Absturz bewahren. Bald verbreiterte sich der Sims, und sie lehnten mit den Gesichtern am eisigen Fels und atmeten tief.

»Diese Lücke war letztes Mal nicht da«, sagte Nikolai. »Der Pfad wird mit jeder Saison gefährlicher.«

Der Sims ging in eine breite Felswulst über, die ihnen zumindest eine Illusion von Sicherheit gab. Hinter einigen Felsblöcken, die vor langer Zeit von höheren Wandpartien abgebrochen und hier liegengeblieben waren, sahen sie das Ziel ihrer Reise. Schapur folgte den vorausgehenden Sidhe und dem Halbblut, und Nikolai überholte Michael schnaufend und fluchend.

Sie versammelten sich auf einer breiten Felsbühne vor einer höhlenartigen tiefen Mulde. »Der Berg«, sagte Nikolai. Viele Kilometer entfernt, doch in der klaren Luft nach den abziehenden Schneewolken scheinbar zum Greifen nahe, ragte der Heba Mish. »Niemand weiß, wie hoch er ist, nicht einmal die Sidhe.«

Weit unter der Felsbühne und ihrer Höhle zogen Nebel in einem tiefen schluchtartigen Einschnitt, dessen feine Enden sich wogend zerteilten und langsam auflösten. Durch die treibenden Nebel wurde grünblaues, von Spalten durchrissenes Eis sichtbar, das jenseits der Schlucht in breiter Front über abgeschliffenen, gerundeten Felsen stand und in den wärmeren Jahreszeiten Sturzbäche von Schmelzwasser entlassen hatte, die nun zu bizarren Eiskaskaden gefroren waren. Michael schwindelte angesichts des Tiefblicks. Er hob die Augen und folgte einer verschneiten Bergflanke aufwärts. Die von Serien parallel verlaufender Spalten durchzogene weiße Fläche erstreckte sich aufwärts bis zu den steilen schwarzen Felspartien des Gipfelaufbaus.

»Nun warten wir«, sagte Nikolai. Als wäre dies ein Signal gewesen, zogen die drei Sidhe und das Halbblut sich in die Höhle zurück und überließen es den Menschen, in die Stille zu lauschen.

»Worauf warten wir?« fragte Michael.

»Auf die Schneegesichter«, erwiderte Nikolai.

Es wurde Nacht, und Michael lag einigermaßen bequem auf dem kalten Höhlenboden. Nikolai schlief unruhig neben ihm. Schapur kauerte auf den Fersen und schien wach zu sein. Die Sidhe saßen in einer Reihe nebeneinander mit untergeschlagenen Beinen an der Höhlenwand gegenüber.

Michael konnte nicht schlafen. Immer wieder versuchte er zu Harka durchzudringen. Das Bewußtsein des gespensterhaften Sidhe war so gut wie leer von jeder Erinnerung, als ob er erst Augenblicke zuvor das Licht der Welt erblickt hätte, ohne Vorfahren und ohne Vergangenheit. Michael überlegte, ob bestimmte Sidhe – aus welchen Gründen auch immer – ihre Vergangenheit vielleicht zusätzlich auslöschten. Es gab eine Methode, dies zu tun: Mittels einer konzentrierten Art von *hyloka* konnte das Gedächtnis angeblich ausgebrannt werden ...

Nikolai wälzte sich grunzend herum und öffnete die Augen. »Warten ist erbärmlich«, murmelte er. »Besonders hier.«

»Woher wissen Sie, daß jetzt die rechte Zeit ist, zu der man kommen muß?«

»Ich habe meine Verbindungen. Es spricht sich herum. Arborale flüstern miteinander, oder ich belausche Amorphale in ihren tiefen Höhlenbehausungen. Oder ein anderer Wanderer wie Bek oder Schapur hört davon, und die Pilger machen sich auf den Weg. Dann versammeln wir uns. Ich habe immer den Trittstein von Inyas Trai benutzt. Andere wandern zu Fuß und steigen ins Bergland herauf. Manche sagen niemals, wie sie kommen; sie sind einfach da. Nicht immer, nicht in jeder Saison ... manchmal bleiben sie jahrelang aus.

Ich habe gehört, daß das erste Zeichen in einem Wasser im Irall erscheine. Dieses Wasser sei sehr tief, mit Eis am Grund, und die Beobachter der Sidhe wissen, daß die Saison bevorsteht, wenn es sich schwarz färbt. Sie geben die Nachricht im geheimen weiter ... Adonna könnte mißbilligen, daß Sidhe ein wahres Geheimnis sehen.« Er nahm eine andere Lage ein und schloß wieder die Augen. »Vielleicht am Morgen, wenn der Wind wieder auflebt.«

Michael lag in einem Zustand zwischen Wachen und Schlafen, sehr ähnlich dem, in welchem er seine zweite Nacht im Reich verbracht hatte, auf dem Felsen kauernd und die Wärme des Morgens erwartend.

Allmählich erhellte orangefarbenes Licht die Höhle, begleitet von einem leisen, tiefen Zischen. Michael stand auf und streckte die verkrampften Beine. Nikolai tat es ihm unter Murren und Klagen gleich.

Die Sonne ging hinter dem Heba Mish auf; ihr Licht wurde von den verschneiten westlichen Bergen reflektiert und überhauchte die Schneehänge mit purpurnem

Widerschein. Im Osten aufgezogene Wolken erglühten orange- und lavendelfarben und grün. Lichtstrahlen stießen durch die Wolken und erreichten die abgewandte Seite des Heba Mish, dessen Konturen sie um den Gipfel mit einem gelben Strahlenkranz umgaben.

Während der Nacht war wieder Schnee gefallen und lag glitzernd außerhalb der Höhle.

Nikolai und Michael gingen hinaus auf die Felsbühne. Die Nebelschwaden hatten sich aus der Schlucht verzogen. Nun war von dort das hohle Sausen unsichtbarer Winde zu vernehmen. Mit lautem Knall barsten Eisstücke von der Gletscherfront gegenüber und ergossen sich splitternd über den buckligen, abschüssigen Fels.

»Da kommt es«, sagte Schapur hinter ihnen. Das ferne Zischen verstärkte sich, bis es als eine Verbindung von Winseln und Brüllen kenntlich wurde. Eisige Windstöße fuhren über sie hin und bliesen mit unheimlich dumpfem Heulen Schneekristalle in dichten Schauern durch die Höhle. Die Sidhe und das Halbblut kamen heraus auf die Felsbühne. Ihre Haare flatterten im zunehmenden Wind. Das Lärmen dauerte jetzt ununterbrochen an.

Ein jäher Windstoß trieb sie rückwärts und drohte sie von den Felsen zu fegen. Michael wurde zu Boden geworfen, dann, als er sich aufrappelte, emporgehoben, bis seine Füße sich vom Gestein lösten. Ihm war, als hinge er eine Ewigkeit zappelnd in der Luft, während Nikolai und die anderen sich liegend festzuhalten suchten. Dann verlagerte sich der Druckausgleich, und er fiel zurück. Das Brüllen ging in ein Kreischen über, das in den Ohren schmerzte; der Sturmwind heulte durch die Schlucht und fegte Schneewolken über die vergletscherte Flanke des Heba Mish.

Die gesamte Neuschneedecke auf dem Gletscher

wurde in wirbelnden Wolken und lang ausgezogenen Fahnen hoch- und fortgerissen und aufwärtsgetrieben, verhüllte die Bergflanke, dann die dunklen Felsen und schoß schließlich über den Gipfel hinaus.

Es dauerte lange, ehe die Schneewolken die Gipfelhöhe erreichten und in wehenden Bannern über die Grate geblasen wurden. Auf der Felsbühne herrschte plötzlich Windstille. Minutenlang verhüllten die Schneewolken den Berg; dann begannen sie niederzusinken.

»Jetzt«, sagte Nikolai.

Michael kniff die Augen zusammen, um sich nichts von den Ereignissen entgehen zu lassen. Der Vorhang aus Schneewolken löste sich in einzelne Wolken auf, die je nach den örtlichen Luftbewegungen und Druckunterschieden ungleich rasch niedersanken und im Sinken hier Ausbauchungen und dort Höhlungen bekamen. Allmählich nahm der Tumult Gestalt an.

»Nummer eins«, sagte Nikolai. Plötzlich traten die Züge klar hervor. Es war das Gesicht eines Mannes, jung aussehend, bärtig. Michael erkannte es nicht. Das Gesicht wurde vor dem Berg in die Breite gezogen, kilometerbreit, dann löste es sich auf. Während die Wolken langsam niedersanken, bildeten sich weitere Züge. Sehr undeutlich zuerst, dann kristallklar, bildete sich das zweite Gesicht aus – Michael war überzeugt, daß es einen Spryggla darstellte, weil es Lin Piao Tai ähnelte. Das nächste Gesicht war so vertraut, daß er vor Schreck kalte Luft schluckte und sein *hyloka* beinahe unterbrochen wurde. Vertraut – aber wer war es? Mit schmaler Nase, kräftigen und jugendlichen Zügen, scharfgeschnitten …

»Zwei und drei«, sagte Nikolai. »Jetzt werden die Schneewolken noch eins machen, und damit wird es für diesmal sein Bewenden haben.«

Michael starrte zu dem Gesicht hinüber und versuchte sich zu erinnern, wo er es schon einmal gesehen hatte. »Ich kenne ihn«, murmelte er. »Ich weiß, wer das ist!«

Aber die Erinnerung versagte sich ihm. Das vierte Gesicht bildete sich. Es gehörte einem ernsten und eindrucksvollen Sidhe mit traurigen Augen. Michael achtete nicht mehr darauf. Er war so nahe daran, und die Erinnerung schien ihm so wichtig, daß er sich am liebsten geschlagen, an den Haaren gezogen hätte – irgend etwas getan, um die Antwort zu erzwingen.

Und sie kam.

Das dritte Gesicht war nicht gleich zu erkennen gewesen, weil es ein jugendliches Gesicht gewesen war – und Michael hatte seinen Träger nur als alten Mann gekannt.

Arno Waltiris Züge hatten aus den Schneewolken geblickt, die nun über die vergletscherten Flanken des Heba Mish und in die Schlucht hinabsanken.

34

Die Sidhe machten sich als erste auf den Rückweg, schlugen aber nicht den Pfad zum Trittstein ein, sondern stiegen in anderer Richtung durch das felsige Gelände weiter auf. Sie kehrten nicht nach Inyas Trai zurück; sie hatten andere Ziele, die nur durch einen Fußmarsch über das Gebirge erreicht werden konnten. Schapur blieb auf der Felsbühne; sein vermummtes Gesicht blieb unlesbar, seine Psyche so abstoßend wie zuvor. Nur das Halbblut, Bek, entschied sich zur Rückkehr nach Inyas Trai mit Nikolai und Michael. »Ich bin noch nie dort gewesen«, sagte er. »Und ich bin lange genug vor den Feldmeistern der Sidhe und ihren Bütteln davongelaufen. Die Stadt muß ein wahrer Zufluchtsort sein, wenigstens für eine Weile.«

Nikolai tat nichts zu seiner Ermutigung, aber der andere hatte seinen Entschluß gefaßt. Wo Menschen willkommen waren, dort würde man ein Halbblut sicherlich nicht verachten.

Das Felsband war jetzt noch trügerischer und gefährlicher zu begehen als auf dem Hinweg. An geschützten Stellen hatte der Sturm den Neuschnee zu steilen Böschungen angeweht, die den genauen Verlauf des Weges nicht mehr erkennen ließen, während er ihn von ausgesetzten Partien weggeblasen hatte, so daß der zertretene und vereiste Altschnee jeden Schritt zu einem gefährlichen Abenteuer machte. Michael war sehr müde und froh, als er endlich den Trittstein sah.

Ihm war zumute, als hätte er ein Dutzend Leben hinter sich gebracht und in jedem etwas ungelöst zurückgelassen. Er war ein vielgestaltiger Geist, gefangen zwischen wenigstens zwei Realitäten, von denen keine ganz greifbar und überzeugend war. Wer war Arno Waltiri gewesen, daß sein Gesicht im Reich der Sidhe in einer Schneewolke erschien?

Vielleicht war Clarkham doch nicht das Ziel seiner Wanderschaft, nicht der Mann, der ihm zur Erde zurückhelfen oder die Menschen im Reich unterstützen würde. Aber Waltiri war tot ... oder vielmehr war Michael von seinem Tod unterrichtet worden. In der ›realen‹ Existenz auf Erden bedeutete solch eine Botschaft Gewißheit. Niemand in Michaels Erfahrung war jemals so grausam gewesen, daß er über den Tod eines Freundes gelogen hätte, und es gab keinen Grund, Golda zu verdächtigen.

Vielleicht hatte sie es auch nicht gewußt. Oder vielleicht hatte Arno Waltiri sie alle getäuscht.

Vielleicht war er nicht einmal ein Mensch gewesen.

Michaels Gedanken waren zutiefst beunruhigt und von neuen Ungewißheiten bedrängt, als er auf den Stein stieg. Nikolai und Bek folgten, letzterer mit zitternden Händen. Er fürchtete die Sidhe so sehr, wie Michael es einst getan hatte.

Und wie er sie auch jetzt noch fürchten sollte. In dem Augenblick des Transports zwischen den Steinen hörte er Stimmen im Gespräch. Ob der Umstand, daß er sie hörte, als eine Warnung gedacht war, sollte er nie erfahren. Die Stimmen besprachen seinen Status in Inyas Trai, seine Stellung bei der Ban der Stunden, den Status von Menschen im Reich – und es wurde der Rat von Eleu und des *Maln* erwähnt.

Er kam in warmen Sonnenschein hinaus. Weder Nikolai noch Bek standen neben ihm auf dem Stein. Ulath und vier männliche Sidhe in perlgrauer Kleidung warteten auf der Kiesfläche, die den Stein umgab. Ulaths Miene war grimmig und angespannt. Auch ohne das Mittel der Einfühlung spürte er ihre Verärgerung, ihre gebändigte Kraft.

Die männlichen Sidhe waren Läufer vom Irall. Soviel konnte er auffangen, bevor sie seine Fähigkeiten bemerkten und sich ihm verschlossen.

»Ich ermahne euch«, sagte Ulath. »Er steht unter dem Schutz der Ban der Stunden.«

Der kleinste der vier trat vor und streckte die Hand aus, um Michael vom Stein hinabzuhelfen. Michael zögerte, dann nahm er die Hand, da eine Verweigerung seine Furcht verraten hätte. Er wußte nicht, was er tun sollte. Er bezweifelte, daß er ohne jede Vorbereitung erfolgreich einen Schatten werfen könnte, zumal die vier Sidhe wachsam und auf ihn fixiert waren.

»Ich bin Gwinat«, sagte der Sidhe, der ihm die Hand geboten hatte. »Ich bin dein Abfänger. Du bist im Besitz eines Pferdes des Irall.«

»Es wurde mir übergeben«, sagte Michael.

»Das ist irrelevant. Niemand, schon gar nicht ein Mensch, kann im Besitz eines Pferdes aus den Ställen von Adonnas Tempel sein.«

»Es war das Pferd von Alyons«, sagte Ulath. »Ihr seid euch dessen bewußt.«

»Und weil er dieses Pferd gestohlen hatte, wurde Alyons zur Verbrannten Ebene versetzt. Das war seine Strafe. Wir konnten das Pferd nicht zurückfordern; er versah es mit seiner Aufprägung, und es wäre dem Tempel nutzlos gewesen. Unsere Gesetze anerkennen ohnedies nicht die Rückgabe gestohlenen Eigentums – schon gar nicht, wenn es sich um Pferde handelt.«

Ulath berührte Michaels Wange. »Alyons' Schatten nahm Rache an dir«, sagte sie. »Nach Alyons' Tod mußte das Pferd zum Irall zurückgebracht oder sich selbst überlassen bleiben.«

»Er gab es mir«, wiederholte Michael mit dumpfer Stimme. Dann fügte er plötzlich schlau hinzu: »Und ich bin gekommen, es zurückzugeben.«

Gwinat lächelte anerkennend, schüttelte aber den Kopf. »Du warst sein Feind, und du tötetest ihn, nicht wahr?«

»Ich wollte nicht sein Feind sein, und ich habe ihn nicht getötet.«

»Komm!« Die Läufer umringten ihn und machten jede Hoffnung auf Entkommen zunichte. Ulath zog die Hand zurück und entfernte sich. Er versuchte ihre Gedanken zu erreichen und fand Bedauern, aber keinen tiefen Kummer. »Der Irall mißbilligt die Politik der Ban gegenüber Menschen«, erklärte Gwinat.

»Der Irall hat keine Macht über die Ban. Sie wurde von Adonna ernannt. Was sagt Adonna?«

Gwinat lächelte hinterlistig und neigte den Kopf. »Wir werden diesen entfernen. Das ist das Gesetz.«

– Michael.

Was? Wer war das?

– Geh mit ihnen.

Er blickte zu Ulath, aber von ihr war keine Botschaft ausgegangen, und es hatte sich nicht angefühlt, als sei es von der Ban gekommen. Von wem dann?

Er ging zwischen den Läufern zu dem Trittstein, der zu den Straßen am Fuß des Berges führte, dann durch ein Gewirr von Gassen zu einer Stallung, wo ihre Pferde – und Alyons' Pferd – warteten. Eine kleine Anzahl einheimischer Frauen sah zu, wie die Läufer Michael aufsitzen ließen, ihre eigenen Tiere bestiegen und mit ihnen zum Nordtor der Stadt hinausritten. Gwinat wandte sich um und warf, noch immer lächelnd, einen Blick zurück durch das Tor.

»Ich weiß nicht, was jemand an der Stadt finden kann, und sei er nur ein Mensch«, sagte er. »Die Spryggla übten ihre Vergeltung an uns, als sie sie bauten, geradeso wie Alyons seine Vergeltung an dir übte, nicht wahr?«

Michael blickte geradeaus, eine lange gepflasterte Straße entlang, die gerade wie ein Schatten durch eine Allee schwarzer Steinsäulen und weiter hinaus führte, zu dem Tempel Adonnas.

Sie brachten ihn zum Irall.

35

Vor ihm ragte der Irall mit seinem schwarzen runden Turm, der von einem steilen Spitzdach bekrönt wurde. Um ihn drängten sich in unregelmäßiger Anordnung kleinere Gebäude, von denen mehrere gleichfalls Spitztürme trugen und die alle zum Mittelpunkt hin orientiert waren. Der Tempelkomplex stand auf einem glatten seidiggrauen Felsrücken.

Gwinat und die Läufer führten Michael die dunkel gepflasterte Straße entlang. Die Säulen zu beiden Seiten glänzten wie poliertes Metall, waren jedoch schwarz wie die Nacht, und der Glanz schien in ihren Tiefen verborgen zu sein, wo er wie durch Augen hervorblitzte, die sich an seinem Unbehagen und seiner Furcht ergötzten.

Nichts, was die Kranichfrauen ihn gelehrt hatten, hatte ihn auf dies vorbereitet.

Der Eingang war überraschend klein und bescheiden, gerade breit genug für drei Reiter nebeneinander und vielleicht zwei Köpfe höher als die Reiter zu beiden Seiten Michaels. Die Wände des Tunnels waren rundlich ausgehöhlt wie die Höhle eines unterirdischen Flusses, und der Boden war bestreut mit getrockneten Blumen. Ein süßlicher und staubiger Geruch war in der Luft, nicht unangenehm, doch auch nicht ganz erfreulich. Vielsagend, verwunschen, wie der Duft von

Alte Rosen in der Hände Schale,
tief unten vor der Sonne versteckt;
Blütenblätter fallen eins ums andere
duftend, schwarz in ewiger Nacht.

Die Botschaft kam klarer durch als je eine andere, gerade als das Licht vom Eingang des Tunnels durch eine Krümmung abgeschnitten wurde. Die Reiter und ihre Tiere bewegten sich weiter; sie kannten sich aus und benötigten kein Licht. Michael, bemüht, weitere Botschaften aufzufangen, spitzte die Ohren und hörte Gwinat sagen: »Wir müssen dich zum Testament bringen.«

Als Michaels Augen sich der Finsternis angepaßt hatten, sah er, daß der Tunnel sich verbreitert hatte und von einem matten grünlichen Schein erfüllt war. Zu beiden Seiten schlurften zwei lange Reihen von Gestalten und starrten unverwandt geradeaus. Es waren Mischlinge, und jeder trug eine grüne Keramikschale mit schwärzlicher Flüssigkeit. Michael versuchte in die Gesichter zu sehen, da er hoffte, Lirg zu entdecken, aber sie waren zu zahlreich, und er konnte sich ohnedies nicht genau erinnern, wie Lirg aussah.

Der Tunnel öffnete sich in einen gewaltigen rauchigen Höhlenraum, dessen Decke sich in Dunkelheit verlor. In die Seitenwände waren Löcher von zehn bis zwölf Metern Durchmesser ausgehöhlt, deren untere Ränder durch ein unaufhörliches rostiges Tropfen verfärbt waren. Die Pferdehufe platschten durch eine mehrere Zentimeter tiefe schlickige Flüssigkeit, die den Höhlenboden bedeckte. Alyons' Pferd stellte die Ohren auf und schnob unruhig.

Der nächste Höhlenraum ähnelte der Karikatur eines Bienenstocks. Kreisförmig angelegte horizontale Rippen waren in zahlreichen Lagen übereinander geschichtet und bildeten eine Art Kuppel. In der Mitte des Raumes befand sich ein tiefergelegtes Amphitheater mit meterhohen Stufen, das zu einem rostigen Wassertümpel hinabführte. Alles was Michael jetzt riechen konnte, war abgestandenes Wasser.

Die Läufer eskortierten ihn um das Amphitheater und weiter durch einen Seitengang. Sie passierten eine Reihe im Gänsemarsch gehender Sidhe, die nur graue knielange Röcke trugen.

Adonnas Diener waren offenbar allesamt männlichen Geschlechts, der Irall ein Heiligtum der Männer.

»Was ist das Testament?« fragte Michael.

Gwinat wandte ihm das Gesicht zu. »Der Gerichtshof von Adonnas Richtern. Der Versammlungsort des *Maln.*« Er benötigte keine Einfühlung in Michaels Gedächtnis, um englisch zu sprechen.

»Ich dachte, der sei in den Bergen«, sagte Michael.

Gwinat lächelte nur über die Absurdität menschlicher Mißverständnisse.

»Ich meine, dort werden die Priester ausgebildet.« Michael schwieg eine Weile, dann unternahm er einen neuen Anlauf und sagte: »Es liegt auf der Hand, daß ich nach eurem Gesetz schuldig bin. Aber warum stellt ihr mich vor Gericht? Ist der *Maln* nicht allmächtig? Oder ist meine Unwissenheit eine Entschuldigung?«

»Deine Schuld ist eine Entschuldigung«, sagte Gwinat.

Michael dachte angestrengter denn je nach. Es mußte einen Ausweg aus dieser Lage geben, durch eine äußerste Anstrengung oder List, die ihm von den Kranichfrauen beigebracht worden war und die er vielleicht zeitweilig vergessen hatte.

Vor ihm schien ein elektrisches bläuliches Glühen wie farbiger Dunst durch den Tunnel. Die Pferde trugen sie durch blaugraue Nebelschwaden, die dadurch in eine eigentümliche Wallung gerieten, in denen die Phantasie bedeutsame Gesten zu erkennen glaubte.

Die Luft wurde wieder klar, und Michael sah, daß sie über die offene Fläche einer Höhle ritten, die alle vorausgegangenen an Höhe und Weite übertraf. Es schien ihm, daß Minuten vergingen, ehe er auf dem sonst kahlen Boden einen steinernen Tisch sichtete – und in hohen steinernen Sesseln ringsum vier Sidhe in schwarzen Gewändern.

Die Läufer führten Michael in einem Kreis um den Tisch. Die vier Sidhe in Schwarz musterten ihn eingehend. Trüber blauer Nebel, durchschossen von grünen und schwarzen Streifen, kroch am Boden dahin, der sich dadurch in unheimlicher Bewegung zu befinden schien.

»*Tra gahn*«, sagte einer der vier, stand auf und schob

den steinernen Stuhl mit knirschendem Poltern zurück. Er sah Michael in die Augen und machte eine Geste zu Gwinat. Gwinat ergriff Michaels Arm und zog ihn vom Pferd. Dann hielt er ihn aufrecht, als Michael zu fallen drohte. Seine Schulter fühlte sich an, als wäre sie ausgerenkt.

Als er sich umdrehte, bemerkte er, daß nun ein steinernes Amphitheater den Tisch umgab. Die ansteigenden Ränge waren besetzt von einer Menge mit Federbüschen und leuchtend farbigen Gewändern geschmückten Sidhe. Alle starrten Michael an und entsandten einen stummen Chor spitzer telepathischer Sonden in sein Bewußtsein, die einen Weg durch seine Abwehr suchten.

»Erkennst du mich?« fragte der Sidhe, der am Tisch stand. Michael wandte sich zu ihm und nickte. »Wer bin ich?«

»Du bist Tarax.«

»Und du kennst dein Verbrechen?«

Michael nickte wieder, da er wußte, daß es zwecklos war, in dieser Situation zu argumentieren.

Tarax legte sein schwarzes Gewand ab und enthüllte einen blutroten Umhang. Diesen schlug er zurück und legte weder eine weitere Lage Kleidung bloß noch seinen Körper, sondern einen Wald von Blättern, als ob sein Kopf nicht von Fleisch und Blut getragen würde, sondern von einem Baum. Vögel flatterten aus den Blättern hoch in die Dunkelheit, und Michael hörte ihre Flügelschläge noch eine Weile, bis sie sich in der Entfernung verloren.

Gwinat beugte sich über ihn. »Tarax erklärt dich für schuldig«, sagte er. »Und er sagt, daß du derjenige bist, den sie wollen. Selbst im Falle deiner Unschuld hätten wir die Autorität, dich jetzt von der Ban wegzunehmen. Adonna wünscht dich.«

36

Sie führten ihn vom Tisch fort. Die ansteigenden Ränge des Amphitheaters verschwanden so rasch, wie sie erschienen waren, und mit ihnen die schön gekleideten Sidhe.

»Wir gehen nach unten«, sagte Gwinat, und Michael glaubte einen Anflug von Mitleid im Tonfall des Sidhe auszumachen.

Der Mittelpunkt der großen Kuppelhöhle des Irall wurde von einer Grube eingenommen, deren Durchmesser am Rand etwa fünfzig Schritte betragen mochte. Konzentrische Stufen führten abwärts zu einer engeren Öffnung von zehn oder zwölf Schritten Durchmesser. Gwinat drängte sein Pferd die Stufen hinab und stieß Michael vor sich her. Die anderen folgten. Ein kalter Luftstrom blies aus der Mitte empor. »Sitz auf«, verlangte Gwinat und streckte die Hand aus. Michael ergriff sie und wurde vor dem Sidhe auf das Pferd gehoben.

Gwinat stieß mit den Absätzen in die Flanken des Tieres. Es warf den Kopf auf, bäumte sich und sprang ab ins Nichts. Die anderen sprangen hinterdrein.

Nachdem Michael im ersten Schreck die Augen aufgerissen hatte, drückte er sie jetzt ebenso instinktiv zu. Sein Magen verkrampfte sich, und als nichts geschah, zitterten seine Lider, um sich wieder zu öffnen. Er blinzelte in den Wind. Noch immer stürzten sie durch das Loch in Dunkelheit. Gwinat hielt mit einem Arm Michaels Mitte umfaßt. Zu beiden Seiten streckten sich die Pferde der Begleiter silbriggrau in gestreckter Sprunghaltung, die wehenden Schweife und die wie Feuerschein schimmernden flatternden Mähnen parallel zum Körper, die Zähne gebleckt. Es sah aus, als zögen sie mit den Zähnen an der Luft vor ihnen, während die Beine nach festem Grund tasteten und keinen fanden.

Die Dunkelheit empfing ein Minimum von Helligkeit durch grünlich phosphoreszierende herabhängende Moosbüschel, die in unregelmäßigen Abständen an den glatten Steinwänden Halt gefunden hatten. Michael sah sich nach Gwinat um. Auch der Sidhe hatte die Zähne entblößt; er schien gleichzeitig zu grinsen, das Gesicht zu verzerren und zu schreien.

Michael beschirmte die Augen mit einer Hand. Der trockene kalte Wind schmerzte. Nach einer Zeit, die Michael wie mehrere Minuten erschien, wurden die Steinwände von Eis abgelöst, das so klar und tief war wie makelloses blaues Glas.

Weit vorn – unten – erschien ein winziger Punkt trüben regenbogenfarbenen Lichts, der rasch auf sie zustürzte. Michael machte sich auf die Vernichtung gefaßt. Er spürte, wie des Pferdes Muskeln sich unter ihm entspannten, beugte sich über den Hals und hielt sich mit einem Griff, der schmerzhaft sein mußte, in der Mähne fest, aber das Tier protestierte nicht. Die Wände des Lochs verschwanden; sie waren wenigstens eine Viertelstunde gefallen und ritten nun über einen Wirbel wolkigen verschwommenen Lichts.

Sie befanden sich nun unter dem Boden des Reiches, jenseits aller greifbaren Dinge, in Dunkelheit und dem Licht wüster, erschreckender Neuentstehung. Die Pferde navigierten durch einen kopfstehenden Wald aus Eisstalaktiten, deren Basen Hunderte von Metern dick sein mußten. Unter ihnen sausten leuchtende kleine Kugeln von unbestimmbarer Größe über dem Wirbel.

Michael sandte stumme Stoßgebete zum Himmel; nicht daß er in dem brausenden Wind gehört worden wäre, der die Leere erfüllte, ihm das Haar an den Schädel preßte und ihn aus Gwinats Umklammerung zu reißen drohte, hätte er laut gesprochen. »Herr«, betete er, »ich danke dir für alles, was ich erlebt, was ich gesehen habe. Es tut mir leid, daß ich dich nie anerkannte, und ich hoffe, dies ist nicht alles umsonst ... Wenn ich jetzt sterbe, weiß ich, daß ich nichts geleistet und nichts Wertvolles getan, dafür aber Schmerz und Tod gebracht habe ...« Er dachte an Eleuths verblassenden Schatten in der Zwischenwelt und dann an die aufnehmenden, vergebenden Arme der Ban der Stunden. »Ich weiß, ich bin angesichts all dieser Dinge nichts wert, und ich weiß, daß dies alles für dich ohne Bedeutung ist ...« Er entsagte allem schwächlichen Unglauben und seinen jungen materialistischen Philosophien. Und er tat es unbeholfen, mit uneleganten Worten und viel zu vielen Wiederholungen des Wortes ›nichts‹. Er war vor Angst halb von Sinnen, und doch begriff er, daß er seine eigenen Gebete, sein eigenes Flehen redigierte ... Angesichts der drohenden Auslöschung sorgte er sich noch um Stilfragen.

Gwinat festigte seinen Griff, als Michael heftig zu zittern begann. Dann erkannte der Sidhe mit einiger Überraschung, daß der Junge lachte. Tränen wurden ihm von den Augenwinkeln gerissen und trafen Gwinats Wangen. Einen Augenblick lang dachte der Sidhe, es sei am besten, den Menschen einfach in den Wirbel fallen zu lassen und seiner ledig zu werden. In diesem Lachen und Weinen war etwas Unheimliches und Gefährliches, was er nicht ergründen konnte. Aber er hielt fest, und nach einiger Zeit wurde der Junge ruhig.

Die Pferde fielen abwärts, fort von den Eisstalaktiten. Michael hatte die Phase der Verzweiflung, die ihn zum Beten gedrängt hatte, hinter sich, und nun erfüllte ihn ein wortloses tiefes Schweigen. Nur ein Gedanke ging ihm durch den Sinn, als sie sich im Fallen von der Unterseite des Reiches entfernten: So muß es gewesen sein, als die Sidhe zwischen den Sternen kreuzten. Sie nahmen ihren eigenen Wind mit sich in die Leere des Raumes, reisten in Horden von Millionen, so daß sie aus der Ferne den Anblick eines Kometenschweifs geboten haben mußten, glitzernd wie perlmuttfarbene Stäubchen vor der Schwärze.

Vor ihm trieb ein ovales Objekt wie eine verlängerte Bohne über dem Wirbel. Es wurde zu einem Zylinder, dessen Länge ungefähr das Doppelte seiner Breite betrug. Er rotierte langsam und um seine Achse und schien aus einem massiven Messingblock gedreht zu sein. Der Zylinder wies abwärts zum Wirbel, und seine Oberfläche zeigte in der Umdrehung unregelmäßige Grünspanflecken.

Sie näherten sich dem Ende. Aus der Nähe gesehen, wirkte es flach und ragte wie eine Wand, durchbohrt von einer unregelmäßig gähnenden Öffnung in der Mitte. Michael war nicht in der Lage, eine Vorstellung von der Größe zu erhalten, bis sie im letzten Augenblick ganz nahe herankamen und durch das Loch eindrangen.

Der Zylinder hatte einen Durchmesser von vielleicht eineinhalb Kilometern.

Es entstand Verwirrung. Einer der Läufer überholte Michael und Gwinat. Ein Huf seines Tieres sauste im Abstand einer knappen Armlänge an Michaels Gesicht vorbei, stieß zurück und traf Michaels Kopfseite. Er wurde aus Gwinats Arm geschlagen und fiel vom Pferd, sah nichts als warmes, sattes Rot, das rasch zu einem tiefen Braun verblaßte ...

Das Bewußtsein kehrte in Etappen zurück. Zuerst roch er Staub, scharf und die Nase reizend. Er nieste. Dann kam der Schmerz. Seine Stirn brannte wie Feuer. Er hatte die Augen offen, konnte aber nichts sehen, bis die Dunkelheit Regenbogenfarben bekam und eine weitere, noch tiefere Schwärze enthüllte. Er lag in Ketten.

Handgelenke und Knöchel waren an eine Messingstange mit einem Ring an jedem Ende gefesselt. Ketten erstreckten sich von den Ringen zu einer weiteren, einige Meter entfernten Stange. An diese angekettet, lag ein Skelett. Die Kleider und die getrockneten Hautfetzen wehten fransig an den durchscheinenden gelblichen Gebeinen.

Er war schwerelos. Überall ringsum war die unaussprechliche Gegenwart von etwas Gewaltigem, Bewegtem. Innerhalb einer schwachen grauen Spur von Helligkeit konnte Michael nichts als Ketten, Stangen und weitere Körper sehen.

Er schwebte in einem Friedhof. Nachdem er die Augen geschlossen hatte, versuchte er mit dem Mittel der Einfühlung bis zur Grenze ihrer Reichweite hinauszutasten. Nur ungewisses Gemurmel kam zurück zu ihm. Die Eindrücke waren stark genug, ihn zu überzeugen, daß er in der Mitte des Messingzylinders war und daß der Zylinder eine Art Außenposten des *Maln* war – eine Verlängerung des Irall.

Michael sondierte ein zweites Mal und zog sich erschrocken zurück, als ihn eine Stimme anfuhr. Sofort versuchte er sich abzuschirmen, aber sein Bemühen war nicht stark genug, der Macht und dem Haß standzuhalten.

»Für deine Verbrechen, *antros*, für alle die Kreaturen, die gestorben sind, damit du ihr Fleisch essen konntest; für alle, die dich geliebt haben und verraten worden sind, für alle die menschlichen Taten, die du begangen hast. Zusammen sehen wir uns einem Geheimnis gegenüber, *antros*.«

Die Stimme gehörte Tarax. Der Sidhe löste sich aus

der Dunkelheit und stand auf einer Messingplattform.

»Wer bist du?« fragte Tarax, dessen weißes Haar in einer Wolke um seinen Kopf schwebte.

»Ich bin ein Dichter«, sagte Michael ohne eine Spur der Verlegenheit und des Zögerns, mit dem er sonst Auskunft über sich und seine Vorliebe gegeben hatte.

»Das bedeutet mir nichts. Wer bist du, daß du beschützt sein solltest, daß ich gehindert bin, dich zu töten? Sogar Adonna fragt nach dir. Offen gesagt, ich bin verwirrt. Wer bist du?«

»Was will Adonna?« Michaels Kehle war trocken vom Einatmen des beißenden Staubs.

»Ich weiß es nicht. Ich habe Adonna seit langer, langer Zeit gedient, seine Geheimnisse bewahrt und seine Schöpfung bewundert ...«

»Seine?«

»Du bist jetzt sein. Ich brauche nicht verschwiegen zu sein. Tatsächlich habe ich nur eine Funktion zu erfüllen, und da Zeit für Adonna keine Bedeutung hat, brauche ich mich nicht zu übereilen. Ich weiß dies über dich: daß du ein Übel bist; daß dein schlimmstes Verbrechen nicht der Diebstahl eines Pferdes ist. Es ist, Mensch zu sein ... und dem zu helfen, der sich Isomagus nennt. Du wolltest ihm ein Machtlied bringen, ist es nicht so?«

Michael fühlte den Druck des Buches an seiner Hüfte. Tarax' Plattform kam näher, und der Hohepriester des *Maln* streckte den Arm aus und berührte mit langen Fingern die Ketten, die ihn an die Stange und durch sie an die anderen Körper fesselten. »Dies ist meine einzige Aufgabe, dich loszumachen und die Achse hinab zum Nebel zu senden. Diesen allen«, sagte er und wies mit ausgestrecktem Arm zu den Hunderten, vielleicht Tausenden von Leichen, »habe ich die Ehre erwiesen und bin kurze Zeit später zurückgekehrt, um sie hier vorzufinden, zurückgegeben von Adonna, der ihnen entnahm, was er brauchte. Die meisten waren Sidhe gewesen. Wenige Menschen haben solch ein Ableben verdient.«

Auf einmal geriet Tarax' Gewand in Bewegung. Graue Streifen stiegen aus dem schwarzen Gewebe, wanden sich und bildeten Knotenmuster. Er berührte Michaels angekettete Füße und stieß ihn langsam und stetig fort vom schwerelos treibenden Friedhof. »Michael Perrin«, verkündete Tarax mit lauter Stimme. *»Antros.«*

Ein Ausgang öffnete sich am entgegengesetzten Ende des Zylinders. Michael blickte nach vorn und sah das Regenbogenlicht des Wirbels. Der Friedhof hinter ihm blieb zurück, wurde zu einem Spalier brauner Punkte, und wieder war er in Dunkelheit gehüllt.

Er schloß die Augen und schluckte angestrengt.

Als er die Lider wieder öffnete, trieb er durch das Loch und sah die flache Wand des Zylinders in endloser Rotation um ihn sausen, Messing und Grünspan erhellt von dem ungewissen Licht dessen, was Tarax den Nebel nannte.

Unter ihm herrschte Aktivität. Etwas näherte sich ihm aus dem Nebel. Die Dunkelheit funkelte. Ein Pseudopodium der Nacht, voll unbekannten Potentials, streckte sich aus und umhüllte ihn. Formen erwachten ringsum zu vorübergehender Existenz, passierten in einer Parade von Metamorphosen: Gesichter, Körper, weniger erfreuliche Gestalten. Michael stöhnte und versuchte dem Anblick zu entgehen, konnte aber nicht einmal die Augen schließen.

– Es gibt keine Magie als das, was wir in unseren Köpfen geschehen lassen.

»Nein!« Er erkannte den Ton, die Absicht.

– Universen mögen koexistieren, mögen wie die

Harmonien einer Anzahl von Frequenzen arbeiten. Analog zu der Rille in einer Schallplattenaufnahme, die das geübte Ohr leicht als Hörner und Streichinstrumente unterscheidet – Hörner ein Universum, Streicher ein anderes. Wir mögen in allen Universen existieren, ›hören‹ aber nur eins, weil wir Begrenzungen unterliegen, dem zwanghaften Ventil unseres Verlangens, unseren praktischen, körperlichen Bedürfnissen. Alles ist Vibration, denn nur was vibriert, kann Distanzen überbrücken. Alles ist Musik. Eine Welt, ein Universum, ist nur ein langes, schwieriges Lied. Der Unterschied zwischen Welten ist der Unterschied zwischen Liedern. Alle Sidhe wissen dies, wenn sie sich der Magie bedienen.

Michael hatte sich zur Wehr gesetzt, nun aber war er schlaff, wartete in gelähmtem Entsetzen. Er hatte nicht dies erwartet. Er kannte die Stimme sehr gut, hatte sie vor kurzem noch gesucht, auf Antworten, Hilfe gehofft.

Das Buch wurde ihm entzogen, und mit ihm die Erinnerung an das Gedicht, das Lin Piao Tai gesucht hatte, die erste Hälfte des Machtliedes, das der Isomagus nach Meinung des Spryggla benötigt hatte. Sein einziges Geheimnis, seine letzte Verteidigung, war ihm nun genommen.

»Du – du bist die Eingebung, das Todesradio.«

– Ich bin das Reich. Mein Körper ist das Reich, und mein Geist ist das Reich.

»Warum hast du mir geholfen, wenn du mich haßt?«

– Ich hasse nicht. Die Schöpfung ist fehlerhaft. Sie zusammenzuhalten, ist sehr ermüdend geworden. Und es ist nicht so viel Zeit, wie einst möglich schien ... keine Ewigkeit.

Die Stimme wurde weniger hohl. Gleichzeitig schärfte sich Michaels Sicht, und er sah die Dunkelheit und die Wolken des Chaos einwärts branden, durchzuckt von grünen und gelben und blauen Lichterscheinungen, die ins Rötliche umschlugen und die Konturen aufleuchten ließen. Vor ihm stand eine außerordentliche Gestalt auf dem Steinfeld hoch in den Bergen, das ihm erstmals von Biri gezeigt worden war. Er war zweifellos ein Sidhe, glich aber keinem anderen Sidhe, den Michael bislang gesehen hatte. Trotz des Fehlens von Runzeln, der vollen Röte des Haares, der augenscheinlichen Kraft der bloßen Arme und Beine wirkte die Gestalt alt und müde. Ihre Augen waren schwarz wie das leere All und ohne Weiß, und seine Zähne waren steingrau.

Er trug ein knielanges Gewand, das dem Chlamys der alten Griechen ähnelte, darüber einen losen Heroldsrock, der mit einer goldenen Schnur in der Mitte zusammengefaßt war. Das Untergewand war um den Saum mit Zweigen und Blättern in eingewirkten Goldfäden geschmückt. Michael blickte an sich herab, konnte seinen Körper jedoch nicht sehen; er war nur ein Augenpaar, zumindest einstweilen.

»Also erkennst du mich?«

– Ja.

Der Sidhe kam näher. »Um mich zu tarnen, mußte ich einige Mühe auf mich nehmen. Immerhin, du bist sehr aufmerksam gewesen. Es war nicht meine Stimme, die du erkanntest, nicht wahr?«

– Nein.

»Sondern mein Vortrag. Selbst ein Gott kann sein Innerstes selbst nicht verleugnen.«

– Wie lange bist du schon ... ein Gott?

»Nicht lange, genaugenommen. Zwanzig-, dreißigtausend Jahre. Aber doch lange genug. Weißt du, was ich bin?«

– Ein Sidhe.

»Ja, und ein sehr alter Sidhe obendrein. Nicht von dieser jüngeren Generation. Alle heute lebenden Sidhe

– mit ganz wenigen Ausnahmen – haben mich vergessen. Sie kennen nur Adonna. Sie vergessen Tonn, der sie zur Erde zurückführte, der sich seiner eigenen Tochter und dem Rat von Eleu widersetzte. Ich war der Erste im Rat von Delf. Weißt du, wer Tonn war, Junge?«

– Der Sidhemagier.

»Gutes Gedächtnis. Es gab vier Magier, Junge; erinnerst du dich an sie?«

– Tonn, Daedal ...

»Manus und Aum. Und andere, weniger mächtige. Die Magier der geringeren Arten. Alle sind heutzutage Tiere auf deiner Erde, nicht stark genug, sich von neuem zu entwickeln, oder zufrieden mit ihrem Los. Nur die Menschen kämpften sich zurück, so sehr haßten sie uns ... Heutzutage erinnern sich nur wenige deiner Artgenossen, warum sie sich zurückkämpften. Vielleicht nur einer ... der Schlangenzauberer. Ich kann mir denken, daß er sich daran erinnern wird, o ja!«

Michael sagte nichts.

»Du wirst dich dieses Gesprächs nicht erinnern. Vielleicht später wieder. Es würde der großen Mehrzahl der Sidhe nicht guttun zu wissen, daß Adonna einst einer der Ihrigen war. Ein Magier ist beeindruckend, doch ein Gott muß unendlich eindrucksvoller sein. Abgesondert. Ich kenne mein Volk, weiß es zu züchtigen und im Gehorsam zu erhalten. Aber das Leben in meinem Reich ist einfach nicht genug. Ich habe lange und angestrengt daran gearbeitet, das Reich zu erhalten, seine Unvereinbarkeiten miteinander zu versöhnen ... alle Fehlurteile, die in meine eigene Schöpfung eingeflossen sind. Und ich habe auch geopfert. Was ich einst an einem persönlichen Leben gehabt haben mag ... den Respekt meiner Sprößlinge ... und meiner eigenen Frau.«

Michael entsann sich der Schädelschnecke auf der Verbrannten Ebene.

»Ja, ja«, sagte Tonn, kam noch näher, bis er unmittelbar bei Michael zu sein schien. »Die Zeit ist reif für eine Veränderung. Vielleicht hatte der Rat von Eleu recht. Vielleicht hatte Elme recht. Es ist Zeit für die Sidhe, zur Erde zurückzukehren. Ach, wenn der arme Tarax mich jetzt hören könnte! Er sähe die Grundfesten seines Lebens wanken. Er verginge vor Scham. Du, ein jämmerliches Menschenkind, mußt die Last tragen – nicht ein mächtiger und treuer Sidhe. Aber andererseits ist Tarax bemerkenswert unwissend. Mein ganzes Volk ist unwissend, ausgenommen vielleicht die Ban der Stunden.«

Michael vergegenwärtigte sich ein altes Vorstellungsbild hoher Gestalten um sein Bett auf Erden, die über ihn sprachen. – Du?

»Nein, wahrhaftig nicht«, sagte Tonn. Er zog mit der Hand einen Block aus dem Steinfeld und ließ sich darauf nieder. »Nicht einmal der *Maln* oder der Rat von Delf. Der Rat von Eleu erwählte dich, und es würde seinen Mitgliedern großen Kummer bereiten, wenn sie wüßten, daß ich mit ihnen übereinstimme. Aber bevor unsere Pläne ausgeführt werden können, müssen einige Hindernisse beiseite geräumt werden. Alte Habgier. Wir stimmen nicht in allen Punkten überein, aber jeder von uns hat eine Verwendung für dich.«

– Dann habe ich keinen eigenen Willen?

»Du hast allen Willen, den du brauchen wirst. Und dies hier wirst du nicht benötigen.« Er hielt das schwarze Buch in die Höhe. Es verblaßte, verschwand aus seiner Hand. »Noch wirst du dein Todesradio benötigen. Jetzt ist es an der Zeit zu vergessen ...«

Die Schwärze des Steinfelds vertiefte sich und verschlang den Himmel und die Wolken, erreichte Tonn und verhüllte ihn.

– Einst waren Dichter Magier. Dichter waren stark,

stärker als Krieger oder Könige – stärker als unglückliche alte Götter. Und einst werden sie wieder stark sein.

Die Wolke der Schöpfung hatte wieder ihren Platz eingenommen. Die zurückweichende Schwärze funkelte und brodelte.

37

Michael wanderte dahin und pfiff ohne Melodie, merkte es und brach ab. Wachsam blickte er umher, und seine Armhaare prickelten. Dann runzelte er die Brauen und setzte sich, wieder beschäftigt mit der Frage, warum er noch lebte. Er war im Irall gewesen.

Er fühlte nach dem Buch. Es war fort. Erschrocken blickte er umher, teilte das Gras mit den Händen, um zu sehen, ob er es verloren hatte. In seiner Erinnerung ging alles drunter und drüber.

Neben ihm strömte der breite Fluß in seinem Bett, rauschend, wo er in Stromschnellen über Blöcke toste. Ein paar hundert Schritte jenseits des Flusses war die Wand einer Schlucht und in seinem Rücken, indem sie ihren Schatten auf ihn warf, die andere. Beide bestanden aus grauem Kalkstein, gestreift von rostig-roten Einschlüssen und ausgehöhlt und zernarbt von den Wassermassen früherer Zeiten. Beide Wände der Schlucht ragten wenigstens hundertzwanzig Meter empor und erstreckten sich flußab, so weit Michael sehen konnte. Entlang den Ufern gediehen Bäume in kleineren Gruppen; ihre Blätter raschelten in einer gleichmäßigen kühlen Brise, einem eingeschlossenen Luftstrom, der den Strom des Wassers ergänzte.

»Was ist geschehen?« fragte er, tat einen Schritt in diese Richtung, kehrte wieder um und stieß mit dem Fuß in den Sand. Er erinnerte sich, daß er seinem Todesradio begegnet war, einem großen Kerl in einem Gewand mit Überwurf ... aber wo war das gewesen? Und dieser Mann hatte ihm verschiedenes gesagt, aber er konnte sich nicht um sein Leben erinnern, was es gewesen war.

An Tarax erinnerte er sich sehr deutlich, und die Erinnerung machte ihn frösteln.

»Michael! Michael!«

Zwei Gestalten stiegen auf steilem Pfad in die Schlucht ab.

»Nikolai!« rief er. Die Wiedersehensfreude verdrängte vorübergehend seine Schwierigkeiten. »Haben Sie den Rückweg in die Stadt nicht geschafft?«

»Und Sie?« Nikolai und Bek erreichten die Talsohle und kamen durch den Sand auf ihn zu. Sie umgingen die vereinzelten Grasinseln. Michael und Nikolai umarmten sich, und Michael war überrascht und verlegen über die Entdeckung, wie gut es tat, Nikolais kräftigen warmen Körper in den Armen zu fühlen. Bek stand abseits und lächelte.

»Ich wurde gefangengenommen«, sagte Michael.

»Und wir wurden durchgeseiht, dann, durch die Ban ...«, sagte Nikolai, und sie lachten und schlugen einander auf die Schultern. »Wir wurden hergeschickt, und Sie auch, junger Freund. Von der Ban? War sie Ihre Retterin?«

Michael berichtete, soviel wie er erinnerte, was nicht sehr hilfreich war. Er beschrieb das Innere des Irall, den Sturz zur Unterseite des Reiches und den Zylinder über dem Nebel. »Danach ... ich glaube, es war alles ein Traum.«

»Hier? Höchst unwahrscheinlich«, sagte Nikolai. »Was es auch war, es muß wirklich geschehen sein.«

»Mein Buch wurde mir genommen. Ich habe vieles vergessen.« Er machte ein langes Gesicht. Der Gedanke an das Buch brachte ihn wieder auf ›Kublai Khan‹. Über die ersten paar Zeilen hinaus konnte er sich nicht erinnern.

»Aber Sie haben überlebt, Gott befohlen! Niemand ist jemals lebendig aus dem Irall gekommen – jedenfalls kein Mensch.«

»Und kein Halbblut«, sagte Bek und fuhr sich mit der Hand durch das seidige blonde Haar. »Nikolai schilderte Sie als einen ganz besonderen jungen Mann. Nun glaube ich ihm. Ein ganz besonderer *antros*, sogar für die Sidhe.«

Michael empfand Unmut über das Wort, das so oft als Verwünschung gebraucht wurde, aber er sondierte geschickt Beks Gedanken und fand keine Feindseligkeit. Bek erwiderte die Einfühlung und entgegnete Michaels Abschirmung. Statt Verärgerung zu zeigen, lächelte er breit und schüttelte den Kopf in Anerkennung und Verwunderung.

Bis zum Abend hatten sie trockenes Gezweig und Gras für ein Feuer gesammelt. Sie aßen Früchte und Wurzeln, die Nikolai am Tag zuvor gesammelt hatte, und ruhten aus. Es wurde nicht viel gesprochen.

Das Feuer wurde Rauch und Asche und ein wenig Glut. Bek und Nikolai schliefen. Michael war zumute, als hätte er eine Ewigkeit geschlafen und würde es vielleicht nie wieder tun müssen. Er schlang die Arme um die angezogenen Knie, schaute in den aufsteigenden Rauch und wunderte sich, daß er sich so gut fühlen konnte, da er doch das letzte verloren hatte, was ihm wichtig war, da er weder eine Zukunft noch irgendwelche Aussichten hatte. Da er noch immer im Reich war.

Er lebte, und das war genug. So oft schon hatte er sich aufgegeben, hatte den Tod oder Schlimmeres erwartet. Er dachte an den schwerelosen Friedhof und an den beißenden Staub.

Selbst wenn sich herausstellen sollte, daß Clarkham nutzlos für ihn war – und umgekehrt –, selbst wenn er nur eine Schachfigur in den Händen Mächtigerer war …

Ein Rascheln im Gras ließ ihn aufmerken. Was er jenseits der beiden im Sand schlafenden Gestalten sah, ließ ihn erschrocken hochfahren.

Biri stand dort im Gras, in einem schwarzen Gewand mit roten Schultern und Armen. Er starrte unverwandt herüber und winkte Michael mit der Hand.

Michael stand auf und streifte Sand von seiner fleckigen Hose. Er folgte Biri, bis sie außer Hörweite vom Lager waren und ihre Stimmen vom Rauschen des Flusses übertönt wurden.

»Ist dies eine Art Wegkreuzung?« fragte Michael. Seine Stimme drohte zu versagen. Er räusperte sich.

»Keine Wegkreuzung. Ich habe etwas gebracht, das dir noch von Nutzen sein mag. Es ist dein, nach dem Gesetz. Du hast deine Strafe überlebt, und es ist auf dich umgeprägt worden.« Er deutete zu einer Baumgruppe. Dort stand, schwach sichtbar im Licht der Milchstraße, das blaue Pferd. Es wieherte leise und kam auf ihn zu. Michael streckte zögernd die Hand aus, und es berührte seine Handfläche mit den samtweichen Lippen.

»Wegen dieses Pferdes habe ich viel durchgemacht«, sagte Michael. »Ist es nicht wieder eine List?«

Biri schüttelte den Kopf. »Tarax war zornig, daß er dir nicht das Schicksal der anderen bereiten konnte, die im Zylinder angekettet wurden. Er ließ das Pferd frei, aber nicht am selben Ort, wo er dich freizulassen hatte.«

»Was tust du hier?«

»Ich befolge Adonnas Befehl.«

»Und …?«

Biri schlug den Blick nieder. »Adonnas wegen habe ich kein Pferd. Und durch Tarax habe ich kein Vertrauen zu Adonna oder dem Irall. Meine ganze Ausbildung war umsonst. Mein Volk geht zugrunde. Wir welken innerlich. Ich gebe die Schuld Adonna.« Er blickte mit einem fast bittenden Ausdruck zu Michael auf. »Ich ging zur Ban der Stunden. Sie und ihr Gefolge sind die einzigen, die zu wissen scheinen, daß im Reich etwas schiefgegangen ist.«

»Der Rat von Eleu«, sagte Michael.

»Ja. Was weißt du von ihm?«

»Nicht sehr viel.«

»Möchtest du mehr darüber wissen, soviel wie ich?«

Michael nickte. Wenn Clarkham ein unzuverlässiger Erlöser war, dann mochte der Rat von Eleu in der Lage sein zu helfen.

»Dann reite mit mir ... oder besser, laß mich mit dir reiten, da ich kein Pferd habe. Während deine Gefährten schlafen.«

»Wohin?«

»Vor nicht langer Zeit hätte ich den Ort für verflucht gehalten und gemieden. Nun bin ich viel weniger sicher. Es ist nicht weit, wenn wir reiten.«

Michael blickte zurück zum Lager und zu den schlafenden Gestalten Nikolais und Beks. Er wußte, daß Nikolai schlief, aber Bek ...

»Warum sollten sie nicht mit uns gehen?«

»Der Mensch ist niemals der Disziplin einer Ausbildung unterzogen worden, er würde nicht überleben. Das Halbblut ...« Biri zuckte die Achseln. »Ihm würde es nichts bedeuten. Er ist ohne ein Volk, ein Einzelgänger. Es ist ihm gleich, daß er ein Halbblut ist; andernfalls könnte es Bedeutung für ihn haben.«

Michael überlegte kurz. »Dann zeig mir den Weg.«

Das blaue Pferd ließ sie beide aufsitzen, und anders

als mit Gwinat ritt diesmal Michael hinten und Biri vorn. »Ich war im Irall«, sagte Michael.

»Ja.«

»Hast du mich gesehen?«

»Ja.«

»Warum hast du nicht geholfen?«

»Niemand wagt es, sich gegen Tarax zu stellen. Außerdem solltest du vor Adonna gebracht werden. Selbst Anfänger wissen, wie vergeblich der Versuch ist, sich Adonna zu widersetzen.«

Michael trieb das Pferd vorwärts. Dann, im vollen Bewußtsein der Konsequenzen, gab er dem Tier Gelegenheit, sich auszulaufen. »Sag uns, wohin es geht!« rief er Biri zu, als der Pferdekörper sich streckte und über das nächtliche Land dahinflog.

»Nach Süden«, sagte der Sidhe.

38

Eine Zeitlang folgte das Pferd dem Fluß, dessen Tal noch lange von Steilwänden flankiert wurde. Michael vermochte nicht zu unterscheiden, ob sie flogen oder galoppierten, noch wo sie waren. Alles war unscharf und wie in Unordnung. Wenn er den Kopf zur Seite drehte, nahm die Welt ein anderes Aussehen an, erfüllt von Lichtstreifen und rasch ziehenden Wolken.

»*Abana*«, rief Biri. »Sag dem Pferd *abana!*«

Michael wiederholte das Wort, und was vom Reich noch um sie zu sehen war, löste sich auf. Die Nacht wurde zum Zwielicht, die Streifen und Wolken formierten sich zu einem graublauen Himmel. Unter ihnen zogen die Lichter einer Stadt wie Wasser, das über faltigen Stoff rinnt, über die Steppe. »Es sieht wie die Erde aus!« rief Michael. Der Wind schmeckte nach Ozon.

»Es ist eine von vielen Erden«, sagte Biri. »Den Erden zwischen deiner Welt und dem Reich.«

Die Lichter der Stadt gerannen zu Straßen und Gebäuden, die tief unter ihnen kippten und schwankten. Alles war grünlich, von einer sehr denkwürdigen Färbung – der Färbung der Zwischenwelt, wo Lamias Schwester Wache hielt. »Wie viele Erden gibt es?«

»Viel mehr, als gezählt werden können«, sagte Biri.

»Und das Pferd kann die Räume zwischen ihnen überwinden?«

»Wir streifen sie nur. Wir sind nicht tatsächlich dort, es sei denn, wir fielen vom Pferd. Es streift die Oberfläche, springt von einer zur nächsten.«

Die Lichter verschwanden, und alles wurde wieder vermischt und undeutlich. Die Mähne des Pferdes fühlte sich in Michaels Hand, die um Biri griff und hineinfaßte, wie kaltes Feuer an. Das Pferd wandte den Kopf, um sie anzusehen, und sein Auge war kalt und tödlich blau, wie eine von innen beleuchtete Eiskugel. Es entblößte die Zähne, die so scharf und lang wie die eines Tigers waren. Zwischen dem Reich und der Erde – oder den Erden – war es in der Tat ein ganz verschiedenes Tier, ein wahrhaftiger Alptraum.

»Wir kommen in die Nähe«, sagte Biri.

Ein Beben ging durch den Pferdekörper, und der Wirbel ringsum verlor ein wenig an Intensität. Michael spürte, wie sich die Muskeln des Pferdes unter seinen Beinen spannten und vom Flug auf den Lauf vorbereiteten.

Das Reich kehrte wieder. Sie galoppierten über ein steiniges, mit kleinen Bäumen bestandenes Feld. Auch die Nachtluft war wie zuvor, kalt und trocken. Funkelnde weiße Sterne standen am Himmel.

Michael brachte das Pferd zum Stillstand. »Wie weit sind wir gereist?«

»Zu weit, um die Strecke zu Fuß zu gehen«, sagte Biri und ließ sich zur Linken vom Pferd gleiten. »Wir können das Pferd nicht in den geschützten Kreis reiten.«

Auch Michael saß ab, und sie wanderten über das Feld. Scharfkantiges Gestein drückte sich schmerzhaft durch die dünnen weichen Sohlen an Michaels Füßen. Vor ihm zeichnete sich im ungewissen Sternenlicht eine Erhebung aus Erde und Steinen ab, ganz wie die prähistorischen Grabhügel, die Michael aus Büchern kannte.

»Solche gibt es auch auf Erden«, sagte er.

Auf einer Seite des Hügels war ein Schlußstein, blokkiert durch eine kreisförmige Steinplatte, die halb im Boden vergraben oder versunken war. Biri trat zum linken Rand dieser Platte und zog hinter ihr einen runden Stein von ungefähr fünfzehn Zentimetern Durchmesser hervor. Als ob er aus Lehm wäre, bohrte er mit den Fingern eine Höhlung hinein und wog den Stein abwechselnd in einer und der anderen Hand. Mit einem Finger erzeugte er eine heftige Weißglut. »Eine Laterne«, sagte er.

Am rechten Rand der Platte war eine Reihe von Kerben. Er legte die Finger einer Hand in bestimmte Vertiefungen, darauf berührte er andere in unterschiedlicher Reihenfolge. Die Platte versank mit dumpfem Grollen im Boden.

»Nun treten wir ein«, sagte er.

Die Steinlaterne zeigte einen etwa zehn Schritte langen Stollen, der ins Innere des Grabhügels vorstieß und dessen Wände aus wurzeldurchzogener feuchter Erde bestanden. Der Boden war mit geschnittenen Steinplatten gepflastert. Die Luft war kalt und roch moderig. Biri ging voraus.

In der Mitte des Hügels befand sich eine Kammer von ungefähr zehn Metern Durchmesser. Ihre Steinwände glänzten feucht im Widerschein der Lampe. Silbrigweiße bartähnliche Pilzflechten hingen von den nassen Oberflächen.

Auf einer steinernen Bahre in der Mitte ruhten dicht nebeneinander zwei transparente Särge aus Quarz. In jedem lag ein Skelett. Biri trat auf eine Seite, und Michael ging langsam herum zu der anderen.

»Weißt du, wer sie sind?« fragte Biri mit gedämpfter Stimme, um in der hallenden Gruft keine Echos auszulösen.

»Ich glaube nicht«, sagte Michael. Die Gebeine im linken Sarg ähnelten durchscheinendem Elfenbein und waren eingehüllt in ein durchsichtiges weißes Gewand; das Skelett im rechten Sarg war bräunlich und undurchsichtig und trug nichts als Staub und vermoderte Lumpen. Eine Hand umfaßte einen polierten hölzernen Stab mit einem Bronzekopf am Ende.

Michael beendete seinen Rundgang und blieb neben Biri stehen. »Die meisten meines Volkes schmähten sie«, sagte Biri und berührte das Quarzglas des Sargs mit den Fingerspitzen. »Nach unserer Rückkehr von den Sternen waren wir zu schwach, deine Art zu vernichten. Manche Sidhe, darunter der Magier, stellten sich den Menschen als Götter dar und suchten ihre Entwicklung zu behindern, doch war deine Art nicht immer ehrfürchtig. Die Menschen wuchsen und reiften und fanden auch so zu den ihnen eigenen Fähigkeiten. Sie gebrauchten sogar die Lügen und Träume, welche die falschen Götter ihnen als Offenbarungen enthüllten, wie eine Blume Dünger gebraucht.

Sie dachte, wir sollten in Frieden mit euch leben, aber zuerst weigerten sich ihre Ratgeber, ihre Pläne auszuführen. Sie war Königin; sie hatte uns heimgeführt, und sie war eine mächtige Zauberin; man konnte sie nicht offen bekämpfen. Aber sie begann die Erde zu durchwandern und versuchte eine Lösung zu finden. Mit der

Zeit gelang es ihrem Ratgeber, die meisten Sidhe zu überzeugen, daß die Königin geistig verwirrt sei, daß sie die Anstrengungen und Gefahren der Reise nicht vertragen hätte, daß – wie es damals häufig geschah – ihre magischen Kräfte den Verstand zerrüttet hätten.

Also sammelte sie ihre Anhänger um sich und bildete den Rat von Eleu. Während andere Sidhe versuchten, die Menschen zu beherrschen, verbreitete der Rat Wissen unter ihnen. Während der Magier, Tonn, Jahrhunderte damit verbrachte, eure Götter Jaweh und Baal und andere zu porträtieren, trat die Königin gegen ihn auf und versuchte die Menschen zu ermutigen, daß sie sich der Entwicklung ihrer eigenen guten Eigenschaften widmeten. Tonn war stärker.

Und zuletzt erklärte die Königin, sie habe einen Menschen liebgewonnen. Sie lehnte die kalte und herzlose Vereinigung mit Männern ihrer eigenen Art ab.« Biris Züge verrieten weder Ironie noch ein Bewußtsein von Selbstkritik. »Ihre Anhänger glaubten, sie sei nun wahrhaftig geistesgestört, eine Auffassung, die sich bis auf den heutigen Tag unter denen findet, die sonst an die Richtigkeit ihrer Gedanken glauben. Sie liebte den Mann jedoch wirklich, und als er starb, wie es Sterblichen vom Schicksal zugemessen ist, ließ sie seinen Körper hier beisetzen. Noch tausend Jahre arbeitete der Rat von Eleu mit der Königin daran, die Menschheit auf ein kulturelles und sittliches Niveau zu heben, wo andere Sidhe in der Lage sein könnten, sie als gleiche zu akzeptieren. Mit ihrem Gemahl aber war ihre Begeisterung gestorben; endlich starb sie selbst und wurde neben dem bestattet, den sie geliebt hatte, statt in einem Ehrengrab oder in einem Baum, wo sie ihre Weisheit hätte weitergeben können.

Tonn gründete den Schwarzen Orden, um ihren Wünschen entgegenzuarbeiten, und übertrug Tarax den

Befehl. Der Schwarze Orden, der *Maln*, bekämpfte jedes Vorhaben des Rates von Eleu. Bis zum heutigen Tag stehen die beiden einander feindlich gegenüber, und der Rat von Eleu muß im geheimen arbeiten.«

»Dann sind dies Elme und Aske«, sagte Michael.

Biri nickte. »Adonna ist ein korrupter Gott«, fuhr er fort, »der mit der Zeit mehr und mehr senil wird. Ich kann ihm nicht dienen. Ich muß jenen dienen, die ihn und den *Maln* bekämpfen.«

»Du willst Menschen helfen?«

»Es scheint, daß ich muß, nicht wahr?« Biri lächelte grimmig.

»Die Kranichfrauen sind Elmes Töchter?«

»Elme und Aske hatten vierzig Kinder, die ersten Mischlinge. Zwanzig von ihnen heirateten Menschen und hatten Kinder mit ihnen ...«

»Wie lange ist das her?«

»So lange wie neuntausend Jahre auf Erden, und so kurz wie achtzig Jahre. Diejenigen mit weniger als einem Achtel Sidheblut werden wieder zu Sterblichen, können aber noch immer etwas Magie wirken. Ihre Kinder verbreiteten sich über die Erde, und viele von ihnen lebten Tausende von Jahren, überlebten viele Generationen von Abkömmlingen.

Vor langer, langer Zeit hielt Elme hof in einem schönen Garten, umgeben von hohen Steinmauern. Sie suchte den Rat des Schlangenmagiers, des letzten der ursprünglichen Menschen.«

Michaels Augen verengten sich.

»Du weißt davon?« fragte Biri mit einem verwunderten Blick.

Michael starrte auf das Skelett in dem schneeweißen Gewand und wußte nicht, wie er reagieren sollte. Schließlich stiegen ihm Tränen in die Augen und rannen ihm übers Gesicht, als ob er sein Leben lang nur

Bruchstücke einer wundervollen und traurigen Geschichte gehört hätte, die nun für ihn ihre Vervollständigung erfahren hatte.

39

Sie kehrten auf demselben Weg zurück, auf dem sie gekommen waren. Michael bemerkte kaum die pyrotechnischen Effekte; er hielt sich an Biri und dem Pferd fest und richtete seine Gedanken nach innen.

Er hatte erfahren, was kein Geschichtsbuch auf Erden ihn jemals hätte lehren können. Und er vermutete, daß es noch weit mehr gab, von dem er nur Bruchstücke, Teilwahrheiten oder überhaupt keine Wahrheit gehört hatte.

Das Pferd hielt in der Nähe des Lagerplatzes und scharrte mit dem Huf im Sand. Die spitzen Fangzähne waren nicht mehr zu sehen, sein Auge blickte sanft. Michael saß ab und blickte zu Biri auf.

»Ich traue dir nicht«, sagte er. Biri erwiderte seinen Blick mit unverändertem Ausdruck. »Freilich glaube ich, daß du mir die Wahrheit über Aske und Elme gesagt hast und was du über die Geschichte der Sidhe weißt. Es gibt keinen Grund, mich deswegen zu belügen. Vielleicht weißt du auch, daß ich einen guten Teil der Geschichte von anderen gehört habe. Aber ich kann dir nicht ohne weiteres glauben, daß du Adonna verlassen hast.«

Biri lächelte ironisch. »Du hältst es immerhin für möglich?«

»Ja, ich werde es als eine Möglichkeit betrachten«, erwiderte Michael. »Aber alles geht zu glatt. Alle wollen, daß ich zum Isomagus gehe. Nur die Ban der Stunden sagte mir, daß ich eine Schachfigur sei, hin- und hergeschoben zwischen zwei Kräften: dem Rat von Eleu und dem *Maln*. Ich vertraue ihr, glaube ich.«

»Sie ist eine würdige Frau«, sagte Biri und bekräftigte seinen Respekt durch ein Nicken.

»Ich denke, es ist an der Zeit, daß ich aus eigenem Antrieb handle«, sagte Michael. »Ich will zurück zum Vertragsland.«

»Das existiert nicht mehr«, sagte Biri. »Dein Volk und die Mischlinge sind in neue Gemeinden umgesiedelt worden.«

»Führ mich zu einem der Lager!«

»Sie werden scharf bewacht. Tarax will vermeiden, daß weitere Personen wie du die Aufmerksamkeit des Rates von Eleu finden.«

»Du und ich zusammen, wir können ...«

Biri schüttelte entschieden den Kopf. »Ich habe Adonna entsagt, aber ich werde nicht meinesgleichen bekämpfen.«

»Aber du möchtest dem Rat dienen. Du kannst das tun, indem du Menschen hilfst.«

Biri schwieg.

»Ich bin nicht sicher, ob es am Ende nicht der Wunsch des *Maln* ist, daß ich zum Isomagus gehe. Sie ließen mich frei, und das macht mich argwöhnisch.«

»Was würde der Rat mit dir anfangen?«

»Ich weiß es nicht.«

»Wer hat sich dir am feindlichsten gezeigt?«

»Sidhe, die Menschen hassen.«

»Mitglieder des *Maln*.«

»Ich weiß es wirklich nicht ...« Michael war wieder verwirrt.

»Es scheint offensichtlich«, sagte Biri.

»Warum hat Tarax mich dann nicht getötet, als er die Gelegenheit dazu hatte? Ich bin nicht sehr stark. Jeder Sidhe könnte mich überwältigen und töten. Du könntest es in diesem Augenblick, mit einer bloßen Fingerbewegung.«

»Vielleicht bist du nicht so schwach, wie du meinst.«

Michael lachte. »Gerade hast du einen Stein ausgehöhlt und ein Feuer darin entzündet. Ich kann mich mit Mühe und Not warmhalten, das ist alles.«

Biri saß ab und kauerte nieder. Er spähte in das schluchtartige Flußtal. Sein Gewand mit den roten Schultern verlieh ihm im Sternenlicht ein entkörperlichtes Aussehen, als ob sein Rumpf auf einer grauen Steinplattform über dem Tal schwebe. »Du nennst dich einen Dichter«, sagte Biri. »Die Sidhe haben Dichter immer mit Respekt betrachtet.«

»Ich bin sechzehn, vielleicht inzwischen siebzehn«, sagte Michael. »In meinem bisherigen Leben habe ich vielleicht fünf halbwegs ordentliche Gedichte geschrieben, wahrscheinlich weniger. Hier im Reich habe ich kaum Zeit gehabt, überhaupt etwas zu schreiben. Und wenn ich es versuchte, hörte ich eine fremde Stimme in meinem Kopf, die mir Anregungen gab oder bloß Vorstellungen für mich schuf. Glaub mir, ich bin mehr Schachfigur als Dichter.«

»Also, was willst du tun?«

»Vielleicht hier sitzen bleiben und mit Nikolai und Bek weiterziehen. Sehen, wessen ich wirklich fähig bin, bevor ich irgendwelche Entscheidungen treffe.« Nach einer Pause setzte er halblaut hinzu: »Nach allem, was ich erfahren habe, glaube ich nicht, daß Clarkham irgendeine Hilfe sein könnte. Ich bin nicht einmal sicher, ob er ein Mensch ist oder ob Menschen ihm wirklich etwas bedeuten.«

Biri nickte. »Wenn du eine Schachfigur bist, glaubst du dann wirklich, die Kräfte, die dich gebrauchen, werden dir erlauben, dich abseits zu halten?«

Das brachte Michael zum Schweigen. Er setzte sich

neben den Sidhe und ließ die Beine über den Rand der Felsplatte baumeln, auf der sie sich niedergelassen hatten. »Jedenfalls«, meinte er trotzig, »werden sie nicht erreichen, daß ich mich wie eine alberne Marionette benehme.«

»Wenn du gebraucht wirst, sei es durch Tarax oder den Rat, hast du es mit sehr mächtigen Gegnern zu tun, solltest du ihnen trotzen.«

»Was schlägst du mir vor?«

»Nicht viel, denke ich. Vervollkommne dich in deiner Disziplin. Beende deine Ausbildung.«

»Die Kranichfrauen sind fort«, sagte Michael. »Ich erwarte nicht, daß sie in nächster Zeit hier auftauchen.«

»Ich kann dich ausbilden«, sagte Biri. Er zeigte mit ausgestreckter Hand in die Richtung des Lagers. »Heute nacht, während sie schlafen. Dann kannst du entscheiden.« Sein Lächeln in der Dunkelheit war strahlend und wild. Michael überlief es kalt.

»Und wenn ich gegen den Rat entscheide?«

»Meine Untertanentreue hat sich noch nicht verfestigt«, erwiderte Biri. »Vielleicht kannst du mich anleiten.«

Michael überlegte. »Wird Tarax dich nicht verfolgen und versuchen, dich zurückzuholen?«

»Warum? Ich bin nutzlos für ihn, nutzlos für Adonna. Bloß ein weiterer unzufriedener Sidhe. Sie werden ihre Zeit nicht mit Vergeltung vergeuden. Nur erniedrigte Sidhe wie Alyons lassen sich auf solche Albernheiten ein.«

Michael stand auf und ging hinüber zum Pferd. »Gut. Also lehre mich.«

»Wir fangen gleich an«, sagte Biri und erhob sich gleichfalls.

40

Es hätte die längste Nacht in der Geschichte des Reiches sein können. Für Michael zog sie sich ewig hin ... und es war nicht angenehm. Biri ging mit ihm fort vom Tal, bis sie in der Mitte eines breiten Streifens von Sand und kleinen Blöcken standen.

»Zuerst mußt du begreifen, daß du allein bist«, fing er an. »Für einen Sidhe-Anfänger wird dieses Alleinsein durch die Ermordung seines Pferdes versinnbildlicht und bekräftigt; es kann keine engere Beziehung und darum keinen größeren Schrecken geben als die Erfordernis, den vertrautesten Gefährten zu töten.«

»Muß ich das Pferd töten?« fragte Michael erschrokken.

»Nein. Dein Gefühl für das Tier ist oberflächlich, ungewiß. Du bist nicht mit ihm aufgewachsen. Der *Mafoc Mar* hat es nicht draußen auf den Feldern für dich ausgewählt, als du jung warst; du bist nicht mit dem Pferd an deiner Seite zur Reife herangewachsen. Du mußt etwas anderes finden.«

»Vielleicht ein weiteres Schattenselbst?«

Biri schüttelte irritiert den Kopf. »Das geht mich nichts an.«

Das Sternenlicht war hell genug, daß ihre Gestalten Schatten warfen.

»Keine Schwerter, keine Kugeln und keine Zauberstäbe. Das alles sind menschliche Mißverständnisse von Magie, menschliche Voreingenommenheit für technische Hilfsmittel. Wahre Magie liegt rein im Geist. Die Sidhe zählen zu den ehrlosesten, unzuverlässigsten Kreaturen der Schöpfung, aber sie haben einen Vorzug: Konzentration. Wenn sie etwas wollen, können sie sich vollständig darauf konzentrieren.«

Biri setzte sich und bedeutete Michael, desgleichen zu tun. »Du bist allein«, sagte er. »Du bist das einzige existierende Lebewesen. Du wirst niemals wirklich wissen, ob es andere gibt. Der Umstand, daß Menschen Seelen haben, berechtigt nicht zu dem Glauben, daß sie sich darin von den Sidhe unterschieden, daß sie nicht für alle Zeit allein seien.«

Michael schüttelte den Kopf. »Was ist mit Freundschaft, Liebe?«

»Liebe kommt beim männlichen Sidhe nicht vor«, sagte Biri. »Aber ich kann die Frage auch so verneinen. Liebtest du die wirkliche Person oder dein Vorstellungsbild von ihr? Liebtest du ein Äußerliches oder was die Person dir bedeutete?«

»Aber es muß jemanden oder etwas geben, was man lieben oder von dem man enttäuscht sein kann.«

»Es gibt nur dich selbst. Allein. Leben ist Alleinsein. Liebe ist Alleinsein.«

»Aber dann existierst du nicht. Niemand anderer existiert.«

»Zusammen sind wir dennoch allein. Das ist die Eigentümlichkeit unseres Daseins. Wahre Gemeinschaft kennen wir nicht. Nicht einmal Sidhe, die sich in den Geist und die Erinnerung des anderen einfühlen können, die hinaussehen, können dem Alleinsein entgehen. Du kannst dich niemals auf einen anderen verlassen, nicht einmal auf den Kern deines eigenen Wesens. Du kannst einem anderen niemals vollkommen vertrauen ... denn wie ist das möglich, wenn du allein bist?«

Biri schien zu verschwinden, ließ Michael allein im Gras zurück.

Er riß einen Halm aus und betrachtete ihn mit einem Gefühl innerer Leblosigkeit. Wenn er wirklich isoliert und allein war, ohne irgendwelche Unterstützung in der gesamten Realität der Welt – einschließlich seiner eigenen inneren Realität –, wenn selbst sein Geist allein war, mit nur einer Stimme sprach und nirgendwo Anlehnung finden konnte, wenn alles andere illusorisch war ...

Die Leblosigkeit wurde abermals von einer tiefen Ruhe abgelöst. Wie oft konnte er verheerende Erkenntnisse haben und sie dann verdrängen und glätten wie einen wellenlosen Ozean? Wie viele weitere Enthüllungen würde es geben, die in gleicher Weise enden würden?

Der Grashalm war allein. Zusammen waren sie allein. Sie waren allein zusammen.

Der Boden des Reiches war allein. Der Grashalm war allein mit dem Boden.

Worte gingen ihm durch den Sinn, Argumente, veränderten Gestalt und Bedeutung, blieben ohne Bedeutung. Erst nachdem er von einem tiefen, zerrüttenden Schmerz durchbohrt worden war, gab er sie auf.

»Ich bin verliebt in Worte«, sagte Michael zu sich selbst. »Sie sind mein Pferd. Ich reite sie, gebrauche sie. Aber ich kann sie niemals töten. Selbst wenn ich keine Worte gebrauchen kann, um dorthin zu gelangen, wo ich gehe.« Die Erkenntnis dieser seiner Abhängigkeit war genug.

Sein Alleinsein wurde plötzlich offenbar, ohne Worte, Wahrheit, Bedeutung oder Gedanken.

Die einzige Möglichkeit, wahrhaft allein zu sein, liegt im Einssein mit allem, mit jedermann ...

Dann hat das ganze Universum nur eine Stimme. Alle Gesichter der Schöpfung, allein.

Michael erinnerte sich, was er getan hatte, wenn er die kleinen Kunststücke vollbracht hatte, die ihm von den Kranichfrauen beigebracht worden waren. »Alleinsein heißt, schwierig zu finden sein.«

Das ließ sich noch verbessern. »Alleinsein bedeutet Isolation von Bedürfnissen.« Er konnte ohne Nahrung oder Wasser unbegrenzte Zeit überdauern.

»Ich kämpfe nur gegen Schatten. Wenn ich allein bin, gibt es keinen Feind zu bekämpfen.« Und letzten Endes keine Notwendigkeit zu kämpfen. »Es ist verrückt zu kämpfen, wenn man allein ist.«

Er ließ den Grashalm sinken und blickte zum Sternhimmel auf. Biri hatte ihm geholfen, diese Struktur Stück für Stück sorgsam zu erbauen. Nun begann sie zusammenzubrechen. Die ganze Sache war lächerlich. Wie konnte er jemals solchen Unsinn glauben? Doch mit dem Zusammenbruch nahm sie nicht die Ruhe und das Gefühl der Herrschaft mit sich; diese blieben.

Sie hatten ein Boot gebaut, einen Fluß überquert, und das Boot war zerbrochen, kaum daß er am anderen Ufer stand.

Biri kam hinter ihm heran.

»Es ist alles falsch«, sagte Michael. »Es ergibt keinen Sinn.«

»Es ist das Zeichen über dem Tor deiner Annahme«, sagte Biri auf Cascar. »Für einen Sidhe ist Alleinsein Erhebung, Begeisterung, doch Alleinsein ist auch lächerlich. Du darfst uns nie vertrauen ... oder unseren Philosophen.«

»Dann sollte ich auch dir nicht trauen?«

»Traue nie einem Lehrer.«

Er schien nicht zu scherzen. Michael war weit davon entfernt zu ahnen, was es mit dieser letzten Disziplin auf sich hatte, so unleugbar ihre Wirkung war. Und wenn es solch eine Disziplin war, die den Sidhe Anlaß gab, sich zu verhalten, wie sie es taten (die Männer und Frauen trennte und zu höchst eigentümlichen Verhaltensweisen der Männer führte), dann täte er wahrscheinlich gut daran, sie loszuwerden, Wirkung hin oder her.

Aber er konnte jetzt nichts tun. Er fühlte sich kräftiger, besser in der Lage, mit seinem Schicksal fertig zu werden. Sie kehrten zurück zum Flußtal. Biri folgte ihm den Pfad hinab.

Der östliche Horizont hellte sich auf. Die lange Nacht war endlich vorüber. Nikolai und Bek schliefen noch, als die beiden zum Lager kamen. Das Feuer war zu Asche geworden. Biri hielt sich abseits von den schlafenden Gestalten, blickte den Fluß hinab.

»Was hast du jetzt vor?« fragte Michael ihn.

Nikolai erwachte, wälzte sich herum und stierte in schlaftrunkener Überraschung den Sidhe an. »Wer ist das?« fragte er mit heiserer Stimme. Dann rappelte er sich auf. Bek setzte sich aufrecht. Biri schenkte ihnen keine Beachtung.

»Ich glaube, ich werde zum Isomagus gehen«, sagte Biri.

»Das ist auch unser Ziel«, sagte Nikolai mit einem Blick auf Michael.

»Nicht unbedingt«, versetzte dieser. »Warum dorthin gehen?«

Biri zeigte sein wildes Lächeln. Nikolai hob fröstelnd die Schultern und wich vom Lager zurück. »Er trägt den Umhang der Eingeweihten des *Maln!*«

»Vielleicht, weil er einige Antworten hat«, sagte Biri. »Und wenn du nicht hingehst, muß jemand anders es tun. Außerdem ist er nicht weit von hier.« Er wies flußab. »Das Wasser fließt in die See. Die Länder des Isomagus liegen im Delta.« Er drehte sich um und ging fort.

Nikolai kam wieder näher und starrte Michael mißtrauisch und neugierig an. »Wo sind Sie die ganze Nacht über gewesen?«

»Ich weiß es selbst nicht genau«, sagte Michael. Der Sidhe verschmolz mit dem Schatten nahe den Felsen. Als es Tag wurde, war er nirgendwo zu sehen.

»Ich habe mich immer für den Isomagus interessiert«, sagte Nikolai. »Eine tragische, vielleicht furchtbare Person.« Sie sammelten Früchte und Beeren von den Sträuchern und niedrigen Bäumen nahe dem Fluß. »Ob es gefährlich ist, einfach zur Befriedigung der Neugierde hinzugehen?«

»Wahrscheinlich«, sagte Bek.

Nikolai runzelte die Brauen und biß nachdenklich in eine winzige Holzbirne. »Dann bleiben wir einfach hier, oder wir gehen zurück zum Vertragsland – außer man sagt, es lebe dort niemand mehr, und wir können nicht zurück. Ich weiß nicht, was das beste ist.«

»Wenigstens der Sidhe weiß, wo er seine Antworten suchen muß«, sagte Bek.

»Es mögen nicht die Antworten sein, die ich suche«, meinte Michael. »Wenn ich überhaupt Antworten suche. Und ich weiß nicht, warum er zu Clarkham geht.«

»Vielleicht kann Clarkham ihm Näheres über den Rat mitteilen. Über uns.«

»Es hört sich an, als wollten Sie beide weitergehen und Clarkham suchen.«

Bek überlegte einen Moment, dann nickte er.

Nikolai zuckte mit der Schulter. »Ich bin zufrieden, wohin es mich gerade verschlägt, solange niemand vom *Maln* weiß, wo ich bin.«

»Dann sollten Sie zu Clarkham gehen. Ich werde meine eigene Entscheidung zu gegebener Zeit treffen.« Und Michael wanderte zurück zum Lager, die Taschen mit den kleinen harten Früchten gefüllt. Nikolai kam ihm nach. »Michael, junger Freund, was ist geschehen? Was hat der Sidhe zu Ihnen gesagt? Sie haben sich verändert ...«

Tatsächlich verspürte er nicht länger ein Bedürfnis nach jemandes Gegenwart oder Rat. Er fühlte eine Widerwärtigkeit in sich wachsen und die anfängliche Ruhe verdrängen, die Biris Disziplin ihm mitgeteilt hatte.

Er blieb stehen und starrte in die Ferne, und vor seinen Augen entstand ein viel größeres Feuer als jenes, das sie verlassen hatten. »Brüder«, ertönte eine gedämpfte Stimme, und Schapur, von Kopf bis Fuß in Weiß gekleidet, schritt um die Flammen, die Arme in Brusthöhe verschränkt. »Man hat uns gesagt, daß Sie eine Eskorte benötigen.« Kaum hatte er geendet, da kamen hinter einem nahen Felsblock Harka, Tik und Dour zum Vorschein. Michael blickte über die Schulter und sah Bek mit festen Schritten näher kommen.

»Sie sind alle beisammen«, sagte Nikolai.

»Der Isomagus heißt euch in der Nachbarschaft von Xanadu willkommen«, sagte Schapur.

Nikolai ächzte. »Großartig, vortrefflich!« rief er, die Hände hochwerfend. »Nun bleibt uns keine andere Wahl.«

41

Harka grüßte Michael mit müder Handbewegung und setzte sich auf die sandige Uferböschung, flankiert von Tik und Dour, die jedoch stehen blieben. Die beiden jüngeren Sidhe schienen nervös; nur Bek und Harka blieben gelassen, Harka vielleicht, weil er zu etwas anderem unfähig war. Schapur blieb undurchdringlich.

»Wir haben natürlich Wache gehalten«, sagte Harka. Er wartete Michaels Einfühlung nicht ab; er war womöglich noch leerer als das letzte Mal, als Michael einen Blick in ihn getan hatte. Seine Leere war nicht weniger beunruhigend als Schapurs schreckliche Fülle.

»Ich bedarf keines Schutzes«, sagte Michael.

»Der Isomagus denkt anders darüber. Er konnte nicht viel tun, solange du zwischen dem Vertragsland und diesem Ort in den Territorien der Sidhe unterwegs warst. Aber er sandte uns aus, daß wir dich in den Bergen treffen sollten, und nahm sogar das Wagnis auf sich, Bek mit dir nach Inyas Trai zu schicken. Nun, da du dich seiner Domäne näherst, sind wir viel freier. Wir können notfalls helfen.«

»Unter Hilfe«, sagte Schapur, »versteht Harka, daß unser Auftrag lautet, dich nach Xanadu zu bringen. Es ist der Wunsch des Isomagus.«

Die Sidhe, wie niedrig ihr Status auch war, hatten dennoch gewisse Fähigkeiten bewahrt. Michael spürte es schon bei der leichtesten Berührung ihres Geistes. Er konnte nicht entkommen. Zwar fühlte er sich noch stark, doch war es keine Stärke, die er unmittelbar anwenden konnte; Biris Disziplin hatte selbst seine rudimentären Fähigkeiten irgendwie verwirrt. Wäre Biri bei ihm, so wäre die Partie zumindest ausgeglichen gewesen; nach Lage der Dinge war Widerstand jedoch zwecklos.

»Ich hatte es von Anfang an vor«, sagte Michael. »Kein Zwang notwendig.«

»Ausgezeichnet«, sagte Harka. »Der Isomagus wird sehr erfreut sein. Er hat nicht viele Besucher, wie sich denken läßt.«

»Und was ist mit mir?« fragte Nikolai.

»Alle, die dem Menschenkind geholfen haben, sind in Xanadu willkommen. Wollen wir jetzt aufbrechen, oder mußt du nach deiner ... anstrengenden Nacht ausruhen?«

»Ich bin ausgeruht«, sagte Michael. Nikolai nahm die Schultern zurück und nickte zustimmend.

»Fein. Es ist eine angenehme Reise. Wir können bis

zum späten Abend dort sein. Natürlich, wenn wir alle reiten könnten ...« Er blickte neidisch zum Pferd. »Aber wir können nicht. Bek wird sich des *epon* annehmen.«

Während der nächsten fünfzehn Kilometer vertiefte sich die Schlucht, die der Fluß durch das Gebirge geschnitten hatte, so daß sie in immerwährenden Schatten dahinzogen. Moose und Farne überwucherten die Böschungen, und einige Arten erreichten so stattliche Höhen, daß sie ein dichtes Laubdach über den Wanderern bildeten und alles in grüne Dämmerung tauchten. Der Fluß wurde zu einem tiefen reißenden Gießbach von nicht mehr als zehn Metern Breite.

In seinen klaren Wassern sah Michael Fluviale wie Forellen dahinschießen, Felsblöcken ausweichen oder über glatt ausgekämmten Algenbärten scheinbar reglos in der Strömung stehen.

Am Spätnachmittag näherten sie sich dem Ende der Schlucht. Die Felswände wurden niedriger und traten zurück, und der Fluß, aus der Enge befreit, verbreiterte sich und strömte hinaus in eine weite bewaldete Ebene. Nebelfahnen wehten über den Wipfeln; der Himmel zerschmolz in eine Farbe zwischen Butter und polierter Bronze. Die Bäume der Ebene nahmen die Bronzefarbe auf und träumten in einem tiefen Braungrün. Wolken mit vergoldeten Rändern warfen lange Schatten über alles.

Die Ebene senkte sich allmählich zu einer grenzenlosen See, die still wie ein Spiegel im letzten Tageslicht lag, den Himmel reflektierte und nur einen dunkleren Ton seines eigenen Charakters hinzufügte.

Im roten Glühen des Sonnenuntergangs wanderten sie, stets dem Flußlauf folgend, durch den Wald. Das Wasser murmelte in seinem breiten flachen Bett voll rundgeschliffener Kiesel. Wo die Fluvialen sich den

Weg suchten, wenn das Wasser nur knöcheltief war, konnte Michael sich nicht denken.

Harka drängte weiter, obwohl es rasch dunkelte. Der Waldpfad war überwachsen und selbst bei gutem Licht schwierig zu verfolgen, aber der leichenhafte Sidhe beschleunigte seinen Schritt noch; er schien von einer zusätzlichen Dringlichkeit angetrieben. Bek, Tik und Dour folgten in einiger Entfernung. Schapur hielt sich in Michaels Nähe, und seine weißgekleidete Gestalt bewegte sich fast geräuschlos durch Unterholz und getrocknetes Laub.

Harka gab Michael zu denken. Seine Leere hatte für Michael etwas unbestimmt Vertrautes, doch war er nie einem Sidhe mit Harkas Gebrechen begegnet. Wenn diese Leute für Clarkham arbeiteten, war es möglich, daß er sie sich durch irgendeine Magie hörig gemacht hatte. Aber wie konnten Sidhe von jemandem beherrscht werden, der nicht ihresgleichen war?

Immer wieder beschäftigte Michael sich während der Wanderung mit Fluchtplänen, nur um sie zu verwerfen. Sein tiefsitzender Zorn und seine Verwirrung gärten ihn ihm. Warum hatte Biri ihm solch eine unheimliche, lächerliche Philosophie eingetrichtert? Vielleicht, dachte Michael, um die mißliche Lage zu schaffen, in der er sich jetzt befand ...

Nikolai wurde zusehends nervöser und ängstlicher, als sie sich der Küste näherten. Das Sternenlicht war gerade hell genug, daß die dunklen Umrisse der Bäume zu erkennen waren, und so gelangten sie schließlich aus dem Wald und gingen über den Sandstrand zum ruhigen Wasser.

»Selbst für den erwünschten Besucher ist es gefährlich, sich Xanadu in der Dunkelheit zu nähern«, sagte Harka. »Wir bleiben über Nacht hier.«

Nikolai folgte Michael ein paar Schritte den Strand

entlang. Die anderen machten keine Anstalten, sie aufzuhalten. Michael bückte sich und tauchte die Hände in das klare Wasser. Die kleinen Riffelwellen glänzten matt im Sternenlicht. Das Wasser war weder warm noch kalt. Michael führte einen nassen Finger an die Lippen. Es war nur schwach salzig – mehr ein mineralisches Aroma.

»Können wir nichts tun?« flüsterte Nikolai.

Michael schüttelte den Kopf. »Warum etwas versuchen? Sie wollten hierher – und ich auch, anfangs.«

»Sie entschieden sich dagegen.«

Michael schaute ihn in der Dunkelheit an. »Wenn ich meine Meinung ändere, wie kann ich sicher sein, daß ich derjenige bin, der sie ändert? Wenn meine Meinung für mich geändert wird, macht eine Eskorte dann einen Unterschied? Vielleicht zwingen sie uns nur zu tun, was wir sowieso tun sollten.«

»Dieser Harka war mir noch nie geheuer«, sagte Nikolai. »Zu wissen, daß er für den Isomagus arbeitet, macht es nicht besser.« Der Russe schnalzte, dann schaute er sich aus den Augenwinkeln nach den anderen um. »Immer wieder Überraschungen. Was werden wir tun, wenn wir vor Clarkham stehen?«

Michael zuckte mit den Achseln. »Ich glaube bestimmt, daß er uns sagen wird, was er von uns erwartet.«

Die Nacht verstrich rasch. Michael schlief nicht. Er spürte ein Wachstum des Giftes in seinem Innern, einer Kombination von Haß, Argwohn und Stärke, die bestürzend war. Biris Disziplin blühte, und die Blume war häßlich.

Morgengrauen verfärbte den Osthimmel und zerbrach den leuchtenden Bogen der Milchstraße in verblassende Bruchstücke. Wieder summte die Luft wie von den Eingangsakkorden einer Sinfonie. Als die

Sonne über den Horizont gestiegen war, verging das Summen wieder. Der bronzene Himmel leuchtete in strahlendem Gelb.

Harka ging an Michael und Nikolai, die im Sand lagen, vorbei und bedeutete ihnen zu folgen. »Wir haben eine Verabredung und sind bereits verspätet.«

Der Pfad führte sie in einer Tangente von der Küste weg. Der breite Strand ging in Grasland über, genauer gesagt eine gepflegte, leicht wellige Wiese, die da und dort von friedlichen Gingkobäumen belebt war, in deren Blättern eine träge warme Brise raschelte. Sobald die Sonne eine bestimmte Höhe erreicht hatte, ging sie in den Himmel über und hinterließ nur eine strahlendhelle einförmige Kuppel.

Harka zeigte zu einem grünen Hügel, der sich mit würdevoller Gemächlichkeit zu einem gerundeten Gipfel erhob, der den Meeresspiegel um etwa hundertfünfzig Meter überragte. Der Hügel war umgeben von Wäldern und Gärten, und auf der Höhe stand ein elfenbeinfarbenes Bauwerk, dessen Größe und genaue Form aus ihrer Entfernung nicht zu erkennen war. Eine Flanke des Hügels wies eine tiefe baumumstandene Schlucht auf; das Geräusch eines Wasserfalls war selbst aus mehreren Kilometern Entfernung hörbar. Das Wasser kam in einem Gießbach die vom Meer abgewandte Seite herab und bildete am Fuß des Hügels den Anfang eines gewundenen kleinen Flusses.

»Der Palast des Isomagus«, sagte Harka feierlich.

Sie näherten sich einer aus dunklen Marmorblöcken ausgeführten, ungefähr drei Meter hohen Mauer. Wo der Pfad sie erreichte, war ein offenes Bronzetor, dessen Flügel Drachengestalten zeigten und deren einziger Wächter eine vier Meter hohe granitene Kriegergestalt war, dessen wildblickende Schlitzaugen über die See hinaus schauten. Mit einer Hand hielt er einen Torpfosten wie einen Speer. Als sie das Tor durchschritten, betrachtete Nikolai die Kriegergestalt mit unverhohlenem Staunen.

Innerhalb der ersten Mauer spielten, weideten und jagten Tiere aller Art, obwohl die Jagden nie zum Erfolg zu führen schienen. Michael machte einen mächtigen Tiger aus, der geduckt eine Herde von Hirschen oder Antilopen beschlich. Diese Tiere, deren Beine wie aus Glas und deren Körper durchscheinend schienen, stellten die Ohren auf und flohen in weiten Sätzen, wobei sie Fasane aus einem jadefarbenen Busch aufjagten. Die aufflatternden Fasane hatten Flügel wie Teile aus farbigen Glasfenstern; nach kurzem Flug gingen sie im Schutz eines benachbarten Buschdickichts nieder.

Die zweite Umfassungsmauer bestand aus gebrannten und glasierten Ziegeln und war nur etwas mehr als zwei Meter hoch. Stufen führten auf einer Seite hinauf und auf der anderen hinab. Es gab keine Wächter, weder aus Stein noch aus Fleisch und Blut.

Mittlerweile hatten sie den Fuß des Hügels erreicht und erstiegen den Hang. An einer freien Stelle blieben sie stehen und blickten über Fluß und Ozean hin. Michael schätzte, daß sie von der äußeren Mauer fünf Kilometer zurückgelegt hatten, was den Schluß zuließ, daß der gesamte Komplex einen Durchmesser von etwa acht Kilometern hatte. Die Mauern waren kreisförmig angelegt und wurden an den vier Kompaßpunkten und bei dem mäandernden Fluß von Toren unterbrochen. Der Fluß mündete in die sonnenlose See, ohne das Wasser zu riffeln.

Die dritte Wand war eine kaum eineinhalb Meter hohe Hecke, aber drei Meter dick und besetzt mit langen Dornen. Das Tor in dieser Umwallung war ein niedriger Fußgängertunnel unter der Hecke. Die verputzten Wände des Tunnels waren bedeckt mit Fresken chinesischen Landlebens, die einen rundgesichtigen Herrscher mit lang herabhängenden Schnurrbartenden darstellten, wie er sich des Friedens und der Fruchtbarkeit weiser Regierung erfreute.

Nun führte der Weg um den Hügel, und die See kam außer Sicht. Ein gepflasterter Fußweg führte sie auf einer Seite des Abgrundes, in welchem der Wasserfall rauschte, aufwärts durch einen breiten Streifen aus Zedernwald. Brücken überspannten Bachläufe, deren Einschnitte gefüllt waren mit blühenden Bäumen und dichtem duftenden Gebüsch. Der Boden unter ihnen schien zu atmen; jeder Atemzug wurde unterstrichen von einem jähen Tosen und Brüllen des Wassers, gefolgt von einem tiefen mahlenden Rumpeln.

Durch die Senke eines besonders langen Bacheinschnitts sah Michael den Gießbach dicke Eisbrocken davonschwemmen, gezackt und blaßgrün im dunklen Wasser. Das Eis stieß immer wieder an die Ufer und war am Fuß des Hügels endlich zu milchigem Eisbrei zerbrochen.

Die Stufen des steiler ansteigenden Weges endeten in einem anmutig geschnitzten hölzernen Pavillon mit seidengepolsterten Bänken. Sie ruhten ein paar Minuten, um Harka verschnaufen zu lassen, dann überquerten sie die makellose Rasenfläche zur Hügelkuppe.

Zweihundert Schritte vor dem zentralen Kuppelbau stieg ein Kreis aus schwarzen Minaretten aus dem Rasen. Sie waren in gleichmäßigen Abständen von fünfzehn Metern angeordnet und hatten Außentreppen, die in Spiralen aufwärts führten zu bronzenen Krähennestern auf den Spitzen. Diese Käfige waren leer, aber Michael hatte das untrügliche Gefühl, daß er beobachtet wurde, wenn nicht von den Minaretten, dann von den Pavillons aus Glas, Stein und Holz, die das Gelände zierten.

Die weithin sichtbare Kuppel bestand bei näherem Hinsehen aus Seide, die über ein Gerüst aus gebogenen Masten gespannt war. Die Masten waren in Wände aus Alabaster eingelassen. Nun konnte Michael die wahre Größe der Kuppel beurteilen; sie war mindestens dreißig Meter hoch und zweimal so breit.

Sie betraten den Kuppelbau durch einen Torbogen aus grünem Speckstein. Harka brachte sie mit erhobener Hand zum Stillstand und wandte sich zu Michael.

»Der Isomagus empfängt dich als einen Gleichen«, sagte er. »Das ist ein großes Privileg. Er lebt hier in Frieden, ist jedoch stets beschäftigt mit seiner Arbeit. Er lädt dich ein als Gast und als einen Mitbürger der Erde. Hegst du böswillige Absichten gegen ihn?«

»Nein«, sagte Michael. Clarkham hatte ihm nie etwas angetan, war ihm tatsächlich niemals etwas anderes als ein fernes Ziel gewesen.

»Nein«, sagte Harka in einem überdrüssigen Ton. »Du tust es nicht. Und dein älterer Gefährte auch nicht.« Worauf Nikolai den Sidhe in offenkundiger Verblüffung anstarrte. »Tretet also ein in die Erfüllung des Traumes und des Liedes.«

42

Das Innere der Seidenkuppel war erfüllt von milchigem Licht; die Luft umhüllte Michael mit Wärme und dem Duft von Räucherwerk. Sie schritten über einen hellgeäderten schwarzen Marmorboden, wo eine kühle Luftschicht über ihre Füße floß. Nikolai hielt sich an Michaels Seite, drehte den Kopf hierhin und dorthin, um alles gleichzeitig aufzunehmen.

Die das seidene Zelt tragenden Masten trafen hoch oben in der Mitte zusammen, wo eine runde Öffnung den Himmel zeigte. In der Mitte des weiten Raumes, am oberen Ende einer hölzernen, mit geschnitzten Drachen- und Pferdegestalten geschmückten Treppe, jenseits eines Geländers aus Teakholz mit goldenem Handlauf stand ein regelrechtes Haus: weiß verputzte und getünchte Wände und Fenster mit Gardinen, ein rotes Ziegeldach, alles umgeben von vollkommen beschnittenen Oleanderbüschen.

»Das ist Clarkhams Haus«, sagte Michael. »Da hat es angefangen ...«

Die Haustür stand offen, aber sie traten nicht ein. Statt dessen führte Harka sie die Stufen hinauf und um das Haus zur Rückseite. Diese bot einen ziemlich gewöhnlichen Eindruck, mit einem Hof aus Ziegelpflaster und einem gepflegten kleinen Garten mit Rosenstökken, Gartenmöbeln aus Kaliforniaholz mit bunten Sitzkissen, einem runden Tisch auf gebogenen Metallfüßen unter einem Sonnenschirm. Das Außergewöhnliche daran war, daß es sich hier befand: eine komische Ungereimtheit in einer exotischen Chinoiserie.

Eine dunkle Sidhefrau beschnitt die Stockrosen mit einer bronzenen Heckenschere. Bei jedem Schnitt erglühten die Rosen am Stock, und ein durchdringender süßer Duft erfüllte die Luft. Sie blickte auf und sah die Gruppe am Rand der Ziegeleinfassung des Rasens. Sie lächelte, legte die Heckenschere auf einen hölzernen Klappstuhl und strich ihr goldgesäumtes graues Gewand glatt.

»Endlich!« rief sie aus. »Wir haben so lange auf Ihre Ankunft gewartet.« Sie schritt über den Rasen und streckte Michael die Hand hin. Er nahm sie bei den Fingern, und sie winkte ihm, ihr auf den Rasen zu folgen. Die Kälte des wie von Eisadern durchzogenen Marmors wurde augenblicklich von der warmen sommerlichen Weichheit des Grases abgelöst. Sie küßte ihn schicklich auf die Wange und ging voraus. »Bitte kommen Sie!« rief sie Nikolai zu. Die anderen verbeugten sich und traten zurück. Nikolai zögerte verwirrt, dann betrat auch er den Rasen und folgte.

»David ist sehr geduldig gewesen«, sagte sie. Ihre Stimme war so süß und wohlklingend wie die angenehmste Sidhestimme, die Michael je gehört hatte, wie ein einladendes Lächeln. Ihr Haar schimmerte in seidigem Schwarz. Die Brauen waren etwas asymmetrisch; eine war höher als die andere; die Lippen schienen voller als die anderer Sidhe.

Sie betraten das Haus durch die Glastüren und kamen in den rückwärtigen Raum, wo Michael einst den Mondschein auf dem nackten Holzboden gesehen hatte. Hier war der Raum als Arbeitszimmer eingerichtet, mit einem eichenen Jalousieschreibtisch in der Ecke gegenüber der Glastür, vollen Bücherschränken auf zwei Seiten und einem Klavier vor den Baumwollvorhängen des Erkerfensters.

»Ich bin Mora«, sagte die Sidhe. »Es wird nicht lange dauern, bis er herunterkommt, Sie zu begrüßen. Bis dahin …« Sie griff in den Ausschnitt ihres Gewandes und zog eine Rose hervor, die sie Michael überreichte. »Zur Ausschmückung Ihres Zimmers. Sie werden einige Zeit bei uns sein, sagt David.«

Michael nahm die Rose an. »Mein Name ist …«

»Oh, das wissen wir, das wissen wir!« rief Mora lachend. »Und dieser Herr ist Nikolai, ein Freund von Emma Livry.«

Nikolai nickte höflich und betrachtete die Bücher und das Klavier mit deutlichem Verlangen.

»Nun muß ich wieder in den Garten«, sagte Mora. »Dies ist eine besondere Jahreszeit, selten und kurz.« Sie legte einen Finger an die Rose in seinen Händen. »Sie wird einige Zeit halten.«

Sie verließ das Zimmer durch die Glastüren, die sie hinter sich schloß. Michael und Nikolai lauschten dem Ticken einer Pendeluhr, die über dem Schreibtisch an der Wand hing.

Auf der Treppe erklangen Schritte, hielten inne und gingen weiter. Die innere Tür wurde geöffnet, und ein grauhaariger Mann mittlerer Größe, dem Anschein nach fünfzig oder fünfundfünfzig Jahre alt, trat ein. Er trug ein offenes Hemd und eine braune Hose, und seine Füße steckten in rehbraunen Mokassins. Er hatte ein breites angenehmes Gesicht, und seine Wangen zeigten eine Spur von grauen und rötlichen Bartstoppeln.

»Michael?« fragte er, die Hand ausstreckend. »Michael Perrin.«

Michael ergriff die Hand und schüttelte sie fest. Wie immer brachte ihn das Ritual in Verlegenheit.

»Freut mich sehr, Sie zu sehen. Ich bin Clarkham. David Clarkham. Willkommen in Xanadu – oder hat Mora Sie bereits willkommen geheißen? Natürlich. Sie ist ein Juwel. Ich hätte die größten Schwierigkeiten, diesen Haushalt ohne sie zu führen. Ich hoffe, Sie hatten eine interessante Reise.«

Michael wußte nicht, was er sagen sollte. Er nickte.

Clarkham gab Nikolai die Hand. »Nikolai Nikolajewitsch Kuprin. Ich bewundere seit Jahren Ihren Wagemut. Wir sind uns einmal kurz begegnet, obwohl Sie sich nicht daran erinnern werden. Als ich Emma in Inyas Trai besuchte. Ich war ziemlich stark verkleidet.«

Nikolai runzelte die Brauen.

»Ja«, sagte Clarkham lächelnd. »Erfolgreich verkleidet. Nun, es wird Zeit zum Abendessen, und ich habe allerlei auftragen lassen, um Ihre Ankunft zu feiern. Sie werden sicherlich hungrig sein. Nahrung ist im Reich eine ungewisse Sache. Kommen Sie mit mir, und ich werde Ihnen Ihre Zimmer zeigen, wo Sie sich waschen können. Ich habe noch einen Gast hier, einen Bekannten von Ihnen, glaube ich – einen Sidhe. Er wird mit uns essen. Es gibt so viel zu diskutieren, wahrhaftig!«

Das Abendessen war mehr ein Festmahl. Es wurde serviert, als der von der seidenen Kuppel gedämpfte Sonnenschein nachzulassen begann. Auf dem ziegelgepflasterten Hofplatz hinter dem Haus war nahe Moras leuchtenden Rosen ein Tisch gedeckt, und sie trug eine Schüssel um die andere heraus: gebackene Kartoffeln, gewürzte Körner, frische Fruchtsalate und Kompotte und grünen Salat. Brot wurde in Leinen eingeschlagen und in Flechtkörben serviert, warm und frisch gebakken, und dazu gab es Kräuterbutter, da die Milch von Sidhepferden für gewöhnliche Butter nicht geeignet war.

Michael und Nikolai saßen nebeneinander am Tisch, Clarkham saß am Kopfende neben Michael. Als Mora alles aufgetragen hatte, setzte sie sich Nikolai gegenüber. Dann kam Biri aus dem Haus, lächelte Michael unergründlich zu und setzte sich neben Mora.

»Fein!« sagte Clarkham und reichte die erste Schüssel weiter. »Wir sind alle hier. Mora hat ihre gewohnte Zauberei«, – er zwinkerte Michael zu –, »in der Küche gewirkt. Welch ein schöner Abend!«

Michael war weniger enthusiastisch. Er aß (er war sehr hungrig) und hörte zu, sagte aber wenig. Das Gespräch wurde größtenteils von Clarkham bestritten; häusliche Scherze, der Zustand des Gartens, die Wetterverhältnisse um Xanadu, was der bevorstehende Frühling für das Wachsen und Reifen der Vegetation anzeigen mochte.

Michael bemühte sich, Biri nicht allzu auffällig anzustarren. Vor allem anderen wollte er ihm zwei einfache Fragen stellen: warum er mit Clarkham auf so vertrautem Fuße stand, und was er bezweckt hatte, als er ihn am Flußufer aufgesucht hatte.

Biri gab aus freien Stücken keine Erklärung, sprach auch nur selten direkt zu den Ankömmlingen. Nach der Mahlzeit schlug Clarkham vor hineinzugehen. Es war Nacht geworden, und im Innern der Kuppel herrschte trübe Finsternis. Biri stand auf und führte die Hand hinter jede der etwas über Kopfhöhe an einem Draht über dem Hof aufgehängten Lampions. Sie begannen mit einem flackernden gelben Schein zu leuchten.

Der Rosenduft war sogar im Haus gegenwärtig. Michael blickte neugierig in die elektrischen Lampen – die ersten, die er im Reich sah. Ihre Helligkeit schien greller und das Auge rascher ermüdend. Das Haus hätte geradesogut auf Erden stehen können, so stark war die Empfindung von Normalität und bürgerlicher Behaglichkeit, die es verbreitete – vielleicht auf der Erde der 40er Jahre, berücksichtigte man die Einrichtung. Michael fühlte sich jedoch nicht in einer entsprechenden Stimmung. Zu oft war er in der Vergangenheit vom äußeren Anschein eingelullt worden.

Clarkham brachte Brandy in einer Kristallkaraffe auf den Tisch und schenkte sich selbst, Nikolai und Michael ein. »Die Sidhe haben eine allzu starke Vorliebe für unsere Spirituosen«, erläuterte er. »Mora rührt keinen Alkohol an; sie sagt, er verderbe ihr Erbgut. Und Biri hat, wie ich vermute, in seinem Leben noch nie einen Tropfen angerührt. Der *Maln* würde es nicht billigen, nicht wahr?«

Biri schüttelte halb bekümmert den Kopf. »Leider.«

»Ich hingegen kann trinken, und ich hoffe, meine Gäste werden bereit sein, mir Gesellschaft zu leisten.« Sein Blick fand Michaels Auge, als er die Gläser über den Tisch schob. »Unser Freund Michael wünscht zu wissen, was für eine Art von Kreatur ich bin.«

»Eine vernünftige Frage«, sagte Mora. Sie saßen im Wohnzimmer in bequemen Polstersesseln und auf einer Couch, alle mit bedruckten Bezugstoffen, die Dschungelblätter und exotische Vögel zeigten. Im Kamin knisterte ein Feuer und strahlte Wärme aus.

»›Was ist er?‹« ahmte Clarkham nach. »Eine oft gestellte Frage, junger Mann, zumindest in den vergangenen Jahrhunderten. Hier freilich ist viel weniger Zeit vergangen.«

Welches Spiel es auch war, das hier gespielt wurde, Michael beschloß daran teilzunehmen. »Ein Sidhe sind Sie nicht«, sagte er. »Und auch kein Spryggla.«

»Lieber Himmel, nein!« rief Clarkham lachend.

»Arno Waltiri dachte, Sie seien ein Mensch«, fuhr Michael fort.

»Nein, das haben Sie falsch kombiniert, junger Mann! *Ich* dachte, *Waltiri* sei ein Mensch. Ich bezweifle sehr, daß Arno sich durch meine Maske überhaupt täuschen ließ.«

Michael war verblüfft. Clarkham bemerkte seine Überraschung. »Mein lieber Freund, das Spiel ist sehr komplex, und jeder hat einen Einsatz darin. Man kann sechzig Millionen Jahre Elend und Ungerechtigkeit nicht über Nacht berichtigen, und auch nicht ohne ein paar Runden im Labyrinth.«

»Waltiri ist tot«, sagte Michael ohne rechte Überzeugung.

»Sagen wir, ich habe meine Zweifel daran«, sagte Clarkham. »Er ist ein sehr tüchtiger und gerissener Bursche.«

Michael brachte es nicht über sich zu fragen, was Waltiri nach Clarkhams Meinung war, aber Clarkhams Ton irritierte ihn. Alles schien ihn jetzt zu irritieren – das Licht, die Gesellschaft, sogar Nikolai –, als ob er voller Hornissen steckte.

»Ich wurde auf Erden geboren«, erzählte Clarkham. »Im Jahr 1499. Meine Mutter war einige Jahrhunderte früher von England gekommen, wo sie als *cubicularia* der Königin Maeve gedient hatte, bevor diese zu einer Eiche im Alten Wald Zuflucht suchte und ihr Gefolge sich über die Inseln zerstreute, um den Köhlern zu entgehen. Übrigens fällten sie eines Tages die Eiche der Königin. Vielleicht ist etwas von Maeves verehrungswürdigem Rauch in den Glasfenstern einer schönen englischen Kathedrale erhalten geblieben. Aber sie ist es nicht mehr, und auch meine Mutter ist längst tot, obwohl sie nicht sterblich war. Mein Vater war sterblich, Michael. Ich bin ein Halbblut, wenn Sie es nicht schon erraten haben – fünfzig zu fünfzig. Von meiner Mutter lernte ich Sidhemagie, und von meinem Vater – nun, mein Vater gab mir eine Gestalt, die meine feenhaften Vorfahren nicht unziemlich enthüllt. Nun wissen Sie, was ich bin.« Er machte eine einladende Handbewegung zu Michael. Die Hornissen summten leise.

»Nun zu Ihnen, junger Mann. Beantworten wir abwechselnd unsere Fragen.«

Michael sprach ohne Zögern. »Ich glaube, ich soll ein Dichter sein.«

»Aha. Und sind Sie einer?«

»Ja.«

»Genau das, worauf ich gewartet habe«, sagte Clarkham und zeigte seine Befriedigung mit einem nachdenklichen Reiben des Kinns. »Wir haben niemals genug Poesie.«

»Zu meinem Bedauern habe ich keines meiner Gedichte bei mir«, sagte Michael. »Und mein Buch wurde gestohlen.«

»Welches Buch?«

»Das Buch, das Arno Waltiri mir gab.«

»In der Tat, in der Tat«, sagte Clarkham sinnend.

»Arno war immer sehr großzügig, wenn er etwas getan haben wollte. Hat er Ihnen mit dem Buch irgendwelche Ratschläge gegeben?«

»Er meinte, ich sollte nicht fürchten, Risiken auf mich zu nehmen.«

»Das heißt, hierher zu kommen.«

»Das nehme ich an.«

Mora sagte: »Ich würde gern etwas von Ihrer Dichtung hören.«

»Ich würde etwas Neues schreiben müssen«, sagte Michael.

»Ausgezeichnet«, sagte Clarkham. »Biri hat uns ein wenig über Ihre Reise erzählt. Sehr bemerkenswert. Was im Vertragsland geschehen ist, hat mich sehr betrübt. Wie ich hörte, hat Alyons seine Exzesse teuer bezahlt.«

»Ihre Falle tötete ihn«, sagte Michael. Mora erschauerte kaum merklich.

»Und er hielt Sie für verantwortlich«, sagte Clarkham. »Der arme Dummkopf. Wußte nie, aus welcher Richtung der Wind wehte. Nicht alle Sidhe sind überragend, Michael; nehmen Sie das als eine Lehre.«

»Ich dachte, Sie könnten enttäuscht sein, daß ich das Buch nicht gebracht habe.«

Nikolai blickte von einem zum anderen, verwirrt und voll Unbehagen.

»Lieber Himmel, nein!« rief Clarkham. »Was sollte ich damit anfangen?«

»Ich habe nicht den ersten Teil des Machtliedes.«

»Welches? Ich habe zu meiner Zeit mit so vielen zu tun gehabt.«

»Ich meine das Gedicht. Coleridges ›Kublai Khan‹. Ich erinnere mich nicht einmal daran.«

»Dann möchten Sie es vielleicht wieder lesen? Ich habe es, hier im Zimmer.« Er stand auf und ging zu einem Bücherschrank und zog zwischen zwei dickleibigen ledergebundenen Bänden ein eher schmales Buch heraus, das er Michael gab, den Finger bereits zwischen den betreffenden Seiten.

Michael überflog das Gedicht. Es war derselbe Text – einschließlich der Einleitung – wie in dem Buch, das Waltiri ihm gegeben hatte.

»Sie dachten vielleicht, der *Maln* versuche Sie daran zu hindern, mir dies zu bringen?« Clarkham schmunzelte. »Ich besitze dies hier seit Jahrzehnten. Einmal erzählte ich einem verrückten alten Spryggla, daß ich es brauchte, aber erst nachdem der Dummkopf versuchte, mich zu verzaubern. Möglicherweise erzählte er es weiter, obwohl seine Reichweite ziemlich begrenzt schien.«

»Er ist tot«, sagte Michael. »Oder jedenfalls zu Stein geworden.«

»Und wer war dafür verantwortlich?«

»Indirekt ich.«

Clarkham holte tief Atem. »Sie sind sehr einflußreich, Michael. Sie eliminieren uralte Traditionen rechts und links, brechen Tabus, dringen auf neuen Grund vor. Nein, es ist nicht das alte Material, an dem ich interessiert bin. Sie sind mit einem Potential hierher gekommen. Das Potential ist in Ihrer Poesie. Sie befinden sich in der gleichen Lage wie der arme Coleridge.«

Michael wandte sich zu Biri. »Du bist zu ihm übergelaufen, nicht wahr? Du wolltest wirklich, daß ich herkomme.«

Biri nickte. »Adonna hat hier keinen Einfluß. Ich bin frei von ihm.«

»Ach, der gute alte Adonna!« sinnierte Clarkham. »Biri erzählte mir, Sie hätten sogar den Irall überlebt. Ich selbst bin nie dort gewesen. Wahrscheinlich hätte ich es nicht überlebt, denn ich bin Tarax seit vielen Jahren ein Dorn im Auge. Ich nehme an, daß Adonna Sie die Begegnung vergessen machte. Typisch. Er ist ein sehr alter, sehr müder Magier, und er maßt sich zuviel Verantwortung an. Jedoch tapfer auf seine Weise.«

Plötzlich gelang es Michael, eine Erinnerung an Adonna – Tonn – in seinem kurzen Gewand mit dem Heroldsrock und Stab wiederzugewinnen.

»Sie sehen jetzt klarer?« forschte Clarkham.

»Was?« fragte Nikolai mit halblauter Stimme.

»Ich erinnere mich an einiges«, sagte Michael. Nikolai war offensichtlich nicht kompetent, in diesem Spiel etwas anderes als ein Zuschauer zu sein. Wer spielte noch mit?

»Darf ich fragen, wer oder was Adonna wirklich ist?« fragte Nikolai und blickte hilflos in die Runde.

Mora erbarmte sich seiner. »Er war einmal der Magier der Sidhe. Er schuf das Reich (ein Meisterwerk, niemand leugnet das), aber er war übermäßig ehrgeizig. Er hat sich immer gegen den Isomagus gestellt.«

»Ich konnte niemals genug Hybris aufbringen, mich einen wahrhaften Magier zu nennen«, sagte Clarkham. »Andere mögen dazu imstande sein, aber ich bin es nicht. Die Magier haben ihre Positionen, ihre Wertschätzung verdient. Ich hoffe nur, daß ich zustande bringen kann, was sie vor langer Zeit in Angriff genommen haben.«

»Ihre Bescheidenheit ehrt Sie«, murmelte Nikolai.

Michael beugte sich auf seinem Stuhl vor. »Sie haben mich aus einem bestimmten Grund hierher gebracht. Ihre Frau – eine von ihnen – machte mir den Weg frei. Die andere ließ mich entkommen, obwohl sie mich vielleicht ihrer Sammlung hätte hinzufügen können.«

Clarkham wahrte ein vollkommenes Pokergesicht, das nichts preisgab.

»Bitte sagen Sie mir, warum ich hier bin!«

»Heute abend? Ich wollte Sie ausruhen lassen ...«

»Dieser Zeitpunkt ist so gut wie jeder andere.«

Clarkham hob die Hand und schaute zu Mora und Biri. »Nun gut. Sie sind hier, um das endgültige Machtlied zu beenden. Soviel muß Ihnen klar sein.«

Es war weit davon entfernt, klar zu sein, aber Michael nickte.

»Ich wiederum werde das Machtlied benutzen, um die Herrschaft über das Reich zu gewinnen und Menschen wie Mischlingen die Freiheit wiederzugeben.«

»Sie werden sie zu nichts anderem gebrauchen?«

Clarkham neigte den Kopf zur Seite und trommelte mit zwei Fingern auf die Tischkante. »Sie haben Tarax kennengelernt. Sie wissen also, wessen der *Maln* fähig ist.«

»Und Sie haben mir geholfen, mich an Adonna zu erinnern. Er scheint nicht solch ein Unhold zu sein.«

Clarkhams Gesicht rötete sich ein wenig. »Tonn erscheint Ihnen, wie er es wünscht. Sidhe seines Alters und seiner Vollkommenheit stehen Göttern nur wenig nach, Michael, und sie sind enorm einfallsreich. Ich habe jahrhundertelang gearbeitet, nur um in der Lage zu sein, ihm Widerstand zu leisten, und das ist mir gelungen – aber ich kann ihn nicht überwinden. Und es ist nicht so, daß ich ihn zu bezwingen wünsche, weil er ein netter Kerl ist.« Clarkhams Backenmuskeln arbeiteten sichtbar, und seine Augen wurden schmal. Es kostete ihn sichtlich Mühe, die Selbstbeherrschung zu bewahren. Das gewinnende Lächeln kehrte wieder. »Das ist ein Thema, bei dessen Erörterung es mir schwerfällt, immer ruhig zu bleiben. Tonn ist nicht das Ungeheuer, zu dem Tarax ihn machen möchte, nein. Aber Tonn kennt seine Sidhe. Er entwarf das Reich für sie, und er regiert sie mit einer Strenge, die er nur für die Ban der Stunden mildert. Können Sie erraten, warum?«

Michael schüttelte den Kopf.

»Weil sie die Tochter war, die zu ihm hielt, als Elme sich gegen ihn stellte. Obwohl er ihre Mutter in einem Anfall von – ich weiß nicht recht, wie Sie es nennen würden – unmäßigem Zorn zu einem Gegenstand des Abscheus machte. Als Elme einen Menschen heiratete, war es Tonn, der ihre Verbannung organisierte und alle ihre Qualen ersann. Als er sie dennoch nicht seinem Willen unterwerfen konnte und als der Rat von Eleu sie unterstützte, erst dann wendete er seine ganze Aufmerksamkeit und Macht der Schaffung des Reiches zu. Er war von rasendem Haß gegen die Menschheit beseelt, Michael.«

»Vielleicht ist er anderen Sinnes geworden.«

Clarkham blickte überrascht auf, dann lachte er kurz und scharf. »Augenscheinlich hat er einen Einfluß auf Sie ausgeübt, ohne seine wahre Natur zu enthüllen. Aus diesem Grund sollte ich Ihnen vielleicht mit etwas mehr Wachsamkeit begegnen.«

In der Stille, die seinen Worten folgte, musterte Nikolai mit wachsendem Unbehagen die Anwesenden. »Michael ist für die Menschen und die Mischlinge«, sagte er endlich. »Michael ist ein guter Kerl.«

Mora lächelte, und Biri grinste. Clarkham lachte herzhaft und ohne Bosheit. »Natürlich. Er hat keine Mühe gescheut, hierher zu kommen, um seinem und meinem Volk zu helfen. Wir werden zusammenarbeiten, und unsere Ziele werden ihre Verwirklichung finden. Einstweilen aber, nach einer solch langen Reise und einem ausgezeichneten Abendessen, ist es das beste, wir ziehen uns zurück und erfreuen uns eines angenehmen Nachtschlafes. Mora wird Ihnen zeigen, wo alles ist.« Er stand auf und streckte sich ungezwungen. »Guten Abend, meine Herren.«

Mora führte Nikolai und Michael ins Obergeschoß und zeigte ihnen das Bad, ihre Schlafzimmer und den

Wäscheschrank. Sie hinterließ Rosenduft. Ihr schimmerndes schwarzes Haar und die teakholzfarbene Haut lenkten Michael vom Wirrwarr seiner Gedanken ab.

In seinem Zimmer gab es ein feines breites Bett mit einladend zurückgeschlagenen warmen wollenen Dekken. An einem Garderobenständer neben der eichenen Kommode hing eine vollständige Garnitur Kleidung – Hose, Hemd und Pullover, mit neu aussehenden braunen Schuhen aus sehr weichem Leder. Wenn er sie am Morgen anlegte, wäre er besser gekleidet, als er es üblicherweise daheim gewesen war.

Die Schlafzimmerwände waren dekoriert mit beruhigenden abstrakten Pastellmustern brauner, grauer und blauer Töne. In einer Ecke stand ein kleiner Rosenstrauß in einer Messingvase und daneben ein Schreibtisch mit einer integrierten ledernen Schreibunterlage. Eine mehrfach verstellbare Leselampe verbreitete milden Schein über die Bettstelle. Auf einem Bücherregal neben der Tür standen interessante Bände – Gerald Manley Hopkins, Yeats, Keats und Shelley, dazu eine Anzahl älterer und neuerer Romane.

Er schloß die Tür und setzte sich auf das Bett. Umgeben von allen Bequemlichkeiten, die er von daheim gewohnt war, hätte er Rührung verspüren sollen, sogar trotz seiner Vorsicht. Aber in ihm war kein Raum für Gefühlsduselei. Er kleidete sich aus und legte einen Bademantel aus Frotteestoff an, dann ging er hinaus in den Gang, nahm ein Handtuch aus dem Wäscheschrank und betrat das Bad.

Heißes Wasser, Seife, eine weiß emaillierte Badewanne, ein Waschbecken aus Marmor, Farnblattapeten, eine geflieste Duschkabine. Er duschte lange, bis er seine Müdigkeit nicht mehr ignorieren konnte, und trocknete sich mit geschlossenen Augen ab.

Bei der Rückkehr in sein Schlafzimmer sah er Clarkham neben seinem Bett stehen. Er hatte eine Schachtel mit Schreibpapier in der Hand, und mit dem Daumen hielt er einen schönen schwarzen Füllfederhalter mit goldenem Ring und Klemme darauf fest. »Zu Ihrer Bequemlichkeit«, sagte er und legte die Gegenstände auf den Schreibtisch. Sein Gesichtsausdruck war beinahe bittend, als er einen Schritt auf Michael zutrat. Offensichtlich lag ihm daran, freundlich zu sein, aber etwas stand zwischen ihnen, eine bislang stumme Gegnerschaft, die indes jeden Augenblick offen ausbrechen konnte.

»Verzeihen Sie«, sagte Clarkham, als der Augenblick vergangen war. Er trat an Michael vorbei und ging zur Tür, wo er noch einmal stehenblieb. »Ich habe noch immer Schwierigkeiten, mir ein Bild von Ihnen zu machen.«

Michael schüttelte den Kopf. »Ich bin kein Zauberer, wenn Sie das meinen.«

Clarkham lächelte grimmig. »Unbewußte Zauberer sind bisweilen die furchtbarsten. Aber achten Sie nicht auf mein Geschwätz.« Er machte eine beiläufige Geste zum Schreibtisch. »Üben Sie Ihr Talent, wann immer Sie den Drang dazu verspüren. Wir alle werden eine empfängliche Zuhörerschaft sein.«

Er ging und schloß die Tür hinter sich.

Michael zog den Bademantel aus, schlüpfte in einen Flanellpyjama, der am Fußende des Bettes lag, und kroch unter die Decke. Er streckte die Hand nach oben, das Licht auszuschalten. Jede Bewegung war so fremd und doch so vertraut.

Er schlief. Und an diesem Abend träumte er.

43

Die Rose war zu Glas geworden. Sie lag auf der Kommode, vollkommen in jedem Detail, und klang leise, als Michael sie berührte. Er faßte sie behutsam am Stiel, hob sie auf und steckte sie in das zweite Knopfloch seines Hemdes. So schaute sie aus dem Pullover, noch immer duftend.

Als er die Treppe hinunterging, drei Blätter Papier in einer Hand und den goldberingten Füllfederhalter in der anderen, wurde ihm klar, daß alles, was bisher vorgegangen war, unerheblich und nichtssagend gewesen war.

Im Bett hatte er fünf kurze Gedichte auf ein Blatt geschrieben. Sie waren mehr Übungen als fertige Arbeiten; Proben seines Könnens. Sie zeigten, daß seine Fähigkeit nicht verwelkt war. Es war, obschon nicht in ständiger Übung, eher gewachsen.

Er ging durch die Glastüren in den Hof hinaus.

Es war eine abessinische Maid,
Die spielt' auf dem Hackbrett mit Lust und Leid
Und sang vom Berg Abora.

Mora hingegen sang nicht vom Berg Abora, sondern von einem paradiesischen Ort namens Amhara. Michael berührte ihr Gedächtnis behutsam, und sie ließ ihn mit einem Lächeln und einer Bereitwilligkeit, die ganz und gar erotisch war, an ihrem cascarischen Wortgeflecht teilhaben. Clarkham, der ihr gegenüber am Tisch unter dem Sonnenschirm saß, schien es nicht zu bemerken oder darauf zu achten. Sie spielte ein lautenähnliches Instrument, und hin und wieder unterbrach sie sich, um eine Saite nachzustimmen.

Nikolai hatte bereits gefrühstückt und saß auf einer weißgestrichenen schmiedeeisernen Bank nahe der niederen Ziegelmauer, die den Vorhof vom Garten der Stockrosen trennte. Biri war nicht anwesend.

»Ich habe diese Nacht von Ihnen geträumt«, sagte Michael zu Mora.

»Ja?« Sie stellte das Spiel ein.

»Sie sangen, gerade wie jetzt, zu Ihrer Laute.«

»Es ist eine *pliktera*«, sagte sie. »Wo spielte ich?«

Michael antwortete nicht. Er wandte sich zu Clarkham und reichte ihm ein Blatt mit seinen poetischen Versuchen. »Ist es dies, was Sie suchen?«

Clarkham überflog die Gedichte mit einem Blick und legte das Blatt auf den Tisch. »Sie wissen, daß es dies nicht ist.«

»Wie kann ich sicher sein, was Sie brauchen?«

Clarkham blickte Michael unverwandt ins Auge. Nikolai regte sich unbehaglich auf seiner Bank. Jenseits des Rosengartens, jenseits auch des geäderten schwarzen Marmorbodens und nahe dem äußeren Umkreis der seidenbespannten Kuppel standen Schapur, Harka, Bek, Tik und Dour. Zu viele, als daß Michael es mit ihnen hätte aufnehmen können, wenn sie ihre Kräfte vereinten ...

»Ich versuchte Ihnen gestern abend zu helfen«, sagte Clarkham.

»Sie schickten mir einen Traum. Keine große Hilfe.« Einen kurzen Augenblick lang spürte Michael Bedauern für den Isomagus.

Clarkham lachte kurz auf. »Ich habe mit weitaus mehr Machtliedern zu tun gehabt als Sie, junger Mann.«

»Ich brauche keine Anregungen im Schlaf. Ich habe von anderen schon genug bekommen.«

»Von Tonn?«

Michael nickte.

»Und von wem noch?«

»Von wem auch immer. Ich bin jetzt frei von ihnen. Ich bin auf mich selbst gestellt.« Das Vorstellungsbild war ganz klar: freier Fall, seinen Zielen entsprechend leben. Er war voller Kraft.

Der Kraft einer Bombe.

Arno Waltiri hatte den Prozeß in Gang gesetzt. Die Kranichfrauen und Lamia – diese unabsichtlich, vermutete er – hatten ihn weitergeführt. Unter ihren Hämmern war Michael geschmiedet worden. Seine Reise hatte ihn getempert und mit den notwendigen Bildern versehen – Bildern, die er bis zur Unkenntlichkeit umwandeln würde. Clarkham selbst hatte mit dem Traum, den er ihm während der Nacht geschickt hatte, die Zeituhr eingestellt – so unbeholfen Michael war, so unwissend in allem, was erforderlich war.

»Wie wichtigtuerisch«, sagte Clarkham. »Sie sind noch ein Junge. Sie haben wie lange gelebt – sechzehn, siebzehn Jahre? Ich bin älter als die Stadt, in der Sie geboren wurden.«

»Wohin Sie auch gingen, Sie ließen Unheil und Enttäuschung zurück. Selbst am Anfang ... als Sie für den *Maln* arbeiteten.« Es war nur eine Vermutung, aber anscheinend eine zutreffende.

Clarkhams Augen wurden schmal, und seine Hände ballten sich auf der Tischplatte zu Fäusten.

»Sie waren die Person von Porlock, nicht wahr?« fuhr Michael fort. »Der *Maln* sandte Sie aus, daß Sie Coleridge unterbrächen. Sie erfüllten den Auftrag, doch hinterher begannen Sie zu überlegen, ob ein Halbblut gleichzeitig den Interessen der Sidhe und seinen eigenen dienen könnte. Und Sie grübelten, was Coleridge geschrieben haben würde, hätten Sie ihn nicht unterbrochen ...«

Clarkham stand auf.

»Jahre später, als Sie Ihre eigene Magie entwickelt hatten, versuchten Sie Emma Livry zu bewegen, daß sie ein Lied für Sie tanzte. Sie müssen Ihrem Ziel damals sehr nahe gekommen sein, weil Sie Tarax und den *Maln* trieben, sie zu verbrennen.«

»Ich liebte sie«, sagte Clarkham in einem Ton, der ein drohendes Knurren war. Mora blickte schnell auf und wandte sich vor seinem Blick ab.

»Wen haben Sie sonst noch berührt?« fragte Michael. »Und um wieviel besser wären die Betreffenden daran, wenn Sie sie einfach in Ruhe gelassen hätten? Außer Arno, natürlich.«

»Wissen Sie, wer Waltiri war – ist?« fragte Clarkham.

Michael verneinte. Er spürte, daß er es lieber nicht wissen wollte.

»Seine Leute sind Vögel, Michael. Die Cledar. Er war derjenige, der mich verleitete, nicht andersherum. Ich hatte vor Jahrhunderten schon einen Weg ins Reich gefunden, aber es war seine Musik, die ein Tor durch mein Haus öffnete, das ich nicht schließen konnte. Er war derjenige, der im Reich Aufmerksamkeit auf mich lenkte und die Sidhe über mich brachte, damit sie mein Haus zerstörten und meine Frauen versklavten. Seine Art war es, welche die Sidhe lehrte, wie sie Musik nutzbar machen konnten ... Und er ließ mich in dem Glauben, daß ich derjenige wäre, der die Dinge in der Hand hätte. Er war ein Magier, junger Mann, der Letzte seines Volkes. Ich überlasse es Ihnen zu entscheiden, wie lange er auf diesen Augenblick gewartet hat und wo er jetzt sein mag. Und wie ich den Spieß gegen ihn umgedreht habe, und gegen Tonn.«

Er streckte die Arme, gähnte, um seine Spannung freizusetzen. »Ich schlage vor, wir beenden dieses lächerliche Gespräch. Es ist Zeit genug, über Motivationen und läßliche Sünden zu sprechen, wenn das Lied vollständig ist. Und ich kenne Sie gut genug, junger Mann, um vollständiges Vertrauen in die Notwendigkeit zu haben, daß Sie das Lied beenden. Es ist bereits in Ihnen, nicht wahr? Ob mein Traum letzte Nacht geholfen hat oder nicht.«

»Es war ein operettenhafter Traum«, sagte Michael. »Glauben Sie, daß Coleridge dies zum Ausdruck bringen wollte?«

Biri kam mit einem Tablett aus dem Haus. Darauf standen Gläser und ein mit Kondenswasser beperlter Tonkrug. Clarkham runzelte die Stirn und winkte ihn beiseite. »Ich habe es aus sicherer Quelle«, sagte Clarkham. »Ich habe immer die Form dieses Liedes gewußt, aber nicht seine feinen Einzelheiten.«

»Vielleicht liegt das Geheimnis des Liedes darin, wie seine Gefäße es umgestalten.«

»Nun werden Sie unklar«, sagte Clarkham. Er setzte sich wieder.

»Was war Ihr Traum, Michael?« fragte Nikolai.

»Ich war in dem Kuppelbau hier. Ich träumte von Mora, die spielte und sang. Ich war ein Dichter – ein wilder, ungezähmter Dichter, der in den Wäldern um den Palast lebte. Mora stand im Dienste des Herrschers. Sie wurde geliebt von dem Hofastrologen, einem Magier – und ich liebte sie auch. Wir trafen uns im Zedernwald. Der Astrologe wurde eifersüchtig. Er riet Kublai Khan, seine Flotte zur Eroberung Japans, der Acht Inseln, auszusenden. Und er beauftragte eine Bande gedungener Strolche, den wilden Dichter zu fangen und als einen Galeerensklaven auf die Flotte zu bringen.«

Nikolai lauschte fasziniert. Mora legte die Hände auf der Tischplatte zusammen. Biri hatte das Tablett abgestellt und füllte ein Glas. »Und dann?« fragte Nikolai.

»Dann plante der Astrologe seine Heirat mit der abessinischen Maid, da er wußte, daß die Flotte untergehen würde, und sein Rivale mit ihr. Ein gewaltiger Sturm erhob sich und zerstörte die Schiffe des Herrschers, wie der Astrologe es vorausgesehen hatte, und alle an Bord ertranken. Aber der Wille des jungen Poeten war so stark, daß er nicht ferngehalten werden konnte, auch nicht im Tod. Er kehrte zurück, um den Palast als Geist zu durchspuken.«

»Und das wollte Coleridge schreiben?« fragte Nikolai.

»Niemand weiß, was er schreiben wollte«, sagte Michael. »Warum benötigen Sie uns überhaupt?« fragte er Clarkham. »Warum vervollständigen Sie das Lied nicht selbst?«

»Der Isomagus ist sich durchaus bewußt, daß die Form in einem Machtlied entscheidende Bedeutung hat«, sagte Biri. »Es erfordert einen Dichter, ihm Form zu geben.«

»So ist es«, sagte Clarkham.

»Und Sie meinen, ich könne es Coleridge gleichtun?«

Clarkham überlegte, schüttelte den Kopf. »Nein, Sie haben nicht seine lyrische Fähigkeit, Junge, aber Sie können ihm dennoch Form geben. Sie können das Lied beenden.«

»Dann tue ich es lieber nicht«, sagte Michael mühsam, da ihm der Mund plötzlich trocken wurde. »Sie verdienen die Macht nicht. Sie verließen Ihre Frauen, und Sie verließen Emma Livry. Wie vielen anderen haben Sie weh getan? Arno Waltiri gab Ihnen nur, was Sie verdienten – etwas von Ihrer eigenen Medizin.«

»Der arme traurige Deutsche«, sagte Mora mit niedergeschlagenem Blick.

»Ich war für Mahler nicht verantwortlich«, erwiderte Clarkham, ohne sie anzusehen. »Auch nicht für sein Kind. Damit hatte ich nichts zu tun.«

Er lächelte Michael zu, plötzlich ruhig und freundlich. »Ich habe viel durchgemacht, junger Freund. Ich kann mich jetzt nicht aufhalten lassen.«

»Dann gehen Sie ohne mich weiter. Sie haben mir den Traum eingegeben. Geben Sie ihm Form. Wenn ich es Coleridge nicht gleichtun kann, vielleicht können Sie es.«

»Ich bin kein Dichter.«

»Nein!« stieß Michael hervor. »Sie sind ein Parasit. Sie wollen Macht, die Sie nicht verdienen!«

»Zumindest bin ich ein Symbiont«, versetzte Clarkham. »Ich beeinflusse, inspiriere. Sie sind allzusehr von Tonn beeinflußt worden, fürchte ich, um meine auf Geben und Nehmen beruhende Beziehung zu Künstlern zu verstehen.«

»Tonn sagte, eines Tages würden die Dichter wieder herrschen. Ich werde nicht erlauben, daß Sie herrschen.«

Clarkham holte tief Luft und ließ den Atem mit einem dünnen Pfeifen durch die Zähne ausströmen. »Lobenswerter Mut. Aber leider auch Dummheit.« Er zeigte zu Nikolai. »Schauen Sie ihn an.«

Der Leichnam auf Nikolais Bank war eine Masse in feine Fetzen zerrissenen Fleisches. Unter der Bank hatte sich eine Blutlache gebildet. Clarkham hob den Finger, und Nikolai war wiederhergestellt. »Ich wäre nicht so unreif gewesen«, sagte Clarkham, »wenn ich es mit einem würdigen Gegner zu tun hätte. Aber das ist hier nicht der Fall. Also machen wir der langen Vorrede ein Ende. Bringen Sie den letzten Teil des Liedes zustande, oder Ihr Gefährte Kuprin wird zu dem, was Sie eben sahen. Aber nicht jetzt. Unsere Gefühle sind ins Spiel gekommen. Es muß Zeit zum Nachdenken und zur Vorbereitung sein.«

»Ich brauche keine Zeit«, sagte Michael. Er hatte

Clarkham seine letzte Chance gegeben, und der Isomagus hatte sie mit einer Drohung übergangen. »Ich kann es jetzt niederschreiben.«

»Ich bestehe darauf«, sagte Clarkham.

Mora betrachtete mit unbeteiligter Miene die Rosen im Garten. Nikolai schaute genauso drein, wie er es am Vorabend getan hatte: verwirrt wie jemand, der den Boden unter den Füßen verloren hat. Er hatte nichts gespürt.

»Mora wird mit Ihnen und Ihrem Freund einen Rundgang unternehmen. Es gibt hier vieles zu sehen. Die Kuppel war ein wirklich bemerkenswertes Stück, und ich habe es mich viel Mühe kosten lassen, sie wiederzuerschaffen. Es wäre ein Jammer, wenn der Gegenstand meiner Bemühungen blindlings darauflosstürzen würde, ohne von diesen Dingen zu profitieren.« Er zeigte wieder das einnehmende Lächeln. »Wir werden unseren kleinen Tanz später beenden. Es ist ein herrlicher Tag. Nur zu!« Er wedelte mit einer Hand in Moras Richtung und verließ den Tisch.

»Sie dürfen ihn nicht unterschätzen«, sagte Mora, während sie Michael und Nikolai über den Marmorboden führte. »Der Isomagus ist ein sehr mächtiger Zauberer.«

»Das glaube ich gern«, sagte Michael.

Sie wandte den Kopf und sah ihn mit gequältem Ausdruck an. »Warum provozieren Sie ihn dann?«

»Weil ich seit Monaten dachte, er sei derjenige, der mir den Weg nach Hause zeigen und den Menschen im Reich helfen würde. Nun ist mir klar geworden, daß er bloß Macht will. Er möchte ein zweiter Adonna sein.«

Ohne den Blick ihrer großen Augen von Michaels Gesicht zu wenden, schüttelte sie langsam und beinahe mitleidig den Kopf. »Niemand versteht das Ganze. Das ist es, was der Isomagus gesagt hat, und er muß darin recht haben. Es gibt immer Geheimnis und Überraschung.«

Michael ging darüber hinweg. »Außerdem wird er mir nichts zuleide tun, bis ich ihm gegeben habe, was er will. Und«, – Michael spürte, wie die Hornissen in ihm summten –, »es ist mir jetzt gleich. Ich bin bereit, es ihm zu geben. Also machen wir unseren Rundgang, und bringen wir es hinter uns.«

Mora legte den Kopf auf die Seite. »Soll das heißen, daß ein Dichter, der die Gelegenheit erhält, Xanadu von einem Ende bis zum anderen kennenzulernen, nicht einmal interessiert ist?«

Der Gedanke beeindruckte Michael. Die Gelegenheit war zweifellos ohnegleichen; aber er war nicht sicher, daß er in seiner gegenwärtigen Stimmung Begeisterung für irgend etwas empfinden konnte. »Das nicht ...«, sagte er.

»Dann kommen Sie! Wir fangen oben an ...«

Auf einer Seite der Kuppel, in der Mitte eines sauber gepflanzten Kreises von Zedern, führte eine schwarze Marmortreppe hinab ins Innere des Hügels. Mora nahm eine Laterne von einem Messinghaken an der Wand und ging voraus. Nikolai folgte dichtauf, und Michael blieb ein paar Schritte hinter ihnen.

»Wie dienen Sie Clarkham?« fragte er sie.

»Wie er es von mir wünscht«, antwortete sie, kaum hörbar im Pfeifen des Luftzugs.

»Und wie ist das?« drängte Michael, der spürte, daß er einen empfindlichen Punkt angerührt hatte.

»Als der Isomagus hierher kam, gab es nichts als die See und die Küste. Der *Maln* hatte ihm das Gebiet im Vertrag übereignet. Er war verbittert und erschöpft. Er hatte nichts. Alle, die er liebte, hatte er verloren; nur

Harka und Schapur waren ihm geblieben, und sie konnten ihm damals wenig helfen. Er hatte seine Macht, aber keine ...«

Sie hob die Schultern, und Michael merkte, daß sie nach dem rechten Wort suchte.

»Inspiration?« schlug er vor.

»Ja. Auch ich war verloren, ausgestoßen, weil ich einen Menschen geliebt hatte. Ich wanderte die Küste entlang, und der Isomagus nahm mich auf. Er war nicht länger allein, und seine Einbildungskraft kehrte zurück. Damals begann er die Arbeit an dem Kuppelbau.«

»Wie konnte der Isomagus dies alles erschaffen?« fragte Nikolai, während sie in Dunkelheit und Kälte hinabstiegen.

»Er schuf nicht alles«, antwortete sie. Ihre Stimme widerhallte von den Wänden. »Das Lied hat bereits eine Vielfalt von Formen. Er nahm es einfach so, wie es existierte, und ließ es innerhalb seiner Territorien das Reich formen.«

Michael tastete mit einer gespreizten Hand über die Wand neben ihm; sie bestand aus Eis mit Gesteinsadern, sehr dünnen Gesteinsadern, was das anging. Vor ihnen ertönte ein dumpfes Poltern und Rauschen. Die Stufen vibrierten davon.

»Das Reich ist auf Eis gebaut«, sagte Mora, »aber jenes Eis liegt viel tiefer. Dies hier ist Eis, das durch das Lied erforderlich wurde, Kälte inmitten der Dunkelheit. Es schmilzt und nährt den Fluß. Und der Fluß ...«

Sie kamen um eine Ecke, und kaltes blaugrünes Licht fiel auf sie. Von glatten Eiswänden tropfte Wasser. Rinnsale strömten zu beiden Seiten der Treppe durch Ablaufrinnen. »Der Fluß mündet in die See«, sagte Mora. »Zuvor bewässert er das Land, so daß Eis zu Leben führt, Kälte zu Wärme. Auch das ist Teil des Liedes. Manche Dinge sind in den verschiedenen Manifestationen des Liedes nicht erwähnt.« Sie blieb stehen und deutete auf etwas. Tief im Eis waren langgezogene gekrümmte Fische mit den Köpfen von Katzen und Hirschen. Michael schaute näher hin und sah, daß die Erscheinungen nicht real waren, sondern Illusionen, geschaffen von feinen Rissen und Spalten; als er wieder hinschaute, sah er nicht Fische, sondern gefrorenes Röhricht und Augen. »Das Lied muß immer mehr sein, als sein Sänger ausdrücken kann.«

Die Stufen endeten auf ebenem Boden, und sie schritten über Eis. Nikolai stolperte und geriet mit dem Fuß in einen schmalen Spalt, und Michael faßte ihn am Arm. »Nicht sicher für Touristen!« bemerkte der Russe mit einem schiefen Lächeln.

Das Eis ringsum wurde allmählich heller, bis es von einem blassen Blaugrün war, lebendiger als das tote Grün dicken Glases. Mora führte sie weiter zu einer Erweiterung des Ganges. »Kommen Sie!« sagte sie und winkte zu einer breiten Eisbrücke.

Oben bildeten Gewölbe aus Eis und Marmor eigentümlich verästelte Muster, pflanzlich anmutende Fächer aus Kristallen, vermischt mit rieselndem Wasser. Unten schoß das gesammelte Schmelzwasser von rechts aus einer höhlenartigen Öffnung im Eis und ergoß sich in Kaskaden nach links. Der im Lauf der Zeit ausgeaperte Höhlenraum war mit Leichtigkeit fünfhundert Schritte weit. Die zuvor von weitem gesehenen Eisbrocken nahmen jetzt bedeutungsvollere Dimensionen an; sie hatten die Größe von Einfamilienhäusern, sogar von Herrenhäusern. Und nicht alle Brocken waren aus Eis. Wie Coleridge beschrieben hatte, waren Felsbrocken in den Aufruhr der Elemente gemischt. Die Eisbrücke (unregelmäßig und nicht überall von gleicher Breite, offensichtlich natürlichen Ursprungs, doch gleichzeitig allzu zweckdienlich) nahm die Stöße der gegen ihre Fundamente polternden Blöcke und Eisberge unerschütterlich hin.

Sie gingen hinüber, Nikolai zögernd, in Sorge, er könne von der gerundeten Oberfläche abrutschen. Die Luft roch nach Kälte und Nebel und war erfüllt von einem gewaltigen Lärm: Schrilles Knirschen und Quietschen vermischte sich mit dem Rauschen gischtenden Wassers, dem dröhnenden Gepolter losgelöster Blöcke und dem hellen Bersten und Splittern von Eis.

Nach Überquerung der Brücke betraten sie einen engen niedrigen Gang, dessen Wände wieder ebensoviel Gestein wie Eis enthielten.

Nahe dem Ausgang herrschte das Gestein vor. Sie gelangten in das gedämpfte Licht eines tiefen Einschnitts im Hügel – Coleridges ›romantischem Abgrund‹. Noch tiefer, hundert Schritte unter der Stelle, wo sie auf einem geländerlosen Sims standen, rissen die brodelnden, schäumenden Schmelzwasser ihre losgelösten Eis- und Felsblöcke durch die Schlucht talwärts. Bäume breiteten ein Blätterdach über die steilen Felshänge der Schlucht. Die Blätter wie das Gestein glänzten von der Nässe feiner Sprühwasserwolken. Nikolai fröstelte.

Der Sims führte sie am Rand des Abgrundes entlang zum Ende der Schlucht. Von hier überblickte man die Gärten, und der Fluß schlängelte sich wie träge Bronze unter dem warmen Himmel dahin. Auf der gegenüberliegenden Seite der Schlucht war der Stufenweg zu erkennen, den sie bei ihrer Ankunft erstiegen hatten. Michael starrte lange hinab zum Auffangbecken des Wasserfalls, wo die Eisblöcke in dem tiefblauen Wasser schaukelten.

»Nun steigen wir zu den Gärten hinab«, sagte Mora. Doch Michael widerstand ihrer Hand an seinem Arm.

»Wir verschwenden nur Zeit«, sagte er.

»Bitte«, sagte sie.

»Entweder tue ich, was zu tun von mir erwartet und verlangt wird, oder ich gehe – jetzt«, sagte er mit einem Ausdruck strenger Entschlossenheit. Mora trat von ihm zurück und verschränkte die Arme auf der Brust. Nikolai stand unbehaglich abseits, die Daumen im Gürtel.

»Warum wünschen Sie die Dinge zu beschleunigen?« fragte Mora. »Es ist immer Zeit.«

Michael überblickte den absteigenden Pfad und sah Harka und Schapur auf flankierenden Blöcken sitzen. An ein Entkommen war offensichtlich nicht zu denken. »Dann gehen Sie voraus«, sagte er.

Der leere Sidhe und der in Weiß gehüllte Mann begleiteten sie wortlos auf dem letzten Abschnitt des Rundganges. Michael schenkte der prachtvollen Landschaftsgärtnerei, den Labyrinthen vollkommener und blühender Blumengärten, den feingliedrigen, juwelengleichen Sidhetieren wenig Beachtung. Am frühen Nachmittag gestand Nikolai, daß er müde und hungrig sei, und sie erstiegen den Stufenweg auf der anderen Seite der Schlucht und kehrten durch das Specksteintor zurück. Harka, Michael und Schapur blieben ein wenig zurück, bevor sie die seidene Zeltkuppel betraten. Auf Harkas Zeichen machte Michael halt. Schapur kam näher und nickte mit dem umhüllten Kopf dem Sidhe zu.

»Wir halten es für richtig, eine Warnung auszusprechen«, sagte Schapur zu Michael. »Der Isomagus wird nicht mehr viel Herausforderung hinnehmen.«

Harka seufzte. »Er ist seit langer Zeit hier, hat wenig zu tun, und nicht sein ganzes Denken ist klar. Er leidet noch unter großer Bitterkeit.«

»Er ist mächtig«, sagte Schapur. »Er kann dem, der sich gegen ihn stellt, großen Schaden tun ...«

»Wer sich auf die Kunst der Einfühlung versteht, weiß, daß wir verschieden sind«, sagte Harka. »Ich habe dem Isomagus nicht immer in einer Weise gedient, die ihm gefiel. Dafür strafte er mich.«

»Warum dient ihr ihm noch?«

»Wir haben keine andere Wahl. Nun, wir warnen dich nur, weil er meint, du könntest aus unserem Beispiel lernen. Wir sagen es nur, weil er es will. Ich floh mit Clarkham vor dem *Maln*; ich war sein Partner. Wir gerieten in Streit, und er gewann die Oberhand. Er goß mein Selbst aus mir wie Wein aus einem Krug. Nur die Hohlheit ist mir geblieben. Schapur ...«

»Einst war der Isomagus haßerfüllt, und der Haß ließ in seinem Gehirn eine Krankheit entstehen wie Würmer in fauligem Fleisch«, sagte Schapur. »Es schwächte ihn, also warf er einen Schatten. Doch der Schatten war zu stark, um sich einfach aufzulösen. Er mußte den Schatten auf jemand werfen. Der Isomagus erwählte mich. Ich trage seine frühere Niedertracht.«

»Er hat uns so behandelt«, fuhr Harka fort, »und doch haben wir ihm niemals großes Unrecht getan. Wenn du dich ihm widersetzt, ihm verweigerst, was er am sehnlichsten begehrt, so wird er das als ein sehr großes Unrecht betrachten. Du bist jung und unbekümmert, aber treib den jugendlichen Leichtsinn nicht zu weit. Obschon leer, schaudert mich bei dem Gedanken, was er dir und deinem Gefährten antun wird.«

»Dann werde ich mich ihm nicht entgegenstellen«, sagte Michael. »Ich werde ihm geben, was er will.«

»Was büßten die Menschen und die Sidhe ein, als sie sich trennten?« fragte Clarkham, nachdem sie das frühe Abendessen beendet hatten. Bek und Tik räumten das Geschirr fort, und Mora brachte ein Tablett mit Gläsern und der Brandykaraffe heraus. »Die einen büßten die Magie ein, die anderen den Richtungssinn. Bringt man sie wieder zusammen – das ist unausweichlich –, so werden beide davon Nutzen haben. Aber wie bringt man sie reibungslos zusammen? Wer versteht sowohl Sidhe als auch Menschen?« Clarkham hob sein Glas und nötigte Michael, ihm Bescheid zu tun. »Nicht Tonn. Nicht ein alter hinfälliger Magier, der die Herrschaft über eine Welt verliert, die er selbst machte. Nicht Waltiri. Nicht Tarax, ein harter und entschlossener Sidhe ohne Sympathie für die alten Feinde. Nur ein Mischling ist dazu imstande.«

Der Brandy war augenscheinlich Teil seines Abendrituals. Michael nahm einen kleinen Schluck von dem milden, aber starken Getränk. »Wie?« fragte er.

»Wie ich sie vereinigen würde?«

Michael nickte.

»Sehr vorsichtig. Was füge ich zuerst hinzu, das Wasser oder die Säure? Ein altes Alchimistenproblem ...«

»Man fügt immer die Säure dem Wasser hinzu«, sagte Michael in Erinnerung an den Chemieunterricht.

»Ja. Nun würde ich sagen, daß die Sidhe Säure und die Menschen Wasser sind ... Hier Menschen hinzuzufügen, hat nicht gutgetan. Die Sidhe haben sie einfach ausgespuckt, isoliert. Nimmt man aber ein paar Sidhe und bringt sie zurück zur Erde, so werden die Ergebnisse vielleicht besser sein.«

»Wir kommen allein ganz gut zurecht«, sagte Michael, begann aber schon an seinen eigenen Worten zu zweifeln, bevor sie ausgesprochen waren. »Wir brauchen keine Sidhe.«

»Die menschliche Zivilisation steckt tief in der Patsche, Michael. Niemand kann die Gedanken anderer lesen, und das erzeugt boshafte und selbstsüchtige Leute. Was an Wundern gewirkt wird, sind harte und gefährliche Wunder, ohne eigentliche Poesie. Man liegt ständig im Kampf mit anderen, die genauso selbstsüchtig sind, und das gilt auch für die Ebene der Völker. Man versucht der Krankheiten Herr zu werden, der Naturkatastrophen, der eigenen Verwirrung. Alles Dinge, die Sidhe nicht einmal anerkennen müssen.«

»Und Sie möchten die Vermischung steuern?«

Clarkham nickte. »Ja. Kennen Sie einen anderen Mischling, der so qualifiziert ist, der so viele ... Erfahrungen gesammelt hat?«

Michael schüttelte den Kopf. »Sie wären der Weise, der wohlwollende Herr.«

Mora stand hinter Clarkham, die Hände auf seinen Schultern, und Clarkham bedeckte eine ihrer Hände mit der seinigen. »So eigennützig wie jeder andere.«

Michaels Blick ging zu Harka, der außerhalb des Rosengartens wartete.

»Es wäre keine einfache Aufgabe. Enttäuschend. Erbitternd«, gab Michael zu bedenken.

Das Licht des frühen Abends und der warme Schein der Papierlampions glänzten heiter auf den Cognacschwenkern und verbreiteten eine freundliche, milde Stimmung.

Clarkham legte die gespreizten Hände auf den Tisch, und zwischen ihnen erschien ein Bild – die Erde, so klar und wirklichkeitsgetreu, wie Michael sie nie gesehen hatte, vollständig bis in winzigste Einzelheiten. »Es wäre nur erforderlich, ein Lied darüber zu legen ... mit der Zusammenarbeit von Menschen und Sidhe, geleitet von einem geeigneten Führer – mir selbst –, und das Elend hätte ein Ende. Die Erde wäre wieder das Paradies, das sie einst war ...«

»Amhara«, flüsterte Mora, und ihr Antlitz erwärmte sich zum Braun von Kirschbaumholz.

Die Erdkugel zwischen seinen Händen kam auf Michael zu. Michael zuckte nicht zurück. Das Bild wurde größer und füllte sein Gesichtsfeld, und er schien durch Wolken zu gleiten, über weinfarbene Meere, über breite weiße Strände und Urwälder und wildgezackte Gebirge. Er konnte die Luft riechen, rein und wie voller Überschwang, angefüllt mit Freude und Herausforderung. Das Bild verschwand wie eine platzende Seifenblase, aber der Eindruck wirkte nach.

»Jugend«, sagte Clarkham. »Wieder eine junge Welt, befreit von der Schuld, gereinigt von der Sünde und dem Haß.«

»Unter Ihrem Befehl«, wiederholte Michael. Und im selben Augenblick schoß er seine bis dahin zurückgehaltene Sonde ab. Clarkham parierte geschickt alles bis auf die erste flüchtige Wahrnehmung, aber diese hinterließ einen schreckenerregenden Eindruck vom Innern Clarkhams – und eine Erkenntnis.

Niedertracht und Haß, beinahe so stark und abstoßend wie in Schapur. Wie oft hatte Clarkham seine finstersten Schatten geworfen? Wie oft hatte sich seine innere Verderbtheit erneuert? Er trug eine Bosheit in sich, die nicht ausgelöscht werden konnte, nur verringert, um von neuem zu wachsen.

Schapur war ein Mensch, eine ungeschützte Seele, die für einen abgeworfenen Schatten wie Fliegenleim wirkte, inbesondere im Reich.

Wenn Michael ihm gegeben hätte, was er wollte, gäbe Clarkham *ihm*, was er nicht mehr bequem in sich behalten konnte. Eine geistige Ausscheidung. Wie konnte er dem begegnen?

Und warum sollte er ihn so unnachsichtig verurteilen? Gab es in ihm selbst nicht auch Niedertracht und Finsternis?

Clarkham reagierte äußerlich nicht auf den Vorstoß. »Ich werde führen, ja«, sagte er. Nur wenige Sekunden waren verstrichen. »Wen schlagen Sie vor?«

»Niemanden«, sagte Michael.

»Dann lassen Sie uns unsere Streitigkeiten beiseitelegen. Sie haben den Schlüssel zum Paradies auf Erden, Sie können mir helfen, Völker wieder zu einigen, die viel zu lange getrennt waren. Lassen Sie uns zusammenarbeiten. Unsere Ziele sind die gleichen.« Clarkham winkte Mora, damit sie Bleistift und Papier herausbringe. Sie ging ins Haus und kam mit Schreibutensilien zurück, die sie vor Michael ausbreitete.

»Und etwas Besonderes zu trinken«, befahl Clarkham.

Michael griff zum Papier und schrieb. Der Füllfederhalter legte seine Tinte in glatten dicken Strichen auf die feine Leinenstruktur des Papiers.

Der dreifach' Kreis um ihn sich engt,
Und vom Avernus aufwärts drängt
Der toten Wand'rer Geisterschar,
Mit Schrecken füllt sein Schattenreich ...

Das war nur zum Aufwärmen. Er blickte konzentriert auf das weiße Papier, die Gedanken fern von seiner Umgebung. Es war wie das Werfen eines Schattens, dachte er; die Worte, die in ihm waren, konnten hervorgezogen, in Form gebracht und ausgesandt werden. Und sie wären tödlich.

Wieder brachte Biri den Tonkrug und dicke schwere Gläser heraus. Er schenkte eine cremefarbene milchige Flüssigkeit aus und verteilte die Gläser. Clarkham schlürfte von seinem Getränk und prostete Michael zu. »Die wahrhaftige Milch des Paradieses«, sagte der Isomagus.

Dreifach ihn jetzt in Kreise schließ' ...

Das Getränk war milchigsüß und beißend, mit einem alkoholischen Beigeschmack. Alles in allem war es köstlich. »Kumyss«, sagte Biri. »Gegorene Stutenmilch. Das Getränk des Großkhans Kublai.«

Das Kumyss begann beinahe augenblicklich auf Michael zu wirken. Er schrieb die letzten zwei Zeilen von Coleridges Fragment nieder:

Der sich am Honigtau ergötzt'
Und trank die Milch vom Paradies.

Und dann überkam es ihn. Es blitzte und funkelte und kam so rasch, daß er kaum Zeit hatte, alles aufzuzeichnen. Er wußte, daß er keine weitere Gelegenheit haben würde. Er versuchte einzufangen, soviel er konnte, und er frohlockte. Für dies gab es keine äußere Quelle, es kam von innen, allein von ihm selbst, oder vielmehr von jenem Selbst, das ihn mit Coleridge verband, mit Yeats, mit den großen Dichtern. Dieser Augenblick, wenn es nichts gab als das Wort und es in vollkommenen Wogen hervordrängte.

So das Eis seit Urgezeiten
Tropft und höhlt des Schlosses Mauer.
Blöcke brechen los und gleiten,
Jahre lagen auf der Lauer,
Stürzen Träume und bereiten
Gärten, Kuppeln, gold'nen Türmen
Untergang in Höllenstürmen
Rauben nun dem Khan die Kräfte ...

Vielleicht zwanzig Zeilen gingen ihm so rasch durch den Sinn, daß er sie nicht festhalten konnte. Sie waren nicht wesentlich.

Wie Wellen in des Meersturms Wut
Zerschlagen seiner Flotte Pracht

O Khan, der du ißt der Elfen Frucht,
Der zum Bleiben gebeten, ergreift die Flucht.
Hör auf die leise Stimme, die dich mahnt,
den Saitenklang der dunklen Maid:
»Das schönste Schloß, das feinste Kleid,
Der Seele Rettung niemals bringen;
Auch Macht kann Nachruhm nicht erzwingen ...«
Aus Höhlen dringt des Wassers Tosen.

Der Boden erzitterte. Clarkham umfaßte unwillkürlich die Tischkante.

Das Reich des Khans versinkt in Fluten,
Stürzt ein, von Eis und Fels zerstoßen,
Begräbt die Bösen und die Guten.

Es war noch mehr, viel mehr, und es schoß ihm nicht einfach durch den Sinn und verschwand. Das Lied war erschaffen und vollendet, und Michael wußte augenblicklich, daß es nicht das von Clarkham gesuchte Machtlied war. Das war es nie gewesen. Von Anfang an, als sie Lin Piao Tai mit der Errichtung des Palastes beauftragt hatten, war das Element der Zerstörung deutlich gewesen.

Coleridges Gedicht und Michaels Anteil daran waren lediglich Täuschungen, Fallen mit dem Ziel, jene zu fangen und zu vernichten, die wie Clarkham den letzten Teilnehmern am Entscheidungskampf im Weg standen. Waltiri, der Magier der Vögel, der Cledar, hatte Michael gesandt; die Kranichfrauen und die Ban der Stunden hatten zu ihm gehalten; Tonn und der *Maln* hatten ihn gewähren lassen.

Clarkham ergriff die Blätter, sowie Michael aufgehört hatte zu schreiben. Er las die Zeilen, und seine Augen weiteten sich. »Verräter«, sagte er. »Dies ist nicht ...«

»Es ist vollendet. Nicht alles steht hier, aber ich habe es vollendet«, sagte Michael, plötzlich erschöpft. Clarkham zerknüllte das Papier und warf es auf den Tisch. Mora griff zu der *pliktera* neben ihrem Stuhl. Clarkham wandte sich zu ihr, doch sie wich seinem Blick aus. Wieder ging eine Erschütterung durch den Boden, und Nikolai zog sich vom Tisch zurück. Das Rauschen und Poltern des mit Eis und Gesteinsbrocken befrachteten Wassers verstärkte sich. Clarkhams Blick ging zu Biri, der ihn unerbittlich anstarrte.

»Du!« sagte Clarkham. »Du bist der Verräter. Du hältst Tarax noch immer die Treue!«

»Die Mission des Jungen war unbestritten«, sagte Biri. »Tarax und Adonna wünschten sie ebenso wie der Rat von Eleu. Alle sind gegen Sie vereint. Und selbst Sie waren dafür. Der Junge wäre andere Wege gegangen, aber Sie brachten ihn her. Er hätte das Lied verweigert, Sie aber zwangen ihn, es niederzuschreiben. Auf eigene Gefahr, Isomagus.«

Clarkhams Gesicht lief dunkel an. Seine Hände zitterten, warteten nur darauf, ihre Macht fühlen zu lassen.

»Gehen Sie lieber!« flüsterte Michael dem Russen zu. Nikolai bedurfte keiner zweiten Aufforderung. Er sprang über die niedrige Gartenmauer, lief durch den Rosengarten und übersprang den Zaun zum Marmorboden. Feine Risse knisterten unter ihm über die glänzende Oberfläche, schleuderten kleine Steinsplitter in die Höhe. Wieder ging ein Beben durch den Untergrund. Michael nahm die Blätter an sich, strich sie glatt und barg sie hinter seinem Rücken.

»Was soll ich mit Ihnen allen tun?« fragte Clarkham. Mehr denn je bemitleidete – und fürchtete – Michael ihn.

Biri nahm Mora bei der Hand. Sie schritten die Ziegelstufen hinab und über den Rasen. Der Lichtschein, der durch die seidenbespannte Kuppel drang, nahm eine rötliche Färbung an, und das Gewebe spannte und blähte sich unter der derben Berührung eines neuen Windes.

Clarkham stand Michael allein gegenüber. »Gehen Sie!« sagte er mit bebender Stimme. Der schwarze Marmor zerbarst mit hellem Krachen. Der Rasen geriet in wogende Bewegung, die Grasdecke riß auf und zeigte erdige Wunden. Die Rosenstöcke schwankten. Die meisten waren zu Glas geworden; die Blüten zersprangen und streuten ihre Bruchstücke auf den Boden.

»Gehen Sie!«

Michael kehrte dem Isomagus den Rücken. Seine Nackenhaare richteten sich prickelnd auf; er rechnete damit, daß ihm das Fleisch von den Knochen gerissen würde, aber Clarkham konzentrierte seine ganze Macht darauf, den Palast zusammenzuhalten.

Einer der gebogenen Stützmasten zerbrach mit dem Krachen eines Kanonenschusses. Der Mast fiel und riß ein Stück Seidenbespannung heraus. Die Ziegelwände von Clarkhams Haus zeigten Risse, Verputz fiel herab, dann lösten sich ganze Mauerstücke aus dem Verbund. Die Dachbalken knarrten und stöhnten in Agonie.

Als Michael den schwankenden Rasen überquerte, kaum in der Lage, sich auf den Beinen zu halten, hörte er Clarkham seinen Namen rufen. Er blickte zurück und sah den Isomagus mit gespreizten Beinen auf zwei getrennten Stücken des gepflasterten Hofes. Das Haar stand ihm unheimlich zu Berge, seine ausgestreckten Hände und Arme knisterten wie von elektrischer Energie.

Er reckte einen unheilvoll glühenden Finger in die Höhe.

»Bleiben Sie!« rief er durch den Aufruhr der entfesselten Gewalten.

Spiralen zähflüssig wirkenden Lichts gingen von seinen Fingern aus und erstreckten sich über Garten und Rosenstöcke. Sie sanken um Michael zu Boden und bildeten ein Netz aus leuchtenden grünen Fasern.

Michael spürte, wie ihm die Augen warm, dann heiß wurden. Der Schatten, den er warf, war dunkel und einhüllend, verlassen und von schwermütigem Ernst. Er selbst sprang fort von dem Schatten, schlüpfte durch das Netz und sprang auf die geborstene Marmorfläche. Auch sein Haar stand wie elektrisch aufgeladen zu Berge.

Und alles ruft, hab acht, gewahr,
Sein flammend' Aug', sein wehend' Haar!

Der Schatten enthielt Biris gesamte Sidhe-Disziplin, das ganze gefährliche, grausame Zeug über Einsamkeit und Selbstbemeisterung durch Isolation. Es war die Philosophie einer entmutigten, sterbenden Rasse und hatte ihren Zweck erfüllt; sie hatte Michael mit dem nötigen Vernichtungswillen erfüllt. Nun hatte er keinen Bedarf mehr dafür – außer als Verteidigungsmittel.

Clarkham sprang in eine weniger unsichere Position und zog das grünleuchtende Netz ein. Der Schatten darin zappelte, machte Geräusche wie zermalmtes Gestein und explodierte. Das Netz zerriß und löste sich unter dem feurigen Schein der Kuppel auf.

Clarkham rief etwas in einer Sprache, die Michael nie gehört hatte; dann warf er ein weiteres Netz aus, diesmal von einem tiefen Blau.

Michael wandte das Gesicht ab und hielt sein Gedicht in die Höhe. Die mit Tinte geschriebenen Zeilen zischten und knisterten. Die Worte fuhren in Blitzstrahlen über Clarkhams Kopf und setzten das Haus in Brand. Innerhalb von Sekunden verwandelten sich die Wand und das Ziegeldach in einen Feuerofen. Das Glas der

Türen und Fenster explodierte, und die Rahmen schrumpften wie verkohlte Streichhölzer. Funken wurden von der aufsteigenden Hitze emporgewirbelt und setzten die Seidenbespannung in Brand.

»Meine Arbeit, mein Werk!«

Michael sah Clarkham zum Haus stürzen. Die Flammen schlugen ihn zurück, er aber entrollte aus dem Nichts ein Eisblatt und warf sich unter seinem Schutz in die Flammen. Von der anderen Seite des Pavillons kamen Schapur und Harka gelaufen, ihrem Herrn zu helfen. Schapurs Umhüllungen waren angesengt und hinterließen eine Rauchspur.

Von irgendwoher mischten sich verwehte Musikfetzen in das dumpfe unterirdische Grollen und das hohle Brausen und Prasseln der Flammen. Michael ergriff die Flucht vor den herabfallenden Fetzen der brennenden Bespannung. Erst als er das Tor aus Speckstein hinter sich gelassen hatte, erkannte er, daß die Musik, die er hörte, das ursprüngliche Unendlichkeitskonzert sein mußte, wie es vor Jahrzehnten erklungen war.

Mora, Biri und Nikolai erwarteten ihn auf der Wiese außerhalb des Kuppelbaus. Alle drei hatten Mühe, sich während der fortgesetzten Bewegungen des Untergrunds auf den Beinen zu halten. Biri führte sie den Weg am Rand der Schlucht hinab. Im Zedernwald überholten sie Bek, Tik und Dour, deren Gestalten mit den von Rauchschwaden durchzogenen Bäumen eins zu werden schienen.

Erst bei dem steinernen Wächter am Tor der äußeren Umwallung machten sie halt. Biri hatte Moras Hand ergriffen; ihr Antlitz war zu einer Maske von Kummer und Reue erstarrt.

Staunend beobachtete Nikolai Kuprin die sich über die ganze Hügelkuppe ausbreitende Feuersbrunst. »Allmächtiger!« murmelte er. »Sehen Sie, was Sie angerichtet haben! Was in drei Teufels Namen sind Sie, Michael?«

Michael sah auf die Papiere, die er noch in der Hand hielt. Alle Schrift war Zeile um Zeile sauber herausgebrannt und hatte braun versengte Fetzen zurückgelassen, die von den Blatträndern zusammengehalten wurden.

Der Hügel sank in sich zusammen. Über dem Brand stand nun eine hohe Rauchsäule, deren unterer Teil von der Lohe durchschossen war.

»Dieser Traum ist zu Ende«, sagte Biri, nahm Michael die verbrannten Blätter aus der Hand und verstreute sie über das Gras. »Du magst jetzt gehen.«

»Wohin gehen?«

»Nach Hause.«

»Was geschieht mit allen anderen? Mit den Menschen?«

»Das ist Adonnas Sorge. Du hast deinen Zweck erfüllt. Du bist verausgabt.« Biri musterte ihn mit geringschätzigem Blick. »Du hast die Sidhe-Disziplin abgeworfen. In unseren Augen bist du jetzt nichts.«

– Enthülle dich nicht. Er ist bloß ein Rad, nicht eine Maschine.

Michael erkannte die Stimme jetzt; es war Waltiri. Er fühlte, daß die Macht noch in ihm war, und lächelte nur zurück. Er brauchte den Sidhe nicht zu widersprechen.

Nicht lange, und der Hügel war eingeebnet. Schmelzwasser strömte von außen herein, breitete sich aus und bildete einen See, in dem Eisschollen schaukelten. In der Mitte des Sees bildete sich ein Wirbel, dessen schrecklich saugendes, gurgelndes Geräusch noch aus der Ferne hörbar war. Michael spürte eine schmerzhafte Zusammenballung im Magen.

»Clarkham beging einen Fehler«, sagte Biri, als sie zusahen, wie der eben entstandene See wieder verschwand. »Er vertraute einer Sidhe.«

Die Worte schienen Mora tief zu treffen. Mit einer heftigen Bewegung entzog sie ihm die Hand und entfernte sich von ihm.

»Nikolai«, sagte Michael. »Werden Sie zurechtkommen?«

»Freilich«, sagte Nikolai. »Warum?«

»Etwas geschieht.«

»Dein Tor hat sich aufgetan«, sagte Biri. »Hinab in die Leere. Geh heim, Menschenkind!«

»Michael! Warten Sie!«

Nikolai sprang auf ihn zu, aber ein Faden spannte sich – der lange Faden seiner Existenz im Reich. Das Gras, Papierfetzen, Biri und Mora, Nikolai, alles begann sich wie rasend um ihn zu drehen und von ihm zu entfernen. Schon war er hoch über dem Reich und wurde mit unbegreiflicher Geschwindigkeit über den Fluß, Grasländer und Wälder gezogen ...

Wie ein Komet raste er über den Irall, Inyas Trai, über den kahlen Hügel der Kranichfrauen und das niedergebrannte Euterpe ...

Durch Lamias Haus, wo die unförmige Frau langsam dahinsiechte, nun, da ihre Arbeit getan war, von allen verlassen ...

Über den abgestorbenen Weinberg auf die unwirklich flimmernde Gartenpforte zu ...

Durch die Zufahrt, vorbei an der erschlafften Gestalt der unter ihrem Spalier sitzenden Wächterin ...

Und hinein in eine warme dunkle Herbstbrise.

Angefüllt von den Geräuschen welker Blätter, die über das Pflaster gefegt wurden, den Gerüchen frisch gemähten Grases und der Eukalyptusbäume, dem Gefühl komplexer und in steter Wandlung begriffener, aber berechenbarer Realität.

Grillengezirp.

Und in der Ferne ein Motorrad.

44

Er stand unter der mondfarbenen Straßenlaterne, halb im Schatten eines hohen Ahorns mit braun gewordenen Blättern. Vier Häuser weiter und auf der gegenüberliegenden Straßenseite stand David Clarkhams weiß verputztes Haus. Es war seit vierzig Jahren unbewohnt, und sein Garten war verwachsen; die Hecke glich einem Waldrand und streckte Zweige in alle Richtungen; die Wände waren rissig und stellenweise ohne Verputz. Hinter den erblindeten Fensterscheiben waren keine Gardinen zu sehen. Das im Gestrüpp fast untergegangene Schild ZU VERKAUFEN im früheren Vorgarten lehnte zur Straße hin vornüber, als wollte es das Haus fliehen.

Das Haus stand leer.

Michael strich sich das Haar aus der Stirn und fühlte weichen Bartwuchs auf den Wangen. Er blickte an sich herab auf den Pullover, das Hemd und die Hosen, die Clarkham ihm gegeben hatte.

Im Knopfloch steckte noch die Glasrose.

Er zog sie heraus und roch daran. Der Duft war vergangen.

45

Michael saß im Wohnzimmer seinen Eltern gegenüber, und sein Unbehagen nahm zu, je länger die Stille sich hinzog. Seine Mutter hatte aufgehört zu weinen, und sein Vater schaute mit einem Ausdruck, in dem sich Schmerz und Erleichterung vermischten, auf den Teppich; es war das Ende des Kummers und der Anfang hilflosen Zorns. »Fünf Jahre sind eine lange Zeit, Junge«, sagte er. »Das mindeste, was du hättest tun können …«

»Es ging nicht. Es war unmöglich.« Wie konnte er ihnen erzählen, was geschehen war? Nicht einmal die Glasrose würde sie überzeugen. Und fünf Jahre! Ihm schienen weniger als fünf Monate vergangen, seit er seine Reise angetreten hatte.

»Du hast dich verändert«, sagte sein Vater. »Du bist ein gutes Stück gewachsen. Du kannst nicht erwarten, daß wir einfach … akzeptieren. Wir trauerten um dich, Michael. Wir waren überzeugt, daß du nicht mehr lebtest.«

»Vater …«

Sein Vater hob abwehrend die Hand. »Es wird Zeit erfordern. Wo immer du warst, was du auch getan hast. Es wird Zeit erfordern. Wir …« Tränen standen ihm jetzt in den Augen. »Wir haben dein Zimmer so gelassen. Die Möbel, die Bücher.«

»Ich wußte, daß du wiederkommen würdest, wenn du am Leben wärst«, sagte seine Mutter und streifte eine rote Haarsträhne aus den verweinten Augen.

»Habt ihr je mit Golda Waltiri gesprochen?«

»Sie starb ein paar Monate nachdem du … fortgingst«, sagte seine Mutter. »Sie schickte dir noch einen Brief, und es ist ein Brief von irgendwelchen Anwälten für dich da.« Sie schlug den Blick nieder. »Solch eine lange Zeit, Michael.«

»Ich weiß«, sagte er, und bei dem Gedanken an ihren Schmerz stieg ihm selbst das Wasser in die Augen. Er stand auf und setzte sich zwischen sie auf das Sofa, legte ihnen beide Arme um die Schultern, und sie umhalsten einander und weinten zusammen und versuchten die fremde Zeit abzuschütteln, die lange Zeit der Trennung.

Nach dem Abendessen, nachdem er Stunden damit

verbracht hatte, Neuigkeiten zu erfragen, und seinen Eltern wiederholt versichert hatte, daß es unmöglich sei zu beschreiben, was geschehen war (noch nicht, nicht ohne mehr Beweise), stieg er die Treppe hinauf zu seinem Zimmer und stand inmitten der Bücher und Plakate, denen er nun vollständig entwachsen war.

Er öffnete die auf dem Schreibtisch liegenden Briefe von Golda und den Anwälten, die Waltiris Nachlaßverwalter waren, und legte sich damit auf sein Bett. Goldas Handschrift war elegant, europäisch, klar und mit gleichmäßigen Rändern beinahe typographisch auf das grünlinierte Luftpostpapier gesetzt.

Lieber Michael,
ich habe Deinen Eltern nichts erzählt, weil ich selbst so wenig weiß. Arno – welch ein geheimnisvoller Ehemann! Ich weiß kaum, wie ich mein Leben mit ihm beschreiben soll, so wundervoll es gewesen ist – Arno wünschte, daß unser Besitz in Deine Hände übergehe, sobald ich ihm folgen und wir wieder zusammen sein werden (darf ich das hoffen? Oder ist hier etwas Mächtigeres im Spiel?), was wohl nicht mehr lange auf sich wird warten lassen, denn ich habe unter großer Beanspruchung gestanden. Mach Dir keine Selbstvorwürfe, Michael, denn Du hattest daran keinen Anteil, aber viel von dieser Beanspruchung ist daraus erwachsen, daß ich Deinen lieben Eltern, die so freundlich zu mir gewesen sind, gewisse Tatsachen und Umstände vorenthalten mußte. Aber was können wir ihnen sagen? Daß Du den Anregungen meines Mannes gefolgt bist – trotz seiner letzten Worte, vielleicht sogar seiner Wünsche? Ich weiß nicht, wohin Du gegangen bist, und ich habe nicht einmal die Gewißheit, daß Du zurückkehren wirst, obwohl Arno offenbar daran glaubte. Ich bin nicht so alt, daß man mir die Verwirrung nachsehen könnte, in der ich bin, aber entschuldige mich bitte, lieber Michael, denn ich fühle sie wirk-

lich. Das und die Traurigkeit, das Empfinden, in einer Lage zu sein, die zu überblicken und zu beherrschen ich in Wissen und geistiger Fähigkeit völlig unzulänglich bin. Vielleicht wirst Du bei Deiner Rückkehr wissen, warum Arno dieses Ersuchen an Dich richtete und was Du mit unseren Mitteln, die nicht gering sind, tun solltest. Du wirst auch über die Urheberrechte von Arnos Werken verfügen. Es gibt keine anderen spezifischen Erfordernisse, und was zu tun ist, wird in Briefen unserer Anwälte dargelegt werden. Lieber Junge, leere ein Glas zu unserem Gedenken – nur ein Glas, da Arno niemals Wein trank und mich aufforderte, für ihn mitzutrinken, wenn gefeiert wurde –, sobald Du sicher heimgekehrt bist und Deine lieben Eltern frohlocken. Wie unsere Vorfahren seit Jahrhunderten gesagt haben, lieber Michael: Möge eine Zeit kommen, da alle an ihren Geschichten teilhaben werden, da alles entschleiert werde und wir uns der Klugheit und der Schönheit der so erzählten Geschichten erfreuen mögen. So ungeschickt abgefaßt, dieser Brief, für einen jungen Dichter!

Er faltete den Brief und steckte ihn in den Umschlag zurück, dann überflog er die Papiere der Anwaltskanzlei. Er würde finanziell unabhängig sein; seine Pflicht würde es sein, Waltiris künstlerischen Nachlaß zu ordnen und seine Veröffentlichung vorzubereiten und zu überwachen; er konnte im Haus der Waltiris wohnen, wenn er es wünschte.

Die Briefe glitten von der Bettdecke, als er sich aufrichtete und die kräftigen braunen Arme um die von der Decke umhüllten Knie legte. Vor allem anderen hätte er jetzt gern mit Golda gesprochen, ihre Hilfe im Umgang mit seinen Eltern erbeten, damit sie ihre Gemütsruhe wiederfänden.

Wenn es Golda geholfen hätte zu wissen – soviel wie Michael darüber wußte –, was Arno Waltiri war und daß er nicht tot war. Nicht in einem menschlichen Sinne.

Und wie stand es um die Menschen im Reich? Helena und die anderen? Adonna – Tonn – hatte gesagt, für ihr Wohlergehen werde gesorgt, sobald Clarkham entfernt wäre. Michael konnte das einfach nicht glauben, aber er war machtlos, etwas für sie zu tun. Nicht hier und jetzt.

Er ging ins Bad, sich das Gesicht zu waschen. Dampf stieg aus dem Becken mit heißem Wasser, und er atmete tief ein, sog den Dampf in die Lungen, um Kummer und Anspannung zu vertreiben. Durch den aufsteigenden Dampf blickte er in den Spiegel auf.

Die Position – der Winkel – stimmte nicht ganz. Vertraut, aber ...

Michael richtete sich ganz auf und musterte sein Spiegelbild genauer. Die Erkenntnis war wie ein kaltes Rasiermesser, das über das Glas hinglitt. Er starrte in das erste Gesicht vom Heba Mish, das erste aus den Schneewolken geformte Antlitz. Er hatte sich so sehr verändert, daß er nicht einmal sich selbst wiedererkannt hatte.

Zuerst war er verschreckt. Er stand im Korridor vor dem Bad, dann lief er in sein Zimmer und stieß das Fenster auf, frische Luft zu atmen.

Es war nicht vorbei. Es würde niemals vorbei sein, und er war mehr denn je darein verstrickt.

In den Tiefen der Nacht begann ein Vogel zu singen.

ANMERKUNGEN UND DANKSAGUNG

Mein besonderer Dank gilt allen denen, die mir beim Schreiben dieses Buches geholfen haben: Terri Windling, die es wieder lebendig werden ließ; Poul und Karen Anderson, die seine anspruchsvollen Leser waren; Jim Turner, Ray Feist und David Brin für Kritik und Ermutigung; und natürlich Astrid, die es endlos in seinen verschiedenen Korrekturphasen gelesen hat. Meine Inspiration ist vielen verpflichtet – Teile dieses Buches gehen auf dreizehn Jahre alte Entwürfe zurück –, aber Jorge Luis Borges steht an erster Stelle auf der Liste, und, auch hier wieder, Poul Anderson.

Das Buch ist natürlich nicht vollendet. Dies ist die erste Hälfte. Die zweite, *The Serpent Mage,* wird den Stoff abschließen.

Die von den Sidhe gesprochene Sprache ist nicht vollständig künstlich. Viele Leser mögen indogermanische Wurzeln und Entlehnungen aus verschiedenen ausgestorbenen Sprachen wiedererkennen; die meisten werden wahrscheinlich nicht merken, daß andere Wörter von einigen sehr abgelegenen irischen Mundarten hergeleitet sind. Wer daran interessiert ist, mehr darüber zu erfahren, sei auf ein großartiges Werk von Robert A. Stewart Macalister, *The Secret Languages of Ireland,* hingewiesen, das zuerst 1937 von der Cambridge University Press veröffentlicht wurde. Es ist von der Armorica Book Company/Philo Press wieder aufgelegt worden und noch im Buchhandel erhältlich. Auch eine große Universitätsbibliothek sollte es haben. Liebhaber von Sprachen – oder Dilettanten, wie ich einer bin – werden es faszinierend finden.

ANHANG

Die Filmmusiken von Arno Waltiri (Auswahl)

1935 Ashenden
1939 Queen of the Yellow River
1940 Dead Sun
1941 Sea Scorpion
1942 Ace Squadron
1942 Warbirds of Mindanao
1943 Yellowtail
1946 Northanger Abbey
1948 Descartes, a.k.a. The King's Genius
1950 Let Us Now Praise Famous Men
1951 Some Kind of Love
1958 The Man Who Would Be King
1963 Call It Sleep